D1755331

THEODOR KRÜGER · *Natascha*

THEODOR KRÖGER

NATASCHA

Fleischhauer & Spohn

3. Auflage (1993)
© 1974 by Fleischhauer & Spohn Verlag, Stuttgart
Gesamtherstellung: Graphischer Großbetrieb Pößneck
Umschlagentwurf: Jürgen Reichert
ISBN 3 87230 027 X

Die zum Teil romanhaft gestalteten Schilderungen der Erlebnisse meines Mannes in der Zeit nach dem ersten Weltkrieg befanden sich in der ersten Niederschrift, als das unerbittliche Schicksal Theodor Kröger allzufrüh mitten aus seinem Schaffen abberief. Was in »Natascha« geschildert wird, steht in unlösbarer Verbindung mit den vorangegangenen Erlebnissen während seiner Gefangenschaft in Sibirien.
Wiederholte Anfragen aus dem Leserkreis nach weiteren Werken meines Mannes ließen den Entschluß in mir reifen, auch diese seine letzte Arbeit seiner treuen Lesergemeinde nicht vorzuenthalten.

Hildegard Kröger

I

Mit zerfetzten Segeln, zerrüttet vom Sturm, so landet nach großer Fahrt manches einst stolze Schiff in einem fremden Hafen.
So wie ich.
Ein Lebensabschnitt war beendet. Er hatte mich aus strahlender Höhe unerbittlich in die Finsternis geführt. Das Licht, in dem ich als junger Mensch lebte, das mein ganzes Sein erhellte und wärmte – es war mir genommen. Es hatte mich genarrt wie viele andere, auch meine Sibirienkameraden, die wortlos und voll Lebensverachtung aus dem gleichen Leuchten in den Schatten gingen.
Ich starre auf den Fuß der brennenden Kerze, in das Dunkel, das immer dort liegt. Vor vier Monaten hatte in einem der vielen vergessenen Dörfer Nordsibiriens meine Flucht begonnen. Sie führte mich fast achthundert Kilometer, meist bei Nacht, durch den Urwald. Die Hungersnot und die Schneestürme des letzten Winters hatten die Siedlungen dort erbarmungslos entvölkert, und die wenigen Menschen, die noch am Leben waren, glichen Bestien. Mit meinem kleinen, zottigen Pferdchen Kolka schlich ich von Versteck zu Versteck, von einem winzigen Lagerfeuer zum anderen, bis ich endlich die eingleisige transsibirische Eisenbahnlinie erreicht hatte. Dort wurde ich von einer Streife der Roten Armee zusammengeschlagen. Nur der Bewegungsdrang in mir, der den Menschen mechanisch weiterführt, brachte mich nach Deutschland, nach Berlin und in dieses billige Stundenzimmer am Bahnhof Friedrichstraße.
Doch nun wollte ich mich endlich auf mich selbst besinnen, allein sein mit dem, was ich noch gerettet hatte – mit dem bißchen Leben. – Die Kerze brannte.

In erdrückenden Ausmaßen schwebte meine Silhouette unstet neben mir, ab und zu schemenhaft bewegt, wenn die Flamme im Luftzug schwankte. Das Licht zeichnete die Umrisse eines gebeugten Mannes, das struppige Haar, den verbundenen rechten Arm unter der übergelegten Jacke und den unförmigen Oberschenkel des rechten Beines, der selbst in der aufgetrennten Hose kaum Platz hatte. Doch alles überragend, als wollte sie mit ihrer Überdimension diesen Schatten noch betonen oder ihn gar vor jedem weiteren Zugriff schützen, lehnte daneben eine Krücke aus sibirischer Birke. Es war an der transsibirischen Eisenbahnlinie, in der Nähe der Stadt Perm im Uralgebirge gewesen, wo ein alter Bauer diesen Freund für mich wortlos geformt hatte.

Schon damals verstand ich nicht mein Vorwärtsdrängen, das Humpeln und Weiterziehen dem Unbekannten entgegen – einer Stätte, einem Ziel?

Was wollte ich denn noch? Weitere Höhen und Tiefen erleben, wie ich sie schon kannte? Was bedeuteten sie mir und was die anerzogenen Gewohnheiten? Ich war ihnen schon entrückt. Ich war zu weit fortgegangen. Ich wußte zuviel von diesem Leben. Ich hatte zuviel hinter seine schmutzigen Kulissen gesehen und in den letzten Jahren viel zuviel erlebt und erduldet. Konnte das Hirn selbst diesen zerschlagenen Gliedmaßen noch einen neuen Willen aufzwingen? Wahrscheinlich. Aber wozu? Nur, um die Einsamkeit weiter zu ertragen?

Ich wollte nur noch allein sein mit dem bißchen Leben. Es glich meinem Schatten, der vom leisen Windzug schemenhaft bewegt wurde. Doch in meinem Innern war alles noch viel zu wach.

Weitere Erinnerungen drängten sich mir auf. Es war ein junges Mädchen, dessen schlichtes Antlitz, von einem bäuerlichen, bunten Kopftuch umrahmt, ängstlich und unentschlossen vor mir stand. Kurz vor meiner Abreise aus Petersburg heirateten wir; dadurch ermöglichte ich ihm die Flucht nach dem Westen.

Vom ersten Augenblick an, als man mich aufs Stroh des Viehwagens legte, pflegte diese brave Russin auch die verwundeten Kameraden und wich nicht mehr von meiner Seite. Die Abreise verzögerte sich aus ungeklärten Gründen um mehrere Tage. Unsere wenigen Rationen waren verbraucht. Die Verwundeten hatten keine Pflege. Die uns unablässig bewachenden Tschekisten, junge, kräftige Männer der »Besonderen Kommission« in schwarzen Lederjacken, an der Mütze den frischgestanzten Sowjetstern, glaubten wohl durch ihre übertriebene Strenge und ihren ständig entsicherten Nagan-Revolver sich die ersten Auszeichnungen verdienen zu können. Wir waren fast ausschließlich auf die Hilfe unserer paar Frauen angewiesen, die die Kameraden in Rußland geheiratet hatten, und diese wiederum auf die Erlaubnis, unser Trinkwasser von der Pumpe einer zerschossenen Bahnstation zu holen.

Die drückende Stille entlang der Wagenreihe wurde nur dann und wann vom Stöhnen der Verwundeten unterbrochen. Weder Stoff noch Papierfetzen gab es zur Erneuerung unserer Verbände, so daß uns bald ein penetranter Geruch umgab. Die Schmerzen nahmen unerträglich zu. Als endlich die Wagentüren zugeschoben wurden, als endlich die Räder zu rollen begannen, da legte sich meine »Frau« an meine Seite, und ihre kalten, aufgeregten Hände – auch sie waren seit Tagen mit keinem Wasser in Berührung gekommen – strichen über meine Stirn. Vielleicht errötete sie, diese schlanke, blonde Frau, das bisher verwöhnte und behütete Kind einer angesehenen Familie, bei dieser ersten Berührung?

Ich sah sie im Morgengrauen neben mir in einer schmutzigen Schaffelljacke und in Juchtenstiefeln hocken oder im Rahmen der ein wenig geöffneten Tür lehnen. Sooft wir eine neue Kontrolle passierten, deren Zahl und Schikanen wir nicht mehr wußten, und unsere beiden Namen aufgerufen wurden, meldete sie sich unüberhörbar, auch wenn sie dabei die Hände angstvoll an ihr Herz führte. Sie schob mir das Stroh unter dem Kopf zurecht, legte immer wieder behutsam die Decke über die zerschmetterte Schulter, und wenn sie die Kameraden schlafend glaubte, flüsterte sie mir Worte der Ermunterung zu, so nah, daß ich ihre Lippen an meinem Ohr spürte. – Dann waren wir in Berlin – an unserem Ziel.

Sie stand an der weit zurückgeschobenen Wagentür vor mir. Über ihrem Arm hing ein bäuerlich zusammengeknotetes Bündel aus geblümtem Kattun, aus dem noch unser verbeulter kupferner Tschainik, der Teekessel, hervorlugte, der unersetzliche Begleiter auf den endlosen Strecken Rußlands. Den holte sie hastig hervor, dazu unser einziges Messer, das wir haben durften, und legte beides neben mich hin, als müßte ich mit diesen kostbar gewordenen Gegenständen noch sehr weit – nun aber ganz allein. Vielleicht hatte sie recht! Zwei Stadtbahnstationen konnten so unendlich weit sein, daß man sich für immer im Leben verlor. Eine Strähne ihres verfilzten Haares stahl sich unter dem Kopftuch hervor. Tränen lösten sich unter den Wimpern und glitten langsam die Wangen hinunter. Sie schien zu frieren.

Der Bahnhof war mit neuen Fahnen der ebenso neuen Deutschen Republik, mit Girlanden und Willkommensgrüßen geschmückt Ein Blasorchester schmetterte das Lied »In der Heimat, in der Heimat, da gibt's ein Wiedersehn«. Namen schwirrten durch die Luft, hüben und drüben.

Angehörige empfingen die junge Russin mit Blumen und bedankten sich bei mir mit großen, leeren Worten. Sie standen in respektvoller Haltung und warteten, bis wir uns beide verabschiedet hatten. Das alles nahmen wir nur entfernt wahr. Wir fühlten uns unendlich einsam, verloren in einer neuen Welt, deren Ufer wir nach mancher Gefahr endlich erreicht hatten, und fragten uns nach dem weiteren Weg.

Wir mußten uns trennen – so war es vereinbart.

»Fedja...«, flüsterte sie. »Unsere Fahrt ist zu Ende. Nacht für Nacht haben wir Seite an Seite gelegen, haben dem Rattern der Räder und dem Dröhnen der Schiffsmotoren zugehört, gebangt, es könnte plötzlich aufhören. Ich war glücklich, daß du mich brauchtest.« Aus der Flut ihrer Gedanken brachte sie nur noch die Worte hervor: »... und keiner wird dich empfangen. Nach so vielen Jahren!«

Da ruckte der Zug an. Ich fühlte nichts als Verlassensein und das Verklingen vertrauter Laute.

Ihr ängstlicher Blick traf mich. »Wir wollen uns schreiben, Fedja, auf jeden Fall... uns nie mehr aus den Augen verlieren... Aber wohin?... Wohin?... Ja... Ich werde dich nicht vergessen!«

Die Hand am Wagengriff, versuchte sie immer schneller und schneller auszuschreiten. Da fiel ihr Bündel herunter, und sie stolperte mit einem Aufschrei darüber.

Ich sah sie nicht mehr.

In steigender Beharrlichkeit überfielen mich wieder die Schmerzen im düster erleuchteten Zimmer. Mein Stöhnen füllte die Stille, und mein Blick begann umherzuirren.

Nur noch ein Schritt, nur ein kleiner Handgriff mußte getan werden, dann würde mich die letzte Stille empfangen –

Aber der Befehl dazu kam nicht.

Etwas in mir lebte noch.

Etwas in mir wollte noch leben!

Ich wartete.

Worauf? Ich wußte es nicht.

Doch.

Das Versprechen, heimzukommen, hatte mich hierher gezwungen.

Es war aber auch die zähe Verbissenheit, gepaart mit Wut und dem Drang, im Augenblick der empfundenen Schmerzen alles um mich zu zertrümmern, zu vernichten und jene angebliche Weisheit des Schicksals – die es zugelassen hatte, daß mir einst eine geliebte Frau und irgendwo in Sibirien Tausende und Abertausende von Kriegskameraden in den reißenden Schneeorkanen bestialisch ermordet wurden – ebenfalls zu erwürgen, zu zwingen, ihre Blindheit und Erbärmlichkeit zu offenbaren.

Das also lebte noch in mir!

Eine Turmuhr schlug, und ich zählte jeden ihrer neun bedächtigen Schläge. Dann aber übermannten mich wieder die Schmerzen, die ich seit einiger Zeit nur noch mit Morphium stillen konnte, denn die bisherige ärztliche Hilfe war nur ein Notbehelf gewesen. Die Schmerzen zwangen mich endlich zum völligen Wachsein, zum eindeutigen Handeln, zu der bewußten Aktion meiner Linken, zu einer Bewegung, die den Stillstand in mir aufhob.

Ich holte mein Injektionsbesteck hervor und gab mir eine Spritze. Dabei sah ich auch die winzige Kapsel, die mir Freunde vorsorglich mitgegeben hatten, damit ich nicht unvorbereitet sei.

Sie fiel mir aus den Fingern, glitzerte auf im Schein der Kerze – zerbrach.

Auch in mir fiel und zerbrach etwas sehr, sehr Schweres, das ich bisher hatte ertragen müssen.

Jetzt besaß ich beides nicht mehr. Ich brauchte es auch nicht mehr.

Die Lider senkten sich. Der Körper schien gewichtlos zu werden. Der Schmerz verging allmählich. Alles Denken wandelte sich in unwirkliche Träume, wurde zum behutsamen, glücklichen Verweilen in einer Ferne, deren zartes Kobaltblau das Emporsteigen eines nahenden, unwirklich scheinenden Lichtes verkündete.

»Sdrastwuj, djadja Fedja. Wot tschaj i ssachar.« – (»Guten Tag, Onkel Fedja. Hier sind Tee und Zucker.«) Die russischen Laute einer leisen, unsicheren Kinderstimme führen mich unerwartet, gegen meinen Willen in die Wirklichkeit zurück. Meine Linke spürt eine scheue Berührung. »Sadumalsja. So nachdenklich?«

Eine kleine Hand mit winzigen Grübchen ruht auf der meinen, und da mein Blick an ihr weitergleitet, entdeckt er ein zierliches, einfach gekleidetes Persönchen mit tiefschwarzem Haar und großen, sprechenden Augen.

»Sadumalsja?« wiederholt das Kind die Frage jetzt noch leiser und wartet eine ganze Weile auf meine Antwort. Dabei blickt es mich unentwegt an.

»Ich habe dich schon einmal gerufen. Verzeih, daß ich dich gestört habe. Du bist verwundet, wirst wohl heftige Schmerzen haben, du Armerchen? Trink den Tee und nimm das Stückchen Zucker.« Das Mädchen legt ihn mir vertrauensvoll in die Hand und rückt das Glas näher. »Mein Mütterchen schickt es dir mit vielen herzlichen Grüßen. Wir sind Russen. Geflohen. Du auch?«

Ich nickte.

»Der Hauswirt kam zu uns mit der Nachricht: Ein Mann ist aus Rußland gekommen, und auf seinem Ausweis steht der Name ›Fjodr‹. Hier am Bahnhof Friedrichstraße treibt sich immer viel ungutes Gesindel herum, deshalb verlangt er auch von jedem einen Ausweis, genau wie die Polizei. Er führte mich zu dir.«

Sie wartet wieder, in der Hoffnung, ich würde sprechen.

»Wir wohnen hier schon ein ganzes Jahr«, fügt sie wie unter dem Zwang hinzu, mich wachrütteln zu müssen. »Ich gehe hier zur Schule und meine Mama...« Ihre schwarzen Augen sind plötzlich voll unaussprechlicher Wehmut. »Sie hat nur noch Stummel, keine ganzen Finger mehr...« Mit zwei kleinen Fäusten schließt sie ihren Mund. »Zwischen der Tür hat man sie ihr abgeklemmt... als man meinen Papa und die anderen im Viehwagen verschickte«, fügt sie flüsternd hinzu. »Mich hat man auch geschlagen, weil ich dabei so geschrien habe.« Sie zeigte mir die Stelle an ihren Händchen. »Nur noch ein Glied von jedem Finger hat mein Mütterchen... und damit nun arbeiten. Daß der liebe Gott so viel Schmerz duldet?« fragt sie mit heller Stimme.

Langsam hebt sich meine Linke zum Mund. Ich beiße ein Stück Zucker ab, trinke den Tee, während die Frage des Kindes in mir nachklingt.

»Mütterchen bittet dich sehr, zu uns herüberzukommen, gleich über die Straße«, sagt sie eindringlich. »Sie ist krank, kann selbst nicht kommen. Sie will dich fragen, wie es in der Heimat...«

Ich senke den Kopf, und das Kind versteht sofort meine stumme Antwort.

»Dann können wir noch lange nicht heimgehen, nach Papa suchen und fragen?«

Die Kleine wollte keine Andeutung, nur volle Klarheit.

»Nein, Djetotschka – Kindchen, noch lange nicht.«

Unsere Blicke begegnen einander, und darin steht alles Unausgesprochene und doch unmißverständlich Grausame.

»Aber... warum ist das so, Onkel Fedja?«

Ich schiebe den Rest des Zuckers in den Mund, und meine Linke kommt mir dabei so schwer vor. Dann trinke ich Schluck für Schluck den Tee, wobei mich das Kind beharrlich beobachtet.

»Ich danke deiner Mutter für Tee und Zucker. Grüße sie herzlich und sage ihr, sie soll nur noch an dich denken, Djetotschka. Ich bin krank, habe Schmerzen und komme ein andermal.« Und ich füge ungeduldig hinzu: »Später, in den nächsten Tagen. Und nun rufe mir den Hauswirt. Ich will zahlen und weitergehen.«

»Wohin? Komm doch gleich zu uns! Wir müssen dich sprechen. Unbedingt!« beharrt sie, und ihr Gesicht ist plötzlich hochrot geworden.

»Ich kann jetzt nicht. Erst muß ich zum Arzt gehen. Du siehst doch, ich bin verwundet.«

»Ja – aber du wirst doch bald kommen, wenn du wieder gesund bist? Kommst du dann bestimmt zu uns, Onkel Fedja?« fragt sie erneut mit einer sonderbaren Hartnäckigkeit und Unruhe, die in mir einen fast physischen Schmerz auslöst, weil darin so viel Verzweiflung liegt.

»Das will ich tun. Du sagst mir nur noch, wo du wohnst.«

Mit dem Anflug eines vorbeihuschenden Lächelns eilt sie aus dem Zimmer. Besorgt blicke ich ihr nach. Dabei fallen mir die schmale Figur und der graziöse Gang auf, obwohl sie klobige Schuhe trägt.

An einem kaum sichtbaren Faden, als sei er ein Stück des zerfransten Mulls, der unter dem Gipsverband liegt, ziehe ich ein Täschchen hervor, entnehme ihm einen Geldschein und stecke es sofort unter die kranke Rechte. Dann mustere ich flüchtig den Raum. Er hat alte, dunkle Vorhänge und Tapeten, einen dreibeinigen Eisenständer mit beschädigter Waschgarnitur in der Ecke, daneben einen Eimer und ein abgeschabtes Sofa. Ein billiges Stundenzimmer!

»Es kostet nur sechs Mark, weil du hier allein gewesen bist, sagt unser Hauswirt«, erklingt die Kinderstimme. »Und das Geld schenkt er mir. Das macht er oft. Wir zahlen ihm auch gar keine Miete«, fügt sie leise hinzu. »Er liest Mütterchen jeden Wunsch von den Augen ab, und dabei ist er ein Tolpatsch wie ein Bär.« Sie stockt und errötet wieder. Dann aber dreht sie sich zur Tür, lauscht sekundenlang und flüstert mir aufgeregt ins Ohr: »Wir fürchten uns dennoch vor ihm, weißt du!«

»Ich werde also zu euch kommen.« Ich hole die Münzen aus der Tasche und gebe ihr das Geld, dabei denke ich aber, wie schlimm es ist, etwas gegen seinen Willen zu versprechen, besonders einem Kind, das man in einer solch bedrängten Lage doch nicht enttäuschen darf.

Das Mädchen bringt mir die Krücke, stellt sie an meine Seite und schwingt mein Bündel mit den letzten Habseligkeiten über die schmächtige Schulter. Unter Aufbietung all ihrer Kräfte versucht die Kleine, mich zu stützen. Ihr Gesicht ist vor Anstrengung dunkelrot, aber sie läßt mich nicht los, auch als ich mich endlich aufgerichtet habe.

»Uj! So schwer wie ein Steinblock bist du, dazu so groß wie ein Haus. Und doch habe ich Angst, dir wehzutun«, keucht sie. »Deine Krücke ist ja aus Birke! Das ist der schönste Baum. Ich liebe ihn sehr, weil er bei jedem Windhauch schillert und rauscht und auch spricht. Kennst du das Märchen vom Zarentöchterchen, das in eine Birke verzaubert wurde?«

»Ja. Es war schön und sehr schlank, hatte hellblondes Haar und eine immer traurige Stimme, die sich dann ins Rauschen der Birke verwandelte.«

»Und da sie keine Geschwister hatte, liebte sie am meisten die Kinder.«

Ich fühle, wie wir uns immer besser verstehen.

Das Mädchen pustet die Kerze aus, und wir gehen.

Im Gang riecht es nach eingeweichter schmutziger Wäsche. Durch die alte, mehrscheibige Glastür mit buntkariertem Transparentpapier schimmert etwas Licht. Das Kind hängt an die Türklinke ein Pappschild »Billiges Stundenzimmer zu vermieten« und schreitet mir voran. Ein paar ausgetretene Holzstufen, ein halbdunkler Gang führen uns in den Hof mit einer ausgerichteten Reihe von Mülleimern. Ein mehrstöckiger Lichtschacht, von einigen Fenstern erleuchtet, erhebt sich drückend wie eine Gefängnismauer darüber. Dann stehen wir auf der Straße, im Schein der abendlichen Laternen und im Hauch der träge fließenden Spree, auf deren Fläche das Licht unruhig flimmert. Kulissenhaft und dunkel liegen die Mauern. Vom Bahnhof Friedrichstraße kommt das Hupen der Autos. Drohend liegt dort das hellrote Licht der Metropole.

Auf der gegenüberliegenden Straßenseite bleibt das Kind stehen. Es stützt mich immer noch mit aller Kraft.

»Hier wohnen wir. Aber du kommst doch bestimmt, Onkel Fedja«, fragt es erneut mit der gleichen Hartnäckigkeit und Unruhe.

»Ganz bestimmt!«

»Merk dir genau die Adresse! Die Hausnummer steht über dem Torbogen! Im Hof, gleich rechts zu ebener Erde, wohnen wir. Wir heißen Andrejeff und ich Natascha. Vergiß das nicht. Bitte! Wir werden auf dich warten, hörst du?« Dabei schüttelt sie mich ganz vorsichtig, um ihren Worten Nachdruck zu verleihen. »Du hast doch auch kein Geld, und dein kranker Arm, das Bein...« Plötzlich legt sie mir ihre Hände flach auf die Brust, schaut mich lange an, unfähig weiterzusprechen. Ihre Augen bannen mich.

Ihre Lippen beginnen zu beben. »Vielleicht kannst du sogar bei uns wohnen. Wir werden gut zu dir sein. Dann sind wir auch nicht mehr so allein. Es ist für uns sehr schwer, ohne Schutz zu leben... wo doch Mütterchen so arme Händchen hat. Weißt du, Onkel Fedja?«

Ich halte sie und versuche sie zugleich zu streicheln.

Da hebt sie den Blick. Tränen rinnen langsam die Wangen hinab. Sie läßt den Kopf sinken und schluchzt leise und hoffnungslos.

»Nataschenka, nicht weinen, Duschenka – Seelchen! Schau, was ich euch mitgebracht habe. Nun lauf aber schnell!« Ich schiebe dem Mädchen den zusammengefalteten Geldschein in die Hand, drücke ihre Finger darüber und, von unerwarteter Zärtlichkeit zu diesem verängstigten Kind überwältigt, beuge ich mich zu ihm hinab und berühre seine Wangen mit den Lippen.

»Aber du hast doch nicht...«

»Schnell, Kind, laß deine Mutter nicht länger allein!« füge ich rasch hinzu und stoße sie sanft von mir.

Die zierliche Gestalt läuft in den nachtschwarzen Torbogen hinein und entschwindet meinen Blicken.

Ich aber humple weiter, so schnell ich kann, fort, weil ich Natascha wissentlich belogen habe.

Es war ein lauer Abend. Reger Verkehr flutete durch die altbekannte Gegend. Im hochgelegenen Stadtbahnhof folgte ein Vorortzug dem anderen, und ich hörte das rasche und laute Zuschlagen der vielen Abteiltüren. Die blauen Wagen der Internationalen Schlafwagengesellschaft rollten aus der Richtung des Schlesischen Bahnhofs heran, in den Fenstern brannten kleine Tischlampen mit roten Schirmen, die langen weißen Schilder trugen die Städtenamen Paris, Ostende, Hoek van Holland, London, und da der Heizer gerade die Feuerbuchse der Lokomotive aufgerissen hatte, legte sich die höllischrote Glut über die ganze Bahnhofshalle und die anliegenden Häuser. Licht, Leben, Stimmen über dem flimmernden Asphalt – Bilder, die ich seit Jahren nicht mehr gesehen, von denen ich einst mit so viel Begeisterung einer jungen Tatarin im tiefsten Sibirien erzählt hatte.

Wenn der Buran, der reißende Sturm in Nordsibirien, über unsere einsamen, zusammengeduckten Blockhütten hinwegraste und sie unter dichten Wellen blattgroßer Schneeflocken in erneuter Finsternis begrub, dann sprach ich wie beschwörend von Petersburg, Berlin und anderen Metropolen: »Dort ist jetzt Licht und Leben, Faymé! Dort gehen viele, viele Menschen durch die Straßen und blicken in hellerleuchtete Schaufenster, sprechen miteinander, lachen, gehen in die Oper, ins Ballett, überstrahlt vom schattenlosen Licht aus verschwenderisch großen Kristallüstern!« Dabei blickte ich, die Finger fest ineinandergefaltet, in den trüben Schein unserer Petroleumlampe. Stand dann plötzlich auf, durchmaß mehrere Male das Zimmer, strich hastig über Faymés Haar, drückte sie an mich. »Ich nehme dich mit, Faymé! Ich nehme dich mit! Das schwöre ich dir. Du mußt mit mir kommen!« Das Antlitz hatte sie zu mir erhoben, ich sah ihre schwarzen Augen funkeln, die Wangen begannen zu glühen; auch mein Herz schlug damals schneller. Doch es war ihr und unserem Kind nicht vergönnt, dieses faszinierende Licht der fernen Länder zu schauen. Beide waren im mordenden Buran für immer zurückgeblieben und ließen mich allein.

Gedankenverloren stand ich an eine Hausmauer gelehnt, auf die Krücke gestützt, unfähig weiterzugehen, während alles, was ich sah, kaleidoskopartig an mir vorübereilte. Doch es bedeutete mir nichts mehr.
Das erneute Aufwallen der Schmerzen erinnerte mich an den weiteren Weg.
Nach wenigen Schritten sah ich das Messingschild des mir von Freunden benannten Hotels. Ich ging auf die Portierloge zu. Der betagte Portier hob den Kopf von seiner Arbeit, doch ruhte sein Blick abwartend auf dem Anmeldeformular. Ich machte verabredungsgemäß nur einen Strich, als sei mir lediglich der Bleistift aus den Fingern geglitten.
»Die Anmeldung können Sie bitte später ausfüllen, in Ihrem Zimmer. Ich führe Sie hinauf.« Schon griff er nach einem Schlüssel, meinem Bündel, beeilte sich, mich zu stützen und zum Fahrstuhl zu geleiten. Im Zimmer verharrte er in der gewohnten Stellung eines geschulten Hotelangestellten.
Mein Blick überflog den behaglich eingerichteten Raum mit dem anliegenden Badezimmer. Erst jetzt empfand ich eine unbeschreibliche Müdigkeit, eine völlige Gleichgültigkeit, die mein ganzes Denken und meinen Körper lähmte.
»Bitte, holen Sie schnell einen Arzt! Ich bin am Ende meiner Kräfte.«
»Sofort!« Mit Hilfe des Mannes legte ich mich aufs Bett, so wie ich war. Der Portier ging eilig hinaus und schloß die Tür.
In kurzen Augenblicken eines unklaren Dahindämmerns

überschnitt sich das soeben Gesehene, begleitet vom entfernten Hupen der Autos, dem Rattern der vorbeifahrenden Eisenbahnzüge, vereinzelten Lauten fröhlicher Menschen.
Die Gedanken begannen sich ein wenig zu ordnen.
Die Zeit! Die Zeit! Sie durfte noch nicht unwiderbringlich verloren sein!
Die Gestalt eines hochgewachsenen, schlanken Mannes gewann allmählich an Umrissen, kam auf mich zu, faßte vorsichtig nach meiner Linken, fühlte lange den Puls, sprach leise erst ein paar Worte, dann einige Sätze, die ich aber nicht verstand. Die schmalen Züge waren ernst.
Ich erkannte ihn. Doktor Weigert!
»Wie spät?« fragte ich.
»Vier Uhr morgens.« Lautlos pendelte er durch den halbdunklen Raum, ordnete ruhig die mattschimmernden Instrumente auf dem Nachttisch, rückte einen Stuhl ans Bett, setzte sich hin und fühlte erneut meinen Puls. »Ich habe alles vorbereitet, um den Gipsverband zu entfernen, Sie neu zu verbinden. Er ist von Blut durchnäßt. Der operative Eingriff müßte möglichst sofort erfolgen, weil die Gefahr einer Blutvergiftung besteht. Professor Payr in Leipzig wäre der richtige Mann dafür.«
Die folgenden Tage sind meinem Gedächtnis entschwunden. Sie waren nur mit Augenblicken eines kaum empfundenen Wachseins angefüllt, gefolgt von Vorstellungen, in denen sich einstige Wirklichkeit und Phantasie chaotisch überschnitten. Nur den kleinen, rundlichen Mann mit schlohweißem, kurzgestutztem Haar und dem Spitzbärtchen nahm ich bewußt wahr: Geheimrat Payr, den berühmten Chirurgen. Er stellte an mich immer dieselben Fragen: Den rechten Arm amputieren oder das zerschmetterte Schultergelenk durch ein künstliches ersetzen? Er saß auf der Bettkante und legte wie ein väterlicher Freund alle Gründe dar, die eine Amputation rechtfertigen sollten, sekundiert von seinem eleganten Assistenzarzt, Doktor Gehrig.
Payr behauptete, er könne unmöglich den letzten und kleinsten Splitter aus dem Schultergelenk entfernen, weil es

eben Knochen- und keine Metallsplitter seien. Dieser leidige Umstand müsse aber die unvermeidliche Tatsache einer späteren, vielleicht auch öfteren und recht schmerzhaften Knochenabsonderung zur Folge haben. Dadurch werde zugleich die fortschreitende Muskelatrophie des ganzen Armes beschleunigt, begleitet von einer zeitweiligen völligen Lähmung, die wiederum eine entsprechende Arbeitsuntauglichkeit nach sich ziehen werde.

Ich widersprach immer, wenn ich Payr sah. Ich widersprach mit Verbissenheit, ja, ich hatte sogar die Anmaßung zu behaupten, ich würde Payr, dieser Kapazität, später einmal beweisen, wie sehr er sich in seiner Behauptung irre, die Amputation des Armes wäre die beste Lösung. Was sollte ich denn auch mit nur einem Arm?

Der Geheimrat kraulte mit seinen kleinen, rundlichen Fingern, an denen noch Spuren des Talkumpuders zu sehen waren, das weiße Spitzbärtchen und schwieg, anscheinend doch von meinem zähen Widerstand beeindruckt, vielleicht aber auch mit der Überlegung: der Klügere gibt nach; später werde er meinen Arm doch amputieren müssen. Es wurde endlich beschlossen: der Arm sollte mir durch ein künstliches Gelenk erhalten werden.

Wieder überschnitten sich Wirklichkeit und Phantasie. Fernes rückte heran.

– Ein dumpfer Schlag schmettert gegen meinen Schädel und gleitet schmerzlich-betäubend über die rechte Schulter hinab. Wie eigenartig! Ich habe ihn schon lange erwartet und bin dennoch von ihm überrascht worden. Glitzernde Bajonette. Erhobene Gewehrkolben. Schüsse krachen. Eine zwingende Macht drückt mich zur Erde hinunter. »Festhalten! Festhalten!« Man will mich festhalten? Jetzt bin ich auf den Beinen, laufe mit dem Kopf nach vorn und mit aller Kraft in die große, sich bewegende Menge. Sie gibt nach. Schüsse fallen wie Peitschenhiebe. Panik! Keiner weiß, wohin er laufen soll! Ich aber weiß es! Kolka, mein Freund, mein sibirisches Pferdchen, wiehert. Räder rollen los, rattern ununterbrochen.

– Raben umkreisen uns, schreien heiser und gierig. Widerliches Viehzeug! Ich schieße nach dem verdammten schwarzen Pack. Kreischend vor Wut flattern sie hoch. Mein Kolka ist tot. Mein kleines, zottiges sibirisches Pferdchen! Nun bin ich ganz allein.

Formlose Gestalten beugen sich über mich; sie riechen penetrant nach Medikamenten und tun mir sehr weh. »Banditen haben mich überfallen. Das glauben Sie nicht, Herr Geheimrat?«

– Blauer Wind streicht wie ein Hauch im fahlen Morgenlicht über die unendliche Tundra am Nördlichen Polarkreis. Moor. Silhouetten verkrüppelter Birken und Kiefern. Es rauschen Hunderte und Aberhunderte breiter, mächtiger Schwingen. Die Sehnsucht nach Licht und Wärme trägt sie in die fernen Länder fort. – Dann wird alles wieder still.
– Unter grauschwarzem, wolkenschwerem Himmel türmen sich aufgewehte Schneehügel wie ein erstarrtes Meer auf. Zusammengeduckte Birken und Sträucher markieren die sibirische Verbrecherstraße. Eine Reihe von Verbannten watet nur noch mühselig darüber hinweg. Krähen krächzen und umkreisen torkelnde Männer in klirrenden Ketten, auch die gierigen Grauhunde, von Busch zu Busch. Die Bestien hoffen, daß in dem Sturm, den Väterchen Frost aus der Steppe geschickt hat, auch diese Kolonne verrecken wird.
– Die Wölfe heulen ihren Schauergesang in den Abend hinein. Sie und die Krähen treiben die Sträflinge besser an als die Peitschen der berittenen Kosaken, denn der Elendste will nicht liegenbleiben, gerissen werden, bangt um das erbärmliche bißchen Leben, klammert sich an die letzte Hoffnung. Väterchen Zar ließ ja manchmal Gnade vor Recht ergehen.
– »Vorwärts, ihr Hundesöhne! Vorwärts!« Der Kosak hebt seine Peitsche, aber er schlägt keinen, er hat ein mitleidiges Herz. »Du kannst wohl nicht mehr gehen?« fragte er einen Mann. »Füße erfroren? Ja, Sibirien ist kalt, sehr kalt. Aber denk nur, wie warm es in der Etappe sein wird! Da! Mach ei-

nen Schluck! Mütterchen Wodka gibt warm.« Weiter tappt der junge Mann, zum Sterben müde. Die Füße schmerzen nicht mehr, diese gefühllosen Holzklötze. Wie im Traum hört er erneut den Zuruf der Kosaken: »Vorwärts, ihr Hundesöhne! Vorwärts!«, das Schnaufen der Pferde und das näherkommende Geheul der Wölfe... »Huuuuu. Hau! Hau!... Üüüüü...« Dann bricht er zusammen. Die bärenhaften Pranken des Kosakenunteroffiziers heben ihn aufs Pferd. Kranke und Tote erschweren nur das Abliefern der Kolonne.

– Die Etappe ist erreicht. Sie werfen sich, so wie sie gingen, auf den Fußboden hin und schlafen, schlafen. Der Kosakenunteroffizier aber kniet und reibt die Füße des jungen Mannes mit Schnee. Sie sind ganz erfroren. Er versucht ihm Wodka einzuflößen – umsonst. Nicht zum ersten Male stellt er zwei Lichtstummel zu beiden Seiten des Sterbenden. »Weiß keiner von euch Hundeseelen ein Gebet?« Die Rotte schweigt finster, die meisten schnarchen. Da faltet der alte Unteroffizier die Hände des Sterbenden, öffnet sein Hemd und legt ihm das kleine Kreuz von seiner Brust in die erstarrten Finger. »Vergib uns unsere Schuld«, sagt er im tiefen Baß und bekreuzigt sich. »Dein Reich komme, Dein Wille geschehe... Erlöse uns von dem Bösen...« Jemand reißt die Eingangstür auf. Die Wachablösung. In dem eiskalten Windzug des Turmes verlöschen die beiden Lichter.

– Wiegend liege ich auf einer dunklen Meeresoberfläche. Nebelfetzen gleiten über das Wasser und mich hinweg. Der Polarstern strahlt über der unendlichen, schweigenden Tundra...

– Ein mächtiges graues Ren mit breitem Geweih, auf dem hell die Neujahrskerzen brennen, zieht mich im Schlitten mehreren Jurten der Tungusen entgegen, und obwohl der Wind in kreisenden Wirbeln umherzieht, sehe ich zu meiner Freude aus der Öffnung ihrer Zeltbehausungen Garben von Funken emporsteigen. Man wartet auf mich, um mir Felle zu verkaufen. Zottige Laika-Hunde stimmen in ein Heulen und Bellen ein. Tungusen... sie lehnen den Gedanken an körperliche Gewalt ab.

– Dann ist wieder das Meer da und seine breite, wogende Brandung. Eine weitgereiste Welle hebt mich behutsam hoch, trägt mich immer weiter und weiter hinaus... Wofür und warum sterbe ich schon in jungen Jahren? Ich finde keine Antwort.

Und wieder sah ich Payr neben mir sitzen. Er strich sich mit seinen kleinen, rundlichen Fingern das weiße Spitzbärtchen und beobachtete mich aufmerksam. Er fühlte meinen Puls, und ich empfand dabei die wohltuende Wärme seiner feingliedrigen Chirurgenhände, obwohl ich mich gegen das erneute Wachsein und das Zurückkehren in die bewußte Gegenwart mit aller Kraft wehrte. Der Gedanke, der erst träge und dann beharrlich in mir Raum gewann, das Leben und seine Schwierigkeiten von nun an als Invalide meistern zu müssen, beunruhigte mich.

Einige Tage später fühlte ich endlich als erstes meine Linke. Sie erhob sich mühsam, um das rechte Schultergelenk abzutasten. Das gelang mir aber nicht. Zorn stieg in mir hoch. Payr hatte also doch amputiert!

»Ihr Arm liegt im Streckverband«, sagte er ruhig. »Schwester Charlotte, Spiegel!«

Unsere Blicke trafen sich. Auch diesmal stand in den Zügen des alten Mannes nur Verständnis für meine Befürchtung. Der Spiegel überzeugte mich dann.

Tage, Wochen vergingen.

Es war Abend. Die Besuche des Geheimrats und seiner Assistenten, die sorgfältig das künstliche Schultergelenk beobachteten und ihre Aufzeichnungen darüber machten, das pflichtgetreue Hantieren der Krankenschwester, das auf die Minute genau servierte Essen, das Kontrollieren des Fieberthermometers – diese Prozeduren waren endlich von der schalldichten Doppeltür gebannt, irgendwo dahinter verstummt. Die beiden Fensterflügel waren wie gewöhnlich weit geöffnet. Dahinter lag im Dämmerlicht der Klinikgarten mit herbstlich gefärbten Bäumen und Sträuchern, ab und zu von einem Windhauch schemenhaft bewegt, umgeben von einer hohen, klösterlich anmutenden Mauer – eine Welt für sich. Jedoch darüber wölbte sich unablässig, faszinierend, Nacht für Nacht der rötliche Himmel der Großstadt – eine noch viel größere Welt!

Ich mußte an meinen Vater denken. Seit dem Tage der Enteignung seiner Betriebe im europäischen und asiatischen Rußland durch das Kriegsgesetz, seit seiner Internierung im eigenen Haus, schließlich seit der Abreise nach Deutschland führte er nur noch ein Schattendasein. Die ihm gleich nach Ausbruch des Weltkrieges durch einen höheren Beamten präsentierte Urkunde »Über die Nationalisierung sämtlicher Betriebe« hatte er damals langsam, stehend, Wort für Wort gelesen. Er faßte sie als sein Todesurteil auf, auch wenn darin zwei mildernde Klauseln enthalten waren: Er mußte seine Gießereien sofort in die russische Kriegsindustrie einschalten, und er sollte die russische Staatsbürgerschaft bekommen; das erbliche Ehrenbürgerrecht der Stadt Petersburg war ihm schon längst verliehen worden.

Beide Klauseln waren für ihn unannehmbar. Er wußte bereits zuviel, und er beurteilte die Zukunft mit einer geradezu unheimlichen Klarheit. Der einst fröhliche, urwüchsige Riese, der Typ des arbeitsfrohen Kultureuropäers mit dem Geist der Hanseaten, nahm das Leben und seine Impulse kaum noch wahr. Darüber schrieb er mir ein einziges Mal nach Sibirien. Ich wußte, er wartete und hoffte nur noch auf meine Rückkehr und meinen Bericht.

So blieb ich denn, aber ich wurde von Tag zu Tag ungeduldiger. Das abgeschiedene Dasein inmitten der Klinikwände, das leise Kommen und Gehen der Schwestern und Ärzte, die peinlich genaue Zeiteinteilung, das fortwährende Fragen um Erlaubnis, ob man dies oder jenes tun dürfe, drohte mich um den Rest meiner Beherrschung zu bringen.

Nur langsam schlich die Zeit.

Das linke Bein erholte sich zusehends, denn die Gewehrkugel war entfernt, die Narbe bereits verheilt. Das rechte Bein mit der fünfzehn Zentimeter langen Wunde wurde massiert, durch einen orthopädischen Apparat bewegt und machte ebenfalls erfreuliche Fortschritte. Aber mein rechter Arm!

Geheimrat Payrs Kommentar lautete von Woche zu Woche: »Geduld!« Er empfahl mir, in einigen Wochen in die Schweiz, zu Professor Rollier in Leysin, zu gehen. »Aber für wie lange?« fragte ich. Payr hob unbestimmt die Schultern.

Ich mußte also wieder das Warten lernen und mich selbst zu überwinden, genau wie in der jahrelangen Gefangenschaft.

»Bitte, Schwester, geben Sie mir einen Block und einen Bleistift. Ich will versuchen, wieder schreiben zu lernen, mich mit irgend etwas zu beschäftigen.«

Schwester Charlotte stellte die Sitzvorrichtung meines Bettes steiler und erfüllte mir meinen Wunsch. Sie war eine brünette, sympathische Erscheinung, die im anstrengenden Schwesterndienst und dem jahrelangen Einsatz im Osten ausschließlich in Frontlazaretten gearbeitet hatte. Abends erzählte sie mir von ihrer Gefangennahme durch die »Roten« in der Ukraine und dem Husarenstreich der deutschen Truppen, durch den sie befreit wurde. Mit Geduld begann sie meine Linke zu führen. Ich setzte mich also zurecht und kritzelte unbeholfene Buchstaben. Den ersten Brief richtete ich an meinen Vater. Doch ich zerriß ihn wieder. Es ist entsetzlich, überlegte ich, jahrelang nur an einen kräftigen, gesunden Sohn zu denken, um dann plötzlich vor einem Invaliden zu stehen. Dann schrieb ich an mehrere Sanatorien in der Schweiz und dachte beunruhigt bei jeder Anfrage an die hohen Preise.

Kurz darauf bekam ich Nachricht von Natascha. Was wollte sie von mir? Wer hatte ihr meine Anschrift gegeben? Fast verärgert riß ich ihren Brief auf. Russische und deutsche Worte schwirrten durcheinander, ertränkt in einer Flut von allen nur denkbaren Fehlern.

»Lieber Onkel Fedja!
Als ich damals schnell zurückkehrte, warst Du schon fort. Mein Suchen nach Dir blieb lange vergeblich. Endlich bekam ich Deine Adresse. Du lebst, und wir freuen uns darüber sehr! Ich schreibe Dir bald einen langen Brief, aber ich

kann es leider nur schlecht. Ich lerne ja noch das Schreiben in deutsch in der Schule. Übersieh die Fehler, verbessere sie aber genau. Dadurch lernst auch Du schreiben mit Deiner linken Hand. Wann kommst Du? Wir warten noch immer auf Dich. Es umarmt Dich herzlich Deine   Natascha.«

Es folgten einige fast unleserliche Worte von der Hand ihrer Mutter. Ein unwillkürlicher Blick auf meine Finger, und schaudernd dachte ich an die Schilderung des Kindes: Mütterchen hat nur noch Stummel, keine ganzen Finger mehr. Und damit nun arbeiten.
Das Bedürfnis, diesem armen Kind einige ermunternde und heimatlich-vertraute Worte zu sagen, zwang mich erneut und nun oft, den Bleistift zu ergreifen. Ich gab mir Mühe, mich in der einfachen Sprache des Kindes verständlich zu machen. Aber für mich war der Zweck erfüllt. Die Zeit enteilte rascher, mit ihr aber auch das Grübeln und Hadern. Die letzte Antwort war überfällig, als sie dann doch in einem dicken Brief eintraf, und ich ertappte mich bei der kleinen Freude, Nataschas fürchterliches Gekritzel erneut zu lesen.

»Mein lieber Onkel Fedja!
Dein langer, lieber Brief brachte uns allen großen Kummer. Ich las ihn in der Schule, während des Unterrichts. Dabei wurde ich von meiner Lehrerin erwischt. Ich sagte ihr, mein Freund hat mir geschrieben, und wie wir uns im Stundenzimmer kennenlernten, weil meine Mama mich zu Dir geschickt hat. Dies hat unser Hauswirt vermittelt. Er heißt Herr Neumann. Nun mußten wir deshalb zur Polizei gehen. Unser Wirt hat gebrüllt wie ein Löwe und meine Lehrerin eine blöde Kuh genannt und geschworen, sie zu vermöbeln. Er hat ausgesagt, daß er mich im Stundenzimmer für Geld niemals verkaufen wollte. Mein Mütterchen ist eine anständige Frau, auch wenn wir seit einem Jahr keine Miete bezahlen. Daran ist aber nur der Krieg schuld, nicht wir, hat er gesagt. Noch am gleichen Abend hat unser Wirt die Lehrerin geohrfeigt. Ihr ganzes Haus war auf den Bei-

nen, so hat sie geschrien. Nun muß er Buße zahlen, aber das macht er gern, sagt er überall ganz laut.

Alle gucken mich jetzt an, und Mütterchen weint über unsere Schande. Was ist das für eine Schande, Onkel Fedja? Herr Neumann überhäuft uns mit Geld und Geschenken. Der neue Lehrer und der alte Direktor sind sehr lieb zu mir, nicht wie die magere Lehrerin. Die ist jetzt krank.

Ach, das Schreiben fällt mir so schwer. Ich fühle mich heute wieder so schwach. Wenn ich nur mit Dir sprechen könnte! Abends beten wir für Dich wie für unseren Papa.

Schreibe bald und sehr viel. Mir hat noch keiner Briefe geschrieben.«

Ich antwortete. Natascha meldete sich sofort wieder:

»Wir beide sind furchtbar aufgeregt. Unser Wirt will plötzlich mein Mütterchen heiraten. Sie weint. Sie ist ja schon verheiratet. Schreibe es ihm um Gottes willen. Sonst glaubt er es nicht. Er will Dich auch selber fragen. Mütterchen mag ihn nicht heiraten. Wir laufen bald von hier fort, auch wenn wir hier unser Essen und alles haben. Alle Nachbarsleute reden uns zu, wir sollen ihn doch heiraten, den reichen Wirt. Wir haben es dann gut bei ihm. – Wann kommst Du denn, Onkel Fedja? Wir warten sehr auf Dich, denn wir sind so einsam.

Ich friere immer sehr, bin meist müde und traurig, und immer möchte ich weinen. So schwer ist es mir. Sag, warum ist das so?«

Wenig später erhielt ich ein Telegramm, in dem Herr Neumann seinen Besuch ankündigte.

Der nächste Tag blieb unvergessen! Nach Wochen wieder sah ich meine ganze Gestalt im Spiegel.

»Ein wirkliches Meisterwerk nach vier Operationen!« meinte Doktor Gehrig voll Bewunderung.

Langsam wendete ich mich von meinem Bild ab.

Es war Zeit zum befohlenen Humpelspaziergang im Klinikgarten. Ein Tag voll wunderbarer Klarheit umhüllte die abgeschiedene Stille des Gartens und seiner kleinen Wege, wo das herbstlich gefärbte Laub raschelnd meinen zaghaften Schritten voraneilte.

Als ich dann wieder mein Zimmer betrat, war das Bett frisch bezogen, und auf dem Tisch standen das Kaffeegeschirr und ein Sträußchen Astern. Vielleicht war es doch richtig, daß man mich zwang, weiter zu handeln, zu sprechen, weiter zu humpeln. Ein Blick nach der Uhr. Ich wartete also. Worauf eigentlich? Auf diesen fremden Menschen, der mich nicht interessierte? Die Antwort, die er von mir erwartete, stand ja schon lange fest. Wußte er das wirklich nicht?

Mein Spiegelbild, wie war es denn noch gewesen?

Ich muß es unbedingt noch einmal sehen, erkennen, muß Gewißheit haben!

Voll Eigensinn erhebe ich mich aus dem Sessel, stütze mich erst auf den bedenklich dünnbeinigen Kaffeetisch, greife nach dem Fußende des Bettes, ziehe meine Beine nach, stehe freihändig da! Schiele in den Spiegel wie ein Wehrloser dem unerbittlichen Feind entgegen, prüfend die Lider zugekniffen. Ein zweiter Schritt; noch einer. Ich kann fallen. Nur der Trotz hält mich aufrecht.

Eine Gestalt, raubvogelähnlich gebeugt, einen lahmen, schmerzenden Flügel gespreizt, starrt mir böse entgegen, ohne mich auch nur eine Sekunde aus den Augen zu verlieren, erbarmungslos, streng, lehnt sich ein wenig zurück und verzieht zynisch den Mundwinkel über sich selbst und ihre Ohnmacht.

Und wie war ich früher? Damals, noch wenige Sekunden vor dem Kampf am Bahnhof?

Ich versuche, es mir zu vergegenwärtigen. Aber plötzlich weiß ich es nicht mehr.

Ich sehe nur noch diese fremde, raubvogelähnliche Gestalt gebeugt vor mir stehen. Nur sie. Und das bin ich?

Auf einmal weiß ich ganz genau, daß ich nie mehr, nie mehr so sein werde wie einst.

Da tritt die Schwester ein. Sie sieht mich erschrocken an.

»Ich habe genug von eurem Friedhof!« sage ich unbeherrscht laut.

»Ihr Besuch ist gerade gekommen«, erwidert sie, zum ersten Male unsicher.

Natascha. Ihr Ausruf erstirbt auf den Lippen, kaum daß sie die Schwelle meines Zimmers betritt, und der eben noch leuchtende Blick des Kindes wird dunkel. Dann aber kommt sie zaghaft auf mich zu, umklammert mich und beginnt leise zu weinen, wie am Abend unserer ersten Begegnung. Die Schwester stützt mich. Nataschas Mutter und ihr Hauswirt treten ein, begrüßen mich unsicher.

Herr Neumann, ein stattlicher, gutmütiger Mann, versucht mit liebevollen Worten das Kind zu beruhigen, während er mit pfiffigem Lächeln eine ansehnliche Torte vorsichtig aus dem Papier schält und sie mit zwei Flaschen Rotwein auf den Kaffeetisch stellt.

Die Kleine setzt sich neben mich und hält meine Hand. »So macht es Mütterchen, wenn ich krank bin. Dann gehen die Schmerzen auf den anderen über, sagt man.«

Ich nicke und versuche zu lächeln.

Die junge Frau Andrejewa, eine pagenhafte Erscheinung, sehr schlicht gekleidet, mit nachtschwarzem, in der Mitte gescheiteltem Haar, fällt durch die Melancholie ihrer dunklen Augen auf, eine Frau, deren Liebreiz entwaffnet.

»Nun hast du deinen Onkel Fedja, Nadjenka«, sagt sie leise auf russisch und errötet. Ihre behandschuhte Rechte erhebt sich, als wollte sie ihr Kind berühren, vielleicht auch, um sie mir zum Gruß entgegenzustrecken. Doch befangen läßt sie sie wieder sinken, und obwohl ich dabei ihre Züge betrachte, die ein wenig vom Hauch des fernen Asiens berührt sind, sehe ich zugleich, wie ungewöhnlich klein diese Hand ist. Die Frau blickt zu Boden.

»Onkel Fedja, Lieber, warum hast du mich denn nicht gerufen? Auch geschrieben hast du kein Wörtchen, daß...« Natascha stockt, versucht zu lächeln und blickt mich an. »Ich hätte dich gepflegt.«

»Die Ärzte lassen keinen zu mir herein.«

»Oh, ich kann so lange bitten und betteln, bis das härteste Herz erweicht.«

Ich versuche zu scherzen: »Wenn du also mit einem Leierkastenmann gingest, könntest du viel Geld verdienen.«

»Singen kann ich nicht, aber das Tanzen könnte ich lernen. Mein Papa war doch in Petersburg beim Ballett in der Hofoper!«

Frau Andrejewa sieht uns beide an und nickt freundlich. Der Name des Solotänzers Andrejeff war ein Begriff.

Neumanns gesunder Humor wird bereitwillig aufgenommen, und schon sitzen wir am Kaffeetisch. Mit etwas hochgezogenen Ärmeln verteilt er Torte und schenkt uns den sächsischen »Bliemchen« ein. Es liegt etwas rührend Besorgtes darin, und unser Gespräch, bald in Deutsch, bald in Russisch geführt, erlahmt nicht, als seien wir schon längst miteinander bekannt, und als sich dann Frau Andrejewa nach der unerwartet verschwundenen Tochter erkundigt, macht sich Herr Neumann sofort auf, das Kind zu suchen.

»Verzeihen Sie bitte!« wendet sie sich sofort an mich. »Ich weiß nicht einmal, wer Sie sind, wie Sie heißen«, beginnt sie eindringlich zu sprechen. »Aber Ihr Verhalten zu meinem Kind und zu mir, als Sie gerade aus Rußland kamen, geben mir den Mut, eine herzliche Bitte an Sie zu richten.« Ihre Linke legt sich impulsiv auf die meine, zuckt aber sofort zurück.

»Es ist hoffnungslos!« Ein schneller Blick deutet auf den neben ihr stehenden Stuhl, auf dem Neumann gesessen hatte. »Ich kann doch nicht arbeiten!« Plötzlich streift sie die Handschuhe ab und legt die verstümmelten Hände ergeben vor mich hin.

Alles erstarrt in mir.

»Und damit nun arbeiten«, flüstert sie kaum hörbar. »Aber was? Aber was?«

Da geht die Tür auf. »Ihr Geheimrat, lieber Herr Gastgeber, exerziert mit der Kleinen seine paar Brocken Russisch durch. Er war vier Jahre als Militärarzt im Osten.«

Herr Neumann verstummt; er sieht die abgestreiften Handschuhe. Schwerfällig setzt er sich auf seinen Stuhl und preßt die Finger ineinander, daß sie dunkel anlaufen.

»Wenn ich doch meine Pratzen abhauen könnte, um sie Ihnen zu geben! Ich täte es auf der Stelle! Warum quälen Sie sich immer wieder und damit auch mich? Kommen Sie, liebe Tatjana!« Unsicher streift er ihr die eigens angefertigten Handschuhe über die Finger und stürzt hastig ein Glas Wein hinunter. »Bitte, darf ich rauchen?«

Wir rauchten, wir tranken Wein, und als Schwester Charlotte mich auf die vorgeschrittene Zeit und das wartende Abendbrot aufmerksam machte, trennten wir uns mit dem ehrlich gemeinten Versprechen, uns nicht mehr aus den Augen zu verlieren. Zum Abschied zog mich das Kind beiseite, stellte sich auf die Fußspitzen und flüsterte mir hastig zu: »Laß dir doch vom Professor erklären, wie man dich pflegen muß, dann holen wir dich schnell zu uns. Weißt du, Mütterchen spricht mit mir immer weniger, starrt oft vor sich hin. Ich fürchte mich dann sehr. Du schreibst mir auch gleich wieder, ja?« fügte sie eindringlich laut hinzu, worauf Herr Neumann feststellte, wie gut das für ihre Lernerei wäre. Über Frau Andrejewas Gesicht legte sich eine verhaltene Unruhe. Ermunternd nickte ich ihr zu.

Schwester Charlotte brachte das Abendbrot und setzte sich später mit einer Strickarbeit zu mir, den Kopf darüber gesenkt.

Sie hob den Faden auf. »Herr Neumann hofft, mit seinem Geld ihre Zuneigung zu gewinnen. Ein Mann in den fünfziger Jahren, der sonst über alle Dinge so sachlich urteilt, sollte doch vernünftiger sein.«

»Ein guter, rechtschaffener Mann, aber er hat nur sehr wenig Aussicht auf Zuneigung. Er ist zu grobschlächtig in seiner Art, und Frau Andrejewa hängt nach wie vor an ihrem verschollenen Mann. Sie ist durch die Trennung von ihm zerbrochen und wird nie mehr gesunden, wenn er nicht heimkehrt.«

»Wo sollte er auch seine Familie suchen, die aufs Geratewohl geflohen ist?«

Ihre Nadeln klapperten eine ganze Zeit. Plötzlich blickte sie hoch. »Wissen Sie, daß Natascha nicht gesund ist? Der rechte Lungenflügel hat einen Schatten.«

»Was sagen Sie?«

»Unser Chef hat sie erwischt und geröntgt. Das geht oft schnell bei ihm, ehe sich einer versieht.«

»Jetzt begreife ich die Worte ihres Briefes. Sie schrieb, sie friere oft, sei müde und traurig.«

»Die typischen Anzeichen.«

Etwas später fragte ich, für mich selbst unerwartet: »Meinen Sie, Schwester, ich werde meinen Arm bald gebrauchen können?«

»Wie kann ich Ihnen so etwas beantworten? Ich verstehe nichts davon, ich bin kein Arzt!«

»Aber doch wohl in einem Jahr, wenn ich ihn in der Schweiz sonnen würde?« beharrte ich.

»Davon bin ich überzeugt, denn die Narben heilen bei Ihnen erstaunlich schnell. Ja, sicher!«

Ich lächelte bitter. »Warum sehen Sie mich so prüfend an?«

»Fast dürfte ich Ihnen meine Gedanken nicht verraten.« Die Schwester errötete ein wenig und sagte dann leise: »Das Schicksal legte Ihnen dieses kranke Kind vor die Füße. Sie dürfen nicht darüber hinweggehen.«

Ich antwortete nicht gleich.

»Sie müssen meine Lage sehen, wie sie ist. Das Geld reicht gerade noch für einen Kuraufenthalt in der Schweiz für mich allein, nicht aber noch zusätzlich für das Mädchen. Außerdem kann ich mich nur mühsam behelfen. Dazu soll ich Natascha ständig um mich haben, die mich überall und bei jedem Gedanken nur stören wird? Ich muß mich erst auf mich selbst besinnen. Ihr treibt und hetzt mich hier schon genug!«

»Es war ja auch nur so ein Gedanke von mir«, meinte sie, als müsse sie sich entschuldigen.

Aber dieser Gedanke spukte beharrlich in mir herum. War es nicht gut, daß ich Natascha begegnet war, da ich zum erstenmal im Leben das Alleinsein fürchtete?

Ich setzte meine Entlassung durch – gegen die Ansicht des Geheimrats. Alles in mir drängte danach, aus der Beschaulichkeit des Kliniklebens herauszukommen. So war ich eines Morgens zur Abreise gerüstet, nahm Abschied vom kopfschüttelnden Payr, hörte mir aufmerksam seine Ermahnungen und Ratschläge an, dankte der treuen Schwester Charlotte, an deren Stelle eine niedliche junge Schwester trat, die mir in gewohnter Weise die neue Krücke unter die Achselhöhle schob. Ein Blick nach meinem alten Freund aus Birkenholz, der immer noch verloren in der Ecke stand, und ich begann zu schwanken, ob ich diesen letzten Sibirienkameraden nicht doch noch mitnehmen sollte.

»Aber die moderne ist schöner und bequemer«, meinte die junge Schwester mit leichtem Nachdruck und lächelte ein wenig, vielleicht über meine Sentimentalität verwundert.

»Ja, welch eine Freude, so etwas Schönes zu besitzen!« gab ich barsch zur Antwort.

Der Klinikgarten erschien mir an diesem Tage besonders abgeschieden. Mit unsicherem Schritt trat ich über die Schwelle der Gartenpforte. Fast nachdenklich knarrte sie hinter mir und fiel ins Schloß.

Eine Taxe brachte uns zur Bahn. Im Abteil saßen wir uns gegenüber, und ich betrachtete zerstreut das junge Profil der Schwester, die alles mit Neugier wahrzunehmen versuchte, was am Fenster vorbeiglitt. Als sie meinen Blick bemerkte, glättete sie ihre dunkelblaue Tracht, vergewisserte sich, ob die Haube mit dem Rotkreuzabzeichen auch einwandfrei saß, und vergaß nicht, das helle Haar zu ordnen.

»Ich bin ja kaum aus der Stadt herausgekommen, und deshalb freue ich mich mächtig auf unsere Reise, sie kann gar nicht lange genug sein. Können Sie das verstehen?«

»Lassen Sie sich nur nicht stören.«

Wieder hing jeder seinen Gedanken nach.

»Oh, dieser breite Fluß! Das ist wohl die Elbe? Ich sehe aber keine Lastkähne«, fügte sie enttäuscht hinzu.

»Das ist die Saale.«

»Ach ja! Die Elbe mündet doch bei Hamburg in die Nordsee. Von dort fahren die Überseedampfer nach Amerika, in die weite Welt!« In ihrem Seufzer lag Sehnsucht. »Und wie fährt man nach Sibirien?« fragte sie abwesend.

»Vom Bahnhof Friedrichstraße.«
»Direkt, ohne umzusteigen?«
»Fast.«
»Eigentlich sehr bequem.«
»Gewiß.«
»Dort ist es doch sehr, sehr kalt, und es gibt Bären und Wölfe?«
»Ja, kein angenehmes Leben!«
»Sie lachen mich wohl aus wegen dieser dummen Fragerei und denken, ich bin naiv. Bitte, verzeihen Sie mir. Ich war zerstreut«, fügte sie errötend hinzu und lehnte sich in die Polster zurück.

Ein Provinzbahnhof.

Wir verließen den Schnellzug und stiegen um. Eine alte Schmalspurbahn führte uns gemächlich und fast ununterbrochen läutend ins Herz Mecklenburgs, vorbei an weiten, stillen Seen, umgeben von mächtigen Wäldern in letzter, herbstlicher Pracht, in deren Mitte bald vereinzelt, dann mehrere ziegelrote, weit sichtbare Dächer sich um eine Kirche zusammengefunden hatten. Plattdeutsche Laute klangen an mein Ohr, aber sie weckten nach so vielen Jahren der Abwesenheit kaum eine Resonanz.

Der Zug verlangsamte die Fahrt.

Mein Herz klopfte erregt.

Da! Mein Vater!

Den Kopf leicht erhoben, die Augen ein wenig zugekniffen, die Züge gespannt, tastet er mit suchendem Blick die Wagenreihen ab. Die Hände hat er hinter dem Rücken verschränkt. Er trägt einen grauen Anzug. Daneben steht die Mutter, klein, gefaßt, im schwarzen Kleid; am Halskragen und an den Ärmeln schauen wie immer weiße Spitzen hervor. Sie macht einen frischen Eindruck. Die Sonne hat sie leicht gebräunt.

Ich stehe auf der Plattform des Wagens.

Da sehen sie mich.

Im Blick meines Vaters wechseln in schneller Folge Freude und Schreck. Er ist unfähig, nur einen einzigen Schritt näher zu kommen. Die Finger seiner Linken streichen über die Stirn, als sollten sie etwas verscheuchen, was er soeben gesehen hatte – eine Vision. Das durfte nicht wahr sein! Sein Sohn durfte nicht *so* aussehen!

Inzwischen ist die Schwester ausgestiegen, die Mutter eilt herbei. Sie stützen mich.

»Der Zug hält hier nicht lange, und das Gepäck ist ja noch im Wagen«, sagt Mutter sachlich. Dann aber zieht sie mich zu sich herunter, und ich fühle ihre Tränen an meiner Wange. »Wie wir auf dich gewartet haben, Ted! Alles wird wieder gut, nur glauben muß man daran!«

»Fedja! Mein lieber Junge!« Der Vater will mich mit aller Kraft umarmen, aber seine Hände irren unsicher an mir entlang, aus Angst, mir weh zu tun. Der Hut ist ihm aus der Hand gefallen. »Die Hauptsache, du bist da!«

Die Schwester hebt seinen Hut auf. Er dankt und gibt ihr die Hand. »Komm, mein Junge, du kannst dich auf mich stützen. Wir haben es nicht weit. Unser Hauswirt hat für dich eingespannt. Geht es auch so? Schmerzen?«

»Aber nein, Vater, gar keine!« erwidere ich im Gehen und beiße die Zähne zusammen.

Die Neugierigen des Städtchens blicken uns unentwegt an. Höflich vermeidet der Vater jedes Gespräch, jede Antwort. Da kommt schon ein stämmiger Mann auf uns zu.

»Das ist Herr Benthin«, stellt der Vater vor.

»Tjä, das bin ich woll. Tag ook!« Er lacht über das breite, offene Gesicht. »Wir werden Sie in dem gelobten Land Mecklenburg mit Speck, Eiern und Schlackwurst auch noch hinkriegen, nicht?« fügt er gedehnt hinzu.

Die Mutter geht mit der Schwester. Der junge Benthin, der meine Reisetasche trägt, betrachtet das Mädchen wohlgefällig. Vater Benthin streichelt das Pferd, verstaut das Gepäck. »Tjä, denn man tau, min Leiwing!« Er schwingt sich auf den Bock. Gemächlich zieht das Pferd an. »Auch so 'n Weltenbummler wie Sie, mein Jochen«, weist er dann mit der Peitsche auf seinen Sohn. »Ist schon ein paar Jahre als zweiter Schiffskoch nach Übersee gefahren. Nun hat er man wieder die besten Angebote, sogar aus der Schweiz, aber nein, trotz der großen Arbeitslosigkeit will er nur wieder zur See, schlägt alles aus.« Er schüttelt den Kopf.

Niedrige, saubere Häuser aus roten Ziegeln mit weißen Fensterrahmen, kleine Vorgärten, deren Beete schon mit Tannenästen zugedeckt sind, geruhsam vorbeigehende Menschen, auf einem Giebel ein altes, leeres Storchennest. Lichte Wolken, rosig vom erlöschenden Abendrot, ziehen dahin.

»Ich fahre man langsam«, sagt Herr Benthin. »Aber nicht allein wegen de ollen Pflastersteine, sondern wegen der Herrschaften hinter ihren ›Spionen‹, damit sie Giraffenhälse dabei kriegen. Sehen Sie nur, da, hier, dort sitzen sie und gaffen uns an, und dann geht's los: ›Ja, haben Sie denn das nicht gesehen?‹« Er weist mit der Peitsche unbekümmert nach den Fenstern.

Nach wenigen Minuten Fahrt hält er vor seinem Hause.

Die Männer helfen mir beim Aussteigen.

»Einen guten Appetit ook!« sagt Benthin und faßt das Pferd am Halfter. »Adschüß ook für heut«, ruft er uns freundlich nach.

Die kleine, schmale Tür mit niedriger Schwelle steht offen. Im Schimmer der roten Fußbodenkacheln und des weißgetünchten Vorraumes, in dessen Hintergrund das weite Tor noch nicht geschlossen ist und den Blick auf zwei mächtige Bäume freigibt, verharre ich mit dem Vater. Es duftet nach frischgebackenem Kuchen.

Eine niedrige Tür mit handgeschmiedetem Griff tut sich vor mir auf. Brennende Kerzen stehen zwischen Blumen auf einem sorgfältig gedeckten Tisch in dem hell tapezierten Raum mit ländlichen Gardinen, schönen Biedermeiermöbeln und ein paar Familienbildern in alten, ovalen Rahmen.

Die Mutter bleibt neben uns stehen. In der Stille liegt etwas Wehmütig-Beschauliches; es erinnert uns an all das in der Ferne Verlorene, das nun unwiederbringlich ist, was einmal zu uns gehörte, was wir liebten und was wir nun immer vermissen werden.

»Sei uns herzlich willkommen, Fedja. Nimm Platz«, sagt endlich der Vater. Er schiebt einen Lehnstuhl heran. »Darin sitzt du am besten und kannst auch deinen Arm bequem stützen. Die Schwester ißt mit unseren Wirtsleuten. Wir wollen den ersten Abend allein sein.« Die Mutter legt mir die Serviette über den Schoß, teilt die Suppe aus und reicht uns Brot.

Schweigend sitzen wir an der Tafel. Jedem von uns ist das Essen willkommen, um in diesen wenigen Augenblicken die Fülle der Gedanken zur Ruhe zu zwingen. Jeder wartet auf den Blick des anderen, auf die unvermeidlich gewordene Frage nach unserer gemeinsamen Zukunft. An der Last einer solchen Antwort trage ich schwer, und während ich sie genau überlege, beginne ich zu sprechen, wie glücklich ich sei, meine Eltern umarmt zu haben, und von Geheimrat Payr und seinen Ermahnungen. Doch meine Stimme drückt nur schlecht Freude und Sorglosigkeit aus. So verstumme ich denn.

»Man hat dich wohl schlimm zusammengeschlagen? Deshalb wolltest du auch keinen von uns bei der Ankunft in der Klinik sehen?«

»Ich habe euch vor der Operation nur deshalb nicht geschrieben, weil es immer besser ist, so etwas mit sich allein abzumachen. Du wirst sehen, daß ich schon in einigen Tagen ohne Krücke gehen werde.«

»Meinst du wirklich?« Er legt seine Hand auf die meine. »Was hat Payr operiert?«

»Die Schnittwunde am rechten Bein ist zugenäht, und das rechte Schultergelenk ist durch ein künstliches ersetzt.«

Seine Rechte, die noch immer auf der meinen ruht, drückt diese fest zusammen. Die Mutter senkt den Kopf.

»Und glaubst du, später einmal...«

»Ja, Vater, auf jeden Fall!«

Schweigen.

Die Tür geht auf. Ein junges, dralles Mädchen mit blonden Zöpfen steht auf der Schwelle. Verlegen glättet es die weiße Schürze. Mit den Worten »Tag ook, Herr!« streckt es mir unbeholfen die Hand entgegen. Ein neugieriger Blick streift mich.

»Das ist unsere Loni«, sagt die Mutter, »das Töchterchen unseres Nachbarn. Bitte, du kannst die Suppe abräumen.«

Die Mutter reicht ihr unsere Teller, und das Mädchen trägt sie mit der Schüssel hinaus.

»Ja, Fedja, von uns gibt es nicht viel zu berichten. Erst kamen wir nach Berlin. Der Empfang war herzlich, und alle sagten mir, ich solle doch meine Sachen im Hotel nicht erst auspacken, so sehr waren sie von der Vertreibung der Bolschewiki überzeugt. Verträge über Verträge hätte ich unterschreiben können. So mancher meiner Geschäftsfreunde lächelte über meinen Pessimismus. Dann haben wir uns hier niedergelassen, aber nicht nur, weil unsere Väter aus diesem Städtchen stammen. Wir dachten, wir kehrten heim in ein Land, mit dem uns die gleiche Sprache und gleiches Blut verbinden. Wir dachten, dieses Land unserer Väter würde uns irgendwie willkommen heißen, denn wir waren doch auch Deutsche, Mecklenburger sogar. Wir hofften, man würde uns ein wenig verstehen.« Er hob die Achseln.

»Aber es ist anders gekommen«, fügte die Mutter nachdenklich hinzu. »Wir fühlen uns hier immer noch wie auf der Durchreise, als seien wir, wie einst in den Ferien, fremd unter den Verwandten. Wo ist jetzt eigentlich unsere Heimat?«

Loni bringt auf einem riesigen Tablett die Speisen, stellt die Schüsseln ungeschickt auf den Tisch; unser Schweigen macht sie unsicher. Der Vater, wie es stets in Petersburg üblich war, beginnt das Fleisch zu tranchieren, indem er es für mich zum ersten Male seit meiner Kindheit in kleine Stücke zerlegt und die Zutaten akkurat daneben gruppiert. Dann bedient er die Mutter.

»Naja, wenn der Krieg zu Ende ist, geht der Frieden weiter«, meine ich beim Anblick einer solchen Vielfalt. »Wie herrlich alles schmeckt! So etwas Gutes habe ich schon lange nicht gegessen!«

»Die deutsche Industrie, Fedja, lebt noch immer in der Illusion, mit den Bolschewiki Millionengeschäfte machen zu können, und überhäuft mich mit Geschenken in der Annahme, daß ich bei diesen Geschäften mitmachen würde. Das ist verständlich. Deutschland braucht unbedingt ein Absatzgebiet, sonst kann es nicht mehr existieren. Dazu die ungeheure Last der Milliardenreparationen.«

Ich lasse mir von den Speisen nachgeben.

»Und unsere Mutter – die klönt een beeten mit den Verwandten. Es geht uns nicht schlecht, wie du siehst. Wir gehen viel spazieren, spielen unverdienterweise die Rentiers. Ja, das Warten«, sagt er dann leise. »Man sollte eben nicht mehr warten brauchen, mein lieber Junge.«

»Aber jeder Mensch klammert sich doch an das bißchen Hoffnung«, meint die Mutter. »Die Wahrheit in ihrer letzten Konsequenz ist nicht leicht zu ertragen!«

Loni bringt den Nachtisch: die verlockende, mecklenburgische Karl-Borjen-Nußtorte mit einem kleinen Berg Schlagsahne. Der Kaffee wird serviert. Wir rauchen.

»Neulich war Generaldirektor Janssen aus Hamburg bei uns mit seiner ganzen Familie.« Die Mutter versucht, dem Gespräch eine Wendung zu geben. »Er und alle anderen haben uns mit so viel aufrichtiger Herzlichkeit ermuntert und Vaters Pessimismus zu zerstreuen versucht!«

»Janssen«, setzt Vater hinzu, »gießt jetzt ein neuartiges Leichtmetall. Ich habe mehrere Muster und Analysen davon gesehen. Es ist ausgezeichnet. Auch bei ihm habe ich unbeschränkten Kredit.«

»Das ist doch herrlich!«

»Sicher, aber wir müssen doch wieder in Petersburg sein, in erster Linie aber eine andere Regierung haben. Dann wäre mir nicht mehr bange! Doch nun sollst du uns von dir erzählen, mein lieber Junge.«

»Ich kann nicht!« Es klingt mir selbst roh und abweisend, aber es ist mir in diesem Augenblick gleichgültig, was die Eltern von mir denken. »Vielleicht ein andermal. Vielleicht«, setze ich mühsam und versöhnlich hinzu.

»Diese Worte sagen uns alles, Fedjenka!« Die Stimme des Vaters versagt.

Die Lichter brennen, ohne zu flackern.

Es wird still um uns.

Als ich den Vater so lange schweigend neben mir sitzen sah, gewahrte ich in seinem Blick, der ins Licht der niederbrennenden Kerzen gerichtet war, einen unverkennbaren Schleier, den Menschen haben, wenn sie, tief in Gedanken versunken, in weite Traumferne enteilen. Ab und zu, wenn auch kaum wahrnehmbar, flammte noch ein kleiner Funke darin auf, als sähe er Bilder, Menschen oder Ereignisse, die ihn jetzt bewegten, um ebenso schnell wieder zu verlöschen. Unbeweglich saß er da, den Kopf mit dem schlohweißen Haar ein wenig gesenkt, die Hände im Schoß gefaltet. Er schlief. Sein Atem ging ruhig. Wir deckten ihn zu und blieben noch eine Weile bei ihm. Leise gingen wir dann hinaus. Die Kerzen waren zum Teil erloschen, und da sie ihren Tannenkranz etwas versengt hatten, erinnerten der Wachsdunst und der Geruch nach verbrannten Nadeln an einen Weihnachtsabend.

Später setzte sich die Mutter auf meinen Bettrand. So saß sie bei mir nur, wenn ich einmal krank war.

»Ted, du bist verbittert und voll Lebensverachtung heimgekommen. Du vergißt, daß Hunderttausende in Rußland und Sibirien gestorben oder verschollen sind. Solltest du nicht für deine Errettung dankbar sein?«

Ich blieb ihr die Antwort schuldig. Sie bestand auch nicht darauf.

Es kam der Tag der Abreise.

Der Zug ruckte an, und das monotone Geratter seiner Räder wurde schneller und schneller.

Herr Neumann und Natascha erwarteten mich auf dem Bahnhof. Er nahm meine Reisetasche und half mir beim Aussteigen. Unentschlossen reichte mir Natascha die Hand, ohne den Blick von mir zu wenden.

»Onkel Fedja, warum hast du geschrieben, daß du mich in die Schweiz mitnehmen willst? Auch wenn Mütterchen damit einverstanden ist, darf ich sie nicht allein lassen. Ich ängstige mich um sie und muß bei ihr bleiben.«

»Dann kleb eben an deiner Mutter!« Ich hatte von der Fahrt heftige Schmerzen und war unduldsam. »Ich meine es doch gut mit dir. Merkst du das denn gar nicht?« fügte ich versöhnlicher hinzu, weil mir ihre unerwartete Blässe auffiel.

»Doch«, sagte sie kleinlaut und kämpfte mit den Tränen.

»Nun komm schnell, du kleines störrisches Eselchen«, erwiderte ich sofort, um in ihr nur ja keinen Argwohn über ihren Zustand zu wecken. »Ich habe immer geglaubt, du wolltest mich pflegen? Das hast du mir schon in der Klinik versprochen.«

Neumann steuerte den Wagen durch den dichten Großstadtverkehr. Wir unterhielten uns über das Wetter und andere Belanglosigkeiten. Natascha saß schweigend und verstört auf dem Rücksitz. Eine plötzliche Angst ergriff mich: War es schon zu spät bei ihr? War die tückische Krankheit schon zu weit fortgeschritten?

Vor dem Haus verabschiedeten wir uns von Neumann. Ich war ihm dankbar, daß er sich jetzt nicht aufdrängte.

Natascha und ich blieben allein unter dem dunklen Torbogen. Ich wollte mit ihr weitergehen. Plötzlich schwang sie sich auf einen Prellstein, der an der alten Mauer lehnte, und hielt mich fest.

»Bitte, sprich doch wieder mit mir! Ich fühle mich heute so schwach. Nicht einmal mit den Kindern konnte ich spielen.«

»Djetotschka!« Wir schauten uns an. »Ich habe dir und deiner Mutter lang und breit geschrieben, warum ich dich in die Schweiz mitnehmen will. Nun laß mich dir das noch einmal erklären! Auch der alte Geheimrat hat dringend dazu geraten, weil du mich dort pflegen könntest. Du siehst, wie unbeholfen ich bin, besonders aber, wenn ich bei diesem Nebelwetter starke Schmerzen habe, so wie jetzt.«

Sie war verwirrt.

»Wenn ich sie aber verlasse, dann fürchte ich mich schrecklich!« flüsterte sie mir ins Ohr.

»Vor mir?«

»Auch, aber nur etwas! – Vor dem Alleinsein! Es ist ja so

groß und so schrecklich wie ein böses Tier. Das fühle ich besonders, wenn Mütterchen fortgeht, um Arbeit zu suchen. Wir haben bald kein Geld mehr. Neulich sagte sie zu mir, sie ertrage das alles nicht mehr und ginge vor Kummer bald ins Wasser. Denke nur! Was soll dann aus mir werden? Dann habe ich ja nur dich, sonst keinen mehr. Ich kenn' dich aber gar nicht, Onkel Fedja. Ich gehe zu keinem hin, zu niemand. Ich nehme auch von keinem sonst etwas an, genau wie unser Hund Scharik. Den hat mein Papa gleich so erzogen.«

»Nataschenka!« Ich suchte nach Worten.

»Ach, ich weiß doch«, unterbrach sie mich sofort, »du willst mich mitnehmen, weil ich eben krank bin.«

»Wer sagt denn so was? Nein, das ist nicht wahr! Du bist nicht krank!« Ich legte meinen Arm wie schützend um das Mädchen. »Wer fühlt sich schon bei einem dicken Nebelwetter wohl? Keiner! Ich will mit Herrn Neumann reden und alles in Ordnung bringen. Er hat euch wirklich gern und wird deiner Mutter nie etwas Böses antun. Das weiß ich genau. Natascha! Wenn man einen Menschen liebt, kann man ihm nichts zuleide tun.«

»Ja.«

»Na, siehst du! Und du mußt nur glauben, daß du es bei mir sehr gut haben wirst. Wir werden zusammen lernen, spazierengehen, spielen, so lange wir wollen. Ich werde dir Geschichten vorlesen und unsere schönen russischen Märchen erzählen. In den Bergen scheint meist die Sonne. Dort ist jetzt ein richtiger russischer Schnee. Auf allen Feldern, Wäldern und hohen, hohen Bergen glitzert er in riesigen Mengen, und darüber spannt sich ein wolkenloser Himmel, so schön und blau wie auf den Postkarten. Und die Kinder, was meinst du, die wissen vor Übermut nicht, was sie eigentlich spielen sollen, ob rodeln, schilaufen, Schneemänner bauen. Dazu haben sie den ganzen Sommer lang volle sechs Monate Ferien! Was sagst du dazu? Dort werden wir beide wieder froh und glücklich. Dort wirst du auch nie mehr Schmerzen in deiner Brust haben, nie mehr, und ich nicht in meinem Arm! Darum schickt uns ja auch der alte Geheimrat dorthin!«

»Meinst du wirklich, daß ich in diesem Bergland wieder lustig werde, genauso, wie die anderen Kinder, mit denen ich hier spiele? Glaubst du, daß die dort mit mir spielen werden, auch wenn sie mich nicht kennen?«

»Aber natürlich, Duschenka, und wie!«

»Woher weißt du denn das, warst du dort schon einmal?«

»Als ich noch ein kleiner Junge war, ging ich in diesem schönen Bergland in die Schule.«

»Onkel Fedja, erzähl aber nichts meinem Mütterchen, daß ich krank bin. Bitte, bitte!«

»Weißt du, warum ich dich noch mitnehme?« Die Kleine schüttelte den Kopf und blickte mich an. »Ich fürchte mich vor dem Alleinsein, genau wie du«, flüsterte ich ihr ebenfalls ins Ohr. »Vielleicht noch schlimmer! Sag das aber niemand!«

Da lachte sie leise. »Das ist ja gar nicht wahr! Du bist ein Schwindlerchen«, sagte sie und fügte auf einmal im Berliner Dialekt hinzu: »Du willst mir nur uff de Schippe nehmen! Aber sag, wann hat man im Bergland Ferien? Bald?«

»Gleich nach Ostern, also schon in drei Monaten. Nun geh vom Stein herunter und laß uns ein paar Schritte machen, damit du dich beruhigst! Du bist ja ganz aufgeregt.«

Die Kaimauer erschien mir auch an diesem Abend düster, und als wir von der Brücke hinunterblickten, kam mir das im Nebel kaum erkennbare, träge vorbeiflutende Wasser der Spree abgrundtief und unheimlich vor. Der Schein der Laternen formte auf seiner Fläche viele helle Scheiben, die immer wieder zerrannen und erneut zusammenflossen. Es roch nach Tang. Aus naher Ferne aber schimmerte das Licht der mir seit meiner Kindheit bekannten Straße Unter den Linden. Das Hupen der Autos klang herüber und der ununterbrochene Pulsschlag der Millionenstadt.

Frau Andrejewa empfing mich mit verschämter Freude. In ihren kurzen Briefen hatte sie wiederholt um meinen Besuch gebeten und um die Möglichkeit, mit ihr über alle sie bewegenden Fragen zu sprechen. Sie bewohnte mit Natascha ein großes Parterrezimmer. Die Möbel waren neu und gepflegt.

»Onkel Fedja«, begrüßte sie mich und streckte mir die

Hand entgegen, die ich an die Lippen führte. »Ich darf Sie doch so nennen wie Nàdjenka? Sie werden es verstehen, wie es ist, so fern der Heimat zu sein, auch wenn alle so gut zu uns sind.« Dabei wies sie auf den gedeckten Tisch und das Zimmer. »Ich glaube noch immer wie früher, auf der Durchreise zu sein.«

Wir nahmen Platz, und während wir Tee tranken, erklärte ich ihr endlich, wer ich war und woher ich kam. Natascha hatte sich der Nußtorte und der Schlagsahne gewidmet, blickte mich aber von Zeit zu Zeit nachdenklich an.

Dann begann Frau Andrejewa von ihrem Leben mit dem berühmten Ballettänzer der Petersburger »Marien-Hofoper«, seinem Aufstieg und ihrem Glück zu erzählen. Persönlichkeiten wie die Primaballerinen Pawlowa, Karssawina, Krzessinskaja, der Tänzer Njeschinskij und der betagte Petitpas, ihre Kunst, die Atmosphäre der Vorstellungen, der Zauber der russischen Musik, das alles war uns beiden seit Kindheit ein Begriff. Es kam die unrühmliche Kerenski-Revolution. Ihr folgte die Machtergreifung durch den Bolschewismus mit all ihren unmenschlichen Begleiterscheinungen.

Frau Andrejewa sprach flüsternd, um in Natascha nicht die Schrecknisse der Erinnerung aufkommen zu lassen. Das Kind hatte sich bereits aufs Sofa hingelegt.

»Es war nachts. Zusammengekauert lagen wir eng beieinander im ungeheizten, eiskalten Zimmer, mein Mann, die Kleine und ich. Ein Lastwagen fuhr vor das Haus und hielt. Rauhe Stimmen, ein Weinen, Flehen, Fluchen. Schritte genagelter Schuhe, das Dröhnen von Gewehrkolben an unserer Tür, sie barst auseinander. Dunkle Gestalten wälzten sich herein. Sie machten Licht.«

Die kleine Frau verstummte und begann leise zu weinen.

»Man entdeckte uns sofort«, erzählte Frau Andrejewa weiter, »und riß die Bettdecke von uns herunter. ›Andrejeff?‹ fragte laut ein Mann in der Lederjoppe mit einem Sowjetstern an der Mütze. ›Ja‹, erwiderte mein Mann. ›He, du schöner Tänzer, du Pfau, du Speichellecker und Zarenknecht! Mach uns ein Tänzchen, mach schon!‹ Mein Mann rührte sich nicht.

›Tanze! Tanze, sag' ich dir! Sonst bringt dich mein Bajonett dazu!‹ Der Soldat riß sein Gewehr von der Schulter und stach gegen die Beine meines Mannes. Der aber sprang zur Seite. Der Soldat stach wieder, und wieder wich mein Mann zur Seite. Johlen und Grölen erfüllte den Raum. Dawai, dawai! Einen Trepoka-Tanz! Dawai, jetzt einen Kamarenskuju!‹ Immer wieder blitzten um die Füße meines Mannes die Bajonette auf, denen er mit verzweifelter Schnelligkeit auszuweichen versuchte. Da sprang ich einem der Kerle an die Gurgel. Ich fühlte einen heftigen Schlag und verlor für Sekunden die Besinnung. Dann war ich wieder an der Seite meines Mannes, faßte nach einem Bajonett, und ich weiß nur noch, daß ich in die Hand eines Soldaten biß. Auch Natascha wollte zuschlagen. Eine Ohrfeige warf sie nieder. Jemand brüllte aus Leibeskräften: ›A nu ka, dawai pod nagan!‹ (›Los! Im Takt der Schnellfeuerpistole!‹) Mehrere Schüsse krachten, mein Mann schrie auf, faßte nach seinem Fuß und brach zusammen. Ein neuer Schlag, und mein letzter Gedanke war: ›Er wird nie mehr tanzen können!‹ Als ich zu mir kam, legte mir Natascha einen feuchten, kalten Lappen auf die Stirn. Sie blutete aus Mund und Nase, klagte aber nicht. Mein Mann – war fort.«

Natascha lag blaß und mit geschlossenen Augen auf dem Sofa. Sie schien zu schlafen. Im Arm hielt sie ihre einzige Puppe Akulina.

Dann berichtete Frau Andrejewa vom Abtransport ihres Mannes und wie sie sich verzweifelt an der Tür des Viehwagens festgeklammert hatte, in dem noch viele andere waren. Eine große, schwere Fläche aus Holz und Eisen rollte krachend zu. Ein wahnsinniger Schmerz an den Händen raubte ihr das Bewußtsein. Jemand, der gerade vorüberging, nahm aus dem Haufen der von den Häftlingen zurückgelassenen Sachen irgendeinen Lumpen und verband ihr die verstümmelten Finger.

Später folgte die Flucht nach Finnland und weiter nach Berlin.

»Nur mit einem Bündelchen standen wir endlich in der Friedrichstraße, die ich von früher her kannte, und suchten nach einem Zimmer. Der Preis schreckte uns, und so gingen wir in entgegengesetzter Richtung. An einem Hause sahen wir ein Schild hängen. Da aber der Eingang geschlossen war, erkundigten wir uns in der danebenliegenden Fleischerei. Eine Verkäuferin wies nach dem Meister, der gerade Marken-Rationen verteilte. ›Ein Zimmer, Madameken? In meinem Haus? Oogenblick mal!‹ Er legte sofort das Messer zur Seite, band die Schürze ab und führte uns in ein Zimmer. Breitbeinig saß er vor uns, unbeweglich, und hörte aufmerksam zu, was ich ihm erzählte. ›Sie können es haben‹, erwiderte er dann kurz. ›Legen Sie nur Ihr Bündel aufs Bett und kommen Sie gleich mit mir in die Küche und essen Sie was!‹ Wir folgten. Das war Herr Neumann.

Danach holte er aus dem Schrank zwei Garnituren zum Beziehen, drückte mir alles in den Arm und verschwand. Wir sahen uns an und begannen zu weinen, so unwahrscheinlich kam uns alles vor, weil wir uns hier endlich satt essen konnten und uns geborgen fühlten.«

Frau Andrejewa trank die Tasse aus und stellte sie langsam wieder hin. »Bis heute, Onkel Fedja, hat Herr Neumann von mir nicht einen Pfennig weder für die Miete noch für das Essen verlangt. Gleich vom ersten Tage an umgab er mich und mein Kind mit kleinen, liebevollen Aufmerksamkeiten. Er stellte nicht die geringste Forderung an mich, nicht einmal Dank wollte er von uns hören, obwohl ich ihm wiederholt sagte, ich hätte noch etwas Schmuck. Nun aber soll ich ihn heiraten. Er beginnt zu drängen und ist bereit, mir alles zu geben. Aber er sieht nicht, daß wir zueinander gar nicht passen. Er begreift es nicht! Es ist ausweglos geworden, mein Gott! Das Leben haben wir gerettet. Aber die Sehnsucht nach der Heimat kann uns Russen keiner nehmen. Deshalb sind wir in der Fremde auch nicht glücklich.«

Da klopfte es leise. Herr Neumann trat mit einem Päckchen in der Hand ein, begrüßte uns flüsternd und öffnete es. Eine hübsche Uhr mit einem Kleeblatt auf der Rückseite kam hervor. Jedes Geräusch vermeidend, legte er sie auf den Stuhl neben Natascha.

»Laßt mich auch mal mit eurem Onkel Fedja sprechen; wir machen es kurz und bündig.« Er nahm mich unter den Arm und zog mich fort.

Wir betraten ein Zimmer mit dunklen, schweren Möbeln und Vorhängen, das mich durch seinen einheitlichen Stil angenehm überraschte, und nahmen Platz in den Ledersesseln.

»Bitte, rauchen Sie? Wollen Sie was trinken? Weiß- oder Rotwein?«

»Weißwein, wenn Sie mich fragen.«

»Janz mein Fall. Ick habe jerade eine Kiste aus Würzburg erhalten. Kommen Sie jleich mit und suchen Sie sich wat Jutes aus, wat uns der Herrjott aus dem Frankenland beschert hat.«

Als wir uns dann wieder gegenübersaßen, begann Herr Neumann von sich zu erzählen.

»Sie hören schon an meiner Aussprache, det ick waschechter Berliner bin. Ick kann ooch vornehm sprechen, det is aber nich meine Muttersprache«, sagte er lachend. »Meine Eltern hatten 'ne schöne Gänsezüchterei und Schlächterei im Spreewald, und am Kurfürstendamm 'n nicht minder schönes Detailgeschäft, gestoppt voll Kunden. Det habe ick von ihnen noch mit der warmen Hand jeerbt, dazu die beeden Häuser. Mir kann also nich so leicht wat passieren. Im Weltkrieg war ick so ziemlich überall, zuletzt fuffzehn Monate im dicksten Schlamassel im Westen, viermal verwundet. Trotzdem Schwein jehabt. Mein Motto hieß zwar eisern durchhalten, aber ooch nur ja nich uffallen! Auch 'n bißken dußlig bin ick, wenn Sie es janz jenau wissen wolln, aber nich hier«, er zeigte auf den Kopf, »sondern nur da, wo so wat wie een Herze puppert. Im Spreewald lebt bei meinen Eltern noch der Jaul, der mit mir im Trommelfeuer die Geschütze in Stellung jebracht hat, verwundet, lahm, auch schon 'n bißken blind uff de Pupille, mein Freund Vierbein. Daneben wohnen ein paar alte, herrenlose Hunde, die ick verhungert uffjelesen habe. Könnse det vastehen?«

»Ja, durchaus«, erwiderte ich sofort.

»Na, dann sindse mein Mann!« Sein Lächeln sagte mehr als alle Worte. »Na, dann man wieder Prösterchen!«

Wir stießen an.

»Natascha hat mir von der ersten Begegnung mit Ihnen erzählt. Alles. Das ist auch der Grund, warum ich Sie in der Klinik besucht habe und darauf bestand, Sie noch einmal zu sehen.« Seine schweren Hände drehten das dünne Weinglas. Er leerte es Schluck für Schluck und stellte es langsam vor sich hin.

»Wissen Sie, ich bin sonst kein Sanfter, das bringt schon unser Schlächterberuf mit sich, aber diese kleine Frau brachte mich durch ihr stilles Wesen zum Nachdenken. Trinken Sie doch, Herr Nachbar!« fügte er hinzu und schenkte die Gläser nach.

»Einmal ertappte ich mich vor einem Schaufenster. Ich dachte wieder an meine beiden zu Hause und daß sie gar nichts hatten. Wie aus Fleisch und Blut stand sie vor mir. Da wußte ich, was ich tun mußte. Beladen eilte ich nach Hause, aufgeregt vor Freude«, er betonte jedes Wort und fiel wieder in seinen gemütlichen Dialekt: »Mann, det sage ick Ihnen. Ick habe mir selbst dadurch noch viel, viel reicher beschenkt! Det kann ick Ihnen jar nich schildern!«

Ich nickte ihm zu.

»Damals sah ick zum erstenmal die Hände der kleinen Frau, daß ihr die ersten zwei Glieder fehlten.« Seine Stimme fiel bis zum Flüstern. »Nun sagen Sie doch selbst, wie soll denn diese arme Frau Geld verdienen?

Nun passen Sie auf!« fügte er auf einmal hart hinzu. »Ein langes, langes Jahr habe ick gewartet, in der Hoffnung, sie würde mir wenigstens zu verstehen geben, daß ick ihr nich janz gleichgültig bin. Vergeblich! Ick sehe deutlich, wie sie immer ängstlicher wird und mir ausweicht. Es ist also aussichtslos; es wird auch aussichtslos bleiben. Soll ick mir damit abfinden – für immer? Soll ick aber auch auf das Glück verzichten, daß sie hier ist?« Er erhob sich und ging mehrere Male durch das Zimmer. »Auch das einfachste Menschenherz hat Anrecht auf eine Freude. Ich bat sie schon oft darum, mich zu verstehen, aber dann weint sie und sagt, sie sei doch verheiratet und liebe ihren Mann auch über das Grab hinaus.«

Wir zündeten uns eine Zigarette an und rauchten schweigend.
»Herr Neumann.«
»Nein, lassen Sie mich erst ausreden. Ich weiß sehr gut, was Sie mir erwidern werden, denn darüber kann es gar keinen Zweifel geben. Es gibt für mich nur eine Konsequenz: Verzichten. Noch kann ich es nicht. Aber ich will es versuchen, dieser Frau zuliebe. Sie können es Frau Andrejewa mit der gleichen Ehrlichkeit sagen, wie Sie es von mir gehört haben. Ich selbst kann es nicht.«
Ich nickte.
»Ich habe nur eine einzige Bitte: »Sie möchte nicht aus meinem Haus gehen, wenigstens nicht – nicht so bald!«
»Ja.«
»Nun kommen Sie. Nichts für ungut, bitte«, fügte er abrupt hinzu und legte mir seine schwere Rechte auf die Schulter, »daß ich Sie so schnell und formlos gehen lasse. Ich muß mit meinem Lastwagen fort. Ware abholen, und das tue ich nur selbst, auch wenn ich drei Gesellen habe, Jungens so!« ballte er die Faust zusammen. »Verhungert aus dem Felde gekommen. Immer leben und leben lassen, und auch mal beide Augen zudrücken, Herr Nachbar, wie? Hier haben Sie Aufschnitt für heute abend. Reicht für alle. Und ohne viel Worte, wie es meine Art ist: Sie sind mir jederzeit herzlich willkommen. Adschüß!« Er nickte freundlich und verließ eiligen Schrittes das Zimmer.

Das Abendbrot verlief recht schweigsam, denn die Spannung, die in uns war, konnten wir nicht zerstreuen.

Als dann Natascha im Bett lag und mich rief, mit ihr das russische Vaterunser zu beten, setzte ich mich auf den Bettrand. Ich streichelte ihr über das Haar und deckte sie sorgsam zu. Flüsternd unterhielt ich mich noch eine Weile mit Frau Andrejewa. Wir sprachen von meinem Vorschlag, daß ich Natascha in die Schweiz mitnehmen wollte.

»Sie werden eine sehr, sehr schlechte Meinung von mir haben, daß ich Ihnen mein Kind anvertraue; bestimmt sogar.«

Ihr Blick fiel auf die verstümmelten Finger. Dann hob sie den Kopf. »Ich gehöre zu jenen Frauen, die nur einmal im Leben lieben, und mein verschollener Mann war meine große Liebe. Ich will zu mir selbst nicht unehrlich sein: Ich glaube nicht an ein Wiedersehen mit ihm, so entsetzlich und schmerzlich es auch ist. Wie sollte das auch möglich sein? Es klingt pathetisch, aber in meinem Falle ist es die Wahrheit: Mein Herz ist daran zerbrochen! Vielleicht können Sie das verstehen, wenn Sie auch so geliebt haben?«

»Ja, Frau Andrejewa.«

»Ohne um Gottes willen zu freveln, weiß ich, daß mir Natascha meinen Mann niemals ersetzen kann. Die Pflicht, für mein Kind weiterzuleben, tatenlos zuzusehen, wie es mit mir hier in der Fremde vielleicht verkümmert... Ich will versuchen, mich zusammenzuraffen, das verspreche ich Ihnen, das bin ich der Kleinen auch schuldig, aber ich weiß nicht, Onkel Fedja...« Sie blickte an mir vorbei.

Ich konnte nicht erkennen, woran sie dachte. Aber ich ahnte es und hatte dennoch kein Wort des Trostes.

II

Leysin-Feydey.
Natascha und ich waren aus der Zahnradbahn gestiegen. Die winterliche Landschaft strahlte auf vierzehnhundert Meter Höhe faszinierend und befreiend, die sonnendurchflutete Luft hatte etwas Champagnerhaftes, und der geblendete Blick konnte sich von den einzelnen Berggruppen nicht trennen, die sich gleißend bis in die Ferne erstreckten. Nur die vielen Sanatorien, auf deren weiten Veranden und Terrassen blütenweiße Betten standen, stimmten nachdenklich. Kranke aus allen Ländern hofften hier Monat um Monat, Jahr um Jahr verzweifelt auf ihre Genesung. Wie vielen aber war der Zugang zu dieser letzten Hoffnung verwehrt, weil sie eben arm waren?

Der Kutscher mit dem prächtigen Schnurrbart hatte inzwischen unser weniges Gepäck im Schlitten verstaut, ebenso langsam die Decke vom Pferderücken heruntergezogen und sie sorgfältig zusammengefaltet. Ich wickelte Natascha in eine Wolldecke ein. Sie lehnte sich an mich, die Lider fielen ihr zu. Ich fühlte, wie sie fröstelte. Gemächlich schloß der Kutscher die Ösen des pelzgefütterten Überwurfes, setzte sich auf den Bock, zog endlich an den Zügeln, und ebenso bedächtig setzte auch das wohlgenährte Pferd Fuß vor Fuß. Die Glocken am Kummet erklangen hell und lustig.

Die Welt ohne Sorgen und Hast, die uns seit dem Überschreiten der Schweizer Grenze umgab, kam mir fast unwirklich vor. Der Mann sprach vom Wetter, wie die Saison sich angelassen hätte, und er meinte in teilnahmsloser Ruhe, daß seit Ausbruch des Krieges alle Sanatorien ständig überfüllt seien und die Patienten vorwiegend aus den vom Krieg überzogenen Ländern kämen.

Inzwischen näherten wir uns einem Haus, das abseits von den Sanatorien stand.

»Ducommun, Bäckermeister«, las ich auf dem bunt bemalten Schild. Schon trat ein kleiner, pfiffig aussehender Mann in weißer Schürze aus dem Laden.

»Ich bin entzückt, Sie als meine Gäste zu begrüßen, mein Herr, mein Fräulein! Die Wohnung ist geheizt und hergerichtet.« Als die beiden Männer gegangen waren, sah ich mich in der neuen Behausung um, einer anspruchslosen Küche mit alten Töpfen und Steingutgeschirr, zwei kleinen Zimmern mit einfachen Möbeln und einer ausladenden Veranda, deren Ausblick uns für alles entschädigen sollte.

Natascha war am Ende ihrer Kräfte. Nur noch mit Mühe konnte sie ihr Kleid ablegen. In der Küche fand ich zwei große Wärmflaschen. Ich füllte sie, legte sie an den zitternden, schmächtigen Körper des Kindes und deckte es mit beiden Federbetten zu.

Für diese paar Griffe brauchte die eine Hand viel Zeit und Geduld.

»Es steht wohl sehr schlimm um mich, Onkel Fedja?« fragte sie, und ihre Zähne klapperten aufeinander.

»Aber nein, Duschenka. Das kommt nur von der langen Reise. Du bist übermüdet.«

»Bitte, bitte bleib bei mir!« Ihre Lider fielen zu.

Den Blick auf die gleißende Bergwelt gerichtet, stand ich noch lange auf der Veranda. Die Gipfel glühten im roten Licht der scheidenden Sonne, während tausend Meter tiefer im Tal schon die ersten Lichter zu funkeln begannen.

Besorgt kehrte ich zu Natascha zurück. Sie schlief, die Wangen hoch gerötet. Sie hatte Fieber.

Unschlüssig stand ich vor ihr. Da fiel mir ein, daß ich nicht einmal imstande war, allein meinen Rock auszuziehen, noch weniger aber, den Verband zu erneuern. Ein schneller Blick auf Natascha, und schon begann ich, meine Schuhe zu lösen, erwischte mit einem Türgriff die Tasche des Rocks und zog ihn auf diese Weise aus.

Als ich dann endlich im Bett lag und die Müdigkeit und der

Hunger mein Denken auszuschalten begannen, empfand ich doch die kleine Freude, mir selbst geholfen zu haben. Das wollte ich von jetzt an immer so halten.

Die ersten Sonnenstrahlen weckten mich. Am wolkenlosen Himmel erhob sich über den Berggipfeln die glühende Kugel, die ich durch die weit offen stehende Tür meines Zimmers betrachten konnte.

Die Bergwelt hielt mich in ihrem Bann. Meine Erinnerungen schweiften ins unvergessen gebliebene Engadin, ließen das gewaltige Panorama von Diavolezza vor mir erstehen, die eisgepanzerten Bergriesen, die mächtigen Gletscher unter dem südlichblauen Himmel... Damals, auf einer unserer Bergwanderungen, die ich zusammen mit meinen Schulkameraden unternahm, gelangten wir einmal auch zum Silsersee. Es war Herbst, und die feuerroten Lärchen, die verschneiten Gipfel und der tiefblaue Himmel spiegelten sich in dem kristallklaren Wasser. Wir konnten uns lange nicht trennen von diesem Anblick.

Ein starker Lebensimpuls durchströmte meine Glieder, der Wille, den neuen Tag voll Tatkraft zu beginnen und keinen Augenblick mehr ungenützt verstreichen zu lassen. Ich trat auf die Veranda hinaus und atmete tief die kalte Morgenluft ein. Das kleine Badezimmer war warm, und während ich mich rasierte und wusch, legte ich den gesamten Tagesablauf fest. Sogar das mühsame Anziehen mit der einen Hand, besonders aber das Zähmen meiner Hose am Bund, konnte meine gute Laune nicht vertreiben.

Natascha schlief den Schlaf des Gerechten, und so nahm ich das Einholnetz, um die ersten Einkäufe zu machen. Vorsichtig humpelte ich die Treppe hinunter und lief gerade in die Arme des Hauswirts, der wie selbstverständlich die Tür des Wohnzimmers öffnete und meinte, ich müsse, »sans discussion«, das erste Frühstück bei ihm einnehmen. Die Pflicht eiserner Sparsamkeit ließ mich seine Einladung annehmen. Und das war gut überlegt, denn was ein Bäckerladen zu bieten hat, war reichlich vorhanden.

»Greifen Sie zu!«

Ich sprach ungeniert wie ein Desperado zu. Wir kamen dabei ins Erzählen, und am Ende wußte jeder, wen er vor sich hatte.

»Rollier? Hm, wenn der unsere Sonne nicht hätte, wäre er auch nicht berühmt geworden. Der wird Ihnen eine schöne Rechnung aufbrummen. Hören Sie, was ich Ihnen rate: Sonnen Sie sich, bis Sie schwarz wie ein Neger aussehen. Mehr wird Ihnen auch ein Rollier nicht helfen. Na, und in hoffnungslosen Fällen, wenn die Weisheit der Ärzte versagt, was meinen Sie, was dann mit den Patienten auch hier gemacht wird? Was?« Er kniff die Augen zu, winkte hastig ab und flüsterte: »In der Nacht werden die armen Menschen heimgeschickt, damit es keiner sieht, damit man denkt, der Betreffende sei abgereist, natürlich kuriert. Wie denn anders? Man läßt keinen gern sterben, Monsieur, wenn man verdienen will. Kundschaft ist Kundschaft, wie bei mir die Backware, so bei den Ärzten die Kranken, da kann mir einer sagen, was er will.«

Der eintretende Lehrling, er hatte eine freche Stupsnase und Sommersprossen, fragte den Meister unverfroren, ob er denn das viele Brot im Ofen verbrennen lassen wolle?

»Sacré mâtin!« Ducommun stürzte hinaus und drohte dem Lehrling Ohrfeigen an, wenn das Backgut unbrauchbar sein sollte. Doch es blieb alles still. Es war also nichts verbrannt. Ängstlich setzte ich Fuß um Fuß. Die Straße war stellenweise noch nicht gestreut, und bei dem Gedanken, ich könnte jetzt, da es bergab ging, fallen und meine künstlichen Schultergelenkknochen brechen, begann ich ungeachtet der Kälte zu schwitzen. Doch die Liebenswürdigkeit aller Geschäftsleute des Kurortes half mir glücklicherweise auf Schritt und Tritt. So gelangte ich denn auch unversehrt heim, geleitet vom schmächtigen Gemüsehändler, der mein vollbeladenes Einkaufsnetz trug und in fröhlich-unbekümmerter Weise mir das Neueste aus Feydey erzählte. Erst in der Küche zog er seine Mütze ab und bat um Erlaubnis, sich eine Zigarette anstecken zu dürfen. Während wir rauchten, ordnete er gewissenhaft die Lebensmittel in die Vorratskammer ein.

Plötzlich zog er unsicher eine kleine, flache Schnapsflasche hervor, rieb sie zwischen den Händen, schaute mich fragend an, trank einen herzhaften Schluck, schnaufte voll Wohlbehagen, genehmigte sich noch einen und schob bald danach eine Pfefferminztablette hinterher.

»Das Zeug verdirbt mir leider immer den herrlichen Geschmack, aber mit Rücksicht auf die Kunden und meine Frau...«

»Wenn Sie mal einen trinken wollen, Patron, dann kommen Sie ruhig zu mir! Als Abstinenzler bin ich nicht neidisch.«

»Monsieur! Mit Ihrer Erlaubnis! Ich werde sehr gerne kommen.« Mit einer komisch anmutenden Reverenz ging er nach einigem Zögern.

Ich ging zum Kind hinüber; es war wach.

»Nataschenka, wie geht es dir?«

»Ach, Onkel Fedja, nicht ganz gut. Weißt du, ich glaube, ich kann heute gar nicht aufstehen. Ich habe einen dumpfen Schmerz in der Brust.« Ihr Blick suchte ängstlich in meinen Zügen. »Und du bist schon auf? Ohne meine Hilfe bist du aufgestanden?«

Es klopfte. Herr Ducommun trat ein mit einem Krug dampfender Milch und einem Beutel Gebäck.

»Ist die Kleine krank? Was fehlt ihr?«

»Sie hat ein wenig kapituliert. Die Reise war zu lang.«

Er musterte sie eine Weile und wurde dabei ernst. »Ich kenne mich aus, dachte es mir schon gestern abend! Die Höhenluft verträgt nicht jeder Kranke. Das hätte Ihnen ein Arzt sagen müssen. Die arme Kleine. Ihre Augen sind so groß und glänzen. Soll ich nach einem Arzt telefonieren?«

»Danke, Patron! Ich will gerade selbst hingehen.«

»Wenden Sie sich am besten an Doktor Guy! Zwar ist er nur ein Assistenzarzt von Rollier, aber auch mich hat er gesund gemacht, daß ich wieder im ewigen Mehlstaub arbeiten kann. Er müßte übrigens schon hier sein, denn um diese Zeit macht er immer seine Patientenbesuche. Wenn ich ihn sehe, werde ich ihn sofort hinaufschicken.« Auf einmal winkte er mich hastig beiseite. »Ihr Nachbar im Hause nebenan hat sich erhängt. Die Polizei ist gerade in seiner Wohnung. Er war ein Russe, der Bruder eines früheren bolschewistischen Parteimitglieds. Man vermutet etwas Politisches dahinter. Das ist doch hochinteressant. Ich will mal hören«, flüsterte er und eilte dann fort.

»Was meinte der Mann?« fragte Natascha.

»Ach, nichts Besonderes! Du müßtest jetzt kräftig frühstücken und dich in die herrliche Sonne auf der Veranda legen. Sie wird uns beide schnell gesund machen.«

»Und du? Gehst du wieder von mir fort?«

»Du solltest erst einmal Toilette machen. Ich habe ungewaschene Menschen nicht gern! Was soll auch der Arzt denken, der jeden Augenblick kommen kann?« Ohne auf ihr Jammern und Stöhnen einzugehen, beförderte ich sie ins Badezimmer und befahl ihr, sich ordentlich abzufrottieren. Ich glättete so gut ich konnte ihr Laken, legte ihr dann den Katzenpelz an, das Geschenk des Herrn Neumann vor unserer Abreise, brachte sie ins Bett und stellte das Frühstück vor sie hin. Herr Ducommun hatte ihr Käse- und Schinkenbrötchen spendiert.

»Mach nicht ein Gesicht wie sieben Tage Regenwetter! Jetzt iß und freue dich, daß du in der Schweiz sein kannst und nicht in dem grauen Häusermeer ohne Sonne.«

»Möchtest du auch ein Brötchen haben? Ich gebe es gern.«

»Danke, mein Fräulein, ich habe schon bei unserem Hauswirt Kaffee getrunken.«

Sie begann zu essen, während ich mich auf die Veranda legte, den Blick in die Ferne gerichtet. Ich müßte Rollier anrufen, überlegte ich, aber wer kocht und besorgt den Haushalt? Ich kann das alles doch nicht allein mit einer Hand bewältigen.

»Wir beide dürfen uns nicht gehenlassen, Natascha. Wir sind nicht zum Vergnügen hier«, begann ich meiner Unlust Luft zu machen. »Jeder Tag, jede Stunde sollen genützt werden, sonst werden wir nie gesund. Meinst du, ich könnte ständig an dir kleben bleiben?«

Ein Räuspern unterbrach meine Worte, und als ich mich umdrehte, sah ich die Kleine mit vollgestopftem Mund, unfähig, mir etwas darauf zu erwidern. Von den sechs Brötchen war inzwischen nur noch eins zurückgeblieben.

»Du bist so ein lieber Mann, Onkel Fedja, aber heute ausgesprochen häßlich zu mir«, erwiderte sie kauend.

»Man redet nicht mit vollem Mund! Ich freue mich aber über deinen Appetit. Der wirkt beruhigend.«

»Das kommt, weil wir gestern fast den ganzen Tag nichts gegessen haben!«

Es klopfte an die Tür.

Der kleine Ducommun stand wieder im Zimmer und hinter ihm ein großer, wuchtiger Herr mit ernsten Zügen. »Bitte, Doktor Guy, das ist die Patientin, die kleine Russin«, beeilte er sich vorzustellen.

Während ich dem Arzt alles Nähere schilderte, musterte er die noch nicht gemachten Betten, das noch immer herumstehende Gepäck und uns beide unter buschigen Brauen hervor mit einem Blick, in dem sich ganz langsam Wohlwollen zeigte, das uns dann bis zur letzten Stunde in Leysin nicht verlassen hat. Schließlich betrachtete er Nataschas Röntgenbilder und ging zu ihr hinein.

»Was ich noch schnell sagen wollte«, begann Ducommun auf einmal zu flüstern. »Es ist eigentlich nicht meine Art, mich in Privatangelegenheiten fremder Leute zu mischen. Kurz: Sie werden sich mit dem Kind allein nicht recht helfen können, ich meine... durch Ihre schwere Verletzung etwas unbeholfen sein. Sie müssen unbedingt eine Hilfe haben.«

»Ja, aber sie kostet...«

»Sie werden keinen Sou bezahlen! Ich rufe sofort das evangelische und das katholische Pfarramt an. Man soll Ihnen eine Schwester schicken. Sans discussion! Wozu haben wir denn unsere Kirchen, doch nicht allein, um dem lieben Gott Steuern zu bezahlen. Die arme Kleine muß auch ihre Pflege haben, Monsieur. Und wenn es Ihnen später einmal gut gehen sollte, dann machen Sie der Kirche ein Geschenk.«

Es ist zwar nicht angenehm, arm zu sein, aber nur dadurch

lernt man am besten und schnellsten die Menschen kennen. Ungeduldig wartete ich auf die Diagnose des Arztes.

Mit ihr stand oder fiel alles!

Doktor Guy kam zurück. Ich nahm meinen ganzen Mut zusammen.

»Ich konnte das Kind nur flüchtig untersuchen, aber Sie können beruhigt sein! In spätestens drei Wochen wird es wieder in Ordnung sein. Eine Überführung in die Klinik ist nicht nötig. Ich erwarte Sie mit dem Kind heute um ein Uhr in meiner Sprechstunde. Nehmen Sie aber bitte einen Schlitten. Die Kleine darf nicht gehen.«

»Den bestelle ich gleich beim Nachbarn«, erwiderte Ducommun sofort.

Ich bedankte mich und versprach zu kommen.

»Sagen Sie, lieber Doktor, warum hat sich denn Ihr Patient erhängt?« fragte Ducommun äußerst interessiert.

»Das weiß ich nicht, Patron. Ich kam gerade vorüber und sah es durch Zufall, daß er sich auf der Veranda erhängt hatte. Ich konnte nur noch den Tod feststellen. Um alles Weitere wird sich die Polizei kümmern. Es ist Ihr Nachbar«, wandte er sich an mich. »Er war ein junger russischer Komponist, schwer lungenkrank.« – Wir verabschiedeten uns.

»Onkel Fedja, komm doch!« rief Natascha ungeduldig. Ich trat an den Bettrand. Das Mädchen ergriff sofort meine Hand. »Was hat der Arzt gesagt?«

»Nur Gutes! Ich bin so froh. Duschenka! Ich bringe dich heute mit dem Schlitten in die Klinik zur gründlichen Untersuchung.«

»Warum?« Sie rückte ganz dicht an mich heran und umklammerte mich. »Onkel Fedja, sag mir ganz ehrlich! Du mußt mir schwören, beim lieben Gott, die reine Wahrheit zu sagen, wie es um mich steht!«

»Ich schwöre dir, Natascha, daß du in zwei bis drei Wochen gesund sein wirst. Dir fehlt doch nichts, meine Kleine! Deine Krankheit kommt nur vom Höhenunterschied. Das hat auch Doktor Guy gesagt. Die eingehende Untersuchung muß aber sein, um volle Gewißheit zu haben.«

»Und meint er nicht«, fragte sie ängstlich, »daß ich mit den Kindern bald spielen kann?«

»Doch! Er ist davon überzeugt!«

Sie ließ mich los, lehnte sich in die Kissen zurück, und ihre Augen fielen zu. Sie schien von der Aufregung und der Eindringlichkeit ihrer eigenen Worte erschöpft zu sein.

Ich ging in die Küche, um unser einfaches Mahl zu bereiten: einen großen Topf Erbsen und ein Pfund Rauchfleisch. Es sollte uns für ein paar Tage reichen. Es war ein mühsames und langes Hantieren, bis ich das Essen angerichtet hatte. Aber es war endlich geschafft.

Schweigend verlief unsere erste Mahlzeit. Ich sah, daß Natascha noch etwas fragen wollte, aber sie traute sich nicht. Pünktlich auf die Minute kam der Kutscher mit dem Schlitten, und wir fuhren in die Klinik »Les Chamois«. Nur als die Krankenschwester Natascha in Empfang nahm und sie fortführte, traf mich ihr verzweifelter Blick. Ich konnte ihr nichts mehr sagen; die Tür hatte sich bereits hinter ihr geschlossen.

Von erneuter Unruhe um das Kind erfaßt, weil mir auf einmal die Worte des Arztes nicht mehr glaubwürdig erschienen, wartete ich im Empfangszimmer, während mir tausend Überlegungen durch den Kopf gingen. Endlich ging die Tür auf, und Natascha stand für Sekunden auf der Schwelle. Ein glückliches Jauchzen entrang sich ihrer Brust, sie lief auf mich zu und hielt mich so fest, daß ich vor Schmerzen im Arm leise aufstöhnen mußte. Ich strich ihr über das dunkle Köpfchen.

»Die Kleine ist reizend«, meinte Doktor Guy, »doch so scheu, so ganz anders als unsere Schweizer Kinder. Sie hat versucht, mir ein paar Worte von ihrer Mutter und dem Vater zu erzählen.« Die buschigen Brauen zogen sich zusammen.

»Übrigens kann ich meine Diagnose nur bestätigen. Kein Anlaß zur Beunruhigung. Die Reaktion ist lediglich durch den krassen Höhenunterschied hervorgerufen worden. Wenn sich das Kind in einigen Tagen wohl fühlt, kann es ohne weiteres aufstehen. Es darf sich aber auf keinen Fall überanstrengen!«

»Erkläre mir ganz genau, was der Arzt sagt«, flüsterte Natascha aufgeregt und verbarg ihr Köpfchen an meiner Schulter. Der Schlitten wartete auf uns. Ich legte meinen Arm um Natascha und drückte sie an mich.

»Hör doch, Onkel Fedja, wie der Schnee unter den Kufen knirscht und singt! So eine Schlittenfahrt ist wohl sehr teuer?«

Ich bat den Kutscher, noch ein Stück weiter zu fahren, und als unser Haus vorüberglitt, traf mich ein dankbarer Blick des Mädchens.

»Ich hab' dich lieb, Onkel Fedja, so zärtlich wie meinen Papa.«

»Duschenka«, erwiderte ich bewegt. »Das macht mich sehr, sehr glücklich!«

Am Nachmittag erwartete mich Professor Rollier. Natascha legte sich auf die Veranda. Sie versprach mir, zu schlafen und später einen Brief an ihre Mutter zu schreiben. Ich brachte ihr die alte Akulina, deckte beide sorgfältig zu und ging.

Professor Rolliers Art verriet, daß er sich seines Rufes bewußt war. Er empfing mich sofort, und ich übergab ihm zwei Briefe, den einen von Professor Vrehden, den anderen von Geheimrat Payr. Der erste war zerknittert, der Umschlag nicht mehr sauber, und bei seinem Anblick erstanden vor mir die letzten Stunden in dem hungernden, sterbenden St. Petersburg, die unsicheren Hände des Chirurgen beim Anlegen des Gipsverbandes und meine Abreise.

Er lehnte sich etwas zurück und las aufmerksam den Brief: »Kollege Vrehden ist also im roten Leningrad geblieben? Ich kenne ihn und schätze sein chirurgisches Urteil. Es geht ihm doch soweit gut?« fragte er und blickte über die Brille hinweg.

»Die Intelligenz in Rußland fragt jetzt nicht mehr nach der Moral noch nach dem Verstand des Westens. Der Russe hat dafür nur noch die tiefste Verachtung.«

Rollier schwieg. Ein Urteil über das neue Rußland konnte er sich nicht erlauben. Er nahm den zweiten Brief. »Geheimer Medizinalrat Professor Doktor Payr. Es ist schmeichelhaft für mich, einen Patienten aus seinen Händen zu empfangen.« Er begann zu lesen. »Hm... hm...«, machte er, kaum daß er den Brief zu Ende gelesen hatte. »Wäre es unbescheiden von mir, wenn ich Sie bitten würde, Ihre Schulter auch meinen Kollegen zu zeigen? Die Herren würden es dankbar begrüßen. Wir würden mehrere Röntgenaufnahmen machen und dann darüber diskutieren.«

»Entschuldigen Sie, ich bin nicht in der Lage, das zu honorieren. Die von Geheimrat Payr mitgegebenen Kopien sind vor und nach der Operation gemacht worden.«

»Es ist selbstverständlich, daß alle Aufnahmen, Untersuchungen und die gesamte Behandlung in meiner Klinik unentgeltlich sind, da wir Ihnen schon allein vom Standpunkt der Chirurgie und Therapie für Ihre Besuche dankbar sein müssen.«

Nach fast zweistündiger und recht schmerzhafter Untersuchung reichte ich Rollier zum Abschied meine Linke. Doch dann zögerte ich nicht mehr mit jener Frage, die mich schon seit Tagen so stark beschäftigte:

»Herr Professor, wann werde ich meine Armstütze ablegen können? Sie hindert mich sehr.«

Rollier war in der Wahl seiner Worte äußerst vorsichtig: »Wenn Sie sich fleißig sonnen und die Armstütze noch etwa fünf bis sechs Monate tragen, darf mit einiger Wahrscheinlichkeit angenommen werden, daß dadurch die Beweglichkeit des künstlichen Schultergelenks für die Zukunft wesentlich größer sein wird. Das will ja auch Geheimrat Payr erreichen. Im anderen Fall aber ist eine dauernde Versteifung in hängender Lage so gut wie sicher.«

»Aber der Heilungsprozeß ist doch in beiden Lagen des Armes der gleiche, ich meine in bezug auf die Intensität und Nachhaltigkeit?«

»Selbstverständlich, aber ich würde Ihnen auf gar keinen Fall raten, die Armstütze vor der angegebenen Zeit zu entfernen. Die augenblicklich größere Beweglichkeit des Armes darf nicht dazu verleiten, die spätere Versteifung zu riskieren!«

Mein Entschluß stand fest. Die Zeit drängte mich dazu; sie ließ mir keine andere Wahl.

Ich ging sehr langsam, weil ich unablässig an die Worte Rolliers dachte. Dadurch erreichte ich die fahrplanmäßige Zahnradbahn von Leysin-Village nach Leysin-Feydey nicht mehr. Ich fühlte mich auch zu schwerfällig auf einmal, zu müde, um die hundertfünfzig Meter Höhendifferenz zu Fuß zu überwinden.

Die Finger mit der Zigarette zitterten ein wenig. Ich setzte mich in die wärmende Sonne, den Kopf an die Wand der kleinen Bergbahnstation gelehnt, und blickte lange in den tiefblauen Himmel.

Payr – Rollier – die gleiche Prognose!

Benommen wie vom tiefsten Schlaf stand ich auf und ging ziellos einen kaum ausgeschaufelten Weg hinunter. In der Kehle spürte ich wieder das mir bekannte Brennen, das zwingende Verlangen nach Alkohol.

Vom Dach des Sanatoriums wehte der Wind eine Handvoll Schnee herunter, der mein Gesicht wie mit Nadeln stach. Dadurch wurde ich wach, aber auch der Wunsch nach Alkohol meldete sich wieder. Meine Vernunft warnte mich eindringlich: Vor nicht allzu langer Zeit, bevor ich aus Sibirien entkam, war ich wochenlang betrunken gewesen.

Hastig humpelte ich weiter. Endlich sah ich eine Wirtschaft und blickte dabei nach der Uhr: Natascha war seit über drei Stunden allein!

»Haben Sie Wodka?« fragte ich, kaum über die Schwelle getreten.

»Ja, mein Herr, echten russischen«, erwiderte der aufgeschreckte Ober. Er hatte sich hinter der Theke gerade einen Bissen in den Mund geschoben.

»Bringen Sie mir eine Flasche und dazu ein Glas.«

Der Kellner stand unentschlossen vor mir, schluckte an dem landesüblichen »Excusez!« und wiederholte: »Eine Flasche und...« Da begann er auf einmal zu husten, sein rot angelaufenes Gesicht stand für einen kurzen Augenblick vor mir, bevor er sich eilig eine Serviette davorhielt.

Natascha! Wenn sie plötzlich nach den Aufregungen von heute früh auch so einen Hustenanfall oder gar einen Blutsturz bekommt, allein in der Wohnung? Diese Gedanken und Vorstellungen überschnitten sich in größter Eile und Deutlichkeit, und schon humpelte ich so schnell ich konnte fort und erreichte nur noch durch lautes Rufen und Winken im letzten Augenblick die Zahnradbahn nach Feydey.

Hastig und polternd stieg ich die alte Treppe zu uns hinauf. »Natascha? Natascha?« rief ich ängstlich, sobald ich die Wohnung betreten hatte.

»Huhu!« antwortete sie mir frohgelaunt von der Veranda. »Ich spiele mit meiner Akulina!«

»Liebchen!« Das eilige, unbedachte Wort. Mir schoß die Röte ins Gesicht. »Wie geht es dir, Kind? Besser, gut?«

»Was hast du, Onkel Fedja?«

Ich empfand ihre Worte wie eine Zurechtweisung, obwohl ihr dunkler Blick mich mit der gewohnten Herzlichkeit traf. Dabei dachte ich, daß sie unbedingt recht hatte. Ich setzte mich an den Rand ihres Liegebettes und strich über ihre schmale Schulter: »Natascha!« Ich suchte nach Worten, doch ich fand sie nicht, um das, was mich eben noch so sehr gequält hatte, geschickt und glaubwürdig zu umschreiben, und deshalb stotterte ich etwas Ungereimtes zusammen, weil ich doch etwas sagen mußte, um mir selbst nicht albern vorzukommen: »Ich habe mich sehr beeilt; bin ganz außer Atem. Nun will ich unser Abendbrot bereiten. Du wirst Hunger haben. Es gibt sofort ein schönes großes Ei. Einverstanden?«

Am Abend lag sie im Bett, im Arm die alte, schon längst verwitterte Akulina, die sogar die bolschewistische Revolution überlebt hatte. Diese Puppe war ein absonderliches Stoffgebilde mit kreisrundem Kopf, aufgestickten, einst hellblauen Augen und zwei Rattenschwänzen als Überbleibsel des einst hellblonden Haares. Zwei schlackernde Beine baumelten unter dem stellenweise zerrissenen dunklen Rock hervor.

»Erzähle mir ein Märchen«, bat mich Natascha.

»Vom buckligen Pferdchen?«

»O ja, das liebe ich sehr!«

Ich erzählte es ihr zügig bis zu Ende. »Es ist neun Uhr; du mußt jetzt schlafen.«

»Und du?« fragte sie ganz vorsichtig, und als ich ihr keine Antwort gab, fügte sie hinzu: »Bleibst du bei mir, Onkel Fedja?« Ihre Linke zwängte sich in die meine und blieb dort liegen. »Ich habe Angst, allein zurückzubleiben; weil du nicht an mir kleben bleiben willst, sagtest du heute früh, und auch aus Angst um dich.«

»Warum?«

»Du könntest nicht wiederkommen. Mein Mütterchen meinte, als du uns zum ersten Male besuchtest: ›Dein Onkel Fedja hat etwas in seinem Blick, als könnte er einmal nicht wiederkommen.‹ Deshalb wollte ich auch damals zunächst nicht mit dir fahren. Aber das konnte ich dir doch nicht einfach so sagen.«

Mein Schweigen schien sie zu beunruhigen.

»Streichle mir übers Haar. Ich will meinen Kopf ganz vorsichtig in deine kranke Hand legen.«

Ich gehorchte ihr gegen meinen Willen. Sie schloß die Augen, und ich begann ganz leise zu sprechen, von den hohen Bergen, dem glitzernden Schnee, dem tiefblauen Himmel, dem ewigen Karussell der Sterne, von uns beiden und von der unendlichen Weite unserer Heimat. Sie lächelte glücklich vor sich hin.

»Wir müssen morgen für die Meisen eine Futterstelle einrichten. Sie kamen heute zu mir und wollten etwas zum Pikken haben, saßen lange auf der Brüstung und warteten.«

Ihre letzten Worte konnte ich nur noch erraten.

Draußen stürmte und tobte der Föhn. Wütend riß er an unseren alten Fensterläden.

Ein Schrei mitten in der Nacht!
Ich fahre hoch und horche.

»Sie kommen! Sie kommen!« Natascha springt aus dem Bett, weint und schluchzt, und schon sehe ich sie im fahlen Licht barfuß durch den Raum irren, die Hände tastend vor sich. Bei jeder Berührung mit einem Gegenstand schreckt sie zusammen. Ich versuche so schnell ich nur kann aufzustehen, aber die große Armstütze hindert mich daran, die Decke von der Schulter abzuwerfen. Mit ein paar Fußtritten reiße ich sie herunter.

»Papotschka!« ruft das Kind verzweifelt. »Nicht schlagen! Nicht schlagen!« Das Schreien verklingt in Wimmern.

Endlich bin ich bei ihr, halte sie fest. Sie zittert am ganzen Körper. Doch schon im gleichen Augenblick beißt sie mich in den Oberarm. »Aber Natascha«, versuche ich sie zu besänftigen. »Duschenka! Ich bin es doch, Onkel Fedja. Wir sind in der Schweiz, du träumst. Leg dich nur wieder in dein Bettchen.« Es gelingt mir, Licht zu machen. Erbarmungslos hell flutet es über das verängstigte, zitternde Kind mit den irrenden Händen und den aufgerissenen Augen.

Die Kleine ist in Angstschweiß gebadet. Erschöpft lehnt sie sich an mich und flüstert kaum verständlich, ungläubig: »Onkel Fedja? Ja – ich erkenne dich.« Die Lider fallen ihr zu.

In diesem Augenblick zwingt mich etwas sehr Starkes, ein Wille, dem der meine bedingungslos gehorcht, das Antlitz des Kindes mit einem Kreuz dreimal zu segnen, wie es mich in der Kindheit meine russische Amme gelehrt hatte.

Ich führe sie ans Bett, schlage die Decke weit zurück, ziehe ihr den schweißnassen Schlafanzug aus, und während sie sich schüchtern zu wehren versucht und ängstlich mahnt: »Was tust du? Was tust du mit mir?« eile ich ins Badezimmer, um sie kalt abzuwaschen und kräftig abzufrottieren.

Sauber angezogen liegt sie dann wieder im Bett. Die Zähne klappern. Sie hat Schüttelfrost und friert erbärmlich.

»Komm doch zu mir«, fleht sie weinerlich. »Das tat auch mein Papa, wenn ich krank war.« Sie hat Mühe zu sprechen.

Ich tue es ihr zuliebe.

Wie ein junges Tierchen kuschelt sie sich bei mir ein und hält meine Hand. Ihr Körper ist eiskalt.

Endlich ist sie eingeschlafen. Dabei betrachte ich sie, lausche ihren Atemzügen, die immer gleichmäßiger werden.

Wenn ich doch wieder ein Kind hätte, denke ich auf einmal. Wenn keiner im Zimmer meiner Frau war, schlich ich mich damals hinein und besah mir zum soundsovielten Male die hölzerne, handgeschnitzte Wiege und daneben den Kinderwagen, die mir meine Tiroler Kameraden geschenkt hatten, die Strümpfchen, Jäckchen und Schuhchen. Dann faßte ich alles an, lauschte auf jedes Geräusch, um nicht dabei ertappt zu werden, und ich fühlte mein Herz vor lauter Unruhe und Freude schlagen. – Endlich war dann das Kind da. Es war ein Junge, er hatte hellblondes Haar und die kohlschwarzen Augen seiner Mutter. Aus der leuchtenden Kälte, die von draußen durch die vereisten Fensterscheiben die Sonnenstrahlen in das kleine Zimmer schickte, kamen sie alle zu Faymé und mir ins Haus, Freunde und Kameraden, Wohlhabende und Arme, Gefangene und Freie, jeder mit einem Geschenk, jeder mit einem leisen Wort, um das Kind zu sehen. Die Tiroler Holzwiege schaukelte das einschlafende Kind. Faymés Hand lag auf dem Rand und glitt über die weichen Deckchen. Ihre schwarzen Augen spiegelten das Glück ihrer Seele wider, und ein monotones tatarisches Wiegenlied erklang leise durch den niedrigen Raum. – Wenn Natascha mich Vater nennen würde, mich liebte? Lange horchte ich in mich hinein.

In dieser Nacht fürchtete ich mich erneut vor meinen eigenen Angstträumen, vor den Visionen und Stimmen, die mit den Erinnerungen auf mich zukamen, jetzt mehr denn je, und die ich mit aller Gewalt von mir zu weisen versuchte. Darunter war ein Mann, der mich vom ersten Augenblick an gehaßt und mir in seiner abgründigen Schlechtigkeit ein Leid zugefügt hatte, an dem ich noch immer krankte. Er ermordete bestialisch meine Frau und mein Kind und vernichtete damit für immer alles Helle in mir, das in der Melancholie Sibiriens wie ein Schatten zerrann. Immer, wenn ich in den Stall kam, wo ich ihn angebunden hatte, schrie er markerschütternd, obwohl er mich schon nicht mehr erkennen konnte. Sein Schreien war meine Erlösung, denn ich, ich konnte ja nicht mehr schreien. Durch ihn wurde ich damals zum besoffenen Vieh, das sein Opfer endlich hinaustrieb und zusah, wie sich die Wölfe ihm näherten, ihn umkreisten, wie er sich mit letzter Verzweiflung noch gegen sie wehrte. Aber die Bestien witterten schon sein Blut, erkannten bald seine Hilflosigkeit, sprangen ihn an, verbissen sich in ihm und zerfleischten ihn bei lebendigem Leibe. Damals handelte ich nach dem ungeschriebenen Rachegesetz der sibirischen Taiga, das Leben gegen Leben, Tod gegen Tod setzt.

Tag für Tag fürchtete ich mich vor dem Abend, vor der Nacht. Kaum daß es dämmrig wurde, dachte ich voll Unruhe an die Dunkelheit, an die Schatten, die das Mädchen und mich dann umgaben, die zu uns kamen, mit uns sprachen, uns anfassen würden, Schatten, die einst Menschen aus Fleisch und Blut waren, die wir kannten, liebten, jetzt aber fürchteten – und vor denen es kein Entrinnen zu geben schien.

Dann graute ein neuer Morgen. Gleichgültig wie immer schritt der Lauf der Tage über alles hinweg.

Schwester Thérèse, von der Natascha und ich uns so viel erhofften, enttäuschte uns auf den ersten Blick. Das lange schwarze Kleid mit dem schweren Kruzifix, der bleiche, krank anmutende Teint des gänzlich von der Haube eingeschlossenen Gesichts, die niedergeschlagenen Augen, die sie anscheinend nur auf ihre derben Schuhe richten durfte, die ersten Begrüßungsworte: »Ich gelobe Ihnen im Namen der Barmherzigkeit unseres Heilandes, meine Pflicht jederzeit getreulich zu erfüllen.« Das alles ließ keinen Zweifel darüber aufkommen, daß diese Frau sich mehr ihrer Kirche als ihren Mitmenschen verpflichtet fühlte. Schweigend ging sie an ihre Arbeit, ohne ein weiteres Wort für uns übrig zu haben. Was sie uns kochte, war dünn und ohne Würze. Mit dem Gruß: »Möge die Güte unseres Heilands über Ihnen walten«, ging sie dann am frühen Nachmittag fort, ohne uns die Hand zu reichen.

»Die fromme Schwester ist wohl nicht ganz von dieser Welt?« fragte unser Hauswirt und machte ein betrübtes Gesicht.

»Das macht nichts. Sie hilft uns sehr, und so etwas sollte man immer dankbar anerkennen.«

»Die lassen wir nicht an uns heran, nicht wahr, Onkel Fedja?«

»Das wird wohl nicht gehen, sie muß mich verbinden.«

»Das mache ich!« erklärte Natascha unüberhörbar. »Ich will nicht, daß sie dich verbindet!« Ihre schwarzen Augen verrieten, daß sie nicht nachgeben werde.

»Nein, Kind, du kannst das noch nicht!«

»Bitte«, flüsterte sie und wischte sich über die kleine Kindernase. »Ich will es auf jeden Fall tun.«

Gleich am nächsten Morgen, Doktor Guy war kaum über die Schwelle getreten, überwand sie alle Scheu, winkte ihn hastig herbei und erklärte resolut, sie allein wolle mich verbinden. Der Arzt antwortete zögernd, das müsse gelernt sein.

»Sans discussion, Monsieur, sans discussion!« rief sie mit komischem Zorn. Dabei traf ihr Blick die teilnahmslos neben uns stehende fromme Schwester.

»Mein Gott, verzeih dem Kind diesen Trotz!« Die Schwester bekreuzigte sich und ging aus dem Zimmer.

Natascha setzte sich im Bett auf und wies mir den Platz neben sich an; das kindliche Gesicht war noch rot vor Erregung. Dann fügte sich auch Doktor Guy. Er löste den alten Verband, reinigte mit einem in Alkohol getauchten Wattebausch die Operationswunde und legte den neuen besonders langsam an. Den Blick starr auf mich gerichtet, bekreuzigte sich das Mädchen mit unsicherer Hand und löste den Arzt beim Wikkeln ab. Die Binde glitt ihr mehrere Male aus den Fingern in den Schoß, und es tat mir sehr weh, aber ich ließ sie dennoch gewähren. Ab und zu half der Arzt.

Das machte sie zweimal am Tage; hinterher gab sie mir einen feuchten Kuß auf die Wange.

Kaum acht Tage später äußerte Natascha den Wunsch aufzustehen, aber sie lehnte auch diesmal jede Hilfe der Schwester ab. Beide mieden sich vom ersten Tage an; ihr Wesen war so verschieden, daß es zwischen ihnen einfach keinen Berührungspunkt geben konnte. Während die eine mit Gleichmut, leidenschaftslos, langsam ihre Pflicht den Mitmenschen gegenüber erfüllte, sehnte sich das Kind nur nach einer gütigen Hand, nach einem zärtlichen Wort, das es hätte trösten können, nach einem Lob oder Tadel, und da Natascha das vermißte, flüchtete sie mit all ihren Gedanken und Fragen erst recht zu mir, zu einem, der sie auch ohne Worte verstand, mit dem sie nicht erst darüber zu sprechen brauchte.

Aber die Anwesenheit der Schwester hatte auch etwas Gutes: Sie brachte Natascha eher auf die Beine, als Doktor Guy es sich hatte vorstellen können. »Nun aber werden wir ihr entkommen«, meinte sie schalkhaft, »weil wir jetzt immer weiter und weiter spazierengehen können!« Und das taten wir auch mit lausbübischer Freude.

Die ersten Schritte Nataschas in ihre neue Umgebung waren zaghaft, zum Teil wegen der fremden Sprache. Sie führte und stützte mich mit größter Vorsicht und gab auf alles acht, obwohl sie selbst noch recht unsicher auf den Beinen war. Langsam gingen wir die Straße entlang, blieben vor jeder Geschäftsauslage stehen und tauschten unsere Ansichten über das Gesehene aus, bald besorgt über die hohen Preise, bald auch durch irgendeine Kleinigkeit erheitert. So saßen zum Beispiel im Schaufenster unseres Fleischermeisters zwei blaue, verliebte Wellensittiche gurrend und schnäbelnd auf einer ansehnlichen Kalbskeule, die wir in ihrer vollen Größe so gern in unserer Pfanne gesehen hätten, um uns einmal richtig satt essen zu können. Beim Milchmann flatterte manchmal ein Kanarienvogel durch den Laden oder schmetterte sein fröhliches Lied. Des Schusters einäugiger, lahmer Hund sonnte sich ständig vor der Tür; wir erfreuten ihn ab und zu mit ausgekochten und restlos abgeknabberten Knochen. Nun kannte er uns, stand sogar auf, wenn wir kamen, und leckte uns die Hand. Nur wenige Häuser weiter spielten wir mit dem von Sauberkeit strotzenden Boxer, oder wir sprachen mit Kindern, die zur Schule gingen, scherzten mit ihnen und gingen ein Stück des Weges mit. Immer wieder versuchte ich, sie Natascha zuzuführen.

In den Geschäften unserer Lieferanten war Natascha etwas zutraulicher, weil ich sie ermunterte, einzelne Worte in Französisch zusammenzustottern, um ihre Sicherheit zu fördern. Wenn man sie verstand, bekam sie vor Freude einen leuchtenden Blick, der mir sagte, sie sei doch nicht so unfähig, wie ich vielleicht dächte. Mein Lob machte sie stolz und glücklich.

Unsere Wege über den knirschenden, in der Sonne funkelnden Schnee wurden immer länger und länger. Auch wenn es stürmte und schneite, gingen wir beharrlich spazieren, bis unsere Lippen oft steif vor Kälte wurden und die Wangen und Ohren zu schmerzen begannen. Dann aber hasteten wir heimwärts, freuten uns auf unser Zuhause und den duftenden heißen Kaffee mit dem knusperigen Gebäck, mit dem uns der Hauswirt immer verwöhnte. Außerdem war dann die Schwester schon ins Heim zurückgegangen; wir waren also für den Rest des Tages allein.

Es mußte aber auch gearbeitet werden. Nataschas Leistungen lagen stets unter dem Mittel, sie besaß keinen Ehrgeiz und hatte leider auch keine Begabung, etwas leicht zu erlernen. Außerdem war sie richtig faul. Ich opferte ihr viel Zeit und noch mehr Geduld, aber es war vergeblich. Nur unter Zwang und Tränen vollendete sie etwas, aber es blieb immer Pfuschwerk. Ich erreichte lediglich eins: sie wusch sich endlich von Kopf bis Fuß.

Doch es war etwas Eigenartiges um ihr Wesen. Alle waren von ihr begeistert, mehr noch, alle liebten sie, und wenn sie vom Einkauf heimkam, um mit mir auf den Rappen genau abzurechnen, scheiterte selbst die kühnste Kalkulationsmethode: Drei Kilo Kartoffeln waren unberechnet, der größte Blumenkohl war nur so teuer wie der kleinste, und aus einem halben Pfund Butter war oft ein ganzes geworden. Dabei staunte sie selbst, was man ihr alles geschenkt hatte.

Aber es fiel mir auch auf, daß sie kaum Freude darüber empfand, nie mit den Menschen in engere Beziehung trat und auch selten von ihnen sprach. Das alles stand im krassen Gegensatz zu ihrem unveränderten Verhalten zu mir. Nie aß sie eine Näscherei, ohne sie erst mir angeboten zu haben. Nie kehrte sie heim, ohne mir einen Kuß auf die Wange zu geben oder mich zu umarmen. Meine Versuche, ihr Kameradinnen zuzuführen, um sie an ihresgleichen zu gewöhnen, sie auf diese Weise etwas von mir zu lösen, scheiterten meist nach kurzer Zeit, während sie dagegen mit Jungen glänzend harmonierte. Diese stritten sich um ihre Gunst, mit ihr zu sprechen, mit ihr vorsichtig zu spielen, ihr irgendeine Freude zu bereiten, die sie fast lässig hinnahm, während die anderen Mädchen nicht selten leer ausgingen. Aber die offensichtliche Bevorzugung weckte in ihr keine Überheblichkeit den Spielgefährten gegenüber. Natascha verschenkte meist das ihr Geschenkte weiter, und dadurch verrauchte der Neid ihrer Freundinnen schneller, als er aufkam.

Vielleicht lag es aber gar nicht an ihrer Schwermut, die sich immer wieder einschlich, oder an der aufgezwungenen Einschränkung im Spiel, daß sie keinen engeren Kontakt mit den anderen Kindern gewann. Diese wußten zwar nichts von ihrer Vergangenheit, aber sie fühlten vielleicht doch, daß dieses Mädchen, das aus einem fernen Land zu ihnen verschlagen worden war, das nie einen begehrlichen Blick auf Näschereien, Spielsachen, Kleider richtete, nie bettelte, im Banne eines Schicksals stand, das ihren Familien und ihrer Heimat wie durch ein Wunder erspart geblieben war, wofür sie zutiefst dankbar sein mußten. Und das bewiesen sie auch, jedes auf seine Art. Aber die Kluft blieb und konnte weder von Natascha noch von den anderen überbrückt werden.

Ein paar Wochen waren vergangen. Natascha und ich hatten uns eingelebt.

Unser immer gutgelaunter Hauswirt brachte uns jeden Morgen – und »sans discussion« – das Frühstück, ohne auch nur ein einziges Mal zu vergessen, Nataschas Brote fürstlich zu belegen und mit ihr ein wenig zu plaudern. In Ermangelung gemeinsamer Sprachkenntnisse spielten in den ersten Tagen ihre Finger, Gesten und Mienen die wichtigste Rolle, doch jetzt, da das Mädchen seinen Gönner meist an der Eingangstür mit »Bonjour, père Ducommun?« begrüßte, kannte die Freude des gutmütigen Mannes kaum noch Grenzen. Sein breites Gesicht erhellte sich, und während er langsam und deutlich Vokabeln nannte, machte er es sich mit seinem alten, zerschrammten Servierbrett bei uns gemütlich und ließ das Kind unermüdlich jedes einzelne Wort nachsprechen.

»Der Vater Ducommun wird dein Frühstück nie vergessen, meine Kleine, sans discussion! – Daß so eine Redensart einem auch ständig bleibt, wie klebriger Honig! – Apropos Honig! Willst du Honig essen, Natascha?«
Sie sah mich fragend an.
Flugs kehrte Ducommun zurück. »Daß ich an den Honig nicht gedacht habe, so etwas Wichtiges, unentbehrlich für Kinder!«
Aufmerksam sah er zu, wie sie das Butterbrot damit bestrich.
»Nein, nein, nicht so bescheiden! Er ist 'errlich!« fügte er deutsch hinzu und wartete auf den Effekt seiner Sprachkenntnisse.
»›Herrlich‹ sagt man, Vater Ducommun«, verbesserte sie ihn, indem sie das »H« deutlich betonte.
»Oh, das werden wir nie können; das ist zu schwer für uns.«
Frau Ducommun ließ sich bei uns kein einziges Mal blicken. Auf meine Frage antwortete ihr Mann mit der gewohnten Geste, mit der man alles abtut: »Die Gute ist wieder einmal eifersüchtig, diesmal auf die Kleine, auf Sie und wie gewöhnlich auf Gott und die Welt. Lassen Sie nur: Ich bin der Chef im Hause.«
Dem Bäckermeister folgte wenig später der schweigsame Milchmann, ein hageres Männchen, das wegen genauester Verteilung der Rahmschicht die Milch in der Kanne lange umrührte, bis es das erbetene Quantum genau bis zum Strich abmaß. Vom ersten Tag an wechselten wir nur die üblichen Begrüßungs- und Abschiedsworte.
Ab und zu kam unser Gemüsehändler. »Mit Ihrer Genehmigung« hatte er bei uns schon lange eine Schnapsflasche im Schrank stehen. Seinen jeweiligen Einladungen, ein Gläschen mitzutrinken, hielt ich aber stand. Jedoch seit einiger Zeit bereiteten wir ihm, wie er kopfschüttelnd sagte, große Sorgen, weil wir das Gemüse selbst nach Hause tragen würden und er dadurch keinen triftigen Grund hätte, bei uns vorbeizukommen und seinem Fläschchen zuzusprechen. Mit skepti-

scher Miene und fuchtelnden Händen fügte er hinzu: »Diskretion ist nicht jedermanns Tugend, Monsieur! Traurig, aber wahr!«

»Dann bringen Sie uns eben wie früher die Ware«, meinte Natascha belustigt.

»Ein Kind mit solch sündigen Gedanken, wie der Satan der Versuchung!« rief er aus und schob sich sofort eine ansehnliche Pfefferminztablette in den Mund.

Aber auch der stupsnäsige Bäckerlehrling Jacques – von uns Coco genannt – wählte jeden Vorwand und den günstigsten Augenblick, Natascha mit den frischgebackenen Produkten seines Chefs oder Süßigkeiten, sorgsam in buntes Seidenpapier eingewickelt, eine Freude zu machen. Dann stand er vor ihr, den Kopf zur Seite geneigt, und bewunderte sie mit unverhohlener Begeisterung. Wenn er aber behutsam einige Worte an sie richtete und von ihr sofort verstanden wurde, dann strahlte er mit allen seinen großen und kleinen Sommersprossen.

»Sie ist sehr, sehr schön, die arme Kleine!« sagte er mit tierernstem Gesicht, »wie eine Prinzessin. Ist sie wirklich keine Prinzessin, Monsieur?«

»Vielleicht, Coco. Ich werde ihre Mutter ganz genau danach fragen.«

»In ein paar Wochen ist ein Kinderfest in Leysin. Würde sie dann ein schönes Gedicht aufsagen? Und wie wäre es, Monsieur, wenn sie mit mir tanzen würde? Da könnten wir doch beide auftreten, sie als Prinzessin verkleidet und ich als Bäckerlehrling, wie ich vor Ihnen stehe.«

»Kannst du denn tanzen?«

Ein Schwall freudiger Worte überschüttete mich, dem Natascha gar nicht folgen konnte, und schon machte der Junge ein paar Pas, die mich in Erstaunen versetzten; dabei summte er eine anspruchslose Melodie vor sich hin.

»Ach, Monsieur, wenn ich nur tanzen lernen könnte! Aber ich bin Waise, und meine Tante Angèle erlaubt es nicht. Diese paar Schritte und die Melodie dazu habe ich mir selbst ausgedacht. In einem Jahr bin ich mit meiner Lehre fertig. Ich spare jetzt schon jeden Rappen für meinen späteren Unterricht.«

»Jacques, du Lausekerl!« dröhnte die Stimme des Meisters bis zu uns herauf, und sofort war Coco wieder verschwunden.

Natascha setzte den Redeschwall fort. Sie war hell begeistert, und zum erstenmal seit unserer Begegnung wunderte ich mich über ihre tänzerischen Einfälle. Unwillkürlich mußte ich dabei an ihren Vater denken.

Als sich Coco erneut zu uns stahl, sagte ich für Natascha zu.

»Ich werde sofort Mamotschka schreiben, sie möchte mir ein Paar Ballettschuhe schicken. Ich habe in Petersburg schon ganz gut getanzt, aber es strengte mich zu sehr an, mir wurde schwindlig, einmal wurde ich sogar ohnmächtig.«

Coco verstand nur das eine Wort »Ballett«. Scheu blickte er zu dem Mädchen hinüber, unfähig, etwas zu sagen. Sein Blick lag auf ihren kleinen Füßen, die sich unter dem Federbett hervor dem Jungen wippend entgegenstreckten.

»Ich kann Spitze tanzen, Coco!« meinte sie nicht ohne Stolz. »Weißt du auch, was Ballett ist?«

Der Junge faßte vorsichtig ihre Füße an. Doch als er das Mädchen ansah, wurde er ganz verlegen. »Die kleine Prinzessin«, sagte er mit veränderter Stimme und lief davon. Am nächsten Tag kam er nicht. Wir entdeckten aber das frische Gebäck an der Türschwelle unserer kleinen Wohnung, und Père Ducommun erzählte uns kopfschüttelnd, daß der sonst immer lustige, zu jedem Streich aufgelegte Coco wie ausgewechselt sei und jede Arbeit nur noch schweigend verrichte. Bald danach kam er wieder, aber er brummte nur einen Gruß und stellte das warme Gebäck wortlos auf den Tisch, wobei ein verlegener Blick Natascha streifte.

»Was ist mit Coco?« fragte sie mich. »Könntest nicht du mit mir auftreten?« sprach sie ohne Übergang weiter. »Dann wäre ich so sicher wie hier bei uns. Du kannst doch so viele russische und deutsche Gedichte und ein französisches lernst du schnell dazu. Du würdest mich an der Hand halten und mir einflüstern, wenn ich aufsage.«

»Ich denke, du wolltest tanzen?«

»Meinst du wirklich, ich könnte es? Und daß ich jetzt bald genauso gesund sein werde wie die anderen Kinder? Ich möchte doch so gern mit ihnen richtig spielen. Eben wie alle anderen, Onkel Fedja!«

»Doktor Guy ist vollkommen überzeugt!«

»Ich verstehe ja nicht alles, was ihr über mich sprecht.« Ihr Blick war unverwandt auf mich gerichtet. »Kannst du auf das heilige Kreuz schwören«, fragte sie streng, »daß ich gesund werde wie die anderen Kinder?« Sie öffnete ihr Kleid und hielt mir das kleine Silberkreuz entgegen, das sie ständig auf der Brust trug, und legte meine Linke darauf:

»Nun sprich!«

»Ich schwöre bei dem, was mir noch heilig ist!«

»Und nicht bei Gott, dem Allmächtigen?«

Ich wich ihr aus. »Beim Andenken meiner Frau und unseres Kleinen.«

Sie hielt meine Linke mit beiden Händen fest und schwieg versonnen, den Blick groß und fragend auf mich gerichtet.

»Deshalb bist du auch meist so still in dich gekehrt? Und ungeduldig allem gegenüber, auch mir?«

»Ja, leider.«

»Darüber sprichst du wohl nicht gern?«

»Nein.«

»Verzeih mir, daß ich soviel rede.« Sie schloß das Kleid besonders langsam, weil sie etwas überlegte. »Soll ich dir noch Kaffee einschenken oder dir eine Scheibe von unserem Fleisch abschneiden?« fragte sie schnell. »Du hast es doch so gern.«

»Danke. Wir müssen es zum Sonntag aufheben.«

»Ich gebe dir jetzt gleich alles, was mir zusteht.«

»Ich bin satt und mag nichts mehr.«

»Du kannst aber auch gar kein liebes Wort hören, Onkel Fedja!«

»Ja, so bin ich geworden. Ein gräßlicher Mensch.«

»Du Armerchen! Sei nicht traurig darüber. Das wird wieder. Aber mich liebst du doch ein ganz kleines bißchen?«

»Ein wenig schon.«

»Na ja, mehr verdiene ich auch nicht. Ich bin faul, liederlich und immer ungeschickt mit meinen dummen Händen.« Sie betrachtete sie mit einem Anflug von Traurigkeit. »Ich tu dir wohl immer sehr weh, wenn ich dich verbinde?«

»Nein, Nataschenka. Es kommt nur, weil ich wirklich zu unduldsam bin, mir selbst lästig, nur faulenze, nichts arbeiten kann und dazu noch Pflichten zu erfüllen habe.«

»Für wen, wenn deine Frau und euer Kind gestorben sind?«

»Für meine Eltern und jetzt noch für dich, bis du genauso ausgelassen spielen wirst wie die anderen Kinder und mich nicht mehr brauchst. Das wird bald sein.«

Sie erblaßte. Plötzlich sprang sie auf meinen Schoß und umarmte mich.

»Du Dummerchen! Ich werde dich doch immer und ewig brauchen, Onkel Fedja! Und ich will auch dein Kind sein, zu dir Papa sagen. Soll ich? Ich hätte Angst, ohne dich zu sein. Das wäre furchtbar. Wer soll mir denn später einmal sagen, wie ich alles tun soll?«

»Komm, wir wollen jetzt spazierengehen. Sieh doch, wie die Sonne scheint! Wir müßten auch nach unserem Coco Ausschau halten.«

»Nein, nein, warte! Laß mich doch einmal überlegen, wie das ist, wie das sein wird, wenn du nicht mehr da bist.«

»Aber du hast doch dein Mütterchen, das auf dich wartet!«

Sie schüttelte den Kopf, daß die Zöpfe flogen, ergriff meine Finger und drückte sie zusammen.

»Warte doch, Onkel Fedja, so schnell wie du kann ich nicht denken und antworten. Du kannst mich doch nicht einfach zur Mamotschka bringen und sagen: ›So, Duschenka, nun leb wohl. Ich werde dir einmal schreiben.‹«

»Komm nur, wir sprechen ein andermal darüber, an einem trüben Tag. Siehst du nicht, wie schön es draußen ist?«

Sie gehorchte unwillig und schwieg. Den ganzen Tag blieb sie ernst und beobachtete mich scheu.

Es war Abend.

Noch nie lag sie so gut gewaschen und gekämmt im Bett. Über den hellen, geblümten Glaslampenschirm hatte sie ein altes Kleid gehängt. Sie wußte, daß mich das grelle Licht störte. Ich saß an ihrem Bettrand. Meine Finger hatte sie wie gewöhnlich mit leichtem Nachdruck zum Gebet gefaltet und ihre Hände darauf gelegt. Gemeinsam sprachen wir in Kirchenslawisch das Vaterunser. Dabei blickten wir auf das kleine, dunkle Heiligenbild der Muttergottes mit dem Jesuskind, das über ihrem Bett hing. Doch als ich ihr den obligaten Kuß auf die Wange gab, hielt sie mich fest.

»Sag mir doch ein einziges liebes Wort.«

Ich schwieg beharrlich.

»Magst du nicht? Auch nicht gegen deinen Willen?«

Ich schüttelte den Kopf und wollte mich erheben, aber sie hielt mich um so fester.

»Wie damals«, bat sie. »Bitte!«

»Wann und welches Wort denn?« log ich unverfroren.

»Du weißt doch schon«, fügte sie etwas lauter hinzu, und ich fühlte, daß sie mich der Lüge überführt hatte.

»Nein«, antwortete ich abweisend.

»Als du damals vom Arzt kamst und über dein eigenes Wort erschrocken bist. Ich habe doch keinen, der mir sonst etwas Liebes sagt, du schon gar nicht und nie, und Mamotschka ist so weit von mir fort. Weißt du, das fehlt mir, so recht lieb sein zu können, wenigstens zu dir. Ist dir das nicht recht?«

»Schlaf nur jetzt. Du bist so müde, daß dir die Augen zufallen.«

»Sag doch einmal ›Äuglein‹ zu meinen Augen!«

»Die Äuglein fallen dir zu.«

Sie legte meine Handfläche an ihre Wange und kuschelte sich hinein. »Und nun sag mir doch dieses liebe Wort, aber nicht so wie damals, als du Angst um mich hattest, sondern leise, ganz leise. Du kannst es mir auch ins Ohr flüstern, wenn du dich schämen solltest. Ich drehe mich um. Dann sehe ich dich nicht mehr, wenn du es sagst.« Sie neigte ihren Kopf zur Seite, berührte meine Handfläche mit den Lippen und wartete.

»Sag doch Liebchen!«

»Liebchen.«
»Sagst du es noch einmal, wenn ich dich dabei ansehe?«
»Nein, Nataschenka. Nach dem Nachtgebet soll man nicht mehr sprechen. Du mußt jetzt schlafen.«
»Ach, Onkel Fedja!« seufzte sie und drehte sich zu mir um. »Wollen wir nicht ein wenig von der Heimat sprechen, von dem heißen Sommer auf dem Lande? Oder willst du mir wieder von den weißen Nächten, vielleicht auch von Sibirien etwas Schönes erzählen? Ich bin noch munter. Das Meer, weißt du noch, wie es immer rauschte?«

Ich zog meine Rechte unter ihrem Kopf hervor, deckte das Mädchen noch einmal zu und öffnete die Tür zur Veranda. Die kalte, würzige Abendluft strömte ins Zimmer. Dann löschte ich das Licht und ging. Doch als ich die Tür hinter mir schloß, hörte ich das Mädchen leise weinen.

Ich setzte mich unter das nüchterne Licht der Hängelampe und stützte meinen Kopf in die Hand.

Ich schwankte.

Auf jeden Fall mußte ich mit aller Konsequenz die Anhänglichkeit des Mädchens eindämmen, damit es sich nicht zu sehr an mich gewöhnte. Darüber machte ich mir oft Gedanken und fragte mich, ob es richtig war, daß ich das Kind mitgenommen hatte. Das Schicksal hatte es mir aber zugeführt, dazu noch krank.

Darüber schrieb ich einmal an Nataschas Mutter. Sie war jedoch anderer Meinung, ja, sie begrüßte sogar die Zuneigung des Kindes zu mir, indem sie mir gern die Befugnis eines Vaters einräumte und Natascha stets unterwies, mir zu gehorchen, zu mir lieb und aufrichtig zu sein.

Umständlich und langsam stopfte ich meine Pfeife und begann zu rauchen.

Erneut mußte ich an Frau Andrejewa denken. Ihre Briefe verrieten stets so viel Schwermut und Heimweh und eine nicht unbegründete Hoffnungslosigkeit. Und war die gleiche Schwermut nicht auch ihrem Kinde eigen? Frau Andrejewa hatte endlich bei einer Landsmännin eine Anstellung gefunden, und da der Kundenkreis dieses Modesalons den Geschmack und die Geschicklichkeit der kleinen Frau zu schätzen wußte, schien ihre Zukunft gesichert zu sein. Sie wollte mit ihrer Chefin in einigen Wochen nach Paris fahren und uns besuchen, um Natascha wieder zu sich zu nehmen. Über Herrn Neumann wußte sie nur wenig. Beide gingen sich aus dem Wege.

Ich trat auf die Veranda hinaus und ertappte mich, daß ich wieder wartete, wartete und daran dachte, wie in der Stille, die mich horchend umgab, alles um mich lautlos und unaufhaltsam dem Verfall, dem Tode entgegenging.

Ich fürchtete mich.

Manchmal ging ich dann zu Natascha, betrachtete eine ganze Weile ihre Züge, setzte mich auf den alten Stuhl und hielt mit ihr eine stumme, verbissene Zwiesprache. Es war so viel, was mich bewegte. Ich durfte es aber nicht sagen, weil sie ja schlief und weil sie eben doch nur ein Kind war, das man mit seinen Sorgen nicht belasten sollte.

Manchmal hielt ich sogar ihre Hand in der meinen.

Ich suchte die Nähe eines Menschen. Ich hatte das Verlangen nach dieser Berührung, um in diesen Nachtstunden nicht ganz allein zu sein, um mich nicht ganz in diesem kalten Nichts zu verlieren, das größer und zwingender war als die ständigen körperlichen Schmerzen.

An einem strahlenden Sonntag erreichte Natascha beim Kinder-Wettlaufen als Erste das Ziel. Außer sich vor Freude, mit fliegendem Haar, geröteten Wangen, von oben bis unten voll Schnee, stürzte sie in die Wohnung und umarmte mich stürmisch.

»Ich war zum erstenmal die Erste!«
»Ich habe alles gesehen!«
»Bist du glücklich darüber?«
»Sehr glücklich und stolz, mein Liebchen!«
»Ach! Ich muß wieder zu den Kindern!«

Ich blieb zurück und stützte mich fest auf meine Krücke.

Natascha, das schwarzäugige Russenmädchen, war völlig gesund, und sie wurde die Flinkste, die Schnellste unter ihren

Spielgefährten. Fröhlich berichtete sie mir von ihren kindlichen Erfolgen und Eroberungen.

Aber beim Spiel allein konnte es nicht bleiben; vor allem mußte Natascha endlich wieder Unterricht erhalten. Da die ersten Antworten auf unsere Bitte um Zusendung von Schulaufgaben eingelaufen waren, hatten wir eine ganze Menge zu tun. Natascha war damit gar nicht einverstanden, ich mußte sie immer dazu anspornen, um nur ja das Pensum einzuhalten.

Was sie draußen an Leistungen vollbrachte, stand im krassen Gegensatz zu dem Schneckentempo, wenn sie daranging, Bücher und Hefte hervorzuholen. Das dauernde Spitzen der Bleistifte, das Putzen einer schon mehr als sauberen Feder, das Zurechtlegen der Arbeitsunterlagen, das möglichst bequeme Zurücklehnen im Stuhl oder gar das erneute Flechten der Zöpfe, alles wurde zu einer zeitraubenden Prozedur, die ich mit immer lauteren und deutlicheren Worten beenden mußte, um jeden Tag festzustellen, daß fast alle Aufgaben falsch waren.

Meine Ermahnungen arteten dann in Drohungen aus, ihre Akulina einzuschließen, zu zerreißen, zu verbrennen, zu verschenken, Natascha jedes Spiel draußen zu verbieten und sie sogar nach Hause zu schicken. Das half vorübergehend. Zwar steckte sie dann die Nase ins Buch, schielte aber bald danach auf den Wecker, ob denn die Zeit zum Abendbrotmachen noch nicht gekommen sei.

»Jetzt muß ich aber wirklich in die Küche gehen, Onkel Fedja, weil du keine Unpünktlichkeit duldest und dann mit mir schimpfst.« Sie schlich hinaus, um das wenige vorzubereiten.

Dann wurde es spät, sie mußte zeitig schlafen gehen, und ein Tag mit vielen sinnlos vergeudeten Stunden mußte abgebucht werden. Der gute Vorsatz, morgen das doppelte Pensum abzuarbeiten, blieb in den meisten Fällen unerfüllt, da Doktor Guy mich eindringlich ermahnte, Natascha möglichst lange in der frischen Luft zu lassen. Verärgert warf ich die arme Akulina mit ihren abgerissenen Gliedern aus einem

Versteck im kühnen Bogen ins Kinderbett. Dann ging ich, ohne das Gebet gemeinsam mit Natascha verrichtet zu haben, hinaus, gefolgt von ihrem scheuen Blick.

»Onkel Fedja?« kam nach einer Weile die leise Stimme aus dem anliegenden Zimmer. Ich gab keine Antwort, denn ich war meist in einen Brief vertieft, der mit der Linken langsam gekritzelt werden mußte. Sie schwieg, horchte, räusperte sich von Zeit zu Zeit. »Ich bin noch immer wach.«

»Laß mich endlich in Ruhe! Ich komme nicht!«

Ich hatte sie längst vergessen, als sie hinzufügte: »Ich bereue meine Faulheit. Komm doch, Onkel Fedja, ich will dich um Verzeihung bitten.«

Ich gab keine Antwort. Das alles kannte ich schon.

Als ich später wie gewöhnlich von einem Buch oder einem Spiel aufblickte und lauschte, hörte ich nur noch ihren regelmäßigen Atem; sie war eingeschlafen. Ihre Akulina hatte sie weggelegt, um sich selbst damit zu bestrafen. In ihren Armen hielt sie aber meinen Rock, um diese Strafe zu mildern. Ich hatte nicht einmal gehört, wie sie ihn aus dem Schrank holte.

Vorsichtig nahm ich ihn an mich.

Plötzlich wachte Natascha auf. Ich befürchtete schon, sie hätte etwas Schweres geträumt, weil sie mich mit verhaltener Stimme und so unerwartet fragte:

»Siehst du mein Gesicht? Siehst du es genau?«

»Nein. Warum?« erwiderte ich.

»Onkel Fedja, ich muß dir etwas Trauriges sagen.«

»Doch nicht jetzt, mitten in der Nacht!«

»O ja, gerade in der Dunkelheit«, beharrte sie.

»Nun sprich schon, aber schnell.«

»Ich bin heute viel zu schnell durchs Ziel gelaufen und fühle mich wieder krank, fast wie früher, weißt du.«

Schwerfällig setzte ich mich an ihren Bettrand. »Aber Doktor Guy war doch so zuversichtlich, als er dich danach untersuchte. Er kann sich unmöglich geirrt haben.«

Sie hob die schmalen Schultern und rückte näher zu mir.

»Nun muß ich in Leysin genauso lange bleiben wie du, bis zum Herbst, sagte dir damals Doktor Guy. Wenn mich Mamotschka bald abholen kommt, werde ich mit ihr gar nicht gehen können. Ich muß also bei dir bleiben – Onkel Fedja.«

Auch die nachdrückliche Betonung meines Namens verriet mir alles.

»Wie häßlich von dir, mit der eigenen Gesundheit derart zu schwindeln! Dabei hast du zu mir noch vor einigen Tagen ›Papa‹ sagen wollen!« Ich ging hinaus, setzte mich an den Tisch und räumte die Patiencekarten zusammen. Es war nicht gut für Natascha, daß ich sie mitgenommen hatte. Aber sie war damals krank, und ich hatte mit ihr ein wenig Mitleid, ja, ein wenig. Sagte nicht der russische Volksmund: Ganz ohne Mitleid läßt sich's nicht leben?

Auf einmal stand sie vor mir, die Arme nach mir ausgestreckt, das Köpfchen etwas zur Seite geneigt und warf sich mir an den Hals.

Kein Wort fiel zwischen uns. Kein Blick suchte den des anderen. Ihre Hände legten mir die schwarzen Zöpfe um den Hals, zogen sie ein wenig zusammen, und der verweinte Mund ruhte unentschlossen an meiner Wange.

Ich drückte sie an mich.

Jedoch das stundenlange Sonnen, der Anblick der Sanatorien mit kranken, siechen Menschen oder das tägliche, ziellose Herumschlendern durch den schon längst bekannten Kurort und seine Umgebung ertrug ich nur schwer. Wie viele Überlegungen aber wurden durch die unbekümmerten Fragen und Worte des Mädchens verscheucht! Dadurch wurde mein Alltag chaotisch, lästig, wie bei allen hysterischen Menschen, die nie ihr Fazit verarbeiten, nie einordnen, um ihn dann abtun zu können.

So kam es denn auch, daß ich meinen Entschluß, Natascha mitgenommen zu haben, immer häufiger bereute und nur noch den dringenden Wunsch hatte, sie so bald wie möglich zu ihrer Mutter zurückzuführen.

Ich wollte endlich allein sein mit jenen Erinnerungen, die ich so liebte und zu denen ich mich unablässig hingezogen fühlte, wie durch einen bekannten, stillen Weg in der trauten Heimat, die mich empfangen und umgeben sollte.

Ganz allein sein! Für lange Zeit!

In diesen Tagen der Zerwürfnisse und des Zwiespalts, an denen ich unter Melancholie litt, wenn der Föhn über das Gebirge fegte, wenn ich meine Schmerzen doppelt und dreifach empfand und das Herumhumpeln, die langsame Fortbewegung, meine Krücke und das mich überall und ständig hindernde Armdreieck verwünschte, ließ ich nicht selten meinen ohnmächtigen Zorn an Natascha aus, an ihrer Ungeschicklichkeit bei allen Hausarbeiten, beim Überschwappen der Milch, wenn sie Geschirr zerbrach und fertige Speisen anbrennen ließ. Ihre Faulheit brachte mich dann völlig aus der Fassung.

Wie das Perpendikel einer alten, krächzenden Uhr pendelte ich in dem kleinen, häßlichen Zimmer hin und her. Man konnte sich darin auch nicht wohl fühlen! Es hatte keinen einzigen Sessel, keine Lampe, deren Schein etwas Behaglichkeit verbreiten konnte. Ich war eingepfercht mit Eingepferchten, mit dem Unterschied, daß die anderen diese Enge nie *empfanden,* weil ihr Leben hier begann und endete, während ich seit meiner frühesten Jugend die unendliche Weite kannte.

In solchen Augenblicken erschien mir Natascha nur noch als ein Wesen, das mir dauernd und in allen Dingen im Wege stand, mich mit einfältigen Fragen bestürmte und eben – lästig war, ein Wesen, das ich aber nicht wie einen Gegenstand beiseite schieben konnte, aus Pflicht vor mir selbst, aus Konsequenz, zu dem zu stehen, was ich einst versprochen hatte. Fast täglich rannte ich gegen diese Mauer an. Ich schleuderte gegen sie alle meine Wut und Mißachtung.

»Wirf doch, zum Donnerwetter, deinen Kamm in eine Ecke und laß ihn nicht wieder mit deinen Haaren auf dem Tisch liegen! Und wenn du noch Hunger hast, dann iß gefälligst deine Schnitte in der Küche und nicht während der Arbeit! Siehst du denn nicht, daß die Umschläge deiner Schulhefte und Bücher wieder Fettflecke haben, du Liederjule! An deine Mutter denkst du wohl auch nicht mehr, sonst hättest du längst ihren Brief beantwortet. Hast du denn gar kein Herz für sie? Willst du sie durch nichts erfreuen?« Ich drohte, ihre Akulina wieder einzuschließen, zu verbrennen, zu verschenken oder in Stücke zu reißen.

Es half nichts. Das Mädchen wollte und konnte auch nicht allein lernen. Auf alle meine bösen, manchmal ungerechten Worte erwiderte mir Natascha nichts. Nicht einmal das Essen beanstandete sie, auch wenn wir nicht selten tagelang nur dickgekochte Erbsen- oder Graupensuppe mit Brot zu essen hatten. Die Hände im Schoß gefaltet, darüber den Kopf gesenkt, hockte sie unbeweglich im Bett, oder sie floh verängstigt in ihre Ecke und sank dort in sich zusammen, ohne jemals den Blick zu heben.

»Ein anderes Kind in deinem Alter versucht wenigstens etwas Gescheites zu erwidern, sich zu bessern, sich Mühe zu geben! Du bist also auch noch verstockt!«

»Du trägst an deinem Leid zu schwer, Onkel Fedja«, antwortete sie schüchtern und mit Tränen kämpfend. »Ich verbinde dich jeden Tag und du siehst es, wie mir dabei die Hände vor Schmerz um dich zittern.«

»Dann laß es eben sein, wenn du mit deinen dummen Händen auch dafür nicht zu gebrauchen bist!«

Ich selbst kam mir bei solchen Worten abgrundtief schlecht vor. Es war wieder einmal Abend, und der Föhn, der ärgste Feind aller Kranken, rüttelte an unseren morschen Fensterläden. Schon über zwei Stunden war ich auf der Straße ziellos umhergeirrt. Vergeblich versuchte Natascha mich auch diesmal davon abzubringen. Weinend war sie zu Haus zurückgeblieben.

Um mich war die bedrückende Stille des Kurortes, die Gepflogenheit der Spießbürger, mit den Hühnern schlafen zu gehen. Überall erlosch das Licht. Schnee und Regen klatschten nieder. Kulissenhaft erhoben sich die großen Sanatorien im nebligen Dunst. Trübes, fahles Licht vereinzelter Laternen ließ nur eine ganz enge Sicht. Darin sah ich ein paar dunkle Gestalten, in ihrer Mitte einen Kranken auf der Bahre, dessen verfallene Züge einer Totenmaske glichen. Vielleicht war er schon gestorben? Dann hoben sie die Tragbahre, und eine neue Nebelwelle verwischte ihre Konturen ganz. Auch ihre Stimmen erstarben irgendwo. Sie glichen Verschwörern oder Leichenträgern, die ihre Last beiseite schaffen mußten.

Ich humpelte von einem Schaufenster zum anderen. Nach Hause gehen? Nein. Der Gedanke an mein kleines Zimmer, die Stille und Dunkelheit, wo jeden Augenblick der Angstschrei des Kindes mich jäh aufschrecken konnte, mein eigenes Träumen mit wachen Augen und das immer wiederkehrende Verlorensein in einem uferlosen Nichts trieben mich weiter, immer weiter durch den feuchten Frühlingsabend. Umgeben von schweren, verstaubten Gardinen einer Kneipe sah ich mehrere Schnapsflaschen. Doch die Lust, mich einmal sinnlos zu betrinken oder gar mich mit fremden Menschen zu unterhalten, mit ihnen Witze zu reißen, mich selbst zum Lachen zu zwingen, tauchte in mir nur als ein flüchtiger Gedanke auf.

Eine neue Welle starker Schmerzen trieb mich weiter. Nur wenige Schritte abseits empfing mich die Dunkelheit, aus der die Schneeflocken mir ins Gesicht fielen. Ich hob den linken Arm in die Höhe, und das Verlangen, auch die Rechte so hoch wie möglich emporzustrecken, folgte derart spontan, daß ich glaubte, sie hochgerissen zu haben, um nach langen Monaten die Brust zu weiten und ganz tief atmen zu können, frei vom lästigen Verband, seinen breiten Gurten und dem ungefügen Drahtgestell. Das vermaledeite Eisen und die Riemen hielten jedoch meinen Oberkörper fest umspannt.

Und das wollte ich nicht mehr! Ich wollte wieder frei und ungehindert atmen, arbeiten, schreiben, zugreifen, alles festhalten können, mit beiden Händen!

Ich werde Natascha jede Arbeit abnehmen, sie verwöhnen und sie mit beiden Händen streicheln, wenn sie sich an mich schmiegt, mich zwingen, alles mit der Rechten zu tun, damit sie kräftig in ihren Bewegungen wird. Dann werde ich wieder der, der ich war, ohne Launen, Nörgeleien und das, was ich jetzt an mir haßte.

Mein Puls hämmerte. Es wurde mir heiß, und ich fühlte mich auf einmal sehr unsicher auf den Beinen, als hätte ich einen Rausch. Dann aber eilte ich fort und verfehlte in meiner Erregung sogar die Straße und das Haus.

Endlich stand ich vor dem schlafenden Mädchen.

Nein! Das darf ich ihr nicht sagen. Diesmal wird sie mir nicht gehorchen, auch nicht dabei helfen wollen! Der Kopf, der schon seit Monaten keine Gedanken von Wert und Bedeutung zu verarbeiten hatte, fand und fand keinen Ausweg, keine Lüge, auf die das Kind ahnungslos hereinfallen sollte. Ich mußte sie einfach überrumpeln. Sie durfte bis zu diesen paar schnellen Handgriffen nicht völlig erwacht sein.

»Natascha«, rief ich sie. »Steh doch auf!« fügte ich mehrere Male ungeduldig hinzu. Sie stöhnte leise. Verschlafen und unwillig schlug sie die Augen auf.

»Nun komm schon und hilf mir. Dann kannst du weiterschlafen, solange du willst.«

»Was soll ich denn tun?« fragte sie verwirrt.

»Mir den Verband erneuern.«

»Ich habe ihn doch heute abend sehr sorgfältig gemacht.«

»Eben nicht! Das ist es ja. Irgend etwas reibt an der Wunde. Nun komm doch schon, komm!«

Wortlos gehorchte sie auch jetzt. Nur das Lächeln, das mich beim Verbinden stets ermuntern sollte, fehlte. Sie legte meinen übergeworfenen Rock beiseite, und da ich schon das Hemd geöffnet hatte, zog ich es aus. Sie war noch lange nicht wach, denn es dauerte eine Weile, bis sie den Verbandschluß fand, und sie bereitete mir dadurch heftige Schmerzen.

»Nun mach etwas schneller!«

Die aufgerollte Binde fiel ihr auch diesmal aus den Fingern, aber ich verlor jetzt kein Wort darüber. Versehentlich streifte meine Linke ihre Wange. Sie war feucht.

»Du weinst doch nicht etwa?«

»Nnnnein!« Sie seufzte.

»Warum hast du denn geweint?«

»Weil du mich Abend für Abend allein läßt und ich dann immer Angst habe.«

Sie lehnte sich etwas in die Kissen zurück.

Im gleichen Augenblick riß ich fast zugleich an den beiden

Brustriemen, das Drahtdreieck senkte sich, und ich nahm meinen kraftlosen Arm heraus.

Der plötzliche Schmerz war derart stark, daß ich die Besinnung verlor. Nur noch entfernt drang der entsetzte Schrei des Mädchens an mein Ohr.

Als ich wieder zu mir kam, sah ich, daß ich auf dem Fußboden lag, mit dem Rock zugedeckt, die Armstütze daneben. Nataschas Bett war leer. In dem anliegenden Zimmer brannte noch Licht. Mein Ruf verhallte. Unter Aufbieten aller Willenskraft richtete ich mich auf und saß.

Hastige Schritte kamen die Treppe herauf. Die Tür wurde aufgerissen: Doktor Guy und Natascha standen vor mir. Sie trug über dem Schlafanzug ihren Katzenpelz und war ganz verschneit. Der Arzt hatte einen Mantel über die Schultern geworfen. In seinem Blick lag unverkennbar ein Vorwurf. Natascha hockte auf dem Fußboden und flüsterte: »Was hast du getan! Warum?«

Ich fand Worte der Entschuldigung und erbat mir vom Arzt eine schmerzstillende Spritze. Seine Frage, ob ich wünschte, die Rechte erneut in das Drahtgestell zu legen, verneinte ich entschieden. Doktor Guy hatte dafür Verständnis. Er half mir beim Aufstehen, brachte mich ins Bett, strich Natascha tröstend über das Haar und ging.

Ich streckte meine Hand nach ihr aus.

Plötzlich kniete sie neben mir nieder, den Kopf auf meine Brust gelegt.

»Verzeih mir jedes böse Wort, Duschenka!«

»Was sagst du, um Gottes willen!«

Das starke Narkotikum lähmte bereits mein Denken.

Ich empfand nur noch, wie das Mädchen meinen Kopf umspannte, an sich drückte und weinte.

Ich fühlte mich von jeder Schwere befreit und war glücklich.

III

Die Ereignisse der nächsten Tage prallten aufeinander.

Ohrenbetäubend schlug eines Morgens meine Verandatür zu, so daß der Vorhang durch die starke Zugluft wie eine Fahne hochflatterte. Hellster Sonnenschein fiel aus tiefblauem Himmel mir ins Gesicht. Doch kaum hatte ich das alles wahrgenommen, als ich in der Küche das Zerklirren von Geschirr hörte. Ich wartete.

Natascha erschien mit hochrotem Kopf. Sie kämpfte mit den Tränen.

»Haben wir denn wenigstens noch eine Tasse?«

»Keine einzige mehr, Onkel Fedja«, erwiderte sie weinerlich-gedehnt. »Verzeih mir meine Tolpatschigkeit! Ich weiß auch gar nicht, wie es kommt, daß mir alles aus den dummen Händen fällt. Was machen wir nun? Wir haben noch ein Wasserglas im Badezimmer. Das kriegst du, und ich werde den Kaffee aus dem Suppenteller löffeln.«

»Ach, Djetoschaka! Wo warst du nur wieder mit deinen Gedanken? Bestimmt nicht bei der Arbeit!«

»An dich habe ich gedacht. An einem Abend, ich war fast eingeschlafen, da kamst du zu mir, ich weiß es ganz genau, und sagtest ganz leise, daß du bald dein Armdreieck abnehmen würdest, um dich besser bewegen zu können, weil du arbeiten und Geld verdienen müßtest. Darüber war ich dann eingeschlafen. Ich hätte dir auf gar keinen Fall gehorchen dürfen, aber ich war ja noch so schlaftrunken.« Sie schüttelte bekümmert den Kopf und setzte sich auf den Bettrand. »Dabei haben wir so wenig Geld!«

»Wenig, sagst du? Nichts haben wir.«

»Daran dachte ich auch, aber das Geschirr war schon kaputt.«

»Schuld an allem ist unsere Misere.«
»Das verstehe ich nicht. Erkläre mir das, Onkel Fedja.«
Es läutete. Doktor Guy kam, dem Natascha sofort alles berichtete. »Was meinen Sie, was wir jetzt machen sollen, Monsieur?«
»O là là! Deine Worte sprudeln ja wie Selterswasser! Vielleicht kann ich als Arzt auch dieses Übel beheben. Komm doch mal mit.«
Während ich Toilette machte, bewegte ich unaufhörlich meinen rechten Arm.
Krachend fiel bald darauf die Eingangstür zu. Natascha war heimgekommen, und schon erklang in der Küche ihre kindlich-fröhliche Stimme. Sie bedankte sich für das Tragen und gab jemand ein Trinkgeld. Dabei sang sie völlig falsch einen Schlager. Als ich dann zum Frühstückstisch kam, war er mit neuem Geschirr aus Steingut bedeckt. In der Mitte thronte sogar ein Blumensträußchen.
»Siehst du, Scherben bringen Glück!« Dabei schwirrten russische, deutsche und französische Worte durcheinander.
»Père Ducommun!« Leichtfüßig wie eine Elfe und durch nichts mehr belastet, eilte sie ihm entgegen und berichtete von dem Geschirr und Doktor Guy.
»O meine Kleine, nur alles annehmen, sans discussion!«
Während sie das Tablett mit dem Frühstück hineintrug, wurde es mir abwechselnd heiß und kalt, bis endlich alles auf dem Tisch stand. Ich ging in die Küche, um mir noch einen Teller zu holen. Die Scherben hatte sie natürlich nicht zusammengefegt, und darüber stolperte ich mit meinem Teller, der ebenfalls in Stücke ging. Schon stand Natascha neben mir, erst entsetzt, dann abwartend. Endlich lachte sie.
»Ach, laß nur, Onkel Fedja! Das macht doch nichts! Ich werde dir bald neues und schönes Geschirr kaufen. Soeben sagte mir Coco durchs Fenster, das ›Gebet‹ von Lermontoff hätte dem Veranstalter gefallen, und ich könnte es zum Kinderfest vortragen. Dafür bekomme ich doch Geld. Das schenke ich dir. Hast du denn vergessen, was ich dir versprochen habe? Ich schenke dir alles, alles, was ich verdienen

werde, und an Mamotschka schreibe ich, sie möchte mir meine Filzstiefel und den Schafpelz schicken; darin werde ich das Gedicht aufsagen.«

Ich schwieg dazu. Die Morgensonne strahlte über unseren Tisch. Die Kleine hatte einen unwahrscheinlichen Appetit. Glücklich und unbeschwert ging das Plappermäulchen neben mir, als es an der Tür klingelte.

»Was, Monsieur, Sie bringen uns Geld? Dann seien Sie uns herzlich willkommen!« rief Natascha und führte den Briefträger herein. Er hatte zwei Überweisungen für mich, fünfhundert Franken, die mir Freunde schickten.

Der betagte Briefträger hatte bestimmt den Eindruck, es nicht mit einem normalen Menschen oder mindestens mit einem Analphabeten zu tun zu haben, denn erst jetzt erbat er sich meinen Paß. Wahrscheinlich aus dem gleichen Grunde ließ er sogar das ihm zugeschobene Trinkgeld unbeachtet auf dem Tisch liegen, und als ich meine Gedanken wieder etwas beisammen hatte, war er schon fort.

Was ein Mädchen an kindlichen Zärtlichkeiten zu verschenken hatte, damit wurde ich von Natascha überhäuft.

Wir betrachteten die großen blauen Frankenscheine und falteten sie nicht ohne Ehrerbietung zusammen.

»Erzähle das nur keinem, Onkel Fedja! Wir verstecken gleich das ganze Geld, wo es keiner vermuten wird.« Das Mädchen war ganz aufgeregt. »Du glaubst gar nicht, wie schlecht die Menschen sind, wenn sie Geld wittern. Das haben wir in Petersburg nach der Revolution gesehen.«

»Das ist schon richtig, aber wir sind im Westen und dazu in der Schweiz. Sag mir lieber, was ich dir kaufen soll, um dir eine Freude zu bereiten.«

»Nichts«, antwortete sie sofort. »Höchstens ein Vogelhäuschen. Und, nur wenn es geht, ein großes Stück Fleisch, so richtig zum Sattessen! Bitte, Onkel Fedja! Sonst habe ich doch alles, nur eben nicht so schön und neu wie die anderen. Deshalb«, sie näherte ihren Mund meinem Ohr und flüsterte verlegen, »stehle ich hier auch nichts. In Petersburg tat ich es aber oft. Wir hungerten sehr. Ich bettelte ganz hartnäckig und

versuchte immer zu weinen, wenn man mir nichts gab. Wir waren viele Kinder in ganz alten Kleidern, und der eine lernte es vom anderen. Die großen Jungen aber taten sich zu einer Bande zusammen, überfielen sogar große Leute. Man nannte sie ›Besprisorniki‹. Und weißt du, Onkel Fedja, ich war im Betteln und Schauspielern viel besser als in der Schule.«
»Aber, Duschenka, so etwas tust du doch jetzt nicht mehr!«
Sie schüttelte den Kopf.
»Hast auch gar keine Lust dazu, nicht wahr?«
»Lust schon! Das Schauspielern gefiel mir so gut, aber weißt du, ich mache mir nichts daraus, ob ich das eine oder andere habe. Ich bin nicht so wie die anderen Kinder, die alles haben wollen. Soll ich jetzt den Tisch abräumen? Bleib nur sitzen. Ich werde achtgeben, daß mir nichts mehr herunterfällt, und wenn ich mit der Schwester abgewaschen habe, darf ich dann zu den Kindern auf den Eisplatz gehen?«
Ihre Schilderung ging mir nicht aus dem Kopf, und ich verfolgte aufmerksam ihre graziösen Bewegungen. Ich mußte an ihren verschollenen Vater denken, der ihr vielleicht seine tänzerische Begabung vererbt hatte.

Es war Abend, und da wir eine schönes Vogelhäuschen gekauft und dem Fleisch zweimal mit gutem Appetit zugesprochen hatten, waren wir in bester Laune. Ich entschloß mich, mit Natascha etwas Wichtiges zu besprechen.
»Meinst du, wir könnten jetzt ohne Schwester auskommen?«
»Ja, Onkel Fedja! Ist das dein Ernst? Ich werde für dich und den Haushalt alles machen; auch den Fußboden wischen, täglich, wie die fromme Schwester!«
»Und das Geschirr weiter zerteppern. Bei den vielen Scherben müßten wir ja ein geradezu unwahrscheinliches Glück haben!«
»Ich verspreche dir...« Natascha zählte mit heller, fröhlicher Stimme alles auf, was sie machen würde; ich müßte nur noch kochen.

Schwester Thérèse nahm auch den Abschied von uns leidenschaftslos hin, ohne den Blick zu heben. Sie verrichtete ihre Arbeit bis zur gewohnten Stunde. Mit einem schönen Segenswunsch ging sie von uns. Das ihr zugedachte Geschenk lehnte sie ab.

Der Zwang, kleine Hausarbeiten verrichten zu müssen, bekam mir glänzend. Bei jeder Gelegenheit versuchte ich meinen rechten Arm zu gebrauchen, und ich fühlte, wie er immer sicherer im Zupacken wurde. Schon flatterten die ersten mit der rechten Hand geschriebenen Briefe heimwärts. Mein Vater antwortete umgehend, und da ihm auch Professor Rollier und Doktor Guy von meinen schnellen Fortschritten berichteten, merkte ich zwischen den Zeilen, daß er mit einer bescheidenen Zuversicht unsere gemeinsame Zukunft beurteilte.

Natascha schien wie verwandelt. Sie gab sich große Mühe beim Lernen. Sogar ihre Gedichte, die sie zum Kinderabend aufsagen wollte, wußte sie wie im Schlaf. Aber diese unerwartete Wende schien mir nicht sehr echt zu sein. Ich reimte sie mir nun mit der erneuten Absage von Frau Andrejewa zusammen und dem Befund von Professor Rollier, der mir einen längeren Aufenthalt in Leysin anriet. Als Natascha das hörte, schüttelte sie traurig den Kopf.

Von dunklen Vorahnungen getrieben, schrieb ich an Herrn Neumann. Sein Bericht beunruhigte mich erst recht. Was die kleine Frau uns bisher geschrieben hatte, war unwahr. Sie hatte keine Arbeit gefunden und schien verzweifelt zu sein.

Ich raffte mich auf und sandte ihr einen langen Brief, in dem ich ihr konkrete – aber unwahre – Vorschläge über eine sehr interessante Arbeit bei einer befreundeten Firma machte, bat sie noch um etwas Geduld, Zuversicht, insbesondere aber Vertrauen zu sich selbst.

Plötzlich wird die Tür aufgerissen.

Natascha steht im langen Nachthemd an der Schwelle. Ihr Haar ist zerzaust. Der Blick flackert. Sie bebt.

»Mamotschka ist gestorben!«

Sie läuft mir entgegen und hält sich an mir fest.

»Sie hat mich gerufen – ganz laut!«
Ein Stöhnen entringt sich ihrer Brust. Sie weint, schluchzt.
»Ich fürchte mich, ich fürchte mich so sehr vor der Nacht, der Dunkelheit, den Männern, die kommen werden, um mich zu holen! Ich habe doch nichts Böses getan! Auch mein Papa nicht! Mutti, meine arme Mutti! Ich muß zu ihr hin. Aber wie, wie?«
»Komm, meine Kleine, komm nur. Das war nur ein Traum. Keiner wird dich holen. Du bist in der Schweiz. Nicht weinen, Djetotschka. Ich bin bei dir.«
»Bleibe bei mir, Onkel Fedja. Geh nicht fort! Ich habe solche Angst, auch wenn ich schlafe!«
»Ich bleibe bei dir. Ich bleibe«, flüsterte ich bewegt, und die Erinnerungen an meine eigenen Alpträume steigen erneut und beunruhigend in mir auf.

Ich decke Natascha zu. Sie hält mit beiden Händen meine Finger umklammert, und ich merke, wie sie fröstelt, als hätte sie wieder Fieber, den verstörten Blick ihrer schwarzen Augen fragend auf mich gerichtet.

Am nächsten Vormittag kamen zwei Telegramme und ein längeres Brieftelegramm. Gleich im Wohnzimmer unseres Hauswirtes öffnete ich sie und erstarrte vor Schreck. Herr Neumann hatte sie aufgegeben:

»Erwarte Eure sofortige Abreise. Frau Andrejewa heute Mitternacht schwer verunglückt.« Das andere lautete: »Frau Andrejewa heute gestorben. Bin ganz verzweifelt.«

Das Brieftelegramm schilderte ziemlich zusammenhanglos ihren Unfall und Tod. Sie kam zur Untergrundbahn, wollte anscheinend auf den bereits abfahrenden Zug aufspringen, und da sie mit ihren verstümmelten Händen keinen sicheren Halt fand, fiel sie unter den Wagen und wurde überfahren. Nur der Fahrdienstleiter glaubte an Selbstmord.

Er bat mich, Natascha diese Nachricht möglichst schonend beizubringen und versprach, für sie wie für ein eigenes Kind zu sorgen.

Es war also doch der letzte Ruf der Mutter gewesen, der heute nacht das Kind erreicht hatte.

»Sadumalsja, djadja Fedja?« erklang die Kinderstimme dicht an meiner Seite. Ich schreckte hoch, unfähig, etwas zu sagen, zu denken, die Telegramme schnell in die Tasche zu stecken.

»Was hast du?« Sanft strich sie über mein Haar. Ich weiß noch, wie ich bei dieser Berührung erschauerte, vor Schmerz um dieses Kind.

»Ich warte und warte auf dich, und du kommst nicht. Komm doch! Nimm auch die olle Post mit. Schulaufgaben sind wohl auch dabei? Bei uns oben ist es so gemütlich warm.«

»Liebchen, mein Liebchen...« Ich verlor die Gewalt über mich selbst, drückte das schmächtige Kind an mich und weinte. Der ganze Jammer und alles Elend der Welt waren in meinem Weinen. Ich weinte um das Leid, das ich ihr zufügen mußte, und weil ich wieder, wie einst in Sibirien, zu schwach war, um die sogenannte Weisheit der Vorsehung zu begreifen.

»Schlimm?« fragte sie behutsam. – Ich nickte.

»Sehr schlimm?«

Ich nickte wieder. Ich konnte nicht sprechen.

»Jemand gestorben?«

»Ja!« erwiderte ich unerwartet laut, aber auch nur dieses eine Wort, denn ich wußte, daß ich ein zweites hinausgeschrien hätte.

Sie strich mir noch immer über das Haar. Plötzlich fühlte ich das Beben ihrer Hände, wie ihre Bewegung sich verlangsamte, wie sie innehielten, dann meinen Kopf hochhoben. In ihrem Blick stand die bange Frage:

»Mamotschka?« fragte sie leise.

Wie ein Blitz kam die Überlegung: »Nein, Duschenka, nein!« Ich wehrte mich gegen mich selbst. »Ein Kriegskamerad von mir, ein Freund.«

Ducommun öffnete gerade die Tür, raschelte mit dem dünnen Packpapier und lächelte uns freundlich zu. Doch sein Blick erfaßte sofort die geöffneten Telegramme, uns beide, mich.

»Verzeihen Sie bitte«, murmelte er und ging hinaus.

»Nein, Vater Ducommun, bleiben Sie nur«, rief ihm das

Mädchen zu. »Wir gehen hinauf. Wir haben eine sehr, sehr traurige Nachricht bekommen. Ein Kriegskamerad von Onkel Fedja ist gestorben. Komm nur«, wandte sie sich zu mir. »Ich werde dich führen. Du hast auch nichts als Kummer und immer wieder Kummer.« Sie stützte mich genau wie damals, als wir uns kennenlernten.

Ducommun verstand mich ohne Worte. Eilig ging er uns voraus, berührte meinen gebeugten Rücken, öffnete die Eingangstür in unserer Wohnung und schloß sie hinter uns zu. Ich täuschte bleierne Müdigkeit vor, setzte mich an den Tisch, stützte den Kopf in die Linke und schloß die Augen.

Natascha brühte Tee, und als Coco mit dem obligaten Gebäck kam, tuschelten sie nur ein paar Worte miteinander.

»Du mußt jetzt gehen, Coco. Onkel Fedja hat eine Todesnachricht erhalten. Ich muß auch ganz leise sein, denn er ist sehr, sehr traurig.« Dann brachte sie mir ein Glas Tee und schob mir all ihren Zucker und das ganze Gebäck zu.

Ich aß und trank, und ich aß viel und sehr langsam, um nur ja nicht mit ihr sprechen zu müssen.

Noch am selben Abend schrieb ich an Neumann. Ich teilte ihm mit, daß ich Natascha Frau Andrejewas Tod verheimlicht hätte. Nun solle er aber versuchen, mit der Handschrift der Mutter dem Kind zu berichten, sie sei verreist, um ihren Mann zu suchen und mit ihm nach Deutschland zurückzukehren. Einen anderen Ausweg wüßte ich im Augenblick nicht. Den Brief las ich ein paarmal durch, doch ich verstand kaum seinen Sinn. Dabei war er so eindeutig, so brutal, wie eben nur die nackte Wahrheit sein kann.

Ich ging zu Natascha hinüber und horchte. Sie schlief ganz fest, an ihrer Wange die geliebte Akulina. Dann schlich ich hinaus. Die Holztreppe knarrte.

An der Eingangstür stand Herr Ducommun. Im Licht seines Zündholzes, an der Art, wie er seine schwarze, dünne Brissago-Zigarre am Strohhalm in Brand setzte, merkte ich, wie sehr er von meiner Schilderung erschüttert war.

»Mein Gott! Das arme, arme Kind. Es ist aber richtig, daß Sie es Natascha verheimlichen.«

Ich brachte die Briefe zur Post.
Aber ich hatte keinen Mut mehr, nach Hause zu gehen.
Ein weiter Umweg, ohne Sinn und Ziel, führte mich auch zu unserem Bach. Es war kalt, und über dem Wasser lagen dichte, im Vollmond phosphoreszierende Nebelschleier. Aus weiter Ferne leuchteten die noch eisgepanzerten Berge in unwahrscheinlich anmutende Höhen hinauf. Langsam zerriß ich die Telegramme, warf die Fetzen auf die schillernden, winzigen Wellen, sah, wie sie lustig tänzelnd davonschwammen und dann von dem behutsamen Schleier des Nebels verdeckt wurden.
Verloren stand ich da.
Wie ein Dieb schlich ich ins Haus zurück, aus Angst, Natascha könnte wieder einen bösen Traum haben. Doch sie schlief genauso fest, wie ich sie verlassen hatte.
Ich setzte mich zu ihr und betrachtete lange ihr Antlitz, das entrückt dem unbekümmerten Schlaf hingegeben war.
Was nun?
Doch ich konnte überlegen wie ich wollte, immer kam ich auf mich selbst zurück.
Was sollte ich denn mit dem Kinde? Ich konnte es doch unmöglich immer an meiner Seite behalten, zumal alles um mich noch völlig ungeklärt war.
Endlich faßte ich einen Entschluß. Ich wollte Natascha erst zu meinen Eltern bringen, denn meine Mutter war pädagogisch einigermaßen geschickt. Dazu käme die Herzlichkeit meines Vaters. Und dann würde auch Natascha ihren Weg ins Leben finden, wie wir alle – schlecht und recht.
Von diesem Abend an empfand ich für Natascha ganz anders. Ich sah in ihr ein Waisenkind, das nur mich allein hatte. Ich kniete vor ihrem Bett nieder und verbarg mein Gesicht in ihrer Decke, vor mir selbst, für uns alle, die in der kalten, erbarmungslosen Gleichgültigkeit des Lebens ebenso schmerzlich und ausweglos verloren schienen.
Kurz darauf brachte die Post für Natascha zwei ansehnliche Pakete mit Kleidern, Schuhen und Näschereien von Schweizer Geschäftsfreunden meines Vaters. Briefe waren

beigefügt. Sie erfreuen mich besonders, während Natascha fast gleichgültig den Inhalt besah und ihn in die Schränke einordnete.

»Freust du dich denn nicht über die schönen Sachen? Gefallen sie dir nicht?« fragte ich ein wenig enttäuscht.

»Bist du mir böse, wenn ich mich nicht darüber freue? Du weißt, ich mache mir nicht viel daraus.«

»Du bist undankbar! Menschen, die dich gar nicht kennen, wollen dir eine Freude bereiten, und du nimmst das so einfach hin.«

»Bitte, bitte, nicht schimpfen!«

»Du mußt dich dafür bedanken!«

»Ach, schreiben und immer wieder schreiben.« Sie schniefte.

»Ja, wozu hast du denn überhaupt Lust? Weißt du das?«

»Und wie, Onkel Fedja«, rief sie laut und herzlich aus. »Bei dir sein, mit dir sprechen, das möchte ich immer gerne!«

»Um mit mir was zu tun?«

»Einfach so, bei dir bleiben, deine Hand halten, dich ansehen. Und warum soll ich nicht, wie du selbst schon ein paarmal sagtest, an dir kleben bleiben?«

»Weil jeder von uns, ob groß oder klein, die Pflicht hat, zu arbeiten, sich mit Nützlichem zu beschäftigen und nicht dem lieben Gott den Tag zu stehlen.«

»Das ist aber kein Gebot? Oder?«

»Nein, nein, das nicht, aber diese Pflicht empfindet das kleinste Kind, indem es wenigstens spielt und später in die Schule geht, lernt, arbeitet, Geld verdient.«

Sie drehte wieder einmal meinen Daumen hin und her und schien zu überlegen.

»Ich bin aber nur bei dir glücklich. Darf ich das nicht?«

Sie hatte gesiegt, und trotzdem kapitulierte ich nicht.

»Erweist du mir einen Gefallen, Natascha?«

»Da fragst du erst? Natürlich!«

»Dann schreibe doch wenigstens einen einzigen Brief. Den Nachsatz mache ich. Sonst müßte ich mich schämen, daß man uns so reich beschenkt hat!«

»Nun gut, aber bei dir, bitte! Ich darf doch ganz kurz schreiben: Liebe Grüße und sehr herzlichen Dank für die vielen schönen Sachen, die mir wirklich sehr, sehr gut gefallen haben. Das ist sehr lieb von Ihnen. – Und das schreibt man mit einem Ausrufungszeichen. Das kenne ich schon auswendig.«

»Wenn du aber für dein Tanzen und Rezitieren am Kinderabend Geld verdienst, hättest du dann Lust, dir dafür etwas zu kaufen, woran du Freude hättest? Du hast dafür gearbeitet, gelernt.«

»Ich weiß nicht. Du wirst mir schon sagen, was ich kaufen soll.«

»Also los, dann schreibe! Schmiere aber nicht wieder!«

Als wir einmal von unserem Spaziergang heimkamen, lag der von mir erwartete Brief vor. Natascha erkannte nicht die Fälschung und riß sofort den Umschlag auf. Ich fühlte mein Herz schlagen, wie schon lange nicht mehr.

Der Blick des Kindes verfinsterte sich. Sie las den Brief noch einmal sehr langsam und gab ihn mir.

»Da! Mamotschka schreibt nicht, wann sie mit unserem Papa heimkehren wird. Diese Reise ist nicht ungefährlich. Deshalb gibt sie auch keine Adresse an. Die Züge haben dort meist tagelang Verspätung. Sie sagte mir oft: ›Djetotschka, wenn der Papa nicht bald kommt, gehe ich ins Wasser vor Gram und Sehnsucht nach ihm.‹ Beide hatten sich sehr lieb, Onkel Fedja, weißt du.«

»Ja, mein Kind, das sagte mir dein Mütterchen auch.«

»Sobald sie aber zurückkommen, dann wohnst du bei uns.«

»Dann bin ich dein zweiter Papa!«

Sie schüttelte den Kopf und lächelte.

»Warum nicht?«

»Ich liebe dich irgendwie anders als meinen Papa, etwa wie ein Zuhause. Darum bin ich auch so gern bei dir, weißt du.«

»Ach, das kommt dir nur so vor!«

»Nein, das weiß ich ganz genau!«

Ich las den Brief Wort für Wort und hatte dabei ein Würgen

im Halse. Einmal werde ich Natascha ja doch die Wahrheit sagen müssen.

»Was wird aber dann, wenn sie beide nicht so bald zurückkommen werden?« Natascha stand noch immer vor mir.

Das Kind trieb mich in die Enge.

»Dann bleibe ich eben solange bei dir, Onkel Fedja, ganz einfach. Was soll ich denn auch ohne dich?«

Sie gab sich selbst die Antwort.

Wie selbstverständlich das war!

»Ja. Wenn es nur irgendwie geht.«

»Und meinst du, daß es mit uns irgendwie gehen wird?«

»Ich verspreche es dir!« Nur zögernd gelang mir diese Lüge.

»Ich danke dir!« Sie neigte meinen Kopf zu sich und gab mir einen Kuß.

Das Kinderfest in Leysin stand vor der Tür, doch Natascha schien ziemlich gleichgültig zu sein. Sie hatte einfach keine Lust hinzugehen und traute sich nichts mehr zu, obwohl ihr Name bereits auf dem Programm stand. Schon sah ich meine Brechstangenarbeit beim Auswendiglernen von drei Gedichten in verschiedenen Sprachen und zum Einstudieren von zwei Tänzen nutzlos verpuffen.

Zwei Tage vor der Vorstellung erklärte sie reuevoll, sie wolle doch tanzen und ihre Gedichte aufsagen.

Wir begannen also erneut mit den Proben. Es war mir klar, daß ich auch in diesem Falle die Geduld nicht verlieren durfte, schon um festzustellen, ob und welche Begabung sie vielleicht hatte, die ihr im weiteren Leben nützen konnte.

Der alte Klavierlehrer, der das zweifelhafte Vergnügen hatte, Natascha bei den Proben zu begleiten, resignierte nun endgültig und spielte nur noch automatisch immer dieselben zwei Tänze.

Unser lieber Coco hatte sich im geheimen seinen neuen Bäckeranzug waschen und peinlich bügeln lassen, den wir mit seinen weißen Tanzschuhen in unserem Schrank aufbewahrten.

Endlich brachen wir mit allen erforderlichen Künstlerrequisiten zum großen Fest auf. Die Kinder wichen nicht von meiner Seite, als sei ich ein alter Routinier, den die prekärsten Situationen auf der Bühne nicht mehr zu erschüttern vermochten. Unser Friseur, ein schmächtiges, pfiffiges Männchen, den sie »Tageszeitung« nannten, schminkte die beiden. Die übliche Nervosität hinter der Bühne hatte auch uns erfaßt, und so blickten wir dann erwartungsvoll durch die Öffnung im Vorhang.

Der Saal war hell erleuchtet, die Betten der kranken Kinder und der Erwachsenen standen dicht beieinander. Schwestern gingen von Reihe zu Reihe und ordneten hier ein buntes Haarbändchen, dort einen Jungenscheitel, schoben ein Kissen zurecht und verweilten länger bei denen, die, den Blick auf den Vorhang gerichtet, regungslos und blaß dalagen. Vorn und an den Seiten waren nur wenige Stuhlreihen aufgestellt. Dort saßen Patienten, die gehen konnten.

Dann hob sich der Vorhang.

Der Zuschauerraum lag im Halbdunkel. Ein junges Mädchen auf Krücken trat hervor. Es trug ein kostbares Kleid, Schmuck und Lackschuhe. Trotzig warf es den dunklen Kopf zurück und begann mit selbstbewußter, kühler Stimme das berühmte Gedicht von Albert de Musset »Der Herbst« aufzusagen, ohne auch nur ein einziges Mal zu stocken. Den Beifall nahm sie selbstverständlich hin. Am meisten spendeten ihn die Angehörigen des Mädchens.

Nun wurde ein Bett herangerollt. Darin lag ein hellblonder, zarter Junge, der sich mit Hilfe seiner Mutter auf den Ellbogen aufrichtete. Sie setzte sich an den Rand, stützte ihn und lächelte ermunternd.

Der Kleine begann mit dem Mienenspiel eines Clowns. Die Kinder lachten begeistert. Dann pfiff er auf seinen Fingern die Melodie eines Schlagers, die er mit erstaunlicher Sicherheit meisterte. Der Beifall war groß.

Gedichte und Prosa, kleine Gesangsstücke und Kindertänze wechselten einander ab, bald mit Humor und Sicherheit, bald mit großer Verlegenheit vorgetragen.

Jetzt kam die Reihe an unseren Coco. »Ich bin ja so aufgeregt, Monsieur. Was soll nur werden? Am liebsten ginge ich heim.«

»Das darfst du auf keinen Fall, Coco! Nimm dich zusammen!« erwiderte Natascha erbost. »Du mußt dir immer wieder vorstellen, du seiest ganz allein in deinem Zimmer und nicht auf der Bühne. Das weiß ich von meinem Papa.«

Da ging der Vorhang auf, aber unser Coco blickte erneut nach uns. Ich versuchte ihn zu ermuntern und pfiff leise seine Melodie, während Natascha ihm zuflüsterte: »Mach doch schon! Man wartet!«

Plötzlich legte Coco den Teiglöffel wie eine Flöte an den Mund und begann seine kleine, schmissige Melodie zu pfeifen. Er machte ein paar Schritte, steppte ganz kurz, schnellte über die Bühne hinweg und vollführte einige kühne Sprünge, die sofort Applaus auslösten. Jetzt war der Junge in seinem Element. Er pfiff und steppte in mitreißendem Tempo, sprang wie ein Ball nach allen Seiten, machte Räder, bis er mit einem schrillen Pfiff den Tanz im Spagat beendete.

Berauscht von starkem Beifall suchte er nur noch die Nähe eines Menschen, den er umarmen konnte. Er umklammerte mich, und ich merkte, wie aufgeregt er war, wie stark sein Herz schlug.

»Coco, du bist doch ein ganzer Kerl!« Ich strich ihm über das jetzt unordentlich gewordene Haar, die verschwitzte Stirn, den einst blütenweißen, nun aber schmutzigen Bäckeranzug.

»Monsieur! Ist das wahr? Ist das wahr?« Er strahlte.

»Hör doch, mein Junge, alle rufen dich: ›Boulanger!‹«

»Ja! Wirklich!« Langsam ging er bis zur Rampe und verbeugte sich befangen. Dann tanzte er noch einmal, frei von Hemmungen, aber diesmal, wie es mir schien, über seine Kräfte, weil er jetzt torkelnd auf mich zukam und sich schwer gegen mich lehnte.

Endlich wurde der Konzertflügel ein wenig in den Vordergrund geschoben. Der sichtlich aufgeregte Klavierspieler setzte sich im frischgebügelten Frack auf den Drehstuhl und versuchte bittersüß, Natascha entgegenzulächeln.

»Ich kann nicht. Ich kann nicht, Onkel Fedja! Laß uns heimgehen, sonst passiert ein Unglück.«

Da hob sich der Vorhang auseinander. Ich gab Natascha einen sanften Stoß, und schon lief sie leicht und beschwingt bis zur Mitte der Bühne, stellte sich auf die Spitzen, den Kopf ein wenig zur Seite geneigt, den Einsatz abwartend.

Die zarte Mädchengestalt tanzte graziös und anmutig. Glücklich und verwirrt durch den Beifall, blickte sie sich sofort nach mir um. Ich strahlte. Natascha tanzte noch einmal, unbekümmert um die vielen Blicke, die auf sie gerichtet waren. Dann aber flog sie mir entgegen und drückte sich an mich. Ihr Herz raste an meiner Brust. »Komm schnell!«

Ich führte sie auf die Bühne, und sie verbeugte sich, dankte immer wieder; ein völlig verwandeltes Kind. Dann lief sie zum Klavierlehrer, der sich gerade den Schweiß von der Stirn wischte, und zog ihn bis zur Rampe. Aber der Alte machte den Eindruck, als wollte er lieber unter die Bretter sinken, als am Erfolg teilnehmen.

Hinter der Bühne versuchte ich, ihr schnell den Pelz um die entblößten Schultern zu legen, aber sie wehrte sich eigensinnig dagegen.

»Du bist doch ganz erhitzt! Es zieht hier aus allen Ecken und Enden!«

»Nein, ich mag nicht. Bitte, laß mich!«

»Du kannst dich erkälten, wirst noch krank!«

»Ach, quak, quak, quak.«

»Wenn du jetzt nicht parierst, kannst du deine Gedichte allein aufsagen.« Der warnende Ton in meiner Stimme war unüberhörbar. Sie gehorchte.

»Ich bin aber stolz auf dich, Tschernuschka – schwarzer Fratz! Unsere Mühe war nicht umsonst!«

Wirklich? Ach, wenn doch mein Mütterchen das sehen könnte! Sie wäre genauso glücklich und aufgeregt wie ich. Aber mein Papa erst! Diesen Tanz hat er mir einstudiert.«

Kurze Zeit später mußte Natascha in der letzten Nummer auftreten, aber ihre Sicherheit war wie verrauscht. Wie ein störrischer Esel weigerte sie sich, die Bühne zu betreten.

Ich führte sie bis zum Vorhang, der sich plötzlich öffnete, und nun standen wir im Brennpunkt der erwartungsvollen Blicke. Einige peinliche Sekunden verstrichen. Dann aber flüsterte ich Natascha die ersten Worte des Gedichts zu. Man lachte über uns. Unerwartet setzte Beifall ein. Schnell trat ich zurück. Die Filzstiefel erlaubten Natascha nur einen ungeschickten Knicks. Sie hüllte sich enger in den Schafpelz, als fröre sie, und sagte mit lauter, sicherer Stimme: »Das Gebet von Lermontoff.«

Sie überstand es glimpflich. Der Applaus ermunterte sie aber sofort. »Was soll ich jetzt aufsagen?« flüsterte sie und blickte sich nach mir um.

»Das ›Gebet‹ in Russisch«, erwiderte ich sofort.

»Aber doch nicht das ganze!«

»Natürlich!«

»Dann komm bitte näher. – Noch etwas. Das ›Gebet‹«, sagte sie in ihrer wohlklingenden Muttersprache und fügte Französisch hinzu: »In Russisch, meiner Heimatsprache!«

»Bravo, Bravo!« ertönte eine Stimme aus einer der vorderen Reihen. »Ich muß doch erst aufsagen. Nur dann dürfen Sie ›bravo, bravo‹ rufen«, antwortete Natascha. Der ganze Saal lachte.

Der Herr, der diese Worte mit russischem Akzent gerufen hatte, fiel mir durch seinen schmalen Kopf, schlohweißes Haar und asketische Züge auf. Er saß auf einen Stock gestützt und lächelte nun dem Kinde entgegen.

»Später werde ich gerne noch einmal ›bravo‹ rufen.« Er sagte es in Russisch und winkte.

Mit klarer, tragender Stimme, die ich bei Natascha bisher nicht vermutet hatte, und mit jener echten Andacht, mit der sie stets das Vaterunser betete, sagte sie das Gedicht auf. Ich war ergriffen.

Der alte Herr kam bis zur Rampe und streckte ihr die Hand entgegen: »Ich danke dir, Djetotschka! Das war großartig!« Nach einem verstohlenen Blick zu mir begann sie ihr zweites und dann auch ihr drittes Gedicht zu deklamieren. Als der Beifall nicht enden wollte, trat sie dicht an die Rampe und sagte schlicht, den Kopf ein wenig zur Seite geneigt: »Mehr kann ich nicht, aber ich will noch lernen!«

In diesem Augenblick kam Coco mit einem Rosenstrauß. Er überreichte Natascha die Blumen, und da sie ihm die Hand gab, küßte er sie linkisch und mit der Inbrunst eines verliebten Jungen.

»Was tust du, Coco? Das macht man nicht!« sagte Natascha auf offener Bühne in strengem Ton und verlegen zugleich.

Man lachte wieder und klatschte amüsiert.

Der Vorhang schloß sich. Plötzlich flüsterte sie mir zu: »Ich bin so traurig und doch glücklich. Warum nur? Sag mir schnell!«

»Das ist doch dein erster, großer Erfolg, meine Kleine!« Ich führte sie in den Ankleideraum. Auf der geprägten Visitenkarte, die den Rosen beigefügt war, stand: »Bitte besuche recht bald einen alten, einsamen und schon seit Jahren kranken Landsmann – Morosow« – und darunter der Name des bekannten Sanatoriums in Leysin.

»Und wann bekomme ich nun mein Geld für den Auftritt?«

Überrascht blickte ich hoch. War das die Reaktion auf den unerwarteten Erfolg?

»Wir brauchen doch Geld, Onkel Fedja! Man hat es uns versprochen.« Coco erklärte, daß es wohl vereinbart sei, aber auch er habe noch nichts erhalten.

»Und wenn der Veranstalter kein Geld hat? Papotschka hat oft genug erzählt, wie er seiner Gage nachrennen mußte. Oh, das waren immer aufregende Tage bei uns zu Hause.«

»Dann gehe selbst zum Veranstalter und sprich mit ihm!«

»Allein traue ich mich nicht. Kommst du mit?«

Nataschas Beharrlichkeit gefiel mir, und so schritten wir zu dritt mit ultimativen Forderungen und in entsprechender Stimmung zum Veranstalter dieses Abends, klopften an seine Tür und traten wohl auch mit entsprechenden Mienen herein. Doch wir waren auf der Stelle entwaffnet. Ein freundlicher älterer Mann verbeugte sich vor uns wie ein Schauspieler auf der Bühne. »Ah, die Künstler kommen, ihre Gage abzuholen. Sie sind Fräulein Andrejewa?«

Ich stieß sie etwas in die Seite, sie solle sprechen.

»Ja!« sagte Natascha wie in der Schule.

»Bitte sehr, Ihre Gage, dazu noch ein Umschlag, für Sie. Ich gratuliere zum Erfolg! Dürfen wir Sie auch für den nächsten Abend engagieren?«

Ich bedankte mich für Natascha, während sie mir die beiden Briefumschläge zuschob.

»Und der kleine Herr heißt?«

»Jacques Boulanger«, antwortete unser Coco wie ein Musterschüler.

»Bitte, Herr Boulanger, verbunden mit Dank für Ihr erfolgreiches Auftreten! Sie machen doch wieder mit?«

»Ja! Gerne!« platzte der Junge heraus. »Wann?«

»Wir geben unseren kleinen Künstlern noch Bescheid.«

»Aber vergessen Sie mich auf keinen Fall! Ich tanze sehr gern!«

»Wie könnte ich das nur vergessen, Herr Boulanger!«

Mit Händedruck verabschiedeten wir uns.

»Coco, sag, wieviel Geld hast du bekommen?« Das wollte Natascha gleich auf der Straße wissen. »Dann zeige ich dir auch, was ich in den beiden Briefumschlägen habe.«

Unser Herr Boulanger blieb stehen, zwängte die Hand in die Tasche und holte das Kuvert mit Bedacht hervor. Dann betrachtete er es sinnend, strich ein paarmal darüber und zog endlich sein funkelnagelneues Taschenmesser hervor, mit dem er es gerade aufschneiden wollte. Aber Natascha kam ihm zuvor, und im Nu war der Umschlag aufgerissen. »Herr Boulanger« konnte nur noch »Ohhh« stammeln.

»Zwanzig Franken! Ist das genug? Ist das viel, Onkel Fedja, für einen Jungen, der so gut tanzen kann?«

»Dafür kann man sich einen kleinen Berg Brötchen kaufen oder ein Paar sehr gute Bergschuhe mit Trikuninägeln!« erwiderte Coco voll Stolz und betrachtete dabei den alten Schein, dem sogar eine Ecke fehlte.

»Gib mir unser Geld, Onkel Fedja.« Schnell riß sie den

Umschlag auf und entnahm ihm fünfzig Franken. »Ich habe mehr«, stellte sie nur sachlich fest. »Und in dem anderen? Hundert! M-o-r-o-s-o-w«, buchstabierte sie flüchtig die beigefügte Karte.

Ehrfurchtsvoll betrachtete der Bäckerjunge den Schein.

»Das ist der Herr, der dir die Rosen geschenkt hat, der Russe!«

»Wieviel geben wir Coco? Er hat uns den Verdienst vermittelt. Das machen alle Künstler, auch mein Papa tat es so. Das weiß ich.«

Aber Herr Boulanger weigerte sich, etwas anzunehmen.

Eine ganze Weile gingen wir nebeneinander und unterhielten uns über den gelungenen Abend. Der kleine, kranke Junge, der mit zwei Fingern gepfiffen hatte, beschäftigte die Kinder sehr, und sie beschlossen, ihm Schokolade und Gebäck zu schicken.

»Aber nun gehst du heim, Coco. Du mußt doch morgen schon um fünf in der Backstube sein. Tschau und herzlichen Dank!« Sie reichte ihm die Hand, hakte sich bei mir unter und zog mich fort, kaum daß ich mich von dem Jungen verabschieden konnte.

Durch diesen Abend hatte Natascha überall Freunde gewonnen. Einladungen von kranken Kindern kamen, dazu Briefe, Geschenke, und es fiel mir oft schwer, sie von diesen Besuchen fernzuhalten, aus Furcht, sie könnte sich anstecken, und aus Sorge, sie könnte ihre Schulaufgaben vernachlässigen.

Ihr größter Verehrer war Iwan Wassiljewitsch Morosow. Schon seit Jahren bewohnte er ein kleines Appartement in der früheren Klinik, begleitet von seinem Diener Wladimir, der mit rührender Liebe an seinem kranken Herrn hing. Wir besuchten Morosow oft, aßen bei ihm manch auserlesenes Gericht, und ich unterhielt mich mit ihm angeregt über Rußland, die Vergangenheit und die Zukunft. Er war Mitinhaber einer bekannten Manufakturfirma, ein reicher, distinguierter Mann, aber unheilbar krank. Nachdem seine Lungentuberkulose in Davos geheilt war, stellte sich eine schwere, tuberkulöse Vereiterung des Bauchfells ein. Die Atrophie der wohl dadurch in Mitleidenschaft gezogenen Beine schritt hoffnungslos fort.

»Und dennoch fehlt mir der Mut, mir eine Kugel in den Kopf zu jagen. Mein Leid gereichte aber den anderen zum Nutzen«, fügte er ohne Bitterkeit hinzu. »Meine Geschwister überwiesen mir schon vor Jahren mein Erbteil in die Schweiz. Nun aber, nachdem in Rußland auch unsere Fabriken von den Bolschewiki enteignet wurden, leben wir alle von diesem einen Konto, und, wie Sie sehen, nicht schlecht. Das sind so Zufälle des Lebens!«

Morosow war der einzige, zu dem ich sofort einen herzlichen Kontakt hatte, und je länger ich ihn kannte, um so mehr fühlte ich mich zu ihm hingezogen.

Eines Tages saßen wir, wie schon oft, in der großen Klinikhalle, tranken einen Mokka und rauchten. Morosow blickte auf die Uhr.

»Unsere Kleine hat sich wieder verspätet, das vielbegehrte Kind.« Er streifte die Asche seiner Zigarette sorgfältig ab, und sein nachdenklicher Blick blieb auf mich gerichtet.

»Ich mußte soeben an eine längstvergessene Begebenheit denken, die schon viele Jahre zurückliegt. Ich will sie Ihnen kurz erzählen, denn Sie wissen, wie sehr der Glaube an Gott neben dem tiefen Aberglauben im russischen Volk verankert liegt. Ich weiß nicht, wie Sie über das Wahrsagen, das Lesen aus der Hand denken, das besonders den alten Zigeunerweibern in Rußland eigen war. Ich glaube daran und mit mir viele andere.

Kurz, es war nur wenige Wochen vor meiner ersten Erkrankung. An jenem Abend kehrte ich mit meiner Setterhündin, müde und doch glücklich, von erfolgreicher Schnepfenjagd zurück. Am Waldrand, unweit eines Dorfes, das ebenfalls zu unserem alten Besitz gehörte, setzte ich mich auf einen vom Wind umgeworfenen Baumstamm, zu meinen Füßen die Hündin. Plötzlich sprang sie auf und begann, etwas zu verbellen, das sich im nahen Busch bewegte. Fast im gleichen Augenblick trat eine alte Zigeunerin hervor. Da ich, wie

107

gesagt, mit reicher Beute heimkehrte und bester Laune war, rief ich, sie solle zu mir herkommen.

›Du hast wohl kein Obdach, Mütterchen?‹ – ›Nein, Barin, schon lange nicht mehr‹, erwiderte sie unsicher. Sie hatte Angst vor dem Hund. ›Auf meinem Grund und Boden muß selbst der Ärmste ein Dach über dem Kopf haben; das ist das Gesetz unserer Familie!‹ – ›Man fürchtet sich immer vor einer alten Zigeunerin.‹ – ›Da‹, ich reichte ihr einen Dreirubelschein, ein damals wahrhaft fürstliches Almosen. Ihre faltigen Hände zitterten, als sie diesen Schein nahm. In ihren Augen standen Tränen des Dankes. Auf einmal warf sie sich vor mir auf die Knie und küßte meine Rechte. ›Geh ins Dorf‹, sagte ich bewegt, ›und laß dir im Wirtshaus reichlich zu essen und zu trinken geben. Richte dem Wirt aus, ich befehle es ihm. Ich, Morosow!‹ fügte ich überheblich hinzu.

Sie wollte gerade aufbrechen, als ich sie zurückrief; sie solle aus meiner Hand lesen. Nachdenklich betrachtete sie meine Handlinien und bat: ›Erspare einem alten Zigeunerweib, das du so glücklich gemacht hat, dir Kummer zu bereiten, denn belügen mag ich dich nicht, lieber Barin.‹ Doch in meiner übermütigen Laune bestand ich darauf, und die Alte sagte mir rückhaltlos alles, was bis heute in unglaublicher Weise eingetreten ist, von meiner baldigen, hoffnungslosen Erkrankung, der Flucht unserer Familie aus der Heimat, und sie meinte zum Schluß, ich würde wohl als reicher Mann sterben, den Tod aber bringe mir ein Kind ins Haus.«

Er löschte mit Nachdruck seine Zigarette.

Schweigend blickten wir uns an.

»Ich gebe zu«, fuhr er dann leise fort, »daß das eine oder andere nicht eingetreten ist. Vielleicht habe ich auch nicht mehr daran gedacht, die Worte der alten Zigeunerin vergessen, aber – ein Kind soll mir den Tod ins Haus bringen? Nein, das ist unwahrscheinlich! Finden Sie das nicht auch, lieber Fjodr Fjodorowitsch?«

Ich blieb ihm die Antwort schuldig, und da fast im gleichen Augenblick russische Worte an unser Ohr klangen, blickten wir uns an.

Natascha sprach beharrlich auf den Diener ein: »Wladimir, du mußt den alten Kutscher daheim lassen. Ich will heute die beiden Pferdchen lenken und neben dir auf dem Bock sitzen. Dann halten wir eben beide die Zügel. Was kann uns schon passieren? Du warst früher ein Bauer und wirst doch noch ein Paar lahme Pferde lenken können!«

»Freilich kann ich noch ein Paar Pferde lenken!« – Wassilij meldete, daß das von Morosow bestellte Zweigespann vor dem Portal bereits auf uns warte.

Natascha stand vor uns mit hochroten Wangen und funkelnden Augen.

»Ein Kind wird dir den Tod ins Haus bringen.«

Natascha? Sie schmiegte sich in vertrauter Weise an mich.

»Wir haben schon vernommen, um was es bei euch geht«, sagte Morosow gütig.

»Darf ich die Pferdchen lenken, Iwan Wassiljewitsch?«

»Ja, Djetotschka, ich werde mit dem Kutscher sprechen.«

»Ich danke Ihnen und freue mich sehr!«

An sonnigen Tagen, eingehüllt in Schafwolldecken, unternahmen wir gemeinsame Fahrten in die weitere Umgebung des Kurortes. Natascha saß meist neben Wladimir auf dem Bock und lenkte die Pferde, die wie zwei Lämmer dahintrotteten, unbekümmert um alle ermunternden Zurufe des Mädchens. Hier und dort wartete auf uns ein einfaches Mittagessen, höfliche Wirtsleute, die uns selbst bedienten, oder auch ein Krug warmer, rahmiger Milch mit Käse und Brot. Bald kannte man uns weit und breit, auch im Tal bis nach Territet, Montreux, Clarens und Vevey, wo Morosow mit uns Konzerte besuchte und mit einem flinken Motorboot Fahrten auf dem schönen Genfer See machte. Es fiel mir auf, daß sich der asketische Ausdruck seiner Züge mehr und mehr glättete, der Blick seiner grauen Augen ruhiger, gütiger wurde, daß seine Gestalt sich straffte.

»Mein armer Barin lebt wieder auf«, flüsterte Wladimir. »Sehen Sie das nicht, Fjodr Fjodorowitsch? Gestern abend sprach er erneut mit mir über Natascha. Er beneidet Sie um die Kleine.«

Einmal erklärte mir Morosow: »Sie und Natascha haben etwas Unwahrscheinliches vollbracht, eine Metamorphose in meiner bisherigen Einstellung zum Leben und zur Arbeit. Ich bin fest entschlossen, den Bau und die Leitung unserer kleinen Fabrik in Frankreich zu übernehmen, soweit es mir der Rest meiner Gesundheit noch erlaubt. Durch Sie und Natascha fühle ich mich wie wachgerüttelt.«

»Das freut mich. Dann sind wir ja doch zu etwas nütze, Iwan Wassiljewitsch!«

»Ich habe auch noch weitere Pläne, aber darüber sprechen wir ein anderes Mal; sie sind noch nicht endgültig herangereift. Sie betreffen aber eigentlich nur mich selbst.«

Seine spätere Abreise nach Frankreich hinterließ in mir eine Leere, denn ich war diesem Manne ehrlich zugetan und sah in ihm einen um viele Jahre erfahreneren Freund. Zwar schrieb er uns öfter eine Karte, einen Brief, beklagte sich über Nataschas Schweigen, fragte, ob sie ihn denn schon vergessen hätte, erkundigte sich nach Kleinigkeiten, die ihm noch geläufig waren, doch bald wurden seine Nachrichten immer seltener, bis sie dann gänzlich ausblieben.

Was hatte er schon an mir, an Natascha, dachte ich?

Es war inzwischen Spätsommer geworden.

Eines Abends stand plötzlich Wladimir vor unserer Tür. Morosows Krankheitszustand hätte sich während der Arbeit in Frankreich wesentlich verschlechtert. Bald würde er sein früheres Appartement beziehen, das Wladimir jetzt herzurichten hatte.

Wir fuhren dann nach Aigle hinunter, holten Iwan Wassiljewitsch nach Leysin, aber die frühere Herzlichkeit zwischen uns Männern kam nicht mehr auf. Morosow gehörte jetzt zu jenen Menschen, die voll Bitterkeit resigniert hatten, ohne mehr mit dem Schicksal zu hadern, das ihn erneut zwang, sein Dasein in einer Klinik zu beschließen, in der auch die Lebendigkeit seines Geistes langsam eingeengt wurde.

Und dennoch begann er sich mit väterlicher Güte um Natascha mehr als früher zu kümmern, indem er ihr in Leysin einen Lehrer für Schul- und Tanzunterricht verschaffte, und einmal in der Woche kam sogar ein Ballettmeister aus Genf. Diese Stunden verfolgte Morosow mit Eifer, weil er viel vom Ballett verstand und das Talent des Mädchens erkannt hatte. Eines Tages überraschte er mich mit dem Vorschlag, Natascha in seiner unmittelbaren Nähe wohnen zu lassen.

Ich sah in ihm einen Mäzen, den ich dem Kinde nur von ganzem Herzen wünschen konnte.

»Ja, ich habe sogar den großen Wunsch«, erklärte mir Morosow, »Natascha adoptieren zu dürfen. Die juristische Situation, die Vorlage aller Dokumente über mich und meine Vermögensverhältnisse, dürfte im Augenblick von sekundärer Bedeutung sein. Ausschlaggebend ist nur das Kind, ob es bei mir bleiben möchte. Zwar habe ich wenig Hoffnung, aber ich will alles tun, um es zu erreichen, wenn Sie es mir gestatten. Da aber bekanntlich einer jeden guten Tat auch ein Funke Egoismus zugrunde liegt, will ich durch eine solche Adoption versuchen, meinem bisher armseligen Leben den letzten, wahrscheinlich allerletzten Inhalt zu geben. Dann habe ich diesem Waisenkind gegenüber Aufgaben. Etwas Schöneres kann ich mir gar nicht denken. Das habe ich Ihnen, lieber Fjodr Fjodorowitsch, noch vor meiner Abreise angedeutet. Ich bitte Sie herzlich, sprechen Sie mit Natascha darüber! Machen Sie wenigstens einen Versuch, sie zu überreden, es ihr schmackhaft zu machen und zu erklären.«

Erst nach längerem Sträuben willigte Natascha ein und bewohnte ein Zimmer im Appartement des Herrn Morosow. Sie wurde gehegt und gepflegt, speiste mit ihm im großen Saal, mußte sich korrektere Manieren angewöhnen, öfters umziehen, baden und sich das Haar kämmen lassen. Sie fand alles sehr interessant und sogar lustig. Sie sah darin ein Spiel, das sie jeden Tag aufs neue beginnen und nach Belieben auch beenden konnte.

In meinem unerwarteten Alleinsein kam ich mir recht eigenartig vor. Ich brauchte auf keinen mehr aufzupassen, mit keinem zu sprechen, zu schimpfen, mich nicht um den Rest meines Geschirrs zu ängstigen und mich auch nicht der so wenig geschätzten Kocherei zu widmen. Tagelang besann ich mich auf mich selbst, und ich begann, in mir alles das zu sichten und zu ordnen, was schon sehr lange nach Klarheit verlangte. Ich brauchte mich nicht mehr in Halbheiten verlieren. Ich kam mir vor wie ein Kranker, der nun endlich die Möglichkeit hat, über sein Leiden nachzudenken und es sogar auszukurieren. Die Ruhe und Stille um mich empfand ich noch nie als so wohltuend.

In meine Gedanken vertieft, hatte ich gerade mein einfaches Abendessen zubereitet, als plötzlich bekannte Schritte die schmale, hölzerne Treppe herauftrippelten, die Eingangstür aufgerissen wurde und Natascha freudig aufgeregt und ganz außer Atem vor mir stand. In der Hand hielt sie ein ziemlich zusammengeknülltes Päckchen.
Ihr Blick erfaßte mich und mein Essen. Dann aber herzte sie mich in ihrer unschuldigen kindlichen Art, die mich schon so oft entwaffnet hatte.
»Nun wohne ich wieder bei dir, Onkel Fedja! Du bist wohl sehr froh darüber? Ich auch!« platzte sie heraus. Dann eilte sie mit dem Päckchen in die Küche; ich hörte sie die Schranktür öffnen, dachte sofort an neue Scherben, und richtig: ein Teller fiel zu Boden, begleitet von einem unterdrückten Aufschrei.
Dann wurde ein neuer Teller herausgeholt, eine Zeitlang raschelte das Papier, und endlich stellte Natascha unsere kleine angeschlagene Platte vor mich hin. Sie war mit einem Durcheinander von kaltem Fleisch, Aufschnitt, Jus und verschiedenen Mayonnaisesalaten belegt, allen jenen Leckerbissen, die ich mir schon seit langen Monaten nicht leisten konnte.
»Du Armerchen! Es verging keine Mahlzeit, bei der ich nicht an dich gedacht hätte. Das ist der Rest vom Abendbrot. Keiner hat gesehen, wie ich es eingepackt habe. Herr Morosow weiß es aber. Nun iß! Ich wünsche dir einen guten Appetit!«
Sie warf sich aufs Bett. »Mein liebes, altes, hartes Bett!« Dann eilte sie durch unsere beiden Räume und berührte freu-

dig alle Gegenstände. »Alles, alles kenne ich hier. Es hat sich nichts verändert. Ich bin ja so glücklich! So glücklich bei dir! Nun kann ich wieder so richtig an dir kleben! Ach ja!« seufzte sie und bewegte wohlig ihre schmalen Schultern.

»Komm mal her, Natascha!«

»Ich weiß schon, was du mich fragen willst. Natürlich sagte ich Herrn Morosow, daß ich wieder bei dir wohnen werde.«

»Was erwiderte er darauf?«

»›Dein Entschluß macht mich sehr, sehr traurig, Djetotschka. Du hattest doch bei mir alles, was du dir nur wünschen konntest.‹ – ›Ich bin aber bei meinem Onkel Fedja so glücklich!‹ – ›Und bei mir nicht?‹ Ich schüttelte den Kopf. Ich konnte ihm doch nicht die Wahrheit sagen, denn er war immer so gut und lieb zu mir.«

»Und dann?«

»Dann? Ganz einfach. Ich bedankte mich bei ihm für alles und gab ihm schnell die Hand. ›Ach Kind, Kind‹, fügte er traurig hinzu, ›dann bin ich doch wieder so allein!‹ – ›Das ist mein Onkel Fedja auch, wenn ich nicht zu ihm gehe.‹ – ›Du hast ihn wohl gern?‹ – ›Ja, sehr‹, erwiderte ich, ›aber er macht sich nichts daraus. Wir werden Sie bald wieder besuchen, Iwan Wassiljewitsch. Schlafen Sie wohl und ganz ohne Schmerzen!‹ Dann ging ich eben, so wie ich war. Du solltest mit dem Essen nicht so lange warten, dachte ich mir, denn du bist pünktlich, und es war schon acht Uhr. Iß jetzt, Onkel Fedja!«

»Ich danke dir für das Essen, und ich danke dir auch, daß du an mich gedacht hast, Natascha!«

»Aber warum sagst du denn das so leise? Freust du dich nicht ein kleines bißchen, daß ich wieder da bin?«

»Ich muß zu Herrn Ducommun gehen und mit Herrn Morosow telefonieren.«

»Dann bestelle ihm bitte einen Gruß. Er war so ein guter, lieber Herr. Ja, und sag ihm, daß du mich weder ihm noch irgendeinem anderen jemals geben wirst. Auch nicht für eine Zeitlang. Es hat keinen Zweck«, fügte sie altklug hinzu. »Ich werde sowieso allen davonlaufen.«

Schweren Schrittes ging ich hinunter.

Mein Anruf fiel mir wahrlich nicht leicht, und noch lange danach mußte ich an die kurzen Worte dieses Mannes denken: »Ich verstehe Natascha vollkommen. Wie sollte ich es denn auch nicht? Aber ich dachte eben nur an mich, an meine ausweglose, schmerzliche Einsamkeit. Leben Sie wohl, mein lieber Fjodr Fjodorowitsch.«

Noch am selben Abend brachte sein Diener Nataschas Sachen. Ich begleitete ihn ein Stück Weges und bat ihn sehr, keinen Schritt von seinem Herrn zu gehen.

»Fjodr Fjodorowitsch! Ich habe mit Iwan Wassiljewitsch oft darüber gesprochen, aber ich habe nichts zu befehlen, habe keine Macht über ihn«, erwiderte der alte Diener und wischte sich über die Augen. »Wir waren noch Jungen, als ich in seine Dienste trat. Nun sind wir alt geworden, aber nie kam ein böses Wort über die Lippen meines Barin, auch dann nicht, wenn er litt. Ich diene ihm heute noch im Glauben und in der Wahrheit, wie man so sagt, und nicht etwa, weil er mich durch ein Legat versorgt hat, nein, mit der Treue des Herzens. Seinetwegen habe ich unser Mütterchen Rußland verlassen, die Heimat, die Menschen, die mich verstanden. Wenn also Iwan Wassiljewitsch aus dem Leben scheiden will, so ist es auch nur der Wille Gottes, der ihn von allem Leid erlöst. Sie wissen ja, Barin, wir Russen sprechen nicht viel über unser Leben und unseren Tod wie die Westlichen.«

»Aber was wird dann aus Ihnen, Wladimir?«

Er schwieg und machte eine unbestimmte Geste.

»Es gibt für jeden ein Morgenrot, sagt man in Rußland.«

Am nächsten Abend hatte sich Morosow erschossen. Wie ein Lauffeuer ging es durch den ganzen Kurort.

Und Natascha stand im Mittelpunkt aller Gespräche, ein schmächtiges Mädchen mit dunklen Augen, von schönen Wimpern beschattet. Während der Trauerfeier streiften neugierige Blicke ihre Gestalt, aber das nahm sie nicht einmal wahr. Das verstand sie auch nicht – zum Glück. Später betrachtete ich noch lange die Schlafende. Im Arm hielt sie ihre alte Akulina. Die rechte Hand hatte sie wie gewöhnlich unter das Köpfchen gelegt. Sie war wieder bei mir und war glücklich darüber.

»Ein Kind wird dir den Tod ins Haus bringen«, hatte die alte, vagabundierende Zigeunerin Morosow aus der Hand gelesen. Das wußte er. Und er wollte dieses Kind dennoch sein eigen nennen.

Der Herbst kam.

Wir hatten unsere zehn Monate Leysin beide gut durchgestanden.

Natascha war völlig hergestellt und sichtlich brauner geworden als ich. Der Heimreise stand nichts mehr im Wege. Wir hatten uns bereits überall angemeldet, und nun wartete man auf uns. Von Professor Rollier und Dr. Guy bekamen wir keine Rechnung.

Die letzte Woche war angebrochen, und die vielen Abschiedsbesuche waren endlich beendet. Wir öffneten die Schränke und Schubkästen, um unsere Sachen einzupacken. Natascha tat es mit kindlicher Freude, doch während sie bald das eine, bald das andere Stück in den Händen drehte und überlegte, welchem Kind in der Nachbarschaft sie es noch schenken könnte, ging ich mit schwerem Herzen an das Auflösen unseres kleinen Haushalts, in Gedanken an die Zukunft, die ungewiß vor uns lag.

Der Tag der Abreise war schließlich gekommen.

Noch früh am Morgen brachte uns der gute Ducommun das letzte Frühstück und dazu einen kleinen Berg von Butterbroten, Gebäck und mehrere Tafeln Schokolade. Umgeben von eingepackten Sachen und dem Durcheinander in der kleinen Wohnung konnten wir nur noch ein paar flüchtige Worte wechseln.

»Ich werde euch beide einmal besuchen, ganz bestimmt. Und nun leb wohl, meine Kleine! Ich werde euch schreiben. Ja, aber wohin?«

Wir blieben ihm die Antwort schuldig, weil wir ja beide nicht wußten, wo und wie lange wir irgendwo bleiben würden.

»Dann schreibt ihr mir wenigstens eine schöne Ansichtskarte. Ich werde sie in meiner Bäckerei an der Wand befestigen und an euch denken. Nun kommt! Der Kutscher wartet schon.«

Er nahm unser Gepäck, und wir folgten ihm. Er winkte uns lange, bis er hinter seinem Haus verschwand.

Auf dem Bahnhof hatte sich mit vielen Geschenken eine kleine Kinderschar eingefunden, deren helle, laute Stimmen die Luft erfüllten. Abseits stand der traurige Coco. Doch als der Wagen mit der winzigen Berglokomotive sich in Bewegung setzte, ergriff er Nataschas Hand, schob ihr einen Briefumschlag mit rotem Bändchen zu und flüsterte kaum verständlich: »Schreiben Sie mir, kleine Prinzessin!« Dicke Tränen rollten über seine sommersprossigen Wangen. Plötzlich wandte er sich ab und lief fort.

Langsam rollte der Zug zu Tal. Die Berge türmten sich immer höher hinauf. Wir sahen noch einmal unsere Terrasse. Sie war leer. Von Aigle brachte uns der Schnellzug nach Basel. Ich blickte nur selten aus dem Fenster, um die herbstliche Pracht der Landschaft nicht mehr zu sehen. Ich haderte mit mir selbst und wußte nicht einmal, was ich eigentlich wollte.

Stunde um Stunde saß ich im verdunkelten Abteil am Fenster. Ab und zu flogen glühende Kohlenfunken vorbei, kleine Städte, Ortschaften, ein Wärterhaus. Dann war wieder nichts als Nacht, in die hinein der Zug raste. Ab und zu streifte mein Blick die schlafende Natascha. Ihre Zukunft beschäftigte mich aufs neue und beunruhigte mich mehr und mehr. Ich zog die Decke über ihre Schulter, damit sie sich nicht erkälten sollte, und strich ihr über das Haar.

Welcher Zukunft fuhren wir beide entgegen?

Meine Gedanken verloren sich in der konturenlosen Ferne des dämmrigen Morgens über einer flachen Landschaft mit vereinzelten dunklen, laublosen Sträuchern und niedrigen Bäumen.

IV

Berlin, Anhalter Bahnhof, im fahlen Morgenlicht.
Auf dem Bahnsteig entdeckte ich sofort Herrn Neumann. Wir verständigten uns mit einem Blick.
»Natascha!« rief Neumann laut, um seine innere Bewegung zu verbergen. »Mädchen! Du bist ja schwarz wie ein Neger! Gib mir dein Gepäck!«
Das Kind lächelte freundlich, faßte aber nach meiner Hand.
Neumann steuerte den Wagen mit der Sorgfalt eines Mannes, der nicht wußte, worüber er nun sprechen sollte.
Vor seinem Haus warteten ein paar Kinder.
»Ich habe ihnen von deiner Ankunft erzählt«, sagte er aufmunternd und zwängte sich hinter dem Steuerrad hervor. Schweigend und scheu stand Natascha in der Mitte ihrer früheren Spielgefährten, die sie verlegen angafften. Herr Neumann holte das Gepäck aus dem Wagen, während Natascha ihre Schokolade unter die Kinder verteilte.
Wir gingen ins Haus. »Erkennst du noch dein altes Zimmer, Natascha? Geh nur hinein. Ich habe es gründlich saubermachen lassen. Du findest alles auf dem gewohnten Platz.«
Mein Fuß zögerte einen Augenblick, über die Schwelle zu treten. Das Zimmer wirkte jetzt kalt, museenhaft, fast unheimlich.
»Wo schläfst du, Onkel Fedja?«
»Über dem Gang im Fremdenzimmer«, erwiderte Neumann. »Hast du etwa Angst?«
»Nnnein! Ach, ich wünschte mir, wieder in Leysin zu sein. Da konnte ich das Licht deiner Arbeitslampe sehen und dich auch rufen. Jetzt ist alles so anders.« Wir schwiegen.
»Herr Neumann, Sie haben wohl noch immer keine Nachricht von meiner Mamotschka?«

»Nein, mein Kind. Aber ich bekam von einem Bekannten einen Brief aus Warschau, der war über vier Wochen unterwegs, obwohl er das rote Expreß-Zettelchen trug. Zustände sind im Osten! Verheerend ist gar kein Ausdruck dafür!« fügte er gewollt zornig hinzu.

Es klopfte an der Tür. Hans, der erste Geselle, ein breitschultriger Kerl im weißen Arbeitskittel, trat ein.

»Meister, die Lieferung an den ›Fürstenhof‹ ist gerichtet. Das sollte ich Ihnen doch melden. Es ist Punkt sieben. Auch die andere Ware kann verladen werden. He, Natascha, da biste ja wieder, braun und erholt! Komm ins Geschäft, wir haben deine Gänseleberwurst gemacht. Schokolade hast du mir mitgebracht? Fein! Esse ich besonders gern. Ich danke dir sehr. Die hole ich mir aber nach Feierabend, wenn ich saubere Hände habe.«

»Ich komme gleich, Hans. Den Laster fahre ich selbst. Wat heest hier ›Fürstenhof‹, die haben dort den gleichen Kohldampf. Also los, anlassen, ich komme!«

Zu uns gewandt, sagte er einladend: »Bitte fühlen Sie sich doch bei mir wie zu Hause! In der Küche finden Sie alles für ein richtiges Athletenfrühstück. Natascha kennt sich aus. Adschüß und nichts für ungut, wenn ich Sie allein lasse.«

Er klopfte mir auf die Schulter. »Sie sollen auch ein paar Schlüssel haben. Dann habt ihr beide auf jeden Fall ein Dach über dem Kopf.« Schon eilte er hinaus. »Sie wissen von nichts, verstanden?«

In der plötzlich eingetretenen Stille schweiften unsere Blicke von einem Gegenstand zum anderen. Dann setzte sich Natascha zu mir. Verloren saßen wir da und wußten nicht, was wir mit uns selbst anfangen sollten.

»Die Kinder werden bestimmt auf dich warten«, sagte ich unsicher.

Das Mädchen schüttelte den Kopf. »Bei dir bleiben will ich.«

Draußen lärmte die Weltstadt, lärmte das Leben. Wir zögerten beide, hinauszutreten.

»Ich habe Angst vor dem Zimmer«, flüsterte sie. »Es kommt mir unheimlich vor, als sei hier jemand gestorben. Vielleicht mein armes Mütterchen? Vielleicht verheimlichst du etwas, um mir nicht weh zu tun? Weil... weil du mich doch ein ganz kleines bißchen lieb hast?« Sie rückte noch näher, den Kopf gesenkt. »Warum sagst du nichts, Onkel Fedja?«
»Ich habe keinen Mut mehr. Zu nichts!«
Sie sah mich an, aber ich konnte ihrem Blick nicht standhalten.
»Laß uns für sie beide beten«, sagte sie nach einer Weile, faltete meine Finger in der gewohnten Weise und legte ihre Hände hinein.
Und ich gehorchte dem Kinde wieder, weil ich ihm keinen Schmerz bereiten konnte.
Kurze Zeit danach machten wir sorgfältig Toilette, frühstückten wie Halbverhungerte und eilten Hand in Hand in die Stadt, um alles Erforderliche zu erledigen. Der Pulsschlag dieser Stadt, ihre geschäftige Atmosphäre verdrängten alles Träge, Unentschlossene, Feige in mir, Tatendrang erfaßte mich und übertrug sich auch auf Natascha.
Es war bereits Abend geworden. Herr Neumann erwartete uns zum Essen. Wir traten den Heimweg an.
Ungläubig stand ich vor dem taghell erleuchteten, geräumigen Laden. Er war noch voll Kunden, während die umliegenden Geschäfte schon das Licht löschten. Herr Neumann hatte uns erblickt und wies uns den Platz bei seiner Waage an.
»Zweihundert Gramm Rindsleber, aber von der billigsten«, bat zögernd eine alte Frau.
Ein Griff nach dem Haken mit der Leber, ein paar rasche Schnitte, ein flüchtiger Wurf auf die Waage, und eine gutmütige Stimme sagte leise: »So, und Sie sind mir nichts dafür schuldig, Mutter. Empfehle mich bestens!« Die runzligen Hände der Frau zitterten, als sie das Päckchen nahm. »Und wegen dem Fritz«, da erst hob der Meister die Stimme, »brauchen Sie nicht zu verzagen. Hier, dieser Herr!« Er wies mit breiter Geste auf mich hin. »Der ist über drei Jahre in Sibirien

vermißt gewesen und steht doch in voller Lebensgröße vor uns!«

»Natascha, du armes Kind! Deine Mutter, mein Gott, nein!« Eine fremde Frau kam auf uns zu.

Aber Neumann hatte meinen Blick schon verstanden. »Geht jetzt schnell heim, hier ist es ungemütlich! Hört ihr?« Dabei schob er uns sanft beiseite.

Die Hand des Kindes faßte sofort nach der meinen. Ich steckte sie in meine Tasche und hielt sie dort fest, wie ich es oft im Winter in Leysin getan hatte, wenn sie fror. Schweigend gingen wir den Kai entlang. Im träge dahinziehenden Wasser spiegelten sich die kalten Farben des dunkelnden, herbstlichen Himmels.

»Und meinst du... sie... werden nie mehr heimkommen?«

Ich erschrak bei dieser Frage so sehr, daß meine Linke die Kinderhand zusammendrückte. Nataschas schneller Blick verriet mir, daß sie es wahrgenommen hatte. Dennoch sprach sie weiter.

»Mamotschka sagte oft in unserem Zimmer, wenn es Abend war und so still um uns: ›Natascha, wenn unser Papa nicht mehr heimkommt, uns nicht mehr findet, dann hört auch mein Leben auf. Ich kann ohne ihn nicht leben. Verzeih es mir, Kind!‹ Weißt du...« Sie blieb stehen und blickte mich an. Eine Laterne erhellte ihr Gesicht, so daß ich jede Regung darin wahrnehmen konnte. »Ich glaube, daß mein Mütterchen das mit Absicht getan hat.« Sie sagte es leise und hart. Eine Falte legte sich zwischen ihre Brauen. »Ja, mit Absicht!« Ihr Blick wurde schwarz und kalt.

Plötzlich glaubte ich in das Antlitz meiner Frau, der Tatarin, zu sehen, in ihre Augen, die ebenso schwarz und kalt werden konnten, darin alles Unergründliche Asiens ruhte.

»Nicht denken, wir beide. Nein!« sagte Natascha mit behutsamer Hartnäckigkeit. Hatte sie meine Gedanken erraten?

»Papotschka!« klang zärtlich ihre Stimme. »Eigentlich bist du doch jetzt mein Papotschka geworden! Nicht wahr? Bist du ein wenig froh darüber?«

»Ja, sehr, sehr, mein Kind! Sans discussion!« fügte ich unsicher lächelnd hinzu und drückte sie an mich.

»Nun habe ich nur noch dich.« Sie seufzte. »Aber du weißt, ich liebe dich anders als meinen Papa.« Sie nickte vor sich hin. »Ich verspreche dir, dein gutes und liebes Kind zu sein. Aber du darfst mich nie verlassen! Bitte, nie!«

»Das verspreche ich dir, Duschenka!«

Über dem wuchtigen Bogen, der sich von der einen Straßenseite zur anderen spannte, dröhnte ein Fernschnellzug vorüber.

Schweigend gingen wir weiter.

Dankbar empfand der eine die Nähe des anderen.

»Papotschka, erfülle mir bitte einen Herzenswunsch. Laß uns für sie in der russischen Kirche die Totenmesse lesen.«

»Ja, mein Kind, das wollen wir gleich morgen tun.«

Als ich mich spät abends an ihren Bettrand setzte, ergriff sie meine Hand, und ihre Augen suchten mit eigenartiger Beharrlichkeit in meinem Gesicht, als müßte sie sich jetzt auf alle Fragen, die sie so sehr beschäftigten, die sie sich aber nicht zu stellen traute, eine endgültige Antwort geben.

Was ging in ihrem Köpfchen vor? Was wollte sie von mir wissen?

»Ich habe nur dich allein. Ich werde jetzt immer Angst haben, dich zu verlieren. Wenn wir doch ein richtiges Zuhause hätten, irgendwo! Wie viele haben es! Wir aber nicht. Ist das nicht traurig?« Sie seufzte und schüttelte bekümmert den Kopf.

Als sie eingeschlafen war, ging ich zu Neumann hinüber. Er wartete bereits auf mich.

»Hans berichtete mir von Ihren Anrufen. Naja, auch diesmal ist es noch gut gegangen mit der Polente. Meine Leute haben mich wieder gewarnt. Der eine und der andere hat nicht mehr viel zu verlieren, haben schon alles verloren. Aber so nebenbei winken sie mal wie beim Spazierengehen. Dann drehe ich um, ändere die Nummer von meinem alten Laster oder auch die Plane. Verstehen Sie? Dabei werden wir alle satt. Also, zum Wohlsein!« Er trank sein Glas in einem Zuge aus und stellte es langsam auf die schwere Glasplatte. Bedächtig begann er zu rauchen. »Die kleine Frau Andrejewa... Ich kann es nicht fassen.«

Seine dunkel gewordene Stimme zögerte, mühsam reihte er die Worte aneinander, wiederholte sich öfters, nötigte mich, den schweren Burgunder zu trinken und horchte ab und zu, ob Natascha nicht aufgestanden sei und unser Gespräch belausche.

»Furchtbar! Als mich die Polizei verständigte, da glaubte ich, ein Narr geworden zu sein. Ich hatte Mühe, die Fragen des Kommissars zu verstehen. Und dann war eins: den Mantel drüber und fort war ich, in einer Taxe, stieg aus, ohne zu bezahlen. Da hielt mich ein Wachtmeister an, dachte, ich sei besoffen, ermahnte mich, vernünftig zu sein. Vernünftig? Die Treppe rauf, gesucht... stürzte mich über die Bahre, hielt sie fest... Gesund fortgegangen, und nun...? Sie stand damals noch eine Weile am Schaufenster. Ich arbeitete gerade am Hackklotz und sah sie, und sie nickte mir zu, als wollte sie mir noch etwas sagen. Sie schien mir irgendwie traurig zu sein. Warum? Womit könnte ich ihr noch eine Freude bereiten, dachte ich damals. Dann eilte sie fort, mit kleinen Schritten. Man hob mich von der Bahre auf. Man hielt mich, flüsterte etwas. Ein Glas Schnaps mußte ich trinken, mich setzen. Als man aber ein weißes Tuch über sie deckte, da schrie ich. Mein Schrei tat mir selber weh... Ach!«

Seine Hand zitterte, als wir unsere Gläser füllten.

»Später las ich den Bericht des Fahrdienstleiters. Er schrieb, Frau Andrejewa hätte Selbstmord begangen, ganz offensichtlich! Aber ich, ich habe sie doch nicht in den Tod getrieben, mein Gott!«

Der Mann schwieg, aber ich konnte seine Gedanken erraten.

»Dann die Beerdigung. Ich weiß gar nicht, wer gekommen war. Nachbarn von hier oder andere, Landsleute, die paar, die sie kannte. Alle haben sie vom ersten Tage an gern gehabt, als sie mit ihrem Kind in verlausten Pelzen zu mir kamen. Auch ein russischer Priester war da, meine Schwester hat ihn ausfindig gemacht. Die Beerdigung... Meine Schwester sprach immer wieder auf mich ein: ›Komm doch, Willi, komm, sei vernünftig! Es ist doch alles nur Gottes Wille.‹«

Er begann wie ein Betrunkener den Wein zu schlürfen, bis das Glas leer war.

»Wissen Sie...« Seine Stimme wurde laut und heiser. Er ballte die Fäuste. »Ich bin sonst eine Seele von einem Menschen, zugegeben, nicht sehr fein in meiner Art, aber nicht schlecht. Nein, das bin ich nicht! Ich verschenke viel, auch Fleisch an die armen Teufel, manchmal sogar leichtsinnig, daß meine Schwester Angst hat. Aber...« Seine Finger spreizten sich. Er stand auf und näherte sich mir. Ich nickte.

»So war mir zumute: Würgen, umbringen! Ich wollte sie rächen!«

Er machte eine unbestimmte Geste, versuchte uns Wein einzuschenken, verschüttete ihn aber.

Dann fragte er mich: »Natascha nennt Sie jetzt Papa?«

»Ja, seit heute abend. Wir sind beide in allem klar.«

»So, so«, meinte er nachdenklich. »Na ja. Auch einem Kinderherzen kann man nicht befehlen und es nicht so leicht gewinnen. Ich schon gar nicht. Weil ich nur ein gutmütiger Tolpatsch bin. – Und wie sind Ihre Pläne für die nächsten Tage?«

»Ich fahre übermorgen mit Natascha zur Nachuntersuchung zu meinem Professor und anschließend mit ihr zu meinen Eltern nach Mecklenburg. Ich hoffe, es wird ihr dort gefallen. Sie muß wieder zur Schule. Im Rheinland wartet auf mich die erste Anstellung, in einem Industrieunternehmen.«

»Hm«, machte Neumann. »Ich finde Ihre Handlungsweise dem Kind gegenüber richtig. Immerhin, in meinem Haus wird stets ein Zimmer sein, das euch beiden gehört. Und wenn ich einmal, sagen wir, auch ›verreisen‹ sollte, dann wird euch meine Schwester betreuen. Sie hat es mir versprochen. Ja, das Glück ist wie eine Hure!« Dann schwieg er resigniert.

Natascha schlief in meinem Zimmer auf einem Sofa, zusammengekauert wie ein treues Hündchen. Sie hatte sich mit meinem Mantel zugedeckt.

Noch lange blieb ich wach. Vorsichtige Schritte gingen in

der Wohnung, eine Stimme flüsterte eindringlich: »Kein Licht!« Endlich wurde es still. Dann rollte leise ein Wagen über den Hof.

Ich sollte nun Nataschas Papotschka sein! Das Kind fühlte, daß es seinen Vater nie mehr sehen würde und daß auch seine Mutter »zu ihm gegangen« war.

Es hatte also nur noch mich allein.

Diese Gedanken beschäftigten mich sehr.

Auf einmal hörte ich wieder vorsichtige Schritte. Sie hielten vor meiner Tür und verharrten dort kurz.

Irgendwo läutete das Telefon, und die Schritte entfernten sich schnell.

Als ich am Morgen das gekachelte Badezimmer betrat, hing Neumanns Anzug genau nach den Falten gelegt auf dem Bügel. Auf dem Marmortisch aber lag seine abgeschabte, dicke Brieftasche, aus der mehrere große Geldscheine hervorlugten, daneben eine gute Handvoll Münzen und eine Pistole. Ein halbvolles Glas Schnaps stand daneben. Ich warf ein Handtuch darüber, damit es das Mädchen nicht sehen konnte.

Natascha und ich fuhren zur russischen Kirche. Zuvor ging ich aber zum Priester, um ihm das tragische Schicksal der Eltern des Kindes zu schildern. Der greise Pope sagte nicht viel, nur daß er selbst vor den Roten geflohen war. Dabei umklammerte er das breite Silberkreuz auf seiner Brust mit zitternden Händen.

»Heute mache ich mir den schweren Vorwurf, Herr, meine Heimat, meine Brüder und Schwestern verlassen zu haben. Ich hatte Angst vor dem Tode, vor den Qualen, die so viele Priester erdulden mußten. Ich bin aus Eupatoria auf der Krim. Dort hatten sie viele Popen auf ein Floß getrieben und dann im Schwarzen Meer versenkt. Wir wußten es nicht, aber ein russischer Taucher erzählte es mir, ein Matrose, der heimlich zu mir beichten kam. Er hatte das Floß am Grunde des Meeres gesehen und die Leichen. Er ist durch diesen Anblick fast wahnsinnig geworden, Herr.«

Mit Natascha und noch einigen anderen Gläubigen kniete ich im Licht der vielen Kerzen vor den Heiligenbildern nieder. Der alte Priester las mit bebender Stimme die Messe für die Errettung und den Frieden der Seelen der Verstorbenen. Das schwere Weihrauchgefäß pendelte hin und her; der Dunst hüllte uns ein.

»Hilf! Errette! Erbarme dich und bewahre uns, o Gott, durch deine Gnade!« Die Baßstimme des Priesters schwoll ein wenig an, und das uralte Slawisch flutete wie ein dunkler Strom über uns hinweg.

»Herr, erbarme dich!« antworteten wir flüsternd.

»Segne unsere Väter und Mütter, Männer, Frauen und Kinder in der fernen, unglücklich gewordenen Heimat. Segne und errette alle, die das Wunder deiner ewigen Gnade im Herzen tragen, alle Gläubigen, die bei dir Zuflucht suchen, und sei ihnen gnädig in ihrer schwersten Stunde, o Herr!«

Wir erhoben uns von den Knien, traten mit den wenigen Menschen auf den sonnenüberfluteten Platz hinaus, in sein Licht und den Lärm und hatten Tränen in den Augen.

Am nächsten Morgen steuerte Herr Neumann seinen Lastwagen wieder einmal selbst. Natascha saß in unserer Mitte, auf dem Schoß eine teure Handtasche, die er ihr noch schnell gekauft hatte.

Unterwegs stiegen ein paar Männer ein, Ziehleute in blauen Kitteln und grünen Schürzen, gut gelaunt, mit den derben Witzen ihrer Heimatstadt: »Det kleene Maskottchen wird mal 'ne dufte Puppe!« zeigten sie auf das ahnungslose Mädchen.

An einer Straßenecke warf ein Mann seinen Zigarettenstummel in unsere Fahrtrichtung.

»In Ordnung«, brummte Neumann, und sein Gesicht entspannte sich.

Nur wenige Häuser weiter hielt der Wagen. Ein Schutzmann kam, ging gemächlich weiter, blieb einen Augenblick stehen, wechselte mit Neumann einen Blick und schritt, die Hände auf dem Rücken, langsam weiter.

Dann ging alles sehr schnell. Jeder schien zu wissen, was und wie er anpacken sollte. Zuerst wurde ein schwerer

Schrank ausgeladen, ihm folgten ein paar Stühle, Kisten, wieder ein Schrank, Sofa, Betten und wieder Kisten von beachtlichem Format, die fast alle den roten Zettel »Zerbrechlich« trugen. Der Wachtmeister kehrte zurück, stellte sich neben den Wagen, und da einige neugierige Passanten hinzukamen, wies er sie freundlich an, sie sollten doch weitergehen.

Die ausgeladenen Sachen verschwanden im Hof. Die Männer stiegen wieder auf, und wir fuhren in Richtung Anhalter Bahnhof, um dort zu parken.

Herr Neumann hatte uns Fahrscheine erster Klasse, Zeitschriften, Näschereien, Zigaretten gekauft und Plätze im Speisewagen reservieren lassen.

»Natascha. Leb wohl, Kind! Besuch mich doch einmal wieder. Ich bin stets für dich da!« fügte er mit Nachdruck hinzu. »Auch das Zimmer wartet immer auf euch beide.« Er strich dem Mädchen behutsam über den Kopf; dann grub er die Rechte tief in die Hosentasche hinein. »Gib acht auf deine Gesundheit, Kind! Du bist so zart wie deine liebe Mutter. Ist denn dein Katzenmäntelchen auch warm genug? Soll ich dir nicht schnell einen wärmeren mit Schafwollfutter kaufen?« Natascha schüttelte den Kopf. Da glitt seine Rechte in die Tasche des Kindermantels, als wollte er sich von dessen Güte und Wärme überzeugen. Erst dann trat er zurück.

»Herr Neumann, ich danke Ihnen für alles!«

Der Mann winkte ab und verließ in plötzlicher Eile den Bahnsteig. Der Schaffner rief schon zum Einsteigen.

Erst während der Fahrt, als sich Natascha ein Stück Schokolade hervorholen wollte, entdeckte sie in ihrer Manteltasche die Geldscheine. Verwundert sahen wir darauf.

»Das ist von Herrn Neumann. Er hat ja mein Mütterchen so sehr geliebt. Auch er hat sie verloren.« Eine Unruhe erfaßte sie. Dabei legte sich erneut die Falte zwischen ihre Brauen, ein unsteter Blick traf mich, den ich bei ihr nicht kannte.

»Ich habe das Geld doch gar nicht verdient; und erbettelt habe ich es mir ganz gewiß nicht. Glaubst du das?«

»Das weiß ich doch, meine Kleine! Es ist ein Geschenk für dich! Aber was willst du denn damit anfangen?«

»Bestimmt nichts Böses. Ich sage es dir später. Ist das denn viel?« Sie gab mir das Bündel zum Zählen.

»Davon kann eine ganze Familie gut einen Monat leben!«

»Ach, dann ist es gut.« Sie sprang auf und umarmte mich freudig. – »Willst du es mir jetzt sagen?«

»Nein, nein, aber dir damit Freude bereiten!«

Sie wird mir etwas zum Geburtstag schenken, dachte ich versöhnt und fragte nicht weiter.

Das Mecklenburger Bimmelbähnchen schuckelte und ruckelte uns, mehrere Stunden später, gemütlich unserem Ziel entgegen.

Den Kopf in die Hand gestützt, blickte Natascha gedankenverloren aus dem Fenster, ohne jedoch die ständig abrollenden Bilder wahrzunehmen. Woran dachte sie? Was empfand sie in diesem Augenblick, nur wenige Minuten vor der Ankunft an unserem Ziel? – »Nataschenka«, rief ich sie leise.

»Ja, Onkel Fedja.« Ihre Stimme klang fern. »Wie weit ist es eigentlich von diesem Mecklenburg bis zu jener Stadt, wo du arbeiten wirst? Kann man sie zu Fuß erreichen? Wie lange müßte man da gehen? Einen ganzen Tag?«

»Warum?« Meine Frage erschien mir unsinnig.

»Nur so, ich würde dich gern öfters besuchen. Wirst du dich auf mich freuen? Ich werde warten, bis du aus dem Büro kommst. Ich bringe dir dann immer ein kleines Geschenk mit, das ich selbst gemacht habe. Ein Paar Socken vielleicht? Knöpfe reißt du ja oft ab, die würde ich dir annähen und alle anderen nachnähen, aber ganz, ganz langsam. Du weißt doch, warum.«

Ich lächelte. »Es wird dir in Mecklenburg bestimmt gefallen. Meine Mama ist eine gute Mutter, und meinen Papa wirst du sehr lieb haben.«

»Wohnst du in dieser Stadt bei einer Frau? Oder ist es ein Ehepaar? Abends dürftest du nicht viel ausgehen, du mußt dich noch lange Zeit schonen. Geheimrat Payr hat es auch gesagt!«

»Kein Wort!«

»Doch, du hast es nur überhört. Nimmst du meinen Lampenschirm mit? Denkst du dann an mich, wenn du darunter sitzt? Weißt du schon, wieviel Tage du Ferien hast? Ja, und die Hauptsache: Wirst du Telefon haben? Wenn du aber krank wirst, dann kommst du doch sofort nach Mecklenburg, zu den Eltern?«

»Duschenka!«

»Ich bin dir wohl wieder lästig mit meiner Fragerei? Ich meine aber... Wenn ich einmal zu dir komme, was sagst du dann? Schimpfst du?«

»Auf jeden Fall!«

»Aber ich weiß, du kannst mir nie lange böse sein.« Sie neigte ihren Kopf zur Seite und blickte mich schelmisch an.

»Nun mach dich fertig, wir sind gleich da.«

»Wie du dich freust, die Eltern zu sehen. Ach ja!« seufzte sie und wurde traurig.

»Wir wollen zusammen winken. Sie warten doch auf uns beide.«

Da war mein Vater!

Aus dem Fenster weit hinausgelehnt, winkte ich. Freudestrahlend eilte er mir entgegen.

»Das ist mein Papa, Natascha!«

»Genau wie du. Auch so groß und mit blauen Augen.«

»Und dort ist meine Mutter mit unseren Bekannten.«

Ich schüttelte mit aller Kraft Vaters Hand.

»Junge, Junge, hast du dich erholt! Und dein Arm! Unwahrscheinlich! Du hast die Natur unserer Mutter! Nicht kleinzukriegen!« Er umarmte mich.

»Und das ist Natascha? Herzlich willkommen, mein liebes Kind! Herzlich willkommen!« Die russischen Worte, akzentlos ausgesprochen, wirkten Wunder. Natascha machte einen artigen Knicks.

»Papotschka hat mir sehr viel von Ihnen erzählt, Herr Kröger, und nur Liebes, wie Sie mit ihm, als er noch ein kleiner Junge war, immer auf die Jagd gingen.«

»Dann weißt du ja schon eine ganze Menge von mir!«

Plaudernd gingen wir heimwärts, während Fragen über Fragen auf uns niederprasselten.

»Gibst du mir deine Hand?« fragte die Mutter Natascha freundlich.

»Ach danke, Frau Kröger. Ich möchte lieber meinen Papotschka führen, nur so, zur Vorsicht, wie in der Schweiz, falls er unsicher werden sollte. Diese ollen, dicken Pflastersteine«, fügte sie auf deutsch hinzu.

»Du bist also aus Petersburg, der schönsten Stadt des Nordens? Nun, da werden wir uns aber eine ganze Menge zu erzählen haben.«

»Nein, Herr Kröger, ich bin in Lachta geboren. Kennen Sie Lachta?«

»Ja, natürlich! In Olgino, das ist doch die nächste Station in Richtung Ssestrorezk. Da bin ich mit Fedja oft auf Entenjagd gewesen. Und in Ssestrorezk badeten wir mit unseren Freunden. Wie schade, daß wir dich nicht schon damals gekannt haben.«

Das Mädchen lachte, wie seit langem nicht mehr.

»Damals war ich ja noch viel zu klein, um im Meer baden zu können, kaum sieben Jahre alt. Jetzt bin ich vierzehn.«

»Du bist wohl im Rechnen sehr gut, Natascha?«

»Wollen wir nicht lieber vom Meer und von Petersburg sprechen?« Dabei erwiderte ich ihren leichten Händedruck.

»Ich werde gern mit dir rechnen«, meinte die Mutter, und da dachte ich nur noch: arme Natascha, arme Mutter!

Das niedrige Backsteinhaus empfing uns mit seiner stillen, ländlichen Gemütlichkeit. Ein appetitanregender Duft kam aus der Küche. Am Eingang begrüßten uns Herr und Frau Benthin sowie ihr junger, lebhaft wedelnder Boxer, der Natascha sofort beschnüffelte. Als sie ihn streicheln wollte, leckte er ihre Hand und legte sich zu ihren Füßen.

Wir stiegen in den ersten Stock; der Hund folgte uns. Für Natascha war ein kleiner, lichter Raum mit duftigen Gardinen, hellen Möbeln bestimmt, so ein rechtes Jungmädchenzimmer. Auf dem Tisch stand ein Blumenstrauß; ein Zettel in Mutters korrekter Schrift lag davor: »Herzlich willkommen, mein liebes Kind!« Aber daneben lag bereits ein großer, blauer Bogen Einschlagpapier für Schulbücher und Hefte.

Wir öffneten das Fenster. Eine junge, warme Männerstimme sang zum Schifferklavier:
»Kort und gaut ik seg de Greten
Unsre Leiwschaft ist vorbi,
Denn ik hew dat längst all weten,
Dat du noch ein' hest ahn mi.«
Lachend klang eine Mädchenstimme zu uns herüber.
Ein Blick auf den großen Obstgarten bot sich uns: Links stand in goldleuchtenden Farben eine Gruppe von Birken, und aus der Ferne flimmerten schon die ersten Lichter vom gegenüberliegenden Seeufer herüber.
»Gefällt es dir hier?« fragte ich erwartungsvoll.
»Sehr, Papotschka! Schön ist es hier!«
»Liebchen, ich wäre so froh für dich! Nun wasch dich schnell, kämme dein Haar und zieh ein schönes Kleid an. Man wartet auf uns.« Ich öffnete ihr das Gepäck und ging.
Die Mutter ordnete bereits meine Sachen ein. »Meinst du, Fedja, es ist richtig, daß du dem Kind den Tod seiner Mutter verheimlichst? Das ist keine Lösung.«
»Ich weiß mir keinen anderen Rat. Auch der Mut fehlt mir. Die Kleine sagte mir vor einigen Tagen, sie ahne, daß ihre Mutter das mit Absicht getan habe, weil sie ohne ihren Mann nicht weiterleben wollte. Wir ließen in der russischen Kirche für die Eltern die Totenmesse lesen. Nun sagt sie aus Anhänglichkeit Papa zu mir.«
Die Mutter nickte. »Du betest wohl gar nicht mehr?«
»Doch, jeden Abend. Natascha zwingt mich dazu.«
»Zwingt dich zu beten?«
»Ja. Sie faltet meine Finger und legt dann ihre Hände darauf, und ich wehre mich nicht dagegen. Sie ist sehr gläubig.«
»Dann wird sie um so tapferer die Gewißheit hinnehmen.«
»Nein. Dieses Kind wird dann verstockt. Ich kann es verstehen!«
»Aber eines Tages wirst du es ihm doch sagen müssen.«
»Mutter, alle Verschollenen haben einen unvergänglichen Mythos, eine Glorie, die ihnen keiner zu nehmen vermag: Sie gingen und sie werden wiederkommen – vielleicht.«

»Vater ist auch deiner Meinung.«
»Na siehst du.«
»Wir waren über drei Jahre ohne Nachricht von dir, und wir haben dennoch immer gehofft und gehofft. Vielleicht hast du recht! Dein Tod hätte den Vater vernichtet. Nach dem zuversichtlichen Befund des Doktor Guy über dich trat eine erstaunliche Besserung bei ihm ein. Professor Zahn kam vor acht Tagen aus Hamburg und sagte mir nur, er stehe fast vor einem Wunder.« Sie ordnete weiter meine Sachen ein. »Von meinen Geschwistern aus Petersburg haben wir leider noch immer keine Nachricht. Ich bin sehr besorgt.«
»Auch das sind Verschollene, Mama. Aber in unserer Vorstellung leben sie weiter. Das Denken an einen lieben Menschen, so, wie er das letzte Mal vor uns stand, ist immer trostreicher als sein Grab.«

Schon am nächsten Vormittag ging ich zum Schulleiter. Er war ein älterer, aufgeschlossener Mann, der einst zu Hause einen ganzen Stall voll Kinder gehabt hatte. Mit ihm besprach ich alles, was Natascha anging, mit der Bitte, mit ihr in der ersten Zeit etwas Nachsicht zu haben.
Den Morgen darauf brachten mein Vater und ich sie zur Schule. Doch als ich mich von ihr verabschiedete, begann sie sofort mit den Tränen zu kämpfen.
Das Erscheinen des Schulleiters rettete alles. Mit einigen gütigen Worten führte er sie ins Klassenzimmer. Dabei blickte sie sich nach uns um. Ich winkte ihr ermunternd zu.
Wir gingen zum idyllisch gelegenen See. Enten watschelten gackernd aus dem dichten Schilf.
»Jetzt meine Büchse! Ich garantiere dir eine Doublette, mein Junge. Olgino! Das war ein Revier! Unser Jagdaufseher, der kleine Finne Kekkonnen, bleibt mir unvergessen!«
»Und Iwan Muchin in Bologoje?«
»Ja, richtig! Ein Jäger ganz großen Formats! Der letzte Elch... Ach, du warst ja nicht dabei. Den hat er mir bis auf fünfzig Schritt herangelockt. Ich schoß ihn aber nicht, den Alten vom Sumpfwald. Ich konnte einfach nicht! Es war mein

letztes Jagderlebnis. Unvergeßlich! Nun aber – nur noch Erinnerungen!« Wir gingen weiter.

»Übrigens, Generaldirektor Janssen hat unserem Jochen Benthin eine glänzende Anstellung auf einem Überseedampfer verschafft. Nun heiratet er diese nette Krankenschwester. Beide arbeiten auf dem gleichen Schiff. Wie eigenartig das Leben manchmal spielt. Dem einen erfüllt es schnell seinen größten Wunsch, den anderen läßt es lange darauf warten, und einem dritten geht er nie in Erfüllung.«

Nachdem wir ein ganzes Stück Weges gegangen waren, fragte er plötzlich: »Warum blickst du wieder nach der Uhr?«

»Entschuldige, Vater, bald ist Schulpause, und da hätte ich gern einmal meine Natascha beobachtet, ob sie schon Anschluß an ihre Kameradinnen gefunden hat.«

»Ja, Fedja, das müssen wir tun, aber so, daß sie uns nicht sieht. Wir verstecken uns«, erwiderte er amüsiert.

Hinter der hohen Hecke verborgen, konnten wir den weiten Schulhof übersehen. Richtig! Natascha war die erste, die herausgestürzt kam und nach allen Seiten Ausschau hielt, in der Annahme, ich sei noch da. Enttäuscht blieb sie stehen und wischte sich ein paarmal über die Nase.

Doch schon kamen die anderen Mädchen, und Loni, die flachsblonde Tochter unseres Nachbarn, des Molkereibesitzers, gab ihr mit den Worten »Fang mich!« einen leichten Stups. Erst blickte Natascha unentschlossen drein, doch weil die anderen sie hänselten, sie könne wohl keinen fangen, schoß sie wie ein Pfeil los und hatte sofort ein paar Mädchen erwischt. Keiner konnte sie bis zum Schluß der Pause fangen, und als es zum Beginn der nächsten Stunde läutete, hatte sie ein rotes Köpfchen und vor Begeisterung funkelnde Augen.

Nataschas Worte, ihre Traurigkeit, ihre Zweifel, ob sie jemals mit den Kindern genauso ausgelassen spielen würde, fielen mir ein. Ich war froh.

Die flachsblonde Loni mit dem etwas sinnlichen Blick ihrer blauen Augen nahm ich mir von diesem Tage besonders aufs Korn. Sie war zwar nicht besonders intelligent, aber von lobenswertem Fleiß und Eifer in der Schule wie daheim. Da

Natascha fließend Französisch konnte, im Rechnen aber schlecht blieb, Loni jedoch diese Sprache mächtig pauken mußte, in Mathematik dagegen etwas über dem Durchschnitt stand, konnten sie einander gut ergänzen.

Nach ein paar Tagen war alles geklärt: Natascha und Loni gingen schon Arm in Arm durch das Städtchen, meinen Vater hatte sie sehr gern, die Mutter respektierte und fürchtete sie, weil der Unterricht mit der erforderlichen Konsequenz gehalten wurde, die vielgerühmte Landschaft der mecklenburgischen Seen, das kleine, saubere Haus, die lieben Menschen, das alles zusammen bildete eine schöne Harmonie, die für Natascha gar nicht besser sein konnte.

Endlich konnte ich erleichtert aufatmen.

Der Tag meiner Abreise war schließlich gekommen. Loni und die anderen Kameradinnen durften mich nicht zur Bahn begleiten. Nur meine Eltern wurden notgedrungen von Natascha geduldet.

»Freilich, freilich, ich verstehe alles, was du mir sagst, Papotschka. Aber... zum Beispiel...« Sie suchte krampfhaft nach Worten, um nur ja etwas zu erwidern, um nur ja mit mir weitersprechen zu können.

»Aber, Djetotschka, ich bin doch vollkommen gesund. Sonst könnte ich ja gar nicht arbeiten.«

»Ach, das sagst du nur so, weil du mußt!« Sie schielte zu den Eltern hinüber. »Hast du meinen Lampenschirm mitgenommen? Schreibst du mir auch? Bald?«

»Natürlich, sooft ich Zeit habe. Deinen Lampenschirm hast du mir doch selbst eingepackt. Und du? Schreibst du mir?«

»Täglich! Wenn nur diese dummen Schulaufgaben nicht wären!« Sie ballte die Fäuste und holte ihr Taschentuch hervor. Dabei fiel ihr ein Umschlag heraus.

»Aber das ist doch der Briefumschlag, den ich gestern gesucht habe! Hast du ihn mir stibitzt?«

Sie erwiderte nichts, den Blick, der mich um Verzeihung bat, zu mir erhoben.

»Und warum?«

»Weil ich deine Adresse ganz genau wissen wollte.«

»Aber ich hatte sie dir doch aufgeschrieben.«

»Laß doch der Kleinen diese Freude und Gewißheit, Fedja!« meinte der Vater. »Sie hat es gut gemeint und wollte eben ganz sichergehen. Du schreibst mit deinem verwundeten Arm etwas unleserlich.«

»Ja, genauso ist es gewesen«, beeilte sich das Mädchen hinzuzufügen und atmete erlöst auf.

»Das macht man aber nicht«, tadelte die Mutter leise.

Wir hatten inzwischen den kleinen Bahnhof erreicht und standen schweigend da. Doch als der Zug einfuhr, da umklammerte mich das Kind und begann verzweifelt zu weinen. Dann zog es meinen Kopf etwas herab und bekreuzigte mich hastig und bebend.

»Und denke an mich.. wie traurig und verlassen ich mich fühle ohne dich! Und wann kommst du wieder? Wie lange soll ich denn warten? Warum muß das alles so sein?«

Der Zug setzte sich in Bewegung. Mein Vater schloß Natascha in seine Arme, redete auf sie ein. Dann sah ich sie nicht mehr.

Ich hatte kaum die Werkswohnung betreten, kaum der Frau des Wächters die Hand zum Gruß gereicht, als sie mir auch schon ein Telegramm aushändigte. Es war von Natascha. Sie hatte es nur eine Stunde nach meiner Abreise aufgegeben, also noch während der Schulpause.

»Ich sterbe, wenn du nicht kommst, und werde wieder faul und liederlich.«

Am gleichen Abend klingelte das Telefon: das Fernamt. Ich erschrak nicht wenig, als ich den Namen des Mecklenburger Städtchens hörte, das ich gerade verlassen hatte. Mein erster Gedanke war: mein Vater! Ich hörte aber nur ein Flüstern und dazwischen das Rufen des Amtes: »Bitte melden! Bitte melden!«

»Ja, ich spreche! Ich höre aber nichts!« erwiderte ich, während sich das Flüstern steigerte. Zwei Stimmen stritten sich.

»Sprich! Was, ist mir gleich, aber sprich!«
»Natascha?« fragte ich laut.
»Er hat sich gemeldet! Er hört uns doch! Jetzt komm!«
»Ja...Papotschka...Ich...Ich bin mit Loni in ihrer Molkerei. Wir müssen ganz leise sprechen. Sonst hört man uns. Man weiß nicht, daß wir telefonieren.«

Sie bestürmte mich mit tausenderlei Fragen und wollte sich nicht von mir trennen.

Nun wußte ich auch des Rätsels Lösung, wozu Natascha das von Herrn Neumann geschenkte Geld verwenden wollte.

Als von meinen Eltern ein Kartengruß kam, von der ganzen Familie Benthin unterschrieben, hatte sich Natascha nur zu einer Unterschrift herabgelassen.

»Der schwarze Fratz ist doch wieder bockbeinig«, sagte ich laut und lächelte vor mich hin.

V

Meine Arbeit, zum erstenmal in einer fremden Firma, ließ sich recht gut an.

Punkt acht Uhr betrat ich das Direktionssekretariat. »Guten Morgen, Fräulein Fischer«, sagte ich und nannte meinen Namen.

Die Sekretärin, eine brünette, gepflegte Dame, musterte mich mit dem Selbstbewußtsein einer Angestellten, die nur ihrem Chef unterstellt ist.

»Ich habe mich bei Herrn Kommerzienrat Wegener vor einigen Tagen angemeldet.«

»Das weiß ich. Der Chef erwartet Sie schon. Er telefoniert gerade.«

»Ich werde warten.«

Der zweite auf mich gerichtete Blick hatte weniger Überheblichkeit.

»Woher wissen Sie übrigens meinen Namen?« Dabei blätterte sie in der Mappe weiter.

»Der Portier hat ihn mir verraten.«

»Ich habe Ihr Anstellungsgesuch und Ihren letzten Brief vorgelegt. Beides ist aber nicht handschriftlich geschrieben.«

»Der Herr Kommerzienrat weiß, warum.«

Sie krauste die Lippen und wandte sich ihrer Arbeit zu. Da klingelte das Telefon. Schon bei den ersten Worten wurde sie unsicher und schaltete das Gespräch um, aber sie hatte kein Glück. Der von ihr gesuchte Lagerverwalter war nirgends zu erreichen.

»Sprechen Sie Französisch?« fragte sie jetzt etwas aufgeregt.

»Ja.«

Ich nahm den Hörer.

Die Abnahme deutscher Reparationslieferungen an die Alliierten würde heute vorgenommen, erklärte eine arrogante Stimme. Die Kontrolle käme in einer Stunde. Dann verlangte man technische Angaben über ein hochwertiges Meßinstrument, das mit einer Genauigkeit von ein zehntausendstel Millimeter arbeitete.

»Oberleutnant Gérard. Ich komme mit meinen Leuten!«
»Ich werde erfreut sein, Ihre Bekanntschaft zu machen!«

Ein Junger Mann, Mitte Dreißig, hochmütig und elegant, betrat das Sekretariat, das sofort nach seinem Parfüm duftete. Er musterte uns.

»Haben Sie hier eben telefoniert?«

Er hatte uns also belauscht. Ich stellte mich vor.

»Sehen Sie«, wandte er sich an Fräulein Fischer. »Ohne Sprachkenntnisse bleibt man eben nur eine halbe Kraft.«

Ich antwortete für sie: »Es ging um technische Angaben des Meßapparates A/IV. Die französische Kommandantur verlangte sie.«

»Und woher wollen Sie darüber so gut Bescheid wissen?«

»Ihr Herr Vater hatte die Freundlichkeit, mir diese Unterlagen zwecks schneller Einarbeitung zuzustellen.«

»Hm. Na ja, auf einen mehr oder weniger kommt es nicht an.« Er ging in sein Zimmer und schloß die Tür.

»Der ›Herr Chef‹ persönlich!« sagte die Sekretärin mit Betonung. Erst jetzt schien sie beruhigt zu sein.

Kurze Zeit danach ging die gegenüberliegende Tür auf. Kommerzienrat Wegener, ein kleiner, energiegeladener Herr, trat auf mich zu und reichte mir die Hand. Wir nahmen in seinem Zimmer Platz.

Er befragte mich über das eben geführte Telefongespräch.

»Ja, dieser Oberleutnant Gérard von der Abnahmekommission kommt jede Woche. Nehmen Sie ihn bitte in Empfang, stellen Sie fest, wie Sie mit ihm zurechtkommen und...«

Ich verstand ihn.

»Rauchen Sie, bitte? Ich sollte es zwar wegen meiner kleinen Angina pectoris nicht, aber, na.« Er machte eine resignierte Geste, inhalierte mit Wohlbehagen den Rauch, schilderte mir kurz die Verhältnisse in dem von den Alliierten besetzten Deutschland und dann sein Vorhaben, die Exportabteilung mit allen Mitteln zu erweitern.

Wir legten meinen Vertrag fest, und er entließ mich mit der Einladung zu einem Mittagessen und den Worten: »Sie sind also nur mir unterstellt. Lassen Sie sich durch Herrn Schnell dem Personalchef und den anderen Abteilungsleitern vorstellen.«

Herr Schnell war das unentbehrliche Hausfaktotum mit praktisch unbegrenzten Pflichten, klein, wendig, ein Pfiffikus, dem auch alle Laufjungen unterstellt waren, und er hatte sie gut in Schuß. Das merkte ich schon auf dem Wege zum Personalchef.

»Direktor Keller«, erzählte mir Schnell, »ist vom Schlage jener Rheinländer, die zum Karneval ihr letztes Federbett versetzen, um es sich mit gleichem Humor wieder abzuhungern. Er ist auch unser Betriebsrat.«

»Aha! Da ist ja der erwartete Benjamin!« empfing mich Keller. »Und Sie, lieber Schnell, machen seinen Bärenführer? Seid doch nicht so ungemütlich und setzt euch wenigstens auf die Stuhlkanten, bis ich die Hieroglyphen unseres Chefs durchgelesen habe. Hoho!« dröhnte dann seine tiefe, sympathische Stimme, und die fleischigen Hände legten sich über den Vertragsentwurf. »Spesen nach Ermessen, jedoch möglichst gegen Unterlagen. Herzlichen Glückwunsch! Da wird Ihnen aber der ›kleine Chef‹ manche Nuß zu knacken geben. Darin ist er groß.«

»Ich bin dann auch noch da«, erwiderte ich zuversichtlich.

»Recht so, Maestro! Und hier ist die Mappe mit den Bewerbungen für den Posten Ihrer französischen Sekretärin. Dreizehn davon habe ich in engere Wahl gezogen. Eine Glückszahl!«

Dann gingen wir über den Hof zu dem mehrere Stockwerke großen Maschinen- und Warenlager, als mir Schnell »Achtung! Die Abnahmekommission!« zuflüsterte.

Ein junger französischer Offizier kam uns entgegen, ihm folgten zwei Sergeanten mit strenger Miene. Er hatte schöne braune Augen, die Sorgen und Müdigkeit ausdrücken sollten. Man merkte ihm die Freude an, Soldat zu spielen. Sie betraten die Lagerkanzlei. Wir folgten ihnen.

»Oberleutnant Gérard?« fragte ich. »Hatte ich nicht das Vergnügen, mit Ihnen heute zu telefonieren?«

Er musterte mich mit spielerischer Überheblichkeit, hob lässig seine Hand zum Gruß und klopfte mit einer eleganten Reitgerte gegen seine Gamaschen.

»So! Sie sind es gewesen!« Er zog die Manschetten hervor.

»Darf ich Ihnen jetzt die technischen Einzelheiten des Meßapparates erklären? Ich hole nur die Prospekte.«

»Beeilen Sie sich aber!« Im Fortgehen hörte ich ihn erneut kommandieren: »Warum fehlt das Spezialpapier für die Verpackung? Gavout!«

»Herr Oberleutnant!« meldete sich ein Unteroffizier.

»Das darf Ihnen nicht entgehen. Achten Sie nur ja auf jede Kleinigkeit!« – »Zu Befehl, Herr Oberleutnant!«

Zwischen Kisten und Kasten, Holzwolle, Papier und Staub beugten wir uns dann über die Unterlagen.

»Ich bin Ingenieur«, sagte Gérard laut. »Sie können sich also fachmännisch ausdrücken.«

»Würde das eine Privatbestellung sein?«

»Warum?« Lauernd musterte er mich von der Seite.

Leise erwiderte ich: »Weil dann eine hohe Vermittlerprovision eingerechnet wird. Ich kann Ihnen nicht zumuten, Herr Oberleutnant, sich noch länger in diesem Staub aufzuhalten. Wollen Sie bitte ins Büro eintreten? Wir können aber auch gern einen Kaffee trinken gehen.«

»Kommen Sie«, erwiderte er barsch. »Gavout! Ich bin in einer halben Stunde zurück. Passen Sie mir ja auf! Verstanden?«

Der junge Offizier setzte im Gehen eine Miene auf, als sei ich sein Häftling. Und doch gefiel er mir. Ich bestellte zwei Kaffee mit Cognac. »Hier ist das Geld. Wir gehen gleich.«

»Bon!« Daß ich bezahlte, war Gérard nicht entgangen, aber er sagte nichts. Er hörte mir aufmerksam zu, denn jetzt sprach ich von der Provision. Dabei trafen sich unsere Blicke wiederholt. Er bot mir Zigaretten an. »Bon...« Es klang unsicher zum Abschluß.

»Diskretion und Ehrenwort!« erwiderte ich.

Da erhellten sich die Züge des jungen Kriegers zu einem offenen Lächeln, und seine Hand legte sich ohne Zögern in die meine. Wir waren beide also auf der richtigen Fährte.

In der Lagerkanzlei trennten wir uns. Herr Schnell führte mich weiter.

Im Werk herrschte eine gedrückte Atmosphäre. Die Arbeitsplätze waren zu sehr aufgeräumt, zu sauber die hohen Fenster und Türen und der mit Linoleum ausgelegte Fußboden. Mehrere Hocker und Montagetische waren unbesetzt. Man fühlte, daß »zusammengerückt« werden mußte. Das alles hatte mir Kommerzienrat Wegener geschildert. Die geplante Exportabteilung sollte hier Erleichterung schaffen.

Der kaufmännische Leiter Schneider, Major a. D., empfing mich in seinem geräumigen Glaskasten, von dem aus er das ganze Büro überblickte, aber auch selbst gesehen werden konnte. Er kam mir wie in einer belagerten Festung vor.

»Unser Seniorchef bittet Sie, ihn wegen unerwarteter Unpäßlichkeit zu entschuldigen und nun mit mir im ›Heiligen Geist‹ zu Mittag zu speisen.«

»Das finde ich aber sehr nett, daß Sie mir Gesellschaft leisten wollen!«

Wir hatten sofort Kontakt miteinander. Ich hatte mich nicht geirrt: Mein »Festungskommandant« und nun Diplomkaufmann erwies sich als tüchtig. Der junge Wegener hatte seinem einstigen Vorgesetzten diesen Posten seit Kriegsende übertragen, um sich dem Ressort »Besatzungsaufträge« besser widmen zu können.

»Wenn Sie heute nachmittag bei der Wahl Ihrer Sekretärin meine Hilfe brauchen, so stehe ich Ihnen gerne zur Verfügung.«

Inzwischen hatte Fräulein Fischer meine Arbeitsecke einrichten lassen.

Zwölf Bewerberinnen hatte ich geprüft. Ich sah schwarz! Keine hatte mehr als gute Schulkenntnisse in Französisch aufzuweisen, und das war viel zu wenig, um das durchzuführen, was Kommerzienrat Wegener von mir verlangte.

Die dreizehnte.

Ich überflog ihr Bewerbungsschreiben: Jeannette Huber, achtzehn Jahre, als Tochter des Schweizer Bürgers Huber in Paris geboren. Französisch perfekt. Deutsch und französisch Steno hundertundachtzig Silben. Ein Jahr Büropraxis. Seit vier Monaten arbeitslos. »Ich verspreche gern der sehr verehrten Firma...« Die gesamte Briefanordnung war mangelhaft. Ihr Bild? Verheerend.

Ich bat das Mädchen einzutreten.

Sie war mittelgroß, sehr schlank, mit schwarzem Pagenkopf, der ein schmales, blasses Gesicht umrahmte, dem Foto nur entfernt ähnlich, und sie war sehr aufgeregt.

»Bitte, erzählen Sie mir etwas von Paris!« Ich sprach sie französisch an und überflog noch einmal das Schriftbild: Künstlerisch nicht unbegabt. Charakter gewissenhaft, aufrichtig.

»Wovon soll ich Ihnen erzählen. Was würde Sie interessieren, der Bois vielleicht?« begann sie sehr leise und unsicher, mit Andeutung des »Parisianisme«.

Ihr Gesuch war korrekt geschrieben und blieb doch ein Gekritzel. Unwillkürlich dachte ich dabei an Natascha und meine große, doch bisher vergebliche Mühe mit ihr. Ich blickte nach der Uhr. Sie wird jetzt ihre verhaßte Schulbank drücken und wie üblich nur wenig aufpassen. Ob sie mich heute abend wieder anrufen wird? Ich war sehr müde, und nach einer stehend durchwachten Nacht im Eisenbahnzug sehnte ich mich nur noch nach einem backofenwarmen Zimmer mit weichem Bett und dachte mit Grauen an die zweite Nacht auf dem verheerenden Schlafsofa beim Pförtner.

Dabei hörte ich Fräulein Huber zu.

»Kennen Sie Paris, Monsieur? Ach, ich könnte Ihnen so viel darüber erzählen. Es ist für mich eine herrliche, unvergeßliche Stadt, voll Charme! Schade, daß meine Eltern sie verlassen mußten. Aber wir hoffen immer noch sehr...«

»Danke, Fräulein Huber. Das genügt mir.«

»Habe ich nicht recht...?«

»O doch! Sie sind unverkennbar eine Pariserin. Aber nun schreiben Sie bitte.« Ich schob ihr Block und Bleistift zu, sah, wie sie den dunkelrot gewordenen Kopf darübersenkte. Ihre Hände wurden unruhig, als sie das Stenogramm aufnahm.

»Bitte, das Geschriebene vorlesen.«

»Monsieur, ich verspreche Ihnen, daß ich sehr fleißig üben werde«, flehte sie, »um Ihren Anforderungen zu genügen. Ich bin schon seit vier Monaten arbeitslos, helfe nur meinen Eltern bei der Schreibarbeit und im Haushalt. Ihr Stellenangebot kam derart unerwartet. Ich wäre so glücklich...« Dann las sie mit schüchterner Stimme ihr Stenogramm.

Sie war immerhin die beste der Bewerberinnen. Mir blieb also keine Wahl.

»Fräulein Huber, Ihr Versprechen kann ich doch bestimmt ernst nehmen?«

»Ja, Monsieur!« Dabei legte sie bittend die Finger mit den polierten Nägeln auf meine Tischplatte. »Ja, Monsieur«, fügte sie leise hinzu.

»Gut. Dann engagiere ich Sie für vier Wochen zur Probe. Das gewünschte Gehalt wird Ihnen gewährt und später nicht unerheblich erhöht. Dafür werde ich mich einsetzen. Einverstanden?«

Ein Sonnenstrahl verfing sich in ihren Augen. Sie hatten einen smaragdgrünen Schimmer. Eine große Freude lag darin, und sie war so stark, daß ich dadurch verwirrt wurde und aufstand.

»Wir gehen gleich zum Personalchef.«

Herr Keller griff nach seinem gewichtigen Rotstift und kreiste Gehaltsbetrag und Probezeit ein.

»Bitte gegenzuzeichnen«, wandte er sich mir zu. »Jetzt sind Sie dran, Fräulein. So!« Er schob das Schreiben beiseite.

»Tja! Etwas sehr Unangenehmes.« Er klopfte mir auf den Arm. »Kein einziges Zimmer für Sie zu bekommen! Alles übervoll mit Franzosen belegt. Was machen wir nun? Sie können doch nicht auf dem rachitischen Sofa des Pförtners Ihr Leben beschließen.«

»Entschuldigen Sie... Ich... Meine Eltern könnten ein Zimmer vermieten.«

»Donnerwetter, Mädchen! Das wäre ja ein Volltreffer!« dröhnte Herr Keller los.

»Meine Eltern fahren aber heute abend auf eine Geschäftsreise«, sie blickte nach der Uhr. »In einer Stunde schon, und sie kommen wie gewöhnlich erst Ende der Woche zurück. Sie müßten sich eilen, Herr Kröger!«

Keller bestellte einen Werkswagen.

»Also, alle Sachen einpacken und sofort umziehen, Maestro!« Während der Fahrt sprachen wir französisch.

»Es ist nur ein kleines Zimmer, aber es hat ein sehr schönes...« Sie stockte auf einmal.

»Was hat es denn?« forschte ich voll zweifelhafter Erwartung.

»Es ist ein... französisches Bett«, sagte sie endlich und wurde sehr verlegen. »Wir haben es noch aus Paris mitgebracht. Es steht unbenützt da. Es ist doch wichtig, wenn man gut schlafen kann.«

»Ganz gewiß! Darauf lege ich großen Wert! Jetzt aber ganz besonders, denn die vorletzte Nacht verbrachte ich stehend im Zug, die folgende, wie Sie soeben hörten, im Halbschlaf auf einem rachitischen und von Motten zerfressenen Sofa.«

»Dann werden Sie dieses Bett geradezu himmlisch finden!« Wir lachten, und unsere Blicke trafen sich. Eine schon längst vergessene Spannung kam plötzlich in mir auf.

Als wir ausstiegen, lag ein kleiner Garten in abendlich herbstlicher Melancholie vor uns, eine niedrige Pforte und dahinter ein nichtssagendes, kleines Haus. Fräulein Huber war mir bereits vorausgeeilt. Der Fahrer ging mit meinem Gepäck hinterher. Ich mußte die Entscheidung sofort erzwingen! Schon hörte ich das Mädchen in schnellem Französisch begeistert von ihrer Anstellung, ihrem Gehalt und mir berichten, dann leise bitten. Im Vorzimmer standen zwei Handtaschen. Ein paar Stoffmuster, zu einem Buch gebündelt, lagen darauf.

Herr Huber empfing mich mißtrauisch. In seiner Sprache

lagen noch deutlich Klänge des breiten Berner Dialektes, doch als ich mit einigen Brocken Schweizerdeutsch von meiner Schulzeit im Engadiner Internat erzählte, begann er aufzutauen. Auch seine bieder aussehende Frau zeigte sich aufgeschlossen. Sie führten mich in das Zimmer. Es war klein, aber sauber. Dann das Bad und die Wohnstube im Stil einst gutsituierter Leute. Ich war erleichtert.

»Alles kommt so überraschend für uns. Meine Frau und ich vermieteten bisher nicht, denn wer weiß, was man in der Besatzungszeit ins Haus bekommt?«

Wir setzten uns an den runden Tisch. Herr Huber glättete das Tischtuch und suchte nach Worten. »So schnell können wir uns aber nicht entschließen. In einer knappen Stunde fährt unser Zug.«

»Der Werksfahrer wird Sie zum Bahnhof bringen.«

»Ach, das wäre uns bei dem Wetter sehr angenehm«, erwiderte Frau Huber und bewegte fröstelnd die Schultern.

»Jeannette, dann mach uns noch schnell einen Schwarzen.«

Ich plädierte und kämpfte für mich, wie es nur ein übermüdeter Mensch tut, der schon zum Greifen nahe das herrliche weiche Bett, frische Laken und eine Daunendecke vor sich sieht und in Gedanken weidlich auskostet.

»Meine Tochter braucht nicht alles zu hören«, meinte Herr Huber und glättete wieder das Tischtuch. »Wir sollten sie auch nicht immer allein in der Wohnung lassen! Aber es geht vorläufig nicht anders.«

»Wir haben sehr viel verloren und müssen ordentlich Geld verdienen, um uns etwas leisten zu können.« Frau Huber beugte sich ein wenig zu mir herüber. »Jeannette... Paris... Sie werden es wissen, Monsieur«, sprach sie leise. »Auch die Jugend in den gutbürgerlichen Kreisen ist heute anders als zu unserer Zeit. Die Kleine hat sich bis jetzt gehalten. Aber wir Eltern wissen lange nicht alles.«

Der Duft eines starken Mokkas wehte zu uns herüber.

»Ganz abgesehen von der pünktlichen Zahlung werden Sie in mir den besten Mieter haben, den es nur geben kann!« Wir lachten.

Jeannette servierte den Mokka mit leicht unsicheren Händen, den Blick gesenkt, dann wieder scheu zu den Eltern erhoben. Das junge, blasse Gesicht war gespannt. Frau Huber sah erneut nach der Uhr und ermahnte ihre Tochter, nur ja alles im Haushalt ordentlich und sauberzuhalten.

Als die Eltern vor dem Wagen standen, fiel die Tochter der Mutter um den Hals. »Ich liebe dich sehr, meine kleine Mutti.«

Wir sahen, wie das rote Schlußlicht enteilte und sich in der Ferne verlor. Das Mädchen lief ins Haus. Ich folgte ihm nach.

»Mein Gott, wir sind jetzt ganz allein! Eine Woche lang!« Sie blickte mich an, schelmisch und scheu zugleich.

Ich ging auf sie zu, faßte sie an den schmalen Schultern und lächelte, schaute ihr in die Augen und war wieder ganz verwirrt.

»Eigentlich kenne ich Sie ja noch gar nicht, Monsieur.« Sie sprach leise, unsicher, den Blick wieder gesenkt, dem nichts entgangen war. »Und dennoch ist es schön, daß ich nicht mehr allein bin.«

»Kleine Jeannette.« Ich gab sie frei. »Wir wollen Licht machen. Es ist dunkel geworden.« Sie gehorchte, stand aber unentschlossen vor mir. »Kann ich Ihnen helfen, das Zimmer einzurichten? Und dann gehen wir zusammen einkaufen, etwas Gutes, was Sie mögen.« Sie versuchte zu lächeln.

»Ist nun alles wieder gut, Jeannette?«

Sie nickte befreit und strich sich das Haar glatt.

»Ich mache Ihnen einen besseren Vorschlag: Sie gehen heute allein einkaufen, und ich richte inzwischen Ihr Zimmer ein.« Sie stockte, lief in die Küche und kam mit Lebensmittelmarken und Einkaufsnetz zurück.

»Hier sind genügend Brotmarken. Es gibt jetzt schon über ein halbes Pfund pro Tag, und Fleisch ist ja nicht mehr rationiert. Sie müssen aber beim Metzger mächtig aufpassen, denn Rindfleisch kostet fünfzehn und Schweinefleisch höchstens zehn Mark das Pfund. Himmel! Sie sind ja so groß! Aber das macht nichts, ich kriege Sie schon satt!« Sie schob mich zur Tür. »Sie haben ja immer noch den Mantel an! Da, hier ist Ihr Hut!« An der Tür glättete sie sorgfältig die Aufschläge meines

Mantels und fügte hinzu: »Ich werde auf Sie warten und alles schön herrichten. Bitte, nicht so lächeln, sonst werde ich wieder ganz unsicher!«

Es war ein kalter Novemberabend. Bäume, Sträucher und die noch vereinzelt hervorlugenden Gräser und Halme waren bereift; mein Schritt hallte hart auf harter Erde. Ich blieb stehen, um den Ablauf des Tages zu überdenken.

Meine Gedanken erfaßten nur Jeannette.

Eines Tages werde ich auch von ihr – vielleicht sogar zögernd – Abschied nehmen!

Als ich die Tür zu meinem neuen Zuhause öffnete, empfing mich eine wohlige Wärme. In meinem Schlafzimmer waren die Vorhänge geschlossen, das Bett und die mit großen Blumenmustern bedruckte Daunendecke bezogen, und auf dem Nachttisch brannte eine kleine Lampe mit weichem Licht. In der Luft schwebte ein Hauch französischen Parfüms. Im Badezimmer hing ein sauberes Handtuch über dem Ständer, und ein großes Stück guter Seife lag daneben. Wie flink sie war, die kleine Jeannette, dachte ich mit plötzlicher Freude. Dann ging ich mit meinen Einkäufen zu ihr in die Küche.

»Oh là là, Monsieur! Das sind Einkäufe! Stimmt das Gewicht des Aufschnitts? Roastbeef? Soll ich es schnell braten, auf englisch? Die Pommes frites sind bald fertig. Wir können dann sofort essen. Hier ist die Abendzeitung, damit Ihnen das Warten nicht zu langweilig wird. Papa hat es auch nicht gern, deshalb muß ich auch so flink sein, sonst gibt es Schelte. Warum lächeln Sie, Monsieur? Darf ich es nicht wissen?«

»Sie erinnern mich so sehr an Paris, an Colette. Sie plauderte auch so munter und hatte die gleiche Art, dieses gewisse Etwas, wie Sie.«

»War sie hübsch?«

»Ja, und sehr charmant!«

»Schwarz?«

»Nein, brünett. Sie war eine Midinette und verkaufte Damenwäsche.«

»Wir wohnten damals in der Nähe der Nationalbibliothek und der Metrostation Sentier.«

»Dort ist ja auch Jardin du Palais Royal, Place l'Opéra. Boulevard des Capucines und der Boulevard des Italiens.«
»Die dritte Station mit der Metro. Ach, Jeannette! Ich war damals sehr jung und hatte nichts als Liebe im Kopf und gar keine Sorgen!«
»Und war sie traurig, als Sie von ihr gingen?«
»Ein wenig schon. Aber ein Jahr später heiratete sie.«
»Hat sie es Ihnen geschrieben?«
»Nein. Ich kehrte nach Paris zurück, fragte nach ihr bei unserer Wirtin, und so erfuhr ich alles.«
»Oh!« rief sie auf einmal. »Unsere herrlichen Beefsteaks!« Sie riß die Pfanne vom Feuer, warf ein Stück Butter hinein und meinte sachlich: »Nun wird es aber Zeit zum Essen.«
An der Tafel war sie eine kleine Dame, doch je mehr sie Rotwein trank, um so koketter, leuchtender wurde ihr grünlich schimmernder Blick. Dabei blieb sie aber doch, was sie war: ein ungekünsteltes achtzehnjähriges Mädchen.
»Monsieur, le café-noir est servi au salon.« Sie wies auf das niedrige Tischchen vor dem Sofa.
Ich nahm ihre Hand und führte sie an die Lippen. »Sie haben mich so reizend bewirtet. Ich danke Ihnen sehr. Den Kaffee trinken wir doch zusammen?«
»Aber natürlich, Monsieur!« Wir setzten uns nebeneinander und tranken ihn schluckweise. »Sie wollen doch bestimmt Ihre Jacke ablegen. Tun Sie das, wie mein Papa.« Ich warf sie achtlos beiseite. Sie lachte und reichte mir Zigaretten und Feuer.
Ich zog sie an mich, streichelte ihr Haar, hob ihren Kopf mir entgegen und küßte sie behutsam auf den Mund. Sie machte erst ganz große, erstaunte Augen, dann aber schmiegte sie sich an mich und lag ganz still in meiner Armbeuge. »Und morgen ist Feiertag. Ist das nicht schön? Freuen wir uns darüber, Jeannette?«
»Ja, und wir bleiben noch sehr lange zusammen.« Ihre Fingerkuppen glitten über meine Augen hinweg. Dann neigte sie meinen Kopf zu sich und gab mir einen schnellen Kuß.
Ich öffnete ihr Kleid. Meine Hand glitt über ihre weiße,

schimmernde Schulter. Da richtete sie sich auf, wirbelte mein Haar durcheinander und preßte ihren Mund leidenschaftlich gegen den meinen. Plötzlich riß sie sich los und lief in ihr Zimmer, dessen Tür sie hinter sich zuwarf.

Mit den Fingern brachte ich mein Haar in Ordnung, schenkte mir dann eine Tasse Kaffee ein und rauchte einige Züge. Langsam ging ich in mein Zimmer, zog den Schlafanzug an und deckte mit Behagen das Bett auf.

Die Stille des noch frühen Abends erfüllte den Raum. Nur das Rauschen der draußen frierenden Bäume ließ sich dann und wann vernehmen.

Meine Tür geht auf. Ich drehe mich um.

»Jeannette!« Nur für einen Augenblick sehe ich sie im durchsichtigen Hemd stehen.

Sie fliegt mir entgegen und hält mich fest, ihr Gesicht zu mir erhoben.

»Embrasse!« raunt sie. »Je t'aime!«

Glücklich und entspannt lagen wir uns noch lange in den Armen, schauten uns an, berührten uns in leisen Zärtlichkeiten, bis wir erneut aus der zwingenden Flut in die erlösende Ebbe abglitten.

Jeannettes Augen leuchteten in ihrem eigenartigen, grünlichen Glanz, lächelten mir versonnen aus einer Welt entgegen, in der sie allein war. Die Müdigkeit trug uns fort.

Ein Flüstern rief mich in die Gegenwart zurück. Jeannette...

Ihre Hand tastete nach mir.

Im Dämmern eines neuen Morgens sah ich ihren schwarzen Pagenkopf, die hellen Linien ihrer weißen Schultern. Sie beugten sich über mich, berührten mein Gesicht, umgaben es mit ihrer aufreizenden Wärme.

»Embrasse toujour... Chéri...«

Es war sehr spät, als ich erwachte. Ich sah vor dem Fenster einen vom Wind gepeitschten Baum. Der schwarze Schopf an meiner Seite lugte gerade noch hervor. Leise ging ich hinaus. Im Wohnzimmer war der Tisch unaufgeräumt geblieben, der Aufschnitt vertrocknet, die Teller mit unseren Speiseresten schimmerten hell, und auf dem Sofa waren die Kissen in Unordnung. Ich stellte Kaffeewasser auf, ließ mir reichlich Zeit zum Baden und zog mich sorgfältig an. Bei jeder Bewegung fühlte ich mich frei von der Schwere, die ich viele Monate lang empfunden hatte. Aber in mir war keine Freude.

Jeannette erwachte und bewegte sich wohlig unter der Decke, warf sie dann zurück und betrachtete ihren schlanken Körper, an dem sie beide Hände hinuntergleiten ließ, das linke Bein ein wenig über das rechte gelegt.

»Du läßt mich allein? Bist schon aufgestanden? Angezogen?« Sie rollte sich über die ganze Bettfläche zu mir herüber, kniete auf dem Rand und umarmte mich. »Ich bin so glücklich, sehr, sehr glücklich!« sagte sie ohne Ziererei. »Chéri! Bist du es auch?«

»Ja, Jeannette.«

»Hast du auch einen Kosenamen für mich?«

»Ja... Poulette! Gefällt er dir?« Ich küßte sie auf die Schulter.

Sie strich über meine Wange, schmiegte sich an mich und lächelte schelmisch und noch ein wenig verträumt. »Und wenn du mir in der Liebe alles beibringst, wie wirst du mich dann rufen?«

»Vielleicht émeraude miroitante? Oder so ähnlich.«

»Weil ich grünliche Augen habe? Liebst du meine Augen?«

»Ja.«

»Mich auch?«

»Nein. Weil du splitternackt vor mir stehst und krank wirst.«

»Das machte ich oft im Sommer, wenn ich unbeobachtet war.«

»Aber jetzt ist Ende November und kalt.«

»Ich will dir etwas ins Ohr sagen.« Sie schlang ihre Arme um meinen Hals und küßte mich.

»Soll ich dich manchmal so erwarten wie ich jetzt bin? Würdest du dich darüber freuen?«

»Ja, Poulette, aber laß uns erst einmal frühstücken. Hast du denn gar keinen Hunger?«

»Und ob!« rief sie. »Du, ich habe mir von meinen Freundinnen in Paris alles genau aufgeschrieben, wie man sein muß, um immer geliebt zu werden. Du kannst es einmal lesen.«
»Das will ich gern tun.«
»Liebst du mich?« fragte sie wieder. »Dann tu es doch, Chéri!«
Als ich später die Küche betrat, war von meinem Kaffeewasser kein einziger Tropfen übriggeblieben.

Monate vergingen.
Jeannette und ich hatten schon längst unsere festen Anstellungsverträge bei gutem Gehalt. Wir hielten auch recht gute Freundschaft.
Bei der Arbeit waren wir kurz und sachlich, so daß sie uns schnell und korrekt von der Hand ging. Am Abend war sie meine zärtliche Geliebte mit einem Schuß von Sentimentalität und Romantik, doch nie geziert oder gar launisch. Zu Hause wurde sie ein liebes Kind ihrer Eltern, denen ihre Wandlung nicht entging, obwohl sie darüber kein Wort verloren.
In der Firma hatte ich bald die Verhältnisse durchschaut. Kommerzienrat Wegener, der schwer an unheilbarer Angina pectoris litt, hielt das Zepter nicht mehr fest in der Hand. Er war für jede Anregung zur Erweiterung der Exportabteilung aufgeschlossen und pflegte alle Pläne schnell in die Tat umzusetzen. Sein Sohn, ein fauler Nichtskönner, brauchte viel Geld für Frauen. Wir mieden uns, nicht zuletzt wegen seiner schweren Zerwürfnisse mit seinem Vater, dem er jede Transaktion streitig machte, um nur ja alles in seine Hände zu bekommen.
Fräulein Fischer, die Direktionssekretärin, hatte mit dem hageren, verschlossenen Lagerverwalter ein nicht gerade glückliches Verhältnis. Beide leisteten sich mehr, als ihr Gehalt es zuließ. So reimte ich mir denn zusammen, daß dieses Trio, jeder seinem Ressort entsprechend, die Firma bestahl.
Herr Schneider blieb der erfolgreiche »Festungskommandant«, der immer mehr seinen Glaskasten haßte, und da ich ihm ab und zu einen Tip geben konnte, verstanden wir uns

sehr gut. Keller, der Personalchef, ließ nach kurzer Zeit durchblicken, daß es in Anbetracht der fortschreitenden Inflation für uns beide nicht »ungünstig« wäre, ein paar ansehnliche Geschäfte »zur Linken« zu machen. Ich brachte ihn mit Oberleutnant Gérard zusammen, der auch nie Geld besaß, weil ihn seine hübsche Freundin Chouchou geschickt ausplünderte.

Nur Jeannettes Eltern begannen mir zu mißfallen. Sie kümmerten sich kaum noch um das Mädchen, und ihr Handel mit Stoffen war mehr als undurchsichtig. Beide hatten vor uns zu viele Geheimnisse.

Es war wieder einmal Samstagabend. Jeannette war bereits nach Hause gefahren, um ihren häuslichen Pflichten nachzukommen. An diesen Tagen blieb ich länger als sonst im Büro, um unsere Arbeit für die nächsten Tage vorzubereiten. Unerwartet kam Fräulein Fischer zu mir. Sie war blaß und aufgeregt.

»Haben Sie eine Zigarette für mich?« platzte sie heraus und setzte sich schwerfällig auf einen Stuhl.

»Hier, bitte. Ist Ihnen etwas zugestoßen?«

Sie machte erst ein paar Züge.

»Der Herr Kommerzienrat... Er hatte mit seinem Sohn einen erbitterten Auftritt! Ihretwegen! Sie haben doch vom Alten Herrn die Unterlagen für die Besatzungsaufträge erhalten. Das war bisher das Ressort des Juniors.« Hastig rauchte sie weiter. »Der Chef nahm ihm nach wiederholten Aufforderungen jetzt kurzerhand diese Akten aus dem Arbeitstisch, und nun bezichtigte der Junior ihn des Diebstahls, verlangte Rückgabe und Ihre sofortige Entlassung. Er hat das Haus und die Firma verlassen. Der arme Alte Herr erlitt einen Ohnmachtsanfall. Im Sanitätswagen brachte man ihn fort. Derartige Aufregungen können für ihn tödlich sein!« Sie blies den Rauch geräuschvoll vor sich hin. »Ich wollte Sie nur warnen, denn wenn der Alte Herr stirbt, müssen wir und noch ein paar andere gehen. Das wäre bei der wachsenden Arbeitslosigkeit eine Katastrophe.«

Mein kurzer Dank und das Schweigen irritierten sie.

»Wollen Sie diesen Auftrag nicht lieber zurückgeben?«

»Vielleicht. Ich muß es mir aber erst überlegen, denn die Auslandskorrespondenz und der Ausbau der Exportabteilung sind lange nicht so interessant. Die Verhandlungen mit den Besatzungsbehörden dagegen...«

»Ach, Sie werden damit nur Ärger haben! Wie lange wollen Sie noch arbeiten?« Ihre Unruhe machte einer lauernden Freundlichkeit Platz. »Fast jeden Samstag sitzen Sie den ganzen Nachmittag im Büro, sagte mir neulich der ›kleine Chef‹. Am Samstag ist man doch nicht gern allein.« Sie lachte unecht.

Da ging das Telefon; Kommerzienrat Wegeners schwache Stimme erklang.

»Ich kann jetzt nicht sprechen!« erwiderte ich kurz und hängte sofort ein.

Fräulein Fischer rettete die Situation: »War ›sie‹ das?«

»Ja, aber ›sie‹ wartet dennoch gern und geduldig.«

»Dieses Mädchen möchte ich wirklich einmal sehen!« Doch da ich ihr darauf nichts erwiderte, löschte sie die Zigarette und fügte lächelnd hinzu: »Was sind Sie doch für ein verschlossener Mensch. Freilich, man spricht nicht darüber, aber auch sonst sind Sie sehr schweigsam.« Sie reichte mir die Hand, die länger als üblich in der meinen ruhte, wünschte mir einen guten Abend und ging.

Ich rief in der Villa Wegener an und erklärte dem Chef den Vorfall. Nur wenig später saß ich dem kranken Manne gegenüber.

»Ich kann kaum noch etwas überlegen, so sehr hat mich der Auftritt mit meinem Sohne aufgeregt.« Erst nach einer Weile sprach er weiter und schloß: »Ich muß Ihnen leider einen auch für mich mehr als peinlichen Auftrag erteilen. Ihr Vorgehen wird von mir in jeder Beziehung voll gedeckt! Es eilt aber sehr!«

Gleich am Montag bezog ich mit Jeannette und einem ansehnlichen Stoß von Unterlagen zwei freundliche Zimmer auf dem Lande im einsam liegenden Gasthaus »Goldener Krug«. Knapp drei Wochen später legte ich dem Chef meinen Bericht vor.

Sein Sohn hatte die Offertenpreise an die Besatzungsmächte gegenüber dem gesamten In- und Ausland um rund zwanzig Prozent erhöht und diese Differenz mit dem Lagerverwalter geteilt. Er hatte ferner in wiederholten Fällen auch Unterschlagungen aus der Lagerkasse gemacht, während Fräulein Fischer den Chef bespitzelte und dafür mit guten Trinkgeldern abgefunden wurde. Auch unfakturierte Waren wurden von den beiden veräußert. Mehrere Beträge flossen in die Hände der »Separatisten«, einer von Frankreich geleiteten Bewegung, die die staatspolitische Abtrennung des so überaus wichtigen Rheinlandes von Deutschland an Frankreich erstrebte. Dadurch hoffte der Junior in Zukunft große Vorteile zu erzielen.

»Es ist nur noch die Frage, Herr Kommerzienrat, ob man den Gesamtbetrag der Unterschlagungen auch aus dem Lager und der Lagerkasse feststellen kann und . . . darf. Diese Arbeit würde mehrere Wochen in Anspruch nehmen, denn es sind über viertausend Einzelposten in der Kartei enthalten.« Der alte Herr lehnte sich in die Kissen zurück.

»Mein Sohn . . .«, flüsterte er. »Ich kann doch meinen eigenen Sohn nicht anzeigen, und der Lagerverwalter wird mich erpressen, auch wenn ich ihn laufen lasse. Wenn das bei den Franzosen ruchbar wird! Die schwersten Strafen stehen darauf. Es gibt nur den Ausweg einer verschärften Kontrolle.« Die Hand mit dem breiten Ehering legte sich fest auf die Augen. Seine Frau trat herzu und beschwor ihn, sich doch zu beruhigen.

Jeannette und ich erhielten zur Belohnung zwei Monatsgehälter zusätzlich.

Dunkel, still, mit erloschenen Feuern lagen mehrere Industriewerke, an denen ich vorbeiging. Die Aussichtslosigkeit der politischen und wirtschaftlichen Lage beunruhigte mich erneut, auch wenn ich sie in meinem Beruf weniger spürte als mancher andere.

Freude und Zufriedenheit, dachte ich, fand ich früher so leicht. Nun aber nicht mehr. Oder sollte trotz der Schwermut noch etwas Helles zurückgeblieben sein?

Ich hatte doch Jeannette! Jeannette... Sie wird auf mich warten. Ich werde sie mitnehmen, irgendwohin. Auch nach Berlin, und sie muß mitkommen, sie muß, weil sie zu jenen seltenen kleinen Mädchen gehört, die alles das geben können, was selbst einen verwöhnten Mann wunschlos macht.

Als ich später das Wohnzimmer betrat, stand das Abendbrot bereits auf dem Tisch. Jeannette saß im Sessel und nähte. Sie hatte keine Maschine und fertigte ihre gesamte Garderobe Stich um Stich mit der Hand. Immer bewunderte ich ihre Geschicklichkeit und die Eleganz ihrer Einfälle.

Sie nähte sich ein Nachthemd und zeigte es mir.

»Für mich, kleine Poulette?«

»Für wen denn sonst, Chéri. Gibst du mir dafür ein Küßchen?« Sie erwiderte meine Liebkosung. »Sieh dir nur diese dummen Knoten an! Ich kann sie noch immer nicht richtig machen! Dabei bin ich doch sonst nicht ungeschickt!«

Ich legte ihr die vielen Millionenscheine ihres Extragehalts von zwei Monaten auf den Tisch, dazu eine Schachtel Kirschkonfekt und drei Chrysanthemen. Ich zeigte ihr auch mein Geld. Sie war überglücklich und küßte mich hingegeben.

»Du bist ja heute abend so still. Traurig?«

Ich schüttelte den Kopf. »Nur etwas nachdenklich.«

»Worüber denn?« dabei blickte sie mich zärtlich an und schob mir eine Praline in den Mund.

»Wie das manchmal so kommt. Eigentlich grundlos.«

»Um so schlimmer. Dann darf ich dich heute abend auf gar keinen Fall allein lassen.« Später setzte sie sich schmollend an meinen Bettrand, als fröre sie. Ich schob sie unter meine Decke und legte mich zu ihr.

»Ich will heute sehr zärtlich zu dir sein, weil du doch traurig bist, Chéri«, flüsterte sie und gab mir schnelle kleine Küsse. Als sie dann wie gewöhnlich Durst hatte und ich ihr Kaffee zu trinken gab, ließ ich sie aufstehen, holte die drei Chrysanthemen und hielt sie gegen ihren zarten Körper.

»Daraus solltest du dir dreiteilige Garnituren anfertigen!«

»Aus Blumen?«

»Ja, aber aus künstlichen oder irgendeinem geeigneten

Stoff. Es können auch ganz kleine Schmetterlinge sein, Spinnen, bunte Käfer, schillernde, leuchtende Steine in jeder nur denkbaren Form.«
»Erst laß mich wieder unter die Decke kriechen. Nun wollen wir alles genau überlegen.«
Regungslos lag sie in meinen Armen und hörte mir zu. Schon in den nächsten Tagen begann sie, Abendkurse für das Zuschneiden zu besuchen, und wir legten freudig und mit der größten Zuversicht unser Geld für eine Nähmaschine zusammen.

Als mir Kommerzienrat Wegener die Bearbeitung der Besatzungsaufträge überließ, war mein Plan, in den größeren Städten Provisionsvertreter ausfindig zu machen, die dem Werk Aufträge vermitteln sollten. Diese Verbindungen nahm ich sofort auf, auch zu den alliierten Behörden.
Oberleutnant Marcel Gérard, der »Abnahmeoffizier«, kam oft mit seinen beiden Sergeanten. Alle drei waren Techniker, so daß die Abnahme der Werkzeugmaschinen und Werkzeuge reibungslos erfolgte.
»Wenn Sie Ihre Brieftasche öffnen, muß ich immer gähnen«, sagte ich ihm einmal.
»Weil das Ding sein leeres Maul so weit aufreißt?« Wir lachten.
Er war also mein Mann, und da wir uns schon eine Zeitlang kannten, nahm er meine Einladung zum Abendessen als selbstverständlich an, zumal auch seine französische Freundin mitkommen durfte. Dadurch war unserer Begegnung alles Offizielle genommen.
»Und Sie, Monsieur, kommen allein?« fragte er neugierig. Ich schüttelte belustigt den Kopf.
»Hübsch? Pariserin sogar? O là là! Charmant! So etwas dürfen Sie mir nicht vorenthalten.« Er stellte den Kragen seines Mantels hoch. Seine Augen drückten wieder Müdigkeit aus.
Entsprechend instruierte ich Jeannette. Sie sollte der Französin ihre Modelle vorlegen.

Chouchou, Gérards Freundin, war ebenso schön wie hartnäckig in ihren Forderungen an den verliebten, unvermögenden Marcel, und da er vor ihr keine Geheimnisse hatte, wie auch ihr pikantes Dekolleté uns kaum noch etwas verhüllen konnte, war es ein leichtes, ihn für mein Vorhaben zu gewinnen. Sein Privatauftrag auf eine große Meßmaschine war schon damals reibungslos abgewickelt worden, und damit hatte er sich auch eine hohe Provision verdient.

Wir saßen in einer etwas abseits gelegenen Nische. Gérard umschwärmte Jeannette, während mir Chouchou schöne Augen machte und flüsterte: »Ich schwärme für Männer mit grauen Schläfen.«

»Sie sind sehr charmant, Chouchou!«

»Oh, das weiß ich.«

Jeannette stieß mich leicht mit dem Fuß unter dem Tisch, obwohl sie den Komplimenten des Franzosen artig zuhörte. »Ich habe etwas für Sie, Chouchou, für ein ›rendez-vous dans la nuit‹! Etwas in echt französischer Art, hinreißend, ein kleiner Traum.«

»O là là! Für ein rendez-vous dans la nuit? Was ist denn das? Sie machen mich ja furchtbar neugierig!«

Ich schob ihr einen kleinen Karton zu, den sie ungeduldig öffnete.

»Ein Negligé. Wie raffiniert!« Sie hatte es vor sich ausgebreitet.

»Ich kaufe es!«

»Und was ist denn das?« Gérard nahm behutsam eine dreiteilige Garnitur heraus und betrachtete sie auf seiner Handfläche. »Drei Spinnen? Chouchou, mon amour, das mit den Spinnen kaufe ich sofort!« Er war ganz unruhig geworden.

»Und dazu dieses Negligé, mon cher ami«, fügte das Mädchen mit lockender Stimme hinzu.

»Was kostet es?« fragte er leise und unsicher.

Ich nannte einen nicht gerade bescheidenen Preis, übertrug ihn aber auf den Stand des französischen Franc.

»Echte Handarbeit!«

»Das sehe ich sofort, Monsieur! Und das aus feinem Chif-

fon! Ist das nicht zauberhaft, Marcel, mon garçon...«
»Chouchou, ich bitte dich, mein Schatz, ein anderes Mal kaufe ich es dir bestimmt.«
Ich beugte mich ein wenig zu Chouchou und flüsterte: »Darf ich Ihnen einen Vorschlag machen? Übernehmen Sie den Vertrieb. Den Verdienst können Sie selbst bestimmen, entsprechend Ihrer Kundschaft. Diskretion ist selbstverständlich«, sagte ich noch leiser, »wie auch zwischen Marcel und mir in allen Sachen.«
»Das ist sehr charmant, cher Monsieur!« erwiderte sie begeistert und ergriff meine Hand. Der erste Abschluß wurde perfekt.
Gérard brachte uns mit seinem Wagen nach Hause.
»Was hat dir Chouchou ins Ohr geflüstert?« fragte Jeannette, ohne diesmal unter meine Decke zu schlüpfen. »Ich bin eifersüchtig.«
»Aber Poulette! Das Mädchen ist in Ordnung!«
»Und ich nicht?«
»Aber natürlich, und wie! Sie wird alles für dich verkaufen.«
Woche um Woche verging. Wir hatten Glück und Erfolg und zogen unsere Kreise weiter und weiter.

Eines Tages mußte ich wegen eines Spezialauftrags Verhandlungen mit einer Firma in Stettin führen. Ich erbat mir von Kommerzienrat Wegener einen anschließenden zweitägigen Urlaub.
Unverhofft stand ich vor Nataschas Schule. Die meisten Mädchen und Knaben schwätzten schon vor dem Eingang wie die Spatzen. Natascha kam mit Loni heraus, die dicke Mappe unter dem Arm. Ich trat auf sie zu.
Der Blick ihrer schönen dunklen Augen weitete sich, die Brust hob sich in einem schnellen, tiefen Atemzug, die Mappe polterte hinunter. Schon fiel Natascha mir um den Hals.
»Papotschka! Papotschka!« flüsterte sie aufgeregt. »Das ist doch nicht möglich! Du hier? Bleibst du jetzt bei mir? Ich habe mein Versprechen gehalten, habe gelernt und gelernt.«

»Djetotschka, das höre ich gern.« Ich nahm ihren Arm. »Laß uns heimgehen.«

»Natascha, deine Schulmappe!« Loni kam uns nachgeeilt und mit ihr noch andere Klassenkameradinnen und Buben. Ihr Blick stahl sich zu mir wie früher.

»Laß sie nur!« erklärte Natascha huldvoll. »Nun gehe ich wahrscheinlich nicht mehr zur Schule.« Aber Loni schob sie ihr dennoch unter den Arm.

Unter fröhlichem Schwatzen erreichten wir das Haus der Familie Benthin. Der Nachmittagskaffee stand auf dem Tisch.

»Wenn du kommst, Fedja, dann ist immer Betrieb.« Mit diesen Worten empfing mich mein Vater, während die Mutter, die den kleinen Vorfall beobachtet hatte, nur den Kopf schüttelte und meinte: »Alles schön und gut, aber erst müßt ihr eure Hände tüchtig waschen.«

Ja, was gab es da nicht alles zu erzählen, und als die Mutter Natascha an ihre Schulaufgaben erinnerte, da schauten wir drei uns an und lachten. So unwichtig erschien uns das jetzt.

»Wir gehen gleich zu Herrn Rupnow und bitten ihn, mir morgen frei zu geben«, erklärte Natascha, und ihr Blick flehte meinen Vater um Beistand an.

»Ja, mein liebes Kind, das wollen wir auf jeden Fall tun. Ich werde mit deinem Lehrer sprechen.«

»Sag, Fedja, wie lange bleibst du denn bei uns?«

»Ich muß morgen mit dem Nachtschnellzug wieder zurück.«

»Und wann nimmst du mich mit?«

»Wenn du die Schule beendet hast. Das weißt du. Das ist doch bald soweit. Hast du mir nicht geschrieben, wie glücklich du mit den Mädchen und Buben bist?«

»Ach ja, schon, aber du fehlst mir so sehr.«

»Das ist alles recht und gut, aber ich muß arbeiten, das solltest du in deinem Alter begreifen. Du bist kein kleines Kind mehr.« Darauf schwieg sie beharrlich.

»Dann wollen wir drei jetzt aufbrechen.« Mein Vater erhob sich.

Ich ging mit der Mutter in mein Zimmer, um meine Sachen

abzulegen. Doch als wir wieder in der Wohnstube waren, sagte mein alter Herr mit maliziösem Lächeln, er bleibe lieber daheim.

Schnell zog mich Natascha fort.

»Ich habe deinen Papa überredet, zu Hause zu bleiben. Ich will doch die paar Stunden mit dir allein sein, Papotschka. Ach, es ist so unendlich viel, was ich dir erzählen muß, daß ich nicht einmal weiß, wo ich anfangen soll.«

Oberlehrer Rupnow empfing uns in seinem Studierzimmer. Er saß am Ofen und korrigierte einen Stapel Schulhefte. Daneben lag zusammengerollt eine Katze.

»Einen ganzen Tag soll ich Natascha freigeben?« Er zog ein paarmal an seiner alten Pfeife und legte sie zur Seite. »Morgen haben wir ein Diktat in Deutsch, und im Rechnen wollte ich alles das repetieren, was wir im letzten Monat durchgenommen haben. Beide Fächer sind nicht gerade Nataschas Steckenpferd«, meinte er, »wenn sie sich auch schon wesentlich gebessert hat. Vor kurzem hat sie den Vogel abgeschossen: sechsundzwanzig Fehler in einem Zweiseitendiktat! Also fast mehr Fehler als Wörter! Unbegreiflich! Doch am Ende dieses Diktates, ich konnte meinen Augen gar nicht trauen, da stand... Was meinen Sie?«

»Kein Punkt?«

»Ein Komma! Ein Komma! Woran denkt bloß so ein Mädchen?« Nur langsam beruhigte sich der Lehrer. Sein sturmerprobtes Pfeifchen brannte wieder, und der selbstgezüchtete Tabak schmokte uns entgegen.

»Machen Sie doch bitte eine Ausnahme, Herr Oberlehrer«, bat ich dennoch. »Morgen abend bin ich wieder abgereist. Natascha wird bestimmt alles nachholen. Meine Mutter wird schon dafür sorgen.«

»Tschä, min Leiwing, denn man tau!« meinte er endlich. »Denn blewt no en beten tausammen und klönt en büschen. Aber nur Ihnen, einem Landsmann, zuliebe, habe ich nachgegeben. Adschüß ook!« Er gab uns die Hand, und wir dankten.

Natascha führte mich zum See. Sie war sicher, dort niemand anzutreffen. Scharfer Wind krauste die Wasserfläche. Das Schilf rauschte und bog sich tief hinunter.

»Bist du denn auch warm genug angezogen?« fragte ich besorgt nach langem Schweigen. Ich öffnete Nataschas Mantelkragen und stopfte die beiden schwarzen Zöpfe hinein. Dabei legte sie ihre Wange an meine Hand und lächelte versonnen. »Daran mußt du immer und immer wieder denken, Duschenka!«

Wir gingen weiter.

»Ich liebe deinen Papa sehr. Er hat doch dein Gesicht und deine blauen Augen. Ich lerne mit ihm auch am liebsten. Er legt dann immer seine Hand auf meine Schulter, und wenn ich etwas falsch schreibe oder lese, drückt er mich leicht, sagt aber nichts. Er ist klug und gütig. Deine Mutter ist streng mit mir. Sie kann alle meine Gedichte viel früher auswendig als ich. Aber wie schnell sie erst unsere Rechnungen löst! Ich lerne oft mit Loni, wie du es gewünscht hast. Dein Vater sagt manchmal beim Essen: ›Was wird wohl jetzt unser Fedja machen? Er hat uns schon lange nicht mehr geschrieben.‹ – ›Vor etwa zehn Tagen, er hat sicher viel zu tun‹, erwidert deine Mutter. ›Ja? Dann kommt es mir eben so lange vor. Die Zeit, wie sie verrinnt. Wie lange soll ich denn noch tatenlos hier herumsitzen und warten?‹ Das sagt er so traurig vor sich hin und schweigt dann, hebt die Tafel auf und geht, manchmal auch aus dem Hause und meist zu diesem See. Ich traue mich nie, ihn zu begleiten, weil die ewigen Aufgaben schon wieder auf mich warten. Dann hasse ich sie, die Schule, die Lehrer und manchmal... manchmal auch deine Mutter, Papotschka. Sie ist wie eine Uhr. Sie tickt jeden Tag gleich.«

»Ja...«

»Unser Coco schrieb schon wieder. Er geht nach Paris. Will dort tanzen lernen.«

»So?«

»Mit den Kindern spiele ich ganz gern«, fuhr sie nach längerem Schweigen fort. »Besonders mit den Buben, weil sie nicht so zimperlich wie die Mädchen sind.«

»Hast du schon wieder einmal getanzt?«

»Ach, Papotschka! Wer versteht denn hier schon was davon. Die meisten sind so schwerfällig, hüpfen meist nur ihre Polka eins, zwei, drei, und eins, zwei drei und singen dazu:
»Wenn hier 'n Pott mit Bohnen steiht
Und dor 'n Pott mit Bri,
Dann lat ick Bri und Bohnen stahn
Und danz mit min Marie.
Wenn min Marie nich danzen kann,
So het se schewe Been.
Dann treckt si sick een Sleppkleed an,
Dann is dat nich tau sehn.«
Wir lachten leise und unecht.
»Du vermißt es wohl sehr?«
»Dich sehr, sehr! Tanzen? Wann sollte ich es denn lernen? Tanzunterricht hat man in einer Schule, viele Stunden am Tag, oder ich müßte es so machen, wie es Herr Morosow wollte.«
»Ich bin aber darüber traurig, meine Kleine.«
»Papotschka... lieber, guter, goldiger!«
Sie drehte meinen Kopf zur Seite.
»Bitte, guck doch einmal über den See. Ich will dir etwas gestehen. Ich habe fast Tag und Nacht daran gedacht, sogar in der Schule bei diesem Diktat. Ich habe mich nachher wegen der vielen groben Fehler vom Oberlehrer ausschimpfen lassen und dachte dabei doch wieder nur an dich und das gleiche.«
»War das so wichtig?« fragte ich und drehte mich sofort um. Der Blick des Kindes, seine Wehmut ergriffen mich wie immer. »Aber, Liebchen, so schlimm?«
Sie nickte hastig. »Du sollst mich noch nicht ansehen! Hörst du?« Sie verbarg ihr Gesicht an meiner Schulter.
»Daß aber ein einziger Gedanke dich so sehr beschäftigen kann?«
»Jetzt sieh mir in die Augen«, befahl sie. »Nun sag mir: Wenn ich mit Tanzen Geld verdienen würde, wie in Leysin, und noch viel, viel mehr, bleibst du dann bei mir?«
»Wie kommst du nur darauf?«
»Es quält mich so sehr, daß du mit deinem kranken Arm arbeiten mußt. Dann brauchst du es nicht mehr!«

»Das geht nicht, meine Kleine. Nur Schwächlinge lassen sich von einem Mädchen, einer Frau ernähren. Ich kann dir aber darauf ganz genau antworten: Eine gute Tanzausbildung kostet sehr viel; eine schlechte führt zu nichts. Ich habe das Geld nicht, und wer weiß, ob ich es verdienen werde, wenn wir heute für eine Schachtel Zündhölzer eine Million und für die gleiche morgen schon zwei Millionen bezahlen müssen.«

»Aber wie kommt es, daß alles so schnell teurer wird?«

»Kind...« Ich konnte ihr doch die Inflation so schnell nicht erklären.

»Dann gebe ich dir meine 1250 Franken aus der Schweiz.«

»Natascha, du bist bis heute bei keiner Arbeit fleißig gewesen. Meinst du, du schaffst es, Woche um Woche, Monat um Monat eisern beim Tanzunterricht durchzuhalten? Und Erfolg hast du nur, wenn du über dem Durchschnitt stehst. Das willst du doch! Aber hier, meine Hand. Nun gib noch deine her. So! Wir versprechen uns beide: Ich spare, wo ich nur kann, um dir später die Ballettstunden zu ermöglichen. Du aber machst schnell die Schule fertig, denn beides, richtig tanzen lernen und fleißig in der Schule sein, das schaffst du nicht, das wäre auch zu anstrengend für dich.«

»Aber warum denn erst die Schule fertig machen?«

»Falls du mit der Tanzerei keinen Erfolg hast, müßtest du doch einen anderen Beruf ergreifen.«

»Aber welchen? Ich bin in allem ungeschickt. Dann muß ich ja eine Lehrzeit machen«, sagte sie weinerlich.

»Du hast dich wohl schon danach erkundigt?«

»Ja, mit deinem Papa sprach ich darüber, und er sagte mir genau dasselbe wie du.«

»Na, siehst du!«

»Papotschka! Ich schwöre dir, daß ich den Tanzunterricht sehr ernst nehmen werde. Du darfst auch streng sein zu mir. Das war mein Vater auch. Er hatte beim Unterricht sogar ein Stöckchen. Das machen alle Tanzlehrer.«

»Also gut, sind wir uns einig?«

Sie nickte mit tiefem Ernst und seufzte. Wir gingen weiter.

»Wo mögen jetzt meine Eltern sein?« Sie sagte es wie vor sich

hin, faßte aber gleich nach meiner Hand. So gingen wir nebeneinander her.
»Ich danke dir, Natascha, für deine kurzen, aber doch sehr lieben Briefe. Sie sind nur immer so traurig.«
»Weil ich eben so bin, manchmal auch beim Spielen. Dann gehe ich gleich heim und weine in meinem Zimmer. Ja, denke dir nur, Loni schreibt Liebesbriefe an einen Mann, den sie gar nicht kennt, der nicht einmal existiert. Das ist doch lächerlich! Zwischen uns ist es etwas ganz anderes!«
»Ja, eben«, erwiderte ich unsicher.
Arm in Arm kehrten wir heim.
Es war neun Uhr abends, als meine Mutter mit hochgezogenen Brauen den Zeigefinger erhob und bedeutungsvoll hustete. Natascha errötete sofort. Ein schneller, flehentlicher Blick zu meinem Vater. Er lächelte, zog an seiner langen Zigarre und meinte dann: »Gib ausnahmsweise noch ein halbes Stündchen zu, Mutter!«
Das Mädchen strahlte. »Oh! Sie sind mein Schutzengel, Onkel Kröger! Herzlichen Dank!«
Als die Zeit jedoch verstrichen war, schniefte Natascha ein paarmal vergeblich, erhob sich aber doch. Sie lehnte sich an mich, und nach einem schnellen Blick zur Mutter sagte sie bittend: »Ich hätte dir eigentlich noch etwas Wichtiges zu sagen.«
»Geh nur hinauf, Fedja, die Kleine hat dich auch nur wenig. Sie spricht mit uns nur von dir. Du fehlst ihr so sehr.«
»Auch, wenn sie mir so selten schreibt?«
»Darüber kann man nicht schreiben, mein lieber Junge. Ich tue es ja auch nicht.«
Als ich Nataschas helles Mädchenzimmer betrat, ließ sie gerade etwas unter der Bettdecke verschwinden. Ich sah sofort: Sie hatte rote, nachgezogene Lippen. Der Blick, der mich umfing, glühte wie ihr Köpfchen. Ich setzte mich an ihren Bettrand und hielt ihr die offene Hand entgegen.
»Gibst du mir deinen Lippenstift?«
Sie gehorchte zögernd.
»Oh! Du siehst aber auch alles!«

Ich öffnete die Hülse und sah darin nur noch den Rest eines Lippenstifts.

»Den hast du bestimmt von der Loni bekommen. Sie hatte heute auch etwas rote Lippen.«

»Das ist ein Reklamestift. Wir meldeten uns auf ein Zeitungsinserat. Den Briefträger haben wir dabei abgefangen. Früher haben wir uns immer die Lippen ein wenig gebissen, dadurch wurden sie rot und schön. Diesen Rest, den habe ich mir für heute abend, für dich, aufgehoben.«

Ich blickte fort und mußte lächeln. Auf dem Tisch gewahrte ich ihre Hefte und Bücher, deren Einbände nicht gerade akkurat aussahen.

»Böse? Nein? Na, dann ist es gut!« Sie legte die Hände zusammen. »Ich möchte mich so gern für dich schön machen und überhaupt immer schön sein, damit du an mich denkst!«

»Das tue ich sowieso, Djetotschka, sogar manchmal während der Arbeit.«

»Ich auch! Beim Unterricht! Das finde ich herrlich!«

Sie saß aufgeregt im Bett. Die beiden Zöpfe hatte sie zu einem Kranz um den Kopf geschlungen. Das schmale rote Bändchen ihres Halsausschnittes war zu einer Schleife gebunden, die weiten Ärmel des weißen Nachthemdes hatte sie fast bis zu den Schultern hinaufgerollt. Um den jungen Mund aber lag ein kleines Lächeln, das mich jetzt schmerzlich berührte, weil es mir fremd war und weil es den Lippen jene Linie verlieh, die andeutete, daß Natascha nicht ewig ein Kind bleiben könnte.

Es wird das Antlitz eines Mädchens werden, das die Blicke der Männer auf sich zieht, dachte ich beunruhigt.

Vielleicht einst auch mich?

Nein! Sogar für Jeannette konnte ich ja nur eine zärtliche Zuneigung empfinden.

»Papotschka, sag mir doch etwas Liebes, woran ich dann denken könnte. Die paar Minuten von heute abend, die kurze Freude, und dann wird alles grau in grau, wie es war. Das weißt du doch. Deshalb wollte ich auch für dich schön sein. Ich sehne mich so sehr nach lieben Worten, besonders, wenn ich abends allein bleibe.« Sie lächelte traurig, zog mich an sich und drückte behutsam meinen Kopf auf das breite Kissen.

»Sei doch wieder zu mir wie in Leysin! Sag mir doch etwas Liebes, bitte! Mit deiner Mutter kann ich darüber nicht sprechen, denn sie ist so stur, und dein Papa hat gleich Tränen in den Augen, wenn er mich an sich drückt.« Sie rutschte unter die Decke, und nun lagen wir Kopf an Kopf nebeneinander. Ihren Arm legte sie darüber. Seine Haut war zart, wenn er über meine Wange glitt.

»Sag, warum bin ich so?« fragte sie leise. »Jeden Abend gebe ich dir neue Namen. Manchmal sind es sogar törichte und böse, nur... Papotschka kommt mir dann nicht mehr über die Lippen.«

»Liebchen«, sagte ich sehr unsicher.

»Bin ich wirklich nur dein Liebchen?«

Ich nickte. »Mach nur deine Äuglein zu, meine Kleine!«

Sie seufzte, nickte mir vertraut und traurig zu und berührte mit ihren Lippen meine Wangen. Sie kuschelte sich in meinen Arm hinein und lag nun ganz still.

Ich streichelte ihren Kopf, die Wangen, die schwergewordenen Lider, die sich langsam zu senken begannen.

Auf einmal hob sie den Blick. Er war dunkel und ernst, dann wehmütig und mit einem vorbeihuschenden Schatten des Glücks.

»Wir haben nur uns allein. Die anderen sind von uns so weit entfernt. Fühlst du das auch?« Zwischen die Brauen legte sich eine tiefe Falte. »Schmerzt dich denn die Einsamkeit gar nicht... Liebster?« Sie schlang ihre Arme um mich. Ebenso plötzlich warf sie sich in die Kissen zurück, verbarg ihr Gesicht und weinte.

»Das war eines der Worte... Nun weißt du alles, alles!«

Ich versuchte wie ein abgeklärter Weiser zu lächeln, als ginge es lediglich um ein sehr harmloses Wort.

»Sag mir doch: Schmerzt dich diese Einsamkeit nicht, Liebster?« fragte sie mit erneuter Eindringlichkeit.

»Auch wenn ich bei dir bin?«

Sie nickte kaum merkbar. »Dann nicht so sehr.«

»Wir sollten nicht darüber sprechen, Natascha.«
»Warum nicht, wenn es doch die Wahrheit ist?«
»Das werde ich dir ein anderes Mal erklären, meine Kleine. Unser Leben war zu schwer. Komm, mache die lieben Äuglein zu! Wir sind morgen den ganzen Tag zusammen und dann bald, sehr bald für lange, lange Zeit.«
Sie gehorchte mit schüchterner Freude.
Bald war sie eingeschlafen.
Mein Vater war im Wohnzimmer. Er wartete allein auf mich. Seine stumme Frage beantwortete ich sofort:
»Natascha hat auch nur ihr bißchen Leben, Vater.«
»Ja, mein Junge! Vergiß nie, es zu behüten!«
Am nächsten Abend stand Natascha wie erstarrt am Bahnhof, und als das kleine Bimmelbähnchen kam, bekreuzigte sie mich hastig, als ginge ich unwiederbringlich von ihr fort. Sie konnte nicht einmal winken.

Wie ungern verließ ich das kleine, ruckelnde Bähnchen und die Beschaulichkeit jener Menschen, die abseits von den oft recht niedrigen Leidenschaften im Besatzungsgebiet lebten. Während ich dann in Erwartung meines Nachtschnellzuges auf dem halbdunklen Bahnhof stand, erinnerte ich mich an Leysin, an die Schweizer Berge, ihr Glühen am frühen Morgen, ihr Verlöschen in der aufkommenden Dämmerung, als ich mit Natascha auf unserer Veranda lag und diesem erhabenen Farbenspiel zusah.

Im Wartesaal war es fast ebenso kalt wie draußen. Es roch nach ungewaschenen Menschen und kaltem Tabakdunst. Träge schlich die Zeit dahin, bis man uns endlich die Ankunft des Zuges meldete. Ausgestreckt in den Polstern dachte ich an Natascha, ihre Worte, meine Eltern, und ich fühlte und wußte, daß dort alles auf eine Entscheidung zudrängte, die bald, sogar sehr bald fallen mußte. Aber wie sollte ich berufliche Sicherheit in einem Lande erreichen, wo ein chaotisches Durcheinander herrschte?

Jeannette... Ich verlor mich in ihren Armen und ihren Zärtlichkeiten, um nicht mehr zu denken, nicht immer wieder zu überlegen, um – ja, um vielleicht noch etwas in mir zu retten, was eigentlich gar nicht da war, etwas Liebe für sie. Das Mädchen fühlte es. Aber es sprach nie darüber. Ob es mir jemals gelingen würde, die innere Leere ein wenig auszufüllen?

Menschen, denen wir eine Stütze sind, geben auch sie uns einen Halt im Leben?

Als ich unseren Glaskasten betrat, jagten Jeannettes manikürte Finger über die Tasten der Maschine. Ich stellte mich hinter ihren Stuhl und legte ihr die Hand auf die Schulter. Das Mädchen hielt inne und lehnte den Kopf zurück.

»Chéri, eine ganze Woche ohne dich!«

»Poulette!«

Ich meldete mich sofort beim Seniorchef zum Bericht an. Es ging ihm nicht gut, aber er gab sich Mühe, meinen Erläuterungen zu folgen. Den ganzen Tag eilte ich von einer Abteilung zur anderen, auch ins Werk, bis alle Einzelheiten festgelegt waren und der große Auftrag dann als gesichert gelten konnte. Erst gegen Abend brachte mich der Werkchauffeur nach Hause. Auf der Fahrt dachte ich erneut an Natascha. Sie hatte Sehnsucht. So wie ich.

Ich sah aber auch in Deutschland den blinden, bedingungslosen Haß auf der einen Seite, der alles zerstörte, während auf der anderen Seite politisch ebenso bedingungslos und gedankenlos alles hingenommen wurde.

Voll Zorn dachte ich an meine Zukunft, an die eines kleinen Mannes auf der Straße, an unser kleines Leben!

Als ich die Wohnung betrat, stand Jeannette in meinem Schlafzimmer vor dem hohen Spiegel. Sie musterte kritisch ein neues, schwarzes Nachthemd aus durchsichtiger Seide, das ihren Nacken freiließ. Sie drehte sich dabei ein wenig.

»Jeannette!«

Sie fuhr herum. »Ach! Bin ich aber erschrocken!« Dabei zog sie ihre Schultern zusammen.

Schon hielt ich sie in den Armen.

»Nein! Nein!« Sie wehrte sich.

»Warum nicht?« Ich warf sie aufs Bett. »Sei still, ich will glücklich sein... nur für ein paar Augenblicke bei dir.«

Ihre grünlichen phosphoreszierenden Augen weiteten sich.

Ein schmerzlicher Ausdruck legte sich über ihr blasses Gesicht. Sie warf ihren Kopf hin und her, ihre Hände verkrallten sich in die Daunendecke. Sie versuchte, sich aufzurichten.

Dann wehrte sie sich nicht mehr.

Es war mir, als kehrte ich aus einer kurzen Ohnmacht zurück. Ich empfand nur noch den entblößten, zarten Körper des Mädchens, das regungslos in meinen Armen ruhte.

»Jeannette«, rief ich leise und hob den Blick unter schweren Lidern. »Verzeihe mir, daß ich so gewesen bin!« Ich sank in die Kissen zurück.

Erst eine Weile später küßte sie mich mit tiefem Ernst. Sie weinte.

»Wir beide gehen bald fort von hier. Ich nehme dich mit!«

Sie schüttelte den Kopf. »Geh du nur allein! Du weißt warum. Nun gib mich frei, bitte!«

Langsam stand sie auf und verließ mit unsicheren Schritten mein Zimmer. Ich wußte, daß ich sie hätte zurückrufen, ihr nacheilen sollen, um ihr zu sagen, es sei alles nicht wahr, nur wie im Affekt ausgesprochen gewesen.

Dieses Mädchen durfte ich nicht belügen! Sie auf gar keinen Fall! Mit einer Lüge im Herzen konnte ich sie niemals glücklich machen.

Ich mußte auch vor mir selbst bestehen können.

Das wäre aber dann unmöglich gewesen!

Nur wenig später erkrankte Jeannette an Grippe, die damals viele Menschenleben forderte, und da ich ihre Mutter nicht überreden konnte, bei ihrer Tochter daheim zu bleiben, wurde sie ins Krankenhaus eingeliefert.

Das Geldverdienen war für ihre Eltern wichtiger.

Wenn ich dann Jeannette besuchte, weinte sie in ihrer Zimmerecke wie ein Kind. Ich versuchte alles, um sie zu erheitern und um selbst nicht zu verzweifeln. Aber es gelang mir nur schlecht.

»Du kommst«, sagte sie verbittert. »Du hast keine Angst, mich zu besuchen, wohl aber meine Eltern. Mein Gott, wie bin ich arm dran!«

Ich packte auf ihrem Bett meine Geschenke aus. Dazu gehörten drei leckere Kalbsschnitzel. »Gestern abend in unserer Küche gebraten. Die hast du doch so gern. Nun iß, Jeannette!« Sie senkte ihren Kopf und strich lange über meine Hand. Dabei wischte sie sich die Tränen ab.

Dann richtete sie sich etwas auf.

»Sei weniger gut und lieb zu mir. Hörst du? Dann ist es später einmal nicht ganz so schwer für mich.«

Gleich an der Gartenpforte unseres unscheinbaren Hauses traten mir eines Tages zwei Beamte der Besatzungspolizei entgegen und folgten mir. Herr und Frau Huber, erklärten sie, seien verdächtig, verbotene Waren an Privatkundschaft zu verkaufen. Sie nahmen mich in ein langes Verhör, durchsuchten gründlich die ganze Wohnung und gingen.

Jeannette wunderte sich nicht wenig, mich am darauffolgenden Tag wiederzusehen, und da sie das Krankenzimmer mit anderen Patienten teilen mußte, steckte ich ihr unauffällig den Zettel mit meiner Mitteilung zu. Sie erwiderte nichts. Nur ihr Blick war starr vor Erregung auf mich gerichtet. Wir bemühten uns, ein kurzes, harmloses Gespräch zu führen, um nur keinen Argwohn aufkommen zu lassen. Bei meinem Fortgehen flüsterte sie: »Nun wird es mir doch schwerfallen, nicht mitzugehen.«

An einem Montagnachmittag wurde sie entlassen. Ich holte sie mit der Taxe ab und brachte sie nach Hause.

»Es ist eigentlich noch etwas zu früh, aber ich wollte nicht mehr bleiben«, erklärte sie mir und drückte sich an mich. »Ich hatte Sehnsucht nach den paar Stunden, die du abends bei mir bist.«

»Jetzt werde ich für dich kochen und aufräumen, bis du dich ganz erholt hast.«

»Kannst du denn kochen?«

»Ja, sogar eine ganze Menge, aber nicht so sparsam wie du. Das habe ich aus Langeweile bei einer Köchin gelernt.«

»Bei einer Köchin? Du?« Sie machte große Augen.

»Nein, nicht so, wie du denkst!« Wir lachten. »Ich war während des Krieges in Sibirien interniert, konnte mich aber frei in der Umgegend bewegen, und da hat meine Mutter mir unsere Köchin geschickt. So war es.«

»Warum erzählst du mir nie etwas aus deinem früheren Leben?«

»Weil das schon seinen Grund hat, kleine Jeannette.«

Als ich einige Tage später heimkam, saß sie im Sessel und nähte wieder fleißig auf der neuen Maschine.

»Für mich, Poulette?«

Sie nickte.

»Merkst du, daß ich nun wieder gesund bin?«

»Und wie!«

Chouchou zog ihre Bahnen sehr geschickt und kaufte eine große, elegante Handtasche, in die in feinem Seidenpapier die noch feinere handgearbeitete Damenwäsche der »Maison Jeanette Huber« eingepackt war. Die Französin selbst gab ihr die höchsten Prädikate: betörend, bezaubernd, raffiniert, hinreißend und verkaufte alles derart schnell, daß Jeannette mir eines Abends schmollend erklärte:

»Ich habe für die Nacht nichts mehr anzuziehen, was du ausziehen könntest. Ist das nicht traurig, Chéri?«

Poulette schwebte in höheren Regionen.

Sie wollte jetzt ihre Anstellung bei der Firma aufgeben. Auch Chouchou, mit der sie sich glänzend verstand, stachelte sie dazu auf.

Plötzlich ein Blitz aus heiterem Himmel!

Zwei Beamte der französischen Polizei erschienen in der Firma, ließen sich zum Seniorchef führen, um auch Jeannette und mich zu vernehmen. Es sei ihnen zu Ohren gekommen, daß Einkaufsoffiziere beim Zustandekommen von Aufträgen von den Wegener-Werken Schmiergelder bekämen. Die nichtsahnende Jeannette erschrak furchtbar, aber sie verlor ihre Haltung nicht.

»Wissen Sie, daß der da«, der Franzose wies auf mich hin, »ein Verhältnis mit Fräulein Duval, die besser auf den Kosenamen ›Chouchou‹ hört, unterhält?«

Jeannette zuckte die schmalen Schultern.

»Das wissen Sie nicht? Sie haben wohl keine Augen?«

»Auch in Frankreich spricht ein Mädchen, wenn sie nur einen Funken Charakter hat, nie darüber, Messieurs!«
»Wollen Sie etwa Fräulein Duval Lügen strafen?«
»Damit können Sie mich nicht fangen!«
Jeannette drehte sich auf ihren hohen, spitzen Absätzen um, daß das kurze Röckchen hochflatterte, und verließ das Zimmer.
Bald darauf gingen auch die beiden Kommissare.
Kommerzienrat Wegener schien um Jahre gealtert. Schweigend saßen wir uns gegenüber. Dann fragte er mich nach der Höhe des Gehaltes von Jeannette, rief bei der Kasse an und verlangte den doppelten Betrag.
»Das geben Sie der Kleinen und sagen Sie ihr vertraulich, es sei irgendein Sonderbonus von der Firma.« Ich bedankte mich.
»Ich bitte Sie um alles in der Welt, versuchen Sie herauszubekommen, wer uns denunziert hat!« Er sprach mit Mühe und wischte sich den Schweiß von der Stirne. »Marcel Gérard ist nicht dumm, im Gegenteil! Und wie ist er im Trinken?«
»Mehr als mäßig. Ich kenne ihn schon seit Monaten.«
»Und... und wen vermuten Sie?«
Wir sahen uns an.
»Schweigen kann die grausamste Wahrheit sein.« Er lehnte sich in den Sessel zurück und schloß krampfhaft die Augen. »Ich habe keine Kraft mehr, zu nichts. Fräulein Fischer soll nach meinem Arzt telefonieren. Ich fahre nach Hause.«
Wir waren beide noch im Büro, als Wegener zu uns hereinkam. Jeannette sprang auf und bot ihm einen Stuhl an, ergriff seine Hand und drückte sie voll Dank über das erhaltene Geschenk. »Aber ich hätte das auch so getan!«
Der Seniorchef nickte. »Bei mir stand immer Treue gegen Treue. Sie tun beide gut, sich bald nach einer anderen Stelle umzusehen. Behalten Sie das aber für sich!«
Wir begleiteten ihn zu seinem Wagen und gingen anschließend zum Essen.
»Was soll nun werden?« fragte Jeannette, als wir im Restaurant Platz genommen hatten.

»Wir gehen beide nach Berlin. Willst du das? Alles ist vorbereitet. Ich brauche mich bei einer Großbank nur noch anzumelden.«

Ihr Herz war übervoll, und sie wußte nicht mehr, was sie mir an diesem Abend noch Gutes und Liebes erweisen sollte.

Die Ereignisse der nächsten Tage jagten sich. Oberleutnant Gérard kam mit seinen Leuten, um eine neue Ablieferung zu kontrollieren. Ich legte ihm die Duplikate zur Unterschrift vor, und wir saßen wie gewöhnlich in der Kabine des Packmeisters, der gerade für einen Augenblick hinausgegangen war.

Da setzte sich der elegante Krieger auf den Tisch, ließ die Beine baumeln und schlug ein paarmal kräftig mit der Reitpeitsche gegen die Ledergamaschen.

»Ihr ›kleiner Chef‹, Monsieur, ist ein gefährliches Rindvieh mit einer blöden Schnauze!« sagte er erbost und unterschrieb dabei das Duplikat. Da kam der Meister zurück. Unter den umherliegenden Begleitpapieren holte er den Telefonhörer hervor und sagte nur: »Herr Kommerzienrat, die Ablieferung an die Besatzungsbehörde geht in Ordnung!«

Ich eilte ins Zimmer meines Chefs. Er saß im Sessel und blickte verloren vor sich hin.

»Nun ist alles klar. Der ›kleine Chef‹... Bitte lassen Sie schnell meinen Wagen vorfahren. Mir ist nicht gut.«

Ich begleitete ihn hinunter und schloß den Schlag.

»Leben Sie wohl«, waren seine letzten Worte.

Fast zur selben Stunde erreichte mich auf Umwegen eine Warnung vor der drohenden Verhaftung durch die französische Gendarmerie.

Ich jagte mit der Taxe nach Hause, warf mit Jeannette meine Sachen in die Koffer und eilte mit ihr zum Bahnhof.

»Ich habe auf einmal das Gefühl, als würden wir uns nie mehr sehen«, sagte sie kleinlaut. »Würde dir das leid tun? Hätte ich zu dir anders sein sollen, noch liebevoller? Meine ganze Zärtlichkeit gehörte doch nur dir.«

»Poulette, ich kann dir nur immer wieder das gleiche sagen:

Ich werde dich so bald wie möglich holen, wahrscheinlich schon in einer Woche. Warum zweifelst du daran?«

»Das weißt du doch. Ich schäme mich manchmal, mit dir zusammen zu sein, weil du mich nicht liebst. Du kannst eben nichts dafür. Aber warum fährst du nicht direkt nach Berlin?«

»Darüber darf ich nicht sprechen.«

»Kein Vertrauen? Naja, ich bin eben nur ein kleines Mädchen, das dich sehr liebt.«

Ihr letzter Kuß war zaghaft und kühl.

VI

Ich sah Berlin und seine Menschen im Taumel der Inflation, hastend und hoffnungslos, voller Begierden und protzig. Der Sumpf der damaligen Zeit begann bereits über die Ufer zu treten, und die Gestalten, die sich darin sielten und ergötzten, lernte ich in allen Schattierungen an den Schaltern des Bankpalastes Unter den Linden kennen.

Bankdirektor Wenk empfing mich hinter seinem monumentalen Arbeitstisch in einem luxuriös ausgestatteten Zimmer. Er drückte mir die Hand, zog ein wenig an seinen weißen Manschetten und setzte sich in den schweren eichenen Sessel. Dadurch wirkte er noch schmaler, vornehmer, von den breiten Schnitzereien wie eingerahmt.

»Ich werde Sie gleich bei den Abteilungsleitern, mit denen Sie zu tun haben, einführen.«

Die vornehme Ruhe und Stille, die einst in den Bankräumen herrschte, war einem ständigen Hasten und dem Rattern zahlloser Schreibmaschinen gewichen. Die Schalter waren umlagert. Alles sprach durcheinander. Die Angestellten waren nervös. Ganze Bündel von Abrechnungen und Unterlagen, derer man kaum noch Herr werden konnte, türmten sich auf. Über allem lag eine gereizte Spannung und die Erwartung unbekannter Ereignisse, die der sprunghaften Entwicklung der Geldkurse etwas Unheimliches gab.

Dann standen wir wieder in Direktor Wenks Arbeitszimmer, aber er konnte lange kein abschließendes Wort an mich richten. Immer wieder jagte ein Gespräch das andere. Doch der Mann bewahrte sein vornehmes Wesen, auch wenn sein Blick unstet zu flattern begann. Vielleicht kam er sich wie auf einem Jahrmarktsrummel mit billiger, nur auf vornehm zugeschnittener Kulisse vor?

»Kümmern Sie sich erst einmal um ein gutes Zimmer. Wir haben bei der Bank eine Vermittlung. Hauptportier Schulz hat sie unter sich.«

Beim erneuten Telefonieren gab mir Direktor Wenk nach ungeduldigem Kopfschütteln die Hand, die gleich danach eine Schachtel Zigaretten öffnete. Ich war ihm dabei behilflich, gab ihm schnell Feuer und ging. Halb abwesend, nickte er mir zu.

Hauptportier Schulz unterschied sich von allen anderen durch seine repräsentative Leibesfülle und die gediegene Eleganz seiner schwarzen Uniform. Er hatte alle Portiers unter sich und den Ein- und Ausgang der Bankpost. Böse Zungen behaupteten, er hätte seinen Posten schon seit der Grundsteinlegung zu diesem Bankpalast Unter den Linden inne, weil er sich durch keinen anderen und von keinem Ereignis verdrängen ließ. Er nannte mir sofort mehrere Adressen, ohne den Blick von der körbeweise eingehenden Post zu wenden, die unter seiner Aufsicht sortiert wurde.

»Ach was, das kostet nichts«, sagte er freundlich. »Nun gehören Sie auch zu den armen Irren, die andere Narren bedienen müssen. Erbitte Meldung, ob's geklappt hat. Mögen Sie Glück haben, mein Herr, im Zeichen der aufkommenden Milliarden!«

Und dieses Glück hatte ich auch bei Frau Busch, deren Mann, ein früherer Bankprokurist, vor ein paar Jahren gestorben war. Sie hatte in ihrem gepflegten Haushalt zwei möblierte Zimmer mit allem Komfort zu vermieten.

»Herr Schulz ist für mich die beste Empfehlung.«

»Sehen Sie, Frau Busch, was wir beide für ein Glück haben!« Wir lachten. »Und dazu sind wir als Mecklenburger auch noch Landsleute.«

Ich versuchte, auch das zweite Zimmer zu mieten, das ich für Jeannette haben wollte, und meinte abschließend: »Sie werden von Fräulein Huber begeistert sein.«

Frau Busch lächelte verständnisvoll. Sie war eine bewegliche, stattliche Dame Ende Dreißig.

»Also gut. Wir wollen es miteinander versuchen!«

Ich schrieb sofort an das Mädchen und kaufte Parfüm und Näschereien.

Aber Jeannette antwortete nicht.

Jeden Abend, wenn ich abgespannt von der Fülle neuer Arbeit heimkehrte, fragte ich Frau Busch nach einer Nachricht von ihr. Schon über zwei Wochen waren seit meiner Ankunft vergangen. Auf meine Telefonanrufe bei Hubers meldete sich niemand. Sogar ein Eilbrief blieb unbeantwortet.

Als ich eines Abends spät nach Hause kam, fand ich auf dem Nachttisch zwei geschälte Birnen und eine Papierserviette. Außerdem waren an zwei Hemden die Knöpfe angenäht.

Ich trat schnell unter das Licht der Lampe, besah mir genau die Knoten und warf das Hemd wieder auf den Stuhl. Es waren fremde Knoten, vielleicht von Frau Busch.

Ich erinnerte mich an meine Abreise, unser letztes Gespräch und wußte nun, daß die kleine Poulette nicht mehr zu mir kommen wollte und ich ihr deshalb nicht zürnen durfte. Sie wehrte sich gegen mich und unsere gemeinsamen Erinnerungen. Durch die Trennung sollte das langsam verebben. Mußte das nicht sowieso einmal kommen?

Ich fragte Frau Busch nicht mehr nach Post. Meine Wäsche und Anzüge gab sie wortlos auf den Tag genau zum Waschen und Bügeln, aber an ihrem Zustand merkte ich bald das Fehlen der flinken Hände der kleinen Jeannette. Das Essen in den Restaurants und der Bankkantine war mir verleidet. Mit der wenigen Freizeit wußte ich nichts Rechtes anzufangen, und obwohl das Parfüm und die Näschereien noch immer auf dem Nachttisch standen, betrat ich das anliegende Zimmer nicht mehr. Die Monatsmiete war abgelaufen. Nun war es für jedermann frei.

Trotzdem freute ich mich, daß es noch leer blieb.

Man stellte damals hohe Anforderungen an mich. Es war nicht einfach, sich in eine völlig neue Materie schnell einzuarbeiten. Ich sah in den ersten Tagen ein wahrlich beängstigendes Neuland vor mir, das ich erst einmal durch viele Überstunden abzutasten begann.

Der dicke Herr Keller und Schneider, der Major a. D., berichteten in ihren Briefen von der Fahndung der französischen Gendarmerie nach mir, dem Verhör Jeannettes über von mir angeblich mitgenommene wichtige Dokumente, ihrem Weinen und Schluchzen, ihrer fristlosen Entlassung, dem Toben des ›kleinen Chefs‹ und wie er ihr unbeherrscht das Gehalt ins Gesicht geschleudert hatte. Der kleine Herr Schnell hob es dann auf und hatte als einziger den Mut, dem Prinzipal die Meinung zu sagen.

Der Vater war noch nicht beerdigt, da suchte der junge Wegener schon nach dem Testament. In diesen Tagen, berichteten sie, hätte sich so manches ereignet, so manches sich bereits verändert. Sie baten mich, der hier nicht einmal Wurzeln geschlagen hatte, sie so bald wie möglich nach Berlin zu holen. Es waren zwei lange Briefe, und sie offenbarten, wie sehr auch diese beiden Menschen unter der Maske der Fröhlichkeit und Zufriedenheit mit ihrem Schicksal und sich selbst haderten.

Erschöpft betrat ich meist spät abends mein Zimmer, kaum noch fähig, zu rekonstruieren, was ich nach Ablauf eines jeden Tages gehört, gesehen, zusammengerechnet und mir erarbeitet hatte.

Ich kam aus einem Restaurant oder einer Bar, wo man schnell etwas essen konnte, wo vergnügungshungrige Menschen bei den Klängen lärmender Kapellen sich amüsierten, um sich für das zerflatternde Geld noch am gleichen Abend etwas leisten zu können, wozu sie am nächsten Tag nicht mehr in der Lage waren.

An einem solchen Abend fand ich die Tür ins anliegende Zimmer zum ersten Male weit geöffnet.

Jeannette! war mein erster Gedanke.

Sie schlief im gedämpften Licht der Nachttischlampe. Meine Näschereien hatte sie gekostet. Der Duft des ihr geschenkten Parfüms erfüllte das Zimmer. Leise trat ich näher. Ihr Gesicht, vom schwarzen Pagenkopf umrahmt, war grau und verfallen, wie das einer Schwerkranken. Aber – ihr durchsichtiges weißes Nachthemd hatte sie dennoch angelegt.

»Poulette«, rief ich leise und froh und setzte mich zu ihr. Ein tiefer Seufzer, ein mühsames Heben der Lider, ein noch weitentrückter Blick. Erst dann nahm sie meine Anwesenheit wahr.

»Poulette! Was machst du für Sachen?«

»Chéri...« Sie lächelte schwach und streckte mir ihre mageren Arme entgegen. Ich drückte sie an mich.

»Furchtbar ist alles gewesen. Ich war im Gefängnis, wegen der Eltern. Hatte Lungenentzündung. Mit meiner letzten Kraft bin ich zu dir gekommen.« Zusammengekauert war sie in ihrer gewohnten Stellung eingeschlafen.

Dieser Anblick und der Gedanke an ihre zarte Gesundheit, an alles das, was sie mir bedeutete und wie roh das Leben mit ihr umgegangen war, schmerzten mich.

Am anderen Tag, kaum daß ich geklingelt hatte, empfing sie mich an der Wohnungstür. Schmal und elend stand sie vor mir, die grünlichen Augen blickten verloren und trübe, der Glanz ihrer strengen Pagenfrisur fehlte. Sie schien bei jedem Schritt unsicher zu sein. Aber in ihrem Zimmer war schon der runde Tisch für uns zwei gedeckt. Blumen standen in der Vase. Sie legte ihren Kopf an meine Schulter.

Dann erzählte sie mir der Reihe nach, wie die unsauberen Geschäfte der Eltern ans Tageslicht gekommen waren und wie sie erst nach Gérards und Chouchous eingehender Vernehmung, die zu ihren Gunsten aussagten, freigelassen wurde.

»Du fährst gleich morgen zur Erholung ins Gebirge. Hörst du, Poulette?«

»Nein«, sie schüttelte hartnäckig den Kopf. »Ich bleibe bei dir. Hier bin ich wieder glücklich! Hier gefällt mir alles unwahrscheinlich gut, die schönen Zimmer, die Großstadt... und du, du!« Ihre Lippen strichen über die meinen hinweg. Sie waren kalt.

Jeannette erholte sich nur langsam. Wenn sie mir beim Abendessen gegenübersaß, war ich über ihr immer noch blasses Aussehen und die Unsicherheit ihrer Bewegungen beunruhigt. Ich gab mir daher große Mühe, sie zu erheitern und

zu pflegen. Unsere kleinen Einkäufe, die sie einst mit Windeseile besorgte, machten wir nun gemeinsam, aber ihr Versprechen, mit mir ein wenig durch die Stadt zu bummeln, verschob sie mit einem müden Lächeln von Abend zu Abend. Ihr Vorhaben, sich durch Nähen einen Verdienst zu verschaffen, scheiterte an ihrer ständigen Müdigkeit und der rapiden Markentwertung. Wenn sie heute ein Hemd verkaufte, erhielt sie ein paar Tage später kaum die Hälfte des Stoffes für den Erlös.
»Ich habe eben kein Glück«, erklärte sie mit einem wehmütigen Lächeln.
»Das ist ja nicht wahr, Poulette! Uns allen geht es gleich!«
»Dann laß uns doch ins Ausland gehen, nach Paris. Unsere Chouchou hat mir oft den Vorschlag gemacht, dort meine Wäsche zu nähen und zu verkaufen. Dort hätten wir es leichter!«
»Ich kann nicht, ich muß hierbleiben, wenigstens für absehbare Zeit.«
»Und wenn ich zuerst ginge, kämst du dann bald nach?«
»Ich weiß es nicht, weil ich unfähig bin, noch mehr zu überlegen als in den oft zehn bis zwölf Arbeitsstunden in der Bank, verfolgt von Zahlen und ihren endlosen Nullen.«
»Aber das ist doch kein Leben!«
»Jeannette...«, bat ich leise.
»Nein, nein!« beeilte sie sich hinzuzufügen. »Ich mache ja nur Spaß. Es war so eine Überlegung, eine der vielen, die mir in den Sinn kommen, wenn ich an uns beide denke.«

Die Arbeit in der Bank und das Leben außerhalb unserer behaglichen Wände verlangten nun schon seit Monaten, ganz besonders aber von Jeannette, Geduld und den vollen, rückhaltlosen Einsatz unserer Kräfte. So kam es nicht selten vor, daß ich erst spät abends heimkam, während das Mädchen schon schlief. Da aber Berlin nicht weit von Mecklenburg entfernt war und mein Vater mich öfter sprechen mußte und auch Natascha mich immer wieder darum bat, eilte ich an den Wochenenden zu ihnen, ohne mir Ruhe zu gönnen.
Natascha hielt sich erstaunlich gut. Bei jedem Wetter, es

konnte stürmen und schneien, stand sie am Bahnhof, und sie bestand immer auf ihrem Privileg, mir den ersten Kuß auf die Wange zu drücken. Wenn sie aber in ihrem dicken, buntgeblümten Flanellnachthemd, mit nachgezogenen Lippen, mit einer immer neuen Frisur und nach Maiglöckchenparfüm duftend, vor mir stand, dann holte sie aus ihrem »Versteck« das Bündelchen mit den blauen Hundertfrankennoten hervor, zog mich an sich, legte sogar die letzten Devisennotierungen vor und rechnete mir fehlerlos den jeweiligen Stand aus.

»Papotschka, lieber, guter, goldiger, für einen einzigen Schweizer Franken bezahlt man heute vierzig Millionen Mark! Und ich habe davon 1250! Neulich war hier wieder Herr Neumann auf der Durchfahrt. Er hat mir eine Zehn-Dollar-Note und einen märchenhaften Wintermantel geschenkt! Und zehn Dollar sind... Ich rechne aber mit der langen Reihe der Nullen nicht so schlecht wie damals Coco, als er wissen wollte, wie viele Brötchen er für seine zwanzig Franken kaufen konnte.

Coco wird dir ausführlich schreiben, dich um Rat fragen, ob er mit seinen paar Schweizer Franken in Berlin wohnen und eine Tanzschule besuchen kann. Die ganze Reise durch Deutschland kostet für Ausländer ja nur ein paar Franken! Könntest du jetzt mit meinem vielen, vielen Geld meine Tanzausbildung bezahlen?« Sie setzte sich zu mir und fügte schelmisch hinzu: »Und dann bin ich doch bei dir, Liebster. Dein Papa hat es mir erlaubt, daß ich das ganze Geld bei mir aufhebe. Er bekommt jetzt oft Besuch. Das müssen reiche Männer sein, weil sie große, schwere Wagen fahren. Und ihre Frauen haben traumhafte Pelze. Manchmal darf ich sie anziehen und darin herumgehen. Loni beneidet mich darum.«

Schon in den nächsten Tagen bekam ich einen mehrseitigen Brief von unserem Coco. Er fragte an, ob er mit nur fünfzig Franken im Monat von seiner Tante Angèle in Deutschland leben und dazu eine gute Tanzschule besuchen könne. Aus einer Berliner Zeitung, die er sich irgendwie beschafft hatte, entnahm er die Milliardenpreise, die er mit rührender Genauigkeit zu einer Aufstellung aller Ausgaben zusammenrechnete. Dabei fehlte nicht einmal der Betrag, den er wöchentlich ausgeben wollte, um in der vierten Personenzugklasse die »kleine Prinzessin« zu besuchen.

»Sie wird inzwischen wohl sehr groß geworden sein. Ich auch! Ich bin als Bäckergeselle meinem Meister davongelaufen, weil ich Tänzer werden will!«

Kurze Zeit darauf traf er schon ein.

Ich hatte mich um einige Minuten verspätet und sah ihn am Bahnsteig stehen. Beunruhigt hielt er nach mir Ausschau, in der einen Hand einen Zettel mit meiner Adresse und ein abgegriffenes Wörterbuch, in der anderen seinen flachen, neuen Reisekorb. Coco trug einen dunkelblauen Anzug, der ihm in den Schultern zu eng war. Die Hosen waren ein wenig auf halbmast gesetzt. Da erstrahlte sein Gesicht und damit auch die Vielzahl der von ihm verwünschten Sommersprossen. Befreit und verschämt umarmte er mich.

»Cher Monsieur! Sie haben mir wie ein Vater geschrieben. Ich danke Ihnen von ganzem Herzen, daß ich zu Ihnen kommen darf!« Er drückte mich mit ganzer Kraft an sich.

»Monsieur Boulanger! Mein lieber Coco!«

»Ich bin ganz verwirrt... Ich habe Ihnen Ihre Lieblingsschokolade und Konfitüre mitgebracht. Wie kommt es, daß man bei Ihnen so wahnsinnig billig reist und wohnen kann? Diese Milliarden... Wollen Sie nicht lieber mein vieles Geld verwalten?«

Ein arbeitsloser Neffe von Frau Busch kümmerte sich in den ersten Tagen um Coco, und als ich später seinen Tanzlehrer anrief, hatte er über »Monsieur Boulanger« und seinen Fleiß nur das Beste zu berichten.

Der Junge akklimatisierte sich schnell, aber nach seiner ersten Fahrt zu Natascha kam er sehr traurig zu mir und erzählte, daß das Mädchen, an das er unablässig dachte, ihn nur wenig beachtet hätte. Vielleicht erlebte sein gutes Jungenherz jetzt die erste große Enttäuschung seines Lebens, und der Traum vom »kleinen Prinzeßchen« war endgültig ausgeträumt? Nur noch selten und scheu sprach er darüber.

Professor Zahn, der nun öfter als früher meinen Vater besuchte, schrieb mir vertraulich, daß es ihm und Natascha gar nicht gut ginge. Das Mädchen habe einen schweren Grippeanfall. Sofort fuhr ich wieder heim.

Nur meine Mutter stand am Bahnhof. Sie war sehr niedergeschlagen und still.

»Vater spricht kaum ein Wort. Er hadert mit sich und seinem Schicksal.«

»Die deutsche Großindustrie«, berichtete er gleich nach unserer Begrüßung, »arbeitet nun doch mit den Bolschewiki. Und wenn unsere das nicht getan hätten, dann hätten die anderen Staaten diesen Vorsprung. Also, was soll ich denn noch hier, mein lieber Junge? Mitmachen? Mich an einen Tisch mit den Roten setzen, ihnen lächelnd die Hand drücken? Fedja... das kann ich nicht! Ich könnte nicht vor mir selbst bestehen! Begreifst du das? Ich weiß nicht einmal, ob die Moral, die ich aus meinem Niedergang gerettet habe, bei der heutigen Einstellung überhaupt noch etwas wert ist.«

»Ja, im Augenblick, aber doch nicht...«

»Wir wollen nicht mehr darüber sprechen, mein Junge.« Er drückte mich an sich und strich mir mehrere Male über den Kopf.

Natascha hatte hohes Fieber und war sehr mager geworden, und dennoch erklärte sie mir gekränkt: »Die Mädchen kicherten, als ich mit unserem Coco durch das Städtchen ging. Er ist immer noch so klein und voller Sommersprossen!«

»Dafür aber hat der Junge ein goldenes Herz.«

»Ja, das schon, aber etwas netter müßte er doch aussehen. Sonst kann man sich mit ihm nicht blicken lassen.«

Voll neuer Sorgen und Unruhe fuhr ich schon zum zweitenmal zurück. Es stand nicht gut um meinen Vater und Natascha.

Der Schnellzug aus Hamburg kam in Berlin wegen eines Achsenbruches mit Verspätung an. Ich hatte im überfüllten Abteil kein Auge zugemacht, und in der Bank hatte sich an diesem Morgen alles gegen mich verschworen.

Die Kollegen beobachteten unablässig, was ich nun für Aktien kaufen würde, weil ich Beziehungen zur Industrie hatte. Der noch junge Abteilungsleiter, Hans Mathieu, hatte wegen der Eröffnung neuer Konten langatmige Erklärungen abzugeben, eilige Post sollte beantwortet werden, und auch Direktor Wenk wartete schon mit Kunden aus England auf mich.

Als ich nach unvermeidlichen Überstunden nach Hause kam, konnte ich nur noch auf das Sofa fallen und meine Arme und Beine von mir strecken. Das kleine Städtchen in Mecklenburg schien unendlich weit von mir zu liegen.

Jeannette hatte bereits herrliche Sachen für uns eingekauft, den Tisch gedeckt und war nun in ein angeregtes Gespräch mit Frau Busch vertieft, die das Mädchen sehr gern mochte. Kaum hatte ich den letzten Bissen mit wenig Anstand hinuntergeschluckt, da wankte ich in mein Zimmer und warf mich aufs Bett.

»Oh! Ich wollte eigentlich mit dir wegen meiner Nähkurse etwas besprechen«, meinte Jeannette. »Nun gut, dann krieche ich eben auch gleich unter deine Decke.« Schnurrend schlüpfte sie zu mir und kuschelte sich an mich.

»Sag mir, Poulette, kann es ein Hemd geben, das noch weiter ausgeschnitten und noch durchsichtiger wäre als deines?«

»Voilà un maron glacé!« Sie stopfte mir die Kastanie in den Mund und klopfte mit den Fingern leicht gegen meine Lippen. »Ein Mann mit grauen Schläfen stellt seiner jungen Geliebten in einem solchen Hemd keine derartigen Fragen! Schmecken die Kastanien nicht herrlich?«

»Poulette!«

»Iß noch eine. Ich weiß, was du mir sagen willst: So etwas sei Torheit bei dieser Kälte.«

Ich kaute bedächtig weiter.

»Hast du manchmal Sehnsucht nach meiner Nähe? Denkst du manchmal am Tage, wie schön es ist, wenn wir zueinander zärtlich sind, so nebeneinander liegen, wie jetzt, uns begehren, ohne aber dem Verlangen nachzugeben, als wollten wir uns dadurch nur quälen?«

»Wann sollte ich denn schon daran denken, wenn ich Tag für Tag nur hetze und jage, kaum daß man zum Ausschlafen Zeit hat? Aber selbst dann sieht man nur Zahlen und Zahlen, Millionen und Milliarden vor sich, die auszurechnen, einzuordnen sind, weil man dafür bezahlt wird.«

»Ach ja, Chéri! Was führen wir doch für ein armseliges Leben! Wie lange soll das noch so bleiben?« Sie gab mir einen schnellen Kuß, öffnete eine Packung Pralinen und betrachtete sie angelegentlich.

»Die hat mir dein Hans Mathieu geschenkt. Wir sind gestern wieder spazierengegangen. Er ist ein netter Mann. Er will unbedingt nach Paris zur Banque Nationale gehen. Aber eben wann? Ich soll ihn in Französisch unterrichten. Dabei müßte ich dringend Nähkurse besuchen, um darin perfekt zu werden. Er will zweimal in der Woche zu uns kommen und ist bereit, meine Stunden gut zu bezahlen.« Sie nahm sich eine Praline. »Mmmh! Prima! Koste doch einmal!« Sie stopfte mir die Schokolade in den Mund und wartete.

»Ja, wirklich! Bittere Schokolade habe ich auch gern.«

»Er ist ein korrekter, sparsamer Mann, sehr anständig, anders als die vielen Kollegen. Ich finde ihn aber reichlich langweilig. Die ganz jungen Kerle, die kalbern und quatschen ja nur hohles Zeug. Die Ohren werden einem welk, wie du immer sagst.« Sie naschte weiter.

»Du willst jetzt rauchen. Das kenne ich ja. Hier!« Sie reichte mir meine Zigaretten. »Gib aber acht auf die Daunendecke! Mach unserer guten Frau Busch keinen Ärger!«

»Ja, ich werde achtgeben, Poulette.«

»Hans Mathieu ist auch nicht so bequem wie du«, sagte sie und kräuselte die Lippen. »Bei dir brauche ich an nichts zu denken, du bist schnell in den Entschlüssen, errätst alles. Bei dir fühle ich mich geborgen. Und dann... Du nimmst mich ernst, und kein anderer Gedanke kommt in dir auf, bis ich dich küsse. Und das tue ich doch so gern, Chéri, wahnsinnig gern.« Sie bedeckte mein Gesicht mit kleinen, schnellen Küssen und legte den Kopf an meine Schulter. »Weil wir uns doch darin so gut verstehen«, flüsterte sie und blickte hoch.

Ich schwieg und schämte mich, weil ich so wenig Liebe für sie empfand. Und dennoch sah ich zu, wie sie unter der Bettdecke hervorschlüpfte, unsere Näschereien schnell zusammenräumte und meine Zigarette behutsam fortlegte. Ein prüfender Blick in den Spiegel, geschickt glitten ihre Finger über die zarte Gestalt hinweg, ein paar Spritzer Parfüm, und schon war das Nachthemd abgestreift und Jeannette wieder bei mir.

Hans Mathieu, mein Abteilungsleiter, kam am nächsten Abend zum Französischunterricht. Ich öffnete ihm die Tür, da ich gerade einkaufen gehen wollte. Er war ein stattlicher, wohlerzogener jüngerer Mann, etwa in meinem Alter, ein tüchtiger Bankbeamter. Er hängte den Mantel sofort auf einen Kleiderbügel und genau darüber den Hut.

»So! Da sind Sie ja!« sagte Jeannette. »Kommen Sie nur gleich herein, damit wir keine Zeit verlieren.«

»Wenn Sie meinen, Fräulein Jeannette.«

»Ich werde mit Ihnen nur noch französisch sprechen, damit Sie sich erst einmal an die fremden Laute gewöhnen. Das ist sehr wichtig!«

Ich schlenderte durch die Hauptstraße, blieb ab und zu vor den Schaufenstern stehen, aber die Millionen und Milliarden mit ihren sich immer wieder aufdrängenden Nullen wollte ich nicht mehr sehen. Ich hatte sie täglich bis zu zehn Stunden und noch länger gesehen, geschrieben, gerechnet, ausgesprochen und von überallher gehört, gehört und immer wieder gehört, in dem gesamten Bankpalast, in der Devisenabteilung, der Effektenabteilung, und wenn...

»...wenn Sie meinen, Fräulein Jeannette.«

Poulette unterrichtete Hans Mathieu.

Er sah gut aus, der Junge, und sie schilderte ihn als intelligent, bescheiden, aber nicht so bequem, wie ich es sei.

Sie wird ihn führen, aber nur solange sie es eben will.

Schaufenster, Läden, einer nach dem anderen. Hastende Menschen beim Einkauf, fahl, unsicher, unzufrieden, angeekelt wie ich selbst. Immer wieder klang die gleiche Frage und die gleiche Antwort:

»Aber gestern kostete es ja noch...«

»Ja, gestern ist nicht heute!«

Sie zählten ihre Handvoll Scheine, steckten sie resigniert in die Taschen.

Gestern ist nicht heute!

Und ich ging weiter, ziel- und planlos durch das unendlich erscheinende Meer aus kalten Steinquadern, in deren Mitte so viele tragische und ausweglose Schicksale still und fast unbemerkt ein Ende nahmen.

Meine Besorgungen fielen mir ein. Ich betrat ein größeres Geschäft, kaufte, was mir Jeannette auf einen Zettel aufgeschrieben hatte, und ließ es heimtragen. Dann rief ich an, ich käme erst spät zurück.

Sie wird wieder traurig sein, die Kleine, dachte ich im Weitergehen, fragen, wo ich gewesen bin, was ich getan habe, wem ich begegnet bin. Ich würde dann wieder den Kopf schütteln und schweigen.

Was sollte ich ihr denn sagen? Die Wahrheit etwa? Nein! Wozu auch? Ich konnte ihr doch nicht erklären, daß mich die Vergangenheit nicht freigab.

»Taxe!« Der Wagen hielt. »Bitte fahren Sie nach der Friedrichstraße, über die Weidendammer Brücke, links das zweite Haus.«

Ich wollte mit Neumann sprechen, mir bei ihm etwas Mut holen.

»Da ist der Admirrralspalast rrrechts?«

»Richtig! Sind Sie Ukrainer?«

»Ja«, erwiderte der Fahrer. »Aus Kiew. Warum?«

»Ich bin aus Petersburg.«

Ein breiter Mann mit schwarzem Haar, dunklen Augen und kleinem Schnurrbart stieg aus. »Semjonoff«, stellte er sich vor. Ich nannte meinen Namen. »Schon lange in Deutschland? Ich bin 1920 geflohen. Hier.« Er wies auf die Oberlippe, und ich sah die goldunterlegte Prothese. »Zum Abschied mit dem Gewehrkolben gestreichelt. Seit der Zeit stottere ich. Mein Vater war in Kiew ein bekannter Gynäkologe. Unser Fahrer Iwan hat mir zur Flucht verholfen. Nun bin ich selbst Chauffeur geworden. Na ja! Fahren wir?«

Nach ein paar Abschiedsworten trennten wir uns am Ziel. Die Rolläden der Neumann-Fleischerei waren bereits heruntergelassen, aber innen brannte noch Licht. Ich klopfte kräftig. Eine murrende Stimme öffnete die Tür. Heißes, dampfendes Wasser floß über die blanken Steinfliesen bis auf die Straße.

»Hans! Guten Abend! Herr Neumann zu Hause?«

»Ach, Sie sind es! 'rin in den Saftladen!« Er kaute mit vollen Backen und biß in eine Dillgurke. Zwei Frauen scheuerten den Boden und kauten ebenfalls.

»Neese, der Chef ist nicht zu Hause. Aber, kommen Se man da hinter! Ich nehme man gleich noch eine Leberwurst für Sie mit. Natascha hat sie doch so gern gegessen!«

In Neumanns Büro machten wir es uns bequem bei Leberwurst, Brot und zwei Flaschen Bier.

»Nach England 'rüber, verstanden?« Hans beugte sich vor und zeigte mit dem Messer in der Faust in unbestimmte Fernen. »Janz jroße Klasse, der Alte, und wird immer besser und jrößer, verstanden? Ein Büro hat er Unter den Linden, sag' ich Ihnen, so!« Er lachte und ballte beide Hände zur Faust. »Ick bin jetzt der Chef für det allet hier. Schwarzware? Schon lange uninteressant. Es hat verdammte Situationen jejeben, aber der Chef sagte immer: ›Hans, det eene sage ick dir, wer im Schlamm bis über die Ohren und im Trommelfeuer um det bißchen Berliner Seele jebangt hat wie ick, für den is' et jetzt nur noch Nervenstärkung.‹« Zum Abschied sagte er mir: »Für die Kleene mach ick morjn een duftet Paket. Det Kind knabbert doch ooch jern. Ooch so'n armer Wurm ohne Eltern.«

Als ich an dem Taxistand Weidendammer Brücke vorbeiging, unterhielt sich Semjonoff mit seinen Kollegen. Ich winkte ihn herbei.

»Wollen wir ein Glas Wodka trinken?« Nach einigem Zögern willigte er ein, und wir fuhren in ein russisches Restaurant.

»Das gehört einem Freund meines Vaters, dem früheren Bürgermeister von Kiew. Seine Frau kaufte es für ein paar

Karat und führt selbst eine ausgezeichnete Küche. Ihr Mann besorgt die Einkäufe und macht die Honneurs«, erzählte mir Semjonoff während der Fahrt. »Mit ihrer Tochter bin ich verlobt.«

Nach einem reichhaltigen Essen mit Vor- und Nachspeisen setzten sich die Wirtsleute an unseren Tisch, und da wir alle ein Faible für Heimatlieder und Zigeunermusik hatten, spendeten wir der kleinen Balalaikakapelle und dem jungen Sänger im blauen Russenhemd reichlich Beifall. Erst später bröckelte in uns die Fröhlichkeit auseinander... die Lüge. Man sollte sich nicht nach Schatten sehnen.

Ich hatte nicht genügend Geld, um die ganze Zeche zu bezahlen und bat deshalb Semjonoff, in mein Zimmer hinaufzukommen.

Jeannette schlief beim Licht der kleinen Nachttischlampe in meinem Bett. Ich merkte, daß sie lange auf mich gewartet hatte.

»Wo warst du, du grausiges Scheusal?« sagte sie weinerlich schmollend. Da erblickte sie Semjonoff, den ich ihr schnell vorstellte, richtete sich in dem Hauch ihres Negligés ein wenig auf, und mit einem kleinen, noch verschlafenen Lächeln streckte sie ihm die Hand entgegen.

»Monsieur, je suis charmé de faire votre connaissance.« Galant beugte sich Semjonoff über ihre Hand.

Das ist Paris, dachte ich. Typisch auch für meine kleine Jeannette.

Als ich mich zu ihr legte, drehte sie sich sofort zu mir um. »Schlaf nur, kleine Poulette, schlaf! Wir wollen heute artige Kinder sein.«

»Nnnn...«, brummte sie, an mich geschmiegt. »Dann halte mich wenigstens richtig fest. Ich friere schon den ganzen Abend. Ich brauche deine Nähe.«

Ich küßte ihre Schulter, deckte sie zu.

»Du müßtest dir lieber einen Schlafanzug aus Flanell nähen, du kleines Vögelchen, und nicht so nackt herumzwitschern.«

Jeannette schlief unruhig. Ihr Körper wurde heiß, und ich

brachte sie in ihr Bett. Die Wangen gegen ihre Schläfe gelegt, spürte ich, daß das Mädchen Fieber hatte.

Am nächsten Morgen bestellte ich den Arzt, und als er mich in der Bank anrief, wußte ich, daß Jeannette bei schnell steigendem Fieber wieder die Grippe hatte.

Unsere gute Frau Busch lag bereits über zwei Wochen ebenfalls mit hohem Grippefieber im Krankenhaus. Direktor Wenk schwebte in Lebensgefahr, und so mancher Bankkollege war daran gestorben.

Von der Arbeit übermüdet, kehrte ich spät heim. Die Wohnung war kalt. Die arme Jeannette lag bis über die Ohren zugedeckt und fror erbärmlich. Ich riet ihr, wegen der Möglichkeit schwerer Komplikationen ein warmes Krankenhauszimmer unserer kalten Wohnung vorzuziehen. Aber sie weigerte sich, weinte und flehte mich an, sie doch wenigstens noch einige Tage zu behalten.

»Bitte, bitte, laß mich bei dir! Ich sehe dort Tag für Tag nichts als fremde Menschen um mich. Jetzt aber habe ich wenigstens am Abend für ein oder zwei Stunden dich, mit dem ich sprechen kann. Meine Eltern sind noch im Gefängnis. Ich habe nur dich! Bin ich denn so schlecht? Sag selbst, bin ich nicht unendlich arm dran?«

»Nein, kleine Jeannette! Wie kannst du nur so etwas denken. Vielleicht ist es diesmal nur eine harmlose Erkältung. Ich bin überzeugt davon!« Ich beugte mich über ihre schmale Hand und legte sie an meine Wange.

In diesen Tagen hielt keiner so zu uns wie Coco und der Hauptportier Emil Schulz.

Manchmal blickte ich im Vorbeigehen in seine Portierloge, oder er wartete auf mich am Eingang. Dann sagte ich leise das Stichwort für eine Aktie. »Wieviel?« fragte er. »Sofort alles 'rin!« erwiderte ich. Er zwinkerte mir zu.

Nun brauchte ich nur noch anzurufen, und schon ließ er alles für uns besorgen. Seine Frau pflegte Jeannette, so gut sie es verstand, doch als auch sie und der treue Coco eines Tages erkrankten, schickte Herr Schulz sogar das »Fritzchen«, einen versierten Laufjungen, der zwei Jahre im Hotelfach gelernt hatte, zu uns hinauf. Er heizte den Ofen, räumte etwas auf und wusch das Geschirr ab. Der kleine Dreikäsehoch war flink und für jeden Schein dankbar.

Meine leider nur kurzen Besuche bei Coco empfand der Junge mit herzlicher Dankbarkeit, doch als er in ein Krankenhaus eingeliefert wurde, war er verzweifelt. »Ich werde Ihnen jeden Tag über meinen Zustand berichten, Monsieur. Und wenn Sie mir dann ab und zu einen Gruß senden, bin ich schon sehr froh. Bitte erhalten Sie mir Ihre Freundschaft!«

Jeden Abend trank Jeannette einen großen Schnaps und dämmerte in einen ohnmachtähnlichen Schlaf hinüber. Ich aber wusch mich sofort mit besonderer Sorgfalt, schluckte wieder mehrere Pillen und leerte ein volles Glas Schnaps. Nachts rief mich das Mädchen zwei- oder dreimal. Vergebens versuchte ich wieder einzuschlafen. Der Morgen graute. Ich bereitete das Frühstück und stellte es in erreichbare Nähe ihres Bettes. Dann ging ich den langen Weg zur Bank.

So ging es mit uns einige Tage, doch als Jeannette fast vierzig Grad Fieber bekam, mußte ich auch sie in die Klinik einliefern. Sie weinte.

»Poulette, ma petite Chérie... Mein liebes kleines Vögelchen.«

Was sollte ich ihr denn schon sagen, wie sie trösten? Auch mir war es beim Abschied schwer ums Herz.

Doch nun begann der Zwiespalt, entweder an den Sonntagen Jeannette und Coco zu besuchen, oder nach Mecklenburg zu fahren, wo man mich ebenfalls brauchte.

Schnell entschlossen, und da zwei Feiertage bevorstanden, bestellte ich Natascha nach Berlin, um ihr damit eine Freude zu bereiten. Nach abgrundtiefem Schlaf von mehreren Stunden, den ich schon seit Wochen vermißte, stand ich erwartungsvoll am Bahnsteig. Schon von weitem sah ich sie, aus dem Fenster gelehnt, mir zuwinken.

Sie entstieg dem fast leeren Erste-Klasse-Wagen. Unter ihrem neuen seidenen Staubmantel trug sie ein helles Reisekostüm, den Hut aus feinem Strohgeflecht hatte sie in der Hand. In der anderen hielt sie eine Krokodilreisetasche. Die grauen, spitzen Shimmy-Schuhe, hauchdünne Seidenstrümpfe und ein mehr als kniefreies Röckchen rundeten das Bild ab.

Ich konnte ein Lächeln nicht unterdrücken.

Natascha fiel mir stürmisch um den Hals. Sie war ganz verwirrt und steckte gleich die Zöpfe unter den Mantelkragen, stellte ihn hoch und knöpfte ihn sogar zu.

»Liebste!« Ich strich über ihren dunklen Kopf.

»Darf ich wirklich die beiden Feiertage bei dir bleiben, Papotschka?«

Ich nickte schnell.

»Du bist ja so vornehm geworden, eine richtige junge Dame! Gut siehst du aus, hübsch, so fein zurechtgemacht!«

»Herr Neumann hat mir diese Sachen geschenkt. Er war mit seinem Wagen gerade bei uns, als dein Telegramm ankam, und brachte mich sofort nach Ludwigslust zum Schnellzug. Er selbst fuhr nach Hamburg und legte mir diesmal ein paar englische Pfunde ins Täschchen. Ach, ich habe dir ja so viel zu erzählen!«

Wieder machte sie sich an ihren Zöpfen und dem hohen Mantelkragen zu schaffen, schob resolut ihren Arm unter den meinen, und schon steuerten wir dem Ausgang entgegen.

»Warum versteckst du denn dein Haar?«

»Damit niemand merkt, daß ich noch Zöpfe trage, erwiderte sie trotzig. »Ich will nicht mehr wie eine Schülerin aussehen. Davon habe ich langsam genug! Was meinst du, wie mich Loni um diese Reise beneidet!«

Wir waren inzwischen am Haupteingang angelangt. Der vorbeiflutende Straßenverkehr beeindruckte Natascha so sehr, daß sie stehen blieb und ihm eine ganze Weile zusah.

»Schlafe ich bei dir?« fragte sie dann mit heller, glücklicher Stimme, als wäre das immer noch ganz selbstverständlich.

»Ich habe uns zwei Zimmer im Hotel bestellt.«

»Au, fein! Magst du mich noch?«

»Aber natürlich, meine Kleine!«

»Ich bin so einsam ohne dich. Dein Papa ist jetzt so still und nachdenklich geworden. Auch mit mir spricht er kaum. Und deine Mutter... Sie kann nichts dafür, daß sie so ist.«

Ein überfüllter, zweistöckiger Autobus brachte uns in den Westen Berlins.

Im Hotel sah ich schweigend zu, wie sie sich ein wenig frisch machte und kämmte. Dabei blickte sie sich ständig nach mir um und schwatzte unbekümmert, als sei sie noch immer ein kleines Mädchen, das vor mir kein einziges Geheimnis hat.

»Und wie geht es der Familie Benthin?« fragte ich, um nur etwas zu sagen.

»Ach ja, denke dir nur, die alten Herrschaften wollen ihr Haus verkaufen und nach Kanada auswandern.«

»Ich würde es kaufen, Natascha, das ist heute die beste Kapitalanlage!«

»Auch den Garten und das ganze Land?«

»Natürlich! Du hast doch deine 1250 Schweizer Franken!«

»Darüber hat dein Papa mit Herrn Neumann schon gesprochen.«

»Na siehst du? Schreibe mir alles Nähere, aber bald.«

»Schreiben?« Sie drehte sich nach mir um. »Das ist zuviel, um darüber zu berichten. Du kommst doch bald zu uns.«

»Nun laß uns gehen«, erwiderte ich etwas schroff.

Berlin stand damals im Zeichen der schlimmsten Geldentwertung, Teuerung, Aufstände und Streiks. Der Krieg hatte Millionen von Menschenschicksalen vernichtet, Hunderttausende zu körperlichen und seelischen Krüppeln gemacht, die in ein geordnetes Leben kaum noch zurückfanden. Das Heer der Arbeitslosen stieg in die Millionen, der Apparat der Justiz lief ununterbrochen auf Hochtouren, die Zahl der Verbrechen stieg ins Ungeheuerliche. Aus Haltlosigkeit, Not und Verzweiflung wurden Gesetz und Moral mißachtet. Diebstahl und Hehlerei, Rauschgifthandel, Post- und Bahndiebstähle, Raubüberfälle auf offener Straße und den vielen Landwegen, Nacktrevuen, Prostitution, Spielhöhlen und Kaschemmen, das alles machte Berlin und Deutschland zum Tummelplatz des internationalen Lasters jeder Art für Ausländer mit Edelvaluta.

Aber das alles nahm Natascha kaum wahr.

In die immer gleichen Gedanken versunken, stand ich am

Abend am Fenster ihres Hotelzimmers und blickte auf die Straße.

Natascha rief mich. Sie lag im Bett und streckte mir beide Arme entgegen, kuschelte sich in meine Armbeuge hinein, den dunklen Blick ihrer schönen Augen auf mich gerichtet.

»Ich bin glücklich und geborgen nur bei dir, Liebster, und ich warte nur noch auf dich...«

So trat denn an meine Stelle Hans Mathieu, der an den Sonntag-Besuchszeiten von der ersten bis zur letzten Minute bei Jeannette am Krankenbett verbrachte und mir eingehend darüber Bericht erstattete. Er versuchte sie stets mit Kleinigkeiten zu erfreuen, sie zu ermuntern, doch als ich sie an einem Wochentag besuchen konnte, da erklärte sie mir unduldsam: der gute Hans ist ein lieber, intelligenter Mann, aber in allem so ungeschickt. Neulich schenkte er mir diese Wollstrümpfe, dann eine unmögliche warme Kappe und Fäustlinge dazu. Die ganze Zeit sitzt er vor mir, schaut mich an, zwingt mich dabei noch, seine unmögliche Krawatte und den immer sauberen steifen Kragen zu betrachten. Dazu höre ich stets das gleiche ›Fräulein Jeannette, ich bin überzeugt, daß Sie schon in den nächsten Tagen entlassen werden. Sie müssen sich nur genau den Anordnungen des Arztes fügen.‹ Damit kann er ja einen Toten rabiat machen! Die Mädchen hier lachen ihn aus! Ein unmöglicher Mann!«

»Poulette, ich habe soeben mit dem Arzt gesprochen, es stimmt, du mußt nur noch eine Woche im Krankenhaus bleiben! Und damit du nicht so allein bist, hier ein kleines Igelchen, das...«, ich beugte mich zu ihr und flüsterte, »nimmst du mit ins Bett!«

»Und noch ein Geschenk. Parfüm aus Paris! Rate einmal von wem! Du wirst staunen. Von unserer Chouchou. Ich traf sie Unter den Linden vor der Bank. Sie wartete auf ihren Verlobten. Sie wird nächsten Monat einen Herrn der französischen Gesandtschaft heiraten. Sie will dich besuchen und dich nach Paris mitnehmen.«

»Du holst mich also in acht Tagen ab?«

»Wenn es nur irgendwie geht, ja. Und hier...« Ich erhob mich, küßte sie zum Abschied auf beide Wangen und schob ihr einen Briefumschlag unter das Kissen.

»Ein Liebesbrief? Von dir? Das gibt es doch nicht!«

»Ist auch dabei. Dein Teilgehalt ist wichtiger! Adieu, petite Chérie!« An der Tür machte ich ihr noch schnell ein Zeichen, daß die Aktien, die wir gekauft hatten, wieder in die Höhe geschnellt waren, und rief dazu: »Vierhundertdreißig!«

Jeannette schlug die Hände zusammen, und ihr schmales Gesichtchen strahlte.

Um die gleiche Zeit schrieb Henry Ducommun, der freundliche Bäckermeister aus Leysin, er wolle mich und »seine Kleine« besuchen.

Ich nahm ihn gleich am Zug in Empfang.

Er trug einen neuen hellen Mantel, dazu einen breitrandigen schwarzen cowboyähnlichen Filzhut, der ihn noch kleiner machte. Das Spitzbärtchen war nicht mehr mit Mehl überstäubt.

Er umarmte mich herzlich und überreichte mir ein Päckchen Schweizer Schokolade, sorgfältig in das mir bekannte Papier aus seinem Bäckerladen verpackt.

»Ahhh, mon cher Monsieur! Die Korrespondenz mit Ihnen war für mich eine weltbewegende Angelegenheit! Meine Frau durfte kaum etwas davon erfahren. Mantel und Hut kaufte ich auch erst in Deutsch-Basel, um ja keinen Ärger zu haben. Nur zu einer neuen Reisetasche konnte ich mich nicht entschließen. Ich verreise doch sonst nie.«

»Aber, Vater Ducommun, das ist doch nicht so wichtig. Ich bringe Sie gleich ins Hotel.«

»Was kostet das Zimmer?« fragte er mich und wurde sachlich.

»Doppelzimmer mit Bad und alles inbegriffen: zwei Schweizer Franken.«

»Phantastisch!« Er schüttelte den Kopf. »Und für die Reise ab Deutsch-Basel zahlte ich nur neun Franken. Ich fühle mich wie ein Fürst, mon cher Monsieur!«

»Sind Sie auch! Herzlich willkommen!«

Mehrere Tage lebte Vater Ducommun im Rausch der Millionen und Milliarden, ein völlig verwandelter Mensch, dem, wie man im russischen Volksmund sagt, »das Meer nur bis zum Knie reichte«. Jeden Abend ging er aus und verliebte sich aufs neue in eine der vielen »Schönen«, ohne daß deshalb seine vielbegehrten Franken wesentlich dezimiert wurden, die ich ihm täglich in kleinen Beträgen gab und für die er sich bei mir immer rührend bedankte. Die Scheine zählte er nicht mehr.

Zwischendurch blieb er zwei Tage bei Natascha in Mecklenburg, schwärmte über alle Maßen von ihr und meinen Eltern und bezog dann wieder sein großes Doppelzimmer mit Bad im Excelsior. Doch als ich ihn kurz vor seiner Abreise erneut abholen wollte, saß er zwar wie gewöhnlich in der Riesenhalle, aber nun wie ein Aschenputtel, im alten Anzug und alten Schuhen. Er war sehr bedrückt.

»Jetzt wieder nach Leysin, mon cher ami, wo mich jeder kennt! Dann noch meine Frau! Ich werde wahnsinnig! Oh là là, là là!«

Von dem Schwung des biederen Mannes war keine Spur mehr. Das viele Geld, die Spottpreise, erlesene Gerichte, die Großstadt, Licht und Menschen wurden ihm zum Greuel, und als ich zum Abschied fragte, welche Klasse ich ihm für die Heimfahrt lösen sollte, da erwiderte er resigniert: »Wieder Dritter.«

»Nein, Vater Ducommun, handeln Sie bis zum letzten Augenblick nach dem Sprichwort: ›Nobel muß die Welt zugrunde gehen!‹ An Ihrem ›Malheur‹ ist noch keiner gestorben.«

»Meinen Sie? Nun gut. Aber lösen Sie bitte Schlafwagen erster Klasse nur bis zur Schweizer Grenze. Paris, Berlin«, er machte eine verächtliche Handbewegung. »Oh là là, là là, c'est tout la même chose. Sans discussion!«

Er winkte noch lange, und ich hatte den bestimmten Eindruck, daß Meister Ducommun durch seine straffe Haltung am Fenster des internationalen Schnellzuges sein früheres Selbstbewußtsein wiedererlangt hatte.

Die Grippe wütete schwer. Man traute sich kaum noch, einem Bekannten oder den zahllosen Kunden am Schalter die Hand zu geben.

Stündlich kletterten sprunghaft die Aktien.

Stündlich wurde die Reichsmark weiter entwertet.

Der Dollar schnellte in die Höhe: 39, 56, 419, 870 Milliarden und dann auf 2 Billionen und 4,8 Billionen Mark!

Ich trank seit geraumer Zeit wieder, weil die zahlreichen Grippeerkrankungen, die viele Opfer forderten, es fast unerläßlich machten.

Dann kam der Tag, an dem auch ich versagte.

Ich wehrte mich gegen eine eigenartige, alles in mir lähmende Müdigkeit mit sorgenvoller Verbissenheit, in Angst um meinen Vater und Natascha, wenn sie zwangsläufig von meiner Erkrankung erfahren würden. Schon seit einiger Zeit litt ich an Kopfschmerzen, die zwar langsam, doch ständig stärker wurden. Ich konnte kaum noch schlafen.

Sogar meine Arbeit mußte ich von Zeit zu Zeit unterbrechen. Ich ertappte mich dabei, wie ich dann gedankenlos vor mich hin starrte. Hans Mathieu, selbst völlig überarbeitet, riet mir mehrere Male dringend, einen Erholungsurlaub zu nehmen. Der Arzt stellte mit besorgter Miene die Diagnose: »Anzeichen einer Kopfgrippe, die manchmal zu Komplikationen führen kann.«

Ich flehte ihn wie ein Kind an, mir wenigstens für eine kurze Zeit mein Gedächtnis zu erhalten, und er gab mir mehrere Spritzen. Unter ihrer Einwirkung reiste ich nach Mecklenburg, kaufte von Benthin das Haus, den Garten und das Land für Natascha, ich ermunterte sie und meinen Vater eindringlich zum Durchhalten.

Damals, an ihrem siebzehnten Geburtstag, sagte mir Natascha: »Denk dir, Liebster, heute steht ein Schweizer Franken auf 10 Milliarden Reichsmark! Und du weißt ja, ich besitze noch immer meine paar Devisen! Es sind also...«

Sie hatte es ausgerechnet! Ich aber konnte nicht mehr.

In der Nacht, als alle schliefen, machte ich eine Aufstellung über meine Aktien, Guthaben und Sachen, kaum daß ich noch stichwortartig eine Abschrift davon vollenden konnte.

Am nächsten Morgen, mein Vater und ich waren allein im Wohnzimmer, trat ich auf ihn zu, umarmte ihn und sagte verzweifelt: »Vater, entschuldige... ich kann nicht mehr!«

»Mein Junge, mein Kind! Ich habe dir doch gar nichts zu verzeihen!« Seine Hand strich über meinen Kopf.

Ich fühlte ihr Beben, zum letztenmal.

Auf dringendes Anraten des Arztes reiste ich kurz entschlossen nach einem Marktflecken bei Oberstdorf. Jeannette begleitete mich, denn ich hatte Angst, allein zu bleiben. In allem, was ich nun tat und dachte, fühlte ich mich unsicher. Auch die Sehkraft war bereits beeinträchtigt.

Es war Ende Oktober, doch ich scheute kein noch so schlechtes Wetter, um möglichst viel an der frischen Luft zu bleiben, immer wieder in der Hoffnung, sie würde mich auskurieren und als ginge es lediglich um eine Überarbeitung und das Versagen der Nerven.

Bald aber wußte ich nicht mehr genau, was um mich vorging, ob Jeannette zeitweise mit mir sprach, ob sie mich pflegte. Die ständigen dumpfen Kopfschmerzen hinderten mich immer mehr, meine Umgebung noch genau wahrzunehmen; ich sah sie nur noch wie im Alkoholrausch.

Der Schleier vor meinen Augen verdichtete sich.

Als ich eines Tages bei strahlendem Winterwetter mit Jeannette spazierenging, stolperte ich und verletzte meine Hand. Von diesem Schmerz erwachte ich plötzlich. Ich konnte wieder klar überlegen und bat sie, mich so schnell wie möglich »heimzubringen«.

»Aber wohin, chéri? Wo fühlst du dich zu Hause?« fragte sie.

Ich verstand den Sinn und die Tragik ihrer Worte. Wir hatten kein wirkliches Zuhause. Auch meine Eltern und Natascha nicht.

»Dann bring mich bitte in eine Klinik in Berlin, Jeannette! Wichtige Unterlagen befinden sich in meiner Stahlkassette. Meine Bankvollmacht hat Direktor Wenk. Ich habe Angst, den Verstand zu verlieren!«

Von den nachfolgenden Tagen habe ich nur eine unklare

Vorstellung. Wie durch einen grauen Nebelschleier sah ich Menschen, Ärzte, ich erkannte allmählich meinen Vater, die Mutter, Natascha, Coco, Jeannette und Hans Mathieu, aber ich verstand sie nur mühsam, wenn sie mit mir sprachen, auch wenn ich mich noch so sehr zu konzentrieren versuchte. Ich empfand ihnen gegenüber die beunruhigende Scham eines Menschen, der nun endgültig verspielt hatte, der nur noch unbeholfen und erbarmungswürdig war.

Ich glaubte immer noch unter starkem Alkoholrausch dahinzudämmern und sehr müde zu sein. Es war mir, als hielte ich eine ganze Handvoll Sand, der mir stets zwischen den Fingern entglitt, so daß ich keine Worte und Gedanken formen und festhalten konnte. Jede Berührung empfand ich schwach. Nur heiße Flüssigkeiten, die in der Kehle wohltuend brannten, belebten mich.

Meine Umwelt erschien mir wie ein Spiegelkabinett. Alle Gesichter und alle Gegenstände waren nicht nur ständig verschleiert und unscharf, sondern auch grotesk verzerrt.

Allmählich verlor ich jede Wahnehmungsfähigkeit, und es wurde zusehends still um mich, als drückten unbarmherzige, klobigschwere Hände immer fester und fester gegen meine Ohren. Furcht erfaßte mich! Ich schrie, doch konnte ich meine eigene Stimme nur dumpf und fern hören. Ich war verzweifelt! Ärzte und Schwestern kamen mir vor wie phantastische Schatten. In meiner grausamen Angst übermannten mich Halluzinationen. Meine Umwelt, die Menschen schienen sich gegen mich verschworen zu haben.

Mein Lebenswille und der letzte Rest von Verstand bäumten sich dagegen auf und versuchten, diesen Bann zu brechen.

So blieb ich allein mit meinen Ängsten, meinen Träumen, meinen Gedanken – eine ganze, lange Zeit.

Licht und Zeit, ob Tag oder Nacht, ob Wochen oder Monate, verloren ihren Begriff.
Ich sprach nicht mehr.
Ich schrie auch nicht mehr.
Ich hörte nur noch das Schweigen!

Aber dieses Schweigen lag nicht wie einst über der Unendlichkeit der Tundra am Nördlichen Polarkreis.

Damals sah ich ein Bild von so gewaltiger Szenerie und Symbolik, daß ich es nie mehr vergessen konnte.

Die große Erhabenheit und die Melancholie der Natur lagen in tiefer Stille, als der blaue Abendwind gleichsam zum Abschied und leise wie ein Hauch darüber hinwegwehte und der smaragddunkle Morgenhimmel behutsam über den erstarrten ebenso smaragdenen Pfützen des Moores und den Silhouetten der verkrüppelten niedrigen Birken und Kiefern zu dämmern begann.

Dann versuchte mein Blick jenen Streifen, wo der Himmel den Horizont berührte, beharrlich zu erkunden, weil ich als Mann mir wie ein Kind vorstellte, nur dort könne für mich die Freiheit liegen.

Dann sah ich Scharen von Wildgänsen. Aber damals hörte ich das leise Rauschen Hunderter und aber Hunderter breiter, mächtiger Schwingen und wußte eben, daß ich noch hörte, weil ich damals dieses eigenartige Geräusch, das mich so sehr beeindruckte, wahrnahm!

Dann: Der Leitvogel schmeckte die Luft...

Das ewige Heimweh zog die Vögel hinab auf die Erde.

Das ewige Heimweh aber zog mich – fort – von ihr.

Manchmal, wenn der ständige Druck unter der Schädeldecke und die dumpfen Kopfschmerzen nachließen, hatte ich nur ein Verlangen: nur ein einziges vertrautes Wort zu hören, ein »Du« von einem geliebten Menschen.

Aber ich hörte es nicht!

Was wird, wenn ich keinen mehr verstehen kann? Früher sangen die Natur, der Wind, ein Vogel und sogar ein Tropfen Wasser. Musik erklang beim Mähen des Grases, des Kornes. Alles hatte seine eigene Stimme und damit auch ein Gesicht.

Das Leben, fing es nicht mit einem Schrei an?

Was wird, wenn diese taube Stille mich ewig umgeben sollte, aus den Straßen meiner Großstadt, den zahllosen Häusern, dem leisen, blauen Wind, aus dem roten Abend, dem Rauschen der Birken und dem Raunen der Nacht?

Ich werde von dichtem Glas umgeben bleiben, und hinein wird eine unsichtbare Tür führen, die ich vielleicht nie mehr finden werde, auch wenn ich einst sah, wie sie langsam in die mich umgebende Glaskuppel hineinglitt, sich schloß und mit ihr verschmolz.

Alles wird dann ein anderes Gesicht bekommen, ein stummes, fernes, vielleicht auch ein feindseliges Antlitz.

Und wenn ich auch nie mehr sehen sollte?

Was wird dann?

Was wird in mir noch sein, übrigbleiben von jener Unendlichkeit, die ich einst auch mit dem Herzen wahrnahm?

Vielleicht müßte ich fliehen?

Aber wie und wohin?

Die Verdammnis wird mich an einen Flecken binden. Ich werde unfähig sein, mich selbst zu erlösen. Und die anderen – sie werden mit mir »Erbarmen« haben!

Nur eine einzige Frau hätte ein wahrhaft menschliches Erbarmen mit mir – aber sie war bereits dem Zynismus und dem Fluch unseres Lebens entronnen. Also mußte ich es selbst versuchen, immer wieder, bis es mir eben glückte. Dann würde diese eine Frau mich zu sich führen, wie schon allein der Blick ihrer schwarzen Augen mich damals in beglückender Freude zu ihr hinzog. Wieder begann ich mich durch die Schwärze zu tasten und fiel, fiel immer wieder, tat mir weh, sehr weh, schwebte endlich in ein Nichtssein hinaus, dankbar, von jeder Schwere befreit und erlöst.

Irgendwann, später einmal, zwang mich ein stechender Schmerz – wohl einer Spritze – plötzlich und erneut über die Glaskuppel zurück.

Ich fror vor innerlicher Kälte, und ich hatte keinen, den ich ganz fest an mich hätte drücken können, um die Nähe seiner Gegenwart, die bezwingende Nähe seines Lebens und seiner Liebe zu fühlen. Dabei glaubte ich immer wieder, daß mich nur *das*, das ganz allein, von all den Schrecknissen und Gedanken und unklaren Vorstellungen erlösen könne.

Aber in jenen Tagen hatte ich keinen, der mich vor mir selbst in Schutz genommen hätte.

Wieder, immer wieder glaubte ich das faszinierende Schauspiel der fliegenden Gänse im smaragdenen Licht der sibirischen Tundra zu sehen, die Tümpel und Pfützen der Moore, so weit Blick und Gedanke reichten, Silhouetten der verkrüppelten niedrigen Kiefern und Birken, im hörbaren Schweigen des blauen Windes...

Eines Tages erschrak ich furchtbar.
Ich lag im Garten der Klinik. Durch den grauen Schleier meiner Augen sah ich plötzlich das schmerzlichgrelle Aufblitzen eines Lichtes. Blitz und Donner prallten über mir zusammen.

Dieses ohrenbetäubende Krachen löste den schweren Druck der unbarmherzigen Hände von meinen Ohren, und das grelle Licht brachte mit seiner Schockwirkung eine radikale Wendung.

Es war Nacht, als ich ein an- und abschwellendes Rauschen vernahm, das nichts mehr mit meinen früheren, lähmenden Kopfschmerzen zu tun hatte. Diesmal begann ich mich mit größter Vorsicht aus dem Bett herauszutasten, um nur ja nicht mehr zu fallen und nirgends anzustoßen, bis ich ängstlich einen Fenstergriff fühlte. Ich betätigte ihn immer wieder. Das Fenster öffnete sich, und plötzlich nahm das Rauschen zu. Der Geruch einer durchnäßten Landschaft, der Duft der Erde strömten mir entgegen, bis lange Zeit danach dunkle, große Schatten im Grau des Blickes hin und her wogten, heller wurden, angedeutete Farben sich zeigten, das Grün, das Rot eines lichter werdenden Himmels, bis mir hemmungslos die Tränen die Wangen hinunterrollten und ich sie an meinen Händen spürte.

Ängstlich tastete ich mich zurück. Die Bilder um mich gewannen allmählich wieder an Schärfe. Ich blickte in eine unglaubliche Farbenpracht.

Später verstand ich sogar die Fragen der Ärzte nach meinem Befinden, wenn auch die schwere Zunge mir noch nicht recht gehorchte.

Ich hörte meine Uhr gehen, an deren Gang nichts Außergewöhnliches war. Aber ich ließ sie dennoch anhalten, weil alles um mich viel zu laut war.

Vor den Augen formte sich die große, fette Schrift einer Zeitung. »Pfingst-Schinken... Preis: Mark 1,50 pro Pfund.«

Pfingsten war doch im Mai! dachte ich, aber der Preis, 1,50 pro Pfund? War das die neue Abkürzung für 1,5 Billionen? Harpener Aktiengesellschaft: Mark 70,–. Demnach also siebzig Billionen? Wie viele hatte ich noch davon? Gabardine-Mantel 40,– Mark.

Filmtheater: Harry Piel, Sensationsschau »Das gefährliche Spiel«. – »Die Nibelungen«, Parkett 1 Mark, Sperrsitz 1,50. Wie rechneten die das? Was kommt denn nach Billionen? Doch Billiarden! Jeannette und Frau Busch hatten mich einmal danach gefragt, als ich von der Bank heimkam.

»Eine Völkerbundstreitmacht, die lediglich ein Polizeiorgan der militärisch starken Staaten darstellt, würde dem Grundsatz der Gleichberechtigung ins Gesicht schlagen und die kleinen Staaten wehrlos der Machtpolitik der hochgerüsteten ausliefern.«

... Die Voraussetzung deutscher Erfüllungspolitik.... Die Furcht der Entente vor deutschen Geheimbünden.... Belgiens Zustimmung zu Poincarés neuer Sanktions- und Pfänderpolitik in der Pfalz.... 22 Parteien! Welch eine Lust zu wählen!

Und ich las und las.

Schon ein paarmal ging ich durch den Klinikgarten und stand lange vor dem hohen Eisengitter, blickte auf die Straße, die Passanten. Aber ich versuchte meist die Ohren mit beiden Händen zuzuhalten. Es war alles zu laut, viel zu laut für mich geworden.

Dabei dachte ich an den Bericht des Chefarztes, den ich mir von ihm erbeten hatte, um alle bisherigen Vorgänge besser verstehen zu können.

Es war jetzt Ende Mai 1924. Ich war in Berlin. Ein hilflos verweintes Fräulein Huber hatte mich Anfang November vorigen Jahres in die Klinik eingeliefert.

Ich besaß nur einen einzigen Anzug und von der neuen,

»stabilisierten« Währung 382 Rentenmark in meiner Brieftasche. Direktor Wenk hatte sie nach Verkauf meiner Aktien überwiesen und eine genaue Abrechnung beigefügt.

Ich dachte wieder voll Angst und Sorge an jene, die mir anvertraut waren, an meine Verantwortung ihnen gegenüber, die ich schon seit sieben Monaten nicht mehr erfüllen konnte. Seit sieben Monaten!

Es war Mittwoch und Besuchszeit in der Klinik.

Mein Entschluß stand fest. Ich packte meine wenigen Sachen zusammen, drückte den Hut tief ins Gesicht, stellte den Mantelkragen hoch, ging selbstsicher durch den Gang und verließ unauffällig das Gebäude.

Verloren stand ich eine ganze Weile mit meiner Tasche, in der nur meine Toilettensachen und zwei Hemden waren, in der Nähe des breiten Portals.

Das Leben, der pulsierende Verkehr auf der Straße, der ohrenbetäubende Lärm – ich sah alles.

Ich hatte meine Glaskuppel allein zerschlagen!

Und ich ging meinen Weg weiter.

Ich dachte, ich hätte alles hergegeben, was ich hatte. Aber noch immer war es zu wenig. Das Schicksal forderte noch mehr von mir.

Frau Busch öffnete mir die Tür und trat mit einem leisen, unterdrückten Schrei zurück:

»Mein Gott! Es ist doch nicht möglich! Bitte treten Sie nur ein.«

Ich sah sofort: Jeannettes Zimmer war leer.

Ich fror auf einmal.

Und dennoch setzte ich mich auf einen Stuhl, den ich noch gut kannte, und glättete scheu die Tischdecke, als könnte ich dadurch hier alles Vergangene berühren. Ich wartete, bis Frau Busch sprechen würde, weil ich mich nicht traute, sie zu fragen.

Jeannette war also fort!

»Erst will ich Ihnen schnell ein schönes Täßchen Kaffee machen«, sagte sie endlich.

»Nein, danke, Frau Busch!«

»Fräulein Huber...«, begann sie dann unsicher, »ist vor etwa zwei Monaten nach Paris abgefahren, mit einer jungen Französin, Mademoiselle Duval hieß sie. Und vor nicht ganz vierzehn Tagen folgte auch Herr Mathieu nach. Fräulein Huber näht dort ihre Damenwäsche. Es geht ihr gut, schreibt sie. Die Französin verkauft ihr jedes Stück. Moment, bitte, ich hole Ihnen Fräulein Hubers Adresse. Ich versprach ihr, sie Ihnen sofort zu geben.«

Jeannettes Zimmer war sauber und gelüftet, genau wie damals, als ich es zum erstenmal betrat, nun aber fremd, weil nichts herumlag, was ihr gehörte. Die Gegenstände starrten mich an, und plötzlich dachte ich an Frau Andrejewa und ihr Zimmer.

Jeannette war fort!

Ich kämpfte mit den Tränen und wollte unauffällig fortgehen, so schnell wie möglich.

»Hier ist Fräulein Hubers Adresse. Sie möchten sich bitte sofort melden!«

Ich nickte.

»Sie stecken ja den Zettel ungelesen in die Tasche? Fräulein Huber hat Ihr Zimmer noch bis vor zwei Monaten bezahlt«, fügte Frau Busch eindringlich hinzu. »Sie hatte immer gehofft, Sie kämen wieder! Der Chefarzt hatte aber wohl keine Hoffnung mehr.«

Ich nickte wieder.

»Fräulein Huber bat mich, Ihnen ferner auszurichten, daß sie Ihren Schrankkoffer damals nach Ihrer Erkrankung in Bayern aufgegeben hätte, aber er sei in Berlin nicht angekommen. Leider war er gegen Diebstahl nicht versichert. Sie war ganz entsetzt darüber. Ein Teil ihrer Sachen befand sich auch darin. Sie hatte den Kopf restlos verloren. Mademoiselle Duval kam damals täglich zu ihr, tröstete sie und überredete sie endlich, mit ihr nach Paris zu fahren.«

»Verstehe!«

Nach einer Weile fragte Frau Busch: »Wollen Sie Ihr Zimmer wiederhaben? Oder soll ich Ihnen lieber das von Fräulein

Huber reservieren? Der Preis ist der gleiche, nur in unserer neuen Währung. Wissen Sie noch, wie das alles war?«
Ich konnte nichts sagen.
»Und wenn Fräulein Huber wieder nach Ihnen fragt, was darf ich ihr von Ihnen schreiben?«
»Daß ich dagewesen bin.«
»Sonst nichts? Auch keinen Gruß? Mein Gott! Die Kleine war ja immer so reizend zu Ihnen!«
»Ja, das war sie. Ich möchte jetzt gehen.«
Frau Busch schien auf einmal von meinem Anblick und meinen Worten beunruhigt zu sein, denn sie beeilte sich, mir die Wohnungstür zu öffnen.
Draußen lehnte ich mich für eine Weile dagegen.
Unsicher nahm ich die Stufen, trat auf die Straße hinaus. Wie hell und laut alles um mich war!
Langsam knüllte ich das Stückchen Papier mit Jeannettes Adresse zusammen, ließ es fallen und ging weiter. Ich rief im Städtischen Krankenhaus an und hinterließ Bescheid über mich.
Nun konnte ich nicht mehr zurückgehen!
Das kleine Mecklenburger Bimmelbähnchen schuckelte und tuckelte unverändert, schlängelte sich durch prächtige Wälder, weite Äcker hindurch, an tiefblauen Seen entlang, bis zu meinem kleinen Bahnhof. Auch er war unverändert geblieben. Doch keiner wartete auf mich.
Es wußte ja keiner, daß ich kommen würde.
Es war still um das Haus meiner Eltern. In keinem Zimmer brannte Licht, obwohl es schon dämmerte. Zaghaft öffnete ich die Tür zur Wohnstube. Meine Mutter saß allein am Fenster, ein Buch in der Hand. Die aufgeschlagenen Seiten und ihr schmales Gesicht über der dunklen Bluse mit der kleinen weißen Halskrause schimmerten noch ein wenig in der Abenddämmerung, doch als sie das Geräusch der aufgehenden Tür vernahm, hob sie den Kopf, schlug das Buch zu, und ich sah auf ihrer Bibel das Kreuz.
»Fedja... Du?... Mein Gott!«
Welch eigenartige, ferne Stimme meine Mutter hatte. Als

sie auf mich zukam, schien mir ihre Gestalt noch kleiner geworden zu sein. Ihre Hände zitterten, als sie mich umarmte und mit bisher nie gekannter Hast abtastete.

Plötzlich weinte sie still an meiner Brust, und sie kam mir zum erstenmal im Leben hilflos und ängstlich vor. Ich streichelte sie, drückte sie ein wenig an mich und fühlte mich dabei etwas unsicher, weil ich das sonst nie getan hatte.

»Fedja, mein Junge... Unser Papa ist von uns gegangen.«

Ich hielt den Atem an.

Mein Vater tot! Etwas erstarrte in mir!

Mein Blick suchte im Zimmer; ich wußte nicht wonach. Dabei fiel er auf den Rock meines Vaters, der auch jetzt über einem Stuhl hing und in dessen Tasche noch sein weißes Taschentuch und daneben das lederne Zigarettenetui hervorlugten. Das hatte er auch immer auf der Jagd mit.

In der Stille, in der die Vergänglichkeit keine Gestalt mehr hatte, glitt etwas ganz, ganz leise an mir vorbei, wie ein Hauch, der mich berührte und dann unerreichbar fern wurde – für immer.

»Und dann noch etwas Furchtbares!«

»Ja, Mutter? Was denn?«

»Natascha.«

»Was ist mit ihr?«

»Sie ist seit ihrer letzten Reise zu dir spurlos verschwunden. Alle polizeilichen Fahndungen blieben bis heute ergebnislos. Man hat nicht einen einzigen Anhaltspunkt, auch nicht durch das Verhör der hiesigen Schulkinder. Natascha hat nur die große Handtasche von Herrn Neumann mitgenommen, kaum aber etwas Geld.«

Ich fragte nicht mehr. Ich ging nur im Zimmer hin und her und immer wieder hin und her.

Ich konnte an nichts mehr denken. Einen ganzen Nachmittag verbrachte ich allein am Grabe meines Vaters auf der kleinen Friedhofsbank.

Vater ist tot!

Aber ich begriff es nicht.

Über den Friedhof ging ein leichter Wind. Er spielte mit

den hellgrün leuchtenden Blättern, verfing sich in den Ästen und Zweigen der alten, schattigen Bäume und eilte fort über das weite Land der Seen in frühsommerlichem Sonnenschein.

»Vater ist tot!« sagte ich noch einmal tonlos vor mich hin. Aber die ewig gleichgültige Natur, das Land, gab keine Antwort.

Die Erinnerungen wurden gegenwartsnah.

Es war mir, als stünde mein Vater vor mir, lebensbejahend, tatkräftig, ein blonder Hüne in seinem Lodenanzug, der immer so herrlich nach Wald und dem Rauch zahlloser Feuer roch und an mehreren Stellen versengt war. Er stand in einem ebenso formlosen Hut mit einer prächtigen Auerhahnfeder am zerschlissenen Band. Ich blickte ihm in die Augen. Sie schauten so scharf und klar unter dem Hut hervor. Er war glücklich. Um seine zugekniffenen Augen, in den winzigen Fältchen, spielte ein schalkhaftes Lächeln. Er war mit seinem erprobten Drilling auf der Pirsch, für keinen mehr erreichbar.

»Sag doch bitte, Vater«, fragte ich einmal. »Bist du eigentlich mit der Mutter glücklich?«

Er schwieg damals eine Weile und schob ein wenig den Unterkiefer vor. »Tja ... Ich habe sie sehr gern. Sie versteht mich aber wenig.«

»Und wenn sie dich verstehen, mit dir jagen würde und so ... Es gibt doch Frauen, die einen herrlich verstehen!«

»O ja, die gibt's schon, aber die heiratet man nicht, Fedja.«

»Warum?«

»Das wirst du bald selbst sehen.«

Ich war damals noch sehr jung, dachte an Paris und Colette, meinen Abschied. Wir schwiegen und gingen weiter. Später gaben wir acht, um nur ja auf kein Ästchen zu treten, das knacken und das Wild verscheuchen konnte.

Da entsicherte mein Vater den Drilling. Wir standen wie angewurzelt, und sein schalkhaftes Lächeln kam wieder auf. Er hatte in der Ferne etwas erspäht, um es anzuvisieren.

So sah und meisterte er auch das Leben.

Plötzlich zuckte ich zusammen und blickte auf. Die Bäume standen wie riesige Schatten im Nachtblau des Himmels.

Ein paar Tage vergingen.

Meine Mutter löste den Haushalt auf, um zu ihrer Schwester zu ziehen. Sie waren schon immer in großer Herzlichkeit miteinander verbunden.

Nataschas Haus und das Grundstück waren zum ersten Juli vermietet. Für den Mietzins wurde ihr ein Konto bei der Bank errichtet.

VII

»Hat dir Natascha denn gar keine Andeutung gemacht?« fragte ich dann endlich.

»Kein Wort, Fedja. Nicht einmal unserem Vater. Dabei hat sie ihn wie eine leibliche Tochter gepflegt. Sein Herz versagte immer mehr. Sie war ja noch bei ihm, als er starb. Wir hatten gerade zu Mittag gegessen. Vater legte die Serviette auf den Tisch und sagte: ›Ich danke dir, Mutter. Es hat ausgezeichnet geschmeckt.‹ Plötzlich blickte er hoch, faßte sich ans Herz. Natascha hielt seinen Kopf, als er den letzten Atemzug tat.«

Die Mutter wischte sich über die Augen, aber sie beherrschte sich auch diesmal.

»Und Natascha? – Nach deiner unerwarteten Erkrankung hielt sie sich einige Wochen sehr tapfer; auch in der Schule. Das muß ich sagen. Sie besuchte dich jeden Sonnabend, ob sie zu dir vorgelassen wurde oder nicht. Der Lehrer Rupnow gab ihr dann immer frei, fragte auch stets nach dir. Manchmal sahen wir dich, aber... Das hat unser Vater nicht überwinden können. Dazu die Aussichtslosigkeit mit Rußland. Der Chefarzt machte uns keine großen Hoffnungen. Er meinte, es könnte vielleicht eine Schädigung des Gehirns zurückbleiben, weil du auf deiner Flucht aus Sibirien eine Kopfverletzung davongetragen und dich hier wochenlang mit Alkohol gegen die Grippeerkrankung gewehrt hast.« Sie seufzte.

»Ja, Natascha... Auch sie wurde flügellahm, lernte nicht mehr, verzweifelte, und als unser Vater starb, war es mit ihr ganz aus. Sie verschloß sich gegen jedermann; auch gegen Loni und mich.«

»Wann fuhr sie denn das letzte Mal zu mir?«

»Morgen werden es genau vier Wochen sein.«

»Aber damals ging es mir doch etwas besser!«

»Das ist es ja! Um so unerklärlicher ist ihr Fortgehen. Ich befürchte, Fedja, sie ist in schlechte Hände geraten, und das quält mich sehr.«

»Das glaube ich nicht, Mutter. Sie war allen Menschen gegenüber zurückhaltend und mißtrauisch.«

»Sicher war sie das, aber vergiß nicht die Gefahren der Großstadt. Sie ist doch ein hübsches Mädchen.«

Vor mir lag die Zeitung mit ihrem Bild und der Überschrift: »Spurlos verschwunden!« Der Fahndungsdienst forderte die Bevölkerung zur Mithilfe auf.

Doch alle meine Überlegungen und Mutmaßungen endeten nur in der einen Frage: warum?

Alles in mir schmerzte.

Ich half meiner Mutter beim Einpacken, als ginge es darum, einen zurückgelegten Lebensabschnitt zu beschließen.

Auch Nataschas Sachen fielen mir in die Hände, ihre Kleider, Schuhe, Schulhefte, die ausländischen Noten, ihre Akulina, das kleine Heiligenbild.

Brauchte sie denn das alles nicht mehr? So von heute auf morgen?

»Willst du es mitnehmen? fragte die Mutter behutsam.

»Nein, was soll ich schon damit? Ich weiß ja nicht einmal, wo ich selbst jetzt bleiben werde. – Oder vielleicht doch, wenn sie wiederkommen sollte!«

»Und wenn nicht?« – Ich zuckte die Achseln.

»Liebst du sie?«

»Warum fragst du so etwas?« erwiderte ich und schob Nataschas Geld in einen Briefumschlag, auf dem ich die einzelnen Beträge aufschrieb. Das Heiligenbild legte ich dazu. Die Akulina wickelte ich in ein Stück Packpapier ein.

In Berlin besprach ich mit dem Beamten des Fahndungsdienstes jede nur mögliche Mutmaßung.

»In den Akten steht vermerkt, daß sämtliche Polizei- und Gendarmerieposten des Landes das Signalement des Mädchens erhalten haben. Die Nachforschungen sind also im

Gange. Ihrem Chefarzt hat es sogar versprochen, am nächsten Sonnabend wiederzukommen. Es hatte also nicht die Absicht, in Berlin zu bleiben.«

»Zumal sie kaum Geld hatte.«

»Eben! Wörtlich erklärte der Arzt dem Mädchen: ›Ich bin überzeugt, daß Ihr Vater in einigen Wochen als geheilt entlassen werden kann. Eine wesentliche Besserung ist bereits zu erkennen.‹ Darauf erwiderte es offensichtlich erfreut – das hat der Professor sogar unterstrichen: ›Mein Gott! Die ersten guten Nachrichten! Dann muß ich mich ja sehr, sehr beeilen!‹ Nur zwei Fragen bleiben unbeantwortet. Die erste betrifft das Wort ›beeilen‹. Warum mußte sie sich beeilen? Um was zu tun? Wer oder was trieb sie zu dieser ungeklärten Eile an?«

»Ich glaube es zu wissen«, antwortete ich sofort. »Bei Natascha wurden seinerzeit Anzeichen von Lungentuberkulose festgestellt. Sie war mit mir über ein Jahr in der Schweiz und kam dadurch mit dem Lernen in Rückstand. Ich verlangte von ihr erst das Absolvieren der Schule, um ihr anschließend eine bessere Berufswahl zu ermöglichen.«

»Das erscheint mir recht glaubwürdig, obwohl ich darin keinen Grund zum Verschwinden sehen kann. Was sollte sie denn lernen?«

»Es war immer ihr Wunsch, Tänzerin zu werden. Aber sie kann doch unmöglich ohne Geld eine Ballettschule besuchen.«

»Hatte sie keine wohlhabenden Bekannten oder Verwandten in Berlin?«

»Der einzige, der ihr dazu verhelfen könnte, ist ein Herr Neumann. Er kannte bereits Nataschas Mutter und sah es als seine Pflicht an, dem Mädchen zu helfen. Herr Neumann war aber damals auf Reisen im Ausland. Ich kann mir nicht denken, daß sich Natascha mit ihm vorher in Verbindung setzte. Es wäre Herrn Neumann auch auf jeden Fall bewußt gewesen, daß es sich um eine Minderjährige handelt.«

Wir drückten unsere Zigaretten aus.

»Nun die zweite Frage: »Wozu hielt sich das Mädchen zwei Tage in der Pension in Berlin auf, die es dann gegen

Abend verließ? Die Besitzerin konnte uns keine näheren Angaben darüber machen, weil ihr nichts Außergewöhnliches am Verhalten der Vermißten aufgefallen war. Sie hat auch in Mecklenburg seit Monaten weder Post erhalten oder Briefe geschrieben, noch postlagernde Sendungen in Empfang genommen. Sie hat in Berlin nicht einmal einen Ihrer gemeinsamen Bekannten aufgesucht. Wir haben alle vernommen, nur nicht Herrn Neumann, weil er, wie Sie selbst sagten, schon über zwei Monate auf Reisen ist. Also«, erklärte er abschließend, »die Nachforschungen sind – wie Sie sehen – im Gange. Mehr können wir im Augenblick nicht tun, mein Herr. Aber Sie brauchen deshalb keine Angst zu haben. Sie werden das Mädchen bestimmt wiedersehen!« versuchte der Beamte mich zu beruhigen.

»Nach so vielen Wochen? Wovon soll es denn in dieser Zeit gelebt haben?«

»Wir haben jeden Monat Hunderte ähnlicher Fälle, und die meisten enden glücklich. Ich bin schon seit vielen Jahren im Fahndungsdienst. Sie können sich bestimmt auf unsere Beamten verlassen. Die meisten von ihnen sind erfahrene Kriminalisten.«

Ich stand wieder auf der Straße und ertappte mich dabei, daß ich jedes Mädchen, das auch nur entfernt Natascha glich, prüfend ansah. Schließlich ging ich zur Bank.

Der Hauptportier Schulz verspeiste gerade genußreich eine Bockwurst mit Senf.

»Ist das die Möglichkeit!« empfing er mich und hielt im Kauen inne. »Und dabei hat man Sie totgesagt! Das bedeutet aber langes Leben! Post für Sie? Nein, leider nicht. Brauchen Sie wieder ein Zimmer? Vermittlung kostet selbstredend nichts. Übrigens, Frau Busch, bei der Sie mit Fräulein Huber gewohnt haben, vermietet wieder.« Er wischte sich den Mund mit der Papierserviette ab.

»Ich wollte Herrn Direktor Wenk fragen, ob er für mich wieder Arbeit hat. Dann komme ich gleich.«

Direktor Wenk kam mir in seinem hohen, feudalen Sessel noch schmaler vor. Der einst große Stoß Arbeit zu seiner

Rechten war fast verschwunden; auch das Telefon klingelte während unserer Unterredung kein einziges Mal.

»Ja«, meinte er und legte die Linke in Muschelform ans Ohr, »es wäre wahrscheinlich möglich, Sie in der gleichen Abteilung unterzubringen.« Ich sollte vorbeikommen.

Seit seiner Grippeerkrankung hörte er etwas schwer.

Ich hatte Herrn Schulz schon vergessen, als er mich am Eingang nochmals zu sich herwinkte.

»Setzen Sie sich erst einmal hin! Wohlgemuth, gehen Sie einen Moment aus der Loge«, wandte er sich an den Portier am Schalter. »Ich muß Ihnen etwas unter vier Augen sagen, aber Sie dürfen mich, bitte, deshalb nicht falsch verstehen.« Schon ruhte seine gutmütige Pranke auf meiner Hand. »Sie sehen so angegriffen aus. Früher waren Sie in dem Narrenstall die Ruhe selbst. Wissen Sie, was mir inzwischen eingefallen ist, was Sie tun müßten? Ein paar Tage ausruhen, sich treiben lassen, promenieren, nette Umgebung haben. Der Portier vom Hotel Unter den Linden ist ein alter Freund von mir. Er wird Ihnen dort ein Zimmer unter der Hand beschaffen, eines, das dem Begleitpersonal der Gäste zur Verfügung gestellt wird. Sie sitzen dann in der Halle, sehen wohlhabende, illustre Menschen, auch wenn Sie nur eine Erbsensuppe von Aschinger im Bauch haben. Wichtigkeit! Die Umgebung macht es. Die wird Sie aufrichten, wird Ihnen neuen Mut und Schwung geben.«

Ohne meine Antwort abzuwarten, telefonierte er.

»Die Sache ist geritzt! Sie brauchen nur noch hinzugehen.« Er klopfte mir auf den Arm und erhob sich; man hatte ihn gerufen.

Schulz hatte eigentlich recht, überlegte ich und steuerte dem ersten Hotel Berlins zu. Mit dem Zimmer »für Begleitpersonal« im fünften Stock klappte es wunderbar. Von dort telefonierte ich alle Bekannten an, gab ihnen meine Adresse, in der Hoffnung, Natascha würde sich irgendwo einmal melden. Bei Aschinger aß ich wie alle Berliner Arbeitslosen Erbsensuppe mit Bockwurst für fünfzig Pfennig und Brötchen nach Belieben gratis.

Nur der Anruf bei meinem kleinen Freund Coco enttäuschte mich. Seine Wirtin erklärte mir, unhöflich wie sie immer war, er sei wieder in die Schweiz zurückgekehrt. Eine Nachricht hätte er nicht hinterlassen.

Tag für Tag, bei jedem Wetter, war ich auf den Beinen und suchte Natascha. Aber da setzten erneut heftige Kopfschmerzen ein, begleitet von dem erst leichten Schleier vor den Augen, der sich gegen Abend verdichtete. Ich hatte ja die Klinik zu früh verlassen.

Und doch war es viel zu spät gewesen. Mein Vater war bereits von mir gegangen und auch Natascha, mein Sorgenkind.

Ich mußte mich nun entscheiden: Entweder ich suchte sie ohne viel Hoffnung weiter und verschlimmerte meinen Zustand auf die Gefahr eines Rückfalls hin, oder ich gab das Suchen auf.

In diese Überlegungen vertieft, kehrte ich vom Fahndungsdienst zurück. In der Hotelhalle wartete Herr Schulz auf mich. Ich erkannte ihn kaum, so sehr war er durch den vornehmen Mantel und Hut verändert. Er zog mich beiseite und holte aus der Tasche die führende Berliner Mittagszeitung hervor.

»Da, lesen Sie!« wies er auf die große Annonce hin: »›Redegewandte Herren mit besten Umgangsformen und gutem Äußeren zum Verkauf eines bereits im Ausland und in Übersee bewährten, bahnbrechenden Haushaltsartikels bei festem Gehalt und hoher Provision per sofort gesucht.‹ Und jetzt das Wichtigste! ›Persönliche Vorstellung Freitag zwischen neun und zehn Uhr‹ – in Ihrem Hotel, ›Zimmer Nummer sowieso‹. Da Sie in diesem Hotel wohnen, können Sie sich erlauben, entsprechende Gehaltsansprüche zu stellen!« flüsterte er beschwörend. Dabei stieß er mich sanft in die Seite und kniff ein Auge zu. »Wollen Sie nicht einmal sehen, um was es sich handelt? Ich wünschte«, fügte er mit Herzlichkeit hinzu, »ich könnte Ihnen Glück bringen.«

»Ich danke Ihnen sehr für diesen Hinweis!«

»Ach, wenn ich schon das Wort Dank bei Ihnen höre! Und Ihre früheren Börsentips waren wohl nichts?« Wie ein spanischer Grande verließ er stolz und zufrieden das Hotel.

Ausgerechnet an diesem Freitagmorgen mußte ich verschlafen, was mir im beruflichen Leben ganz selten passierte. Es war bereits nach zehn Uhr. Eine Viertelstunde später betrat ich erwartungsvoll das Hotelzimmer.

Etwa dreißig Herren, pikfein gekleidet, waren bereits anwesend. Eine bessere »Dame« vom Kurfürstendamm saß etwas mitgenommen am Empiretisch, rauchte ungehemmt und blätterte gelangweilt in Modezeitschriften herum.

»Sie kommen auf das Inserat?« fragte sie und lächelte. Ich bejahte. »Dann müssen Sie warten, wie die anderen hier. Der Generalverkaufsdirektor wird bald empfangen.«

Der dicke Schulz, dachte ich verärgert, hat eine Schnapsidee gehabt: Hübsche Lieblinge werden hier wohl gesucht!

Bald danach öffnete sich die Tür zum anliegenden Zimmer. Ein Herr mit breiten, energischen Zügen, von kräftiger, aber etwas schlaksiger Statur, betrat den Raum. Abschätzend musterte er uns wie eine Ware und sagte kurz mit baumelnder Zigarette: »Der erste.« An seiner Aussprache merkte ich: Amerikaner.

Eine gute Viertelstunde später kam der Gerufene zurück. Kaum hatte er die Tür hinter sich geschlossen, erstarrte sein »Ladenlächeln« zu einer offensichtlichen Ablehnung des wohl soeben Gehörten. Ich rechnete aus, daß ich demnach in etwa sieben Stunden an der Reihe wäre, die Mittagspause nicht gerechnet. Der zweite Herr ging ins nebenliegende Zimmer, kam aber schon nach kaum fünf Minuten mit gleicher verächtlicher Miene heraus. »Mist, verfluchter!« brummte er.

Ich hatte demnach die Hoffnung, bereits nach zweieinhalb Stunden vorgelassen zu werden.

Da erschien der Amerikaner erneut und fragte ungehalten: »Spricht jemand von euch Englisch?«

»Ich!« erwiderte ich sofort.

»Kommen Sie rein!« Wir setzten uns im kleinen Salon nieder.

»Staubsauger! Wissen Sie, was das ist?«

»Freilich.«

»Guut!« Die Züge des Mannes erhellten sich zu einem offenen Lächeln. »Zigarette?«

»Danke, gern! Und?«

»Moment!« Er nahm einen an der Wand lehnenden, zylinderförmigen Apparat und begann mir mit großer Geschicklichkeit den Staubsauger vorzuführen, wobei er auch alle Haupt- und Ersatzteile eingehend erklärte. Dann stellte er sich mit dem Apparat wie ein siegreicher Torero in prahlerischer Positur an die Wand.

»Ist das ein Geschäft für Deutschland?«

»Ein ganz großes!« rief ich, wenn auch von diesem Angebot reichlich enttäuscht.

»Wo könnten wir mehrere Stück verkaufen, jetzt gleich, um zu sehen, wie sich dieses Geschäft in Ihrem Lande anläßt?«

»Beim größten Bankhaus Berlins, von hier nur fünf Minuten entfernt. Aber erst in einer guten halben Stunde. Ich kenne dort die Gepflogenheiten und auch die Direktion sehr gut!«

»Ausgezeichnet! Dann kann ich ja noch frühstücken. Wo wohnen Sie?«

»Im gleichen Hotel wie Sie.«

»Oh! Wollen Sie mit mir frühstücken, Sir?«

»Danke, gern. Ich habe auch noch nichts gegessen.«

»Verschlafen?«

»Ja.«

»Ich auch«, lachte er. »Sie sind offen. Ihre Art gefällt mir!« Er reichte mir seine Hand und seine noch größere geprägte Geschäftskarte. Dann öffnete er die Tür zum Empfangszimmer und rief hinaus: »Hinterlassen Sie Ihre Adressen meiner Sekretärin. Ich brauche Sie heute nicht.«

Ich las: »Gert Frederikssen, Hauptaktionär und Verkaufsorganisationsleiter für Mitteleuropa der Nordisk Aktiengesellschaft, Stockholm. Filialen in...« es folgte die Reihe der Niederlassungen. Die Dimension der Firmenkarte war also anscheinend gerechtfertigt, auch ihre pompöse Prägung. Frederikssens glänzende Laune, begleitet von einem unerwarteten Redeschwall, und unser beachtlicher Appetit bei diesem Frühstück führten uns schnell zusammen. Schon seit Tagen hatte ich mich nicht mehr richtig satt gegessen. Dann ließ ich alle quälenden Gedanken und eine Portion Hemmungen zurück, griff resolut nach dem eleganten Lederkoffer mit dem Staubsauger und ging mit dem Amerikaner zu Direktor Wenk.

Die feudale Geschäftskarte mit der Angabe der Filialen in fünf Kontinenten und der ungewöhnliche Titel des Mannes ließen den Bankfachmann ein ansehnliches Devisengeschäft wittern, so daß er uns sofort und mit ausgesuchter Höflichkeit empfing.

Nach kurzen einleitenden Worten, ohne auf den Zweck unseres Besuches näher einzugehen, wodurch Wenks Ungeduld gesteigert wurde, begann der Amerikaner seinen Handkoffer auszupacken, während der jetzt mehr als erstaunte Blick des Direktors bald zu Frederikssen, dann wieder zu mir eilte. Der vornehme Wenk begriff zunächst gar nichts, nur die sonore Stimme des Ausländers. Erst als ich ihm unzweideutig sagte, wir wollten unbedingt dem Bankhaus einen Staubsauger verkaufen, lehnte er sich resigniert in seinen Sessel zurück. Unfähig, auch nur ein Wort zu sprechen, sah er der Vorführung zu, wie einer unglaubwürdigen und doch gelungenen Schaubudenvorstellung, deren überraschtes Opfer er war.

»Eigentlich...interessant...könnte man sagen«, meinte er dann unsicher. »Aber entschuldigen Sie, meine Herren, ich bin gänzlich unvorbereitet. Immerhin...«

»Abgesehen von dem Kauf mehrerer derart praktischer Apparate für das führende Bankhaus, Herr Direktor Wenk«, begann auch ich die Situation zu meistern, »wäre diese Weltfirma nicht abgeneigt, bei Ihnen ein Bankkonto zu eröffnen.«

»Ja, ja, verstehe, natürlich, ein Bankkonto einer Weltfirma müßte man mit solch einem Abschluß...«, stotterte er zweifelnd nach einem tadelnden Blick.

»...zusammenkoppeln«, beeilte ich mich hinzuzufügen. Diesmal war es mein Amerikaner, der die Zusammenhänge nur entfernt verstand. »Ich darf Ihnen verraten, daß diese

Firma schon in naher Zukunft in Berlin eine Fabrikation von Staubsaugern für ganz Deutschland plant.«

Ich sprach von der Notwendigkeit einer sofortigen Einschaltung in alle banktechnischen Transaktionen der Nordisk AG, der überaus einfachen Handhabung der Apparate, von der schon längst erwiesenen Rückständigkeit bisheriger Reinigungsmethoden, der Säuberung aller Räume durch die Portiers unter der Leitung unseres Herrn Schulz und drängte dann auf den Auftrag von vorerst einmal zehn Apparaten, während Mister Frederikssen mit ernstestem Gesicht dazu nickte und seine Bestätigung mit den Worten »Sehr richtig! Oh, wie rrichtig!« bekräftigte. Dabei hatte ich selber das Gefühl, auf einem Jahrmarktsrummel zu sein, weil der Amerikaner mit Gesten und Mienenspiel sich verständlich machte und amüsiert lachte, während Direktor Wenk, von der Überzeugungskraft des anderen angesteckt, in zurückhaltender Weise darauf einging.

Als ich dann noch zwei Direktoren und auch Herrn Schulz herbeirufen mußte, die sich schnell von dem gleichen Schreck erholten und ebenso verdutzt wie neugierig der zweiten Vorführung zusahen, während der Amerikaner mit der Unverfrorenheit eines billigen Zauberkünstlers einen großen Reklamebogen ausbreitete und einen ansehnlichen Haufen Staub aus dem Saugbeutel darauf ausleerte, sagten die Herren wie im Chor: »Das ist doch nicht möglich!«

Herr Schulz, von seiner Wichtigkeit überzeugt, entschied lapidar: »Det Ding koof ick mir ooch!« In dem Blick des zwei Zentner schweren Mannes stand aber nur die eine Frage, die ich ihm im Augenblick nicht beantworten konnte: »Is det mit der Annonce jeritzt?«

Das Urteil über den Staubsauger war gesprochen. Zwei schwungvolle, unleserliche Unterschriften besiegelten den Kauf der ersten zehn Apparate. Es folgte die Eröffnung des Bankkontos, der ich mit verständlicher Skepsis entgegenblickte. Auch Direktor Wenk sah mich dabei erneut recht mißtrauisch an.

»Für den Anfang«, sagte Frederikssen wie nebenbei,

»150 000 Schwedenkronen in Barscheck, bis wir uns eingerichtet haben«, und setzte seine flüchtige Unterschrift unter die Formulare. »Über die zweite Bankvollmacht bekommen Sie meine Anweisungen in den nächsten Tagen.«

Er sah mich an, lächelte und klopfte mir wie einem Freund auf die Schulter. Dabei griff er sich wahllos aus dem hingereichten Kistchen eine Havanna, rauchte ein paar Züge und nahm die Glückwünsche der Direktoren für einen guten Geschäftsanfang lässig hin. Dann zerdrückte er die herrliche Zigarre im Aschenbecher zu einer Kelchblume, und schon entschwanden wir beide, um weiteren Bankhäusern unsere Aufwartung zu machen.

Der erste Orderzettel glich dem Zauberwort »Sesam öffne dich!«

An diesem Tage haben wir achtunddreißig Staubsauger verkauft.

»Das macht 760 Mark Provision für Sie, Sir!« Wir verließen gerade ein Bankhaus, als mir Frederikssen die Hand auf die Schultern legte und mich zu schütteln begann.

»Wir beide haben Schwein«, sagte er in gebrochenem Deutsch, »daß wir uns kennengelernt haben!«

»Ja, das kann man wohl sagen!« erwiderte ich, wenn auch mit leisen Zweifeln.

Der Abend führte uns zu einem lukullischen Mahl zusammen, nach dessen Abschluß mir der kräftig angetrunkene Amerikaner, diesmal auf die linke Schulter klopfend, sagte:

»Stellen Sie doch mit mir die gesamte Verkaufsorganisation in Deutschland auf die Beine! Als Anfangsgehalt bekommen Sie von der Firma ab sofort sechshundert Mark, alle Spesen extra und für jeden Apparat, den Ihre Vertreter in ganz Deutschland verkaufen werden, noch eine Mark Superprovision. Ich habe beim Frühstück vergessen, Ihnen zu sagen, daß ich bei der Nordisk führend beteiligt bin. Meine Zusage gilt. Wenn unsere Organisation steht, werden Sie leicht auf drei- bis viertausend Mark im Monat kommen!«

Ich schlug ein! Aber ich traute meinen Ohren nicht recht. Da beugte sich Frederikssen zu mir herüber, lächelte verschmitzt und fragte ohne jeden Übergang: »Wie kommt es, daß Sie mir im Saufen überlegen sind, Ted?«

»Das macht die Übung, Gert!«

»Ich bin nämlich in Stockholm geboren«, sagte er. »Meine Eltern wanderten nach den USA aus. Als aber dort die Prohibition eingeführt wurde, kehrte ich schleunigst nach Schweden zurück. Die verstehen zu saufen! Ach, da fällt mir gerade ein Witz ein! Zwei Indianer stehen am Orinoco und...«

»Nun kommen Sie. Ich bringe Sie ins Bett, denn wir müssen morgen früh...«

»Wir müssen gar nichts, Ted! Gar nichts! Wir beide sind Chefs und können tun, was wir wollen, solange es uns Spaß macht! Wie jetzt alles weitergehen soll? Ich sehe vollkommen klar. Vollkommen klar! Oder sind Sie etwa anderer Meinung?«

»Bewahre! Warum solltest du denn auch nicht klar sehen?«

Ich beschwichtigte ihn mit dem international probaten Mittel der Geduld, bis es mir und dem Oberkellner gelang, den schweren Mann hochzuwuchten und ihn in sein Zimmer zu bringen.

»Gehen Sie, Kellner«, winkte Frederikssen immer wieder ab. »Ins Schlafzimmer begleitet mich nur mein Freund Ted oder eine Frau!« Er hielt sich an der Tür fest. »Ted... Jetzt eine Frau zum Abschluß!«

»Das machen wir, Gert, auf jeden Fall erst aber rein ins Zimmer und ins Bett!« Er gehorchte, bis wir gefährlich torkelnd sein Bett erreichten.

»Festhalten! Festhalten!« Er lachte dröhnend und hielt sich daran fest, als hätte er die schwerste See unter den Füßen. »It's a long way to Tipperary! Ha! Ha!« Endlich warf er sich mutig hinein. »Jetzt loslassen! Loslassen, Ted! Ich bin drin!« kommandierte er hemmungslos laut. »Good! Good!« Er stöhnte wohlig und schmunzelnd. »Thank you, Ted, you nice guy«, fügte er nach einem herzhaften Rülpser erlöst hinzu, schloß die Augen und rührte sich nicht mehr.

Ich stand vor dem Manne und betrachtete ihn. Beide Arme von sich gestreckt, verschwitzt, den Hemdkragen aufgerissen, den Mund weit geöffnet, schnarchte er ohrenbetäubend in seinem luxuriösen Hotelzimmer. Dabei dachte ich an den phantastischen Ablauf dieses Tages und ob dieser Fremde sein Versprechen halten würde, stieg langsam in mein Zimmer hinauf, las mehrere Male die halbseitenlange Annonce durch und blickte noch eine Weile über den Tiergarten, der im ersten fahlen Morgenlicht unter mir lag.

Ich dachte an meinen Vater, ich sah die Mutter den ländlichen Haushalt auflösen, wie wir uns verabschiedeten, auseinandergingen, und ich dachte auch an die kleine Natascha und grübelte über den Grund ihres Fortgehens nach, über den eigenartigen Ausruf gegenüber dem Arzt: ›Dann muß ich mich ja sehr, sehr beeilen!‹

»Eile«, hatte es für sie doch nie gegeben.

Es war schon spät, als ich erwachte. Mein erster Gedanke war: Wird Frederikssen seine Zusagen halten, oder hat er sie im Suff gegeben?

Ich klopfte an seine Tür. Sie war unverschlossen. Aus dem Badezimmer dröhnte seine laute Stimme. Er versuchte einen Schlager zu singen.

Eine Stunde später unterschrieben wir beim Notar meinen Anstellungsvertrag.

Von seinen Versprechungen machte Frederikssen keinen einzigen Abstrich!

Ich hatte das große Los gezogen!

Doch auch dieses Glück hatte seine Schattenseiten.

Frederikssen gehörte zu jenen erbarmungswürdigen Menschen, die zwar ausgezeichnete Organisatoren sind und eine feine Nase für jede Gelegenheit zum Geldverdienen haben, aber innerlich primitiv, hohl und von ständiger Langeweile geplagt, wenn sie nicht mehr ans Geschäft zu denken brauchen. Abend für Abend, nachdem er mich in allen Varianten der Verkaufsgespräche gedrillt hatte, trieb er sich nur in Bars und Nachtlokalen herum, und er wurde eigensinnig und anzüglich, wenn ich ihn nicht begleitete, auch wenn mir vor Müdigkeit die Augen zufielen.

Dazu kam, daß er in der Wahl der Frauen hemmungslos

war und nur solche suchte, die ihm auf Anhieb gefällig waren.

Aber wir verstanden uns dennoch ausgezeichnet, auch wenn wir wieder »Sir« zueinander sagten, weil wir eben ehrlich zueinander waren und auch unsere Meinung in allen Fragen der Organisation rücksichtslos äußerten. Frederikssen meinte: »Wir ersparen uns auf diese Weise eine Unmenge Zeit, und da Sie auch noch verschwiegen sind, empfinde ich Sie in jeder Beziehung als ›bequem‹ für mich! O.K.?«

Seine Vielweiberei wirkte sich in unserem Büro besonders verheerend aus. Keine Angestellte wurde nach einer Probezeit von vier Wochen engagiert, wenn sie nicht durch Frederikssens Schlafzimmer gegangen war. In allen Fällen mußte ich für die Rivalinnen oder schon Vergessenen und den Chef als Blitzableiter dienen. Die dritte Möglichkeit bestand im Anhören und im Beschwichtigen des Mannes, den ich am besten und schnellsten nur durch einen Anruf bei irgendeiner »Schönen«, die mit ihm sofort ausgehen wollte, besänftigen konnte. Alle diese »Brandadressen« hatte ich mir in einem Büchlein notiert, und da ich diese Art von »Damen« in unserem Büro nicht gut beschäftigen konnte, traf ich die Wahl nur noch unter den »Unbeachteten«, so daß mir Frederikssen eines Tages lachend erklärte, ich sei in seinen Augen doch ein Wahnsinnsmensch, denn es müsse ja auch mir grausen, die »vom Schicksal vergessenen Fregatten, die alle reif für eine Schreckenskammer wären«, noch mit unserer Arbeit zu belasten.

»Im Gegenstaz zu den anderen«, erwiderte ich sachlich, »sind meine ›Unbeachteten‹ dankbar, treu, fleißig und zuverlässig, Sir!«

Unser Verkauf und die damit verbundene Organisation wuchsen zusehends, und da Frederikssen nie im Büro zurückbleiben wollte mit der Begründung: »Man läßt doch kein ängstlich veranlagtes Kind in solch einer Schreckenskammer allein zurück!« – bat ich nun endlich meinen »Festungskommandanten« und Herrn Keller, nach Berlin zu kommen.

Nach einer wohltuenden Pause von mehreren Tagen, an

denen ich mit den Hühnern schlafen ging, hatte Frederikssen wieder einmal seinen Saufabend.

Verzankt wie die ärgsten Feinde schritten wir schweigend den Kaiserdamm hinunter. Ich hatte mich geweigert, den Wagen zu steuern und ließ auch Frederikssen nicht fahren, weil wir beide schon etwas angetrunken waren. In der Nähe des Sophie-Charlotte-Platzes wollten wir die Untergrundbahn besteigen, um irgendwo in der Stadt weiterzutrinken.

Es war gegen neun Uhr abends. Ich blickte die Reihe der Häuser entlang und entdeckte ein Schild, das eine leerstehende Zweizimmerwohnung anzeigte.

»Moment«, sagte ich unhöflich und trat vor den Hauseingang. Vor der großen Eichentür stand ein Mädchen von etwa vierzehn Jahren, das verträumt die schöne, breite Straße und die vorbeifahrenden Autos betrachtete.

»Bitte, mein kleines Fräulein«, wandte ich mich an das zierliche Persönchen. »Könnten Sie mir sagen, ob ich die Wohnung in Ihrem Hause schnell besichtigen darf?«

Bei meinen Worten erschrak es ein wenig. Es hatte ein nettes Gesichtchen mit dunklen Augen und straff gekämmte Zöpfe mit roten Bändchen.

»Da muß ich erst einmal meinen Vater fragen. Er ist der Hausverwalter.« Schon eilte sie fort.

»Eine Wohnung wollen Sie mieten?« Ich blickte in das lauernde Gesicht meines Chefs. Auf einmal erhellte es sich. »Ach so! Ausgezeichneter Gedanke! Wir teilen alle Unkosten.«

Ich schüttelte verärgert den Kopf, angewidert von seiner Hemmungslosigkeit; um nicht ausfallend zu werden, holte ich meine Zigaretten hervor. Wir rauchten schweigend.

»Bitte, kommen Sie mit, mein Herr!« Das Mädchen öffnete mühsam die schwere Eichentür und blickte mich neugierig an. Frederikssen folgte uns auf dem Fuße. Wir sahen eine gediegene Zweizimmerwohnung mit Bad und kleiner Elektroküche. In Gedanken möblierte ich sie bereits.

»Wie hoch ist die Miete?«

»Hundert Mark im Monat, Licht und Heizung nicht inbegriffen. Das Haus, mein Herr, ist immer geschlossen«, erklärte mir das Kind mit heller Stimme und ein wenig altklug. »Es ist hier sehr ruhig. Musiziert und gebettelt wird auch nicht. Der Stuck an den Decken ist sogar von Hand gearbeitet. Das Badezimmer mit Dusche.« Sie führte uns herum. »Die Küche mit großem Eisschrank.« Die Kleine stand ernst und kerzengerade vor uns. Ich konnte ein Lächeln nicht unterdrücken und fragte: »Was wollen Sie einmal werden, mein Fräulein?«

»Erst möchte ich mein Abitur machen und dann Modezeichnerin werden«, erwiderte sie selbstbewußt.

»Alle Achtung! Und wie heißen Sie?«

»Eva Schuster!« kam es kurz.

»Eva Schuster...«, sagte ich nachdenklich, als ich gegen Morgen mein Hotelzimmer für Begleitpersonal betrat und noch einmal die Anschrift der Hausbesitzerin las. Ich hatte mich mit meinem Chef wieder ausgesöhnt, zumal er mir ein Darlehen von ein paar tausend Mark mit einer simplen Geste sofort genehmigt hatte. Ich sah ihn noch, wie er im kalten Herbstwind, ohne Rock und Mantel zu schließen, das Nachtlokal verließ, zwei nicht minder betrunkene Bardamen zu seiner Rechten und Linken. Meine wiederholten Ermahnungen, mit mir heimzugehen, wies er empört zurück.

Am nächsten Tage fehlte er im Büro, dafür rief aber das Polizeirevier an, er sei wegen einer Schlägerei festgenommen und ins Krankenhaus eingeliefert worden.

Sofort eilte ich hin. Er hatte einen Nasenbeinbruch, ein dick unterlaufenes Auge und eine Lungenentzündung. Er war in die Hände des Zuhälters einer der beiden Barmädchen geraten, der ihn nicht nur zusammengeschlagen, sondern in Wind und Wetter halb ausgezogen auf der Straße liegen gelassen hatte. Mantel und Rock fand man im Spreekanal, nicht aber seine Brieftasche mit Geld und Ausweispapieren.

»Das muß unter uns bleiben, Ted!« Er wies auf seinen Kopfverband und versuchte zu lächeln. »Weder Stockholm noch die USA dürfen jemals ein Wort darüber erfahren.«

»O.K., Mister Frederikssen.«

»Ich habe für eine Zeitlang genug!«

Jetzt war es an mir, zu lächeln.

In großer Hast begann ich meine Wohnung herrichten zu lassen. Dabei erwies mir Frau Schuster, insbesondere aber die kleine, ehrgeizige Eva, unschätzbare Dienste, weil sie überall und gern ihre niedliche Stupsnase hineinsteckte. Nur wenn sie mal einen Farbfleck abkriegte, dann meinte sie kleinlaut: »Auweia, wenn das meine Mutti merkt, dann gibt's aber Schelte!« Die Terpentinflasche der Maler rettete sie immer aus ihrer prekären Lage.

Als aber endlich die Möbel kamen, empfing sie mich gleich an der Haustüre.

»Evalein, du brühst uns gleich die erste Tasse Kaffee.«

»Sie werden lachen, ich habe Ihnen soeben auch die ersten Schrippen geholt, und Butter.« Sie hielt den Wohnungsschlüssel, nahm mich an der Hand und zog mich in den ersten Stock. »Warum haben denn Ihre Möbel lauter kleine, krumme Füße?«

»Das ist so ein Stil. Chippendale nennt man ihn.«

»Finden Sie das schön? Krachen die nicht bald zusammen?«

»Aber nein, selbst wenn man daraufspringt!«

Wir setzten uns probeweise überall hin, probeweise hielten wir auch unsere erste Kaffeestunde ab, wobei das Mädchen fröhlich wie ein Vögelchen schwatzte.

Das machte mich froh. Das ließ die lange Arbeitszeit meines Alltags mit seinem Hetzen und Jagen etwas vergessen.

Es kam der Tag des Einzuges. Ich hatte ihn absichtlich auf einen Sonnabendnachmittag festgelegt, als mich plötzlich Eva anrief.

»Mutti und ich haben bei Ihnen alles blitzsauber hingekriegt! Sie können gleich kommen! Bei Ihnen zu Hause ist...«

Meine Hand mit dem Hörer bebte auf einmal.

Zu Hause? Bei mir zu Hause glaubte ich nur zu hören. Ein kleines Eigen in der großen Stadt! Endlich! Endlich!

»Eva! Ich komme sofort! Und wir beide gehen dann einkaufen, viele schöne Sachen, auch für dich.« Weiter konnte ich nicht sprechen. Mit einer einzigen Handbewegung räumte ich meinen Schreibtisch ab, verschloß das Fach, warf mich in den Wagen und fuhr, so schnell ich nur konnte, nach Hause. Eva wartete doch.

Manchmal glaubte ich, ich sei von Sinnen, weil sich die Zahl der Pakete und Päckchen im Wagen anhäufte, aber die Fröhlichkeit und das Lachen des Mädchens stimmten mich heiter, übermütig, als sei ich berauscht.

Endlich waren wir daheim. Hastig öffneten wir die Verpackung, und nun standen wir inmitten der vielen gekauften Freuden, zwei sehr, sehr glückliche Kinder, die alles bestaunten, bald lachten, bald wieder ernst und versonnen davorstanden.

»Was wollen wir nun zuerst essen?«
»Alles auf einmal, Evalein, und alles durcheinander!«
»Und alles ohne Brot?«
»Ja, natürlich! Wir essen, wie wir wollen!«
»Au toll, das darf man aber eigentlich nicht.«

Wir aßen stehend vor den Paketen und stopften uns gierig die Bissen in den Mund, schwatzten dabei mit dicken Backen, bis wir nicht mehr konnten.

»Ooch...«, stöhnte Eva. »Mir ist, als müßte ich sterben. Ich kann nicht einmal mehr ›Brötchen‹ sagen. Dabei muß ich noch die Schulaufgaben machen.« Nach vielen Dankesworten eilte das Mädchen heim.

Noch lange ging ich durch meine Wohnung, von einem Raum in den anderen, und betrachtete die vielen neuen Gegenstände mit der Sorgfalt eines Ungläubigen, Zweifelnden, der aber doch in Gedanken bei einem anderen Menschen weilte, ihn überall suchte, nun Abend für Abend den gespannten Blick durch das breite Fenster meines Wohnzimmers auf die Straße gerichtet und doch nur auf ein einziges Stückchen im Häusermeer Berlins, nur in sein Licht, nicht aber in seinen tiefen, unentrinnbaren Schatten.

Still und verändert kam Frederikssen wieder.

Wir schufteten damals auf Hochtouren. Die ganze Büroetage mit ihren modernen Räumen war bereits eingerichtet, mein »Festungskommandant« saß in seinem neuen Glaskasten im Berliner Stammhaus und dirigierte nun von hier mit geübter Hand seine Leute. Seine Frau arbeitete als Sekretärin, der wohlbeleibte Herr Keller war ein gerechter Personalchef, und Herr Schnell blieb auch hier der unersetzliche Verbindungsmann zwischen dem Büro und der Außenwelt.

Die Stadtfilialen verkauften glänzend, auch die Großstädte Nord- und Westdeutschlands begannen sich mehr und mehr zu rühren, andere folgten ihnen. Meine Einnahmen konnte ich nur noch als »sehr angenehm« bezeichnen.

»Ich bin wohl überflüssig geworden?« fragte Frederikssen.

»Nicht ganz. Wir müssen jetzt an die Einrichtung der Fabrik in Tempelhof gehen. Erst dann können Sie uns verlassen.«

Wir fuhren hinaus, aber Frederikssen hatte wohl den künftigen Werkmeister nicht richtig verständigt, so daß ich ihn einige Straßen weiter in seiner Wohnung abholen mußte.

Der Amerikaner wollte sich inzwischen ein paar Schnäpse genehmigen.

Ich traf den Werkmeister gerade beim Essen. Da er sich noch umziehen mußte, bat er mich, in seinem Wohnzimmer Platz zu nehmen. Das Fenster stand offen, und ich sah, wie ein Leierkastenmann mit einem Mädchen, das ihn führte, auf den Hof kam. Er drehte die Handorgel, und das Mädchen sang mit blecherner Stimme dazu.

Das Lied erforderte auch nicht mehr, aber die Art des Vortrags ließ mich aufhorchen.

»Bei ihrem schwererkrankten Kinde,
Da sitzt die Mutter still und weint,
Weil ihr in diesem Leben
Noch nie die Sonne hat gescheint...«

Mehrere Fenster öffneten sich. Mühsam drehte der Leierkastenmann an der Kurbel. Das Mädchen war ärmlich angezogen, ihre Füße steckten in ausgetretenen, unsauberen Schuhen, die Haare schienen schon lange nicht mehr gekämmt worden zu sein. Fröstelnd versuchte es, eine zerflickte kurze Jacke über der schmalen Brust zu schließen und die Hände durch eifriges Reiben zu wärmen.

»Wir können jetzt gehen. Entschuldigen Sie bitte das Warten.«

»Augenblick«, erwiderte ich und suchte in der Tasche nach Kleingeld. In diesem Moment hörte ich die unsichere, verweinte Stimme des Mädchens.

»Bitte, liebe Leute, helft...«

»Ich gebe auch noch einige Pfennige«, meinte der Werkmeister hinter meinem Rücken. »Die beiden kommen ab und zu.«

Ich warf ein Geldstück hinunter.

Das Mädchen hob den Kopf, um sich dafür zu bedanken. Plötzlich trafen sich unsere Blicke.

»Natascha!« rief ich.

Sie wollte doch immer betteln, schoß es mir durch den Sinn.

Ich sah, wie sie erschrak, wie die Menschen aus den Fenstern nach mir blickten.

»Kommen Sie, Meister, so schnell wie möglich! Wir müssen dieses Mädchen erwischen! Sie ist...«

Ich riß die Türen auf. Die schmale hölzerne Treppe des Gartenhauses dröhnte unter meinen Füßen.

Plötzlich kreischte eine Frauenstimme hinter mir her: »Herr Jankowsky! Herr Jankowsky! Halten Sie den Kerl uf! Er will wat von dem Mädchen!« Auf dem letzten Treppenabsatz trat mir sofort ein Mann entgegen, ein Typ, dem man nicht gern allein begegnet.

Aber es ging ja bei mir um weit mehr! Ich stellte ihm ein Bein, er stolperte und fiel.

Ich erreichte den Hof.

Er war leer...

Da legten sich harte Finger um meinen Oberarm. Es war der Mann, den ich soeben zu Fall gebracht hatte. Daneben stand der Werkmeister, der ihn zu beschwichtigen versuchte.

»Wat denn! Wat denn! He?... Wat willste vom Mächen?«

Ein paar Frauen umstellten uns, lachten und riefen durcheinander. »Dir hat wohl eener aus dem Jackett jeschüttelt, wa?« Der Mann ließ mich frei, machte eine verachtende Geste, ich sollte gehen. »Dir finde ich noch, du Schnafter!«

»Kommen Sie«, sagte leise der Werkmeister. »Sie sehen, es hat keinen Zweck.« Wir gingen. »Jankowsky ist unser Hausobmann und sehr beliebt, ein hochqualifizierter Spezialarbeiter. Lassen Sie doch det kleene Mächen...«

Endlich fand ich ein Telefon und rief den Fahndungsdienst an, schilderte den Vorfall und bat dringend um sofortige Nachforschungen.

Nur schwer konnte ich den langwierigen Verhandlungen zwischen Frederikssen und dem Werkmeister folgen, dann machte ich mich frei und fuhr zum Fahndungsdienst. Den ganzen Nachmittag und Abend strich ich in der Gegend umher, in der ich Natascha mit dem Leierkastenmann gesehen hatte, blickte in jede Einfahrt, in jeden Hof.

Entmutigt und erschöpft kehrte ich heim.

Noch lange wanderte ich in meiner Wohnung auf und ab und stellte mir immer wieder die gleiche Frage: Warum und mit wem bettelte Natascha? Doch nicht allein aus Freude daran?

Ja, war sie denn das überhaupt?

Dann wurde ich zuversichtlich: Nun wird der Fahndungsdienst sie ganz bestimmt finden.

Wenigstens lebte sie!

Tag für Tag wartete ich auf einen Anruf der Fahndungsstelle. Endlich kam er. Der von mir gesehene Leierkastenmann und das Mädchen seien wegen Bettelei gestellt worden. Es waren Arbeitslose.

Es traf sich kurze Zeit danach, daß ich auf Frederikssen im Hotel Unter den Linden warten mußte. Der Portier verständigte mich von der Verspätung meines Chefs. Ich saß in der Halle und dachte an den Zufall, der uns beide in diesem Hause zusammengeführt hatte, als ein Page mich ans Telefon rief.

Es war Neumann, und er war furchtbar aufgeregt.

»Mann Gottes, ich habe Sie in der Klinik gesucht, dann in Mecklenburg, bei der Schwester Ihrer Mutter, bei der Nordisk! Nun habe ich Sie endlich! Unsere Natascha ist spurlos verschwunden! Das habe ich gestern abend gleich bei meiner Ankunft erfahren! Ich bin sofort bei Ihnen im Hotel.«

»Es ist besser, ich komme hinüber.«

»Linden- Ecke Schadowstraße, erster Stock.«

»Bis gleich.«

Ich hinterließ meine Adresse, überquerte die Linden am Brandenburger Tor. Aus der französischen Botschaft kam eine Dame mit einem Jungen heraus. »Jacques!« rief sie entrüstet, »man zeigt nicht mit dem Finger auf alles!«

»Aber Mutti, wozu hat man denn einen Zeigefinger? Warum nennt man ihn so?«

Ich beschleunigte meine Schritte, aber der Name »unseres Coco« blieb in mir haften. Als ich Neumann alles Wissenswerte über Natascha erzählt hatte, rief ich den Fahndungsdienst an. Unsere Überraschung war groß: Entgegen der Mitteilung seiner stets unfreundlichen Wirtin hatte sich Coco nicht in die Schweiz, sondern nach Paris abgemeldet.

»Ich fahre sofort hin!« Neumann sprang auf. »Das bin ich der Kleinen schuldig, und weil dieser Coco der einzige ist, den der Fahndungsdienst nicht vernommen hat. Inzwischen wird er mir die Adresse des Jungen durchgeben. Dann aber ab durch die Mitte mit dem Nachtzug! Ich rufe Sie gleich aus Paris an und bringe Natascha mit. Wie einfach sich das Mädchen alles so vorstellt! Schade, daß wir jetzt gar keine Zeit füreinander haben«, sagte er dann. »Ich will doch wissen, wie es Ihnen geht, mein Lieber! Sie sehen gut aus und sind tadellos in Schale.«

Ich schilderte ihm kurz, wo ich jetzt arbeite. Dann wies ich auf sein Büro und die anliegenden Räume mit Angestellten. »Ja, das nenne ich einen Aufstieg, Herr Neumann!«

»Nur Angabe, um durch meine Im- und Exportfirma bessere Preise zu erzielen.« Er zwinkerte mir zu. »Ich mache jetzt in...« Er tat, als legte er ein Gewehr an. »Kleine und große und alles, was dazu gehört«, fügte er lächelnd hinzu. »Sie sind ja nach wie vor mein Vertrauter. Ach ja, mein Guter... Wie es damals angefangen hat?« Neumann strich sich über das

Kinn und trat ans Fenster, dessen Vorhang er ein wenig beiseite schob. »Erst mit einem Rucksack voll Fleisch, dann körbeweise, lastwagenweise geschoben. Dann wurde sie mir genommen, die liebe Frau Tatjana, und ich wurde haltlos, kletterte dem Teufel auf die Hörner, frech wie Oskar, um nur ja nicht daran zu denken. Sie hätte es jetzt so gut bei mir. Nicht eine Nadel hätte sie vom Fußboden aufheben müssen. Ob sie mich aber deshalb wohl doch etwas gern hätte, diese kleine Frau? Sie sehen, ich bin der alte geblieben, auch wenn ich Schieber, Jobber, Waffenschmuggler geworden bin. Ja, so ein Spielchen läßt einen nicht mehr los, mein Guter! Es hat einen teuflischen Reiz!«

Dann kam er auf mich zu und legte beide Hände auf meine Schultern. »Aber sagen Sie einmal ehrlich: Warum sind Sie eigentlich nie zu mir gekommen? Ich hatte ganz fest damit gerechnet!«

»Ich war erst bei Ihrem Hans, dann in diesem Büro, kaum aus der Klinik entlassen. Man sagte mir, Sie seien auf Reisen.«

»Ja, gut, vielleicht bin ich auch auf einen Sprung in Spanien gewesen. Aber nun läuft doch alles wie automatisch weiter. Ich habe ganz ausgezeichnete Leute. Darf ich Ihnen etwas anbieten, so auf die Schnelle?«

»Danke, Herr Neumann, ich muß ja leider gehen.«

»Schade, dann ein anderes Mal. Ich berichte Ihnen also sofort.«

Schon gegen Mittag des nächsten Tages kam sein Anruf aus Paris. Ich hatte sehr darauf gewartet.

»Die Ermittlungen sind enttäuschend.« Neumann war etwas verärgert. »Ich war soeben bei Ihrem Coco und habe kurz folgendes festgestellt: Natascha hat ihn damals aus Berlin angerufen. Er hat ihr geholfen, über die Grenze zu gehen. Das Mädel besaß ja als Russin den sogenannten Nansenpaß, und da beide fließend Französisch sprechen, war der Grenzübertritt ohne große Formalitäten möglich. Außerdem hatte der Junge seinen Schweizer Paß, den Domizilausweis aus Paris vorgelegt und Natascha quasi als ›seine kleine Freundin‹ ausgegeben. Dabei wird doch das härteste Franzosenherz weich.

Natascha wohnte bei ihm nur zwei Tage und ist dann fortgegangen.«

»Was? Wohin denn?«

»Coco nimmt an, daß sie sich bei reichen Russen aufhält, die ihre Mutter noch kannten. Beide sprachen einmal darüber. Polizeilich ist sie aber nirgends gemeldet, ich nehme an, mit Absicht, denn auch den Grund ihres Fortgehens habe ich von dem Jungen erfahren können: Natascha wußte, daß Sie nach der schweren Krankheit sehr wenig Geld hatten, und nun will sie sich sehr beeilen, für Sie mitzuverdienen, ohne von Ihnen daran gehindert zu werden. Das ist alles. Was wollen wir jetzt tun?«

»Gar nichts, Herr Neumann!«

»Warum nicht?«

»Das Mädel konnte sich doch lebhaft vorstellen«, erwiderte ich ungehalten, »wie sehr ihr Fortgehen uns alle beunruhigen mußte! Das ist doch keine Art und Weise! Sie wissen, daß Natascha in Mecklenburg ein Haus hat, dafür Miete bekommt. Wozu dann die Bettelei bei Freunden? Ich finde das lächerlich!«

»Aber nicht doch, nicht doch, mein Lieber! Wir dürfen doch nicht ihr gutes Herz verkennen! Glücklicherweise gibt es weder Entführte noch Tote. Das ist die Hauptsache! Lassen wir das Mädel jetzt selbständig handeln! Wir wollen einmal sehen, ob es sich allein behaupten kann. Wir mußten es doch auch! Und wenn es bei Natascha nicht weitergehen sollte, dann hat sie ja noch immer unsere Adressen.«

»Meinetwegen. Einverstanden! Und wie geht es Coco?«

»Recht gut. Er hat ein Engagement, das ihm, umgerechnet, einen Tausender im Monat einbringt. Übrigens ein netter Kerl. Er tritt jetzt mit seiner Freundin auf, einem lieben, zarten Mädchen. Ich lernte sie bei ihm kennen. Beide mögen sich sehr. Also dann: Kommen Sie morgen abend zu mir ins Büro, oder?«

»Gern. Ich werde Sie anrufen. Herzlichen Dank für Ihre Mühe!«

Die nächsten Abende verbrachte ich endlich wieder zu

Hause; vor Frederikssen war ich eine Weile sicher, da er von einer neuen schwarzhaarigen Eroberung voll und ganz in Anspruch genommen wurde. Ich genoß die Beschaulichkeit um mich in vollen Zügen, lernte manchmal mit Eva und ging zeitig schlafen.

Nach nichts verspürte ich solch eine Sehnsucht wie nach der Ruhe und Selbstbesinnung in meinen eigenen vier Wänden.

Um diese Zeit hatte Frederikssen von Unterschlagungen in der Führung der Filiale Paris Wind bekommen. Er telefonierte mehrere Male aufgeregt mit einem Herrn Lars Peterson im Stammhaus Stockholm, reiste nach Schweden ab, erschien aber nur wenige Tage später mit einer dicken Aktentasche, die er auf meinen Arbeitstisch legte.

»Wir müssen sofort den Augiasstall in Paris ausmisten, sonst geht es mir mächtig an den Kragen.«

Stunde um Stunde saßen wir über den Unterlagen. Ich hatte in Paris zwei Anwälte von unserer Ankunft und ihren Obliegenheiten zu informieren, dazu zwei vereidigte Bücherrevisoren, die, auch wenn es sehr spät am Abend werden sollte, sich für Frederikssen bereit halten mußten.

Meine herrliche Ruhe war mit einem Schlage dahin. Dabei verwünschte ich meinen rechten Arm, der sich nun durch steigende Schmerzen Tag und Nacht bemerkbar machte, so daß ich zu starken Arzneien Zuflucht nehmen mußte, um nur ja arbeitsfähig zu bleiben. Es waren erbarmungslose Tage für mich, in denen ich meinen ganzen Willen zusammenraffte, um nicht zu kapitulieren.

Frederikssen wurde am Bahnhof in Paris gleich von mehreren eleganten Damen und Herren in Empfang genommen, die ihm mächtig schmeichelten. In seiner burschikosen, derben Art fragte er erst nach den letzten Umsätzen. Als er die verlegen hingestotterten Zahlen hörte, verfinsterte sich sein Gesicht.

Wir fuhren sofort ins Büro. Unterwürfig führte man ihn hinein. Ich folgte ihm wie sein Leibwächter. Die Räume glichen einem Privatsalon, obwohl man klugerweise auch ein Zimmer für die »Frau aus dem Volke« mit den landesüblichen Möbeln für Vorführungszwecke eingerichtet hatte, wo sich gerade zwei »Bürgerinnen« den Staubsauger vorführen ließen. Die Aufmachung der weiblichen Angestellten könnte selbst ein abgeklärter Mann nicht übersehen, aber zu meinem Erstaunen nahm Frederikssen nicht die geringste Notiz davon.

Im leicht parfümierten Büro des Chefs, Nicolas Dupain, wurden uns sofort ein guter Mokka und auserlesene Getränke serviert. Mein Chef bediente sich der Spirituosen ganz nach seinem Ermessen, doch sein abweisendes Gesicht erhellte sich auch dadurch für keinen Augenblick. Dann folgte ein Rundgang durch alle Räume, er stellte Fragen wie ein Feldwebel auf dem Exerzierplatz, kümmerte sich um alles, wohnte einer Vorführung bei, ohne ein einziges Wort zu verlieren.

»Ich bin sehr unzufrieden, meine Herren!« Mit diesen Worten eröffnete er die Sitzung. »Gehören Sie alle zur Verkaufsorganisation? Wenn nicht, so bitte ich Sie, das Büro zu verlassen. Die Kaffeestunde ist doch wohl beendet?« Einige Damen und Herren gingen verlegen hinaus.

»Was mich so empört, das ist der Staub und Dreck in allen Ecken! Handeln wir damit oder verkaufen wir Staubsauger? Dann die reichlich eigenartige Aufmachung der ›Damen‹. Und wenn alle derart mangelhaft die Verkaufslehre aus den USA beherrschen wie dieses niedliche Vögelchen, dann wundert es mich wahrlich nicht, daß Sie, meine Herren, mir gleich am Bahnhof derart lächerliche Verkaufszahlen hinstotterten. Als Teilhaber der Nordisk Aktiengesellschaft dulde ich solche Zustände nicht!«

Die Stimmung sank unter den Gefrierpunkt, und sogar das kultivierte Souper vermochte sie nur um wenige Grade zu erhöhen.

»Ted«, flüsterte er ungeniert, und da er mich beim Vornamen nannte, wußte ich, daß es um etwas Wichtiges ging. »Rufen Sie sofort die Revisoren an und bestellen Sie beide auf morgen sieben Uhr vor dem Büro. Wir müssen die ersten sein! Ich jage die Putzfrauen hinaus, und bei Kurzschluß rufe ich Sie sofort ab.«

Früher als üblich verabschiedete Frederikssen seine Gäste. Nicolas Dupain, der Chef und Mitinhaber des Stammhauses Paris, war darüber bestürzt.

»Morgen werde ich genau wissen, um wieviel diese Brüder mich beschissen haben! Bitte, geben Sie unsere Aktentasche im Hoteltresor ab! Wir wollen bummeln gehen.« Er kniff ein Auge zu.

Eine Taxe fuhr uns durch das nächtliche Paris. Sein unsterblicher Zauber, das Fluidum, das immer lockt und begeistert und jedem das zu geben vermag, was er wünscht, glich einer feinsinnigen Geliebten, die mit leisem Flüstern uns zärtlich beschenkte.

Frederikssen ließ halten. »Wollen wir uns von nackten Frauen bedienen lassen?«

Ich schüttelte über diese Frage den Kopf.

»Sie sind doch ein eigenartiger Mann.«

»Mag sein«, erwiderte ich fast unhöflich.

»Was soll man denn nachts in Paris tun? Rue Royale – chez Maxim!« rief er dem Fahrer zu, und schon fuhren wir weiter.

»Wir treffen uns am besten morgen in der Hotelhalle.«

»Es ist aber viel netter, zusammenzubleiben, Ted.«

»Geben Sie mir für heute abend frei?«

»Aber sagen Sie mir doch, was Sie vorhaben?«

»Nichts, Herr Frederikssen.«

»Das ist unmöglich!«

»Doch.«

»Haben Sie etwa einen Sonderauftrag? Für wen?«

»Nein.«

»Hm...«, machte er nachdenklich.

»Kann ich also gehen?«

Wir stiegen aus.

»Wissen Sie«, der Amerikaner legte mir die Hand auf die Schulter. »Ich werde bei Ihnen das Gefühl nicht los, verzeihen Sie, wenn ich es Ihnen ehrlich sage, daß Sie manchmal das Leben als etwas Aufgezwungenes hinnehmen. Aber warum?

frage ich mich. Sie haben doch alles, was einen Mann glücklich machen kann?«

»Gewiß.«

»Also?«

»Darf ich jetzt gehen, ohne Sie zu kränken?«

Er klopfte mir auf den Arm, lächelte in seiner aufrichtigen Art und eilte mit großen, festen Schritten dem Eingang des »Maxime« zu.

Ich ging und ging, wie ich es oft nachts getan hatte. Erst als sich über Paris ein wolkenloser Himmel in lichtgrüner Farbe spannte, betrat ich das Hotel. Ich war sehr, sehr müde.

Gleich am Morgen suchte ich im Telefonbuch: Jeannette Huber. Sie stand nicht drin.

Hans... Jean Mathieu! Er hatte einen Anschluß!

Ich stellte die Verbindung her. Mein Herz schlug schneller.

»Hallo!« Es war Jeannette.

»Hallo, bitte, wer spricht?« Sie wartete, und ich hörte deutlich, wie schnell ihr Atem ging.

Ob sie jetzt gerade aufgewacht und noch ganz verschlafen zum Apparat geeilt war? Es war aber schon halb neun. Früher stand sie immer sehr zeitig auf. Sie wollte doch einen eigenen Salon aufmachen? Ob sie jetzt endlich die Schneiderakademie besucht?

»Hallo! Wer spricht dort, bitte?«

Gespannt lauschte ich ihrer Stimme.

»Madame Mathieu?« fragte ich unsicher, rauh, für mich selbst unerwartet.

»Aber nein, Monsieur! Wie kommen Sie nur darauf?« erwiderte sie sofort mit dem mir vertrauten fröhlich-hellen Stimmklang, wenn sie staunte. »Ich bin nur seine Bekannte, die ab und zu bei ihm nach dem Rechten schaut. Ich bin gerade in seine Wohnung gekommen, stehe noch in Hut und Mantel und will dann in die Akademie gehen. Herr Mathieu arbeitet in der Banque Nationale und kommt meist nicht vor sechs Uhr abends heim.« Jede Modulation ihrer etwas spielerischen Stimme kannte ich noch so gut...

»Darf ich Herrn Mathieu etwas ausrichten, Monsieur? Ich

weiß aber nicht, wann ich ihn sehen werde. Wenn es etwas Eiliges ist, so kann ich Ihnen seine Telefonnummer bei der Bank angeben. Hallo!... Sind Sie noch da, Monsieur?... Warum sprechen Sie nicht weiter? Haben Sie mich verstanden? Wie eigenartig...«, sagte sie leise und verwundert. »Ich höre genau, die Verbindung zwischen uns beiden besteht noch! Bitte, warum sprechen Sie denn nicht weiter, Monsieur? Sie wollten doch etwas ausrichten, nicht wahr? Oder mir persönlich? Jeannette Huber ist mein Name. Bitte, ist es etwas für mich?« fragte sie eindringlich. »Wie eigenartig... Hm...«

Ich lauschte noch immer. Dann zwang ich mich, die Linke zu heben und den Hörer aufzulegen.

»Die Verbindung zwischen uns beiden besteht«, wiederholte ich aufgeregt und trat ans Fenster.

Ich mußte rauchen.

Ich mußte unbedingt etwas in den Fingern halten.

Nein, ich durfte nicht hingehen. Das hämmerte ich mir ein. Sie war zu schade, um nur meine Geliebte zu bleiben. Mehr jedoch hatte ich nicht zu vergeben, und das wußte sie.

Meine kleine Jeannette...!

Sie hatte einen schwarzen Pagenkopf, smaragdgrüne Augen und eine glatte, aufreizend weiße Haut, und sie nähte immer feine, zarte Wäsche, machte aber stets ungeschickte kleine Knoten in die Nähseide. Wie unglücklich sie war, als ich sie in die Klinik bringen mußte, und wie glücklich, als ich sie wieder holte. Sie hatte sogar noch mein Zimmer bezahlt, weil sie hoffte. Von unserer Frau Busch wußte sie, daß ich aus dem Krankenhaus entlassen war.

Nun hoffte auch sie nicht mehr.

Noch immer stand ich am Fenster, ohne zu wissen, was ich mit mir selbst anfangen sollte. Erst langsam sah ich die unten vorbeiflutende Seine und den Straßenverkehr.

Die Gestalt der kleinen Jeannette.

Das Telefon in meinem Zimmer läutete. Ich schreckte zusammen.

Wer konnte das sein? *Sie?*

Nein! Unmöglich!

Dann... dann würde ich zu ihr gehen, noch einmal versuchen, noch einmal das herzugeben versuchen, was noch in mir war.

Ich hob den Hörer und meldete mich.

»Bitte, einen Moment, Monsieur, ich verbinde Sie mit...«

...versuchen herzugeben, was noch in mir war.

»Nicolas Dupain. Entschuldigen Sie bitte die Störung, Monsieur«, erklang seine überhöfliche Stimme.

»Im Gegenteil, Monsieur Dupain.«

»Ich habe das Vergnügen«, höhnte er, »Sie im Auftrage des Herrn Direktor Frederikssen zu bitten, sofort zu kommen!«

Ich wußte: Kurzschluß!

Frederikssen ging wie ein Löwe auf und ab.

»Ted! Ich werde wahnsinnig! Die Untersuchung hat bereits eine Veruntreuung von mehreren tausend Dollar ergeben! Sie müssen sofort rigoros eingreifen! Sie beherrschen Französisch. Sonst bekomme ich einen Rüffel aus Stockholm!« Der Amerikaner schien den Kopf verloren zu haben. Sein Blick flackerte. »Diese verdammten Weibergeschichten in Ihrem Berlin sind an allem schuld!«

»Und was haben Sie unternommen?«

»Nichts! Sie müssen jetzt alles einleiten! Herrgott, Mann, haben Sie eine Bombenruhe! Zwei Rechtsanwälte sollen sich sofort mit diesem Diebstahl befassen! Ich erwarte jede Minute die Gespräche aus den USA und Stockholm. Die Zahl der von Schweden nach Paris abgeschickten Apparate stimmt nicht mit den Buchungen überein. Dieser Dupain ist ein Bandit, ein pomadisierter, stinkender Verbrecher! Wir können unmöglich so schnell nach Berlin zurückfahren. Ich brauche Sie! Das sehen Sie doch ein!«

»Mit wem wollen Sie denn jetzt in den USA telefonieren? Dort ist es erst drei U^{h}r morgens, alle schlafen.«

»Ach ja, natürlich! Bestellen Sie das Gespräch ab. Wir telefonieren heute abend vom Hotel.«

Am Nachmittag leiteten wir bei einem Anwalt die Verfolgung der Betrugsaffäre ein. Ich verbrachte die halbe Nacht mit Frederikssen und redete auf ihn ein, als müßte ich mir selbst Trost zusprechen.

Am nächsten Nachmittag war ich frei. Den Rest des Tages verbrachte ich in meinem Bistro, das gegenüber dem Hause lag, in dem Jeannette wohnte.

Ich dachte sehr an sie. Ich wollte sie sehen, wenn auch nur aus der Ferne. Aber ich sah sie nicht.

Ein paar Tage später reiste ich ab. An einem hoffnungslos verregneten Abend.

Die Schmerzen an meiner rechten Schulter nahmen noch immer zu, und meine Operationsnarbe brannte wie Feuer. Es sah aus, als wolle sie Knochensplitter absondern – genau, wie es Geheimrat Payr vorausgesagt hatte. Ich konnte den Arm kaum noch bewegen.

Frederikssen sah, wie es um mich stand, und beschränkte meine gesamte Arbeit nur noch auf das Büro.

Als auch das nicht mehr ging, brachte er mich mit seinem Wagen zu Payr. Da ich wegen der Geringfügigkeit des Eingriffs eine Narkose ablehnte, gab mir der Amerikaner auf mein Verlangen hin ein volles Trinkglas Wodka und hielt fest meine Hand, während mich Payr schnitt.

»Wissen Sie, lieber Herr Geheimrat«, versuchte ich dabei zu scherzen, »daß die Russen die drei größten Erfindungen gemacht haben? Wodka, Samowar und Filzstiefel. Dadurch sind sie jeder Erschütterung in Freud und Leid gewachsen!«

Ich sah zu, wie Payr mit dem Skalpell die Geschwulst öffnete, die Wunde reinigte und mich verband. Der Professor hatte recht behalten: Das Gelenk sonderte Splitter ab.

Frederikssen wurde bei der Prozedur kreidebleich und schien einer Ohnmacht nahe. »Sie sind mir eine schöne Stütze, Herr Chef. Können Sie uns denn noch mit dem Wagen nach Berlin zurückfahren?«

Er brachte mich heim und sorgte für eine erfahrene Schwester, die mich täglich verbinden mußte. Da der gesamte Verkauf sich einigermaßen in geebneten Bahnen bewegte, die Montagewerkstätten in Tempelhof die Einzelteile zu ganzen Apparaten zusammenzufügen begannen, die Absatzzahlen stiegen, blieb er abends immer öfter und länger im Büro.

Nach einiger Zeit konnte ich wieder meine Reisen durch die Großstädte fortsetzen, um weitere Filialen einzurichten und zu inspizieren. Aber es bereitete mir große Mühe.

Kurz vor seiner Abreise nach den USA meinte Frederikssen nicht ohne Herzlichkeit: »Als Generalvertreter werden Sie es bald sehr leicht haben, und was Ihre Zukunft anbelangt, Herr General, da werden Sie noch in den nächsten zwanzig bis dreißig Jahren getrost Ihr Unwesen in der Metropole treiben können. Wir entwickeln ja das Standardmodell immer weiter und haben so viel Kapital, daß uns Konkurrenzapparate nicht leicht in die Quere kommen werden. Darauf können Sie sich verlassen. Ein kleines Schloß im Mond mit Weinkeller ist Ihnen nun doch sicher. Wissen Sie noch, wie wir uns damals kennengelernt haben, als wir achtunddreißig Staubsauger an einem Tage verkauften, obwohl wir beide unausgeschlafen waren? Prosit, Ted, Prosit!«

Einige Tage nach diesem Gespräch hatte ich plötzlich wieder rasende Schmerzen. Diesmal blieb es nicht bei einer örtlichen Behandlung. Payr mußte eine regelrechte Nachoperation vornehmen und behielt mich kurzerhand in seiner Klinik.

Ein neuer Rückschlag! Ich nahm ihn fast apathisch hin.

Beinahe auf den Tag genau zwei Monate später betrat ich mein kleines Zuhause in Berlin.

Die Zentralheizung war eingeschaltet. Die Räume waren sauber und gelüftet, als sei ich erst heute früh ins Büro gegangen. Eva und ihre Mutter empfingen mich an der Eingangstüre; sie hatten meinen Haushalt mustergültig gepflegt.

Ich ging durch meine Wohnung und betrachtete alle Gegenstände ganz genau. Im Badezimmer lag noch die Seife im Behälter und über dem Ständer ein Handtuch, das ich gerade aus dem Schrank geholt hatte, bevor ich weggefahren war. Ich war wieder da.

Nun sollte ich »weitermachen«? Vielleicht wieder ganz von vorn anfangen, wie es schon zweimal gewesen war?

Dann stand ich in der Küche, überlegte, was ich dort eigentlich wollte. Öffnete den Eisschrank. Er war eingeschaltet. Vorn stand Wodka, mein Lieblingsgetränk. Ich goß mir ein volles Glas ein, leerte es in einem Zuge. Die Schmerzen machten sich wieder heftig bemerkbar. Meine Hand tastete über alle Gegenstände hinweg, als wollte ich sie wie alte, liebe Bekannte begrüßen, die immer für mich da waren, die ich einst ausgesucht hatte, um sie bei mir zu haben, um mich an ihnen zu erfreuen, besonders, wenn ich allein war. Und sie sollten mir Zeugnis dafür sein, daß ich alles der Reihe nach erarbeitet, errungen hatte, allem zum Trotz.

Doch bei ihrem Anblick hatte ich jetzt das Gefühl, als müsse ich mich schon bald von ihnen trennen.

Das Verlangen nach der Gegenwart eines lieben Menschen, den stillen Zärtlichkeiten einer Frau, erwachte in mir. Ich hatte niemanden. Aber ich wußte, daß ich mich wieder verlieren würde, ohne zu fragen, was danach kommt. Sollte ich denn immer mit mir selbst und meinen Schmerzen allein sein?

Ich löschte das Licht der Stehlampe und ging ans Fenster: Das Geäst des Lindenbaums trat behutsam hervor, unbewegt, im zaghaften Dämmern eines neuen Morgens.

Erneut erwachte in mir der Wunsch fortzugehen – dorthin, wo ich einst war; so stark und zwingend wurde der Wunsch, daß ich alles hergegeben hätte, um es nur wahr werden zu lassen.

Und plötzlich ging ich auch... zu ihnen.

Gespensterhaftes, milchiges Licht des hohen Nordens sah ich über der schweigenden Taiga, dem häßlichen, verkümmerten Urwald Tiefsibiriens, und darin einen kaum erkennbaren, zugewachsenen und so sonderbar stillen Wegstreifen, den keiner seit Jahren mehr betreten hat. Nichts rührt sich, kein Blatt, kein Ast, kein Tier, kein Vogel, kein Windhauch, als sei alles verzaubert.

Doch jetzt! Hier, dort, zwingend und frohlockend in ihrer zarten Reinheit, erwachen die kleinen Stimmen der lustigen Meisen. Von weit her kommt ein Windhauch. Kosend berührt er die Wipfel der Bäume und wiegt die zwitschernden Vögel. Sie locken und rufen die Sonne herbei. Da kommt sie, die Sonne! Schon legt sich eine Garbe tausendfach funkelnder Strahlen über das endlose Waldmeer und den stillen Weg. Immer neue und neue Strahlen ergießen sich darüber, und nun eilen sie die Waldschneise entlang und zerreißen die Nebelschwaden. Im Funkeln des Taus sehe ich hellstämmige Birken leuchten, verkrüppelte Bäume, dichtes Gebüsch mit welkem Laub, das wie pures Gold schimmert, verborgene Pilze, rote und blaue Beeren, zutraulich lauschende Waldtiere im herben Duft des herbstlichen Waldes unter dem graublauen Himmel des hohen Nordens.

Und endlich tritt der Wald zurück. Noch in weiter Ferne – ein winziges Eiland! Es ist Sabitoje – »Das Vergessene« – mit seinen zusammengeduckten Blockhütten und Ziehbrunnen, aus deren Mitte sich nur wenig der Kirchturm erhebt. Mein treues zottiges Pferdchen Kolka spitzt die Ohren, denn es wittert den Stall, und schon reibt es ungeduldig die Nüstern gegen meinen Rücken. »Geh doch, geh! Worauf wartest du denn noch?« will es mir sagen.

Ich müßte die Verborgenen und Vergessenen in Sabitoje warnen, dachte ich voll erneuter Unruhe, vor dem, was erbarmungslos auf sie zukommen wird. Sie warten ja auf mich, denn ich habe ihnen vor Jahren versprochen, wiederzukommen.

Ich spürte wieder die nagenden, dumpfen Schmerzen der noch nicht verheilten Wunde, die Schwere meines Armes und die noch größere Schwere in mir.

Wie sollte ich da nach Sabitoje gehen?

Ich lehnte den Kopf gegen das Fensterkreuz. Die Konturen der Häuser und Dächer der Großstadt, ihre Zacken und Linien traten hervor, Türme und Türmchen der Kirchen, bis sie alle ihr fahles Gesicht zeigten. Die ersten noch etwas dunklen Gestalten eilten an ihnen vorbei.

Die Tage vergingen in fast völliger Abgeschiedenheit. Nur die flinke Eva Schuster hatte Zutritt zu meiner Wohnung. Die

Kleine war von einer rührenden Behutsamkeit, wenn sie kam, aufräumte, das Essen brachte und ging. Wenn sie mir aber die Speisen anrichten oder zerschneiden mußte, dann setzte sie sich mir gegenüber und glättete sorgfältig das kurze Röckchen über den schmalen Knien. Dabei erzählte sie mir von ihren kleinen Freuden und Sorgen, von der Schule und wie fleißig sie schon jetzt für ihre Zukunft lerne oder auch wie es damals war, als ich meine Wohnung bezog und wie ausgelassen wir beide sein konnten. So versuchte sie mich immer zu ermuntern.

Wenn sie fortgegangen war, dachte ich oft an ihre braunen, so wohltuend lebendigen Augen. Manchmal stellte sie auch Fragen, und diese begannen mich mehr zu beschäftigen, als die Kleine es ahnen konnte, denn sie betrafen mich selbst und jene, von denen ich beruflich abhängig war.

So kam es, daß ich nur wenig später, wie automatisch, nur um etwas zu tun, bei der Nordisk anrief. Mein »Festungskommandant« war außer sich vor Freude. Gleich darauf besuchte er mich zusammen mit seiner Frau. Sie brachten mir eine englische Pfeife, Tabak und ein Körbchen mit Früchten. Bei einem guten Mokka sprachen wir lange vom Büro, dem Umsatz, den Personalveränderungen und von Frederikssen. Er erzählte mir, daß an meine Stelle der Filialleiter aus Stockholm, Lars Peterson, getreten war. Aber eben nur einstweilen. Mein Anstellungsvertrag würde uneingeschränkt noch vier Monate weiterlaufen. Ich schüttelte den Kopf. »Ich mag nicht mehr!«

»Aber ich bitte Sie, der neue Leiter ist ehrenwörtlich nur als ein Provisorium gedacht! Das hat Frederikssen ausdrücklich festgelegt. Wir warten auf Sie. Sie brauchen nur zu kommen und Ihren alten Platz wieder einzunehmen.«

»Wie soll ich denn mit einer fast gelähmten Körperseite im Büro arbeiten?«

»Das machen wir schon für Sie! Es kommt nur auf Ihren Kopf an!«

Brauchen sie dich wirklich? fragte ich mich. Jeder ist zu ersetzen. Sie machen sich und mir doch nur etwas vor.

Ich ging hinaus in die nächtliche Großstadt.

Vom Kaiserdamm fuhr ich über die Heerstraße bis zur Stößenseebrücke. Dort stieg ich aus und blickte auf den See, dessen dunkle, tief unten liegende Wasserfläche kaum erkennbar den Schein der Straßenlaternen widerspiegelte, kalt im wallenden Nebel herbstlicher Winde. Nur ab und zu dröhnte ein dunkles, großes Lastwagenungeheuer vorüber, über dessen grellem Scheinwerferlicht Nebelfetzen zerflatterten oder konturlose Schatten vereinzelter Passanten ohne Gesicht.

Ich lehnte mich über das breite Brückengeländer und sah hinunter. Fünfzig Meter Tiefe, dachte ich. Wie lange würde man da wohl fallen?

Das Aufprallen des Körpers im Wasser, ein vom Nebel ersticktes Geräusch... Unauffindbar in der Stille und im Schweigen der Nacht einer abseits lärmenden, hellerleuchteten Metropole.

Man wäre nur einer der vielen unauffindbar Verschollenen. Nein! Hatte Neumann mich nicht durch sein Beispiel eines Besseren belehrt? Er leistete saubere Arbeit, bei der man auch nicht viel zu verstehen brauchte.

Eine dunkle Gestalt schlenderte unentschlossen an mir vorüber, blickte sich nach mir um und lehnte sich, kaum noch erkennbar, ebenfalls über das wuchtige Brückengeländer. Gleiche Gedanken? Gleiche Sehnsucht nach der Nähe eines Menschen, der einem genommen war?

Dann ging ich. Die Gestalt blieb zurück, sah noch immer in die Tiefe hinunter und bewegte sich nicht.

Es war eine Frau.

Sollte ich sie ansprechen, sie beruhigen, überzeugen, Schicksal spielen?

Wozu? Muß nicht ein jeder damit allein fertig werden?

Das Leuchten der Stadt kam immer näher. Auf der Heerstraße sah ich hier und dort eine elegante Autoauffahrt. Damen und Herren in großer Toilette stiegen aus, neue Hochhäuser umsäumten den Reichskanzlerplatz, bunte Reklamen flammten auf, erloschen, Passanten, Straßenbahnen, funkelnde Wagen glitten vorbei. Jeder hatte seinen Weg und sein

Ziel. Eine endlose Reihe von Straßenlaternen zog sich von dieser kleinen Anhöhe zum Kaiserdamm hinunter.

Wohlige Wärme umfing mich, kaum daß ich die eichene Haustür hinter mir schloß. Das Licht erhellte das breite, mit Teppichen belegte Treppenhaus, in dessen Mitte der Fahrstuhl wartete.

Ich fuhr hinauf, warf die Lifttür ins Schloß und ging auf meine Wohnung zu.

In der Ecke meiner Türfassung stand eine Frau, das Kopftuch nach russischer Art gebunden.

Sie hob den Kopf.

»Natascha!« rief ich verhalten.

Ein Schauer lief mir über den Rücken. Ich konnte keinen Laut mehr über meine Lippen bringen.

Beide Hände auf die Brust gelegt, trat sie einen Schritt auf mich zu, blickte mich scheu an. »Bitte schick mich nicht fort! Ich flehe dich an. Ich kann nicht mehr!«

Unten ging die Haustür.

»Schnell! Man soll uns nicht sehen!« Ich schloß auf, schob Natascha in meine Wohnung, machte Licht.

Sie stand vor mir in braungrüner Joppe, irgendeinem Rock, fahl, verwildert, mit schmalen, bebenden Schultern, als fröre sie, den Blick immer noch scheu auf mich gerichtet.

Ungeduldig streifte ich ihr das Kopftuch ab, strich flüchtig über ihr Haar.

Ein zigeunerhaftes Mädchen, voll schwermütiger Schönheit! Da drückte ich sie an mich. Sie verbarg ihr Gesicht an meiner Schulter und schluchzte leise.

Die Sehnsucht nach der Nähe eines anderen fand ihre Erfüllung im Verzeihen.

»Natascha, schau mich doch einmal an!«

Sie schüttelte den Kopf.

»Ich schäme mich so sehr, daß ich gebettelt habe. Darf ich bei dir bleiben... Papotschka?« fragte sie zaghaft.

»Warum bereitest du mir immer nur Kummer? Warum bist du bei Nacht und Nebel fortgegangen und hast unseren Coco zum Lügen verleitet? Herr Neumann hat mit ihm in Paris gesprochen; wir wissen alles! Wenn auch meine Mutter wie eine Uhr geht, wie du sagtest, so hätte sie für dein Vorhaben, Tanzunterricht zu nehmen, doch volles Verständnis aufgebracht. Außerdem hättest du über die gesamte Miete für dein Haus verfügen können und nicht bei Fremden betteln brauchen. Und warum hast du uns nie geschrieben? Du kannst dir doch denken, wie sehr wir in Sorge um dich waren!«

»Vergib mir. Ich habe es doch nur gut gemeint und wollte dir helfen... aus eigener Kraft. Ich wollte stolz darauf sein. Es kam aber alles ungeschickt und dumm heraus. Ich habe dir bald nach meinem Fortgehen geschrieben. Frau Assagarowa, bei der ich in Paris wohnte, bestand darauf und fügte sogar einen Brief an dich bei. Du solltest wissen, wie gut ich bei ihr aufgehoben sei. Darauf hast du mir nie geantwortet.«

»Natascha!« ermahnte ich sie mit leisem Vorwurf und hob ihren Kopf.

»Ich schwöre es dir, Papotschka! Ich habe dich noch nie belogen, noch nie! Hast du denn damals keinen Brief erhalten? Und in letzter Zeit? Warum hast du dich nie am Telefon gemeldet? Das nahm mir alle Hoffnung!«

»Ich war wieder bei Payr in der Klinik, und als ich zurückkam, zog ich den Telefonstecker heraus, um allein zu sein. Djetotschka! Ich bin glücklich, daß du gekommen bist!«

Sie streichelte mein Gesicht mit rauhen, verarbeiteten Händen, dann aber schlang sie die Arme um meinen Hals.

»Hast du mir ein kleines Lächeln mitgebracht?«

Sie schüttelte beharrlich den Kopf.

»Ich schäme mich zu sehr. Bei keinem traute ich mich um Hilfe zu bitten. Frau Assagarowas Mann stellte mit derart nach, daß ich gehen mußte. Sein Frau bat mich darum. Zuletzt verrichtete ich in Berlin die einfachste Hausarbeit, weil ich doch nichts gelernt habe. Nun bin ich ganz herunter. Wenn ich dich heute abend nicht angetroffen hätte, dann weiß ich nicht, was geworden wäre. Ich liebe dich noch mehr als früher. Du weist doch schon wie.« Eine tiefe Röte überflutete ihr Antlitz, ohne daß sie den Blick von mir löste. »Ich habe mich bis jetzt gegen alle gewehrt wie eine Katze, gekratzt, gebissen, und den letzten habe ich sogar getreten, als er mich mit dem Messer bedrohte und mir fast alles herunterriß.«

Sie strich sich das Haar zurück, und ihr Gesicht bekam einen gespannten Ausdruck, der durch die tiefe Falte über dem Nasenrücken betont wurde.

»Dann kam seine Frau. Es war grauenhaft zwischen den beiden. Sie jagte mich hinaus, so, wie ich war, und schüttete mir den ganzen Eimer Abwaschwasser über die Füße.«

Ich gab sie frei. Sie sackte zusammen und setzte sich auf den Stuhl.

»Mein Gott! Du bist ja wieder krank, dein Arm ist in der Binde! Hast du große Schmerzen?«

Sie kuschelte sich unter meinen Mantel, als sei sie noch immer ein Kind. In diesem Augenblick wußte ich, daß wir von Anfang an zusammengehört hatten.

»Natascha«, rief ich leise. »Ich versprach dir, alles in meinem Herzen zusammenzuraffen, um dich glücklich zu machen, uns beide!«

Sie sah zu mir auf, und in ihren schwarzen Augen schimmerte es. »Hast du mir wirklich verziehen? Wirklich? Ganz und gar?« Sie umklammerte mich mit der ausklingenden Verzweiflung eines nun endlich geborgenen Menschen.

»Papotschka! Nein, du bist mehr für mich; alles, was ich empfinde, bist du. Dafür gibt es keinen Namen. Oder doch?« Sie lächelte. »Solnze... ja, Solnze! Das bist du für mich. Keiner, nichts kann ohne Sonne leben!«

Es erschien mir alles so unwirklich!

Doch sie war da! Und ich fühlte etwas von der Geborgenheit, die um mich war, wenn sie früher noch zu mir kamen, die Stimmen der Meinen...

»Mein Liebchen!«

Es war, als löse sich etwas in mir.

»Nun komm! Ich will dir jetzt zeigen, wie ich wohne, was ich alles habe... für uns beide.«

Während Natascha badete, rief ich meine Mutter an, berichtete ihr, mit dem Versprechen, bald ausführlich zu schreiben. Im Restaurant Reiche bestellte ich unser Essen in die Wohnung.

Dann verständigte ich Neumann und den Fahndungsdienst. Bald danach rief mich Natascha.

»Ich habe gebadet. Was soll ich jetzt anziehen? Mit dem Fön komm' ich nicht zurecht. Ich sehe aus wie eine halb ertrunkene Katze.«

Da lachte ich leise, zum erstenmal nach langer Zeit.

»Ich bringe dir meinen schönsten Schlafanzug.« Ich reichte ihn durch den Türspalt. »Hier auch meine Hausschuhe.«

Sie kam verschämt aus dem Badezimmer. Ich Gesicht glühte, die Augen funkelten wie schwarzer Diamant. Sie duftete nach Eau de Cologne.

»Uff! Ich ertrinke buchstäblich darin.« Sie zog die Hosenbeine hoch und schlurfte in den Pantoffeln auf mich zu.

»Trocknest du mir das Haar, Papotschka, Solnze? Wo soll ich mich hinsetzen? Gib mir deinen Gürtel, damit ich den Schlafanzug bändige.« Sie zupfte an sich herum. »So! Wenn ich nicht harte Arbeit kennengelernt hätte, wäre ich jetzt schon müde.«

»Na, siehst du, wie nützlich das war. Sitz still!«

Als ich dann ihre Wunde am Bein reinigte und verband, hielt ich ihren schmalen Fuß mit dem hohen Spann, und empfand dabei so wohltuend seine Wärme, daß ich ihn an die Wange legte.

»Was tust du?« Ihr Stimme war klein und ängstlich. »So unglücklich warst du... Liebster?«

»Nun nicht mehr.«

Kaum hatte Natascha den letzten Happen gegessen und den Rest des Rotweins ausgetrunken, kapitulierte sie vollends.

»In deinem schönen Bett soll ich schlafen? Und du? Auf der Couch? Ach ja, nur heute die erste Nacht.« Wohlig bewegte sie sich darin. Ein kleiner Seufzer, ein glückliches, dankbares Lächeln, ein zur Seite geneigtes Köpfchen mit müde dreinschauenden Augen.

»Ich möchte zärtlich zu dir sein, mich bedanken, immer

und immer wieder.« Sie küßte meine Hand. Ich deckte sie zu, und schon war sie eingeschlafen.

Meine Natascha!

Es war noch zu früh, um zur Ruhe zu gehen. So setzte ich mich in meinen bequemen Sessel ins Licht der breiten Stehlampe und griff nach einem Buch, aber ich konnte meine Gedanken nicht ausschalten.

Natascha hatte die Entscheidung erzwungen! Für mich! Mein Herz schlug schnell.

Das Natascha gegebene Versprechen, alles in mir zusammenzuraffen, um sie glücklich zu machen – würde ich das halten können? War es nicht im Affekt gefühlt und ausgesprochen, weil ich immer zu einsam war?

Natascha wußte ja nicht, daß sich dann jede Frau, bewußt oder auch unbewußt, an einen Mann verliert, mit allen Schmerzen und allem Glück. Sie wird von nun an alles darauf abstimmen, ihre Zärtlichkeiten, Wünsche und Träume. Durfte ich ein solches Wagnis eingehen?

Und wenn ich ihr eines Tages gestehen müßte, ich hätte mich in mir selbst geirrt, auch wenn ich guten, ehrlichen Willens gewesen bin? Wie wird sie es dann hinnehmen? Und wenn sie daran zerbricht?

Ich werde alles tun, um uns beide glücklich zu machen. Auch mich! Ich würde es ihr sogar noch einmal versprechen und mit noch größerer Inbrunst und Überzeugung, weil mein Gefühl für sie aufrichtig ist. Ich wollte mich nicht mehr nach Schatten sehnen, die ich liebte, die ich abends eigensinnig heraufbeschwor.

Dabei fiel mir meine russische Amme ein, wie sie einst mit mir in der »Roten Ecke« vor den Heiligenbildern und den brennenden Kerzen kniete, meine kindlichen Finger zum Gebet ineinanderfaltete und meine kleine Hand zum ersten Kreuzeszeichen führte. Ich erinnerte mich an ihre letzte Reise aus ihrem Dorf im Gouvernement Nowgorod zu mir nach Petersburg, ohne Furcht vor der Gefahr einer Verhaftung. Zerschlagen und innerlich ausgehöhlt, erzählte ich ihr alles, was mich bestürmte, und diese tiefgläubige, einfache Frau, der ich mein Leben verdankte, sagte mir darauf schlicht: »Fedjenka, du darfst die Toten nicht herbeisehen. Versündige dich nicht! Gönne ihnen die ewige Ruhe, denn sie sind erlöst, wir aber noch nicht.«

Ja, ich wollte halten, was ich Natascha versprochen hatte. Dann durfte ich aber die Vergangenheit nicht mehr heraufbeschwören. Ich mußte die Toten ruhen lassen.

Leise schlich ich in mein Schlafzimmer und betrachtete das Mädchen. Es hatte sich ein wenig aufgedeckt. Ihr Atem ging gleichmäßig.

Es soll nichts mehr zwischen uns stehen, Natascha! Ich werde immer gut zu dir sein. Enttäusche mich aber nicht! Uns zuliebe, uns beiden! Sonst sind wir wieder arm und einsam.

Und ich weiß nicht, ob ich das noch einmal ertragen könnte.

Natascha schlief noch ganz fest.

Ich frühstückte und fuhr zur Nordisk. Schneider, Keller und die übrigen trauten ihren Augen nicht. Frederikssen wollte in vierzehn Tagen kommen, erzählten sie mir. Er hätte sich eingehend nach mir erkundigt. Mein Ersatzmann sollte zurück nach Stockholm versetzt werden.

Ich sagte zu, die Arbeit wiederaufzunehmen. Sie wollten mir helfen, wo sie nur konnten, und da auch der Leiter des Stammhauses sich darüber freute – er war sprachlich und organisatorisch dem harten Markt von Berlin nicht gewachsen –, gingen wir alle in recht gehobener Stimmung ins gegenüberliegende Café, um uns einen Schnaps und einen guten Mokka zu genehmigen.

Als ich heimkam, lag Natascha noch im Bett.

»Solnze!« rief sie glücklich und streckte mir ihre nackten Arme Entgegen. »Ich aale mich so richtig in deinem Bett. Es ist so wonnig darin! Wo warst du?«

»Ich war inzwischen bei meiner früheren Firma. Ich werde dort ab morgen wieder arbeiten.«

»Und ich möchte wieder Tanzunterricht nehmen und mit dir zusammen Geld verdienen. Geht das, Lieber?«

»Gewiß. Das ist ein guter Entschluß!«
»Und was machen wir nun?«
»Aufstehen, frühstücken, Kleider kaufen. Ich habe dich schon angemeldet.« Ich zupfte an der Decke. Natascha bekam große Augen. »Also dann mach schnell.«
In einer Taxe brachte ich sie in einen bekannten Modesalon am Zoo. Innerhalb kürzester Zeit war Natascha in eine elegante junge Dame verwandelt.

Nach einem Mittagessen im Restaurant kehrten wir heim. Natascha kroch sofort in mein ungemachtes Bett und schlief ein.

Sie hatte sich wenig verändert. Über ihre neuen Sachen freute sie sich kaum, verstreut lagen sie umher. Meine kleine Wohnung, die Eva Schuster mit ihrer Mutter stets bis in die Ecken sauber hielt, wies bereits Spuren der mir verhaßten Liederlichkeit auf.

Zwar hatte Natascha den Wunsch geäußert, Tanzunterricht zu nehmen, doch sie erwähnte das mit keiner Silbe mehr. Wie immer überließ sie mir alle weiteren Schritte. Ich nahm mir vor, sie ein paar Tage in Ruhe zu lassen, dann aber mit der erforderlichen Konsequenz durchzugreifen. – Wieder fuhr ich zur Nordisk.

»Wo warst du?« fragte Natascha, als ich heimkam; sie war gerade erwacht. »Du bist so kalt. Komm, laß dich etwas wärmen.« Sie legte mir die Hände auf die Wangen und Ohren.
»Willst du nicht aufstehen?«
»Soll ich?« fragte sie unentschlossen. »Und dann?«
»Gehen wir ins Kino, um wenigstens etwas getan zu haben. Morgen fange ich an zu arbeiten. Du wolltest dich um eine Tanzschule kümmern. Dann besorgst du unseren Haushalt, wie du es immer vorhattest, aber peinlich genau. Du hast von meiner Mutter und deiner Freundin Loni eine ganze Menge gelernt. Mittags esse ich in der Nähe der Firma, aber abends machst du uns alles schön zurecht.«
Sie nickte nur.
Kaum nach dem Kino und dem anschließenden Abendessen heimgekommen, begann sie unauffällig zu gähnen. Ich

schickte sie ins Bett, gab ihr einen Kuß und setzte mich unter das Licht der Stehlampe, um zu lesen. Als ich am nächsten Morgen ging, schlief sie noch.

So war es auch an den folgenden Tagen. Ich dachte an das mir selbst gegebene Versprechen und ermahnte mich zur Geduld.

Noch machte ich Natascha keinen Vorwurf, obwohl meine Wohnung nur leidlich aufgeräumt war. Sie wird übermüdet sein, dachte ich mir. Natascha hatte auch noch immer keine Schritte unternommen, um eine Ballettschule ausfindig zu machen.

»Morgen werde ich es auf jeden Fall tun«, versprach sie mit hochrotem Kopf.

Wieder ging ich aus dem Hause, ohne sie zu wecken.

»Hast du dich nach deiner Schule erkundigt?« waren meine Begrüßungsworte am Abend.

»Solnze...«

»Warum nicht?« fragte ich ungehalten.

Sie zuckte die Achseln und senkte den Blick.

»Ja, willst du denn nichts lernen?«

»Doch, o ja.«

»Du weißt, ich dulde nichts Halbes.«

»Du bist wieder so streng zu mir.« Sie schlang ihre Arme um meinen Hals und gab mir einen Kuß.

»Du mußt dich schon ein wenig anstrengen, wenn du etwas werden willst. Ich bin überzeugt, daß du etwas Großes erreichen kannst, wenn du dir redlich Mühe gibst! Willst du das nicht? Hast du keinen Ehrgeiz?«

»Gefalle ich dir in meinem neuen Kleid? Sieh einmal, was ich in dünnen Strümpfen für schöne Beine habe! Sind meine Lippen gut nachgezogen?«

»Ist das deine Antwort?«

»Ich will dir doch gefallen, Liebster!«

»Wenn du etwas erreicht hast, wirst du mir am besten gefallen.«

Der Geruch angebrannten Fleisches wehte zu uns herüber. Wir eilten in die Küche. Eine Elektroplatte war überhitzt, die

Schweinekoteletts bereits angebrannt, das Gemüse dagegen noch lauwarm.

»Du kannst deinen Kram selbst essen. Ich gehe zu Reiche. Und wenn du einmal Geld verdienen wirst, werde ich dir derartige Späße glattweg abziehen! Guten Appetit!«

Als ich heimkam, hatte Natascha die Küche notdürftig aufgeräumt. Ein Teller war zerschlagen. Ich ging in mein Schlafzimmer und kroch ins Bett, denn das unerwartete Übermaß an Arbeit bei der Nordisk strengte mich sehr an. Ich blätterte in einer Illustrierten, als Natascha zu mir hereinkam.

»Ach, was bin ich nur für ein Pechvogel«, sagte sie verbittert.

»Das ist nicht wahr, aber wenn du mit mir sprichst, darf eben nichts auf dem Herd kochen.«

»Ich habe es vergessen, verzeih mir bitte!«

»Vergeßlichkeit ist Liederlichkeit, und das hasse ich. Aber nun laß gut sein! Ich möchte jetzt schlafen. Wecke mich morgen Punkt sieben, damit auch du frisch an die Arbeit gehst. Vergiß nicht die Auskunftei!« Ich nannte ihr noch einmal den Namen. »Erkundige dich dort nach einer erstklassigen Ballettschule.«

»Gute Nacht«, sagte sie kaum verständlich und ging.

Am nächsten Morgen ratterte der Wecker, aber Natascha drehte sich um und schlief weiter. Kurz entschlossen zog ich ihr die Decke herunter.

»Komm, wir müssen aufstehen!« Nur für einen kurzen Augenblick verweilte mein Blick auf ihrer Gestalt. Sie war von nahezu vollendeter Schönheit.

Natascha trödelte so lange, bis ich alles zubereitet und auch allein gefrühstückt hatte.

»Wie heißt die Auskunftei, die ich dir nannte?«

Ein ängstlicher Blick traf mich und weckte in mir eine wehe Resonanz – damit aber auch eine neue Enttäuschung.

Ich rief ihr den Namen zu. »Schreibe ihn sofort auf!«

Eines Tages war es endlich soweit: Natascha ging zum Unterricht. Bald darauf rief ich beim Ballettmeister an. Er war des Lobes voll und prophezeite ihr eine große Karriere.

Wenn nur die Hälfte davon eintritt, dachte ich, wäre ich für das Mädchen mehr als glücklich.

Frederikssen kam.

Mein »Festungskommandant«, Keller und ich empfingen ihn an der Bahn.

Frederikssen ging sofort auf mich zu, gab mir die Hand und fragte nur: »O. K.?«

»Perfectly O. K.«

»Good! Es tut mir sehr leid, daß Sie noch krank sind. Es wird aber doch besser?«

»Ist es schon geworden.«

»Fein!« Dann begrüßte er die anderen Herren.

Auf der Fahrt ins Büro ließ ich ihn den Wagen steuern, und darüber freute er sich wie ein Junge. »Berlin! Berlin!« Er klopfte mit beiden Händen auf das Steuerrad.

Dem von Frederikssen wieder vorgelegten Arbeitstempo konnte ich nur mit großer Anstrengung folgen.

Dann kam ein unvergessen gebliebener Samstagabend. Wir hatten uns in meiner Wohnung verabredet. Frederikssen, Schneider und Keller, um danach zum Abendessen in die Kakadu-Bar zu fahren.

Frederikssen erschien als erster. Natascha war noch beim Tanzunterricht. Wir nahmen Platz und rauchten.

Plötzlich fragte er mich, was ich vom Auto, dem Chassis und Motor wüßte. »Können Sie mir zum Beispiel an Hand einer primitiven Skizze das Differential erklären?«

Ich fühlte den ganzen Ernst seiner unerwarteten Frage und entwarf in schnellen Strichen eine Skizze. Dann ließ ich meine Erläuterungen folgen.

»Hm...«, brummte Frederikssen und nickte nachdenklich.

»Und wissen Sie etwas vom Aluminium, seinen Legierungen, seiner Gewinnung, auch ebenso kurz erklärt?«

»Warum? Brauchen Sie diese Angaben selbst?«

»Ja und nein«, erwiderte er ausweichend.

»Aluminium wird aus Tonerde, dem Aluminiumoxyd, in

künstlichem Kryolith, dem Aluminium-Natriumfluorid, aufgelöst und im Schmelzfluß einer Elektrolyse unterworfen.«

»Bei wieviel Grad?« warf er ein.

»Ungefähr neunhundert.«

»Aha, und dann?«

»Aluminium scheidet sich an der Kathode, also den Kohlenplatten ab, es wird dann abgestochen, in eiserne Formen gegossen und in Flammenöfen umgeschmolzen, zu Walzbarren oder Preßknüppeln vergossen. Es ist kalt und warm schmiedbar, es läßt sich färben, galvanisch verkupfern und vernickeln. Ja, und was die Legierungen betrifft: Aluminiumlegierungen sind bekanntlich fester als reines Aluminium. Ihren Korrosionswiderstand erhöht man durch Vergütung, also Wärmebehandlung mit Reinaluminium. Es gibt zum Beispiel kupfer- und manganhaltige Gußlegierungen. Dazu gehören die deutschen und amerikanischen Legierungen, wie Silumin, Seewasser, Alneon. Für Konstruktionslegierungen wird die Vergütung mit Kupfer, Mangan, Silizium und Magnesium vorgenommen. Durch Zusatz von Kupfer erhält man auch Aluminiumbronze. Genügen Ihnen diese Angaben?«

»Und was ist eigentlich ›Gußhaut‹?«

»Das ist die oxydierte Oberschicht auf Gußstücken, die als Schutz gegen Korrosion wirkt.«

»Und Viskosität?«

»Ist innere Reibung von Flüssigkeiten und Gasen.«

»Wie wird sie gemessen?«

»Ganz einfach: Mit Viskosimetern, die die Ausflugsgeschwindigkeit feststellen.«

Frederikssen faltete meine Skizze vom Differential sorgfältig zusammen und legte sie in seine Brieftasche. »Wie eigenartig, Ted«, er sprach meinen Namen herzlich aus, »daß Sie solche Spezialkenntnisse haben. Es scheint mir oft, Sie sind nicht der, für den ich Sie halten muß. Ihre Sicherheit und Verschlossenheit lassen es mich annehmen.«

»Ich lese abends, was mir Freude bereitet.«

»Um von uns allen und dem Rummel nichts mehr zu wissen.«

In diesem Augenblick fiel eine kleine Flasche in meinem Schlafzimmer auf den Fußboden und zerbrach, begleitet von einem enttäuschten langen »Ohhh!«

Frederikssen blickte mich an und lächelte verschmitzt.

»Gut, ich will es Ihnen glauben, woher Sie Ihre Kenntnisse haben«, sagte er aufgeschlossen. »Ich habe mir in den USA Mühe gegeben, meine Rücksichtslosigkeiten an Ihnen wiedergutzumachen. Nun habe ich es erreicht: In etwa zwei Jahren wird der größte Automobilkonzern der USA in Berlin eine Niederlassung, Materiallager mit allem Plunder haben. Ich werde bei der Nordisk aussteigen, um mich bis zum letzten Cent an dem anderen Unternehmen zu beteiligen, Sir! Wenn es einmal soweit ist, kommen Sie herüber. Bis dahin werden wir rund vierhunderttausend Wagen im Jahr herstellen und mit etwa einer halben Milliarde Dollar Kapital arbeiten. Und Sie sollen dann die rechte Hand des Verkaufsdirektors werden. Er heißt Sloane und ist ein weitläufiger Vetter von mir. Er hat es mir bereits versprochen, und das bedeutet praktisch: ein unterschriebener Vertrag, wenn...«

Es läutete an der Eingangstür. Natascha eilte hin.

»... wenn Sie diese Spezialkenntnisse haben, sagte Sloane. Ich werde ihm nun darüber berichten. O. K., Ted?«

»Es kostet mich eine große Überwindung, Ihnen nicht um den Hals zu fallen und dazu einen liebevollen Kinnhaken zu versetzen.«

»O. K., Ted!« – Schneider und Keller betraten das Zimmer und begrüßten uns.

Wir standen schon alle in unseren Mänteln, als Natascha eilig die Tür öffnete, mir Tabletten zusteckte und unerwartet auf russisch flüsterte: »Ich liebe dich.«

Schneider lächelte artig, und sie errötete bis über beide Ohren. »Das ist mein einziger Wortschatz aus Rußland«, gestand er.

»Darf ich den Herren vorstellen?« Ich versuchte Nataschas Position zu retten.

»Es steht für uns nur fest«, erwiderte Frederikssen sofort, »daß es auf gar keinen Fall Ihre Großmutter sein kann. Nicht wahr, meine Herren? Dürfen wir diese Dame zum Abendessen einladen?« Der Amerikaner wandte sich an mich. Meine Natascha hatte bei ihm gezündet.

»Darf ich, Solnze?« fragte sie unsicher.

»Mach aber ganz schnell!«

»Kommen Sie nur so, wie Sie sind; für den Rest werde ich nach der Modenschau sorgen.« Frederikssen nahm ihren Mantel von der Garderobe. »Eine Russin?« fragte er mich dabei. »So, so.«

Gemächlich steuerte er den Wagen. Natascha saß neben ihm. In seinen Zügen arbeitete es, aber er schwieg.

Der bestellte Tisch stand dicht an der runden, erleuchteten Tanzfläche. Der Geschäftsführer und die Oberkellner dienerten. Die Kapelle begann das Bananenlied zu spielen.

»Oh, we have much bananas today!« parodierte Frederikssen den Schlager, steppte ein wenig und setzte sich nach einer einladenden Geste an den Tisch.

»Ich meine«, erklärte er gewollt ernst, »daß wir auf das Wohl unserer einzigen Dame einen kräftigen Schluck trinken sollten, und da sie eine sehr schöne Russin ist, schlage ich einen ebenso schönen, großen Wodka vor.«

Wir steuerten auf die Bar zu. Natascha hielt mich an der Hand.

»Was darf ich den Herrschaften anbieten?« fragte die Bardame, eine üppige Blondine.

»Sechs riesengroße Wodka, aber eiskalt.«

Natascha flüsterte mir zu: »Aber ich trinke doch keinen Wodka, Solnze. Was soll ich machen?« Sie setzte sich dicht neben mich auf den hohen Hocker. »Halt mich nur fest, sonst falle ich.«

»Dann eben einen guten ›Leitungsheimer‹ in dieses Glas.«

»Was kostet mein Gläschen Wasser? Darf man denn das?«

»Genau soviel wie ein großer Wodka mit Prozenten«, erwiderte ich. Der »Festungskommandant« und Keller nickten und versuchten, ein ernstes Gesicht zu machen.

Frederikssen, der inzwischen noch rasch ein Telefonat erledigt hatte, kam zurück und prostete uns zu. Natascha kippte vor lauter Neugier ihr Wasser als erste hinunter.

»Donnerwetter, Mädchen!« Frederikssen lachte laut, stemmte die Fäuste in die Hüften und wandte sich an uns. »Unsere Kleine hat aber wirklich einen guten Zug! Meine tiefste Hochachtung! Hallo, meine Schöne, noch so einen Großen!«

»Ich glaube, wir können essen gehen«, lenkte ich ab. »Unsere Vorspeisen sind bereits im Anmarsch.«

In gehobener Stimmung wurde gut und reichlich getafelt und getrunken. Frederikssen umschwärmte Natascha und ließ ihr immer neue Leckerbissen auftragen. Das Mädchen war ein wenig angeheitert und lachte amüsiert über das scherzhafte Radebrechen des Amerikaners. Ihre Wangen glühten, die Augen funkelten. Sie war wirklich schön.

»Ich werde Sie noch heute abend zu einer richtigen Dame machen, Natascha! Das schönste Kleid wird Ihnen gehören, und dann tanzen wir beide, bis uns schwindelt. Wie schade, daß ich morgen nach den USA abreisen muß! Erzählen Sie mir doch, was Sie einmal werden wollen? Sie sind so scheu, und gerade das gefällt mir an Ihnen, Sie kleine, schwarze Natascha! Darf ich Ihnen den Mokka einschenken, ein Stückchen Zucker hineintun, umrühren? Möchten Sie etwas Kuchen oder Torte dazu essen? Naschen Sie gern? Ja? Was haben Sie am liebsten von allen Süßigkeiten?«

Ein Tusch der Kapelle. Der Geschäftsführer stand in der Mitte der Tanzfläche und kündigte pathetisch die beginnende Modenschau an. Wir schauten interessiert zu.

»Nun, welches Kleid wünschen Sie sich?« fragte Frederikssen.

»Das Schuppenkleid!« rief Natascha begeistert. »Und ich möchte es gleich tragen, die goldenen Schuhe dazu. Darf ich das?«

»Gut. Das wollen wir besorgen.«

Als er allein zurückkam, war er ernst, zog mich am Ärmel und legte seine Hand auf meine Schulter.

»Ich dürfte nicht abreisen! Champagner für uns alle! Ted«, flüsterte er aufgeregt, »ich muß Sie sprechen, bevor es zu spät ist.«

Doch ohne meine Antwort abzuwarten, ging er zur Kapelle, wechselte einige Worte mit dem Geiger und setzte sich ans Schlagzeug. Die Gäste wurden auf ihn aufmerksam und blickten hinüber.

Ein völlig veränderter Mensch gab der kleinen Kapelle einen aufreizenden Rhythmus. Danach folgte mit gleichem Schwung ein zweites Stück.

Doch ebenso unerwartet brach er ab, und während er der Kapelle zurief: »Spielt, spielt weiter!« eilte er an unseren Tisch.

Natascha stand vor uns in dem neuen Kleid. Ohne zu zögern, faßte Frederikssen sie unter, und ehe sich das Mädchen versehen konnte, betrat er mit ihr die buntbeleuchtete Tanzfläche.

Erneut gab er der Kapelle den Takt an, steigerte ihn immer mehr und... tanzte.

Alle Blicke waren auf ihn gerichtet, und ich fragte mich immer wieder, ob das noch der gleiche, nüchterne Geschäftsmann sei oder ein Tänzer, der bedenkenlos hätte auftreten können. Von allen Seiten brandete ihm begeisterter Beifall entgegen.

Ich sah noch, wie Natascha ihn am Arm faßte und ihm etwas eindringlich zuflüsterte, worauf Frederikssen mit lauter Stimme der Kapelle zurief:

»Tango ›Brasiliano‹ für die Dame!«

Natascha tanzte.

Ich erlebte es zum erstenmal.

Und ich empfand sie nicht mehr als das unbedeutende, kleine Mädchen, das wie ein flügellahmer Vogel bei mir Zuflucht suchte, sondern wie eine junge, faszinierende Frau, die mich mit ihrer Schönheit nur beschenken konnte.

Ich war wohl der einzige, der ihr keinen Beifall spendete. Aber das merkte sie gar nicht.

Frederikssen eilte ihr entgegen, hob sie leicht auf seine

Schulter und rief: »Natascha heißt sie, die schwarze Natascha!«

»Natascha!« riefen auch die Gäste begeistert.

Und Natascha tanzte wieder.

Aber noch im Rausch der langsam ausklingenden Begeisterung flog ein Schatten über ihr Antlitz, ein fast ängstlicher Blick über die Menge, der suchte, mich erfaßte und erstrahlte, wie bei ihrem ersten Auftritt in Leysin.

Sie eilte mir entgegen.

»Ach, Solnze!«

»Liebchen!« Ihre Lippen verschlossen meinen Mund.

Fröhliche, übermütige Stimmen riefen ihren Namen. Natascha drehte sich um. Dankbar nahm sie die Blumen entgegen und drückte sie behutsam an sich.

Wir setzten uns an den Tisch, sie hielt meine Hand, unfähig, auch nur ein Wort zu sprechen.

Frederikssen war verschwunden. Ich schenkte Sekt ein und stieß mit Natascha an.

»Kommt einmal mit, ihr beide!« Frederikssens Stimme erklang hinter uns. »Ich habe für Natascha den ersten Engagementsvertrag aufgesetzt. Der Direktor erwartet euch in seinem Büro. Dreißig Mark pro Auftritt, je dreimal in der Woche. Hin- und Rückfahrt mit der Taxe wird bezahlt. Was sagen Sie dazu, Natascha? Einverstanden?«

»Was meinst du, Solnze? Ist das genug?«

»Das ist ein guter Anfang!«

»Dann komm und lies den Vertrag durch!« Sie faßte mich unter. »Herr Frederikssen, ich danke Ihnen sehr für diese Vermittlung. Ich muß Ihnen gestehen, Sie haben mich durch Ihre Tanzvorstellung richtig angesteckt.

»Ich werde Sie später in den USA lancieren!« erwiderte er schlicht und herzlich. »Für jedes Können zahlen wir bekanntlich phantastische Preise. Und ich darf Ihnen gestehen, daß Sie sehr, sehr schön sind, Natascha! Gefährlich schön sogar, vom Haaransatz bis zur kleinen Zehe.«

»Was er mir alles sagt«, flüsterte sie verschämt. »Haben Sie das Tanzen gelernt?«

»Ich habe mir bereits als kleiner Junge jeden Cent dafür abgehungert, sogar meinem Vater Geld gestohlen, Prügel über Prügel bekommen.« Er schenkte sich ein Glas Sekt ein und leerte es in einem Zug. »Ich kann kein Geld halten, Natascha. Naja... Noch ein Glas Sekt auf Ihren ersten Vertrag!«

Der Direktor las den Entwurf durch und schob ihn Natascha zu. Sie las auch.

»Nein, erklärte sie für uns alle überraschend. »Ich will meine Gage jeden Abend ausbezahlt haben, und wenn sie auch nur einmal ausbleibt, werde ich nicht mehr auftreten.«

»Richtig, Natascha!« Frederikssen drückte dem Mädchen einen herzhaften Kuß auf die Wange und lachte.

Aber sie blieb ernst und runzelte die Stirn. »Und dann, Solnze«, fügte sie mit Nachdruck hinzu, »will ich keine Unterhaltung mit den Männern haben. Ausgeschlossen! Du bringst mich her, und du wartest, bis ich mit dem Tanzen fertig bin.«

»Ja, Djetotschka, das will ich tun!«

So unterschrieb Natascha ihren ersten Vertrag.

Wir kehrten an unseren Tisch zurück, aber die fröhliche Stimmung kam sonderbarerweise nicht mehr auf. Natascha wirkte erschöpft. Schließlich gab Frederikssen, unser Gastgeber, das Zeichen zum Aufbruch.

Am Eingang zur Garderobe blieben wir für einen Augenblick zurück.

»Bitte kommen Sie morgen eine Stunde vor Abfahrt zu mir ins Hotel«, sagte er hastig. »Ich muß Sie sprechen, Ted.«

Er schien mir auf einmal müde zu sein, aber seine Stimme war sofort wieder laut und markant, als er eine Taxe herbeirief und sich von Natascha verabschiedete.

»Ich werde Ihr Bild wie ein Primaner im Herzen tragen«, und er fügte leise hinzu: »Leben Sie wohl, schwarze Natascha!«

Während der Fahrt schmiegte sie sich an mich.

»Bist du stolz auf dein erstes Engagement?«

»Ich kann nicht mehr sprechen«, erwiderte sie mit kleiner Stimme. »Wenn du doch deinen Mantel über mich decken könntest. Ich fühle mich gar nicht erwachsen. Sie sind mir alle so fremd, diese Menschen, weißt du, Solnze.«

Im Vorzimmer der Wohnung warf sie den Mantel über einen Stuhl, trat vor den hohen Spiegel und lockerte ihr Haar. Ich legte meine Hände um ihre Schultern, zog sie an mich. Natascha schloß die Augen und rieb ihre Wange zärtlich gegen die meine. Ihr Duft umfing mich, nah und vertraut.

»Mir ist so heiß!« flüsterte sie im leichten Champagnerrausch. Ich öffnete ihr Kleid und streifte es von den Schultern.

Da machte sie sich frei, schlang die Arme um mich und küßte mich, weich und hingegeben.

Als ich am Morgen erwachte, schlief Natascha dicht an meiner Seite. Das fahle Licht eines neuen Tages und das Geräusch der Metropole schwebten über uns hinweg.

Ich betrachtete sie nachdenklich.

Du mußt die Schatten meiner Vergangenheit bannen! Weil du es könntest. Aber auch nur du!

Dann trennte ich mich von ihr.

Die Pflicht zu arbeiten zwang mich dazu.

Mit besonderer Sorgfalt schloß ich die Tür zu meiner Wohnung und dachte beglückt, daß alles, was sich in ihr befand, mir gehörte.

Am Spätnachmittag wartete Frederikssen auf mich in der Hotelhalle. Wir hatten an den Vortagen ein Arbeitsprogramm für die nächsten sechs Monate in Stichworten aufgestellt. Ich hatte es soeben mit Schneider in allen Einzelheiten ausgearbeitet, um dieses mehrseitige Schriftstück dem Chef zur Unterschrift vorzulegen. Noch einmal sprachen wir es durch, dann fragte er ungeduldig:

»Ist es Ihnen recht, wenn wir in der kalten Winterluft am Bahnsteig etwas auf und ab gehen?«

Die Hände auf dem Rücken, schritten wir nebeneinander hin und her. Das Licht auf dem Bahnsteig flammte auf, und bald danach rollte der internationale Schlafwagenzug Hoek van Holland–London in die Halle.

»Kommen Sie noch auf eine Zigarettenlänge in den Speisewagen?« Frederikssen reichte dem Schaffner sein Gepäck, und wir stiegen ein.

»Naja... Nordisk... Sie haben übrigens in der Wahl von Schneider und Keller eine ausgesprochen glückliche Hand gehabt. Beide sind korrekt in jeder Beziehung. Wissen Sie noch unsere Eskapade zu Dupain nach Paris? Trinken Sie einen Wodka?« Der Oberkellner stand vor uns. »Man ist etwas durchgefroren.«

»Nein, danke, aber eine Tasse Kaffee.«

»Und ich hätte gern einen doppelten Whisky.«

»Bitte sehr, meine Herren.«

»Auf Ihr Wohl, lieber Ted! Ich werde Ihnen wegen Ihrer Anstellung beim Automobilkonzern alles Weitere schreiben, und hoffentlich einmal wiederkommen.« Er lerrte das Glas und bestellte sich ein neues. »Immerhin... It's a long way to Tipperary... Sir. Fahren Sie mit mir doch bis zum Bahnhof Charlottenburg, dann haben Sie es um so näher bis zum Kaiserdamm.«

»Ja, gut!«

»Natascha, sie ist ein wunderbares Persönchen. Sehen Sie, nun fahren wir schon«, sagte er versonnen und griff nach dem Whiskyglas. »Und wenn sie... Aber das ist nicht so wichtig... It is a long way to go.« Er winkte, bis der Zug die Halle verließ.

Als ich nach Hause kam, war meine Wohnung unverschlossen. Das Licht brannte in allen Räumen. Zwei Schränke standen offen, die Kissen der Couch waren in Unordnung, auf dem dunklen Konventtisch, auf der Lederschreibmappe, lag eine angegessene, handfeste Schnitte mit Leberwurst, die bereits einen breiten Fettfleck hinterlassen hatte. Daneben sah ich Nataschas Brief. Er war an ihre Freundin Loni gerichtet und hatte Fehler. Der schwere Kristallaschenbecher war voll Orangenschalen. Mein Bett war nicht gemacht, auf dem Nachttisch lagen die Wohnungsschlüssel.

Ich setzte mich in einen Sessel und wartete. Endlich klingelte es kurz.

»Entschuldige, daß du mir die Tür aufmachen mußtest. Ich

habe die Schlüssel vergessen. Natascha senkte den Blick und trat zaghaft über die Schwelle.

Sie gab mir einen kleinen Kuß und legte den Mantel ab. »Ich bringe dir gleich alles in Ordnung. Nur eine Briefmarke habe ich schnell geholt.«

»In der Schreibmappe gibt es eine Menge.«

»Ja? Ach!«

»Und sonst hast du mir nichts zu sagen?«

Sie fiel mir um den Hals. »Ich schäme mich so!«

»Ist das alles?« Ich war enttäuscht. »Warst du beim Unterricht?«

Sie schüttelte den Kopf. »Ich habe ein langes Bad genommen, etwas gegessen und mir alle neuen Sachen wieder angesehen. Ich habe auf dich gewartet.«

Ich strich ihr flüchtig über das Haar und holte ihren Mantel.

»Wollen wir ausgehen?« fragte sie fröhlich.

»Nein. Wir gehen zu Reiche essen.«

»Wenn wir heimkommen, mache ich dir dein Bett. Bist du denn gar nicht müde? Du hast ja kaum geschlafen.«

»Soll ich mit dir von jener Pflicht sprechen, die du immer wieder vernachlässigst?«

Sie aß mit dem Appetit eines unbekümmerten jungen Menschen.

»Du hast sicher meinen Brief an Loni gelesen. Meinst du nicht, es wäre gut, wenn sie unseren Haushalt führte? Dann könnten wir beide ungestört arbeiten. Sie wird bestimmt zusagen, denn sie hätte es gut bei uns. Die Arme verdient ja so wenig in ihrem Büro in Schwerin.«

»Das scheint mir auch die beste Lösung zu sein – für uns beide.«

»Ich bin ja im Haushalt so ungeschickt.«

»Dafür hast du andere Qualitäten.«

»Sie hatte einen Freund, aber der hat sie schon längst verlassen. Nun fühlt sie sich einsam, schrieb sie mir, und das sei ihr gar nicht recht.«

»Hm«, brummte ich.

»Auf Loni können wir uns bestimmt verlassen. Die geht mit uns auch Pferde stehlen!«
»Können wir heimgehen?«
»Darf ich noch Schlagsahne essen, oder wird es zu teuer für dich, Solnze?«
»Nein, iß nur, ich verdiene jetzt gut.«
Wir machten gemeinsam mein Bett, räumten etwas auf. Ich konnte lange nicht einschlafen.
In den darauffolgenden Tagen war ich mit Arbeit überlastet, denn es galt in erster Linie, das kleine Montagewerk in Tempelhof zu erweitern und die aufkommende Konkurrenz niederzuhalten. So pendelte ich denn oft zwischen Tempelhof und dem Büro hin und her und kehrte meist spätabends heim.
Jeden Morgen riß ich Natascha die Daunendecke herunter, indem ich unüberhörbar wie ein Spieß in der Kaserne sie mit »aufstehen!« begrüßte. Immer wieder schwänzte sie den Tanzunterricht. Sie zog es vor, bei dem strahlenden Winterwetter durch die Stadt zu bummeln und »dringende« Einkäufe zu machen. Meine Geduld wurde auf eine harte Probe gestellt.
Auch ihr Eifer zum Tanzen in der Bar ließ nach. Die Männer umlagerten sie, stellten ihr nach und umwarben sie mit banalen Komplimenten und Geschenken. Das Mädchen fühlte sich von dem Milieu immer mehr angewidert.
Die in der Bar einlaufende Post, angefangen von ehrbaren Heiratsanträgen bis zu recht obskuren Vorschlägen, lasen wir beide nur in den ersten Tagen. Später beglückten wir damit die vier Bardamen, die sich darum rissen.
Natascha fühlte die Katastrophe nahen, denn sie kannte seit Jahren meine Konsequenz, aber sie verharrte trotzdem in ihrer üblichen Unentschlossenheit und Passivität.
Vor meinen wiederholten Ermahnungen, dann lauten Worten und endlich auch Zornesausbrüchen floh sie in die entlegenste Ecke, wie einst in unserer Wohnung in der Schweiz. Doch dann ließ ich sie in Ruhe.
Sie interessierte mich immer weniger. Zuletzt versuchte sie nur noch durch ihre Verführungskunst mich zu fesseln: Sie

kam abends von selbst zu mir, schön, begehrenswert anzusehen, ein kostbares Gefäß, aus dem man sich wie ein Durstender labt, um es doch wieder beiseite zu stellen, enttäuscht, ernüchtert, dann aber wieder nach dieser Kostbarkeit verlangend, bis jedes Empfinden in der zurückgelassenen Leere verweht.

An einem Samstagabend gab es in der Bar zwischen betrunkenen Männern wegen Natascha eine Schlägerei. Gläser und Flaschen gingen in Scherben, die Barmädchen kreischten, und einige Gäste trafen bereits Anstalten, das Lokal zu verlassen. Eine herbeigerufene Polizeistreife konnte die Ruhe wiederherstellen.

Ich bat den Inhaber, Natascha eine Zeitlang nicht mehr auftreten zu lassen. In der Taxe schob sie mir, wie stets, ihr Geld zu und saß geknickt neben mir.

Wir wollten bei Reiche noch eine Kleinigkeit essen. Kein Wort fiel zwischen uns, auch dann nicht, als sie verstohlen meine Hand suchte. Herr Reiche servierte schnell und zog den Vorhang unserer Nische zu.

»Natascha«, begann ich, »erinnerst du dich an das, was ich dir gleich am ersten Abend in meiner Wohnung versprach?«

»Ja, Solnze, ganz genau.«

»Weißt du auch, was das für mich bedeutet?«

Sie sah mich an und war sehr ernst. »Ja, natürlich.«

»Und wie hast du dich zu mir gestellt?«

Sie schwieg.

»Und warum?«

Sie hob die Schultern und senkte den Blick, als könnte sie ihr Gesicht unter der Flut ihrer Haare vor mir verbergen.

»Solnze, ich versprech dir...«

»Ich glaube dir nicht mehr! Das sind immer die gleichen leeren Worte, und nicht mehr. Ich wünsche jetzt eine endgültige Klarstellung zwischen uns beiden, und ich wünsche ferner nicht, daß es zwischen uns so weitergeht. Mein Entschluß steht bereits fest.« Wir blickten uns an. »Entweder du fügst dich dem, was der Alltag und seine unbedingten Erfordernisse von dir verlangen, oder – du gehst.«

Ihre Augen wurden groß und tiefschwarz; sie erblaßte.
»Ich bin bereit, dir auf meine Kosten ein Zimmer zu mieten, von dem aus du dann ein Leben führen kannst, das keine Vorwürfe und kein einziges böses Wort von mir kennt. Es ist mir aber nicht mehr möglich, deine Trägheit, Unentschlossenheit und Liederlichkeit zu ertragen; sie rauben mir schon Zeit und Nerven, seit ich dich kenne. Bitte, entscheide dich!«
»Ist das dein Ernst, daß ich... gehen soll?«
»Ja!«
Sie sprang auf und lief ohne Mantel hinaus. Ich folgte ihr nicht. Es war mir gleichgültig, welche Konsequenzen das nach sich ziehen würde.
Ohne mich zu beeilen, ging ich nach Hause.
Natascha stand in der Ecke meiner Eingangstür und zitterte vor Kälte. Als ich mich ihr näherte, duckte sie sich zusammen.
Ich schloß die Tür auf. Lautlos folgte sie mir.
»Tu nicht so, als wollte ich dich schlagen!« Wir waren im Wohnzimmer. »Hier, vor dem Rauchtisch kniest du jetzt nieder, den Kopf gesenkt, die Augen geschlossen, und wartest.«
Wortlos gehorchte sie.
Ich ging zum Schrank und entnahm einem Schiebefach einen kleinen Gegenstand, den ich auf die Glasplatte des Rauchtisches stellte.
»Erkennst du dieses geweihte Heiligenbild?«
»Ja«, flüsterte sie kaum verständlich.
»Es hing über deinem Bett, als du noch ein kleines Kind warst. In einem Bündel aus Sackleinen rettete es deine Mutter für dich, als ihr beide die Heimat verlassen mußtet, und du hattest es ständig bei dir, als wir beide noch beten konnten. Nun schwöre, daß du beim Andenken deiner Eltern alles tun wirst, um dich im Leben zu behaupten! Vergiß nie, daß deine arme, unglückliche Mutter mich anflehte, dich stets dazu zu ermahnen!«
»Ich schwöre es!« Ihre Stimme versagte. Mit zitternden Händen nahm sie das kleine Heiligenbild, bedeckte es mit Küssen, drückte es an sich und brach in Tränen aus.
Ich ließ sie sich ausweinen.

Dann erhob sie sich langsam und kam unsicheren Schrittes zu mir, setzte sich neben mich, den Kopf auf meine Schulter gelehnt. Der verweinte Mund strich über meine Wange, küßte sie scheu. Ihre Hand schob sich langsam, bittend in die meine.

»Auch wenn du mich schlägst, aber jag mich nicht von dir. Ich will alles tun, was du von mir verlangst, dir gehorchen.«

»Duschenka, es geht doch nicht um das, was ich will. Mir zuliebe brauchst du es nicht zu tun – nur für dich selbst, und ich würde es nie von dir verlangen, wenn dein Leben und deine Zukunft nicht die gleichen Forderungen an dich stellen würden. Wenn ich eines Tages fortgehen werde, wenn ich nicht mehr um dich bin, was soll dann aus dir werden? Dann stehst du wieder da, unfähig, dich im Alltag zurechtzufinden.«

Sie nahm meinen Kopf in beide Hände und kehrte ihn zu sich. Ich sah über dem Ansatz ihrer Brauen jene tiefe Falte stehen, die Kummer ausdrückte.

»Du willst fortgehen?« fragte sie ängstlich. »Wohin?«

Als ich aber keine Antwort gab, fügte sie hinzu: »Wo du einmal warst?«

»Ja.«

»Warum? Du hast so einen kalten Blick für mich.«

»Ich habe versucht, alles, was noch in mir war, dir zu geben. Der Fehler liegt jedoch bei mir. Ich hätte mich nicht so schnell dazu entschließen sollen und eben auch nicht für dich. Vielleicht war zuwenig in mir. Aber mehr hatte ich nicht. Jedoch selbst dieses Wenige brauchst du ja nicht. Nun ist es auch unwichtig geworden, Natascha.«

Wir trennten uns ohne Gruß, wie zwei Fremde.

Am Morgen sah ich sie vor meinem Bett auf dem Teppich schlafen. Ich stieg über sie hinweg, ohne sie zu wecken.

Vom Geschäft aus rief ich sofort Loni an. Sie freute sich sehr darüber, denn Natascha hatte ihr natürlich nicht mehr geantwortet, so daß sie kaum noch Hoffnung hatte, zu uns nach Berlin zu kommen. Dann verband sie mich mit ihrem Chef, der mir ihre schnelle Entlassung zusicherte.

So kam also Loni Ehmke zu uns nach Berlin, mit einem

großen, nicht mehr neuen Reisekorb mit zwei breiten Riemen, im schlichten Provinzhütchen und anspruchslosen Kleid, das man auf dem Lande »für gut« trägt, um sich darin an den Sonntagen zur Kirche zu begeben und sich den Nachbarn zu zeigen. Von der Vielzahl der Passanten, Wagen, Hoch- und Untergrundbahnen, dem Lärmen, Hasten, den Schaufensterauslagen beeindruckt, stand sie vor mir, etwas verlegen lächelnd, ein unauffälliges, blauäugiges Mädchen, mittelgroß, blond und sauber, mit geröteten Wangen und leuchtendem Blick.

»Tag ook!« sagte sie endlich und stellte ihr Gepäck in der Diele ab. Ein Hauch Mecklenburgs, der Heimat meiner Väter, die sie vor mehr als hundert Jahren verlassen hatten, als sie mit kühnen Hoffnungen nach Osten zogen, wehte mir von diesem Mädchen entgegen.

»Loni, herzlich willkommen!« Ich reichte ihr die Hand. Sie streckte mir ihre Rechte entgegen, die in der meinen ohne Druck lag, so einfach hingestreckt, wie es viele Menschen auf dem Lande tun, ohne zu wissen, wie entscheidend oft die erste Begrüßung sein kann.

»Dir ist wohl kalt?« Ich rieb die Hand, die sich wie ein Eiszapfen anfühlte. »Hast du keine Handschuhe mitgenommen?«

»Doch, doch, aber wenn man auf einmal so viel sieht, vergißt man, sie überzuziehen! Meine sind sogar mit Wolle gefüttert.« Dabei zog sie vorsichtig ein Paar Fäustlinge aus der Tasche, die auch für einen Nordpolfahrer genügt hätten.

»Sie wohnen aber in einem schönen, großen Haus, und so nah an der Untergrundbahn! Einen hohen, schlanken Spiegel, zwei Leuchter mit Schiffen haben Sie in der Diele. Ist das etwa die ›Santa Maria‹ von Kolumbus?«

»Vielleicht«, erwiderte ich lächelnd, und da sie den Mantel aufgeknöpft hatte, wollte ich ihn auf den Garderobenhaken hängen.

»O nein, das dürfen Sie nicht. Ich bin keine Dame.«

Wir führten sie durch die Wohnung. Ab und zu verweilte Loni bei dem einen oder anderen Gegenstand, um ihn zu berühren, aber sie sagte nichts, als hätte sie Ehrfurcht davor.

»Und in diesem Schrank hängen meine Anzüge, unten stehen die Schuhe, hier ist die Wäsche, und hier sind die Hüte, Socken und Taschentücher.«

»Wer pflegt denn Ihre Kleider?«

»Ich habe einen Schneider, der das besorgt.«

»Das lassen Sie man mich machen. Min Vadding war sehr streng, das wissen Sie. Es ist wohl höchste Zeit, daß ich komme?«

»Ja, Loni!« lachte ich.

»Tjäh, min Leiwing, du büsch ja ümmer en beeten liederlich west.« Das Mädchen strich Natascha über die rotangelaufenen Wangen. »Aber da häst prima, Natascha, nich?«

»Bevor wir weitersprechen, muß ich mich von euch wegen der neuen Wohnung für eine Stunde verabschieden. Macht inzwischen Kaffee, holt Kuchen und Schlagsahne! Später bringen wir Loni in ihr Zimmer.«

Als ich zurückkam, saßen meine Damen am sorgfältig gedeckten Tisch, der Lonis Geschicklichkeit verriet.

»Ich werde diese Vierzimmerwohnung nehmen, die ich mir eben ansah! Sie liegt vier Treppen hoch, hat einen Fahrstuhl, Veranda und eine wunderbare Aussicht auf den kleinen Lietzensee. Jeder hat dann ein Zimmer für sich.«

Fünf Wochen später war meine neue Wohnung von oben bis unten renoviert. Mein »Festungskommandant« leitete den Umzug, als handle es sich um eine wichtige Truppenverschiebung. Er war sichtlich in seinem Element, lobte, tadelte, schob und hob bis zum letzten Augenblick. Loni sorgte für eine festliche Ausschmückung zur Einweihung. Natascha hielt sich nach Möglichkeit fern, Herr Keller war um das Festessen bemüht, so daß ich nur noch die letzten Anordnungen zu treffen hatte. Als dann meine Gäste die Wohnung verließen, war sie eingeweiht und vollgequalmt. Ich aber war von ihnen reichlich beschenkt und mit vielen guten Wünschen bedacht worden.

Mit Loni hatte ich das große Los gezogen, denn bei ihr lief der Haushalt wie am Schnürchen.

Um Natascha kümmerte ich mich wenig, auch wenn ich jeden ihrer Schritte verfolgte. Ich kam mir ihr gegenüber wie ein nüchterner Schachspieler vor, der bei jedem unüberlegten Zug seines Gegners ihm das unerbittliche »Gardez!« zurief.

»Solnze, ich habe keine Freude mehr an meinem Beruf«, erklärte sie mir eines Abends. Loni und ich blickten uns verwundert an. »Jeden Tag und immer wieder nur dasselbe: Hinfahrt, Tanzunterricht, Heimfahrt, zu Hause üben und üben, essen, ins Bett gehen, ausgehen ab zu zu.«

»Aber du wirst doch nach Beendigung deiner Tanzstudien alle Chancen für eine große Zukunft haben! Du gehst auf Tournee ins Ausland, siehst womöglich die halbe Welt.«

»Bleibt doch alles gleich!« sagte sie ärgerlich.

»Ja, was willst du denn überhaupt? Willst du etwas anderes lernen?«

Sie hob die Achseln und aß dabei eine Näscherei.

»Aber was? Wieder etwas ganz von vorn lernen?«

»Du hast leider das Spitzentanzen aufgegeben, aber der Lehrer ist mit dir dennoch zufrieden.«

»Naja. Zu allem muß ich mich zwingen, weil auch du mich immer nur zwingst und zwingst. Ich sehe doch, wie du jeden meiner Schritte beobachtest. Seit einigen Tagen denke ich oft an meinen Vater. Soweit ich zurückdenken kann, hat auch er nur getanzt und geübt, sich gequält, und das alles nur, um berühmt zu werden!«

»Lockt dich denn eine große Karriere gar nicht?«

»Du hast mir jeden Morgen die Decke weggezogen und gewartet, bis ich mich gewaschen habe, damit ich ja nicht mehr ins Bett gehe, mich manchmal sogar bedroht, wenn ich nicht parierte. Du warst zeitweise sehr, sehr hart mit mir. Aber ich habe kaum noch einen eigenen Willen. Ich komme mir vor, als sei ich deine demütige Sklavin, die aus dem Hause gejagt wird, wenn sie nicht mehr gehorcht. Wer sagt denn überhaupt, daß ich eines Tages Karriere machen werde?«

»Diese Weisheit stammt von deinem jetzigen, nicht unbekannten Lehrer und von dem Ballettmeister, den Herr Morosow damals kommen ließ. Ihr Urteil zählt, weil sie anerkannte

Fachleute sind! Kurz und bündig: Wenn du weder tanzen noch etwas anderes arbeiten willst, so bleibt dir nur ein einziger Ausweg übrig – sehr reich zu heiraten. Auf Grund meiner eigenen Lebenserfahrung und Menschenkenntnis glaube ich aber nicht, daß ein Mann dich als Frau lange ertragen wird. Du nimmst alles hin, Liebe, Geschenke, ohne dafür innerlich etwas zu geben. Diese Rechnung ist aber bei keinem jemals aufgegangen!« Ihr unsteter Blick war auf mich gerichtet. »Sei doch vernünftig! Wir alle müssen arbeiten! Das ist das Gesetz des Lebens. Glaube es mir doch! Du hast ein paar Monate lang schwere Entbehrungen kennengelernt, dann sei doch dem Schicksal für dein Talent dankbar!«

»Ich bin dir auch unendlich dankbar für alles.«

»Nicht mir, Natascha, nicht mir!« erwiderte ich eindringlich. »Denn ich bin in deinem Leben nur ein handfester Balken, der durch das gleiche blinde Schicksal an dich herangeschwemmt wurde, mehr nicht.«

Sie schwieg eine ganze Zeit und starrte verloren vor sich hin.

»Weißt du, in mir ist eine eigenartige Sehnsucht.«

»Wonach? Kannst du mir das sagen? Sprich dich doch aus!«

»Ich weiß nicht, wonach, aber sie lähmt in mir jede Bewegung und jedes Wollen, überhaupt etwas zu tun. Besonders wenn ich im Bett liege und die Augen schließe, erfaßt sie mich ganz, und ich habe dann nur den einen Wunsch, vor dieser Sehnsucht zu vergehen. Kennst du das nicht?«

»O doch! Hast du Sehnsucht nach jemand, den du lieben möchtest?«

»Nein. Dann verstehst du mich eben nicht!« Sie stand auf, ging in ihr Zimmer und zog die Tür fest ins Schloß.

Kaum eine halbe Stunde später, Loni und ich gingen schlafen, betrat ich Nataschas Zimmer. Das Licht der Nachttischlampe brannte. Natascha schlief ganz fest. Ich dachte dabei an jenen Tag, als ich mit ihr den Tanzunterricht in der Schule festgelegt hatte. Zuvor hatte ich sie durch einen bekannten Lungenspezialisten eingehend untersuchen lassen. Ich begründete dies mit dem Hinweis auf die harte Arbeit des Unterrichts. Der Professor zeigte mir später die Röntgenbilder und bestätigte erneut, Natascha sei bei bester Gesundheit.

Ich suchte in ihrem Antlitz, das so viele zu faszinieren vermochte. Umrahmt von dichten Wellen nachtschwarzen Haares, ruhte es auf dem weißen, breiten Kissen. Ich sah ihre entblößte Schulter, den Ansatz der kleinen Brust und den schmalen Fuß mit roten Nägeln, seinen hohen Spann, die zarten, bläulich durchschimmernden Adern. Ich hatte ihn einmal an meine Wange gelegt, in unerwartetem Glück über die Nähe dieses Mädchens. Dabei fielen mir die kindlich anmutenden Worte des Bäckerjungen Coco ein, als er Natascha zum ersten Male sah und vor Begeisterung unsicher wurde und mich ganz ernst fragte: »Sind Sie ganz sicher, Monsieur, daß die arme Kleine keine Prinzessin ist?«

Auch ich gehörte zu denen, die ihr alles geben wollten. Aber sie hatte mich schon zu oft enttäuscht.

In ihr war eine eigenartige Sehnsucht, hatte sie gesagt – aber nicht nach einem Menschen und seiner Liebe.

Sehnsucht? Ja... dann war alles andere bedeutungslos. Einzuschlafen, um nicht mehr zu sein. Davon sprach sie zum erstenmal in ihrem hellen Estrichzimmer in Mecklenburg – und dann auch in Berlin.

Sehnsucht... Wer hatte sie nicht? Dabei mußte doch jeder vor sich selbst und dem Leben bestehen.

Ich löschte das Licht der Lampe.

Das schöne Bild verging im Dunkel einer neuen Nacht, als hätte sich ein schwerer schwarzer Vorhang darübergesenkt. Im fahlen Morgengrauen sah ich aber etwas anderes. Es war seit einiger Zeit adrett, sogar etwas mondän, sympathisch – Loni.

Nataschas Groll gegen mich wuchs in den darauffolgenden Tagen, und da ich kein Freund ungeklärter Situationen war, zog ich sie nach dem Abendbrot an mich.

»Natascha, deine düstere Stirn gefällt mir gar nicht. Meinst du nicht, wir müßten uns wieder einmal gründlich aussprechen?«

»Ich bin zu einem Entschluß gekommen.«

»Das gefällt mir! Und der wäre?«

Sie hielt mich fest.

»Ich habe ein möbliertes Zimmer in deiner Nähe gemietet.«

Sie wartete auf meine Antwort.

»Ja, und?«

»Ich will versuchen... fast allein... mich durchzusetzen.«

»Du gefällst mir immer besser!«

»Wenn du mir auch dann mit Rat und Tat zur Seite stehst, glaube ich schon, daß ich glücklich werde. Versprichst du mir das, Solnze? Dann habe ich immer das beruhigende Gefühl, dich in meiner Nähe zu wissen, wenn ich einmal nicht weiter kann.«

»Ich werde jederzeit für dich da sein.«

»Wird es dir leid tun, wenn ich nicht da bin?«

»Es ist immer ehrenwert, wenn jemand auf eigenen Beinen zu stehen versucht.«

»Weil man dann alles mit ganz anderen Augen sieht. Ach, Solnze!« Sie legte meine Hand auf ihre Wange, strich darüber hinweg und blickte versonnen vor sich hin. »Als ich wieder zu dir kam, da wolltest du doch... Könntest du es mit mir noch einmal versuchen?«

»Nein, nicht gern. Ich habe die schlechte oder vielleicht auch gute Eigenschaft, etwas Zerbrochenes nie mehr als etwas Ganzes zu empfinden. Ich habe noch nie im Leben zweimal den gleichen Fehler gemacht. Du bleibst unbestimmt in deinen Entschlüssen und deinem Empfinden, auch als du bei mir warst, die wenigen Abende und Nächte. Verstehst du, wie ich das meine?«

Sie nickte ein paarmal und blickte zu mir auf. »Aber nicht in meiner Liebe zu dir, Solnze!« sagte sie etwas lauter.

Ich erwiderte nichts, und so fügte sie dann entmutigt hinzu: »Meinst du? Auch... darin?«

Ich stand auf, zündete meine Pfeife an und ging im Zimmer auf und ab.

»Ich weiß nicht, ob du einer großen Liebe fähig bist. Ich hoffe und wünsche es dir, denn alles andere kann man mit einem feinen Dessert oder auch mit einem anspruchslosen

Nachtisch bezeichnen, auf den niemand gern verzichtet.«
Da ging die Wohnungstür. Loni kam heim.

»Ja, ihr seid noch...« Ihre fröhliche Stimme erfüllte den Raum, doch als sie unsere ernsten Gesichter sah, schüttelte sie nur den Kopf.

Die Zeit verging im Strudel des Alltags und seiner Arbeit.

Einmal erklärte Natascha ganz verbittert: »Ich hasse das Leben, das ich führe, meinen Beruf, und mir graut es vor den ›Anbetern‹, die mir ständig nachstellen, nur das eine von mir verlangen und in mir sehen. Nur bei dir, Solnze, fühle ich mich geborgen, und wenn ich voll Ungeduld zu dir komme, weiß ich, daß ich nur noch von deinen Zärtlichkeiten lebe. Wenn ich meine Tanzkostüme anprobiere und mich im Spiegel betrachte, dann gefalle ich mir selbst, bin froh und glücklich, verliebt in mich – für dich. Aber manchmal hasse ich sogar mein Äußeres und denke, wie herrlich es sein könnte, wenn ich für alle anderen unauffällig, ja sogar häßlich wäre. Der reiche Engländer, der mir den Ozelotmantel schenkte, sagte mir gestern enttäuscht und böse: ›Oh, you are good for nothing!‹ Weißt du, dann wird es mir innerlich kalt, und diese ewige Sehnsucht in mir wird so groß, daß ich auf der Stelle nur noch zu dir flüchten möchte. Sag, warum bin ich so? Manchmal wünschte ich, diese Sehnsucht in mir wäre so unendlich zwingend, daß ich davon vergehen könnte.«

»Und wenn du bei mir bist, hast du dann auch Sehnsucht?«

»Ja – verzeih mir, auch dann. Gerade bei dir ist sie derart stark, daß ich diesen Schmerz wie eine Wohltat empfinde. Heute nacht kam mir der Gedanke, ich sollte dich bitten, mir etwas zu geben, damit ich in deinen Armen...«

»Aber Liebchen!« erwiderte ich erschrocken und drückte sie an mich, streichelte sie und blickte in ihre Augen.

»Ja... So... Und nicht mehr sein, ohne Schmerz, ganz... Erfüllst du mir einmal diesen Wunsch?«

Ich schüttelte den Kopf.

»Und wenn ich dich sehr, sehr darum bitte? Lege deine Wange an die meine. Nun brauchst du nur noch zu flüstern, so leise, daß ich es kaum verstehe.« Sie wartete. »Nein, Solnze? Willst du nicht? Nur ein einziges, kleines ›Ja‹. Dann weiß ich, daß du mich doch wieder liebst, wie damals, als ich mich dir schenkte. Du warst so zärtlich zu mir.« Sie machte sich aus meiner Umarmung frei und warf die Bettdecke fort. »Sieh doch, wie schön ich bin!« Aufreizend bewegte sie ihren entblößten Körper, den Blick auf mich gerichtet, und flüsterte mit gedämpfter Stimme: »Faß mich doch an! Zwinge mich, wie du nur willst! Ich erfülle dir jedes Verlangen... Ich liebe nur dich allein! Nur dich, Liebster!« Sie schmiegte sich an mich.

»Solnze! Ach, jetzt! Könntest du es mir geben?«

Aber sie hatte mich nicht überlistet; auch im Augenblick des flüchtigen Glückes nicht.

Doch als wir dann schwer atmend nebeneinanderlagen, als sie mich wieder küßte und streichelte, da fragte sie mit veränderter Stimme:

»Und wir beide... zusammen... wenn wir viel getrunken haben... im Rausch... und im Glück...?«

»Warum verlangst du das von mir?«

»Weil du doch bald fortgehen wirst. Von dort wirst du nie mehr zurückkehren, wie mein Mütterchen und auch mein Vater dort geblieben sind.« Sie sprach leise, ganz langsam, manchmal Wort um Wort. »Nimm mich mit! Wir haben doch die gleiche Sehnsucht. Das Licht deiner unendlichen schweigenden Tundra. Meinst du, ich sehe es nicht, daß auch dir das Leben nichts mehr bedeutet?«

Sie schlug ihre Augen auf. Sie waren still und blickten in weite Ferne. Sie lächelte schmerzlich. Ich schloß sie mit meinen Lippen. Regungslos ruhten wir nebeneinander, bis sie sich wieder über mich beugte. Ihr geöffneter Mund senkte sich ganz langsam über den meinen. Ihre Arme glitten mir entgegen.

»Ja«, erklang ihre jetzt etwas helle Stimme. »Ich komme zu dir... Versprich es mir doch... daß wir... zusammen...«
Über mir stand der helle Bogen ihrer schmalen Schultern, ihr Mund in hemmungslos-verzweifelter Hingabe, bis mir fast

die Sinne schwanden. »Versprich es, versprich es doch!« flüsterte sie bei jeder Liebkosung, bis sie ermattet zusammenfiel.
»Ich will es tun!«
Ich dachte, mein Versprechen sei ungehört verklungen.
Doch da gewahrte ich, daß sie in meinen Zügen mit der Sorgfalt einer glücklichen Frau suchte, die aber eine sie bewegende, entscheidende Frage nicht zu stellen wagte und doch darüber volle Gewißheit haben wollte: Liebst du mich?
Ich sah es deutlich, aber ich schwieg, weil ich diesen Augenblick durch eine Lüge nicht verderben wollte.
Natascha stand auf und reckte sich ein wenig, ohne den Blick von mir zu lösen. Jede Bewegung ihres knabenhaften Körpers war voll bedachter Muße, auch als sie vor den Spiegel trat, geschmeidig, sinnverwirrend.
Plötzlich eilte sie zu mir und kniete an meiner Seite.
»So, wie ich vor dir stand, sollst du mich immer sehen. Ich will nur dir gehören, Solnze, nur mit dir fortgehen und wenn du es bestimmst. Im Glück und im Rausch schmerzt es dann nicht so sehr. Weißt du?«
Später saßen wir im Wohnzimmer. Sie trug Schlagsahne mit eisgekühlten kalifornischen Früchten herein.
»Du bist heute eingeladen. Sans discussion!« Sie setzte sich an meine Seite, neigte meinen Kopf zu sich und küßte mich mit zarten, weichen Lippen, als sei zwischen uns nichts Entscheidendes vorgefallen.
»Natascha, ich will dich in einem Jahr zum Film bringen! In etwas mehr als einem Jahr werde ich eine Anstellung bei einem der größten amerikanischen Automobilkonzerne haben. Frederikssen hat mir seine Vermittlung zugesichert, zumal er auch nach dort überwechselt. Ich werde der Mittelsmann zwischen der Firma und der deutschen Kundschaft in Berlin sein. Die ersten, auf die ich losgehe, sind die Leute vom Film.«
»Wie einfach du das so sagst, Solnze«, erwiderte sie ungläubig.
»Du mußt aber Schauspielunterricht nehmen und möglichst sofort damit beginnen. Willst du das?«

Natascha legte ihren Löffel beiseite und setzte sich mir gegenüber. »So schnell wie du kann ich ja gar nicht denken. Wie war das noch? Erkläre es mir ganz genau.«

Aufmerksam hörte sie mir zu.

»Zuvor aber will ich fort.«

»Und wie lange bleibst du dort?«

»Etwa ein Jahr. Ich muß zu denen hingehen, die seit Jahren auf mich warten, sie warnen vor dem, was bald über sie kommen wird. Dort sind Menschen in Gefahr, die mich lieben, die mit mir das Schwerste bedingungslos teilten und die auch ich nie vergessen werde. Sie wissen kaum etwas von dem, was draußen in der Welt geschieht. Und dann will ich noch jene besuchen, die einst eine Welt für mich waren, die mich zu dem machten, was ich heute nicht mehr sein kann. Ich will zum letztenmal vor ihrem Grabe niederknien und ihnen versprechen, ihre beiden Schatten nicht mehr herbeizusehnen. Ich habe nach ihnen noch immer Sehnsucht, das Verlangen, ihnen zu sagen, wie ich nun ohne sie geworden bin.«

»Ich weiß, wer sie sind, Lieber. Aber wenn du nicht mehr zurückkehrst, dort, irgendwo verschollen bleibst?«

»Dann war es auch nur Menschenlos, zu sterben.«

»Demnach bedeute ich dir doch nichts? Auch nicht meine Liebe, das Bild von mir, das ich dir soeben einprägen wollte?«

»Natascha, du weißt, daß ich mit dir...«

»Solnze!« Sie verschloß mir den Mund. »Ich bin bereit, dir zu beweisen, daß ich von nun an alles, aber auch alles tun werde, damit du bei mir bleibst! Geh aber nicht fort von mir!«

»Ich muß es! Ich habe versprochen wiederzukommen. Dieses Wort gilt wie ein Schwur, jetzt aber ganz besonders.«

»Und das mir gegebene Versprechen gilt dir nichts mehr? Du weißt doch, daß ich ohne dich nicht bleiben kann!«

»Solange ich noch an die Vergangenheit denken muß, jetzt wieder, nachdem du versagt hast, kann ich nicht bei dir bleiben. Auch deine Mutter ist fortgegangen, mit der gleichen Sehnsucht, und du selbst brauchtest eine lange Zeit, um sie zu verstehen, ihr nachzufühlen, dich damit abzufinden, daß du sie nicht mehr hattest.«

»Vielleicht war ich noch zu jung, um das zu begreifen, und ich hatte schon damals dich! Dich! Ich liebte dich mit kindlicher Einfalt, und du führtest mich bei jedem Schritt sicherer als meine Mutter oder mein Vater! Welch ein Vergleich!«

»Warum glaubst du denn, ich käme nie mehr zurück?«

»Weil du mich doch nicht liebst! Und... vielleicht werden dich die anderen dort behalten?«

Sie erhob sich und durchmaß mit großen, festen Schritten mehrere Male das Zimmer.

Ihr Gesicht war gespannt. Über dem Nasenrücken stand wieder die tiefe Falte.

»Sag, gilt zwischen uns folgendes?« Sie stand vor mir mit funkelndem Blick und zusammengeballten Händen, als müßte sie sich selbst jedes Wort mit Nachdruck einprägen: »Ich will dir beweisen. Nein, nein, noch mehr! Ich will dir eine Vielfalt von Beweisen erbringen, wie ernst es mir ist, dich für mich zurückzugewinnen, indem ich nur noch Arbeit, Fleiß und Ausdauer kenne und mich für das vorbereite, was du mir vorgeschlagen hast. Und du, Solnze«, sie setzte sich an meine Seite und faltete die Finger fest zusammen, und ich sah, daß sie Tränen in den Augen hatte, »du kommst wieder, bedingungslos und auf jeden Fall!«

»Ja!« erwiderte ich unüberhörbar. »Soweit es von mir abhängt – ja!«

»Und wenn wir dann beide dennoch fortgehen wollen?«

»Dann nur noch zusammen, mein Liebchen.«

»Wie im russischen Märchen von den zwei unglücklichen Königskindern, die sich so fest an den Händen hielten, daß sie sich nie mehr loslassen konnten. Ich werde dann wieder und immer für dich beten: ›Haltet ihn nicht auf, ihr Berge, ertränkt ihn nicht, ihr Flüsse, helfet ihm, ihr Wolken am Himmel!‹ Kennst du es noch, Solnze?«

»Da warst du noch sooo klein.« Ich zeigte die Höhe des Tisches, und wir lächelten beide sogar ein wenig. »Aber schon damals warst du auf jedes Kind eifersüchtig und wolltest nur bei mir bleiben.«

»›Unverändert im Wandel der Zeiten‹ – ein Aufsatzthema

mit der bisherigen Höchstzahl der Fehler bei dem alten Oberlehrer Rupnow. Liebster!«

Sie strich ihre Wange gegen die meine und kuschelte sich bei mir ein wie ein Kind. Sie war eben doch ein armes Waisenkind geblieben. Und sie war sehr schön, hatte aber keinen, der sie wirklich liebte, auch wenn sie darum bettelte.

Nur meine Mutter und Schneider unterrichtete ich von meinem Vorhaben, denn ich war ihrer Verschwiegenheit sicher. Meine Mutter sagte nicht viel; es war nie ihre Art, Worte zu verlieren. Sie war immer verschlossen und behielt alle ihre Gedanken für sich. Zum Abschied sagte sie nur: »Wenn du eben meinst, daß es richtig ist. Es wäre aber furchtbar, wenn du nicht zurückkämst, Fedja. Ich werde in Gedanken immer bei dir sein.« Sie stand auf und bekreuzigte mich nach russischer Sitte, wischte sich etwas verschämt über die Augen und drückte mich zum letztenmal an sich. Langsam glitt die Haustür ins Schloß, wie ein sichtbares Zeichen unserer erneuten Trennung.

Schneider hörte sich alles gespannt an und sagte kaum ein Wort. In seine Obhut gab ich die beiden Mädchen, meine Wohnung und was ich noch in Berlin besaß.

Natascha hielt sich sehr tapfer. Dem Schauspielunterricht folgte sie mit noch nie dagewesenem Fleiß, daneben gingen die Tanzstunden weiter, das fleißige Üben zu Hause und ihre nur noch gelegentlichen Auftritte. Aber der Leiter der Schauspielschule setzte keine große Hoffnung auf ihre Leistungen. Vertraulich erklärte er mir: »Andrejewa wirkt nicht überzeugend!« Er ereiferte sich und kämmte mit allen zehn Fingern sein Haar.

»Es fällt ihr schwer, sich in eine bestimmte Rolle hineinzudenken, als hätte sie nur wenig Phantasie und Temperament. Ich werde aus ihr nicht schlau. Und dennoch wird sie Karriere machen, aber eben nicht in schauspielerischer Hinsicht, sondern durch ihre Erscheinung und das tänzerische Talent. Ich habe ihrem Auftritt beigewohnt. Sie wirkt faszinierend!«

Natascha bezog wieder ihr früheres Zimmer.

Eines Abends schickte ich unter einem unauffälligen Vorwand die beiden Mädchen fort, setzte mich auf einen Stuhl und verharrte lange in tiefer Konzentration. Erst dann verließ ich meine Wohnung, schloß sie zum letztenmal ab und warf die beiden Schlüssel in den Briefkasten.

Ich löste mich von allem. Auch von mir selbst.

VIII

Sankt Petersburg.
Petrograd.
Leningrad.
Drei große, historische Begriffe.

Unter dem blaßblauen Nordhimmel thront zur Rechten des breitangelegten Kais am Newafluß, aus Granit und Marmor in verschwenderischer Pracht aufgebaut und von einer monumentalen vergoldeten Kuppel überragt, die Isaaks-Kathedrale. Sie ist die größte und prachtvollste der füheren Zarenmetropole. Nur noch die Peterskirche in Rom kann mit ihr wetteifern. Daneben erhebt sich die fast über einen halben Kilometer verlaufende bräunlichgelbe Fassade der Admiralität mit endloser Säulenreihe und einer fast einhundert Meter hohen, dünnen vergoldeten Spitze. Ihnen gegenüber liegen die grauen, finstern Mauern der Peter-Pauls-Festung mit dem ebenfalls über einhundert Meter hohen, sehr spitzen vergoldeten Glockenturm, einem der höchsten Rußlands.

Drei alte Wahrzeichen der Stadt, schon aus weiter Ferne sichtbar. Doch ihr früheres Strahlen ist verblichen.

Im Geiste ziehen die Bilder der einstigen Heimat, der Kindheit, der Jugend, Erinnerungen an die Flucht, den Abschied, die Vergangenheit vorbei.

Und nun ein Wiedersehen! Mein Herz klopft schnell und erregt.

Mir gegenüber sitzt der Tatar Achmed, mein früherer Diener. Wir betrachten uns schweigend. Unsere Hände ruhen ineinander, als könnten wir uns die langen Jahre der Trennung wortlos erklären und sie jetzt zunichte machen, um wieder so zu werden, wie wir beide einst waren.

Der Asiat lächelt still, unergründlich, geheimnisvoll, aber

ich spüre doch seine alte Herzlichkeit, die uns auch in den schwersten Tagen miteinander verband. Das runde, volle Gesicht mit den mandelförmigen, etwas versonnenen schwarzen Augen hat sich kaum verändert. Nur um den Mund hat er einen tiefen Zug der Verachtung und des ihm seit Jahren brutal aufgezwungenen Schweigens angenommen. Seit zehn Jahren.

Wir sitzen im früheren Biedermeiersalon meiner Mutter, und Achmed zeigt mit einer kleinen Kopfbewegung auf den halben Kamin hin, den jetzt eine Trennwand mitten entzweischneidet. Dann legt er den Zeigefinger auf den Mund. Wir nicken, und er weist auf den Fußboden. Im Keller hat er damals mit meinem Vater kostbare Gegenstände eingemauert. »Alles noch da«, sagt er leise. »Aber es war bisher unmöglich. Sechsundvierzig Menschen bevölkern bis zum Dachgeschoß Ihr Haus, Barin; zwei davon stehen mit dem Geheimdienst in Verbindung.«

Ein alter, dröhnender Lastwagen fährt vor, und im gleichen Augenblick läuft mir ein längst vergessener, eiskalter Schauer den Rücken hinunter. Erinnerung an bange Stunden und durchwachte Nächte, bevor ich das gleiche Haus vor zehn Jahren verließ. Die Zeit willkürlicher Massenverhaftungen und Hinrichtungen wird in mir erschreckend deutlich.

Wir warten, horchen angestrengt. Schwere Schritte gehen im Gang – vorbei an unserer Tür. Eine andere wird aufgerissen.

»Bubnoff!« dröhnt im gleichen Augenblick im anliegenden Zimmer die rauhe Stimme. »Hören Sie mal!« fügt sie in warnendem, autoritärem Befehlston hinzu. »Als Direktor des Lohnbüros im Leningrader Trust verlange ich, daß Sie bis morgen abend die Anpassung des neuen Zirkulars der Plankommission an das Zirkular des Zentralkomitees vom achten Februar vorbereiten! Dabei müssen Sie den letzten Beschluß der Konferenz unseres Textiltrusts berücksichtigen. Haben Sie mich verstanden?«

»Früherer Arbeiter«, flüstert Achmed. »Vom Geheimdienst zur Überwachung des Personals und der Arbeiter eingesetzt.«

»Im Vertrauen und aus Gutherzigkeit«, sagt jetzt die Stimme leise, »weil Sie von allen Angestellten diese Zirkulare am besten kennen und deshalb auch mein Stellvertreter sind, den ich nicht missen möchte, sorgen Sie bald für einwandfreie Leumundszeugnisse! Sie wissen, daß es eine neue Säuberung unter den Beamten geben wird. Die Kommission wird sehr streng sein! Ich habe in Erfahrung gebracht, daß Ihr Vater Offizier gewesen ist. Sogar als mein Stellvertreter werden Sie deshalb niemals in diesem Amt bestätigt und auch nicht in die Partei aufgenommen. Von Ihrer Tätigkeit können Sie somit durch Verhaftung oder Tod enthoben werden! Lediglich Ihre Spezialkenntnisse schützen Sie noch davor! Das wissen Sie! Ja, und ferner... Haben Sie mir das Gewünschte für meine Ansprache aufgeschrieben?« fügt die autoritäre Stimme hinzu, als ginge es um eine Nebensächlichkeit.

»Ja, Genosse Direktor. Hier auf dem Zettel«, erwidert der andere ängstlich.

»Lesen Sie vor.«

»Ich kenne von Grund auf die zwölf Kategorien der Gehälter und Besoldungen«, erklang die monotone, unsichere Stimme des anderen, »zuzüglich der acht Vergünstigungsarten für die jeweilige Stückarbeit, dann die Aufrechnung von Grundgehältern und normenweise gestaffelten Produktionsprämien, ferner die gesamten Neueinteilungen und nominellen Aufbesserungen. Erwiesenermaßen aber belasten sie das ganze Lohnbudget des Leningrader Konfektionstrustes in keiner Weise.«

»Richtig! Geben Sie's gleich her. Übrigens... sind Sie religiös, Bürger Bubnoff?«

»Nein. Ich bin seit vielen Jahren Mitglied der Vereinigung der Gottlosen.«

»Beiträge bezahlt?«

»Immer pünktlich bezahlt.«

»Also verstanden? Ich wünsche, daß Sie mir bis morgen abend im Amt die Anpassung des neuen Zirkulars der Plankommission vorlegen.«

Die selbstsicheren Schritte entfernen sich. Dann gehen

zaghafte Tritte im Nebenzimmer hin und her. Ein leiser Seufzer wird hörbar, ein Schuchzen und ein hilfloses, verängstigtes Wimmern.

»Ich kann nicht mehr!... Ich kann nicht mehr!... Mein Gott!«

»Unsinn, Bürger, Unsinn!« sagt im Gang im Vorbeigehen eine andere Stimme. »Sie müssen mindestens zweimal im Monat koitieren, dann haben Sie keine Depressionen mehr! Das ist überlebte, bürgerliche Hysterie! Hüten Sie sich nur ja davor!«

»Aber, Herr Doktor...«

Später geht krächzend eine Tür auf, das Surren einer Nähmaschine klingt herüber, und schlurfende Pantoffeln ziehen über den Gang.

»Die Darmkranke geht auf die Toilette. Nicht zu benützen, schon seit Wochen.« Menschen kommen und gehen.

Achmed sitzt vor mir in einer alten Strickjacke. Sie ist am Kragen abgeschabt, in der Taille stark geflickt und schmutzig. Er hat meine Gedanken erraten.

»Ich habe diese Lumpen täglich ausgeschüttelt und sie schon ein paarmal gewaschen, wenn auch ohne Seife. Wir haben doch kaum ein Stück. Es ist bestimmt kein Schweiß eines Typhuskranken darin, auch kein Ungeziefer. Davor hüten wir uns wie vor dem ärgsten Feuer. Es kommt von überallher, vom Land, aus den Gefängnissen, den Arbeitslagern und auch aus den Elendsgegenden Eurasiens in Eisenbahnzügen.«

»Hast du nichts Besseres anzuziehen? Fehlt dir das eine oder andere? Kann ich dir irgendwie helfen, dir etwas beschaffen?«

»Ich darf auch nicht mehr als die anderen haben, Barin, um unauffällig zu bleiben. Sie sind es ja auch. Das ist unser höchstes, heiliges Gesetz.«

Ich streiche ihm über das kurzgeschorene Haar, als seien wir beide noch die kleinen Jungen, die einst miteinander spielten oder irgendwo im Ausland der Obhut meiner Mutter entwischten, um einen Streich auszuhecken und später wie Unschuldslämmer heimzukehren. Damals streichelte ich ihn in der gleichen Weise, weil er mich nie verriet. Sein Stiefvater hatte ihn für ein Paar Silberlinge meiner Mutter gegeben.

Wir lernten auch zusammen, und er hatte einige Mühe, das Russische und Deutsche richtig auszusprechen.

Achmed verstand es aber, die unsichtbaren, oft geheimnisvollen Fäden zu seinen Landsleuten bis nach Tiefsibirien für mich zu spinnen, die mir das Leben retteten und meine Rückkehr ermöglichten. Er stand mir vor Jahren in den schwersten Stunden meiner Vernehmungen in Petersburg in aufrichtiger Treue und Ergebenheit zur Seite, indem er sein eigenes Leben für mich bedingungslos aufs Spiel setzte und darüber nur lächelte, wie die Asiaten es zu tun pflegen, still, versonnen, als wollte er sich selbst dabei ein wenig verspotten und beweisen, daß man über sein ganzes Leben und sein Gehabe eben nur lächeln sollte.

»Hast du denn wenigstens genug zu essen, Achmed? Könntest du einen Geldschein tauschen, auch mehrere?«

»Ich gehe auf den schwarzen Markt. Davon lebe ich und einige meiner Glaubensgenossen neben der Arbeit. Es muß aber dunkler werden.«

»Gehst du denn mit mir auch in die Stadt? Erst möchte ich aber sehen, wie es nach zehn Jahren in unserem Hause aussieht.«

»Das müssen Sie. Dann wird Ihnen vieles verständlich sein. Hier fallen Sie nicht auf. Es geht zu wie in einem Taubenschlag, Tag und Nacht, bei den sechsundvierzig Bewohnern.«

Die schweren, doppelflügeligen Eingangstüren fehlen. Nur die Eisenhaken sind übriggeblieben. Die gesamte Wandtäfelung der geräumigen Halle ist herausgerissen, wahrscheinlich verheizt. Das Becken des Springbrunnens, das einst mit Zierpflanzen umgeben war, starrt von Unrat und undefinierbaren Lumpen, das eichene Treppengeländer ist durch Eisenstangen ersetzt, die Türen zum Teil durch ungehobelte Bretter, so daß sie keinen Schutz vor neugierigen Blicken bieten.

Irgendwo plärren Kinder, eine Mutter schilt mit müder, apathischer Stimme, von überallher weht der Geruch eines einfachen Essens, vermengt mit der Pestilenz verkommener

Massenquartiere. Ja, sogar hinter einem Bretterverschlag auf dem Estrich, in fast völliger Dunkelheit und in ständiger Zugluft, wohnt eine Familie.

Bald hier, dann wieder dort erkenne ich kleine Erinnerungen, eine Ecke mit verblichenen Tapeten, in der ich einst spielte, mich versteckte, den Rest einer Stuckdecke, eine Treppe, an der noch die Kerben meines Taschenmessers zu sehen sind.

Menschen gehen an mir vorbei, und sie erscheinen mir grau, still, ergeben, ängstlich, lauernd, so ganz anders als früher, als man sich offen in die Augen blickte, ohne sich scheu umzudrehen.

Draußen, vor dem Hause meiner Eltern, ist die gesamte Baumanlage gefällt oder herausgerissen, und an der Stelle, wo einst eine breite, bequeme Bank stand, mit der unvergeßlichen Aussicht auf den Finnischen Meerbusen, ist eine Latrine errichtet, als wollte man damit die ganze Mißachtung ausdrükken, vor der Vergangenheit, Gegenwart, der Landschaft, der Erde.

Nur der Blick aufs Meer ist geblieben und die breite, aus mächtigen Steinen zusammengefügte Mole, an deren Ende früher eine Birkenlaube stand. Dort wurde oft Besuch aus dem Ausland empfangen und gastlich bewirtet. Die in Beton eingelassenen Eisenringe, an denen wir die Taue der Ankerbojen befestigten, sind leer. Daran lag einst ein kleines, bauchiges Segelboot, das selbst bei stürmischem Wetter niemals kenterte, worauf mein Vater besonders stolz war. Daneben schaukelte ein glitzerndes Mahagoni-Motorboot und mein oft stiefmütterlich behandeltes Ruderboot.

Der kleine Hafen ist versandet, die Trauerweiden sind gefällt. Doch im ewigen Gleichmaß laufen winzige Wellen gegen den Sand. An dieser Stelle, so schrieb mir die Mutter nach Sibirien, ging mein Vater während seiner Internierung im Krieg ruhelos auf und ab und wartete, wartete...

Nun war er nicht mehr.

Etwas abseits, einst auch von breiten, schattigen Birken umgeben, stand einmal unsere kleine »Isbuschka«, eine Hütte aus ungehobelten Baumstämmen im Blockhausstil, vier mal vier Meter groß, mit herrlich geschnitztem Vorbau und Eingang, wie es die wohlhabenden Bauern auf dem Lande hatten. Dort spielte ich mit Achmed, dorthin fuhren wir einen Kinderkarren um den anderen mit dem gesiebten Sand aus dem Hafen. Dort schwatzten wir mit unseren russischen Spielgefährten und internationalen Klassenkameraden wie eine Schar frecher, überlauter Spatzen, bis uns der treue Diener Pawel, schon damals etwas gebeugt und stark ergraut, der älteste Bruder meiner Amme, den Nachmittagstee mit einem Berg von Butterbroten brachte, zum Zeichen, daß wir uns bald verabschieden mußten, um an die Aufgaben zu gehen, verschwitzt und sandig, doch überglücklich vom Spiel.

An einer hellen Fläche, die nicht so dicht wie die anderen mit Gras überwuchert ist, einst von den Blockwänden meiner Isbuschka umgeben, beuge mich nieder und greife in den feinen Seesand, als könnte ich etwas sehr Schönes, Einmaliges, doch unablässig Verwehendes berühren, dem erbarmungslosen Ablauf der Zeit und der ewigen Gleichgültigkeit der Natur nur für einen Atemzug lang Einhalt gebieten, um zum letzten, allerletzten Male davon Abschied zu nehmen.

Achmed ist ergriffen und flüstert mir zu: »Nicht daran denken! Es ist nicht gut.« Und plötzlich fügt er drohend hinzu: »Wir müssen im Kampf leben, Barin!«

Wir erheben uns. Vor mir steht ein Mann, der gelernt hat zu hassen – auch seine Schwäche. Aber er hat keine mehr, Achmed, mein Spielgefährte.

Im Gehen drehe ich mich um; ich kann mich von den Bildern der Vergangenheit nicht trennen. Abendschatten wehen darüber hinweg. Ich wollte so gerne noch viel, viel länger verweilen.

»Man soll sich nicht nach Schatten umdrehen. Sie brauchen ihre Ruhe, um zu vergehen. Sonst hindern sie uns, unsere eigene Gerechtigkeit aufzurichten.« Seine Stimme ist kalt. »Mit dem Denken kommt die Erkenntnis: Es wäre schlimm, wenn wir in der Ungerechtigkeit sterben müßten!« Der Tatar hält mich am Ärmel fest: »Wer aber trägt an all dem die Schuld?«

Er hat ganz schmale Augen und wartet gespannt auf meine Antwort.

»Nur der Mächtigste, Achmed!«

»Ja, Barin!« ruft er verhalten. »Der Mächtigste! Und wenn es einen Gott gäbe?«

»Dann eben Gott!«

»Den gibt es aber nicht! Also!«

»Ich verstehe dich!«

»Ihm gilt unser Kampf! Und er weiß nun, daß er uns nicht entgehen wird, auch die anderen nicht, denn wir säen Furcht, das Schrecklichste, was es gibt! Sie kommt wie die Nacht, und wer weiß, ob sie immer an der Grenze im Westen unseres Landes haltmachen wird.«

Ich betrete erneut das Haus meiner Eltern. Langsam steigen wir die Treppe hinauf und bleiben vor der Tür zu Achmeds Zimmer stehen. Dunkel liegt der Gang vor uns, und obwohl ich jeden Winkel hier kenne, empfinde ich auf einmal Furcht vor dieser Dunkelheit, in der irgendwo Menschen sprechen, wohnen und doch unheimlich wirken. Was birgt diese Dunkelheit in sich? Wer steht dicht und unsichtbar neben uns? Hört er auch jedes unserer Worte mit? Wir säen Furcht, das Schrecklichste, was es gibt, sagte mir eben noch Achmed. Also Angst vor jedem, der einem entgegentritt! Furcht vor all dem, was einen umgibt, ob am Tage oder besonders in der Nacht, wenn eigenartige Geräusche laut werden, deren Ursprung keiner kennt und die doch immer da sind.

Jetzt klopft Achmed an eine Tür und hustet, ein anscheinend verabredetes Zeichen. Nur am Luftzug merke ich, daß sie aufgeht. Er führt mich hinein, und der gleiche Luftzug hinter meinem Rücken deutet auf das Schließen der Tür. Er sagt etwas leise in tatarisch.

Ich höre ein Rascheln, sonst nichts. Ein Streichholz flammt auf. In seinem unsteten Schlagschatten sehe ich ein junges Mädchengesicht mit einer tiefen Falte über der Stirn und zwei kleine Hände. Die Kerze brennt. Die Tatarin richtet sich auf, ihr Blick erfaßt voll Unruhe erst Achmed, dann mich, verweilt prüfend auf meinem Gesicht, als müßte sie darin etwas erkennen. Erst dann legt sich ein unsicheres Lächeln darüber, das den fast konturlosen Zügen des Mädchens etwas Weiches und Warmherziges verleiht. Ihre schwarzfunkelnden Augen betrachten mich neugierig.

»Wer ist das, Fatme?« fragt er leise.

»Dein Barin! Ja, so habe ich ihn mir auch vorgestellt! Willkommen, Barin!« Sie neigt den Kopf ein wenig zur Seite und gibt mir die Hand.

»Danke, Fatme!« erwidere ich sehr unsicher. Ich fühle mein Herz aufgeregt schlagen. Meine Kehle ist plötzlich wie zugeschnürt.

Die Tatarin streicht Achmed über die Wange. »Du kommst so spät, ich hatte Angst um dich.« Sie weist auf die undeutlichen Umrisse des drei mal vier Meter großen Zimmers und fügt hinzu: »Mehr haben wir nicht. Sie müssen schon entschuldigen, Barin. Schade, daß wir kein elektrisches Licht haben. Seit über einem Monat heißt es, man würde daran etwas reparieren. Aber wie das eben so ist. In der Finsternis tritt jedoch die Armut nicht so sehr hervor.«

Ich hole einen ausländischen Geldschein hervor, falte ihn auseinander und halte ihn der Tatarin entgegen. Unsicher hebt sie beide Hände und faßt vorsichtig nach ihm, weil es bei den Orientalen Brauch ist, im Geschenk des Gastes eine Kostbarkeit zu sehen, auch wenn man den Wert nicht einmal kennt. Dabei hält sie meine Linke, und ich blicke darauf, empfinde das wie eine liebevolle wehmütige Berührung mit der Vergangenheit, die mir in diesem Augenblick ein willkommenes Leid zufügt. Zwar sind ihre Hände nicht einmal sauber, die Nägel kurz, gebrochen von der harten Arbeit, aber die Art, sie einem entgegenzustrecken, ist die gleiche geblieben.

Man kannte sie im Westen nicht.

Dann gleiten ihre Hände zurück und pressen den Geldschein an die Brust.

»Fatme, das ist für Sie!« Mehr kann ich nicht sagen.

»Für mich? Was ist das? Geld? Ausländisches?« Wie hell und glücklich ihre kleine Stimme auf einmal klingt! Dabei blickt sie unentschlossen zu Achmed, als wolle sie ihn um Erlaubnis bitten, dieses Geschenk behalten zu dürfen.

»Vielleicht haben Sie einen Wunsch, Fatme?«

»Bei Allah! Mich satt essen, Barin! Nur den einen, nur diesen einzigen!« Das flüchtige Glück ist von ihr gewichen. Tränen stehen in ihren Augen. »Sie sehen, es gibt kein Heim mehr. Es gibt nichts mehr, nur den Hunger.«

Sie hebt ihr junges Gesicht. Tränen perlen hinunter. Der Mund hat einen herben Zug. Ihre Finger streichen über die Stirn, über das bläulich schwarze Haar, als würde sie gespannt etwas Fernem lauschen, ohne einen Laut mehr von sich zu geben, verbissen, und doch mit jener eigenartigen bewundernswerten Beherrschung, die ihresgleichen nicht findet.

So weinte einst auch meine Frau, die Tatarin, als die Hoffnung, über Tausende von Kilometern heimwärts zu fliehen, immer kleiner und unsicherer wurde. Kein Laut kam dabei über ihre Lippen, auch nicht in jener Stunde, als ich die Zügel meines zottigen Pferdchens Kolka ihr zuwarf, das sie damals mit zwei anderen Frauen und ihren Kindern im mutigen Trab in hoffnungslose Ferne von mir forttrug.

Und von diesen Erinnerungen übermannt, gleitet meine Hand über das Haar der Tatarin, und meine Lippen berühren zaghaft ihre feuchte Wange.

»Barin, warum ist das alles so geworden? Wir haben doch nichts Böses getan!«

Ich drücke sie an mich, streiche ihr wieder über den Kopf, blicke zu Achmed hinüber und strecke die Hand nach ihm aus. Er ergreift sie. Ich halte sie fest.

»Ich nehme euch mit! Ihr braucht nicht mehr hier zu bleiben! Dort, wo ich herkomme, gibt es keine Furcht!« flüstere ich.

»Nein, Barin, wir bleiben. Wer seine Heimat liebt, verläßt sie nicht im Unglück!« Die Tatarin sagt es voll stiller Feierlichkeit, die mich aufhorchen läßt, ein kleines, zartes Mädchen, halb verhungert und elend. Ihre Worte beschämen mich tief, weil sie so selbstverständlich sind, so eindeutig und überzeugend. »Wenn man einen liebt, dann fragt man nicht nach den Schrecknissen und Entbehrungen. Und wir sind viele, die so denken und ausharren.«

»Ja, wir sind viele«, bestätigte Achmed, »auch wenn wir uns kaum kennen und sprechen. Und es werden immer mehr und mehr. Wir wollen heute nacht darüber sprechen und Ihnen alles erzählen, was aus uns geworden ist.«

Ich drücke sie wieder an mich, weil ich ihnen doch beweisen möchte, daß sie zu mir gehören, daß ich mit ihnen denke und empfinde. Aber schon im gleichen Augenblick fühle ich es wie eine unüberbrückbare Kluft, daß ich nicht mehr zu ihnen gehöre, weil ich von ihnen viel zu weit fortgegangen war.

Beschämt gebe ich sie beide frei.

Fatme reicht Achmed den Geldschein.

»Das reicht ja für viele Tage!« Seine Stimme vibriert vor Freude. »Unsere Brüder haben alles. Der schwarze Markt beginnt lange vor Tagesanbruch und dauert bis spät in die Nacht hinein.«

»Dann laß uns gleich gehen!«

»Ja, ich werde auf euch warten.«

»Es ist besser, ich gehe allein, Barin. Sie wissen, warum.«

Wir bleiben zurück.

Ich beobachte Fatme, wie sie sorgsam die kleinsten Talgreste der Kerze um den Docht legt und zusammenknetet. Ich bin glücklich, daß ich sie eingehender betrachten kann. Sie trägt ein schwarzes, schlechtsitzendes Kattunkleid, dessen Ärmel gestopft sind. Dann holt sie einen alten Spirituskocher aus der Ecke hervor, ein hölzernes Salzfäßchen und einen Papiersack mit Reis.

»Achmed wird bestimmt Schaffleisch mitbringen«, beginnt sie wieder leise zu sprechen. »Unsere Glaubensbrüder braten es weit außerhalb der Stadt. Es fällt sonst zu sehr auf, wenn es auf einmal in unserem Zimmer danach duftet. So aber muß ich das Fleisch nur in den gekochten Reis hineinlegen und aufwärmen. Nein, es ist doch besser, ich stelle alles einstweilen fort. Man weiß nie, wer kommt.« Sie versteckt den Kocher. Dann reicht sie mir eine kleine, schöne Dose. »Sie ist lackiert und bemalt. Gefällt Ihnen dieses Bildchen auf dem

Deckel?« Sie setzt sich zu mir auf die Matratze, auf der sie mit Achmed schläft.

»Sehr! Das ist eine vornehme Tatarin, Mutter einer Sippe.«

»Richtig! Sie waren ja mit einem tatarischen Mädchen verheiratet. Achmed erzählte mir alles, auch wie er mit Ihnen aufgewachsen ist. Meine Mutter, eine so gütige Frau, wurde zwangsverschickt nach...« Fatme küßt voll Inbrunst das Bild und streichelt es, »...nach der nördlichen Lena, lebenslänglich, mit vielen anderen. Von ihnen sprechen wir nur, wenn wir unbeobachtet zusammenkommen. Irgend jemand fährt zu ihnen, sucht sie, nickt aus der Ferne unseren Gruß, bettelt sich unter Lebensgefahr zurück.« Ihr Blick ruht noch immer auf dem Bildchen. »Massendeportationen... Meine Mutter weiß aber...« Sie wischt über das Bild, als sollte es vergehen.

Dann öffnet sie die Dose. »Gepreßter Tee aus der GPU-Kooperative«, sagt sie sachlich. »Echter chinesischer Tee, selten zu bekommen. Den verkaufe ich auf dem schwarzen Markt. Die Leute reißen sich darum. Sie haben doch auch nichts.« Den Blick zu mir erhoben, fügt sie mit veränderter Stimme hinzu: »Wissen Sie, was GPU ist? Dort arbeite ich, in der Auslandsabteilung.«

»Ja, Fatme.«

»Wissen Sie auch, was ein Oberkommissar der Geheimpolizei beim Volkskommissariat des Innern ist? Nein? Oberstaatsanwalt, der fast im Marschallrang steht«, flüstert sie haßerfüllt. »Er führt die Anklage gegen Tausende und aber Tausende, ist auch für Massendeportationen verantwortlich, Todesurteile, jede Art von Strafe an den ruchlosen Verrätern der Errungenschaften der bolschewistischen Revolution. Sie können mit mir auch deutsch sprechen, Barin. Warum sind Sie so erstaunt, wenn ich Sie in Ihrer Muttersprache anrede? Oder ist Ihnen etwa Englisch geläufiger? You think certainly: what a foolish girl, don't you? Am I right, Sir? Wie gut, daß Achmed Sie auf allen Reisen begleiten durfte, daß Ihre Eltern ihn lernen ließen. Lange Monate saß ich über meinen Büchern! Wie ich das jetzt brauchen kann, Barin!« Sie lächelt undurchsichtig.

Wir schweigen.

Fatme blickt verloren vor sich hin.

»Soll ich Ihnen etwas vom Ausland erzählen?« frage ich dann.

Das Mädchen schüttelt den Kopf. »Nein, bitte nicht!« erwidert sie leidenschaftlich. »Ich weiß alles aus den Zeitungen und Bildern im Amt. Daß es so etwas gibt und dabei nicht einmal so weit von uns entfernt, kaum zweihundert Kilometer – eine ganz andere Welt, ein Märchenland... bei Allah, so schön! Wir dagegen haben nichts. Deshalb dürfen wir auch keine Kinder haben, weil sie nicht im Zeichen des Fluches und der Verfluchten geboren werden sollen!«

Erbarmungslos, hart hat sie diese Worte ausgesprochen und setzt sich an den Tisch. Meine weiteren Fragen beantwortet sie entweder ausweichend oder gar nicht. Es scheint, als müsse sie ihre ganze Aufmerksamkeit der vor ihr brennenden Kerze widmen, deren Wachs sie immer wieder sorgfältig um den Docht knetet.

Im Hause gehen die Bewohner ein und aus, stolpern in der Dunkelheit, schimpfen und fluchen in ordinären Ausdrücken. Irgendwo plärrt lange ein Kind, bis es nach leisem Wimmern verstummt. Die Darmkranke schlurft vorüber, hüstelt und murmelt.

»Mein Achmed ist nun schon seit einer Stunde fort. Das sehe ich am Niederbrennen der Kerze.«

Dann kommt er. Er trägt aber nichts in den Händen. Alles hat er unter seiner wattierten Joppe versteckt: gebratenes Hammelfleisch, Brot, Butter, Zucker, eine kleine Arzneiflasche voll Schnaps, Zigaretten und mehrere Kerzen.

Fatme stellt den Topf auf den Spirituskocher, schüttet abwägend den Reis hinein und zerkleinert sorgfältig die Fleischstückchen, salzt und würzt sie. Nicht ein Krümchen bleibt unbeachtet liegen, nicht eine einzige Handbewegung ist unbedacht oder gar zuviel, um solche Kostbarkeit zu bereiten.

Wir essen schweigend. Scheibchen um Scheibchen brechen wir unser Brot.

»Nun haben wir uns doch gesehen, Barin«, sagt dann Achmed. »Diese eine Nacht, wie schnell wird sie vergehen! Was wird uns der Morgen bringen? Wir alle leben doch nur auf Abruf. Aber das ist unwichtig.«

Ich erkläre ihm den Grund meiner Reise, weil ich vor ihm nichts zu verheimlichen habe. Wir unterhalten uns lange darüber. Er weiß sehr viel.

Später streicht er über meine Hand, als sei er um Jahre älter, und lächelt wie ein Weiser. Versonnen blickt er vor sich hin. »Lassen Sie uns leidenschaftslose Betrachter sein, Barin, denn nur so können wir uns alle Fragen ehrlich beantworten. Und auf die Ehrlichkeit kommt es doch schließlich an, darauf, was tatsächlich zu sehen ist, nicht, was wir gerne sehen möchten.«

Wir zündeten uns eine Zigarette an.

»Wie oft lesen wir in der Zeitung von illustren Gästen aus dem Ausland, von Empfängen im Kreml, wobei sich die Tafel unter der Vielfalt von Delikatessen biegt. Sie kommen alle, um Geschäfte zu machen. Dabei lächeln sie in schönster Harmonie. Aber am längsten und dröhnendsten lachen bis jetzt die Bolschewiki – schon nach ein paar kurzen Jahren. Die Russen sind eben ausgezeichnete Schachspieler. Der Höchste hat noch immer zwei bis drei Züge dem Westen voraus. Das wäre ein Zar! Der hätte die gesamte Landkarte in nur einen einzigen Staat verwandelt! Und die anderen? Sie sind sich nicht einmal in ihrem Kleinkram einig. Nur wir sind uns einig, wie noch nie bisher. Nur wir selbst können uns helfen. Wir haben nicht einmal Waffen, nur leere Hände und man fürchtet sich dennoch vor uns. Tag und Nacht, Stunde um Stunde, bei jedem Gedanken, bei jedem kleinsten Wort, das zum Verhängnis werden kann, mißtraut einer dem anderen – bis zum großen Genossen Chef. Das haben wir erreicht!« Der Tatar lächelt zynisch. Mit unbewegten Zügen sitzt Fatme neben uns.

»Doch wenn es die Stunde verlangt, wie bei Erschoff, dem Manne vom Zentralkomitee... Er war für die Massendeportationen in der Ukraine verantwortlich! Es war damals Abend. Er kam in seinem großen, schweren Wagen, stieg aus, überquerte den Bürgersteig, um seine Geliebte zu besuchen, als ihm jemand entgegentrat. Ein Schuß fiel aus nächster Nähe. Erschoff sank zusammen, der große Günstling des großen Genossen Chef!«

»Und der Mörder?« frage ich und sehe Achmed an.

»Der Mörder entkam.«

Fatme nähert sich ihm. Ihre kleine Hand streicht über sein kurzes Haar. Ihr Blick ist kalt und doch voll heimlicher Zärtlichkeit für den geliebten Mann.

»Es mußten schon so viele gute Menschen sterben, darum ist es um einen schlechten nicht schade.«

Ich sehe in ihr meine Frau, die Tatarin. An jenem Abend, als ich mich an den Tisch ihrer Familie setzte und vom Selbstmord des Lagerkommandanten berichtete, von dem ich damals gerade kam, sah sie mich in der gleichen Weise an. Alle schwiegen betroffen. Ich aber fühlte ihren Blick auf mir ruhen. Da sagte sie: »Wahrscheinlich mußte es so sein.« Und ich erwiderte ihr: »Ja, es mußte sein!« Als sie mir dann mein Glas mit Rotwein füllte, betrachtete ich meine Hände. Aber sie waren sauber.

Achmed hält lässig seine Zigarette. Er spricht weiter: »Seit Erschoff bekleideten bereits zwei Männer diesen Posten. Der erste endete nur wenige Wochen später nach einem sogenannten ›harten Verfahren‹ in den Kellern seiner GPU. Der große Genosse Chef war mit dem Strafmaß und der Art, wie er das Verfahren Erschoff leitete, unzufrieden. Sein Nachfolger, ein früherer Schulkamerad von Ihnen, wurde von einem Untergebenen – er gehörte zu uns – aus dem gleichen Grunde in die Enge getrieben und verhaftet. Eine weitere Wahl ist noch nicht getroffen.«

Langsam löscht er seine Zigarette, nimmt einen Schluck Tee und raucht wieder. »Sie hörten ja selbst, wie mein Nachbar bedroht wurde: ›Verschaffen Sie sich Leumundszeugnisse; die Kommission wird sehr streng sein!‹«

»Ja.«

»›Die Partei reinigt sich.‹« Seine Züge werden undurchsichtig. »In Moskau ist schwerer Eisgang, Barin, und er wird lange andauern.« Er nimmt einen neuen Schluck Tee und stellt sein Glas langsam zurück. »Die Rechnung mit Erschoff ist beglichen.« Er macht eine verächtliche Geste. »Der Zweck ist erreicht – die Angst vor jeder nur möglichen Verantwortung, die ständige Furcht vor dieser unbekannten Stunde gesteigert.«

Im Morgengrauen verlasse ich unauffällig das Haus.
Ich gehe und gehe.
Die Fassaden sind überall verblichen.
Ich stehe auf der Palastbrücke und lehne mich über die gewaltigen Steinquadern der Mauer, blicke auf die Newa hinunter. Mächtige Eisschollen türmen sich auf, bersten, zerbrechen mit dumpfem Knall, schwerfällig, langsam, unaufhaltsam, und sie nehmen, reißen, sprengen jedes Hindernis nieder, stoßen, sich gegenseitig vernichtend, immer weiter dem offenen Meer zu, bis sie in nebliger Ferne eines neuen Morgens entschwinden. Schwerer Eisgang, Barin..., so sagte Achmed.
Rechts liegt das langgestreckte Massiv der Peter-Pauls-Festung. Ich nähere mich ihr mit einem schon längst vergessenen Gefühl der vorbestimmten Stunden. Ich stehe vor ihrem mächtigen Tor. Mir stockt der Atem.
»Willst wohl rein in die Festung, Genosse?«
Die Wache, ein Soldat der Roten Armee – hat er nicht das mir bekannte, runde Bauerngesicht wie die meisten von ihnen? Hat er nicht die gutmütigen, hellen Augen und die kräftige Statur der Männer aus Mittelrußland?
»Ob du rein willst, Bürger?«
»Ich war schon in der Festung!«
»Dann wirst du auch wissen, wie gemütlich es dort ist.«
Langsam verliert der blaßblaue Nordhimmel immer mehr an Farbe. Es wird kühl, und eine leichte Brise kommt vom nahen Meer. Hier und dort flammt eine Straßenlaterne auf. Die Häuserfassaden versinken im Grau. Eine eigenartige Stille beginnt sich auszubreiten, die etwas Waches, Zusammengeducktes, Ängstigendes in sich trägt.

Die Bäume der früheren Parkanlagen sind abgeholzt. Nur noch einige Bänke aus Beton stehen an den vom Gras überwucherten Wegen. Ich setze mich hin, um verabredungsgemäß auf Achmed zu warten. Verstohlen blicke ich nach der Uhr. Es ist noch viel zu früh. Ich muß mich also gedulden.

Von der Newa dröhnt ab und zu das Tuten der kleinen Dampfer herüber, genau der gleichen, mit denen ich einst voll kindlicher Freude fuhr, doch zum Entsetzen meiner Amme, die mich immer fest an der Hand hielt und mir nur selten das Betreten des Decks erlaubte, weil der Seegang für so kleine Schaluppen ihrer Meinung nach viel zu hoch war. Wir bezahlten damals zwei Kopeken, die schweren Kupfermünzen mit dem doppelköpfigen Zarenadler. Besonders gern fuhr ich aber im Winter mit der kleinen elektrischen Straßenbahn über das Newaeis. Die Haltestelle war am Kai des Winterpalastes. Mit prickelndem Erwarten schob ich die Münze unter die Glasscheibe der hölzernen Zahlbude. Ich stand immer auf der vorderen Plattform, um alles besser sehen zu können, und fragte jedesmal den Straßenbahnführer: »Könntest du nicht schneller fahren?« Der Bärtige drehte sich um und meinte wohlwollend: »Ist dir das nicht schnell genug?« – »Noch schneller würde mehr Spaß machen, meinst du nicht?« Er wischte sich mit dicken Fäustlingen über den vereisten Bart, lächelte und sagte dann: »Also gut. Ich gebe noch ein Zähnchen dazu, aber wirklich das letzte. Sooo... Schneller geht es nun nicht mehr, mein Kind.« Dabei merkte ich genau, daß das ›Zähnchen‹, von dem er sprach, gar nicht existierte, weil der Geschwindigkeitshebel schon längst am Anschlag stand. Und dennoch sagte ich: »Siehst du, wie herrlich das jetzt ist!« – »Ja, ganz andere Fahrt!« – »Und wenn das Eis auf einmal bricht?« – »Nein! Wo denkst du hin! Es trägt unsere Straßenbahn und dazu mehr als dreißig Menschen! Es ist über einen Meter stark. Weißt du denn, wieviel das ist?« – »Ja, ungefähr so groß«, zeigte ich mit beiden Händen.

Dann ging mein Blick zur Isaaks-Kathedrale. Dort stand ich einst mit meiner Amme inmitten einer großen Menschenmenge vor dem monumentalen Eingang, die brennenden

Kerzen sorgsam gegen den kalten Frühjahrswind abgeschirmt. Der Priester im schweren Ornat klopfte gegen diese Tür, die sich dann vor uns öffnete. Es war Ostern, und wir blickten aus der Nacht in das Strahlen Hunderter von Kerzen, das uns aus der Kathedrale entgegenflutete. Die hallende Stimme des Bischofs verkündete uns freudig: »Christus ist auferstanden!« – und das Raunen der Gläubigen klang ihm wie eine tiefe, machtvolle Welle entgegen: »Wahrhaftig auferstanden!« Angeführt vom tiefsten Baß der größten Glocke der Kathedrale läutete es nun von allen Kirchen, und dieses machtvolle Tönen schwebte in die kristallklare kalte Nacht hinaus. Wir knieten und beteten, und ein beglückendes Gefühl hatte sich unser bemächtigt: Christus war auferstanden! – Und nun nicht mehr?

Ich zünde mir eine Zigarette an, blicke vor mich hin und warte.

Plötzlich sehe ich vor mir die Eremitage, in die mein Vater mich manchmal mitnahm. Sie gehört zu den größten Kunstgalerien der Welt und beherbergt Werke berühmter Maler wie Raffael, Leonardo da Vinci, Tizian, El Greco, Rembrandt und Rubens. Ich weiß noch, wie mein Vater mir einmal sagte, daß es großer Ehrfurcht, Kunstliebe und eines verständigen Herzens bedarf, um die Schwelle des Verständnisses für diese schöpferischen Leistungen zu überschreiten.

»Liebling! Hast du auch für mich eine Zigarette? Schenk mir doch eine. Hast du etwas Zeit für mich?«

Ein keckes, ärmlich gekleidetes Mädchen setzt sich zu mir auf die Bank und nimmt meinen Arm. Sie riecht nach Patschuliparfüm; als ich ein Streichholz an ihre Zigarette halte, sagt sie selbstbewußt:

»Guck nur hin, wie hübsch ich aussehe. Ich habe heute noch keinen gehabt, komme gerade von zu Hause.« Gierig macht sie ein paar hastige Züge.

»Du hast die Bank gut gewählt, etwas abseits von der Straßenlaterne. Das ist meine Bank. Komm, ich will dir einen Kuß geben. Du mußt doch wissen, was ich kann, Liebling!«

»Nein... Mädchen!«

»Woher kommst du denn, daß du zu mir ›Mädchen‹ sagst?«

»Wieso?« frage ich sofort wie auf der Lauer.

»Jetzt sagen alle ›Fräulein‹ zu uns. Ach, du hast ja graue Schläfen. Drum auch. Offizier gewesen?« flüstert sie. »Ich verrate dich nicht. Hatte selbst einen Offizier. In der Norskaja Uliza hatte ich eine kleine Wohnung. Ich war so glücklich mit Walerij!« Sie schmiegt sich an mich, streichelt mich am Ärmel und legt die Beine übereinander.

Eine dunkle Gestalt geht vorbei und blickt zu uns herüber. Das Mädchen drückt sich näher an mich und ergreift meine Hand. In der Ferne tutet ein Dampfer. Ein Hauch kalter Brise weht über uns hinweg.

»Angst?« frage ich.

»Ja... sehr! Wie wir alle«, flüstert sie wieder. »Komm jetzt zu mir«, fügt sie ungeduldig hinzu. »Ich kann mein Zimmer mit einem breiten Riegel verschließen. Vier Wände sind immer besser als hier, und meine Mutter geht dann hinaus. Das Kind stört uns nicht; es schläft. Es ist noch von ihm.« Sie nennt mir den Preis und meint: »Weil du eben ein anderer bist und nicht besoffen. Mein Gott, wie ich mich vor ihnen ekle! Wie Tiere fallen sie manchmal über einen her. Nun komm schon, Liebling! Hier ist es natürlich billiger, aber doch nicht so schön. Komm!« Sie steht auf und zieht mich mit sich.

Ich folge ihr, ohne zu wissen, warum ich es tue.

Den Mantelkragen hochgeschlagen, die Mütze tief in die Stirn gedrückt, die Hände in die Taschen gepreßt, kommt die dunkle Gestalt auf uns zu. Ein vorbeihuschender Blick trifft uns. Das Mädchen hebt nicht einmal den Kopf. Ein leiser Druck ihres Armes bittet mich, schneller zu gehen.

Wir haben es nicht weit. Eine dunkle Treppe, ein schnelles Tasten nach der Türklinke, und wir treten in ein kleines Zimmer ein, eine Kammer, wie sie ärmlicher kaum sein kann. Eine alte Frau erhebt sich. Die Petroleumlampe brennt so düster, daß ich ihr Gesicht unter strähnigem Haar kaum sehen kann. Schweigend geht sie hinaus. Nur das breite Wolltuch legt sie enger um die frierenden Schultern. Das Mädchen holt eine dunkle Decke hervor und breitet sie auf dem Fußboden aus.

»Die Mutter hat sogar noch etwas geheizt. Meine Sonja hustet seit einem Jahr.« Hastig beginnt sie ihr Kleid zu öffnen. »Erst mußt du mir aber mein Geld geben. Sonst verlang ich's immer auf der Straße.«

Sie hat eine welke, farblose Haut, die roten Fingernägel gleichen jetzt schwarzen Flecken, die das Kleid über der Brust noch weiter öffnen, die knochigen Schultern entblößen. Sie blickt nach dem Schein, den ich ihr entgegenstrecke.

»Sei leise, um des Kindes willen!«

Ich trete ans Bett, beuge mich über das schlafende Kind, ein Mädchen mit hellblondem Haar, und versuche sein Gesicht ein wenig zu erkennen.

»Bring doch die Lampe her!«

»Wozu? Was willst du? Wer bist du denn?« Entsetzen klingt in ihrer Stimme.

»Nur sehen. Ich tue der Kleinen nichts.«

Das Kind hat ein hübsches, zartes Gesicht. Seine Wangen weisen rote Flecke auf, die Händchen sind heiß, die Stirn etwas feucht. Lungenkrank...

»Du solltest mit deinem Kind zur Krim fahren, denn dort ist es viel, viel schöner als in Leningrad. In dem milden Klima wird ihr Husten vergehen. Die Partei hat dort Sanatorien erbaut.«

»Aber nicht für uns!« zischt sie bösartig, stockt und fügt sofort wieder beherrscht hinzu: »Eben nur für die Partei, und ich werde nicht aufgenommen, weil Walerij Offizier gewesen ist und ich deshalb verdächtig bin.«

»Aber du solltest deinem Kinde zuliebe alles versuchen.«

»Ja? Warum denn, nur weil Sonja hustet?«

»Weil dieser Husten nie vergehen wird. Sie kann daran sterben.«

»Das sagte auch der Arzt! Dann muß ich ja das letzte Andenken an ihn verkaufen! Nun komm doch schon«, sagt sie ärgerlich.

Ich schüttle den Kopf.

»Bist du pervers?«

»Behalte das Geld. Bring mich hinaus.«

Sie sagt kein Wort, schließt ihr Kleid, aber ihre Finger sind unsicher, als sie schnell ihr Haar ordnet. Erst als wir hinter der Tür stehen, flüstert sie: »Du bist doch ein Barin. Kennst du noch dieses Wort? So war er auch.« Leise gehen wir der Haustür entgegen.

Plötzlich schrecken wir zusammen. Der Mond stiehlt sich hinter reißend dahinjagenden Wolkenfetzen hervor, so daß der Ausgang im lichten Schatten liegt. Dort aber steht die dunkle Männergestalt, den Kragen hochgeschlagen, die Mütze tief in die Stirn gedrückt, die Hände in die Manteltaschen geschoben. Das Mädchen ist bereits über die Schwelle getreten. Schnell geht der Mann auf sie zu.

»Ljuba?« ruft er heiser; alles scheint mir unheimlich.

»Walerij? Mein Gott! Du?«

Zwei Silhouetten halten sich für einen flüchtigen Augenblick wie umschlungen.

»Sie sind verhaftet! Folgen Sie mir!« Eine Pratze legt sich auf den Mund des Mädchens.

Schon verlieren sie sich in der Dunkelheit.

Ein Auto rast davon.

Nichts rührt sich draußen.

Vorsichtig spähe ich hinaus.

Eine kleine, gebeugte Frau im Wolltuch, die Mutter des Mädchens, biegt um die Ecke: »Genosse, vergiß die alte Mutter nicht! Auch du wirst eine haben.«

Ich werfe ihr einen zerknüllten Schein zu und eile fort.

Meine Bank ist leer. Ungeduldig warte ich auf Achmed und blicke immerfort zu den reisenden Wolken, wie sie gen Westen jagen. Ich denke an den weiten Weg nach Sibirien.

Endlich kommt Achmed. Ich eile mit ihm nach Hause. Unterwegs erzählt er mir freudig, was er für uns auf dem schwarzen Markt erstanden hat; sogar eine runde Taschenlampe mit einer neuen Batterie, die bestimmt ein paar Stunden leuchten würde. Fatmes Blick ruht voll Herzlichkeit auf ihm.

»Allah sei gelobt, daß du wieder bei mir bist, Liebster!« sagt sie befreit und streicht ihm über das Haar.

Der Mann schaut sie still und bewegt an und umarmt sie.

Wie sie sich lieben, denke ich, welche Angst ihnen beiden wieder genommen ist! Aber für wie lange?

Dann erhellt sich das Auge der jungen Frau, als sie sieht, was wir eingekauft haben, aber sie verrät ihre Freude durch keinen Laut.

»Barin!« Sie ergreift meine Hand. Die vollen Lippen beben ein wenig. »Sie sind genauso geblieben, wie mein Achmed Sie schilderte.«

»Nur unser Maßstab ist jetzt sehr viel kleiner geworden.«

»Ja.« Sie senkt den Kopf und nickt. »Aber wir sind um so dankbarer.«

In tiefem Schweigen und mit der gleichen Andacht wie am Abend zuvor setzen wir uns an den Tisch, sehen Fatme zu, wie sie unser Essen zubereitet, essen langsam Löffel um Löffel und teilen unser Brot.

Und wieder erzählen wir uns alles – wie zwei Brüder, die nichts voreinander zu verheimlichen haben.

Dann graute ein neuer Morgen. Ich schlich erneut von ihnen fort.

Wir wollten uns in einigen Monaten wiedersehen.

Mein Weg führte mich in monatelanger Reise bis nach Sibirien, über die Städte Tscheljabinsk, Swerdlowsk, Tjumen und über die Flüsse Tura, Tobol, Irtysch und den Strom Ob. Es war der für Rußland historisch gewordene Weg der ersten Eroberer Sibiriens, des Ermack und seiner Mannen im sechzehnten Jahrhundert.

Am Rande der letzten größeren Stadt, wo sich die vereinzelten Hütten schon im nahen Urwald verlieren, begann ich zu suchen – nach einem verschwiegenen Mann. Ich fand ihn am flachen Sandufer des Stromes, sitzend neben seinem alten Boot. Darin lag ein verwittertes Netz und darauf nur eine Handvoll Fische.

Er blickte gedankenverloren über die weite Wasserfläche, die sich fast bis zum Horizont erstreckte. Es war einer der vielen Verwahrlosten, Anspruchslosen, Traurigen, die dieses Land hervorgebracht hat.

»Nicht viel für heute abend.« Ich wies auf seinen Fang und ließ mich neben ihm nieder.

Der Verwahrloste legte seine Hand auf die Fische, schob sie etwas auseinander. »Ja«, sagte er dann, »nicht viel – auch für heute abend.«

»Zu laut ist es hier geworden. Nicht mehr so wie einst«, erwiderte ich. Er nickte. »Flußabwärts soll es noch gute Fänge geben, besonders in den Seitenarmen des Ob, sagt man.«

Wir schwiegen lange und blickten über die träge dahingleitenden Fluten und die kleinen Wellen, die im ewigen Gleichmaß hurtig das Ufer anliefen. Ab und zu trug uns der Wind das Tuten der Flußdampfer vom weitentfernten Landungsplatz zu. Schwärme von Fliegen tanzten und schillerten in der hellhörig gewordenen Luft des nahenden Herbstes. Irgendwo heulte wehmütig ein Hund. Langsam wurde es dunkler.

»Willst du eine Prise Machorka?« fragte ich endlich. Der Schweigsame hob den Blick. Die untergehende Sonne warf einen kleinen, leuchtenden Funken in seine graublauen Augen. Darin lag die Melancholie seines Herzens und die Stille seines unendlichen Landes, wo keiner den anderen nach seinem Weg fragt, weil das hier bedeutungslos war und bleibt.

Ich gab ihm ein Stück Zeitungspapier, kramte in der ausgebeulten Tasche meines Rockes und hielt ihm zwischen drei Fingerspitzen die Tabakprise entgegen. Wir rissen vom Papier einen Streifen ab, wickelten ihn zu kleinen Tüten und schütteten den Tabak hinein.

Wortlos rauchten wir diese winzigen Papierpfeifchen.

»Ja... Ja... Flußabwärts soll es noch gute Fänge geben. Aber was ist schon viel, was ist wenig«, sagte der Mann leise und teilnahmslos. »Aus dem Totenhaus wurden bei uns meist nur noch Tote entlassen. Das wirst du wissen. Ich war Politischer, habe von den fünfundzwanzig Jahren zwanzig abgesessen. Vier Winter davon hauste ich mit sechs Gesinnungsgenossen wie ein wildes Tier im Urwald. Die Roten befreiten uns, feierten uns wie Helden ihrer Revolution. Uns fehlt eigentlich nichts, nur mir. Weißt du, der Begriff von viel und wenig wird so nebensächlich.«

»Dann liebt man am meisten die Weite der Horizonte.«
»Ja, Bruder!« Ein gütiges Lächeln erhellte sein Gesicht.
»Dann laß uns doch hinfahren, bald! Warten sollte man nicht mehr!« drängte ich mit Nachdruck. »Worauf auch? Worauf?«
»Mit meinem Boot hinfahren! Da kommen wir nicht weit. Der Ob wird weiter unten immer breiter. Im Winter, wenn er in der eiskalten Sonne glitzert, da ist er wie ein zugefrorenes Meer, unübersehbar, eine halbe Tagsreise breit. Wir haben ihn damals überquert mit dem Lied: ›Brüder zur Sonne, zur Freiheit!‹ Ach!« Er winkte ab, besah sich den Rest seiner Zigarette und zerdrückte die winzige Glut sorgfältig zwischen den Fingern. »Jeder Zigarettenstummel erinnert mich an das Grauenhafteste meines Lebens: Waldbrände in Sibirien! Brände der unendlichen Taiga! Großer Gott!«

Nikolai hatte mich nicht enttäuscht. Er war verschwiegen, und als das Licht im Westen zum zweitenmal sank, lösten wir unser neues Boot unter dem Versteck überhängender Weiden und fuhren ab. Hoch im blaßblauen Himmel zogen die Gänse. Der Wind raschelte in den Blättern der Espen. Nebelschwaden, die ersten Vorboten des nahenden Herbstes, fingen uns mit ihren zerflatternden Armen ein, setzten uns die willkommene Tarnkappe auf, und als sie sich nach Stunden zerteilten, sah ich den Ob, dessen Fluten sich wie schwarzes, dickes Öl zwischen düsteren Ufern dahinwälzten.

Ströme Sibiriens! dachte ich. Der Ob erreicht bei Hochwasser an der Mündung vierzig Kilometer Breite und noch mehr. Die Lena wird noch gewaltiger, ebenso der Jenissej. Die Weser oder die Elbe sind dagegen kleine Flüsse.

Dieses unermeßliche Sibirien! Alles dehnt sich dort ins Ungewisse. Europäische Begriffe versagen hier vollends. Ein wildes Land – ein Wunderland!

Der Morgen graut.

Ein noch fahles, kaum erkennbares grünes Licht legt sich über den Wald im Osten. Silhouetten der Bäume treten zaghaft hervor. Es herrscht Stille. Fern im unendlichen Moor heult die Habichteule. Dicht über mir, im buschigen Wipfel einer Zirbelkiefer, hockt der erste Auerhahn, blubbert und verstummt.

Dann ist wieder nichts als Stille. Ein leises Rascheln wird vernehmbar. Der Hahn macht sich's bequem und beginnt langsam zu nadeln. Deutlich hebt sich seine schwarze Gestalt vom nur angedeuteten Frührot. Er wandert auf dem wuchtigen Ast hin und her, überstellt sich, biegt den langen Hals, knapst mit dem Schnabel.

Hahn auf Hahn schwingt sich jetzt ein. Wie schwarze Klumpen muten sie an. Dann äsen sie. Die grünen Brustschilder leuchten, ihr Gefieder ist jetzt purpurn überhaucht. Einer von ihnen klippt und wetzt, als wäre es zu minniger Frühlingszeit, dreht sich, schlägt Rad.

Im Schilf quaken Enten, schnellen zu Scharen hervor, tauchen, schnattern, gründeln, verstecken sich wieder. Die Rotgans zieht schwatzend und rufend in langen, flatternden Linien dahin, und ein Rabe grüßt den ersten Strahl der Sonne mit seinem tiefen, gemächlichen »Klauk! Klaung! Klonk!« In diesem heilig anmutenden Morgenrot ziehen auch die rufenden Geschwader der Nordgans. Die Häher zanken und streiten, der Schwarzspecht klopft und hämmert am dürren Stamm, daß Borke und Span nur so auseinanderfliegen.

Nur wenig weiter springt die alte Föhrenheide in Moor und Sumpfwiesen vor, und drüben glitzert wie Gold die breite Fläche eines weiträumigen Sees, das Schilf raschelt ein wenig im Winde, ein Zirbelbaum nickt schläfrig am Ufer. Spinnfäden ziehen von Busch zu Busch, flattern, flimmern. Dort aber rufen schon die vielen Kraniche zum Abschied, zum Zuge nach dem Süden.

Das ist die Symphonie des sibirischen Herbstes.

»Herrliches Meer, du heil'ger Baikal!« Nikolai singt auf einmal mit ungeübter, rauher Stimme, und ich falle sogleich in dieses Lied ein, von der Vergangenheit bewegt, ebenso rauh, schwerfällig und langsam. Die Erinnerung an das Zuchthaus am Baikalsee ersteht lebendig vor mir, Erinnerungen... welch seltsames Geschenk.

So glitt unser Einbaumboot Tag für Tag weiter, aus einem

Versteck zum anderen. Wenn kaum die abendlichen Nebelschwaden über dem Wasser lagen, verließen wir unseren Zufluchtsort. Erst wenn das fahle Licht eines neuen Morgens sich über Schilf und Ried erhob und über das breite, stille Silberband des Ob legte, suchten wir einen neuen Unterschlupf. Ungesehen mußten wir bleiben.

Bleigrau und schwarz sind die Wolken geworden. Große, schwere Tropfen fallen ins Meer des Flusses und beginnen beharrlich, warnend auf das Segelleinen unseres Bootes zu trommeln. Wir rudern im Schweiße unseres Angesichts. Nur raus aus dem niedrigen, verkrüppelten Birkenwald, nur schnell zum »Schwarzen Urman«, dem sibirischen Zirbelwald mit mächtigen, dichten Kronen, um darunter Schutz zu suchen. Mit hartem Ruck stößt das Einbaumboot ans Ufer, zugepackt, hinauf mit ihm, umgekippt, die Vorräte darunter verstaut, in fliegender Eile wird das Segeltuch an Bäumen befestigt, schnell ein Feuer angefacht.

Da öffnet sich der Himmel!

Schon prasselt der Regen mit einer Wucht hernieder, wie ihn bloß die sibirische Taiga und die Tropen kennen. Wären nicht die alten, gewaltigen Zirbelkiefern über uns, schützten uns nicht ihre schweren, dunklen Äste und stünde nicht dazwischen auch noch die mächtige Schirmtanne, unser Zeltleinen würde einem derartigen Guß niemals standhalten können.

Da hocken wir nun am Feuer, dampfen aus nassen Kleidern. Nikolai hängt schon unseren Teekessel über die Glut. Ein Windstoß nach dem anderen fährt durch den Urman. Das Schilfrohr am Ufer zischt bösartig im Sturm. Wir hören das Prasseln und Klatschen des Wolkenbruchs, wie er alles niederdrückt, niederwalzt.

Mit einem Schlage ist es dunkel geworden, als wäre es Abend. In der Finsternis zuckt und leuchtet es jetzt grell und greller, wild und immer wilder auf. Der Donner grollt ununterbrochen, und stärker, noch stärker rauscht der Regen. Wieder, immer wieder blitzt es auf! In gelbes, gespenstisches

Licht ist die wilde Szenerie gehüllt. Plötzlich ein ohrenbetäubendes Krachen... Schwefelgeruch...

Mit einem Satz bin ich hoch.

»Weg von hier! Gleich schlägt es ein!« rufe ich laut.

»Du Narr. Du großer Narr!« erwidert Nikolai und lächelt weise. »Was Gott will, geschieht doch! Weißt du das denn nicht? Dort, irgendwo, willst du in Sicherheit sein?« Dabei dreht er sich eine Zigarette, und wieder lächelt er mir freundlich entgegen. »Du hast mir neulich gesagt, wie wenig dir dieses bißchen Leben bedeutet. Und nun? Ihr Westlichen seid doch erbärmliche Schwätzer!«

Da schäme ich mich vor dem Manne, der so ruhig seinen Tabak raucht und Holz aufs Feuer wirft, und setze mich dicht an seine Seite.

Rings um uns kracht und splittert es weiter in donnernden, harten Schlägen. Nur ab und zu fällt zwischen uns ein karges Wort, unwillig von uns beiden beantwortet.

Dann verzieht sich das Wetter. Nur noch in der Ferne grollt es in unverminderter Wucht. Wasserdampf steigt über dem Flusse auf – Waldgeister ziehen vorüber. Es tropft und klatscht von den triefendnassen Zweigen, und wenn der Wind sie erst schüttelt, dann rasseln ganze Regenschauer von den Ästen der Tannen und Zirbeln herunter. Endlich und fern blaut der Himmel. Weißgoldene Wolken ziehen, und über den Wipfeln des »Schwarzen Urman« glutet in seltener Abgeschiedenheit das tiefste Rot der Abendsonne. Heute wird kein Elch seinen Brunstschrei ertönen lassen. Regen und Nässe liebt er nicht, denke ich. In einer ähnlichen Gegend jagte ich vor vielen Jahren mit den Trappern...

Schläfrig hocken wir am Feuer und schlürfen heißen Tee. In der Heide ruft ein Uhu so tief wie eine Baßglocke. Dämmerung schleicht aus den Büschen und unter den Baumstämmen hervor. Wir blicken ins Feuer und rühren in unseren Bechern. Hin und wieder fällt ein abgerissenes Wort, ein kurzer Satz. Dann schlummert Nikolai ein, das Haupt auf einen harten Holzblock gelegt. Ruhig geht sein Atem, sein offenes Gesicht lächelt ein wenig im Traum, und das absinkende Feuer wirft rote und gelbe Reflexe auf seine wettergebräunten Wangen und seinen ergrauten Bart.

Ein Knistern im Unterholz! Am Fluß! Schwere Schritte! Ein ebenso schwerer Körper streift durch die Büsche. Dann aber poltert es laut, Äste knacken und brechen, das Wasser plantscht dumpf. Es rumpelt und dröhnt. Ein Schrei klingt markerschütternd, doch höher, durchdringender, fast wie ein Pferdewiehern. Mit einem Satz bin ich draußen. Schon ist auch Nikolai neben mir.

»Elche sind es!« sage ich atemlos.

Undurchdringliche Finsternis. Alles ist still wie zuvor. Nur der Regen tropft monoton von den Büschen im Uferschilf. Dort aber, wo ich am Tage die jungen Birken und Weiden den »Schwarzen Urman« einschließen sah, knackt's und bricht's noch einmal. Das war der Beschlagschrei des Elches, wie ich ihn deutlicher, gellender nie gehört habe.

»Siehst du, Fedja, der Herr hat uns mit seinem Blitz kein Leid getan. Er wollte auch nicht, daß wir dem Elch ein Leid antun. Früher hättest du bestimmt schon deinen Drilling schußbereit in der Hand gehabt. Schlaf jetzt. Morgen ist auch ein Tag.«

Eines Nachts schreckte ich auf. Irgendein Geräusch oder ein Laut hat mich geweckt. Ich horche gespannt. Das Feuer ist fast ganz heruntergebrannt.

Huhhh... uuuhhh... huuuüüühh...

»Wölfe!« sagt Nikolai, »und wir haben keine Büchse! Aber du wolltest ja ohne Gewehr fahren! Deine Pistole nützt uns gegen die Bestien so gut wie nichts!«

»Wenn du vier Jahre in sibirischer Wildnis gelebt hast, solltest du wissen, daß Wölfe noch nie einen wehrhaften Menschen überfallen haben.«

»Mag sein, aber dieser Bande ist nie zu trauen. Es ist ein eigenartiges Gefühl. Man ist nicht feige, aber es läuft einem doch kalt den Rücken herunter.«

Scheite, Kien, Blöcke werden schnell auf die Kohlen geworfen. Hoch sprühen die Funken. Höllische Rotglut legt sich über den Wald. Und wieder beginnt es im tiefen Baß

»Uhh... uuuhhh... uuuhhh!« Dann folgt das Kläffen, Jaffen und Gellen, als wäre die Hölle im Walde los: »Jeff! Jaff! Jeck! Jeck! Huuuüüü! Hauuuüüühhh! Hauauauuu!«

»Keine fünfzig Schritt weit können die Bestien sein! Lach nicht, wenn ich wenigstens nach einem Knüppel greife. Alte und Junge sind es, wohl an die fünfzig Stück mindestens. Verfluchte Pest!« schimpft Nikolai noch eine ganze Weile und schüttelt besorgt den Kopf.

»Das gibt bis zum frühen Morgen keine ruhige Stunde mehr.« Endlich wird es still. Die Wölfe sind fort. Trotzdem unterhalten wir uns die ganze Nacht und schüren ein mächtiges Feuer. – »Der Bande ist ja nie zu trauen. Sie können gleich wiederkommen. Warum sie nur immer so heulen?«

»Sie werden satt davon«, erwidere ich sarkastisch.

»Meinst du?« erwidert der Russe und horcht gespannt in die dunkle Nacht hinaus.

Endlich waren wir in der Nähe des Dorfes Widnoje angelangt. Es lag unverändert und wie ich es noch in der Erinnerung hatte, auf einer kleinen Anhöhe. Es war die vorgeschobenste Siedlung am Fluß, weil diese Gegend alljährlich durch weite Überschwemmungen schwer heimgesucht wird. Dort ließ ich den Schweigsamen zurück und fuhr allein weiter. Er wollte auf mich warten, falls ich zurückkommen sollte.

Tag um Tag glitt mein Einbaum auf den Fluten dahin, kaum daß ich mit dem Paddel zu stechen, ihm die Richtung zu weisen hatte. Alles um mich war ein einziges, erhabenes Schweigen: Strom, Wald, Brachland, Gestrüpp, Moor, melancholische träumende Weite, ungebundene, fröhliche Vogelscharen, ziehende Wolken, strahlende, sengende Sonne, prasselnder Regen auf meiner Zeltplane, weite Flächen der mir einst vertrauten Taiga am Ufer eines der vielen Seitenarme des Ob.

Um dich ist nur Schweigen.

Es ist so groß, daß man sich als Einsamer davor fürchten kann...

Plötzlich stockt das Herz, die künstlich zusammengefügten Gliedmaßen bewegen sich in einer fast konvulsivischen, ungekannten Hast, fassen voll Schmerz das Stechpaddel an. Ich steige am Ufer aus, ziehe meinen Einbaum an Land. Bekannte Gegend liegt vor mir – nach zehn Jahren.

Ich finde die kleine grüne Wiese. Auf ihr stehen meine hellstämmigen Birken, als winkten sie mir alle aus der Ferne zu, anspruchlose bunte Blümchen um sie herum.

Hier habe ich oft mit Faymé gesessen. Hier lagen wir manchmal im Schatten der schillernden Birkenblätter, die Arme unter dem Kopf verschränkt, und blickten zu den Wolken empor und in die Unendlichkeit des blaßblauen Himmels, den wir mit der Größe Gottes verglichen.

Dann neigte ich mich über sie, schaute in ihr Antlitz, suchte voll seltsamer Spannung und mit glücklich pochendem Herzen nach dem Lachen und den strahlenden Zärtlichkeiten darin. Ich beugte mich über ihre Hand, legte sie an meine Wange, und als ich den Blick wieder hob und ihre exotische Eigenart und Schönheit erfaßte, flimmerte um ihre Lippen ein kleines Lächeln auf, das mir zeigen sollte, wie sie mich verstand.

Ich liebte sie! Ich liebte ihre kleinen Hände und Füße, die nach orientalischem Brauch so aufreizend gepflegt waren, ihren Gang, wenn sie auf mich zukam und mich dabei ansah, im Bewußtsein, mir zu gehören; ihre Stimme am Tage, wenn sie mit mir sprach, die so verändert klang, wenn sie sich mit den anderen unterhielt, nachts, wenn sie mich rief und zärtlichverschämt meine Nähe suchte. Ich liebte alles an ihr.

Oft nahm ich ihren Kopf, ließ ihr nachtschwarzes Haar über meinen gebeugten Arm fallen und sah sie wieder an, strich über die Augenbrauen, die in zwei klaren, hohen Bogen über ihren Wimpern standen. Die Lippen spürten sie. Die straffe Haut an ihren Wangen mit dem mattgoldenen Schimmer war warm und voll. Am meisten liebte ich ihren Mund. Er war mir bei jedem Wort vertraut, im Schlaf, in Zärtlichkeiten und jeder kleinen Laune, ja sogar, wenn er schwieg. Manchmal schien der Mond auf ihr Gesicht, ihr Mund stand in einem dunklen Bogen über den weißleuchtenden Zähnen. Sie neigte den Kopf zu mir, streichelte mit ihrem Haar über mein Gesicht und schaute mich an. Ich konnte die Frage ergründen, die darin stand, und als wollte sie mir sagen, daß ich ihre Gedanken erraten hätte. Ihre Wange glitt über die meine, und ihr Duft, herb wie der des Tundragrases, umfing mich, beglückend nah und vertraut.

»Faymé...!«

Aber sie wußte nicht, daß ich nachts, wenn sie schlief, aufstand, mich aus dem Zimmer schlich und vor die brennende Lampada trat. Lange blickte ich in das bärtige, ruhige Gesicht eines Heiligen. Still und gütig waren seine lebendigen Augen auf mich gerichtet, als wollten sie auf meine stumme Frage eine Antwort geben. Ich bangte um mein großes Glück, ich hatte Angst, wieder einsam zu werden, Angst vor dem Kommenden.

»Fürchte dich nicht, ich bin bei dir!« Der bärtige Heilige lächelte gütig zu mir hernieder.

Ich kniete nieder. Ich fürchtete mich.

Wartete auf uns in der Unsterblichkeit nicht die Ferne einer kalten Unendlichkeit?

Faymés kleiner Hügel ist mit Gras und Blumen bewachsen. Das Kreuz ist nur noch eine Handvoll morschen, zum Teil schon fortgewehten Holzes, das Grab meiner Frau und unseres Kindes, und meine unbeholfenen, träumenden Hände versuchen aus Feldblumen und Grashalmen einen Kranz zu flechten. Ein Gruß des Heimgekehrten.

Auf dieser Insel bin ich nicht mehr einsam, denn ich spreche mit ihnen, als stünden sie noch vor mir, und ich sage ihnen rückhaltlos alles, auch das, wie ich jetzt geworden bin.

Und sie verstehen mich.

Weil sie mich liebten.

Schon oft ist die Sonne untergegangen. So manches Mal hat mich der Regen durchnäßt, und doch bleibe ich bei meiner Frau und dem Kind. Ich bin allein in der uferlosen, melancholischen Weite, und es ist mir, als sei ich jetzt endlich nach Hause gekommen.

Dann suche ich eine Schneise. Ich habe sie damals mit kräftigen Axthieben, von der Hauptstraße abzweigend, bis zu dieser Insel angelegt und über den schmalen Flußarm einen Knüppelsteg geschlagen. Als ich fortging, zerstörte ich ihn, ließ ihn fortschwimmen, um möglichst keinen zu diesem Fleckchen gelangen zu lassen.

Endlich finde ich diese Schneise und auch die frühere Waldstraße. Sie ist jetzt völlig zugewachsen, ein Beweis, daß sie keiner mehr befahren hat.

Warum nicht? Sie war doch die Hauptverbindung nach dem Norden!

Nur mühsam führt sie mich durch struppiges Gebüsch, junge Kiefern, Zirbeln und weißstämmige Birken, nach Nikitino.

Nikitino...

Eine weite Fläche. Sonst nichts. Nur bewachsene Aschenhaufen.

Vor Jahren hat hier ein Waldbrand gewütet und alles niedergesengt; von dem kleinen Städtchen ist nichts übriggeblieben. Nur an den Brandspuren kann ich die einstigen Häuserreihen erkennen, den weiten Marktplatz, wo sich die vielen Bauern mit ihren kleinen, zottigen Pferdchen aus weiter Umgegend trafen, um ihre Felle zu verkaufen und um ein wenig fröhlich zu sein.

Die Trümmer der steinernen Verwaltungsgebäude, des Gefängnisses ragen schwarz und verfallen auf. Das alles ist mit wildwachsendem Gestrüpp und jungen, mehrere Jahre alten Bäumen überwuchert.

Ich erklettere bald den einen, bald den anderen Hügel, ziehe mich an den dünnen Ästen hinauf, blicke von der Anhöhe über das versengte Land, als wollte ich, wie ein aus dem Jenseits Kommender, noch einen lieben Menschen erspähen, einen, der mich noch kennt, mit dem ich hier die langen Jahre meiner Gefangenschaft teilte.

Hier stand einst mein Haus.

Hier wohnte der eine, der andere.

Hier mußten die Gräber meiner Kameraden liegen.

Hier... dort... einst...

Es wird kein Wiedersehen geben.

Wo sind sie alle geblieben?
Verbrannt? Fortgezogen? Verschollen? Eingegangen?
Alles ist tot...

Die Taiga zieht sich in eine erbarmungslose Ferne hinaus, und ihr undurchdringliches Gestrüpp hält einen mit zahllosen Ästen und Zweigen für immer gefangen. Sie wird auch dieses Fleckchen in ihre schweigsame Mitte aufnehmen; sie hat ihr Werk bereits begonnen. Die Spuren des Gewesenen werden immer mehr und mehr verwischt.

Nur kleine Vögel, die lustigen, flinken Meisen, hüpfen unbekümmert von Ast zu Ast und zwitschern munter, und der Fluß zieht wie einst, wie immer, seine träge Bahn, irgendwohin in die nie gesehene Weite.

Die kleine Insel, die Wiesen, winkende Birken, von der zarten Hand des Windes gestreichelt, in ihren Schatten kehrte ich wieder zurück. In ihrer Mitte blieb ich lange sitzen und lauschte wieder dem Rauschen der Bäume, dem Schweigen.

Und doch griff eines Tages die Hand nach dem Stechpaddel, unter dem Einbaum knirschte der Sand hell auf, und schon war ich inmitten der Strömung. Er glitt immer weiter und weiter, Tage und Nächte. Links und rechts bekannte Krümmungen und Landschaftsbilder, unverändert seit meinem Fortgehen.

Ich suchte nach den Verschollenen, die ich noch am Leben glaubte.

Doch um mich blieb alles stumm, obwohl ich angestrengt in den mir bekannten Winkeln und Verstecken nach dem weiteren Weg zu ihnen suchte. Ich kannte ihn noch genau, denn wie oft trugen mich meine Träume mit offenen Augen hierher, auch wenn es mir unwahrscheinlich erschien, diese Gegend in Tiefsibirien so gut in der Erinnerung behalten zu haben.

Endlich griff ich nach meiner Waffe, der Schuß rollte laut und weit über die schweigende Taiga, bis er sich irgendwo im Walde verkroch und verstummte.

Wieder lauschte mein ungeübtes Ohr, aber es vernahm

nichts. Alles um mich schwieg wie zuvor. Zweifel kamen in mir auf. Die Angst begann Bilder vom Untergang der Verschollenen zu malen.

Da! Wie ein Pfeil schießt plötzlich ein schmales Kanu unter dem Ufergebüsch hervor, am Heck sticht geschickt und kräftig ein blonder Bursche, am Bug liegen zwei Schützen im Anschlag.

Schon sind die Boote nebeneinander.

Die hellen Falkenaugen der jungen Männer mustern mich gespannt.

Schweigend und ebenso gespannt mustert auch mein Blick den Jungen am Heck. Jetzt hat er sich in voller Größe aufgerichtet. Er ist breitschultrig, hat eine schmale Nase und azurblaue, etwas traurige Augen, einen Blick, der unvergessen bleibt. Er ist das Ebenbild seiner Mutter Marusja.

»Wer bist du?« fragt er mich.

»Ich bin der Deutsche, der Freund deines Vaters!«

»Fedja! Großer Gott! Das ist doch nicht möglich! Ich bin Aljescha, sein Sohn! Wir alle sprachen so oft von dir. Du hattest versprochen wiederzukommen, sagte immer mein Vater. Bringst du uns gute Nachrichten?«

Schon hat der Junge meinen verletzten Arm ergriffen. Dann springt er leicht in mein Boot, ergreift das Stechpaddel und jagt den Einbaum zum Ufer.

An einer Stelle wird das dichte Ufergebüsch hochgehoben, einige kurze Paddelschläge, und vor mir liegt die bekannte, versteckte Zufahrtsstraße nach Sabitoje, zum vergessenen Dorf. Das dichte Laubdach spannt sich eine Zeitlang über uns, dann bleibt es zurück. Wir sind im Hafen.

Ein bekannter Weg durch wogende Kornfelder, den ich einst beschritten habe. Aus der Ferne klingen Stimmen herüber, zwischen ihnen läuten träge die Kuhglocken.

Das zusammengedrängte Dorf, in dem hohen, massiven Zaun Schießscharten, das wuchtige Tor steht offen, kleine, niedrige Hütten, schmale Straße, ein Platz, in seiner Mitte die alte Kirche, ihr zu Füßen liegt das Grab unseres Kameraden Salzer und daneben der Hügel seines kleinen Freundes Mitja, den er in unsere Heimat mitgenommen hat – das sehe ich wieder.

Menschen, die keine Hast kennen, kommen jetzt auf uns zugelaufen. Schon sind wir von ihnen umringt, und einer ruft es dem anderen zu: »Fedja, der Deutsche, ist gekommen!«

Nun bin ich umringt von freudigen Menschen, und in ihrer Mitte weicht die Einsamkeit von mir wie die Finsternis vor der Helligkeit.

Mein Freund Ilja, der Dorfälteste von Sabitoje, drängt sich mühsam durch die Menge, ihm folgt mein Freund Stepan, der frühere Sträfling. Die Männer halten den Atem an, falten die Hände, befühlen mich erst und trauen ihren Augen nicht. Ihr Haar ist zerzaust, das Hemd ist offen, die Brust atmet schwer und hastig, die Augen werden weich und glücklich. Sie küssen mich auf Wangen und Stirn, sie schauen mich immer wieder an. Sie sind so groß, so stark, und sie riechen nach gesundem Körper, seinem Schweiß und der Erde, die sie bearbeitet haben.

Es drängen sich auch meine einstigen Kameraden zu mir, die wenigen, die freiwillig in Sibirien zurückgeblieben sind. In ihren Augen steht die stumme Frage nach der Heimat und der Zukunft.

Ein Weg in ihrer Mitte öffnet sich.

Vor mir liegt meine kleine Hütte. Sie ist leer geblieben, in ihr ist alles noch genauso, wie ich es einst verlassen habe. »Vielleicht, so dachten wir alle, würdest du noch einmal kommen, Fedja. Du hattest es uns doch versprochen«, sagte eine Stimme neben mir.

Ja, ich war gekommen.

Die brennende Sehnsucht der vielen Jahre stand jetzt erfüllt vor mir.

Noch am selben Abend saßen sie alle in einem dichten Halbkreis mir gegenüber, meine Freunde und Kameraden, ihre Frauen und viele erwachsene Kinder, rechts und links von mir Ilja und Stepan. Ihre Blicke hingen an mir, und darin stand nur eine einzige, aber auch die grausamste Frage, die damals auch meinen Vater so sehr bewegte, die alles andere in unserem Leben unwichtig erscheinen ließ: die Frage nach unserer gemeinsamen Zukunft.

Wir alle empfanden nur noch ihre Ausweglosigkeit.

Es war nun die Reihe an mir, den Bewohnern des Dorfes Sabitoje Rede und Antwort zu stehen, denn sie gehörten nicht zu jenen Einfältigen, die nichts oder nur wenig von ihrer Außenwelt und ihren letzten Ereignissen wußten.

Sie hatten mir alles geschildert, so, wie wir bis jetzt immer zueinander standen, in herzlicher, unverbrüchlicher Aufrichtigkeit. Durfte ich ihnen jene geringe Hoffnung nehmen, an die jeder nüchtern denkende Mensch im Westen, der die Politik und ihre Auswirkungen unvoreingenommen sah und beurteilte, sich klammerte? Ich fühlte ein Würgen in meiner Kehle. Kein Wort kam heraus.

Da legte sich Iljas Hand mit festem Druck auf die meine.

»Fedja, als du zum erstenmal nach Sabitoje kamst, um uns Felle abzukaufen, sahen wir in dir mehr als einen Freund. Jener Abend in der ›Roten Ecke‹ und viele, die ihm folgten, werden uns unvergessen bleiben. Wir begegneten uns mit offenen Armen. Bis heute fühlten wir uns in großer Aufrichtigkeit mit dir verbunden. Es schmerzt mich, dir heute den bitteren Vorwurf der Unaufrichtigkeit zu machen. Du hast auch keinen Mut mehr, wie einst, uns die volle Wahrheit zu sagen.«

»Ja. Ich habe ihn nicht mehr. Als ich damals zu euch kam, da hatte es das Schicksal von mir verlangt, aus der endlosen Reihe der Bedeutungslosen hervorzutreten, um euch und den anderen zu helfen. Heute bin ich aber nicht mehr der, der einst in eurer Mitte lebte. Ich bin wieder nur der kleine Mann eines wieder um ihn kleingewordenen Lebens.« Und ich betonte jedes Wort: »Ich kann euch nicht mehr helfen.« Der Kopf senkte sich auf die Brust.

»Ich habe mehr als sechs Monate Rußland bereist und überall gesehen – ich will nicht unaufrichtig zu euch sein –, daß das Unabwendbare auf uns alle zukommt. Das wissen auch diejenigen von euch, die draußen in der Welt waren und dann doch nach Sabitoje heimgekehrt sind.«

»Ja, Fedja, das sagten sie.«

Abend für Abend sprachen wir darüber, dachten an jeden nur möglichen Fluchtweg. Doch immer standen am Schluß die entmutigenden Worte: »Aber alle dreihundert Seelen können nicht entkommen!« Keiner wollte sich von den anderen trennen.

»Dann schon lieber alle tot!«

Über Sabitoje senkte sich ein Schleier der Stille.

Es erklang kein Lachen mehr, kein Lied, es war, als rüste sich ein jeder zum Fortgehen, obwohl keiner wußte, wann und wohin, eben nur, daß sie alle fortgehen mußten, Wald, Wiesen und Äcker, die niedrigen Hütten, der blaßblaue Himmel erschienen entrückt, die kleinen Kirchenglocken läuteten nicht mehr, weil man sie nicht mehr hören sollte. Das durfte nicht mehr sein.

Drückende Stille lag auch über den Häuptern der Betenden, schwerfällig hob sich die Hand, um das Zeichen des Kreuzes zu machen.

Und dennoch gaben die Menschen ihre Hoffnung nicht auf.

Der Herbst war zu Ende.

Eine überreiche Ernte aus Feldfrüchten, Fischfang und Jagdbeute füllte die Vorratskammern. Der Winter kam mit seinen weinenden, klagenden Stürmen, starrender Kälte und erdrückenden Schneemassen.

Das alles kannte ich, denn es war ja einst meine zweite Heimat geworden.

Alles vergessend stehe ich da.

Eisiges Windgezirpe, surrendes Knistern der Kälte unter gläserner Helligkeit des Himmels.

Über der Nacht breitet sich das Feuer des Nordlichtes aus. Leuchtende bunte Schlangen verfärben sich gespenstisch violett, immer neue und noch mächtigere kommen dazu, rollen sich langsam gleitend auf, wie das gigantische Tuch riesiger Fahnen.

Über dem Nordlicht steht die Ewigkeit.

Ich sehe meine Wildgänse! Sie ziehen über die beängstigende Stille und Weite der Tundra, eine Schar nach der anderen, mit flatternden Flügeln, weit vorgestreckten Hälsen.
Dann schmeckt der mächtige Leitvogel die Frühlingsluft.
Boreas, die Gottheit des Nordwindes, weist ihnen auch diesmal den Weg.

Der Frühling kam über das verlorene Fleckchen Land, die verschollenen Menschen und ihr Dorf.
Zum letztenmal setzten wir uns auf dem Dorfplatz nieder, Kopf an Kopf in einem schicksalsschweren Schweigen.
Ich konnte ihnen nicht einmal den Weg zur Flucht weisen.
Da kam die Trennung.
Noch einmal sah ich die grünende Wiese mit ihren wuscheligen Birken, den kleinen Blumen, den zwitschernden Vögeln, umgeben vom Fluß, der inmitten der niedergebrannten Gegend um das Grab meiner Frau und unseres Kindes Wache hielt. Auch von ihnen ging ich – für immer.

Undurchdringliche Finsternis umgibt mich, kaum daß ich das langsame Abrollen der ununterbrochenen Waldmauer zu beiden Seiten des schmalen Flusses wahrnehmen kann.
Stille...
Ich fürchte mich in dieser Einsamkeit. Kein Lüftchen regt sich in der unerträglichen Hitze, als könnte der Glast der Tage nie vergehen. Alle Sinne sind angespannt.
Plötzlich stockt das Herz in einer längst vergessenen Angst.
Nur die Bewohner des sibirischen Urwaldes kennen sie.
Es riecht nach Rauch! Oder ist es nur eine Sinnestäuschung?
Weiter gleitet das Boot und windet sich mühsam zwischen dem aufgetürmten Fallholz hindurch. Schmaler wird die Fahrtrinne. Kahle Äste streifen mich und das Fahrzeug, hemmen die Weiterfahrt, als hätte der Scheitan, der alte böse Waldgeist der Taiga, seine Hände im Spiel.
Der kaum erkennbare Windhauch bringt die Gewißheit:
Irgendwo brennt der Wald!

Sibirische Brände! Es sind Naturkatastrophen, die nichts einzudämmen vermag!

Langsam wird es nun heller, aber der Urwald ist noch viel zu dicht, als daß ich in der Ferne etwas erspähen könnte. Hügel gibt es hier nur selten.

Eine Flußbiegung nach der anderen gleitet vorüber, langsam fährt das Boot große und kleine Schleifen ab, immer wieder durch das Fallholz gehemmt.

Wie ungeduldig ich geworden bin! Die glastende Hitze steht wieder vor mir, wie schon seit Tagen, wie der Rachen eines Backofens. Schwärme von Mücken bestürmen und quälen mich mit satanischer Ausdauer.

Da, ein steiles Ufer von etwa zwanzig Metern! Schnell ramme ich den Kahn gegen das Ufer, springe heraus, ziehe mich an Ästen und Zweigen hinauf, eile auf den Hügel.

Plötzlich ist alles um mich vergessen. Am Horizont erhebt sich eine wilde, tobende Rauchmauer, ab und zu vom Feuer wie von Blitzen durchzuckt. Meilenweit steht der Urwald in Flammen!

Gebannt vor Entsetzen starre ich in den Himmel. In rasendem Fluge jagen Vögel dahin, Bussarde, Falken. In lautlosen Scharen mit ängstlich schlagenden Flügeln eilen Wildgänse, Schwäne und Enten hinterher. Wie grauenhaft hört sich das Rauschen von Tausenden und aber Tausenden dieser Vögel an! Sie fliegen um ihr Leben! Wie viele von ihnen aber mögen schon verbrannt sein.

Irgendwo werden auch Bären, Elche, vor Entsetzen glotzende Schneehasen, Luchse und anderes Getier über diesen Fluß schwimmen. Ihre gemeinsame Not hat sie alles andere vergessen lassen.

Rot züngelt es an den Büschen empor, an der Rinde der Bäume. Ein Donnern ertönt wie fernes Gewitter. Starker Wind treibt und entfacht die Glut wie in einem feurigen Sog. Ich kann nicht erkennen, in welcher Richtung der Brand dahineilt.

Wo liegt Sabitoje, dieses Eiland im Waldmeer?

Immer beißender wird der Rauch. Das Atmen wird schwe-

rer. Tief über das Wasser gebeugt liege ich im Boot. Die Kehle brennt. Die Brust schmerzt.
Die Angst um die Vergessenen befällt mich aufs neue.

Während der Dampferfahrt zurück nach Tjumen blätterte ich in einer Zeitung und fand genaue Angaben über den erlebten Waldbrand. Ein Gebiet von der Größe Hollands, so stand es darin zu lesen, war von den Flammen vernichtet.
»Sabitoje!«

Der Schweigsame hatte auf mich gewartet. Er hätte auch noch länger gewartet, denn er kannte keine Zeit. Seine Heimat war das ganze riesige Land.
Schweigend ruderte er mich flußaufwärts, schweigend und gleichgültig sah er auf seine Entlohnung, das Geschenk meines Einbaumbootes, und ging seinen unbekannten Weg weiter, irgendwohin...

Auch meinen Achmed und seine zierliche Frau sah ich zum letzten Male. Auf meine Bitte, bald nachzukommen, schüttelte er den Kopf mit letzter Resignation. »Sie sind in Petersburg geboren, Sie kennen Rußland, lieben seine Menschen und Rassen, ich weiß, wie sehr Sie mit uns fühlen, und doch... Sie gehören nicht mehr zu uns, Barin.«
Und plötzlich umarmt er mich. Ich fühle, wie dieser Mann, dem keiner so leicht eine Regung anmerken kann, zu zittern beginnt – lautlos weint.
Ich halte ihn fest an mich gedrückt, wie an dem Tag unserer ersten Begegnung, als er vor seinem Stiefvater zu mir flüchtete und ich den Jungen sofort an der Hand ergriff, ins Haus führte und die Tür hinter uns schloß. Diese Tür kann ich aber diesmal nicht mehr hinter ihm schließen. Auch nicht mehr hinter uns beiden.
»Sie müssen jetzt gehen... Sonst wird es zu hell, Barin.« Seine Stimme versagt.
»Wiederhole mir noch einmal meine Adresse.«
Er gehorcht und versucht, ein wenig zu lächeln.

»Aber wie willst du denn weiterleben?«
»So... Irgendwie... Sie sehen doch! Über uns fegt ein reißender Schneesturm! Es gibt keinen Weg, kein Licht, kein Entrinnen mehr. Alles, alles wird er begraben...«

Schnell stecke ich Fatme mein Geld zu, meine Armbanduhr für Achmed und gehe. Ich gehörte nicht mehr zu ihnen, hatte mir Achmed gesagt.

Ja, so war es auch. Auch nicht zu jenen in Sibirien.

Gehörte ich aber zu denen, die auf mich warteten? Zweifelnd hob ich die Schultern.

Langsam schritt ich den Laufsteg zum Schiff hinauf. Das Herz bebte nach der unweigerlich letzten Trennung, wie am Tage meiner Ankunft bei der letzten Hoffnung.

Dann trat ich ans Geländer am Heck und blickte verloren auf die einstige Hauptstadt, ihre wenigen Lichter, die voll Hast und Unruhe über die bewegte, dunkle Wasserfläche tanzten. Die Schiffsmotoren dröhnten dumpf. Das letzte Licht entschwand.

Dann war nichts als eine sternlose, undurchdringliche Dunkelheit.

IX

Wie ein Traumwandler betrat ich Stettin.
Ich ging von Schaufenster zu Schaufenster und betrachtete die erstaunliche Vielfalt der Auslagen. Man konnte alles kaufen, waggonweise. In vierundzwanzig Stunden würde jede Warenmenge vor mir stehen, die herrlichsten Schinken, ganze Fleischseiten und dickste, fetteste Würste jeder Art. Durch eine offenstehende Tür sah ich eine Reihe von Anzügen und Mänteln hängen, woanders Auslagen mit verschiedenen Schuhen.
Die Menschen, die an mir auf der Hauptstraße vorbeigingen, unterhielten sich laut und ungeniert.
Daß sie alle gar keine Furcht kennen?
Wovor denn Furcht?
Ja, wovor?
Unsicher betrat ich ein Hotel, fragte nach einem Zimmer, ließ ein Bad richten, blieb eine ganze Weile im Wasser liegen, schrubbte mich ausgiebig mit guter Seife.
Ich ließ mir das Haar schneiden, ging aus dem Laden, kam zurück und fragte, ob der Friseur mir nicht noch einmal das Haar schneiden würde, vielleicht etwas kürzer, akkurater.
»Ganz wie Sie belieben, mein Herr!«
Der Blick der Kunden irritierte mich.
Im kleinen, getäfelten Gastzimmer aß ich sehr langsam und scheu. Ich dachte an Achmed, und wie brennend gern ich ihm jetzt geschrieben hätte, wenigstens eine Ansichtskarte. Wie gerne wäre ich hier mit ihm und Fatme ins Hotel gegangen, hätte ihnen die reichhaltige Speisekarte vorgelegt, damit sie sich alles wählen könnten, Fleisch, Fisch, Gemüse, Geflügel, Eier und Früchte.
Was würden sie wohl sagen?

Was aber würden Millionen und aber Millionen von Hungernden in Rußland dazu sagen? Würden sie fragen: »War es verwerflich, Barin, Bürger, Genosse, daß wir uns seit unserer Kindheit sattessen konnten, zufrieden und glücklich waren, für jedes Krümchen unserem Herrgott dankten? Warum dürfen wir das jetzt nicht mehr? Auch Fatme sagte in auswegloser Verzweiflung: »Wir haben doch nichts Böses getan!«

Sie würden schweigen, wie ich, scheu in der Ecke sitzen und – denken.

Mit dem Denken kommt die Erkenntnis!

Die Erkenntnis war also ein Verbrechen, das mit dem Tode bestraft wurde.

Also: Man durfte nicht denken, um nicht zu erkennen, was verschwiegen werden mußte.

Vielleicht würden sie weinen – vor Glück?

Wahrscheinlich.

Daß so etwas möglich ist, nur zu bestellen, ohne alles essen zu können, nur zu sehen, wie das aussieht, zu hören, was die anderen sich zu sagen haben, wie jetzt jemand gelacht hat, unbeschwert laut.

Ich dachte an Natascha, an alle, die ich kannte und die ich jetzt wiedersehen würde nach einem Jahr Abwesenheit.

Einst sehnte ich mich nach der Nähe eines anderen. Nun aber wird mein Herz auch für sie noch stiller schlagen.

Ich zahlte. Der Kellner gab mir den Rest heraus. Die Münzen lagen auf einem weißen Tischtuch. Ein halbvolles Weinglas stand noch vor mir. Aber ich mochte keinen Alkohol mehr trinken. Ich hatte genug. Daneben lag eine große Scheibe Weißbrot, die ich auseinandergebrochen hatte. Aber ich konnte auch kein Brot mehr essen; ich war zu gesättigt.

Und dennoch trank ich den Wein aus und aß das Weißbrot.

Ein Page bot mir Zigaretten an. »Welche Sorte wünscht der Herr?« Ich wählte meine frühere Marke, und er reichte mir ein brennendes Streichholz.

Ein sinnloser Abend verstrich, mit dem ich nichts anfangen konnte. Am wenigsten mit mir selbst.

Ich mußte mich erst zurechtfinden, alles in mir einordnen,

was ich gesehen und erlebt hatte – diesseits und jenseits einer verstandesmäßig noch nicht begriffenen Welt größter Kontraste.

Ich entschloß mich, sehr zeitig schlafen zu gehen, und bat, mich nicht zu wecken.

»Aber gewiß, mein Herr. Wir hängen ein Schildchen an Ihre Tür, damit Sie nicht gestört werden.«

In meinem Zimmer war das Bett aufgedeckt.

Meine Gedanken zerflatterten – wohltuend und unbekümmert. Zum erstenmal nach einem Jahr! War ich dafür nicht unendlichen Dank schuldig?

Gewiß! Aber wem? Mußte ich diesem Unbekannten nicht auf den Knien danken?

Ich fiel vor dem Bett nieder, preßte meinen Kopf auf die fest gefalteten Finger und sagte laut: »Ich danke dir ... daß du mich errettet hast ... auch wenn ich es am wenigsten verdiene. Ich fürchte mich vor der Unendlichkeit deiner Güte! Schenke sie auch den anderen dort!«

Auch der neue Tag verlief sinn- und ziellos.

Erst am nächsten Morgen rief ich gegen zehn Uhr in meiner Berliner Wohnung an. Ich sah sie bereits in allen Einzelheiten vor mir. Nach hartnäckigem Läuten meldete sich Nataschas verschlafene Stimme. Zu ihr wollte ich jetzt fliehen!

»Solnze, Liebster! Wie glücklich ich bin! Ich lasse alles stehen und liegen und komme zu dir. Wo bist du? Ach, in Stettin erst?«

»Ich fahre mit dem nächsten Schnellzug nach Berlin.«

»Ich bin natürlich an der Bahn! Bist du gesund, wohlauf? Erzähle doch, wie es war. Ach, ich weiß gar nicht, wie ich dich empfangen soll. Ich bin so aufgeregt. Hier ist alles in Ordnung, und es geht mir recht gut. Ich habe gearbeitet und war fleißig, immer in Gedanken an dich.«

Aus dem Eisenbahnfenster gelehnt, sah ich Natascha mit einem Blumenstrauß am Bahnsteig stehen. Sie winkte, lief neben meinem Wagen her und war ganz aufgeregt. Sie trug ein helles Kostüm und einen Strohhut mit kühngeschwungener Krempe, die bei ihren schnellen Schritten wippte.

Wie schön sie war, diese schlanke Gestalt, die langen Beine mit den schmalen Fesseln, der graziöse Gang, die Haltung, die jetzt lässige Eleganz ausdrückte!

Der Zug hielt noch nicht, aber schon öffnete sie die Wagentür. Da aber zuerst der Zugführer ausstieg, drückte sie ihm sofort ihren Strauß in die Hand: »Bitte, nur einen Augenblick!« Lächelnd gehorchte der Mann.

»Liebster!... Solnze!...« Sie fiel mir um den Hals und küßte mich zärtlich auf den Mund, preßte mich fest an sich, unfähig, noch ein Wort auszusprechen.

»Gut siehst du aus, Liebchen. Sehnsucht gehabt?«

Sie nickte schnell und hatte feuchte Augen. »Sehr! Unbeschreiblich... du... Und nun sag mir, wie ist es dort? Können wir zurückgehen? Bald?«

»Ich erzähle dir alles zu Hause.«

Sie nahm dem Zugführer ihren Strauß ab, bedankte sich mit einem charmanten Lächeln, schob mir die Blumen verstohlen zu und sprach weiter.

»Wir bleiben heute den ganzen Tag zusammen. Nun brauchen wir uns nicht mehr zu trennen, Solnze, nicht wahr? Gib mir deine Hände, ich will endlich fühlen, daß du wieder da bist. Es ist nichts, so ohne dich zu sein, weißt du!«

Gleich auf der Fahrt überschüttete sie mich mit tausend Neuigkeiten: »Ich habe seit vier Monaten ein Engagement, Hundert Mark pro Auftritt! Und dann hat unsere Loni geheiratet, eine glänzende Partie gemacht! Sie erwartet in einigen Monaten ein Kind. Übrigens, Solnze! Frederikssen war vor längerer Zeit in Berlin zu einer Tagung der ›Europachefs‹. Es ist sein Wunsch, daß wir beide sobald wie möglich zu ihm kommen.«

»Ja, das wollen wir tun«, sagte ich.

Dann flüsterte sie mir ins Ohr: »Wenn wir doch schon zu Hause wären. Du fehlst mir sehr.« Sie streichelte meine Hand, rieb ihre Wange gegen die meine und rückte näher an mich. »Warum sagst du nichts?«

Lichter der Großstadt. Kaleidoskopartig glitten sie an uns vorüber.

Natascha führte mich durch die Wohnung. Ich betrat sie scheu und mit dem Empfinden eines inneren Schmerzes und Glückes zugleich, bis sie in mir das wohlige Gefühl des Geborgenseins wachrief, inmitten vieler Millionen Menschen, doch allein sein zu können. Es hatte sich darin nichts verändert; jeder Gegenstand hatte seinen gewohnten Platz. Das wohltuend abgeschirmte Licht der Lampen zauberte wie am Tage meines Fortgehens matte Nuancierungen über die Ornamente der weißen Decken.

Ich kam mir auf einmal alt wor.

Natascha rief mich. Sie war ja noch so jung. Und der ungestüme Impuls der Jugend dieses Mädchens bezwang alle Scheu in mir.

Erst sehr viel später hörten wir den bedächtigen Gong der schweren Pendule im danebenliegenden Wohnraum schlagen. Ihr Antlitz, der verwilderte Kopf einer Zigeunerin, entblößte, helle Schultern waren über mir, zwei Augen, schwarz, tief und plötzlich aufleuchtend.

Ihre Wange ruhte auf meiner Schulter, und unsere Lippen waren so nah, daß sie sich bei jedem Wort berührten. Ich strich über ihren Rücken hinunter, und sie bewegte sich wohlig in meinem Arm, lächelte mir entgegen, bezwingend und unergründlich, wie ein sich in der Sonne wärmendes junges Tier, das nur ab und zu seine schmalen Glieder bewegt.

»Wir müssen jetzt gehen, Liebster«, sagte sie unsicher, und die mir wohlbekannte Falte legte sich über den Ansatz ihrer Brauen. »Die ganze Gage ist heute fällig, fünfhundert Mark. Herr Schneider hat den neuen Vertrag aufgesetzt, weil er im ›Trocadero‹ pfänden mußte. Die Arbeitslosigkeit steigt immer weiter; es sollen über vier Millionen sein. Ich will, daß du mich tanzen siehst. Ich war sehr fleißig, Solnze.«

In großer Toilette gingen wir in die Bar.

Ich sah Natascha als javanische Tänzerin durch die Bar gehen. Jede Bewegung war katzenhaft geschmeidig und mit einem Hauch von Unnahbarkeit. Aller Augen waren auf sie gerichtet.

Als sie dicht an mir vorbeiging, sah ich ein kleines Mal meiner Lippen auf ihrer Schulter. Sie berührte meinen Arm; in ihrem unbekümmerten Lächeln lag eine bezwingende Gegenwart. Lächelnd trat sie auf die Tanzfläche. Beifall empfing sie von allen Seiten, und er brandete immer wieder empor, bis sie ihren zweiten Auftritt hinter sich hatte.

Auch ich stand wieder in ihrem Banne, genau wie an jenem Tage, als ich sie vor der Schwelle meiner kleinen Wohnung fand.

Sie kam auf mich zu und nahm erschöpft meinen Arm.

»Komm, Solnze«, sagte sie schlicht. »Bleib bei mir, bis ich mich abgeschminkt habe. Nimm dann auch mein Geld an dich. Ich hoffe, daß dieser hohe Herr mich nicht aufsitzen läßt.«

In ihrer Garderobe legte ich ihr sofort den Frotteemantel über die Schultern, sie lehnte sich dabei ein wenig zurück und sagte herzlich: »Liebster, es ist, als sei ich immer noch das Kind, das dir in Leysin nicht gehorchen wollte.«

Sie saß vor dem Schminktisch mit dem Rücken zu mir. Ich betrachtete ihre reizvolle Silhouette, die sich vom fahlen Licht der Lampe abhob. Ganz in ihre Beschäftigung versunken, schaute sie in den Spiegel, nickte mir zu und schnitt ihre gewohnten Grimassen.

»So, jetzt gehst du einen Moment hinaus, bis ich mich umgezogen habe.«

Der Besitzer kam mit der Gage. Natascha öffnete die Tür und ließ ihn eintreten.

»Fräulein Andrejewa, die Gäste bitten nochmals um Ihr Erscheinen.«

»Herr Direktor, verstehen Sie recht, ich leiste keinem Ihrer Gäste Gesellschaft, das steht nicht in meinem Vertrag.«

Der Besitzer verbeugte sich etwas mit süßsaurer Miene. »Ich wollte Sie noch fragen, ob Sie bereit wären, das Engagement um weitere drei Monate zu verlängern? Auch ich gehöre zu Ihren uneingeschränkten Verehrern.«

»Danke, ich werde Ihnen in den nächsten Tagen Bescheid geben. Wir müssen nämlich nach den USA reisen, deshalb.«

»Nach Hollywood?«

Sie schwieg und betrachtete sich im Spiegel, dann blickte sie sich nach mir um.

»Sie erzählen viel zuviel den Gästen und der Presse, dabei ist eine ganze Menge falsch, und das liebe ich nicht!« Ich half ihr in den Mantel, und sie fügte sachlich hinzu: »Sie bekommen auf jeden Fall Bescheid. Mehr kann ich aber nicht versprechen.«

Vor dem Eingang in die Bar warteten mehrere Herren. Natascha hängte sich derart offensichtlich bei mir ein, daß die Galane resignierten. Dabei sagte sie befreit: »Ich möchte in die ›Traube‹ gehen, wir wollen heute ganz groß soupieren. Du hast doch nicht umsonst deinen Smoking angezogen. Erst möchte ich aber noch einen kleinen Schaufensterbummel mit dir machen. Ich bin so lufthungrig. Du bist übrigens heute von mir eingeladen.«

»Ach, Duschenka, so großzügig? Wie komme ich zu dieser Ehre?«

»Sans discussion! Kennst du das noch?«

»Ja, unser guter Meister Ducommun! Wie es ihm wohl geht?«

»Du weißt ja, daß er mich damals in Mecklenburg besuchte. Er überhäufte mich mit Geschenken, und dafür verlangte er von mir einen Kuß.«

»Und du hast ihm einen gegeben?«

»Später einmal, versprach ich ihm. Weißt du, um Ausreden bin ich jetzt nicht mehr verlegen. Nur zwischen uns herrscht absolute Wahrheit, und gerade das gefällt mir so sehr. Was ich dir aber noch gar nicht erzählt habe: Von deinem Geld habe ich keinen Pfennig ausgegeben. Alles habe ich selbst bezahlt, sogar Miete, Telefon und Licht! Siehst du, Solnze!« Wir gingen weiter, und nach ein paar Schritten fügte sie hinzu: »Dein Schweigen macht mich zum erstenmal im Leben maßlos stolz!«

»Ja, du schwarzer Fratz!« Ich zog sie leicht an mich.

Wir schlenderten weiter, blieben vor den Schaufenstern stehen, sprachen über den einen oder anderen Gegenstand, der uns gefiel.

Vor dem Eingang des Restaurants fragte sie mich: »Wollen wir das so machen: Du steigst mir nach und setzt dich dann an meinen Tisch? Du darfst aber nicht gleich hinterherkommen. Ich werde dir beweisen, daß ich nicht umsonst in die Schauspielschule gegangen bin.«

»Und wenn du mich nicht mehr erkennst oder mir nicht erlaubst, neben dir Platz zu nehmen?«

»Ach du Dummerchen! Merkst du nicht, ich bin verliebt in dich wie eh und je?« Sie lachte und strich mir mit ihren Fingerspitzen über den Mund.

»Tschau!« rief ich ihr den schweizerischen Dialektgruß nach.

»Tschau! Tschau!« Sie winkte und ließ sich vom goldbetreßten Portier die Tür zum Restaurant öffnen.

Etwas später betrat ich das Restaurant. Natascha spielte die große Dame, den Pelz über die Sessellehne gelegt. Ich ließ mir Zeit und ging durch das ganze Lokal, obwohl sich unsere Blicke schon längst begegneten. Da merkte ich, wie sie die Stirn runzelte und eindeutig auf den Stuhl an ihrer Seite wies. Es fehlte nicht viel, dann hätte ich gelacht.

Ich trat herzu, und sie empfing mich sofort mit: »Setz dich schnell zu mir. Ich habe schon bestellt.« Sie strich verstohlen über meine Wange. »Wie gut du aussiehst! Leg doch deine Hand auf die meine. Ich liebe deine Hände. Ja, so.«

»Ich denke, du wolltest etwas schauspielern?«

»Ach was, ich habe es mir überlegt. Du warst viel zu lange fort von mir.« Sie rückte mit dem Stuhl näher, so daß wir beide fast an der Tischkante saßen.

»Wir benehmen uns wie zu Hause!«

»Ja, und ich finde das sehr schön!«

Der Kellner kam heran. »Und was gibt es Gutes, Herr Ober?« Der Befrackte zählte die Gänge auf.

»Sehr einverstanden. Hat die Dame auch etwas zum Trinken bestellt?« Der Mann räusperte sich und ging.

»Ich habe wohl etwas falsch gemacht?« sagte Natascha leise. »Deshalb ist der Ober auch gegangen. Such du doch bitte aus.«

»Was hast du denn für einen Wein bestellt?«
»Das brauchst du nicht zu wissen«, erwiderte sie verlegen.
Ich vertiefte mich in die Weinkarte.
Bald hatten wir einen kleinen Rausch. Natascha fabulierte und malte unsere Zukunft in den schönsten Farben. Es gibt Illusionen, auf die man nicht verzichten kann, und wie jeder Frau gelang es auch ihr, sie vor meinen Augen lebendig werden zu lassen. Von ihrem Charme bezaubert, sagte ich ihr tausend Zärtlichkeiten. Ich sah ihr schönes Dekolleté.
Sie neigte sich zu mir. »Könnte ich doch jetzt wie eine Bacchantin nur für dich tanzen und dir verliebte Namen geben!« Sie nahm mein Glas und trank. »Trink du auch daraus.« Ich gehorchte.
»Gib mir doch einen ganz kleinen, zärtlichen Kuß«, sagte sie dann lächelnd. »Ich auch.«
Ihre Lippen berührten mein Ohrläppchen.
Wir tranken wieder aus einem Glas.
»Ich bin auf einmal so traurig, Solnze!«
»Aber warum denn, Duschenka?«
»Ich weiß nicht. Das kommt manchmal so plötzlich und ist eben da, genau wie bei dir. Kurz vor unserer Flucht fuhren wir mit der Bahn, und da zeigte Papotschka aus dem Fenster und sagte: ›Sieh einmal, Tatjana, wie unendlich unser Land ist, wie die Sehnsucht.‹ Damals war noch meine Akulina neu, und wenn ich sie manchmal an mich nehme, dann sehe ich immer diesen weiten Blick aus dem Eisenbahnfenster. Deshalb mag ich sie auch nicht mehr. Sie soll mich nicht daran erinnern, weil ich dich sonst wieder bitten werde... mit mir fortzugehen.«
»Aber doch jetzt nicht mehr, Tschernuschka!«
»Wir wollen lieber unser Glas austrinken, fröhlich sein und von etwas anderem sprechen.« – Wir leerten es.
»Manchmal ist in mir so ein brennendes Verlangen, alles zu besitzen, zu sehen, zu erleben und nicht genug davon zu haben, wie ein Süchtiger, der weder Maß noch Vernunft kennt. Aber nur wenig später erscheint mir genau das gleiche wieder so bedeutungslos, billig in allen Verlockungen und mein Le-

benshunger lächerlich. Ach, ich weiß eben nicht, was ich will... Bestell uns bitte ein paar Brezeln zum Knabbern. Vielleicht auch Mandeln dazu? Nein, lieber Käse-Petit-Fours, die essen wir beide gern.«

Wir ließen sie uns vom rollenden Anrichtewagen servieren.

»Und wann fährst du mit mir nach Amerika? Bald? Frederikssen bat mich, ihn von deiner Rückkehr möglichst telefonisch zu verständigen. Rufst du ihn morgen an? Fährst du gern mit mir? Es wäre doch mächtig interessant, sich auch Hollywood anzusehen, mal etwas anderes als dieses ewige Einerlei.« Sie aß die Käse-Petit-Fours wie ein Kind seine Lieblingsspeise. »Aber weißt du, meine schauspielerischen Leistungen sind schlecht geblieben. ›Blaß und nicht überzeugend‹, sagte man mir. Dabei habe ich mir wirklich Mühe gegeben.«

»Für den Film reicht es auf jeden Fall.«

»Wie schön du mich trösten kannst, Solnze... Dort sehen wir uns an, wie alles im Film gemacht wird.« Ihr Teller war leer gegessen. »Gibst du mir noch so ein kleines Ding, bitte? Bestell uns einen Champagnerknirps. Willst du? Aber nur immer ein Glas dazu. Hörst du, was die Kapelle spielt: Meinen Schlager, eigens für mich geschrieben, Solnze... ›Natascha, schwarze Natascha, küß mir die Augen, küß mir den Mund!‹« – Das Fläschchen war schnell ausgetrunken; nur von ihr.

»Jetzt bin ich aber sehr, sehr traurig.« Ihre Hand stahl sich zu der meinen.

»Schon wieder?«

»Ja. Diesmal habe ich aber einen zwingenden Grund dazu.«

»Den kenne ich.«

»Sag«, erwiderte sie hell und schelmisch.

»Dich an mich zu kuscheln, bei mir sein. Wie sollte ich das nicht wissen.«

»Willst du das auch?«

»Sehr!«

»Dann laß uns gehen!«

Längst war Mitternacht vorbei, als wir das Lokal verließen. Sie hängte sich bei mir ein. Die Nacht der Großstadt war erhellt vom Licht der Reklameschriften und den strahlend erleuchteten Auslagen.

Mein neuer und einschneidender Lebensabschnitt begann an einem der nächsten Tage auf die Minute genau um sechzehn Uhr. In Detroit war es also gegen zehn Uhr früh, als ich Gert Frederikssen telefonisch erreichte.

Er schrieb mir danach in einem ausführlichen Brief voll aufrichtiger Freude, Natascha und mich gesprochen zu haben und uns bald sehen zu können. Aber Mister Sloane stellte die Bedingung eines über dem Durchschnitt guten Verkaufsnachweises in der Automobilbranche. Dann wäre meine Anstellung als gesichert zu betrachten.

Natascha war über mein plötzlich recht lang gewordenes Gesicht nicht wenig erstaunt, aber sie wußte sofort einen ausgezeichneten Rat: Herr Keller kannte einen Herrn, der eine Bezirksvertretung für Automobile in Berlin am Kurfürstendamm hatte. Schon am gleichen Nachmittag trafen wir uns in seinem Ausstellungsraum und schlossen einen Vertrag für die Dauer von acht Wochen, wobei ich Herrn Winter erklärte, worauf es mir ankam.

»In acht Wochen? Sie sind ein robuster Optimist!«

Die erste Woche verging ohne einen einzigen Verkauf, und da die Herren Vertreter zusammen-, häufig aber auch gegeneinander arbeiteten und sich als ›alte Hasen‹ die Kundenadressen abluchsten, sah ich langsam aber sicher erst grau in grau, dann aber, nach Ablauf der zweiten Woche, schwarz in schwarz, obwohl ich nach Überwindung meines Stolzes regelrecht mit Prospekten und Angeboten hausieren ging. Aber ich war ja nicht umsonst ein Sonntagskind!

Im Ausstellungsraum besuchte ich an einem frühen Morgen das allen in der Not mehr als willkommene Örtchen. Dort entdeckte ich auf dem Fußboden mehrere beschriebene Bogen Durchschlagspapier. Ich sah näher hin, und plötzlich war es mir klar: Offerten! Offerten!

»Unter höflicher Bezugnahme auf Ihren werten Besuch, die Freundlichkeit Ihres Telefongespräches, offerieren wir Ihnen wunschgemäß und unter Vorlage des Prospektes den Wagen Modell...«

Ohne das geringste Mitleid für den nächsten Besucher plünderte ich dieses Örtchen restlos aus, eilte zu einer Tasse Kaffee ins anliegende Restaurant und sichtete die Angebote. Die Firma hatte sie vor vier Wochen geschrieben. Sie alle trugen den entmutigenden Vermerk: »Interessent kauft nicht!«

Und dennoch holte ich mir eine Taxe und fuhr los.

Den Unterschied zwischen dem Verkauf eines Staubsaugers für hundertfünfunddreißig Mark und eines Autos für den vielfachen Preis merkte ich gleich beim ersten Gespräch, bei dem ich einen Gemüsehändler von zwei Zentner Lebendgewicht nach allen Koordinaten einzuseifen versuchte. Da es bei mir ›um die Wurst‹ ging, war ich von höflicher Beharrlichkeit, und wirklich, Herr Gejewsky in Berlin SO, Melchiorstraße 36, kapitulierte.

Im guten unersetzlichen Örtchen wurde ich von nun an immer der erste und treueste Gast. Fast jeden Tag und in nur wenigen Sekunden lieferte es mir die besten Adressen.

Der als durchtrieben bekannte Herr Winter lächelte verschmitzt über meine überdurchschnittlichen, unerwarteten Verkäufe. Die Kollegen, einst voll Mitleid und stillem Hohn, blickten mich scheel an und begannen mich zu meiden, weil ich keinem die Quelle meiner Erfolge verriet.

»Es ist doch geradezu grotesk«, sagte ein Kollege nach der Vertreterbesprechung, wenn Sie Ihre Erfolge lediglich auf die gesunde Konstitution und die normale Funktion eines Körperorgans zurückführen!«

»Es ist nun aber so! Ich halte keinen zum Narren und nehme euch keine einzige Adresse weg. Ich lebe effektiv nur von eurem Abfall!«

Unter den Kollegen war ein kleiner, immer sehr bescheidener Mann, der nur unter redlichen Anstrengungen jeden Monat gerade noch die vorgeschriebene Mindestzahl der Verkäufe brachte. Ihm allein verriet ich das »Geheimnis meiner

Erfolge«, ich gab ihm diese Adressen, erbot mich, ihn zur Kundschaft mitzunehmen.

Sein Blick ruhte zweifelnd auf mir, nur etwas länger als sonst, und er erwiderte höflich:

»Warum machen Sie sich über einen Menschen lustig, der ehrlich, schlecht und recht sein Dasein fristet? Gerade von Ihnen hätte ich das nicht erwartet! Entschuldigen Sie!«

An beiden Monatsenden lag ich mit mehreren Nasenlängen vor meinen Kollegen, die mir bereits den Beinamen »Normale Funktion« gegeben hatten. Mit einem entsprechenden Zeugnis und mit tausend Dank verließ ich Herrn Winter, der mich nur ungern gehen ließ.

Dieses kostbare Papier flatterte schon wenige Stunden später als Luftpost-, Expreß- und eingeschriebener Brief an Frederikssen. Bald folgte ich ihm mit Natascha nach.

Mister Sloane war der Typ jenes unkomplizierten Amerikaners, der das Herz auf dem rechten Fleck hat, und als ich ihm und Frederikssen die Ursache meiner Verkaufserfolge schilderte, lachten sie derart schallend, daß sich die Leute nach uns umdrehten.

Meine Fachprüfung bestand ich zufriedenstellend, der Anstellungsvertrag wurde perfekt, und da ich noch etwas Zeit hatte und Frederikssen ebenfalls nach Kalifornien reisen mußte, fuhren wir zu dritt nach Hollywood.

Wir waren sehr beeindruckt vom »Mekka des Films«, doch als ich Natascha fragte, ob sie bleiben möchte, da ihr Frederikssen den Weg zum Film ebnen wollte, stellte sie an mich nur die Gegenfrage: »Und du?«

»Nicht gern!«

»Ich auch nicht. Ich würde mich hier nie heimisch fühlen.«

Meine neue Arbeit mit Mister Sloane in Berlin begann mich immer mehr und mehr einzuspannen. Er war ein großzügiger, gerechter Chef, mit dem ich mich glänzend verstand.

Die Generaldirektion verlangte in Anbetracht der Konkurrenz eine besonders auffallende Reklame und stellte mir als Vermittler zwischen Sloane und »der Welt« einen schönen weißen Sechzehnzylinder-Vorführwagen, ein viersitziges Kabriolet, zur Verfügung, das die Aufmerksamkeit aller auf sich zog.

Mister Sloane sah es gern, wenn mich Natascha als »Aushängeschild« begleitete und wir mittags und abends über die verkehrsreichsten Hauptstraßen spazierenfuhren.

Die leichtlebige, buntflimmernde Filmwelt war von unserem weißleuchtenden Wagen fasziniert, und so kam es, daß Natascha, auch ohne Protektion, zu ersten Probeaufnahmen und bald danach zu ihrer ersten Filmrolle gelangte. Dabei blieb ihr das beschämende Spiel um die Gunst der »Filmgötzen« erspart.

Natascha... Sie nahm diesen Erfolg hin, nur weil ich in ihrer Nähe war, ein Mädchen, das das Schicksal mir zweimal anvertraut hatte. Und diesem Schicksal war ich dankbar, auch wenn es mich nicht glücklich machte.

Natascha... Sie liebte mich mit kindlicher Zärtlichkeit, und sie war eine schöne, exotische Geliebte. Aber sie vermochte außerhalb ihrer Umarmung einen Mann mit grauen Schläfen nicht zu fesseln, wohl aber die begeisterten Massen der Kinobesucher. Wie ein Komet erstrahlte sie am nächtlichen Himmel Berlins. Schauspielerisch gelangte sie leider nicht über den Durchschnitt. Trotzdem liebte jedermann sie, die Faszination ihrer knabenhaften Erscheinung, ihren Gang, die fließenden Bewegungen ihrer Gliedmaßen, den scheuen Aufschlag ihrer dunklen Augen, der dem Blick eines Rehes glich. Das schrieb die Presse von ihr. Sie verstanden es meisterhaft, ihren Körper in kostbarer, phantasievoller Ausstattung und im magischen Licht als Tänzerin darzubieten.

»Ach, Solnze! Was haben sie bloß mit Natascha gemacht? Wir können nirgends hingehen, ohne angegafft zu werden, und das ist doch nichts für uns! Auch in der russischen Kirche drehen sich alle nach uns um. Ist das nicht furchtbar? Sieh, was ich mir gekauft habe, einen Schleier, den ich jetzt immer tragen werde, denn wir können doch nicht dauernd zu Hause hocken.«

Der sie ständig bestürmenden Sensationspresse aber erzählte sie mit dem ehrlichsten Gesicht der Welt, sie wisse nicht, woher sie komme, wer ihre Eltern seien, weil ich sie als herrenloses Waisenkind aufgelesen hätte.

Die beiden ersten Angebote, zu Außenaufnahmen ins Ausland zu fahren, lehnte sie rundweg ab.

»Meine Gründe wollen Sie wissen? Warum? Warum wird es zur Mode, jede Künstlerin mit Fragen zu bestürmen? Haben Sie keinen Respekt vor der Persönlichkeit eines Menschen? Muß das alles durch die Presse gehen? Ich habe meine Gründe, und das muß Ihnen, bitte, genügen!«

»Aber, gnädige Frau!« protestierte der Reklamechef. »Ihre Anbeter...«

»Anbeter? Ich bin kein Gott, der angebetet wird!« unterbrach ihn Natascha sofort.

»Dann aber doch wenigstens Ihre vielen Verehrer und Verehrerinnen, die sich so sehr für Sie und Ihr Leben interessieren und mit zahllosen Fragen die Presse bestürmen! Und Ihre Kunst...«

Natascha blickte zu mir herüber und lächelte mit gekrausten Lippen. »Von Kunst hat man früher einmal bei einer Primaballerina wie Pawlowa, Karsawina, Krzeschinskaja gesprochen; Revuen sind nur flotte Aufmachungen – und dazu gehöre auch ich. Sie wissen selbst, wie schnell meine ›Anbeter‹ auch mich vergessen werden.«

Mir erklärte sie: »Ich fahre nur, wenn du mitkommst, und da du nicht willst, ist es für mich indiskutabel.«

Trotz unseres gemeinsamen Lebens war Natascha für mich immer noch das kleine schutzbedürftige Mädchen geblieben. Über diese Schicksalsgemeinschaft hinaus blieb uns aber eine wirkliche menschliche Erfüllung versagt.

Ich sah, wie Natascha wieder mehr und mehr unselbständig wurde. Lustlos ging sie zu den Aufnahmen. Freudlos kehrte sie heim. Auf alle meine Ermahnungen, die vielen Beschwichtigungen und Darlegungen, wie stolz sie auf ihre harte Arbeit und auf ihre Erfolge sein konnte, antwortete sie nicht. Nur im Vorbeigehen gab sie mir einen flüchtigen Kuß, oder sie strich mir gedankenverloren übers Haar und hatte dabei ein müdes, gleichgültiges Lächeln. Ich wollte wieder einmal nichts Unausgesprochenes zwischen uns aufkommen lassen und versuchte erneut Klarheit zu schaffen.

Sie sah es mir an und fragte: »Warum quälst du mich mit Fragen und Ermahnungen? Nimm mich in deine Arme. Dann können wir beide ganz anders miteinander sprechen. Willst du?« Sie schmiegte sich an mich und blickte mir in die Augen. »Siehst du, jetzt gehen unsere Worte und Gedanken von Herz zu Herz. Aber böse sein gilt doch zwischen uns nicht. Solnze?«

»Nein, Liebchen, niemals!«

»Du weißt doch, was ich schon als Kind für einen Wunsch hatte? Ich wollte immer für dich arbeiten und nur dich in meiner Nähe haben.« Dann flüsterte sie: »Ich will nicht wie so viele Frauen sein, die nur für ihre lächerliche Karriere jedem Miesling gefügig sind. Die meisten tun es doch. Ich sehe es täglich selbst. Nun ist mein sehnlichster Wunsch in Erfüllung gegangen: Durch meine Auftritte allein in der ›Scala‹ verdiene ich jetzt mehr als du im ganzen Monat, und das wie nebenbei, wenn ich filme. Zürnst du mir, wenn ich dir das sage?«

»Nein, Duschenka. Es ist doch die Wahrheit.«

»Na, siehst du, Solnze! Dann gib doch deine Stelle auf, bleibe immer bei mir, mach du für mich alle Verträge, und ich gehe dann mit dir zu allen Außenaufnahmen, die es nur geben kann, bis ans Ende der Welt. Und es sollen auch alle wissen, daß ich nur dich liebe und nur dir gehöre.« Sie küßte mich behutsam und wartete.

»Du weißt, wie anspruchslos ich geblieben bin«, fuhr sie nach einer Weile fort, »und wir werden alles Geld sparen, um später dann weiterzusehen, was wir machen werden. Wie schnell wird diese Zeit vergehen, für mich und mein bißchen Talent!«

»Ach, Natascha... Nach nur eineinhalb Jahren soll ich solch eine Anstellung aufgeben und von deinem Geld leben?«

»Liebster! Ich sehe dich oft tagelang nur, wenn ich spätabends in dein Zimmer schleiche, wie du schläfst und ob du gut zugedeckt bist. Findest du das etwa richtig? Ich nicht!

Was habe ich von meiner Sonne, wenn ich sie nicht sehe?«
»Das ist ein schwerer Entschluß für mich.«
»Das weiß ich, darum habe ich auch nie mehr darüber gesprochen.«
»Aber laß es mich überlegen, dir zuliebe!«
»Mir zuliebe?« fragte sie beglückt, »dann weiß ich, daß du mit mir gehen wirst, Solnze! Wir müssen diese langen, schweren Tage vergessen, die jetzt hinter uns liegen. Ich will, daß du mich wieder begehrst, dich an meinem Anblick freust. Willst du mit mir nicht wieder glücklich sein?«

Überwältigt von den Empfindungen, die mich bestürmten, vermochte ich weder zu sprechen noch Natascha in die Augen zu sehen.

Damals zog schon seit Tagen ein Wagen vom gleichen Typ, wie ich ihn fuhr, Runde um Runde über die Avus. Täglich wechselten sich die erfahrenen Chauffeure ab, täglich vom Tempelhofer Werkmeister, einem Amerikaner, kontrolliert. Es galt die zwei V-förmig konstruierten, hintereinanderliegenden Achtzylindermotoren der dunkelblauen Limousine bis zur Höchstleistung zu steigern, um jedem Kunden die volle Kapazität des starken Wagens vorzuführen.

Mister Sloane verstand nur sehr wenig von den technischen Einzelheiten. Er hatte den Titel eines »Sales Promotion Manager«, Verkaufssteigerungs-Direktors, durch dessen Hände jeder von seinem Konzern nach Deutschland importierte Wagen ging. Er hatte mehrere beratende Fachleute; auch die Werkstätten in Tempelhof und an deren Spitze der Meister waren ihm unterstellt.

Mein Vorführungsauto und unser »Avus-Wagen« wurden oft zur Kontrolle zum Tempelhofer Werk gebracht. Dieser Meister, der eigentlich den Ingenieurtitel verdiente, war auch ein ganz ausgezeichneter Fahrer, und so kam es, daß wir uns ab und zu über alle Einzelheiten der Neukonstruktion dieses Sechzehnzylinders unterhielten, bis ich eines Tages aus meinem Herzen keine Mördergrube machte und ihm auf den Kopf zu sagte: »Das ist eine gefährliche Fehlkonstruktion!«

Der Meister, von der Größe und Breite eines Schrankes,

kniff bösartig die Lippen zusammen, stellte seinen Bleistift auf die Kühlerverschraubung und ließ den Motor meines Wagens an.

»Steht der Bleistift?« fragter er mich kurz.

»Ja, Meister.«

»Laufen die beiden Motoren?«

»Ja. Auch nur für uns beide hörbar.«

»Eben, Sir. Und da reden Sie von einer Fehlkonstruktion?«

Er hob die Brauen wie ein gestrenger Lehrer.

»Ich meine nicht maschinell, und was Sie mir zeigten, ist ein bekannter Verkaufstrick. Die Statik – das Gleichgewicht der Körper, Druck, Gegendruck, Zug und Gegenzug – ist nicht in Ordnung. Die beiden Motorblöcke in der Schnauze sind viel zu schwer im Verhältnis zur Karosserie. Während der Fahrt habe ich ständig das Gefühl, daß der Wagen bei hundert Stundenkilometern gar keine Lage mehr hat, er löst sich von der Straße, schwebt, schwimmt.«

»Kommen Sie mit!«

Wir beugten uns über die statischen Berechnungen.

Plötzlich hob er den Blick, faßte nach meinem Arm und sagte unbeherrscht laut: »Well, Sir ... in meinen Augen ist das ein Todeswagen!« Seine Worte verhallten nur langsam in der Halle.

Bald danach verkaufte ich ein Zweisitzer-Kabriolett an einen jungen Filmschauspieler, den erklärten Liebling vieler Backfische. Schauspielerisch gehörte er zum guten Durchschnitt, hatte aber ein sympathisches, pfiffiges Jungengesicht. In den Aufnahmeateliers beneideten alle Mädchen Natascha um das Werben dieses jungen Mannes, aber mein schwarzer Fratz nahm auch das wie selbstverständlich hin. Sie fragte nur, ob sie bei der Probefahrt dabeisein dürfte. Ich willigte ein. Der junge Mann war darüber hocherfreut und bat mich, diesen traumhaften Wagen auszufahren. Wir kehrten über die Avus zurück. Langsam drückte ich den Gashebel immer tiefer in den rassigen, doch launischen Leib dieses Wagens. Der in Perlmutt eingefaßte Kilometerzähler fieberte um die Zahl einhundert, glitt Strich um Strich weiter, erreichte noch weitere zwanzig Grade – da fühlte ich einen eiskalten Schauer meinen Rücken hinuntergleiten – das ausladende Steuerrad...

»Phantastisch! Phantastisch!« rief der junge Mann.

Natascha blickte dabei ahnungslos in den Rückspiegel.

... es gehorchte kaum noch, als hätte sich der Wagen von der Erde gelöst. Für mehrere Sekunden war jede Gewalt über ihn verloren – den »Todeswagen«.

Die Sekunden, bis ich ihn wieder völlig in meiner Gewalt hatte, erschienen mir endlos.

»Es war ein Erlebnis!« sagte der junge Mann.

Und ich erwiderte ihm, was gänzlich im Widerspruch zu allen Verkaufsgesprächen stand: »Ich fürchte, Sie werden ihn selten und nur auf ganz kurzen Strecken ausfahren können.«

»Ja, das weiß ich schon, aber allein das Gefühl, solch eine Kraftreserve unter der Haube zu haben, ist eine großartige Sache, dazu die schön geschwungenen Linien, die Einrichtung. Würden Sie bitte im Auftrag vermerken, man möchte meinen Wagen in den USA telegraphisch bestellen?«

Da Natascha mehrere Tage frei hatte, fuhren wir nach Bremerhaven, um eine ganze Kolonne verschiedener Wagen auszuladen und an der Spitze der Karawane nach Berlin zurückzukehren.

Es war eine unvergeßliche Fahrt durch die herbstliche Landschaft, durch Wälder im bunten, leuchtenden Schmuck, durch lichten, kaleidoskopartig schillernden Bodennebel der frühen Morgenstunden, im leise sprühenden Regen und den letzten Sonnenstrahlen. Saubere, luftige Schlafzimmerwände und verräucherte Stuben ländlicher, idyllisch gelegener Gasthäuser, die simple Mundharmonika eines meiner jungen Fahrer und unser fröhliches Tanzen! In diesen drei Tagen war Natascha glücklich und ausgelassen, wie ich sie in den Aufnahmeateliers nie erlebte. – Am Steuer des Wagens aber träumten wir von fernen Ländern.

Diese Ferne, sie lockte mich seit meiner Kindheit, auch jetzt, wenn ich ihre Bilder sinnend betrachtete, denn im verborgensten Winkel meines Herzens blieb ich eben doch nur ein Vagabund. Natascha hatte mich nicht zu überreden vermocht, ihr überallhin zu folgen. »Du liebst mich doch nicht«, sagte sie zu Hause vorwurfsvoll und traurig. Es schien, als könnten wir den Weg zueinander niemals ganz finden.

Am folgenden Sonntag läutete mein Telefon um neun Uhr früh derart hartnäckig, daß ich verärgert den Hörer abhob und schon etwas wenig Höfliches hineinbrüllen wollte – da hörte ich Sloanes Stimme; er war sehr aufgeregt: »Unser Meister ist mit seiner Familie auf der Avus verunglückt. Sie müssen alles Menschenmögliche tun, um diesen Unfall zu bagatellisieren. Ich bin in ein paar Minuten vor Ihrer Tür.«

In fliegender Eile zog ich mich an und lief die Treppe hinunter.

»Es ist furchtbar, grauenhaft!« sagte Sloane.

Wie die Feuerwehr rasten wir zur Avus.

Das Unfallkommando war bereits zur Stelle; die Untersuchung begann. Man stellte an Hand der gemessenen Bremsspur fest: Der Wagen war ins Schleudern geraten, streifte einen Randstein und überschlug sich danach zweimal. Der Meister hatte den Vorführwagen selbst gesteuert.

»Diese verdammte Raserei!« sagte ich.

»Ja, wieder so ein Beispiel!« erwiderte der Unfallsachverständige und begann seinen Bericht zu skizzieren.

Vierzehn Tage später...

Ich mußte einen Wagen der Besitzerin oberschlesischer Kohlenminen vorführen. Es war das viersitzige nilgrüne Kabriolett, das ich mit Natascha von Bremerhaven nach Berlin gefahren hatte. Weit hinter Potsdam bat mich die Dame, den Wagen selbst steuern zu dürfen. Sie legte mir ihren Führerschein vor und fuhr eine Weile.

Nach dem Mittagessen äußerte sie wieder den Wunsch zu fahren. Ich lehnte ihn jedoch ab, weil wir uns in der Stadt befanden und der Wagen noch nicht versichert war, erbot mich jedoch, Mister Sloane zu fragen. Außerdem wollte ich mir die hohe Erfolgsprovision sichern, um vor Natascha nicht gar zu kläglich dazustehen.

»Wie lange hat sie den Führerschein?« fragte Sloane kurz. Es war schon nach Feierabend.

»Über fünfzehn Jahre. Irgendwelche Bußen sind nicht vermerkt. Sie fährt so gut wie ein Taxifahrer. Bedenken Sie aber, daß weder der Wagen noch die Insassen versichert sind.«

»Haben Sie bei der Frau ein unsicheres Gefühl?«

»Nein, gar nicht.«

»Dann seien Sie doch nicht so übertrieben ängstlich und lassen Sie sie fahren, natürlich vorsichtig!«

Wir erreichten die Heerstraße. Die Frau beschleunigte die Fahrt. Um ihre Züge lag ein zufriedenes Lächeln.

Wir schwiegen, steuerten dem Reichskanzlerplatz zu. Ich dachte noch, wie oft ich in den Novembernebeln über diesen Platz gegangen war, und blickte mich schnell um in der Richtung der noch weit entfernten Stößenseebrücke.

Plötzlich schnellt der Wagen vorwärts.

Ich weiß sofort: Der Frau ist der Fuß von der Bremse auf den Gashebel abgeglitten!

Bruchteile von Sekunden...

Dröhnender Lastzug rechts.

Davor und links Haltestellen mit dichtgedrängten, vor Angst aufschreienden Menschen.

Menschen!...

Die letzte Überlegung!

Zwei Straßenbahnen vor mir.

Ein Griff ins Steuerrad, nach der Handbremse, ein Stemmen in die Fußbremse... ihr Kreischen...

Ein ohrenbetäubendes Bersten, Krachen, Schaben, Splittern... Zusammengepreßt!

Die Frau sackt am Steuer zusammen.

Die Umrandung der Windschutzscheibe prallt mir entgegen!

Mein Arm!

Alles um mich begann zu zerflattern. Menschen, Gedanken und Gefühle, Gegenwart, Zukunft und Geld.

Schon vor zwölf Jahren wurde ich an ein unbekanntes Ufer

geschwemmt. Dann trug mich eine der unendlich vielen Wellen, ein kaum wahrnehmbarer Hauch der Ewigkeit, wieder ins Meer hinaus. Nun warf mich eine neue Woge, vom fernen Sturmwind irgendwo draußen nur leicht angekraust, aus dem eben noch pulsierenden Leben erneut ans Land und in die Verdammnis der Untätigkeit. Ich lag wieder an einem steilen Ufer, ohne zu wissen, ob ich es jemals erklimmen würde.

Die Ebbe kam. Und mit ihr die Stille um mich.

Noch lebte alles in mir nach dem unabdingbaren Trägheitsgesetz, das alles in uns noch eine Zeitlang weiterlaufen läßt, auch wenn man es eigentlich nicht mehr will.

Heute, jetzt, war ich bereit, mit Natascha fortzugehen, wie ich es ihr damals versprach.

Aber jetzt war sie nicht da!

Doch es allein zu tun – dazu war ich zu feige, zu müde, zu apathisch geworden.

Menschen... die Gedanken und Gefühle an sie und um sie begannen immer mehr und mehr zu zerflattern.

Natascha...

Sie freute sich so sehr, nach Indien zu Außenaufnahmen zu fahren. Und dennoch wehrte sie sich bis zum letzten Augenblick dagegen. Sie weinte lange in meinem Krankenzimmer, bis ich sie mit dem Versprechen überredet hatte, selbstverständlich bald nachzukommen. Dann gehorchte sie endlich. Ich durfte sie nicht mehr an mich, an ein Wrack, ketten, an die völlige Ungewißheit um mich. Sie hatte das Recht der Jugend zum eigenen Leben.

Was sollte sie auch mit mir?

Das hatte die Stunde von mir verlangt! Nur sie sollte über alles weitere zwischen Natascha und mir entscheiden!

Mitarbeiter und Freunde wies ich mit höflicher Hartnäckigkeit von mir. Wie ein verwundetes Tier wollte ich nur noch allein sein, ganz allein, wie schon einmal vor Jahren in dem billigen Stundenzimmer.

Die Gegenwart war zerflattert. Zukunft und Geld mußten nach dem logischen Gesetz der Zeit folgen. Alles zerrann mir zwischen den Fingern. Ich sah nur, wie schnell es ging mit allem, was ich einst mit Mühe und Fleiß, mit Sparsamkeit und Ausdauer zusammengetragen hatte.

Und genau wie vor zwölf Jahren stand wieder Geheimrat Payr vor mir und zupfte mit talkgepuderten Fingern an seinem kleinen Spitzbart. Er war alt geworden, gebeugt, seine Hand war wohl nicht mehr so sicher wie einst; zwei Assistenzärzte sollten mich operieren.

Der Kampf um den Arm war diesmal kurz: Ich ließ die durch den Unfall zersplitterten Knochen erneuern.

Meine Schwester Charlotte hatte angegrautes Haar und war wortkarger als einst. Ob das Leben auch sie enttäuscht hatte? Sie sprach nie darüber. Mein altes Krankenzimmer wies einen neuen, lindgrünen Ölanstrich auf. Der stille Klinikgarten war unverändert geblieben, auch seine schwere Eisentür, die zurück ins Leben oder in ein »Fortgehen« führte.

Noch einmal öffnete sie sich nach Wochen auch für mich. Auch wenn ich es gar nicht wollte.

Meine Wohnung in Berlin war verstaubt, leer, ungemütlich, vor der Eingangstür im Entree lag ein Haufen Post, Zeitungen, Zeitschriften. Das Telefon war stillgelegt.

Ich setzte mich in den breiten, hellen Sessel und ließ mich von der Dämmerung einspinnen, und alles wurde fern, unwahrscheinlich.

Der Hunger weckte mich. Ich ging zu Reiche und setzte mich in die Nische. Reiche zog auch diesmal den alten Vorhang zu, wechselte mit mir ein paar freundliche Worte, weil wir uns schon lange nicht mehr gesehen und ich inzwischen die Gewohnheit wohlhabender Leute angenommen hatte, nur in erstklassigen Restaurants zu speisen, wie es mein Beruf und der Umgang mit Inhabern dicker Brieftaschen erforderte.

Auf dem Heimweg blickte ich zu meinem Hausmeister Scharrenberg in die Portierloge, fragte, ob es möglich sei, noch am gleichen Abend meine Wohnung etwas zu säubern. Seine Frau und die beiden Töchter erklärten sich sofort dazu bereit und freuten sich, die vielen Zeitungen und Illustrierten mitnehmen zu können. Sie hoben auch meine Post auf.

Die Bankabrechnungen – nüchterne Zahlen.

Ich rechnete also nüchtern. Aber ich hatte diesmal das unbehagliche Gefühl, als griffe ich überall ins Leere.

Zum erstenmal im Leben hatte ich Angst vor der Zukunft. Es war ein dumpfer, lähmender Schmerz wie von unerbittlicher Kälte. Sie wird mich überall draußen, außerhalb meiner Wohnung und ihrer vertrauten Behaglichkeit und Geborgenheit umgeben, dieses Unbehagen, die Unduldsamkeit einem kranken, fremden Menschen gegenüber. Ich werde nicht mehr allein sein, mich auch vor ihnen nicht verstecken können, und dabei brauchten sie nicht einmal schlecht und laut zu sein.

Mein Mietvertrag.

Die Kündigung.

Es waren nur noch ein paar Wochen. Aber noch viele Stunden. Ich ging von Zimmer zu Zimmer, ängstlich und aufgeregt, als suchte ich auf einmal etwas.

Ich war verzweifelt.

Dann öffnete ich die Schränke, besah mir meine Sachen, berührte sie in ihrer akkuraten Ausrichtung und erinnerte mich daran, wozu sie mir einst dienten und daß ich sie jetzt nicht mehr brauchen würde.

Nur weil ich das Unglück hatte...

Nataschas Sachen starrten mich in ihrer Vielfalt an, voll schweren Parfüms und voller Erinnerungen, und ich mußte dabei an das Märchen vom alten Fischer denken, der einen Goldfisch fing, ihn aber auf sein Versprechen hin, dem Fischer alles das zu schenken, was er sich wünschte, frei ließ. Aber der Alte wünschte sich zuviel, und so saß er wie einst nur noch vor seiner morschen, schiefen Hütte und dem zerfallenen Brunnen.

Natascha... Wird sie zu mir zurückkehren? Wenn auch nur ganz kurz? Wird sie dann eine andere sein? Sie war bei ihrem Fortgehen so verzweifelt! Ich werde ihr auch diesmal nichts nachtragen dürfen, sie wieder verstehen, wieder aufrichten müssen, weil sie mir einst als Kind vom Schicksal anvertraut wurde.

Sie wollte in etwa sechs Monaten heimkommen. Eine sehr lange Zeit, aber nur für mich.
Und für sie?
Indien... Schön muß es dort sein. Ich wäre so gern mitgegangen. Es war immer der Wunsch meiner Kindheit, die weite Welt zu sehen und zu erleben. Der greise Fischer in Sibirien, in dem vergessenen Dorf, blickte mir einmal in die Augen und sagte dann: »Herr, du gehst noch über weite Fernen, denn ich sehe auf deiner Stirn kein Zeichen des Kreuzes.« Er galt als Hellseher, denn keiner von den Bauern fand so reiche Fischreviere wie er, obwohl er meist unbeweglich, wie schlafend, auf dem schmalen Bug des Einbaums hockte, wenn die kleine Flotille zum Fang auslief. Diese Menschen habe ich in ihrem vergessenen Dorf gesehen, mein Versprechen heimzukehren gehalten. Wir hatten zusammen gesprochen, und sie hatten mich nach alter Sitte der Brüderlichkeit auf beide Wangen geküßt, Freunde und Kameraden.
Und doch gehörte ich nicht mehr zu ihnen – zu keinem mehr, diesseits und jenseits der Grenze. Natascha und ihre Jugend hatten mich von ihnen immer mehr und mehr entfernt.
Doch nun? Auch zu ihnen, den Schatten, konnte ich nicht mehr zurückkehren!
Ich ließ in meiner Wohnung alle Lampen brennen und ging und ging, bis ich fühlte, wie der Arm schmerzte und wie müde ich war.
Dann rechnete ich wieder – mit unbekannten Zahlen.
Werden meine Nerven diese Zeit ohne Arbeit durchhalten? Das war die Frage.
Manchmal ging ich ins Kino. Weil ich Natascha wenigstens auf der Leinwand sehen wollte, ihre Bewegungen, den Aufschlag ihrer schwarzen Augen, das Wenden ihres Kopfes, ein Lächeln... für alle anderen.
Zu Hause war es ungewohnt still um mich, und ich hatte wieder das Angstgefühl, meine vertrauten Wände aufzugeben, wie damals, als ich nach der schweren Grippe die Klinik verließ und verstört auf der Straße stand.

Ich begann zu schwanken, ob ich nicht meine Freunde und Bekannten bitten sollte, mir zu helfen? Natascha, die Schneiders, Keller und sogar Frederikssen oder den reichen Neumann. Dann hätte ich nicht mehr diese Angst vor dem Morgen und dieser quälenden Ungewißheit. Keiner hätte jemals ein Wort darüber verloren.

Es ist zwar angenehm, in fröhlichen Stunden Freunde um sich zu haben, aber doch so beschämend, sie einmal daran erinnern zu müssen. Sollte ich immer wieder zu ihnen hingehen, an ihrer Tür klingeln, die Hand ausstrecken?

Ich ging in die Küche, bereitete mir einen starken Kaffee, stellte eine Flasche Wodka daneben und begann meine Dispositionen für die nächsten Tage aufzuschreiben – wieder mit der Linken.

Erst werde ich die teure Wohnung aufgeben, aber ich werde sie mir schnell wieder erarbeiten.

Ich bestellte den Spediteur. Die Packer kamen, ordneten nach meinen Angaben Sachen und Kisten, trugen die Möbel hinaus. Nur als ich die alte Puppe Akulina zu Nataschas Sachen legte und dazu ihr Heiligenbild, da versagte meine Beherrschung. Schnell drehte ich mich um und ging ans Fenster. Tränen trübten meinen Blick, und die ewige Frage drängte sich hart in mir auf: Warum?

Als letzter verließ ich die leere Wohnung. Die Schlüssel übergab ich ordnungsgemäß dem Portier.

Die erste Zeit im neuen Zimmer, auch wenn ich es mit meinen Möbeln ausgestattet hatte, war nur schwer zu ertragen. Nach dem Essen bei Reiche ertappte ich mich dabei, den wohlbekannten Weg in meine frühere Wohnung eingeschlagen zu haben. Sie blieb unvermietet. Ihre Fenster und Türen waren noch immer geschlossen. Abends brannte dort nie Licht.

Manchmal, wenn ich von der täglichen klinischen Behandlung heimfuhr, stieg ich unterwegs aus und betrachtete beim Spediteur die dort untergebrachten Möbel.

Verbissen suchte ich nach einer Beschäftigung, die ich ja gar nicht ausüben konnte, weil ich so viel liegen mußte. Am Arm schien eine Zentnerlast zu hängen, innen war alles noch wund und schmerzte. Ich stand nur auf, um zum Essen zu gehen und in die Klinik zu fahren.

Mehrere Wochen vergingen so. Ständig war ich auch bei Geheimrat Payr zur Kontrolle. Von einer Besserung merkte ich nichts. Nun bestand Payr auf meiner sofortigen Abreise nach der Schweiz.

Ich war bereit, wieder nach Leysin zu fahren, um dort jeden kleinsten Schritt noch einmal zu gehen. Doch ein neues Unglück traf mich: eine Korrektur im Schultergelenk mußte vorgenommen werden. Meine etwas optimistischen Pläne wurden dadurch illusorisch. Meine Ersparnisse schwanden dahin.

In den folgenden Wochen meines Klinikaufenthaltes verlor ich kaum ein Wort. Eine sture Hartnäckigkeit kam in mir auf, allem und jedem zu trotzen, wie ein umstellter Desperado, Tag für Tag, Stunde um Stunde.

Und ich hielt durch, obwohl ich meine Sachen Stück um Stück opfern mußte, aber nicht allein für Essen, Trinken und Wohnen, sondern auch für Morphium.

Es war teuer, dieses zweite Leben, das gewichtlose Versinken in ein fernes, glückliches Nichts.

Und es dauerte länger als ein ganzes Jahr...

Ich wohnte in der Siedlung Eichkamp bei einer wollüstigen, dicken Wirtin, die Zimmer an Zimmer mit ihrem ebenso veranlagten und ewig arbeitslosen Sohne schlief. Ich hatte nur noch zwei gute Anzüge, vier Paar Schuhe, von denen zwei durchlöcherte Sohlen hatten, und eine Wohlfahrtsunterstützung in Höhe von 5 Mark 45 Pfennig in der Woche. Auch die 12 Mark Zimmermiete bezahlte das Wohlfahrtsamt; es war ein Ausnahmepreis, ein Entgegenkommen der Frau. Mehr konnte ich nicht verlangen.

Die juristische Definition »ausgesteuert« war eindeutig – für mich und den Staat.

Doch nein. Ich besaß noch zwei Kostbarkeiten: eine Schreibmaschine, die ich überall für nur zwanzig Mark zu verkaufen suchte, immer in der Hoffnung, mich sattessen zu können, und meine goldene Armbanduhr, die ich vor meinem rigorosen, schnüffelnden, ewig nörgelnden Wohlfahrtspfleger versteckte und von Zeit zu Zeit, wenn ich wirklich nicht mehr weiter wußte, für zwanzig Mark im Leihhaus Aronsohn in der Joachimstaler Straße versetzte, um die Zinsen für den Rückkauf mit noch größerer Sturheit von mir selbst zu erzwingen.

Frau Aronsohn war eine bemerkenswerte Frau, jedoch nicht wegen ihrer »Karlsbader« Figur, sondern wegen ihres Kunstverständnisses. Wir unterhielten uns oft, und ich habe erlebt, wie sie sogar von namhaften Experten befragt wurde. In ihrem Leihhaus hörte alles nur auf ihr Kommando, am widerwilligsten ihr Mann, der auch niemanden bedienen durfte.

Als ich das erstemal in ihr Leihhaus kam, wollte ich für meine goldene Armbanduhr fünfzig Mark.

»Ich gebe Ihnen nur zwanzig«, erwiderte sie kurz.

»Warum so wenig? Sie ist doch mehr wert!«

»Was ist schon mehr wert?« Sie breitete die Hände auseinander und machte dabei ein griesgrämiges Gesicht. »Wollen Sie die Uhr einmal wiedersehen?«

»Auf jeden Fall!«

»Sie sind arbeitslos, sagten Sie. Sie werden zwanzig Mark und die Zinsen dazu schon abstottern können, fünfzig aber nie. Also? Ist doch kein Geschäft für Sie mit fünfzig Mark, Herr!«

Diese Frau hatte tausendmal recht! Immer, wenn ich ihr die mühselig zusammengekratzten Zinsen bezahlte und wenn sie mir meine Pimperlinge mit brillantgeschmückter Hand langsam zurückschob, trafen sich unsere Blicke, und immer lächelte sie mit der Überlegenheit eines leidenschaftslosen Weisen.

»Immer noch keine Arbeit? Schlimm, was? Ach, dieses Dasein, Herr! Dabei glaubt man noch an ein Leben nach dem Tode!« Am Heiligen Abend besaß ich ganze sechs Pfennige.

Aber meine Wirtin, die eingedenk der verbilligten Zimmermiete sich mehrere Male um mich erfolglos bemüht hatte, wohl nur aus der Überlegung heraus, daß man »so etwas« bequemer zu Hause hätte, bat mich dennoch, ihre zwölfpfündige Oderbruch-Mastgans im Backofen zu braten; wir hatten uns einmal über die Zubereitung solcher Spezialitäten unterhalten.

Ich besorgte ihr alles, was dazu gehörte, rechnete mir ihr auf den Pfennig ab, füllte den Vogel mit Kastanien, Pflaumen und Äpfeln, bestrich ihn sorgfältig erst mit Zitrone, dann mit Öl und schob ihn in die Backröhre. Als Gegenleistung würde ich ihn in spätestens drei Stunden mitessen können. Das hatte die Dicke mit verschleiertem Blick versprochen.

»Ach, wie unser Vögelchen duftet!« rief sie dann schmunzelnd. Sie kam aus der Kirche. Ich war mit dem Umziehen und ihrem Vogel inzwischen fertig geworden; sein Brüstchen war prall und knusprig. Sie hatte ihn bereits in ihr Zimmer hineingetragen.

Aber... sie rief mich nicht. – Ich wartete.

Es ist für einen Hungernden schwer, eine Gans zuzubereiten, deren Duft noch an den Kleidern haftet, und zu wissen, daß sie jetzt nur ein Zimmer weiter verspeist wird, zumal man zu diesem Mahl ja eingeladen war. Ich zog meinen Mantel an, stand ein paar Augenblicke vor der Tür meiner Wirtin, hörte sie essen, schmatzen und das Gluckern des Rotweines, den ich ebenfalls zurechtgestellt hatte. Das war also ihre Rache.

Dann öffnete ich, immer noch zaudernd, die Haustür und ging. Es war eine kalte, sternklare Nacht. Der Vollmond erhellte die kleinen Einfamilienhäuser und den nahen Kiefernwald. Ich erreichte eine Stelle im Walde, auf der mehrere verkrüppelte Birken und Kiefern, umgeben von wild durcheinanderwachsendem Gebüsch in etwas sumpfigem Gelände standen. Diese Stelle erinnerte mich ein wenig an Sibirien. Ich besuchte sie oft und saß an ihrem Rande in Gedanken an die Vergangenheit und ihre fernen Menschen vertieft.

Ich weiß nicht, vielleicht kam es von meinem ausweglosen Hunger, vielleicht auch von den soeben noch eingeatmeten Küchendüften, jedenfalls begann sich auf einmal alles um mich zu drehen, der schüttere Wald, der Mond. Ich fiel auf die verwehte Schneedecke und verlor die Besinnung. Wie lange ich so dalag, weiß ich nicht.

Aber ich erinnere mich dessen heute noch ganz genau, daß ich eine behutsame Hand auf meiner verletzten Schulter spürte und mich deshalb auf den Rücken drehte.

»Ja...?« fragte ich laut und schlug die Augen auf, weil ich diese unerwartete Berührung deutlich fühlte.

Aber ich sah niemand. Es waren auch keine Spuren um mich, weder von einem Menschen noch von einem Tier.

Da verkrallten sich meine Finger, der Mund verbiß sich in dem vom Schnee kaum überstäubten Waldboden, als hielte ich mich mit letzter Kraft und am letzten Zipfel eines mir hingeworfenen bißchen Lebens an diesem Fleckchen Erde, um nicht hinabzustürzen und mich unwiderruflich zu verlieren.

»Mein Gott«, hauchte ich in die gefrorene Erde hinein. »So ein Dreck von einem Leben!« fügte ich laut hinzu und legte mich wieder auf den Rücken.

Mit einer noch nie dagewesenen Deutlichkeit erkannte ich jeden Ast, jedes verwelkte Blatt und die hohen, schlanken Bäume über mir. Mein Atem ging schnell. Das Herz raste. Ich fühlte mich auf einmal von allen Seiten umstellt, wie einst auf der Flucht aus Sibirien. Ich sprang auf wie geistesgestört und suchte in dem lichten Wäldchen nach einem Fluchtweg.

Da sah ich meine gefangenen Kameraden um mich, verzweifelt, verkommen, verhungert, sterbend, wie sie mich anstarrten, ohne ein Glied zu bewegen, gleich Gestalten der Schreckenskammer eines Panoptikums, aus der grausamen Dunkelheit der unendlichen Wintermonate ins Licht gezerrt, und ich sagte ihnen alles, was ich ihnen auch damals mit der brutalen Roheit eines Verzweifelten rücksichtslos entgegengeschrien hatte, daß es jetzt auch an ihnen wäre, mir in der gleichen Weise zu helfen, weil ich sie sonst nur noch verachten müßte.

Der Schweiß stand mir auf der Stirn.

Ein fernes Brummen von Motoren... In der gläsernen Helligkeit des Himmels zog ein Flugzeug mit seinen Lichtern wie ein Sternbild seine Bahn.

Endlich kam ich zu mir, schob den Hut in den Nacken und fuhr mir mehrere Male über die Stirn. Allmählich beruhigte ich mich, atmete tief die kalte Luft ein, vergegenwärtigte mir, was ich gesagt hatte, wie unsinnig mein roher Vorwurf den Toten und Verschollenen gegenüber gewesen war. Sie hatten mir ja damals treu geholfen, die schwersten Stunden der sibirischen Schneeorkane an ihrer Seite durchzustehen. Es waren zwar wenige, aber sie hatten mich doch aus meiner Hütte herausgeschaufelt, als sich die Verzweiflung um mich schon verdichtete. Und jene, die mir heute noch helfen wollten, warum habe ich sie denn alle zurückgewiesen, vielleicht gar durch meine Weigerung beleidigt?

Hatte mich ein Wahnsinnsanfall übermannt?

Waren es nur Halluzinationen eines Hungrigen?

Ja, ich hatte Hunger; ein lähmendes, leeres Gefühl, das mich erfaßte und langsam heimwärts zu gehen zwang.

Dabei dachte ich wieder an die Gans, wie lecker sie ausgesehen hatte, wie herrlich sie duftete. Aber ich hätte sie ja gar nicht essen dürfen, weil mein entwöhnter Magen es nicht vertragen hätte. Eigentlich mußte ich meiner Wirtin für ihre »Ausladung« dankbar sein.

In der kalten Kochnische des Kellers, gleich neben Kohlen und Holz, stand der zweiflammige, verrostete Gasherd, an dessen Flamme ich ein wenig die Hände erwärmte und dann meinen Kochtopf, an dem das Emaille abgesprungen war, daraufsetzte.

Es war ein kärgliches Mahl: künstliche Suppe mit einer Handvoll Kartoffeln, und dazu eine einzige Scheibe Brot. Ich mußte im Keller essen, denn meine Wirtin duldete es nicht, wenn es in ihrer Wohnung nach »fremdem«, also billigstem Essen roch. Und da mein Zimmer besonders preiswert, deshalb während der schnell fortschreitenden Arbeitslosigkeit im Lande mehr als begehrt war, mußte ich mich ihrem Wunsche fügen. Außerdem konnte sie unter den Zimmersuchenden andere wählen, die nicht »so« waren wie ich zu ihr.

So setzte ich mich denn im Mantel auf eine Kiste und stellte meinen Topf auf die andere, die mir immer als Tisch diente, weil sie höher war. Das wenige Essen war nur lauwarm, um Gas zu sparen.

Heilige Nacht...

Dann ging ich wieder hinaus auf die Straße, blieb hier und dort vor den Fenstern stehen, blickte hinein, sah die Familien um den brennenden Baum versammelt, hörte ihre Stimmen, ihre Weihnachtslieder, die Fröhlichkeit der Kinder. Aber es war keine Bitternis mehr in mir; nicht einmal das Verlangen, zu ihnen in die warme Stube zu treten, mit ihnen zu sprechen.

Was sollte ich auch – ein Fremder unter Fremden?

Flüchtig dachte ich an meine Mutter, die das Weihnachtsfest inmitten ihrer Angehörigen verlebte. Ihre Einladung hatte ich abgelehnt, weil ich ihr meinen Anblick ersparen wollte. Wir hatten keinen innigen Kontakt miteinander, aber ich vergaß nie, meine Pflicht ihr gegenüber großzügig zu erfüllen. Nun war diese gefühlsscheue, stolze Frau auf das Gnadenbrot ihrer Schwester angewiesen, deren Mann es meine Mutter oft genug merken ließ.

Aber was sollte ich tun? Ich konnte mir selbst nur noch mühsam helfen und hatte keine Aussicht auf irgendeine Arbeit. Ich dachte an Keller, an Schneider – auch an Natascha.

Sie wird in ihrer neuen Wohnung, die ihr Horst mit auserlesenem Geschmack eingerichtet hat, Weihnachten feiern, sich verwöhnen und beschenken lassen, im Modellkleid durch die Räume gehen, ihm zärtlich zulächeln. Er war ein kultivierter, intelligenter Junge, der Sohn eines bekannten Industriellen, nur vier Jahre älter als Natascha. Sie hatten sich in Indien, in Madras kennengelernt, als er von der Jagd kam. Beide wohnten im gleichen Hotel.

So war sie doch als eine andere zurückgekommen, aber sie war nicht heimgekehrt; das fühlte ich deutlich.

Beide waren jung, schön, reich und wahrscheinlich auch sehr verliebt – eben wie junge Leute. Sie hatten ein Anrecht darauf, unbestreitbar, wie es anders auch gar nicht sein konnte, und sie durften vom Leben noch alles fordern. Ihre Tage waren schattenlos, und kein noch so leises Echo brauchte Natascha aus ihrer schweren Vergangenheit zu vernehmen. War das nicht wie ein Rausch, das große Glück, wonach sich doch ein jeder von uns immer sehnt, in so strahlender Helligkeit zu erleben?

Natascha hatte mir auch diesmal nichts verheimlicht. Als sie aus Indien zurückkehrte, trat sie mir mit offenem Visier entgegen.

»Ich war über deinen Unfall und dein Zurückbleiben in Berlin so verzweifelt, daß ich am liebsten nur noch geschrien hätte! Und... Horst... war nie aufdringlich, immer korrekt, ein Junge aus gutem Hause, und schon deshalb traute sich auch keiner von den anderen an mich heran. Was ich jahrelang nur von dir ersehnte, was endlich Wahrheit wurde, war ja zusammengebrochen, weil du mich im Grunde des Herzens nur wenig liebtest! Ich habe Horst alles erzählt.«

Ich verstand sie, und so konnte ich ihr auch nicht zürnen.

»Liebst du ihn?« fragte ich gegen meinen Willen, denn einen versteckten Dorn der Eifersucht fühlte ich gleichwohl.

Sie hob den Blick. Ihre dunklen Augen ruhten lange auf meinen Zügen, ihre schmale Hand stahl sich vertraut in die meine.

Kaum hörbar sagte sie nur: »Verzeih...«

»Ich habe dir nichts zu verzeihen!«

So war der letzte liebe Mensch von mir gegangen.

Erst dann berichtete sie weiter:

»Horst will mich heiraten«, sagte sie leise. »Er drängt auf unsere baldige Verlobung. Ich bin bei seinen Eltern schon als Braut eingeführt, beide mögen mich gut leiden, verwöhnen und beschenken mich, dabei besitze ich ja nur die nötigste Allgemeinbildung. Bedenke nur, wie unmöglich das ist! Aber das stört Horst nicht, sagt er immer. Er liebt mich sehr, und das irritiert mich. Ich bin zu ihm oft häßlich und ungerecht. Er muß alles tun, was ich will. Es ist so ganz anders als bei dir. Um dich war stets eine fehlerlose Sicherheit. Horst kennt das nicht, schießt oft daneben, wir machen viele Fehler, weil wir beide wohl noch zu jung sind, zu unerfahren, und doch erscheint mir alles ohne Fehler, neu, immer neu. Du wirst es schon recht verstehen... Ich lebe in einem Rausch,

355

in einem unwahrscheinlich schönen Traum von einem ganz anderen Glück als mit dir, wonach ich jetzt nur noch zu greifen brauche... Liebster! Dabei denke ich oft an deine Worte, daß ich dumme Hände habe und glaube fast, daß ich alles das doch wieder verliere. Es wird ihnen entgleiten! Du kennst mich viel besser als ich mich selbst, denn die Sehnsucht... weißt du... die vergeht in mir doch nie. Nur manchmal fliegt sie davon, für ein paar Tage oder Wochen. Doch wenn sie wiederkommt, dann sind mir Horst, mein Beruf und ich mir selbst so fremd. Dann will ich nur noch zu dir! Weil nur du mich darin verstehst... Warum ist das so? Schimpf nicht mit mir! Ich kann doch nichts dafür. Nimm mich doch in deinen Arm, Liebster, wenigstens für diesen kurzen Augenblick. Weißt du noch«, fragte sie dann unsicher, »was du mir damals versprochen hast? Sag!« – Sie blickte mich unentwegt an, wie jemanden, den man endlich gestellt hat, der dem anderen nun nicht mehr entgehen kann.

»Aber, Nataschà...«

Sie schloß mir den Mund mit ihren Lippen und schüttelte genauso hartnäckig den Kopf, wie sie es als Kind getan hatte, als noch ihre Zöpfe flogen.

»Als du die schwere Grippe hattest und fast erblindet warst, hast du immer das gleiche Bild gesehen: den Flug der Wildgänse über die Unendlichkeit der nördlichen Tundra, im blauen leisen Wind des smaragdgrünen Lichtes. Daran muß ich immer denken, und deshalb habe ich mir von Horst ein solches Bild zur Verlobung gewünscht, ganz genau wie es in meiner Phantasie lebt.«

»Hast du mit ihm von deiner Sehnsucht gesprochen?«

Sie strich über mein Gesicht und lächelte traurig, schüttelte ungläubig den Kopf.

»Mit ihm...? Von meiner Sehnsucht? Weißt du, daß er einmal über meine Akulina gelacht hat? Da wäre es um Haaresbreite zum Kurzschluß gekommen! Und da fragst du noch, ob ich ihn wirklich liebe? Du bist doch mein Dummerchen geblieben!«

Als sie damals mein Krankenzimmer verließ, kam Schwester Charlotte, um mich zu verbinden. Wir traten ans Fenster und sahen Natascha, wie ihr der Fahrer den Schlag öffnete, wie sie, eine junge Dame im Nerzmantel, mir mit ihren Fingern Zeichen machte, die mich an die Bewegungen ihrer Akulina erinnern sollten, und erst nach einem zugeworfenen Kuß davonfuhr.

Sie vergaß auch nicht, sich an der Ecke noch einmal nach mir umzudrehen.

»Ihre kleine Natascha liebt Sie nun schon seit zehn Jahren«, meinte Schwester Charlotte. »Wissen Sie auch, daß sie unseren Herrn Geheimrat mitten im Gang auf beide Wangen geküßt hat, weil er ihr sagte, er sei von Ihrer Genesung überzeugt?«

»Nein«, erwiderte ich damals gedankenverloren und trat vom Fenster zurück.

Manchmal rief mich Natascha bei meiner Wirtin an. Dann trafen wir uns in der Stadt. Sie erschien mir wie ein Mensch aus einer völlig anderen Welt.

Immer bot sie mir ihre Hilfe an.

»Sei doch vernünftig, Solnze, laß mich dir helfen, was sind schon ein paar hundert Mark für mich im Monat. Mache mir die Freude! Erlöse mich von dem Alp, dich hungernd zu wissen!«

»Ich danke dir, Natascha, aber ich bin zu sehr Russe, und ein Russe bleibt immer allein in Armut und Unglück. Du wirst sehen, ich komme aus dem Dreck heraus, so wahr ich heute Bettler geworden bin.«

Ich sah ihren Blick wetterleuchten.

»Angst habe ich um dich, wenn du so sprichst!«

»Warum? Du glaubst wohl nicht daran?«

»Du bist viel zu lange allein gewesen.«

»Nein«, sagte ich laut jetzt auch im Gehen vor mich hin. In mir war keine Bitternis.

Nur über das eine war ich mir unschlüssig: Sollte ich mich von Natascha unwiderruflich trennen, einen Schlußstrich ziehen, um ihr dadurch die Rückkehr zur Vergangenheit unmöglich zu machen? Würden aber ihre Jugend, ihr Beruf und der Mann sie darüber hinwegbringen, ohne daß sie dadurch seelischen Schaden erlitt?

Sie selbst gab mir die Antwort darauf.

Auf der Titelseite einer Illustrierten – ich zählte genau die Pfennige ab und kaufte sie mir – sah ich nur wenig später ihr Bild und das ihres Verlobten.

Lange betrachtete ich die Bilder. Man hat sie überredet, überlistet, dachte ich nicht ohne Groll. Gedanken und Erinnerungen kamen und gingen, schweiften in weite Fernen meines Lebens hinaus, und neue Wellen einer alles lähmenden Apathie kamen über mich. Kaum stand ich noch auf, um mir eine Suppe für die ganze Woche zu kochen: ein paar mit Suppengrün angebratene, vom Fleischer meist geschenkte Knochen, dazu Graupen oder Kartoffeln, als Abwechslung gegen die sonst tagtäglich zubereiteten Haferflocken in Wasser.

In dieser Illustrierten fiel mir eine Anzeigenseite auf: Haferflocken. Wer ernährt sich damit, in welcher Art der Zubereitung, als Zusatz- oder Hauptnahrung, wann und warum? Die aufschlußreichste Beantwortung dieser Frage konnte einem den ersten Preis in Höhe von dreißig Mark einbringen. Dabei sollte ein Galaessen in Anwesenheit der Presse stattfinden. Ich schickte mein ›Gutachten‹ ein: Seit einundhalb Jahren arbeitslos, Haferflocken seit einem halben Jahr als Hauptnahrung, vom Sodbrennen erlöst, frisch, vergnügt, voll arbeitsfähig... und bekam tatsächlich dafür den ersten Preis.

Ein junger Mann hielt in seinem Wagen vor dem Haus und wurde zu mir mit einer großen Kamera hereingeführt. Er blickte sich in meinem Zimmer um, was man ja bei zwei mal zwei Metern schnell und gründlich tun konnte. Er begann ein Reklame-Verkaufsgespräch, als müßte er mich erst von seinem Fabrikat überzeugen, und ging endlich auf meinen Brief ein.

»Erstaunliche Nährkraft, unsere Haferflocken, nicht wahr?«

»Ja, unglaublich!«

»Eben! Haben Sie ein Bild? Darf ich eine Aufnahme von Ihnen machen?«

»Ich bin seit einigen Tagen unrasiert.«

»Macht nichts!«

»Mein Gutachten ist ja derart lückenlos, daß Sie bestimmt auf mein Bild verzichten könnten. Ich lege keinen Wert darauf, auch nicht auf das Galaessen.« Es war mir peinlich, in einer Zeitung zu erscheinen.

»Das Aussehen? Ha! Das ist besonders wichtig! Dazu noch arbeitslos! Das ist mehr als aktuell! Und Sie sehen hervorragend aus!«

»Eben, von Ihren Haferflocken!«

»Richtig! Sehr richtig! Und darf ich wissen, ob Sie jetzt arbeiten? Sie schrieben zwar, Sie seien arbeitslos.«

»Wenn Sie mich wegen Schwarzarbeit nicht anzeigen?«

»Um Gottes willen, bei solch einer weltbekannten Firma ist das gänzlich ausgeschlossen!«

»Ich schreibe ein Buch.« Es ist erst meine Absicht, wollte ich hinzufügen.

»Ach! Wie interessant! Und wie viele Stunden und Seiten pro Tag?« Schon fragte der Mann weiter.

»Ununterbrochen.«

»Sehr interessant! Wichtig für unsere Statistik und die allgemeine Ernährungspolitik bei der steigenden Arbeitslosigkeit. Den ganzen Tag? Finden Sie das selbst nicht erstaunlich?«

»Ich komme aus dem Staunen gar nicht heraus!«

»Und mit vollem Recht!« Der Mann schielte zu mir herüber, entnahm seiner Brieftasche einen ausgefüllten Bogen, der ihm die Erlaubnis gab, mein ›Gutachten‹ zu veröffentlichen, überreichte mir die groß aufgemachte Urkunde über den ersten Preis, zählte das Geld hin und ging. Für diese dreißig Mark kaufte ich mir endlich ein Pfund Gulasch, ein achtel Liter Sahne, ein Paket Spaghetti, Reibkäse, ein halbes Pfund Butter und auch frisches Obst und Gemüse. Das Wasser lief mir im Munde zusammen, während ich alles zubereitete.

Doch nun begann der Kampf mit mir selbst. Ich durfte meinem entwöhnten Magen nicht zuviel zumuten. Dazu gehörte viel Beherrschung. Am dritten Tage kapitulierte ich dann doch vor dem lukullischen Menü.

Ich lag im Fieber.

Chaotisch schweiften meine Gedanken umher. Ich dachte an den Heiligen Abend, an die Visionen im Walde, auch an meine lässig hingesagten Worte über das Schreiben eines Buches.

Und da... Erinnerungen verdichteten sich immer mehr... lebendiger, greifbarer sah ich die Menschen und die Natur in allen fast vergessenen Einzelheiten.

Dann aber trieb mich die Unruhe wieder zu meinem kleinen, verkrüppelten Wäldchen, an dessen Rand ich mich lange hinsetzte, dann weiter, weiter, in den Grunewald hinaus, kreuz und quer, Stunde um Stunde, den schmerzenden Arm an mich gedrückt.

Mein neuer Wohlfahrtspfleger war ein kleines, mickriges Männchen, aber die Art, wie er meinen Schrank und die Schubkästen mit dem leisen »Sie gestatten doch?« öffnete, um nach »unangemeldeten Wertsachen und dergleichen mehr« zu fahnden, unterschied sich wesentlich von der Rigorosität seines Vorgängers. Nie fragte er mich, ob ich »Schwarzarbeit, die rechtlich verboten ist«, angenommen hätte. Aber das sah er wohl, dieser amtlich betraute ›Sherlock Holmes‹, der bei kaum nennenswertem Gehalt sich manchmal genötigt sah, mir nach solch einer Durchsuchung sogar eine Zigarette anzubieten. »Drama« war seine Marke, und die Stückzahl in seinem Blechetui mit dem speerwerfenden Achilles immer die gleiche – zwei auf der rechten, zwei auf der linken Seite. Nie ging er, ohne mich zu ermuntern: »Glauben Sie mir, es geht aufwärts, langsam, aber es geht aufwärts. Und dann... wer weiß«, lächelte er ein wenig und kaum erkennbar, weil er das so selten in seinem Leben tat, »dann haben Sie alles, alles vergessen, auch Ihren Wohlfahrtspfleger.«

»Aber nein, wie könnte ich das!« erwiderte ich dankbar und gerührt. Ich hatte ja sonst keinen, der mich ermunterte.

Meine alte Schreibmaschine, die ich schon oft erfolglos zum Verkauf angeboten hatte, erwies sich jetzt als mein bester Freund. Viele Versuche, einen Anfang für mein Buch zu finden, schlugen fehl. Die Gedanken waren viel schneller als meine Finger der einen brauchbaren Hand, die noch dazu schalten, die Blätter einspannen und ausrichten mußte.

Doch ich gab nicht nach! War diese Beschäftigung nicht die einzige Möglichkeit, die vielen sinnlosen Stunden auszufüllen? War sie nicht das einzige Mittel, den Stumpfsinn ewiger Tatenlosigkeit und die Verzweiflung darüber in mir zu bannen?

Aber nur wenige Tage später brach ein neues, unerwartetes Unglück über mich herein: Meine Wirtin verbat sich eindeutig das ununterbrochene Schreiben. »Ich habe sowieso nichts von Ihnen, dazu neuerdings das Geklapper. Ich wäre sehr froh, wenn Sie sich ein anderes Zimmer suchen würden. Am Fünfzehnten ist der Erste!«

Ein Zimmer für zwölf Mark Wohlfahrtsunterstützung für einen armen Invaliden, der nur in diesen vier Wänden hocken konnte? Das gab es einfach nicht mehr! Wir waren damals sechs Millionen Arbeitslose. Sollte ich in meinem Falle das Arbeitslosenschutzgesetz in Anwendung bringen? Sollte ich meinen mickrigen Pfleger bitten, ein gewichtiges »Nein!« auszusprechen? Damit hätte er vielleicht zum erstenmal in seinem Leben auftrumpfen und auch recht bekommen können.

Doch ich nahm die Kündigung an.

Ganz unerwartet kam ein Lichtblick in Gestalt eines Gerichtsvollziehers mit den Zügen eines Wildweststars, der die Zuschauer das Gruseln lehren konnte. Menschen mit derartiger Physiognomie sind meist harmlos und beschränkt – das war er auch. Wir grüßten uns ab und zu im Vorbeigehen, wechselten ein paar Worte, weil er in der gleichen Straße, nur wenige Häuser weiter wohnte.

Er sprach mich noch am selben Abend an. Bereits seit Tagen mußte er mehrere wichtige Vollziehungsberichte einwandfrei abfassen, deren gute Formulierung ihm eine Beförderung im Amt einbringen konnte!

»Ihre paar Klamotten«, meinte Herr Holzhauer jovial, »trage ich selbst und kostenlos auf dem Arm, und dann hat sich's. Ihr Kopf ist für mich wichtig! Ich hörte Sie in den letzten Tagen öfter tippen und dachte eben daran. Haben Sie viele Schulden?«

»Gar keine. Warum?«

»Verschämter Armer? Quatsch, Mensch! Arbeitsloser ohne Schulden? Det jibt's jar nich! Als Obergerichtsvollzieher deichsle ich det schon. Nur keene Bange nich!«

»Ich habe bestimmt keine Schulden!«

»Die Hauptsache, Sie Spaßvogel...«

»Ist mein Kopf.«

»Jawohl!«

Er nahm meine Habseligkeiten, und ich bekam ein kleines, etwas feuchtes Zimmer mit melancholischer Aussicht auf einen verwahrlosten Gemüsegarten mit der Zusicherung, daß ich »es nicht umsonst zu machen brauchte«. Wollte ich noch mehr? War nicht jede Rübe und jeder Kohlkopf bei mir ein Mehr?

Und dennoch fragte ich ungehalten: »Ist das etwa alles?«

»Nein! Nein!« erwiderte der Obergerichtsvollzieher. Ich sah ihn dabei an. Er hatte wirklich ein Gesicht zum Fürchten.

Sofort kam mir ein glänzender Gedanke, den ich in den darauffolgenden Wochen auch weidlich ausschlachtete.

Inzwischen aber redigierte ich einen Pfändungsbericht nach dem anderen und schrieb sie ab. Obwohl Holzhauers Gesicht sich immer mehr erhellte, erschien mir die Entlohnung meiner Arbeit mit einem billigen Päckchen Pfeifentabak pro Woche, selbst einschließlich beliebiger Ernte im Gemüsegarten, viel zu gering. Ich protestierte mit vorsichtigem Nachdruck, denn die abermalige Beschaffung eines billigen Zimmers schwebte über mir wie das Schwert des Damokles. Als aber meine Auflehnung nichts nützte, machte ich ihm einen Vorschlag zur Güte.

»Nehmen Sie mich doch zur Pfändung mit!« Dabei dachte ich an seine Wildwestvisage. »Alles Weitere wird sich schon finden!«

»Gefährlich... Sehr gefährlich ist das sogar!«

»Wieso denn? Sie schenkten mir neulich für meine Pfeife zwei Zigarren. Die haben Sie bestimmt nicht gekauft.«

»Hm...«, brummte Holzhauer in sein bartloses Gesicht, das immer grimmiger wurde.

Endlich nahm er mich zu einer Pfändung mit, die ich jedoch vom »technischen Standpunkt« aus als »unpsychologisch« empfand. Das versuchte ich ihm zu erklären, aber seine Beschränktheit und Naivität wurden dadurch in keiner Weise beseitigt.

So wurde ich deutlicher: »Ich finde Ihre Pfändungstaktik nicht richtig. Sie müssen das ganz anders machen!«

»Waaaas? Ich habe bereits eine fast fünfzehnjährige Erfahrung, und da wagen Sie mir vorzuhalten...?« Er kam auf mich zu. Der eckige Kopf eines Nußknackers stand vor mir. Die riesigen Kiefer mahlten langsam in ihrer ganzen Breite.

»Sind Sie denn wahnsinnig geworden?« brüllte er.

»Wenn Sie solch ein Gesicht aufsetzen, dann... dann haben wir bei jeder Pfändung ein gewonnenes Spiel! Setzen Sie sich nur hin. Ich will Ihnen etwas Wichtiges erklären!«

Brummend und widerwillig nahm er Platz, die Hände auf die Knie gestemmt, den großen Kopf vorgestreckt. »Auf Ihren Mist bin ich neugierig. Sonst schmeiße ich Sie hinaus mit den paar Klamotten!«

»Wir brauchen uns gegenseitig, Holzhauer. Bessere Pfändungsberichte wird Ihnen keiner mehr verfassen!«

Ich begann, ihm meine Pläne in Form eines in den USA erlernten »Verkaufsgesprächs« lückenlos darzulegen, insbesondere aber die Art seines Vorgehens bei den Pfändungen und schloß: »Sie selbst sagten mir, man sollte immer vom Stamme Nimm sein. Sie aber haben dazu noch die Macht des Vollzugsbefehls auf Ihrer Seite! Macht ist Geld, und Geld ist Macht!«

Seine Kiefer mahlten jetzt nachdenklich.

Er hatte also geschaltet. Ich war beruhigt und im Hinblick auf mein Wohlergehen in den nächsten Wochen zuversichtlicher.

Nur wenig später schritten wir zu einer neuen Pfändung. Holzhauer ging unverzüglich auf einen Kellner zu, machte sein »Star«-Gesicht und flüsterte dabei unüberhörbar: »Rufen Sie mir sofort den Chef! Es ist amtlich.« Der Ober eilte davon. Wir warteten im Vorraum eines bekannten Tanzpalastes in der Martin-Luther-Straße und setzten ernste Mienen auf. Der Geschäftsführer kam. »Gerichtsvollzieher«, brummte ihm Holzhauer finster entgegen und wartete auf den Effekt dieses immerhin unmißverständlichen Wortes.

Das »Ladenlächeln« des Geschäftsführers erstarrte, er erblaßte und wurde dann außerordentlich liebenswürdig.

»Je... meine Herren... das ist so...«

»Ich habe den Pfändungsbefehl in der Aktentasche«, sagte nach unserem Programm mein Nußknacker und öffnete sie. Mehrere »Kuckucke« kamen zum Vorschein.

»Herr Kollege«, begann ich verabredungsgemäß, »wollen wir das nicht etwas unauffälliger machen?«

»Ja, bitte, meine Herren, selbstverständlich, hier, bitte nur weiterzugehen, bitte, nehmen Sie Platz.« Der Geschäftsführer brachte uns in einen abseits liegenden Raum.

»Wenn Sie nur einen Moment warten wollen!« Ich stieß Holzhauer an.

»Warten? Können Sie denn nicht wenigstens einen Teil zahlen?« Seine Kiefer begannen zu mahlen. Der Geschäftsführer wich zurück.

»Wenn man wenigstens etwas angenehm warten könnte«, meinte ich. »Herr Kollege, dann wollen wir auf die Schnelle eine Zigarette rauchen.«

»Hm...«, brummte wieder mein »Star«, ohne den Mann aus den Augen zu lassen.

Schnell war der kleine Bürotisch gedeckt.

Auch das »Trocadero«, wo einst Natascha tanzte, »beehrten« wir mit unserem Besuch. Sein Besitzer machte Augen, als er mich sah, doch die Identität mit meiner früheren Erscheinung erschien ihm zu absurd. Manchmal beschenkten uns Kellner, natürlich auf Kosten der Firma, weil auch sie in den jeweiligen Lokalen pfänden wollten und nun Rat und Beistand bei uns fanden.

So päppelte ich mich auch ohne Haferflocken ziemlich schnell auf. Darüber hinaus begann ich zu tauschen: Zigaretten, Zigarren, Wein und Schnaps gegen Pfeifentabak, Kaffee oder Lebensmittel, besonders aber gegen Schreibmaschinenpapier.

Holzhauer und ich waren nicht nur voneinander begeistert, sondern auch von unseren »Stammkunden«, aber leider nicht lange. Die Zeiten waren wieder einmal schwer und krisenreich geworden.

Nur an Elli Seiler, ein kesses, arbeitsloses Mädchen von etwa achtzehn Jahren, verschenkte ich manchmal Zigaretten. Sie hatte auch nur 5 Mark 45 in der Woche.

»Nimm nur, Elli, ich habe sie ja auch geschenkt bekommen. Du kannst dazu noch ein Täßchen Kaffee trinken.« Sie sagte nie und zu nichts nein. Sie war mit einem Arbeitslosen im gleichen Alter befreundet. Ihre Mutter durfte das aber nicht wissen. Sie kam zu mir in ausgetretenen Filzlatschen, schlendernd und sich in schmalen Hüften wiegend, im schwarzen geflickten Kittel. Sie putzte mir das Zimmer, und wenn sie meine Schlafmatratze glättete, stieß sie mich dabei mit dem Ellbogen ermunternd in die Seite.

»Ach, Sie!« sagte sie dann.

Manchmal lud ich auch meinen mickrigen und rachitisch aussehenden Wohlfahrtspfleger zu einer guten Tasse Kaffee und ein paar Zigaretten ein. Er sah immer traurig und verhungert aus.

»Ich bin ein unverstandener Mensch geblieben«, erklärte er mir jedesmal. »Auch von den Lebensfreuden habe ich nichts genießen können. Als kleiner Angestellter des städtischen Arbeitsamtes...« Er winkte ab und trank einen Schluck. »Ich werde Ihnen Vergünstigungen verschaffen, aber nicht, weil Sie mir Kaffee und Zigaretten kredenzen. Das Stempelgeld müssen Sie jetzt nur noch einmal im Monat abholen. Ein paar Mahlzeitenmarken bekommen Sie auch und Ihr Sohlengeld in bar. Mehr kann ich nicht tun.«

Ich bedankte mich sehr und schenkte ihm noch eine Tasse ein. Ich wartete schon lange auf sein Fortgehen, um weiter an meiner Arbeit schreiben zu können.

»Ich heiße übrigens Kriehnlich.« Er verbeugte sich linkisch, dabei rauchte er seine Zigarette, bis er sich fast die Finger verbrannte, blickte über den Rand seiner alten, schmutzigen Stahlbrille und fingerte aus der Tasse den Kaffeesatz heraus.

»Das freut mich sehr, Herr Kriehnlich.« Wir reichten uns zum erstenmal die Hand und lächelten sogar.

»Nein, mein Gutester: Grihnlich. Mit einem Ü. Ich bin Sachse, aus Birna, mit dem harten B.«

Als er aber zur gewohnten Zeit nicht mehr zum Kaffeetrinken kam, wunderte ich mich über sein Fernbleiben. Doch nur wenig später las ich die traurige Nachricht von seiner Ermordung. Die Täter, arbeitslose Burschen, verwechselten ihn mit einem bekannten Sonderling, einem reichen Manne, den sie eigentlich nur berauben wollten.

Sein Nachfolger hieß Mehlig und war von ähnlicher Art, auch vom Schicksal vergessen und doch bei unbedeutendem Gehalt so treu in seiner Pflichterfüllung – der Bespitzelung der Arbeitslosen.

Nur wenige Monate später war mein »Star« und Nußknacker durch seine Partei »nach oben gefallen«. Er wohnte in der Stadt, hatte einen großen Wagen, während seine Frau und sein Sohn in Eichkamp blieben. Die kurze Fahrt von Berlin her war selbst mit solch einem Wagen und für einen arbeitsmäßig so belasteten Beamten viel zu weit. Auch die Frau dünkte sich jetzt mehr als die anderen und hatte es nicht mehr nötig, meine feuchte Behausung zu vermieten. Das Problem eines neuen billigen Zimmers schwebte erneut drohend über mir.

Da half die kesse Elli Seiler. Ihr Vater, ein Lokomotivführer, war bereits vor Jahren gestorben; ihre Mutter besaß in Eichkamp ein kleines Haus mit Garten und eine nicht mehr benützte winzige Küche mit zweiflammigem Gasherd. Der mit olivgrüner Ölfarbe gestrichene Raum hatte einen schmalen Schrank, kleinen Tisch, soliden Stuhl und einen handbreiten Spiegel. Die Miete betrug zehn Mark. Da ihre Mutter und Großmutter endlich einmal an einen »besseren Herrn« vermieten wollten, brauchte Elli nicht lange für mich zu sprechen: »Das sieht man doch sofort, Mutti!«

Ich zog ein, und da die Küche etwas abseits von der Wohnung lag, konnte ich ungehindert auf der Maschine schreiben – jetzt endlich nur für mich allein. Die »freundlichen Zugaben« meiner Tätigkeit als Gerichtsvollzieher-Kollege fehlten mir freilich sehr. Dennoch schrieb ich Tag für Tag, obwohl ich meinen Magen wieder auf die schon seinerzeit so erfolgreichen Haferflocken eingestellt hatte.

In diesen Tagen erschien mir jede Stunde wie ein Alpdruck, jeder Schritt aus dem Hause sinnlos, jede Zeile, die ich schrieb, wie ein Hohn gegen mich selbst.

Darüber glaubte ich manchmal fast wahnsinnig zu werden. Und gerade deshalb versuchte ich mich erst recht irgendwie zu beschäftigen, besonders im kleinen Garten der Seilers, wo ich das Unkraut jätete. Bei fast jedem Wetter schwamm ich im Grunewaldsee, um meinen Arm mit aller Gewalt beweglich zu erhalten.

Eine Zeile nach der anderen, Seite um Seite, zwang ich mich niederzuschreiben, bis mir oft kalter Schweiß auf der Stirn stand und ich meine ungeschickten Hände zu verwünschen begann, weil sie so unendlich langsam die Buchstabentasten fanden und niederdrückten. Meine Finger konnten nicht Schritt halten mit meinen Gedanken, die wie Träume enteilten, und mit den Gestalten, die mich wie Menschen aus Fleisch und Blut umgaben, mit mir sprachen, neben mir standen, mit mir lebten – und mir manchmal auch zu essen gaben. Dann empfand ich keinen Hunger mehr und kein Verlangen...

»Sie! Sie!« rief mich abends manchmal Elli flüsternd. »Ich habe was mitgebracht!« Ihr rundes, offenes Gesicht strahlte, ihre rauhen, verarbeiteten Hände strichen unsicher über meine Wange, die Augen leuchteten voll innerer Unruhe, als hätte sie jemand zu mir gehetzt. Sie kam mir vor wie eine junge Wölfin, die für ihren Wurf jagt und ihn füttert.

»Nun aber schnell die Tür zu, damit meine Mutter nicht reinkommt!«

»Ein ganzer Kranz Leberwurst! Woher hast du das?«

»Ach, fragen Sie nicht immer. Ich habe Sie doch ein wenig

gern. Essen wir und Schluß! Den Rest verstecken Sie. Bei Ihnen sucht keiner was.«

Dann konnte ich einer solchen Verlockung nicht widerstehen – und aß mit.

Ein andermal brachte sie Kaffee, dann Butter, wieder Wurst, eine Hunderterpackung Zigaretten und sogar eine Pfeife.

»Für mich, Elli? Das ist sehr nett, aber...«

»Nix is mit aber. Wir essen erst. Da...! Sind das nicht herrliche Strümpfe? Und hier noch zwei Paar. Knorke, was?«

»Woher hast du das, Mädchen?« fragte ich beharrlich.

»Von Hans. Er hat Arbeit bekommen, aber so eine!« Sie hob beide Fäuste und sah mich begeistert an.

Nach Tagen begann ich erneut, sie auszuforschen: »Elli, nun sag mir doch die volle Wahrheit, woher du diese Sachen hast. Du weißt, ich verrate dich nicht! Es wird immer mehr!«

Sie stotterte: »Mitgenommen... alles..., weil ich so einen Hunger habe. Ich kann mich einfach nicht mehr beherrschen. Wenn ich in einem Geschäft stehe, zittere ich vor Verlangen. Viele Arbeitslose stehlen – auch nur aus Hunger.«

»Und wenn dich jemand erwischt, dann ist es aus!«

»Ihnen kann ich es ja sagen. Hans macht mit, und dadurch haben wir es leicht. Er knöpft den Mantel auf, stellt sich ganz breit vor mich hin, und ich krame.«

»Das darfst du nie mehr machen! Das ist Diebstahl, und der wird mit Gefängnis bestraft!«

»Aber ich habe doch Hunger!«

Es kostete sie eine große Überwindung, bis sie mir versprach, nicht mehr zu stehlen.

Eine ganze Weile verging. Elli hielt sich gut.

»Wenn du noch einmal stiehlst... Ich nehme nicht ein Krümchen mehr.«

»Ach, Sie! Ich sehe doch, was Sie für einen Hunger haben, ein Mann so groß wie ein Baum. Wie Ihre Augen glänzten, wenn ich einen Zipfel Wurst mitbrachte: Warum sollte ich mir schlecht vorkommen? Die anderen haben's ja – wir aber nicht.«

Dann aber brachte sie eine Gänsebrust mit.
Sie bat mich lange und inständig, mitzuessen, aber ich lehnte es ab. Ich gab ihr von meinem Brot, dann hörte ich sie hastig essen. Ich hatte ihr den Rücken gekehrt, um vor mir selbst bestehen zu können. Ich sah Elli nicht mehr.

Ihre Mutter, die nun mein Zimmer in Ordnung hielt, fragte ich nach dem Ausbleiben ihrer Tochter. Sie setzte sich auf den Stuhl und rang verzweifelt die Hände.

»So eine Schande hat das Mädel über unser Haus gebracht! Denken Sie nur, die Polizei hat sie und einen Arbeitslosen festgenommen. Beide haben bei einem Fleischer Wurst gestohlen. Meine Elli, auf die ich so aufgepaßt habe. Wenn das unser Vater wüßte, er hätte das nicht überlebt, so ein guter, ehrbarer Mann.«

Am nächsten Morgen gegen sieben Uhr trat, ohne anzuklopfen, ein stämmiger Mann in mein Zimmer, schlug den Kragen seines Rockes zurück und zeigte mir seine Dienstmarke.

»Sie kennen doch Elli Seiler?«

»Gewiß!«

»Haben Sie mit ihr Fleischwaren oder andere gestohlene Sachen gegessen, verbraucht?«

»Ja.«

»Hm...« Er zögerte erst, blickte sich im Zimmer um. »Ich soll Ihnen einen Gruß vom Oberwachtmeister Wilhelm Schöne ausrichten und vom Vorsteher Grüneberg.«

»Vom Revier Kaiserdamm, wo ich gewohnt habe? Danke!«

»Ick habe mir über Ihnen erkundigt, Herr. Beste Referenzen, aber die Sache mit Elli? Det Mächen hat feste jeleugnet, Ihnen davon wat jejeben zu haben. Anständig, wa?«

Wir rauchten eine von Ellis gestohlenen Zigaretten und sprachen uns aus.

Der Beamte wurde nachdenklich. »Wo steuern wir bloß hin? Wie soll ein Mensch mit 5 Mark 45 in der Woche existieren?«

»Genau, Pestalozzi sagte einmal, ein Hungriger habe das Recht, Fensterläden einzuschlagen.«

»Ja, so is det verdammte Leben. Nun bringen Sie mir wenigstens vor die Tür. Die Sache ist erledigt.«

Elli stand vor den Schranken des Gerichts mit geballten Fäusten, als wollte sie jeden Augenblick den Vorsitzenden anspringen. Als dann das Urteil verkündet wurde, schrie sie plötzlich in den überfüllten Saal:

»Ich hatte Hunger! Ich war verzweifelt! Gebt uns Arbeitslosen endlich Arbeit, wir wollen ja arbeiten! Bestraft lieber die Verbrecher, die sie uns nehmen!«

Der Vorsitzende verwarnte sie mit schnoddriger Stimme. Der Gerichtsdiener führte sie hinaus. Im Saal wurde es totenstill.

Erst dann erwachten die Stimmen, die immer lauter für die Verurteilten Partei ergriffen. Die Ärmsten der Armen, die in ihrer unverschuldeten Not schwach wurden, prangerte man als Gesetzesbrecher an!

Über ein halbes Jahr sah ich Elli Seiler nicht mehr.

Als ich eines Nachmittags auf der Straße eine Mark fand, ging ich an den Schalter eines kleinen Kinos, um mir für fünfzig Pfennig einen Film anzusehen, in dem Natascha als Tänzerin auftrat.

Danach schlenderte ich über den Kurfürstendamm, blickte in die Schaufenster, stand bald hier, bald dort vor den verlockenden Auslagen.

An der Uhlandstraße wollte ich auf die andre Seite gehen. Da fuhr eine Taxe vor, ich mußte einen Augenblick warten und sah auf einmal Elli aus dem Wagen steigen.

»Die Mark dazu als Trinkgeld«, sagte sie dem Fahrer. Sie erkannte mich sofort und gab mir die Hand. »Wie geht es, Elli? Gut?« Sie sah schick und mondän aus. Sie hob die Schultern und legte den kleinen Schleier über den Hutrand.

»Er ist eifersüchtig wie ein junger Liebhaber, aber reich und hat so junges Gemüse, wie ich es bin, gern.«

»Vielleicht kommt doch eines Tages ein Prinz.«

»Für einen Prinzen habe ich damals gestohlen. Heute stehle ich nur für mich selbst. Es bleibt also gehupft wie gesprungen. Geändert habe ich mich nicht.« Sie zeigte auf das Haus, vor dem sie gerade stand, holte schnell einen Schlüsselbund aus der Handtasche, öffnete die schwere Tür, nickte mir zu und verschwand.

Der Winter war in jeder Beziehung hart.

Durch Hunger und Entbehrungen begann sich seit den frühen Abenden mein Augenlicht nach stundenlangem Schreiben zu trüben. Ich dachte bekümmert an meine damalige Grippeerkrankung, als ich wochenlang nichts mehr sehen konnte. Das Deckenlicht schien mir erbarmungslos ins Gesicht: ich mußte diesen Übelstand abstellen.

Bei einem Werkzeugmacher, den ich seinerzeit für Mister Sloane ausfindig gemacht hatte, konstruierte ich mir eine eigenartige Tischlampe. Als Fuß diente eine runde Scheibe aus Blei. Dadurch konnte sie nicht kippen. Darauf befestigte ich eine kleine Stahlkugel und auf ihr ein Rohr, an dessen oberem Ende wieder eine Kugel klemmte. Auf diese Weise konnte ich meine Lampe und ihr Licht in jede beliebige Stellung bringen, wobei ich den schalenförmigen Schirm mit einer einfachen Blechmanschette ebenfalls zum Drehen brachte.

»Wat soll det denn wern, wenn et fertig is?« fragte Meister Kaminski, ein großer Könner in seinem Fach.

»Abwarten! Sie werden auch so ein Ding von mir geschenkt bekommen.«

»A, wa!« erwiderte er unbestimmt, sah mir jedoch bei der Arbeit zu. Als aber meine weltbewegende Erfindung beendet war, musterte er meine Lampe aufmerksam und fügte lapidar hinzu:

»Donnerwetter, Mann Jottes! Det is ne Sache mit Kniff! Ein Patent is Ihnen man sicher!«

»Dazu habe ich kein Geld!«

»Ein Weltpatent kostet rund dreitausend Emmchen, Herr Nachbar. Nach Adam Riese macht det rund... hundertfünfzig Monate oder zwölfeinhalb Jahre Wohlfahrtseinkommen.«

»Richtig! Aber ohne Essen!«

»Janz jenau. Lassen Se man det meine Sache sein. Und dazu

Schnauze halten. Nun machen Se mir ooch mal so'n Ding.«

»Soll es an der Wand halten oder mit einer Klemme an Ihrer Werkstattbank?«

Kaminski setzte sich auf seinen alten, dreibeinigen Schemel, blickte mich nachdenklich an, räumte sein Werkzeug vom Tisch und nahm meine Lampe erneut in die Hände.

»Die Vielfalt der Verwendungsmöglichkeiten... vastehe... vastehe... auch an die Wand zu hängen, am Tisch festzuklemmen... durch die Bleiplatte absolut unkippbar!«

»Und wenn Sie das Rohr noch durch einen beweglichen Scherenzug ersetzen...«

»Da haben Se man gleich zwanzig Emmchen Vorschuß für Kohlen. Sonst überleben Ihnen die Haferflocken doch noch!«

Als ich bald danach meine Monatsunterstützung abholte, fiel ich bewußtlos auf der Straße zusammen und wurde in ein Polizeirevier eingeliefert. Mit ein paar dicken Wurstschnitten und den Kleidern voll herrlicher Wärme wurde ich, nachdem ich noch eine kräftige Suppe gierig aufgegessen hatte, freundlich von den Beamten entlassen. Ich konnte mich jedoch nie überwinden, »amtlich geheizte Lokale« aufzusuchen. Der Anblick der teils verkommenen Menschen und ihr penetranter Geruch, das Heer, das bereits über sechs Millionen zählte, wirkte auf mich zu deprimierend. Nicht umsonst wählte ich die Siedlung Eichkamp, um nur ja dem Steinmeer der Stadt zu entrinnen.

Ein zweites Mal wurde ich mitten auf dem Fahrdamm ohnmächtig. Der Autobesitzer, der mich dabei um ein Haar überfuhr, beschenkte mich mit zwanzig Mark und verschaffte mir dazu auf Kosten seiner Versicherung für den »zweifellos erlittenen Schock« einen zweiwöchigen Klinikaufenthalt.

Gestärkt durch gutes Essen, Pflege und Wärme nahm ich meine Arbeit wieder auf, kaufte Kohlen, und es ging eine ganze Zeit wie noch nie zuvor. Ich flehte meine Schreibmaschine an, nur ja nicht zu versagen, denn meine Arbeit näherte sich dem Ende.

Doch die beiden Ohnmachtsanfälle, diese Warnsignale meines Körpers, übersah ich nicht.

Wieder versetzte ich meine goldene Armbanduhr, aber da mich Frau Seiler noch am gleichen Tag aufforderte, den übermäßigen Lichtverbrauch zu bezahlen, mußte ich sofort einen großen Teil des Geldes wieder abgeben. Außerdem sperrte sie mir kurzerhand den Strom und ließ meinen Zähler plombieren. Meine neue Lampe brauchte ich also nicht mehr. An Stelle der Lebensmittel kaufte ich mir jetzt nur noch Kerzen, hungerte sie mir pfennigweise ab, um weiterarbeiten zu können.

Ich arbeitete ja nur, um meinen Verstand nicht zu verlieren! Immer wieder überfiel mich lähmende Verzweiflung. Konnte das alles so weitergehen?

Aber selbst in solchen Augenblicken vermochte mich nichts von meinem sturen Willen abzubringen, mein Leben und Schicksal allein zu meistern.

Am Monatsende schloß mich vor dem Arbeitsamt der Russe Semjonoff in seine bärenhaften Pranken. Seit dem Abend im russischen Restaurant trafen wir uns gelegentlich. Sein großer schwarzer Kopf stand vor mir, und seine dunklen Augen leuchteten in der strahlenden Sonne. Er erzählte mir von seiner Anstellung bei einer Zigarettenfirma und zeigte auf den neben uns stehenden Lieferwagen. Wir kamen ins Gespräch.

»Kommen Sie nur gleich mit! Wir suchen einen Plakatträger für den ganzen Bezirk um den Schlesischen Bahnhof. Ihr Arm? Ich bringe Sie und die Plakate wohin Sie nur wollen. Dafür bezahlt die Firma vierzig Mark.«

»Im Monat?«

»Wo denken Sie hin, mein Lieber! In der Woche natürlich! Dazu ein Straßenbahnabonnement. Aber das können Sie sich, wie gesagt, sparen!«

Vierzig Mark in der Woche!

Das ging mir nicht aus dem Kopf. Bis der Lieferwagen wieder aufgeladen wurde, setzten wir uns in eine benachbarte Kneipe. Semjonoff spendierte mir eine Bockwurst mit Kartoffelsalat und eine Tasse Kaffee. Ich war gesättigt, durchwärmt und auch zuversichtlich.

Die Sache wurde perfekt; Semjonoff fuhr mich und meine Plakate dreimal in der Woche in meinen Bezirk, weil ich die schweren Plakate mit der einen gesunden Hand nicht tragen konnte. Das Wohlfahrtsgeld für den ganzen Monat hatte ich bereits verbraucht, um einigermaßen bei Kräften zu bleiben. Doch schon am Wochenende erhielt ich die ersten vierzig Mark und konnte mich mit gebotener Vorsicht sattessen.

Mit dem Bezirksvertreter, dem ich unterstellt war, kam ich gut aus. Er trank gern. Ich besuchte mit den Reklameplakaten seine gesamte Kundschaft; deshalb ließ er mich auch die Aufträge entgegennehmen.

Meine neue Tätigkeit überforderte mich zuerst. Kaum hatte ich gegessen, versank ich in einen bleiernen Schlaf. Allmählich ging es besser.

Eines Tages rief mich der Filialleiter zu sich und stellte mich zur Rede. »Was sind Sie eigentlich, Plakatträger oder Bezirksvertreter meiner Firma?« fragte er ungehalten. Ich witterte Morgenluft und zog das goldene Schweigen vor. »Aus den Rechnungen ersehe ich, daß die meisten Auftragszettel von Ihnen gefertigt sind. Und was hat Ihr Vertreter in dieser Zeit gemacht? Wieder gesoffen?«

Ich schwieg.

»Wollen Sie ab morgen Ihren Bezirk als Vertreter übernehmen?«

Ich räusperte mich.

»Ja oder nein? Es geht sowieso nur um etwa vierzehn Tage, weil ich mehrere Herren wegen schlechter Geschäftslage entlassen muß. Sie wären in diesem Fall also unser jüngster Vertreter.«

Ich sagte zu.

Genau vierzehn Tage später war ich zwar entlassen, aber ich hatte an Verkaufsprovision zweihundert Mark verdient. Während ich dann mein lukullisches Essen genießerisch zubereitete, überrechnete ich die vielen nötig gewordenen Ausgaben für meine äußere Renovierung, aber das konnte meine gute Laune nicht verderben.

Die Plombe an meinem Lichtzähler wurde wieder entfernt.

Im nun behaglich geheizten Zimmer vollendete ich im Schein meiner Modellampe den Rest der Schreibarbeit. Dazu fertigte ich eine mehrseitige Inhaltsangabe an und Auszüge des insgesamt 1200 Seiten starken Manuskriptes.

Kaum hatte ich den Deckel des Schnellhefters über meiner Arbeit geschlossen, verwandelte sich in mir die liebevolle Sachlichkeit, mit der ich über zwei Jahre lang mein Manuskript niedergeschrieben hatte, in leise Melancholie. Ich mußte mich nun von all dem trennen, von der Welt meiner Jugend, von den Erinnerungen, die ich noch einmal beschworen hatte, um ihnen Dauer zu geben.

Die Schatten und Stimmen traten zurück. Ich horchte und horchte, sie sprachen nicht mehr mit mir. Ich war wieder allein.

Als ich mich nach einer schlaflosen Nacht im handbreiten Spiegel betrachtete, sah ich, wie alt und verfallen ich geworden war.

Dann zog es mich in die Stadt.

»Was macht Ihre Schriftstellerei?«

Ich erschrak. Ich stand vor dem Schaufenster meines früheren Buchhändlers. Er ließ mich eintreten.

»Ich bin gerade aus Sibirien nach Deutschland heimgekehrt«, erwiderte ich ironisch.

»Darf ich das Manuskript einmal lesen?«

»Lieber nicht, denn alle Korrekturen sind noch drin. Ich müßte erst eine Reinschrift anfertigen. Aber ich bringe Ihnen eine Inhaltsangabe.«

»Dann bin ich Ihr erster Leser und Kritiker. Sie werden Ihre Arbeit doch anbieten?«

»Sie hat mindestens ihren Zweck erfüllt. Mehr wollte ich eigentlich nicht.«

»Wollen Sie allen Ernstes die Arbeit und den Fleiß von über zwei Jahren brachliegen lassen?«

»Ich will einmal sehen.«

Mit meinem Werkzeugmacher Kaminski traf ich ein Abkommen: Er hatte nur noch wenig Arbeit und sollte meine

Wunderlampe für fünfzig Mark fachgerecht herstellen, weil ich sie verkaufen wollte. Im Erfolgsfalle sollte er noch fünfzig Mark dazu erhalten. Die Patentanmeldung wenigstens für Deutschland vorzunehmen, lehnte er skeptisch ab.

Da ich mich in der Berliner Industrie ziemlich gut auskannte, fuhr ich mit der fertigen Lampe zu einem bekannten Werk in die Nähe der Petersburger Straße. Ich war nach sachlicher Überlegung voller Zuversicht.

Zwei Fachleute drehten meine Lampe hin und her, nickten mit ernsten Gesichtern und fragten mich dann nach dem Preis.

»Fünfhundert Mark«, erwiderte ich sofort. »Und Sie können damit machen, was Sie wollen, also ohne Einschränkung.«

»Das ist aber sehr viel Geld!«

»Im Gegenteil, meine Herren!« Ich demonstrierte meine Idee noch einmal, wies auf ihre Bedeutung für die gesamte arbeitende Menschheit hin. Aber der Kaufabschluß kam nicht zustande.

»Stellen Sie mir bitte eine Bescheinigung aus«, erklärte ich verärgert, »daß Sie dieses Muster und meine technische Skizze dazu erhalten haben. Das ist natürlich unvermeidlich.«

»Aber wir haben doch keine Inflation!«

»Immerhin!«

Man tat es sehr zögernd, lächelte herablassend und versprach mir, in den nächsten Tagen endgültig Bescheid zu geben.

Ähnlich erging es mir auch bei fünf weiteren Werken.

Inzwischen hatte mein Buchhändler die Inhaltsangabe gelesen. Er war begeistert und nannte mir mehrere namhafte Verlage: »Die werden mit beiden Händen danach greifen! Denken Sie an meine Worte! Schicken Sie Ihre Inhaltsangabe sofort nach allen Himmelsrichtungen! Sie halten ja ein Vermögen in den Händen, glauben Sie es mir!«

Nach diesem guten Fachurteil offerierte ich mein Manuskript mit unbelastetem Optimismus und scheute das teure Porto nicht. Endlich kamen die Antworten. Es waren kultivierte Briefe, in einem hervorragenden Stil und höflich verfaßt – aber sie enthielten nur Absagen: Thema Krieg, Rußland, Sibirien, Gefangene, Naturschilderungen – völlig uninteressant und durch das Überangebot an solcher Literatur nicht mehr gefragt.

Mein Geld schmolz bedenklich zusammen. Ich schnürte meinen Gürtel enger, bot meine Arbeit weiter an, bis auch der letzte in Frage kommende Verlag mir eine Absage erteilt hatte. Damit schien auch die letzte Hoffnung begraben.

Mein Buchhändler war entmutigter als ich selbst. Dennoch gab er mir zwei persönliche Empfehlungen an Berliner Verlage.

Bei dem einen wurde ich von dem Chefredakteur eines Sensationsmagazins sofort empfangen. Er zeigte großes Interesse an meiner Arbeit, obwohl er hinter seinem Schreibtisch von hochaufgetürmten Manuskripten, Druckbogen und anderem Kram fast erdrückt wurde.

Inzwischen waren weitere sechs Wochen vergangen. Ich besaß nur noch zwanzig Mark.

Zu dem zweiten Verlag, einem der bedeutendsten in Deutschland, wollte ich erst gar nicht gehen. Er hatte mir als erster die Inhaltsangabe zurückgesandt. Mein Buchhändler bestand aber darauf.

Jedoch der Vertriebsleiter dieses Verlages empfing mich auch zum dritten Male nicht. Er hätte so viel zu tun, sagte mir eine seiner beiden Sekretärinnen mit höflichem Bedauern. Eigenartig, wie doch das Leben spielt, dachte ich; zehn Millionen Arbeitslose, die nichts zu tun haben, und dieser Herr ist mit Arbeit überlastet!

Stur wie ich bin, ging ich zum viertenmal hin, wieder in meinem besten Anzug. Seine andere Sekretärin sagte mir genau dasselbe. Da ich selbst viel und oft hart hatte arbeiten müssen, ohne mich dadurch interessant zu machen, fühlte ich auf einmal, wie mir der Kragen platzte.

»Wenn der hohe Herr ein Gott ist, so soll er sich lieber auf den Olymp setzen und nicht in den Verlag!«

Meine Stimme war unüberhörbar. Diesmal drang sie durch

die Tür bis zu diesem ›hohen Herrn‹, der unerwartet für uns drei auf der Schwelle erschien, ein Hüne von Gestalt, mit gutmütigen Augen, buschigen Brauen und väterlich wohlwollenden Zügen, nicht der Typ eines Berserkers, wie ich angenommen hatte.

»Was wünschen Sie denn?« Wir stellten uns vor, und da ich im gleichen Augenblick daran denken mußte, daß ich den Riesen hinter seiner wohlbewachten Tür genauso hervorgeholt hatte, wie eine lästige Fliege oft den stärksten und schwersten Menschen hochbringt, mußte ich ein wenig lächeln. Auch er lächelte freundlich. Irgendeine Sympathie bestand sofort zwischen uns.

»Ich will dem Verlag ein Manuskript, meine Arbeit, anbieten.«

»Dann muß ich Sie leider enttäuschen. Aber bitte, kommen Sie nur herein, ich werde mit der betreffenden Abteilung telefonieren und Sie anmelden.«

Mit einem freundlichen: »Hals- und Beinbruch!« wurde ich verabschiedet. Ich ging in die mir genannte Abteilung, trug mein Anliegen vor, überreichte einem der Herren meine kurze Inhaltsangabe, die er sofort durchblätterte und absatzweise sogar las.

Es war gerade Mittagszeit. Ich ging aufs Ganze: Ich lud ihn zum Mittagessen in das nahe italienische Restaurant ein.

Kaum hatten wir am Tisch Platz genommen, fragte er mich ganz am Rande meiner Schilderungen über Sibirien, warum ich denn nicht mitessen wollte? Das Menü sei doch ganz ausgezeichnet! Ich konnte ihm schlecht sagen, daß ich von zwanzig Mark Wohlfahrtsunterstützung leben mußte.

»Entschuldigen Sie bitte«, erwiderte ich ihm sofort und streckte die Linke mit der goldenen Uhr hervor, um alle möglichen Mutmaßungen seinerseits im Keime zu ersticken. »Ich komme gerade vom Essen. Aber dieses Fläschchen Chianti trinken wir doch gemeinsam. Oder haben Sie es eilig?«

»Nein, für solche Schilderungen und ein gutes Essen mit Wein sollte man sich immer etwas Zeit nehmen.«

Wir hatten sofort einen fast herzlichen Kontakt miteinander. Der Mann gefiel mir in seiner Art. Die harte Schule des Umgangs mit schwieriger Privatkundschaft und die Ratschläge meines Cowboys und Mister Sloanes kamen mir bei der Schilderung meiner Arbeit sehr zustatten. Mein Gegenüber aß weiter, hörte und schwieg, während sich mein leerer Magen mit ein paar simplen Salzstangen begnügen mußte.

Zu Hause lag ein Brief von der Zigarettenfirma. Mühselig reimte ich mir seinen Sinn zusammen. Ich sollte erneut für einige Tage in ihren Dienst treten, Ware in den Außenbezirken verkaufen und diese sofort mit dem Lieferwagen abliefern. Der Fahrer Semjonoff sollte mich begleiten.

Gleich am nächsten Morgen rief ich gegen neun Uhr im Verlag an. Mein Redakteur war noch nicht erschienen. Ich bat, ihm auszurichten, ich sei verreist und später nur unter der Nummer soundso zu erreichen. Als er dort anrief, wurde ihm von der Firma bedeutet, ich sei mit »meinem« Wagen unterwegs.

Als ich heimkam, lag ein Brief des Verlags da. Nie habe ich so lange gezögert, einen Brief zu öffnen, wie damals.

Der Redakteur bedauerte, mich nicht erreicht zu haben. Er interessiere sich für mein Manuskript, das ich ihm persönlich im Verlag möglichst umgehend abliefern solle, so, wie es gerade sei, also alle 1200 Seiten mit Korrekturen. Später kam ein zweiter Brief im blauen Umschlag.

Die Entscheidung?

Man ersuchte mich, mit dem Verlag über eine Option zu verhandeln.

Inzwischen ging ich wieder stempeln, denn der Vertreter, den ich in dieser Zeit zu ersetzen hatte, war gesund geworden. Leider.

Man empfing mich im Verlag infolge der telefonischen Anfrage als einen »Mann mit eigenem Wagen«.

»Optionsrecht auf zwei Monate – einverstanden, aber bitte nicht ohne Anzahlung«, erwiderte ich mit höflicher Selbstverständlichkeit und rückte am Handgelenk die dem Leihhaus im letzten Augenblick wieder entrissene goldene Armbanduhr zurecht.

Es war nicht einfach, aber als ich den Verlag verließ, hatte ich siebenhundert Mark in der Tasche.

Wieder ging ich ins italienische Restaurant, setzte mich an den gleichen weißgedeckten Tisch mit funkelnden Gläsern, einem Körbchen voll Weißbrot und blickte durch das Fenster. Ununterbrochen gingen Passanten vorbei.

Es war sehr warm, Juli, der Himmel blaßblau, wolkenlos. Wie eigenartig das alles!

Wie war es noch, damals?

Alles um mich begann zu zerflattern, Menschen, Gedanken und Gefühle, Gegenwart, Krankheit, Hunger, Einsamkeit. Wie wird es weitergehen?

Wie ein Traumwandler fuhr ich wieder nach Eichkamp hinaus, aber es litt mich nicht in meinen engen vier Wänden. Drüben, im verkrüppelten Birkenwäldchen, legte ich mich ins Moos, den Blick zum lichtüberfluteten Himmel erhoben, und lauschte und lauschte.

Worauf?

Ich wußte es nicht!

Drei Wochen später war mein Manuskript angenommen. Schon in wenigen Monaten sollte das Buch erscheinen, mein Roman über Sibirien, über Sabitoje, »Das vergessene Dorf«. Ich konnte es noch immer nicht glauben!

Es war Abend.

Ich saß auf meiner Schlafmatratze und starrte gedankenverloren vor mich hin, wartete wieder, wußte aber nicht worauf.

Da kam Natascha!

Zaghaft trat sie über die Schwelle. Nur ein schneller Blick in den kleinen Raum. Zwei schmale Hände, plötzlich zu Fäusten verkrampft, preßten sich gegen ihren Mund. Sie stöhnte auf.

»Du kannst ja hier nicht einmal gehen! Dabei bist du doch so groß! Wie furchtbar!«

Mein Herz schlug so schnell, daß ich mich nur schwerfällig

erheben konnte. Ich führte sie zu meinem einzigen Stuhl. Unentschlossen setzte sie sich. Ihre Hände fielen herunter. Fassungslos sah sie mich an.

Der Bann ihrer Erscheinung war unverändert geblieben.

»Ich saß sehr viel und empfand deshalb die Enge nicht«, antwortete ich endlich.

»Empfandest sie nicht?«

»Nein.«

Der Duft ihres Parfüms schien die Enge meiner Wände sprengen zu können. Ich nahm ihre Hand und führte sie langsam an meine Lippen. Sie lehnte ihre kalte Wange gegen die meine, aber so unsicher, daß ich dabei zusammenzuckte. Da spürte ich, daß ich ihr wehgetan hatte.

»Ich kann dir nicht einmal etwas anbieten. Natascha. Du mußt schon entschuldigen. Ich habe wohl etwas Geld, aber ich lebe noch immer sehr bescheiden.«

Sie nickte, ohne den Blick von mir zu lösen.

»Hier also hast du nun die ganze Zeit gewohnt, diese zwei Jahre?«

»Ja, fast zwei Jahre.«

»Und nun?« fragte sie leise und ängstlich.

»Nun... habe ich kein Verlangen mehr... nach nichts mehr.«

Sie nickte wieder vor sich hin. Eine Träne löste sich aus ihren Wimpern. Sie hatte mich verstanden, diese paar Worte, mit denen ich zweieinhalb Jahre schildern und abtun wollte.

»Kein Verlangen... nach nichts mehr...«, wiederholte sie mit tonloser Stimme und seufzte. »Dennoch muß ich dir sagen, was mich zu dir führt. Du wirst es schon wissen...«

Und sie begann mir wie einem leidenschaftslosen Beichtvater, dessen Verschwiegenheit sie sicher war, Wort für Wort ihr Leben zu schildern.

Den Kopf schwer in die Handfläche gestützt, saß ich auf der Matratze und überhörte dabei keine einzige Silbe, keine noch so leise Nuance ihrer vertrauten Stimme.

Ab und zu sprach sie von unseren gemeinsamen Erinnerungen, und sie waren so überaus deutlich geschildert, daß ich

Natascha unwillkürlich ansehen mußte, wie ihre Augen dabei funkelten und dann wieder mattem Samt glichen. Aber es war eben nur eine Beichte, der sachliche Bericht einer jungen Frau, die sich noch nie, auch nicht als Kind belogen hatte.

»Üben, auftreten, filmen, immer mehr Geld verdienen, fade, abgedroschene Komplimente der Männer anhören, vom Hotelpagen angefangen bis zu den lächerlichen ›Götzen‹... unverändert seit Jahren und immer wieder, tagein, tagaus. Das ist mein Leben. Und ich werde so sehr darum beneidet.« Sie preßte die Finger fest ineinander.

»Und nun Horst... Er wollte mich heiraten, glücklich machen, aber ich enttäuschte ihn und mich selbst mit meiner eigenen Inkonsequenz. Er war über mein Fortgehen verzweifelt und erklärte mir zum Abschied, er könne ohne mich nicht mehr leben. So handelte er auch... noch am gleichen Abend...« Ihre Stimme klang matt.

»Es mag sich eigenartig anhören«, sagte sie dann hart, »aber ich kann nichts dafür! Ich falle immer wieder in dieses sonderbare Gefühl kalter und ausweglos̈er Einsamkeit, in die sträfliche Gleichgültigkeit und Undankbarkeit, aus der du mich mit aller Gewalt herauszuholen versuchtest; und immer und immer ohne Erfolg. So war ich ja auch dir gegenüber... dir... mehr als allen anderen! Dabei komme ich mir so erbärmlich vor, weißt du. Jedes Glück zerbreche ich mir mit meinen ewig dummen Händen!« Natascha blickte auf ihre Finger und spreizte sie ein wenig auseinander.

»Dabei sagt mir ein jeder, wie schön sie sind, meine Hände. Auch das Kostbarste und Liebste, was ich jemals haben konnte, und das bist du, Solnze, ist mir daraus entglitten... wie einem Narren.«

Wir schauten ins gedämpfte Licht meiner Lampe und schwiegen eine ganze Zeitlang, als wollten wir alle Gedanken in uns erst ordnen.

»Du hattest mir damals, als ich allein nach Indien fuhr«, bei diesen Worten trafen sich unsere Blicke, »die Wahl überlassen, zu dir zurückzukehren, so, wie ich von dir ging, oder... ich fühlte, wie sehr du es von mir erhofftest, letztmalig erhofftest. Ich kam dann auch, aber ich kehrte nicht zurück. Oh, ich habe deinen Weg genau verfolgt, und sogar noch genauer verfolgen lassen, als du hungertest, krank und einsam warst, aber ich war zu feige, dich damals aufzurütteln. Ich hätte dich mit allen Mitteln überreden sollen, zu mir zu kommen, darum betteln müssen, um dich kämpfen! Du hast es doch auch viele Jahre lang um mich getan! Und ich glaube sogar... Solnze...«, ihre Stimme wurde leise, fern und zärtlich, »du hättest mir dann verziehen, daß ich dich in einem solchen Augenblick verlassen habe. Damals wäre es nicht zu spät gewesen... für mich.

Aber du bist ein Mann, der alles von einer Frau verlangt, sonst ist sie für dich wertlos. Du gabst mir ja auch alles. Später habe ich dich besser verstanden... Ja, später! Ich traute mich dann aber nicht mehr, zu dir zu kommen, und lebte wie in einem Rausch. Dabei bin ich nur ein kleines, unbedeutendes Mädchen, wie ich es immer bei dir war, Solnze. Mit der einen Hand hielt ich mich an dir, in der anderen meine alte Akulina... das ist mir das liebste Bild in meiner Erinnerung... glücklich und geborgen, unempfindlich gegen alles Niedrige, nur durch dich, durch deinen Willen und den liebevollen Zwang, mich durchs Leben zu führen. Dieses Bild, das wir oft in den Schaufenstern in Leysin betrachteten – ihm gilt meine ganze Zärtlichkeit bis auf den heutigen Tag.«

Sie warf ihren Pelzmantel von den Schultern und schwieg.

Dann wagte ich doch zu fragen: »Und nun, Natascha? Wie soll es bei dir weitergehen?«

Sie hob und senkte die Schultern.

»Frag nicht, frage nur nicht danach! Ich weiß es nicht. Neulich habe ich gedacht – ich war aus dem Bade gestiegen und betrachtete mich im Spiegel, nahm die Parfümflasche –, wenn es doch ein Mittel gäbe, das teuerste, das man sich nur denken kann, um sich mit ihm so gründlich reinzuwaschen oder sonst was mit sich zu tun, auch das schmerzlichste, um so zu werden, wie ich war... bei dir. Nur bei dir! Das gibt es aber nicht. Das gibt es nicht!«

Sie schüttelte den Kopf und legte den Pelz um ihre Schultern. »Meinst du, ich könnte jemals den Augenblick vergessen, als du mir verspachtest... mich mitzunehmen?«

Sie stockte, unfähig, weiterzusprechen, schwieg. Tränen rollten ihr über die Wangen.

Dann flüsterte sie: »Ich gebe dir dein Versprechen zurück... weil... was einmal zerbrochen ist, nie mehr etwas Ganzes wird. Das sind deine eigenen Worte, und ich sehe, daß du recht hast. Und auch wenn du mir alles verzeihen würdest, könnte ich zu dir nie mehr sein wie früher. Das weiß ich, und da ich dich nun schon so oft enttäuscht habe, würde ich nur noch in ständiger Angst vor all dem leben, was...«

Sie erhob sich, wollte ein paar Schritte machen.

»Mein Gott! Daß du noch lebst! In dieser Enge!« Ihre Hände irrten über ihre Gestalt hinweg, das Gesicht, das Haar.

Unruhig stand auch ich auf. Da lag sie an meiner Brust, umklammerte mich zitternd und schluchzte.

»Also, was soll ich denn noch? Was?« fragte sie sich selbst verzweifelt, den Kopf an meiner Schulter.

»Hör zu«, sagte sie plötzlich und sah mich jetzt an. »Wenn ich nicht mehr weiter kann, unwiderruflich, du kennst mich ja, kommst du dann nur noch einmal zu mir, Solnze?«

»Natascha!« erwiderte ich vorwurfsvoll.

»Das ist auch der Grund, warum ich zu dir kam«, setzte sie schnell hinzu. »Versprichst du mir das? Auch wenn du sonstwo sein solltest, weit im Ausland? Mehr will ich von dir nicht!«

»Natascha...«

Ihre Hand schloß meinen Mund. Sie schüttelte hartnäckig den Kopf, und die mir seit ihrer Kindheit bekannte Falte grub sich tiefer als bisher über ihren schmalen Nasenrücken ein.

»Darf ich dir... einen Kuß auf die Wange geben?«

Ich zog sie an mich, streichelte sie, küßte ihre Augen.

»Nein!« sagte sie erschrocken und machte sich frei. »Nein! Noch nicht, Solnze!« Sie nahm meinen Kopf in beide Hände und berührte meine Wangen mit ihrem zuckenden, weichen Mund.

Ich wollte sie begleiten, weil ich immer noch hoffte, mit ihr weitersprechen zu können, sie zu überzeugen, doch sie bat mich, es nicht zu tun.

Über die Schwelle meiner Tür tretend, zeigte sie auf eine Ecke. »Damals stand ich da und wartete auf dich. Das kommt nie mehr wieder... Und das ist entsetzlich!«

Ihre Augen blickten an mir vorbei. Tränen standen darin. Ich konnte nicht mehr erkennen, woran sie dachte.

Dann war sie fort.

Aus dem Fenster sah ich, wie der Fahrer den Schlag ihres Wagens öffnete, wie sie einstieg und abfuhr.

Zum erstenmal hatte sie nicht zurückgeblickt. Unauffällig beobachtete ich ihren weiteren Weg. Ich dachte oft an sie und schrieb ihr zwei ausführliche Briefe.

Doch eine Antwort darauf kam nicht.

Was sollte sie mir auch antworten?

Jahre waren vergangen. Da rief mich Natascha.

Sie wartete auf mich mit ihrem letzten Lebensfunken.

Als ich das Krankenzimmer betrat, erhellte sich ihr verfallenes Antlitz in einem schwachen, verlorenen Lächeln. Ich setzte mich zu ihr und nahm behutsam ihre Hand, die sie mir nicht mehr entgegenstrecken konnte.

Ihr Zimmer glich einem Blumengarten, und ich wußte, warum man ihre kostbare Vielfalt nicht mehr hinauszutragen brauchte. Auf dem Nachttisch stand das kleine Heiligenbild ihrer Mutter. Stunde um Stunde saß ich neben ihr.

Die Nacht kam.

Nur noch für kurze Zeit brannte das Leben in Natascha. Ich verstand ihren Blick und nahm sie vorsichtig in die Arme. Sie nickte kaum merkbar und blickte mich mit ihren unheimlich groß gewordenen schwarzen Augen unentwegt an. Und ich nickte ihr ebenso zu. Sie sollte sehen, daß ich ihre Gedanken verstand, die ich seit ihrer Kindheit kannte.

Dann sprach sie sehr leise, und ich legte mein Ohr an ihre heißen, geöffneten Lippen, um nur ja keines ihrer Worte zu verlieren. Aber ihre Stimme war zu schwach. Ich konnte sie nicht mehr verstehen.

Langsam fielen ihre Lider zu.
Der Duft der Blumen, des Lebens, wehte zu uns herüber.
»Duschenka«, rief ich sie leise.
Ihr Blick hob sich und ruhte erneut eine Weile auf mir. Ich legte meine Wange an die ihre, strich über ihr Haar hinweg. Natascha rührte sich nicht mehr. Ihre Lider blieben geschlossen, und ich hatte keinen Mut mehr, sie noch einmal zu rufen. Erst als der Morgen kaum erkennbar graute, bewegte sie sich ein wenig, schlug noch einmal die Augen auf. Mit kalten, schmalen Fingerspitzen, die schon ein wenig die Wachsfarbe angenommen hatten, strich sie kaum merkbar über meinen Handrücken.
Plötzlich hielt sie sich an mir fest, versuchte sich aufzurichten. Ich stützte sie, und sie ruhte noch für einen Augenblick in meinen Armen... wie einst. Ihr Mund öffnete sich und raunte:
»Ach...«
Ich spürte den Hauch ihres letzten Atemzuges.
Ihr Pulsschlag stand still.
Ein herber Zug legte sich um ihre Lippen, die alles bisher Kindliche verloren, zum erstenmal fremd wurden.
Ich schloß ihr die Lider. Ich bettete sie in die Kissen zurück, gab sie frei und schlug dreimal ein behutsames Kreuz über ihrem Antlitz, das Symbol unseres Lebens und Leidens. Der Tod zeichnete ihr Gesicht in überirdischer Schönheit.
Dann kniete ich vor ihr nieder.
Vor ihrer unendlichen Einsamkeit.
Noch lange ruhte mein Blick auf der Toten. Ich versuchte, mit ihr stumme Zwiesprache zu halten, aber es gelang mir nicht.
Und da begann ich in ihren Zügen zu suchen mit der Beharrlichkeit und Bitte eines Menschen, der eine Antwort verlangte: Wozu uns denn dieses Leben gegeben war, was sie aus diesem Leben mitgenommen hat?
Ihr Gesicht gab keine Antwort...
Es war ganz in sich verschlossen, so entsetzlich still. Vielleicht wird auch neben mir einmal meine Frau stehen, mein

Kind, mein Sohn, die genau die gleiche Frage an mich richten werden: »Wozu hast du gelebt, Vater?«
Auch ich werde ihnen diese Antwort schuldig bleiben.
Auf dem weißen Nachttisch stand das Heiligenbild. Zu beiden Seiten waren die Wachskerzen niedergebrannt; der russische Priester hatte ihr die heiligen Sakramente gegeben.
Ich nahm das Bild. Dahinter fand ich Nataschas letzten Brief an mich.
»Solnze, sei lieb und begleite mich. Erledige du alles. Ich stand, vom Auftritt überhitzt, in der Zugluft. Du warst immer böse darüber. Daran dachte ich, als die Sehnsucht wieder kam. Ich war nicht feige, als ich *das* tat. Ich wollte nicht mehr. Wozu noch mein bißchen Leben?
Mein Haus in Mecklenburg gehört dir.
Den Rest verteile unter die Waisen. Ich war es in allem ja auch! Natascha«

In der Kapelle legte ich das Heiligenbild und einen Strauß Schneeglöckchen in Nataschas gefaltete Hände, daneben ihre geliebte Puppe Akulina. Dann deckte ich sie zum letzten Male sorgsam zu, wie sie es als Kind gern hatte, und wartete, bis der Zinksarg zugelötet und in den eichenen hineingelassen wurde.
Sie hatte ihr Köpfchen ein wenig zur Seite gelegt.
Sie schlief – ganz fest.
Als einziger ging ich hinter dem greisen russischen Priester. Eine große Menge drängte sich nach, umstand das Grab.
Nur der Priester und ich warfen drei Schaufeln Erde hinein.
Ich blieb bei ihr, bis sich die Flut der Kränze über ihr schloß.
Es wurde dämmrig.
Und sehr, sehr still.

THEODOR KRÖGER

der weithin bekannte Autor des Buches vom »Vergessenen Dorf« wurde 1897 als Sohn eines Mecklenburger Fabrikbesitzers in Petersburg geboren. Mit zehn Jahren kam er in ein Schweizer Schülerheim, unternahm nach dem Abitur abenteuerliche Reisen durch Europa, wurde Leutnant der Reserve in der deutschen Armee und arbeitete dann als Ingenieur bei seinem Vater. Als die väterlichen Betriebe bei Ausbruch des ersten Weltkrieges enteignet wurden, versuchte Körger, nach Deutschland zu entkommen. Die Flucht mißlang jedoch; an der Grenze zwischen Finnland und Schweden wurde er verhaftet, in das zaristische Gefängnis Schlüsselburg gebracht und wegen Verdachts der Spionage »vorläufig« lebenslänglich nach Sibirien verbannt. Die Erlebnisse während dieser Verbannung schilderte er später in seinem berühmten Roman »*Das vergessene Dorf*«, der seit Erscheinen im Jahre 1934 zu den erfolgreichsten Büchern unserer Zeit gehört. Spannungsvoll berichtet Kröger, wie er nach endlosen Irrfahrten im Gefangenentransport schließlich ins nordsibirische Urwalddorf Sabitoje kommt, hier auf unerklärliche Weise auf freien Fuß gesetzt wird, und wie er nun fünf Jahre hindurch mithilft, aus einer verwahrlosten Strafkolonie von Kriegsgefangenen und politischen Häftlingen eine menschenwürdige Siedlung zu machen. Das Buch – Kröger nennt es ein »Buch der Kamerad-

schaft« – ist ein Loblied auf Treue und unbeugsamen Lebenswillen und gibt eine eindrucksvolle Schilderung vom harten Lebenskampf in der sibirischen Landschaft, von der Kröger sagt: »Es gibt kein Land, das noch weitere Höhen und abgründigere Tiefen der Menschenseele kennt.« Die Revolution der Bolschewisten im Winter 1917/18 machte allerdings nicht halt vor dem blühenden Gemeinwesen in Sabitoje, das Kröger mit seinen Freunden aus dem Nichts aufgebaut hatte, und so mußte er sich 1919 nach dem Westen durchschlagen. Seine Aufzeichnungen aus den ersten Jahren nach der Flucht, die ihn zunächst nach Berlin führte, finden sich in dem hier vorliegenden Roman *»Natascha«*. Jahrelang arbeitete Kröger an dem Manuskript dieses Buches, das als Fortsetzung seines Rußlandberichts gedacht war. Erst kurz vor seinem Tode – er starb 1958 in Klosters bei Davos –, konnte er es beenden.
Sibirien und das »vergessene Dorf« sah er nur noch einmal wieder, freilich erst viele Jahre später, da der bolschewistische Einfluß sich bereits über fast ganz Rußland ausgedehnt hatte und für die zurückgelassenen Freunde der ehemaligen Strafkolonie nur mehr die Flucht als Rettungsmöglichkeit blieb. Die Erlebnisse seiner Sibirienzeit wirkten aber nach in weiteren Romanen und Erzählungen, so in *»Heimat am Don«* (1937), einer Liebesgeschichte aus der russischen Revolution, und in der Erzählung »Der Schutzengel« (1939).

Theodor Kröger

DAS VERGESSENE DORF

Einer der meistgelesensten Romane unserer Zeit

589 Seiten, Leinen

---

10. August 1914. Beim Versuch, über die russisch-finnische Grenze zu fliehen, wird Theodor Kröger verhaftet. Von diesem Augenblick an ist er der zaristischen Kriegsjustiz unentrinnbar ausgeliefert. Die Anklage lautet auf Mord und Spionage. Trotz härtesten Verhörmethoden und systematischen Folterungen gelingt es nicht, ihm ein Geständnis abzuringen. Er wird zum Tode verurteilt. Einflußreichen Freunden im Hintergrund verdankt er jedoch seine Begnadigung zu lebenslänglicher Verbannung nach Sibirien.
Hier erwarten ihn neue Abenteuer und Gefahren. Da sind die Mißstände in der kleinen Urwaldstadt Nikitino und die grausame Lage der in der Nähe internierten Kriegsgefangenen — aber auch Faymé, das schöne Tartarenmädchen, das sich seiner Liebe mit zarter und tiefer Leidenschaft öffnet, einer Liebe, die wie ein heiteres Abschiednehmen aus der Bitterkeit des Vergangenen seinem Leben einen neuen, glücklichen Sinn verheißt...
So außergewöhnlich die Situationen sind und so entlegen die sibirische Landschaft für unser westliches Auge, die Kröger mit brillanter Schärfe und großer menschlicher Einfühlung beschreibt, so faszinierend gelingt es ihm, den Leser hinter dem Einzigartigen des Erlebten und Erlittenen jene Spur wieder aufnehmen zu lassen, die seine Odyssee durch Sibirien als einen Leidensweg für die vielen, die vor und nach ihm dorthin verbannt wurden, markiert hat. Darin liegt nicht zuletzt die erstaunliche Aktualität dieses Buches.

Fleischhauer & Spohn Verlag